LES ENFANTS OUBLIÉS

DU MÊME AUTEUR
CHEZ POCKET

LES AMANTS DE BEVERLY HILLS
LE GRAND BOSS
LADY BOSS
LUCKY
ROCK STAR
NE DIT JAMAIS JAMAIS

JACKIE COLLINS

LES ENFANTS OUBLIÉS

POCKET

Titre original :
HOLLYWOOD KIDS

Traduit de l'américain
par Jérôme Harraps

ISBN 2-266-07576-4
(édition originale : ISBN 0-671-66627-4 Simon & Schuster, New York)

Pour l'être qui m'est le plus cher :
tu sais de qui je parle.
Tendresse et amitié pour toujours.

L'Homme émergea de la prison le mardi matin, empli d'une rage contenue qu'il maîtrisait depuis sept ans. Il avait trente-six ans, et il les paraissait... Pâle, le visage émacié, les yeux étroits d'un gris d'ardoise. Une cicatrice lui barrait la joue droite : un souvenir de son incarcération. Un mètre soixante-dix. Si jadis il était frêle, en prison il avait eu le temps de faire de la gymnastique et il avait aujourd'hui des muscles d'acier et un torse remarquablement puissant.

En prison, l'Homme avait appris bien des choses. La première étant qu'il fallait apprendre à se défendre. Si on ne savait pas se défendre, qui le ferait pour vous ? Personne.

Être coupé du monde réel pendant sept ans, c'était long. Ça suffisait pour rendre fou n'importe qui.

À moins, évidemment, qu'on ne le soit déjà. Mais on ne le disait jamais, parce que ces enfants de putain ne méritaient pas de connaître la vérité.

La vérité, c'était son affaire. À lui seul. Malheur à quiconque essayait de la lui arracher.

La liberté, c'était l'inconnu. Elle lui faisait signe. Elle l'incitait à réaliser des choses aux-

quelles il n'avait que rêvé durant ces années derrière les barreaux.

D'abord, les femmes. Les putains anonymes mises sur cette terre pour lui obéir.

L'Homme les utilisa sans pitié. Il les paya plus cher qu'elles ne le méritaient pour faire des choses dont elles raffolaient — parce que, qu'on les paie ou non, toutes les femmes étaient des putes, son père le lui avait enseigné. Une fois son désir apaisé, il prit sa liste et l'étudia intensément.

La liste, écrite avec soin sur une unique feuille de papier, était le seul élément positif de l'existence de l'Homme. Sans la liste, il n'aurait pas pu tenir. Il aurait renoncé et se serait pendu, comme son premier compagnon de cellule.

Sa liste lui avait donné des forces. Un vrai but.

Si ces enfants de putain de Hollywood croyaient ne jamais le revoir, ils se trompaient. Ils se trompaient lourdement.

1

— Quel film !

— Très original !

— Jordan, mon vieux, tu tiens un nouveau succès !

Les éloges fusaient de toutes parts. Jordan Levitt et Kim, sa femme depuis six mois, les savouraient, debout devant la lourde porte de leur propriété de Bel Air, en disant adieu à leurs invités.

Chez les Levitt, un dîner et une projection privée étaient monnaie courante. Seulement, ce soir, c'était un événement : Jordan, producteur chevronné, venait de montrer sa dernière œuvre.

Kim pressa le bras de son mari et leva vers lui un regard adorateur. Elle était assez jolie, avec ses longs cheveux châtain clair et ses traits délicats. À vingt-deux ans, elle était plus jeune que la fille de Jordan.

— Ils ont beaucoup aimé, chuchota-t-elle, tout excitée. Et moi aussi. Oh, Jordan, tu es si malin !

Jordan sourit à sa nouvelle épouse. C'était un homme à l'air puissant : plus d'un mètre quatre-vingts, une crinière de cheveux gris, les traits taillés à la serpe et un visage hâlé aux rides profondes. Il aurait bientôt soixante-deux ans ; comme Clint Eastwood, il vieillissait bien.

— Rien n'est jamais gagné. On ne sait jamais, dit-il modestement.

— Moi, je sais, répondit Kim, les yeux fixés sur lui. Ce film sera un succès.

Jordan prit Kim par la taille et la ramena à l'intérieur de la maison.

— Ce qui compte, ce n'est pas ce que pense ce petit groupe, dit-il. Seul le public décide.

— Non seulement malin, mais, oh, si sage, murmura Kim. J'aimerais avoir le temps de noter tout ce que tu dis. Tu as un si bon jugement !

Jordan souriait. Avec une femme comme Kim pour le flatter, il n'arrêtait jamais de sourire.

— Une merde.

— Assommant !

— Je me suis endormi.

— Cette fois-ci, Jordan est vraiment à côté de la plaque.

Voilà ce que disaient les invités en montant dans leurs voitures, garées dans l'allée des Levitt.

Sharleen Wynn Brooks se montrait particulièrement loquace. À trente-cinq ans, voluptueuse et rousse vedette de cinéma, elle semblait éprouver un grand plaisir à démolir séquence par séquence le film de son ancien amant, Jordan.

Son mari, Mac Brooks, metteur en scène qui avait obtenu un Oscar, riait en s'installant au volant de leur Rolls Corniche jaune. À quarante-trois ans, Mac était bel homme, dans le genre baroudeur, avec ses cheveux bruns bouclés et son nez cassé qui en disait long sur son passé — il avait été boxeur amateur à Brooklyn.

— Allons, chérie..., dis-moi ce que tu penses vraiment, insista-t-il en tapotant affectueusement le genou de sa femme. Ne te retiens pas.

Sharleen ne put s'empêcher de rire.

— Il a de nouveau besoin de toi.

— Je ne suis pas près de retravailler avec lui ! Jordan est un maniaque : tout doit se passer comme il veut. Après avoir fait *Le Contrat* avec lui, j'ai décidé : plus jamais.

— *Le Contrat* t'a valu un Oscar, fit remarquer Sharleen. Et c'est là où tu m'as rencontrée pour la première fois.

— Je me souviens vaguement...

Elle rit de nouveau.

— Ce que tu peux être goujat !

— Si je me rappelle bien, tu ne m'as pas accordé un regard : tu étais trop occupée avec ce connard musclé qui t'accompagnait tous les jours sur le plateau.

— Mon professeur de gymnastique, dit-elle d'un ton de petite pensionnaire.

— Mon œil !

— Et, trois ans plus tard, nous avons de nouveau travaillé ensemble et nous sommes tombés amoureux. (Elle eut un soupir de bonheur.) Tu ne trouves pas ça follement romantique ?

— Ouais, ouais, ouais.

La voiture démarra. Sharleen se blottit contre son mari. Elle lui prit la main et la glissa sous sa coûteuse jupe de chez Valentino.

En descendant les lacets de l'allée, la Rolls faillit heurter de plein fouet une Porsche blanche qui arrivait à toute allure. Jordanna, vingt-quatre ans, fille de Jordan Levitt, était au volant. Elle donna un coup de klaxon en s'arrêtant dans un crissement de frein à la hauteur de la Rolls. Elle abaissa sa vitre et se pencha.

— J'ai manqué le film ?

— Qu'est-ce que tu crois ? répondit Mac.

Il retira sa main de sous la jupe de sa femme.

Jordanna fit la grimace.

— Le paternel est furieux ?

— Il s'en remettra.

Jordanna fit un grand sourire à Mac. Il avait été son amant quand elle était encore adolescente et qu'il avait trente-six ans ; aujourd'hui, ils étaient bons amis.

— Ravie de l'entendre, dit-elle. (Puis elle ajouta à voix basse :) Peut-être pas, après tout.

Sharleen lui fit un geste de la main. Elle n'aimait pas beaucoup Jordanna, et ne s'en cachait pas.

— Bonjour, ma chérie, dit-elle d'un ton glacial.

Leur antipathie était réciproque.

— Salut, Shar, répondit Jordanna.

Elle se demandait ce qu'un type comme Mac pouvait bien trouver à cette vieille poupée.

— Ton père est vraiment furieux contre toi.

— Shar, j'en tremble.

Sharleen regarda à l'intérieur de la Porsche.

— Qui est ton ami, ma chérie ?

On pouvait faire confiance à Sharleen pour remarquer le beau gars assis à la place du passager. Jordanna ne savait même pas comment il s'appelait — et, très franchement, elle s'en fichait. Dans le noir, ils étaient tous les mêmes. Ses cow-boys de la nuit. C'était ça, sa vie.

— À bientôt !

Elle emballa le moteur de la Porsche et disparut.

— Cette fille finira mal, dit Sharleen en pinçant ses lèvres récemment regonflées à la silicone. Jordan ferait bien de la mettre à la porte de chez lui.

— Ne sois pas garce, fit doucement Mac. Elle grandira.

— Elle a vingt-quatre ans ! À son âge, j'avais déjà un enfant.

Sharleen s'approcha et lui effleura doucement la cuisse de ses doigts. Mac se prépara : il savait ce qui allait suivre. C'était le clou de la soirée. Sharleen adorait faire l'amour en voiture. Pourquoi s'en formaliserait-il ? Cela entretenait une certaine ardeur dans un couple après quatre ans de mariage.

À peine l'avait-elle touché qu'il sentit le désir monter en lui. Oh oui, c'était chaque fois ainsi ; elle avait vraiment du talent — et il ne parlait pas de sa façon de jouer la comédie.

Il l'avait rencontrée au travail. Diriger Sharleen avait été intéressant. Coucher avec elle l'avait mené au mariage.

Pour Mac Brooks, la monogamie était quelque chose de nouveau. Avant Sharleen, il avait couché avec toutes ses vedettes ; aujourd'hui, sa femme ne lui laissait pas le temps d'avoir des aventures.

— Je vois que nous sommes prêts, murmura Sharleen.

C'était ce que Mac préférait : rouler sur une route étroite et sinueuse, obsédé par le désir et s'efforçant de se concentrer. Espérant qu'il n'allait pas se faire arrêter par les flics — ou, pis, par des voleurs de voiture en cagoule. Tout cela ajoutait à son excitation.

Sharleen se renversa contre le dossier de son siège et entreprit de déboutonner son corsage de soie, révélant un soutien-gorge de dentelle noire.

Un œil sur la route, un œil sur elle, Mac murmura :

— Ôte ça, bébé.

— Tu crois ? fit-elle pour le taquiner.

— Fais-le, dit-il d'une voix tendue.

— Oh...

— *Fais-le !*

Elle ôta son corsage et dégrafa son soutien-gorge. Sharleen avait les plus beaux seins de Hollywood — et ils ne devaient rien à la chirurgie esthétique.

— Ô Seigneur ! gémit Mac en amenant d'un coup de volant la voiture sur le bas-côté de la route.

Sharleen adorait le tenir ainsi à sa merci.

— Le Seigneur n'a rien à voir là-dedans, murmura-t-elle.

— Ça n'était pas Sharleen Wynn ? demanda le garçon, réprimant à peine l'admiration qui perçait dans sa voix.

— Quoi ? fit Jordanna d'un ton vague en s'arrêtant brutalement en haut de l'allée.

— Sharleen Wynn, répéta-t-il.

Avec ses longs cheveux un peu gras, ses vêtements élimés, ses lunettes noires de bazar, il avait l'air du batteur au rebut d'un groupe rock miteux.

— Je suis surprise que tu saches qui est Sharleen Wynn, observa Jordanna en descendant de voiture.

— Bien sûr que je sais qui elle est ! protesta le garçon d'un ton indigné. Mon père avait un numéro de *Playboy* avec elle sur la couverture. Il l'a gardé des mois à côté de son lit.

— Le veinard.

— Belle paire de nichons.

— Ce sont les miens qui comptent..., fit Jordanna en se pressant contre lui. Qu'en penses-tu ?

Il comprit l'allusion et se mit à l'embrasser. Un long baiser un peu brutal. Jordanna décida que celui-là avait des possibilités.

— Viens, dit-elle en l'entraînant dans l'allée qui menait à la maison d'amis.

— On n'entre pas ? demanda-t-il, l'air déçu.

— Mon appartement est derrière. (Elle eut un petit rire.) C'est plus drôle là-bas. Fais-moi confiance.

— Si tu le dis, fit-il en lui pétrissant les fesses.

— Alors, sois un gentil petit garçon et suis-moi

jusqu'au bout : tu vas passer des moments incroyables.

— Je te suis comme ton ombre.

Je pense bien, se dit-elle. Jolie fille. Belle bagnole. Superbe baraque. Qu'a-t-il à perdre ?

Attirée par son jean noir, elle l'avait levé à une soirée donnée par une maison de disques. Elle avait vraiment un faible pour les types maigrichons moulés dans leurs jeans. Cela lui rappelait sa visite sur le plateau d'un film que produisait son père quand elle avait treize ans : elle y avait rencontré Teddy Costa, un jeune comédien plein d'avenir, avec les plus belles fesses du métier. Elle n'avait pas cessé de penser à Teddy jusqu'au jour où, à quinze ans, elle était carrément entrée dans sa caravane durant le tournage d'un autre film de Jordan et l'avait séduit.

Teddy Costa l'avait dépucelée et n'avait jamais rappelé. La vie avait de ces injustices...

Jordanna mesurait un mètre soixante-cinq. Sans être d'une beauté classique, elle possédait un charme et une énergie que la plupart des hommes trouvaient fascinants. Un regard sombre et pénétrant, des sourcils au dessin provocant, un nez un rien trop long pour être parfait, des pommettes hautes qui équilibraient son visage ovale. Des lèvres pleines et tentantes. Une mâchoire bien dessinée et une peau bien bronzée. Des longs cheveux noirs qui tombaient, en un savant désordre, presque jusqu'à sa taille. Un corps athlétique, svelte et sensuel. Elle avait plus l'air d'une Européenne que d'une Américaine ; héritage maternel : la belle Lilianne était moitié française, moitié brésilienne. Redoutable mélange.

— Tu as un cul superbe, lui dit son compagnon.

Un vrai romantique. Elle espérait qu'il savait se tenir au lit. Ah, ça n'était pas facile d'être célibataire à Los Angeles dans les années quatre-vingt-dix. D'ailleurs, ce n'était facile nulle part.

Les hommes. Quand ils n'étaient pas homos, ils avaient des goûts bizarres, trompaient leurs femmes ou étaient pendus aux jupes de leurs mères. C'étaient des connards, des drogués, des escrocs, des maquereaux ou — les pires — des acteurs.

Jordanna n'avait qu'à nommer Jordan Levitt pour avoir tous les comédiens qu'elle voulait. Sauf qu'un acteur était la dernière personne dont elle eût envie. De purs égocentriques. Moi-moi-moi. *Ma* vie. *Mon* physique. *Ma* carrière.

Elle ouvrit toute grande la porte de son appartement et le gars la suivit. Tout était sens dessus dessous. Certes, elle n'était pas la personne la plus ordonnée du monde. Et après ? Elle ne comptait pas faire la une de *Maison et Jardin*.

Le garçon était mûr et prêt à l'action, et il se fichait de ses talents de ménagère. Il l'empoigna, la serra contre lui, l'embrassa à deux reprises, puis ses mains commencèrent à explorer sans douceur sous son T-shirt.

Le téléphone sonna. Le répondeur se déclencha et elle entendit le son de sa voix enregistrée. « Salut... Ne me faites pas perdre mon temps... Si vous avez quelque chose à dire, allez-y tout de suite. »

Un bip. Puis la voix de son père. « Salut, mon petit oiseau. Tu as manqué mon film. Ils ont bien aimé. Où étais-tu ? »

J'étais sortie pour essayer de me faire sauter, papa. Ne m'appelle pas « mon petit oiseau » : tu sais que je déteste ça presque autant que ta dernière femme. Bon sang ! C'est l'âge qui te rend sénile ? Celle-ci, c'est la pire. Une parfaite petite garce, fausse comme un jeton avec sa voix roucoulante.

— Hé...

Le garçon essayait de la déshabiller. Elle avait perdu tout intérêt à l'action.

— Terminé, dit-elle en lui donnant une tape sur les mains.

Il n'en croyait pas ses oreilles.

— Qu'est-ce qui est terminé ? demanda-t-il d'un ton agressif.

— Nos moments incroyables.

Elle n'avait qu'une hâte : se débarrasser de lui.

— Hé, attends un peu..., commença-t-il.

Elle ouvrit toute grande la porte.

— Dehors.

— Tu te fous de ma gueule !

— Je suis ceinture noire de karaté, déclara-t-elle sans vergogne en gonflant ses muscles. Tu veux essayer ?

Il n'allait pas prendre de risques.

— Comment je vais rentrer ? gémit-il.

— Tu trouveras bien un moyen, dit-elle en le poussant dehors.

Bon Dieu, comme elle avait horreur des geignards ! Pourquoi personne n'était-il donc capable de lui tenir tête ? Un seul homme avait réussi cet exploit, et il était mort.

Jamie. Son frère chéri. Le seul être qui l'avait vraiment comprise parce qu'ils avaient tant de choses en commun. Être le rejeton de parents célèbres n'avait rien de drôle. Mais au moins ils étaient deux, et ça comptait beaucoup — jusqu'au jour où Jamie s'était tiré sans même dire au revoir. Il avait sauté par la fenêtre d'un gratte-ciel de New York. Il avait vingt ans, et elle, tout juste seize.

Aujourd'hui encore, elle ne pouvait supporter de penser à son suicide.

Jamie n'était pas le seul à être mort prématurément. Il y avait aussi sa meilleure amie, Fran, dont le père était un acteur connu. Fran et Jordanna avaient grandi ensemble, comme deux sœurs. Elles s'aimaient tendrement, même si elles se disputaient à propos de tout — et surtout des hommes. Fran traînait toujours avec trois abrutis d'Italiens dont le passe-temps favori était de la sauter. Deux d'entre eux étaient des comédiens de trente-sixième ordre et le troisième était un prétendu chanteur. Fran — qui, en général, était trop pétée pour savoir où elle en était — trouvait ça très bien de s'occuper d'eux l'un après l'autre. Ces types la considéraient comme une vraie pute ; ça exaspérait Jordanna, qui voyait bien que Fran perdait complètement les pédales.

Le jour de son dix-septième anniversaire, Fran mourut d'une overdose.

D'abord, Jordanna n'avait pas voulu le croire. Elle était assommée. Plus rien ne comptait. Puis la réalité s'était imposée et elle avait voulu se venger. Elle avait « emprunté » le pistolet de son père, avait suivi les trois Italiens jusqu'à leur boîte favorite et leur avait fait du gringue, leur laissant croire qu'ils étaient tombés sur une autre idiote de petite richarde prête à admirer leur moi hypertrophié. Arrivée chez eux, elle avait dégainé son pistolet, leur avait annoncé la mort de Fran et les avait rendus dingues en menaçant de leur faire sauter la cervelle. Quand elle avait eu fini de les intimider, ils n'étaient plus si flambants ; ils n'étaient plus que trois connards à bout de nerfs.

L'ennui, avec les hommes, c'était que la plupart n'avaient pas de couilles. Sauf son père. Jordan Levitt, lui, en avait assez pour une armée entière.

Elle songeait parfois à Jamie et à Fran. Tout comme elle songeait parfois à sa mère, la belle et exquise Lillianne, qu'on avait enfermée dans une maison de santé quand Jordanna avait six ans.

Quelques semaines plus tard, la fragile et célèbre Lillianne s'était ouvert les veines.

Jordan l'avait pleurée trois bons mois avant d'épouser la première d'une longue série d'épouses. Kim était la cinquième. Pourquoi avait-il la manie de les épouser ? Quel mal y avait-il à rester célibataire quelque temps ?

Jordanna soupira. À vrai dire, si son père pouvait faire ce qu'il voulait, elle aussi. Rien ni personne ne pouvait l'en empêcher.

Elle faillit le rappeler puis décida de n'en rien faire. Elle savait exactement ce qu'il dirait : « Ça va, mon petit oiseau ? As-tu besoin d'argent ? Quand est-ce qu'on te voit ? »

Ses réponses étaient toujours les mêmes : « Oui, papa. Non, papa. Bientôt. »

Il l'aimait. À sa façon.

Elle se cramponnait à cette idée. Sinon, elle n'aurait rien.

Sharleen atteignit l'orgasme avec un cri à faire tomber les murs. Mac était étonné que les occupants de la maison devant laquelle ils étaient garés ne soient pas sortis en courant pour voir ce qu'il se passait. Quelle surprise ils auraient eue ! Une vedette de cinéma à moitié nue et un metteur en scène de renommée mondiale. Qu'est-ce que certains magazines ne donneraient pas pour cette photo-là !

Sharleen commença à se tortiller pour se rhabiller tandis que Mac se remettait au volant. Bientôt, ils roulaient vers Pacific Palisades, où ils partageaient une grande maison avec la fille de Sharleen, âgée de seize ans, et les jumeaux de dix-sept ans que Mac avait eus d'un précédent mariage.

À peine arrivés sur Sunset, Mac accéléra : il

jetait constamment des coups d'œil au rétroviseur pour s'assurer qu'on ne les suivait pas. L'idée d'une agression l'obsédait. Voilà deux mois, un grand camé décharné lui avait sauté dessus dans un parking souterrain et lui avait appuyé un pistolet au creux de l'estomac en lui réclamant sa Rolex en or massif. Mac l'avait ôtée de son poignet et la lui avait tendue sans un mot. Le voleur s'était enfui et Mac avait alors regretté de ne pas s'être battu.

Il ne l'avouerait jamais à Sharleen, mais, après cet incident, il s'était senti diminué en tant qu'homme. Quand il racontait l'histoire à ses amis, il prenait la chose à la légère, mais au fond de lui il était malade à l'idée de ne pas s'être défendu. Maintenant, il avait sur lui un pistolet — non enregistré —, et merde pour quiconque s'attaquerait à lui.

Autrefois, au temps de Brooklyn, il avait vraiment des couilles. Était-ce possible que vingt ans de Hollywood l'aient ramolli à ce point ?

Il se disait parfois que toute sa vie était un rêve : jadis boxeur amateur à Brooklyn, il était aujourd'hui metteur en scène oscarisé à Hollywood. Un joli saut. Avec un petit coup de main de ses amis.

Il s'efforçait de ne pas penser aux jours d'autrefois. Son passé était enfoui et il ne voulait voir personne y mettre le nez. La seule fois où il avait rendu service à quelqu'un de son passé, ça s'était terminé en désastre. Depuis, finis les services. Mac avait l'art de rester discret sur ses débuts. La vérité laisserait tout le monde sur le flanc.

Récemment, il avait eu grande envie de se débarrasser de la Rolls jaune pour acheter une voiture moins voyante. Sharleen, malheureusement, ne voulait rien entendre : elle tenait beaucoup à son image et, pour elle, la Rolls en disait long.

En approchant de leur maison, Mac aperçut devant eux deux voitures de police dont les gyrophares clignotaient.

— Merde alors ! murmura-t-il.

Les flics le mettaient toujours mal à l'aise : un souvenir de sa jeunesse à Brooklyn.

— Qu'est-ce qu'il se passe ? demanda Sharleen.

— Deux voitures de police sont garées devant chez nous.

— Pourquoi ? demanda Sharleen en cherchant son poudrier.

— Si je le savais, expliqua-t-il sèchement, je te le dirais.

Elle inspecta son visage parfaitement maquillé dans le petit miroir et se remit du rouge à lèvres.

— Je te conseille d'aller voir.

Elle avait beau être belle et sexy, il y avait des jours où elle lui tapait sur les nerfs.

— Mon ange, dit-il en se donnant beaucoup de mal pour ne pas montrer son exaspération, c'est exactement ce que j'ai l'intention de faire.

2

Michael Scorsinni arriva à Los Angeles un vendredi soir, épuisé, abruti et prêt à prendre un nouveau départ. Il en avait par-dessus la tête de New York.

La compagnie aérienne avait perdu son unique valise et n'avait pas l'air de s'en soucier. Il finit par exhiber sa plaque d'inspecteur en annonçant qu'ils feraient mieux de s'en occuper, faute de quoi il les arrêterait tous. C'était comme s'il leur avait allumé un pétard sous les fesses. On retrouva à Chicago la trace de sa valise disparue et on lui assura qu'on la lui livrerait chez lui le lendemain.

Parfait. Comme ça, il ne pourrait pas changer de linge pendant vingt-quatre heures.

Michael Scorsinni était un homme de haute taille, au teint olivâtre hérité de ses ancêtres siciliens. Un corps d'athlète. Les cheveux d'un noir de jais. Les yeux foncés au regard pénétrant et le nez droit. Il était bel homme avec un côté un peu inquiétant ; un alliage irrésistible. Les femmes adoraient son physique, ce qui avait rendu Michael méfiant : lui couraient-elles après parce qu'il était beau gosse ou bien l'aimaient-elles sincèrement ?

Il n'avait jamais trouvé la réponse. Il ne la trouverait sans doute jamais. Pour l'instant, il n'avait pas encore rencontré une femme qui le comprenne vraiment.

Il jeta un coup d'œil autour de lui dans la salle des arrivées. Son ami et ex-collègue Quincy Robbins était censé l'accueillir. Mais pas de Quincy en vue. Et on ne pouvait pas manquer Quincy facilement : noir et costaud, il avait l'air d'un footballeur à la retraite qui aurait pris quelques kilos. Michael trouva une cabine téléphonique. Ambre, la femme de Quincy, lui annonça que la voiture de son mari était tombée en panne sur l'autoroute et qu'il n'arriverait sûrement pas à l'aéroport à temps.

— Ne t'inquiète pas, je vais prendre un taxi, dit Michael.

— Dépêche-toi, dit Ambre.

Comme s'il avait envie de traîner dans l'aéroport !

Dehors, il héla un taxi, donna au chauffeur iranien l'adresse des Robbins, se carra contre la banquette, alluma une cigarette et essaya de se détendre.

Qui aurait cru que Michael Scorsinni viendrait s'installer un jour à Los Angeles ? Sûrement pas lui. Sûrement pas son ex-femme, Rita : pour elle, ça allait être une sacrée surprise.

Au cours des six derniers mois, l'existence de Michael avait été bouleversée. Il habitait New York, il faisait son métier, sa gosse lui manquait, mais ça allait. Et puis il s'était fait tirer dessus — tirer dessus ! — au cours d'une descente chez des camés qui avait mal tourné. Pendant plusieurs jours, il était resté entre la vie et la mort, la balle s'étant logée dangereusement près du cœur.

Mais pas assez près. On avait réussi à l'extraire et il était encore là pour raconter l'histoire. Rita n'avait même pas téléphoné.

À peine remis, il avait fait l'inventaire de son

existence : une fille avec laquelle il n'arrivait jamais à passer un moment parce que Rita s'était installée à Los Angeles ; une série de petites amies interchangeables ; une famille à Brooklyn qu'il voyait rarement — ce qui était une vraie chance parce que, quand ils étaient réunis, ils ne parvenaient qu'à échanger des injures.

Michael Scorsinni avait trente-huit ans ; il était prêt pour une nouvelle vie. Il avait donc demandé un congé d'un an. Il s'était dit que ça lui donnerait le temps de mettre de l'ordre dans ses idées et de décider s'il voulait continuer à travailler dans la police. Comme il avait été blessé, on lui avait accordé ce congé.

Quincy était à Los Angeles depuis près de trois ans. Il avait ouvert un cabinet de détective privé et ne cessait de harceler Michael pour qu'il le rejoigne. Michael avait résisté, persuadé qu'on ne pouvait vivre qu'à New York. Mais, après la fusillade, il avait hâte de s'en aller. Et puis l'avantage de Los Angeles, c'était qu'il ne serait pas loin de sa fille de quatre ans, Bella, qu'il n'avait pas vue depuis que Rita l'avait emmenée avec elle sur la côte Ouest un an plus tôt.

Rita allait avoir une sacrée surprise parce que le papa de Bella revenait sur la scène pour de bon, que ça lui plaise ou non.

Ambre Robbins ouvrit la porte de sa modeste maison. Elle avait un bébé sur un bras, un autre qui se cramponnait à sa jupe, et elle arborait un grand sourire de bienvenue. C'était une jolie femme noire aux dents éblouissantes, peut-être un rien trop charnue pour son mètre soixante. Quincy l'avait connue grâce à un club de rencontres auquel il s'était inscrit à la suite d'un pari. Il jurait que ces soixante-quinze dollars étaient le meilleur placement qu'il eût jamais fait — même si sa famille n'était pas enchantée du fait qu'Ambre eût été autrefois danseuse exotique. Quincy avait résolu ce problème secondaire en partant pour la Californie. « J'ai quarante-sept ans, avait-il dit à Michael à l'époque, et ma mère me traite encore comme un gosse ! »

— Michael ! s'exclama Ambre, ravie.

— Eh bien, eh bien..., tu as l'air d'une vraie petite maman.

Il eut un grand sourire et la serra dans ses bras.

— C'est vrai, j'ai pris un kilo ou deux, avoua-t-elle en l'invitant à entrer.

— Ça te va bien, dit-il en lui tendant un gros sac d'un magasin de jouets.

— Hmm... Tu as toujours été un sacré menteur.

Elle ouvrit le sac et en tira un énorme panda et un gros ours en peluche.

— Pour moi ? fit-elle avec un grand sourire.

Elle l'embrassa sur la joue.

— Tu n'aurais pas dû, Mike, mais merci.

Le bébé se mit à pleurer tandis que son petit frère tirait d'un geste impatient sur la jupe de sa mère. Michael recula d'un pas et haussa les sourcils.

— Déjà deux, Ambre. Tu n'as pas pu attendre, hein ?

Elle rougit.

— Que veux-tu que je te dise ? Mon mari est une vraie bête, et j'adore ça !

— Oui, c'est une vraie bête, reconnut Michael. Où est-il, d'ailleurs, cet enfoiré ?

Ambre alla coucher le bébé dans son berceau et lança par-dessus son épaule :

— Il a appelé. On est en train de remorquer sa voiture.

— Il doit être content, dit Michael en se frayant un chemin au milieu des jouets qui encombraient le sol.

Ambre se dirigea vers la cuisine, son fils de deux ans sur les talons. Elle l'installa dans une chaise d'enfant et se retourna vers Michael.

— En tout cas, toi, tu es formidable. Je m'attendais...

— À voir arriver une épave... C'est ça ?

— Eh bien..., avec cette fusillade et tout ça..., bredouilla-t-elle en prenant un pot de compote dans le frigo.

— Je vais très bien, assura-t-il en arpentant la cuisine. En fait, maintenant que je suis ici, je me sens en pleine forme.

— C'est une bonne nouvelle, dit-elle en enfournant une cuillerée de compote de pommes dans la bouche béante de l'enfant. Parce qu'on veut que tu te sentes ici chez toi.

— Tu sais bien que c'est le cas.

— Je regrette qu'on ne puisse te proposer que le canapé.

— J'ai passé certains de mes meilleurs moments sur des canapés.

— Je ne veux rien savoir de ta vie sexuelle, protesta-t-elle, toujours souriante.

— Oh, pour l'instant, elle est inexistante. J'espérais que tu avais une copine qui te ressemble.

— Toujours beau parleur !

— Je ne fais que dire la vérité.

— En tout cas, tu peux rester aussi longtemps que tu veux. Tu sais que Quincy t'aime comme un frère.

Quincy avait beaucoup appris à Michael. À New York, ils avaient fait équipe pendant six ans. Quincy avait été pour lui comme un frère aîné : une influence apaisante parce que Michael s'emballait facilement et ne se maîtrisait pas toujours. Ça allait mieux maintenant qu'il ne buvait plus ; et puis se faire tirer dessus suffisait à calmer n'importe qui.

Pour Michael, c'était très agréable d'avoir un substitut de frère qui veillait sur lui ; surtout que son vrai frère, Sal, était une petite ordure ; un menteur, un tricheur et un escroc. Et pourtant leur mère, Virginia, s'imaginait toujours que le gros cul de Sal était un soleil rayonnant. Sal avait toujours été son préféré et c'était Michael qui trinquait quand elle était en colère, car elle ne pouvait pas passer sa mauvaise humeur sur son père étant donné que le salopard fichait le camp chaque fois qu'il y avait des problèmes — et, dans la maison Scorsinni, ils ne manquaient pas.

Michael avait dix ans quand son père les avait quittés définitivement, les laissant sans argent et sans dire où il allait. Virginia avait dû accepter deux emplois à la fois pour pouvoir joindre les deux bouts.

Il lui avait fallu deux ans pour retrouver la trace de son mari disparu. Mais, à ce moment-là, l'homme qui allait devenir le beau-père de Michael — Eddie Kowlinski — était venu s'installer chez eux. Eddie était un colosse aux mains de tueur qui gagnait sa vie en conduisant des camions d'alcool. Pour se distraire, il rossait Virginia et ses deux fils. Pour tout arranger, il buvait.

Eddie avait battu Michael jusqu'au jour où, à seize ans, celui-ci s'était enfui. Il avait menti sur son âge et trouvé une place de barman dans le New Jersey. Il n'avait pas remis les pieds à la maison pendant dix-huit mois. Quand il était revenu, il mesurait plus d'un mètre quatre-vingts, il était fort et athlétique.

Peu après son retour, Eddie prit un soir une cuite épouvantable et voulut lui flanquer une raclée. Michael riposta et lui cassa le nez. Après cela, Eddie l'avait laissé tranquille.

Quelques mois plus tard, Michael était entré à

l'école de police, ce qui avait vraiment fichu Eddie de mauvaise humeur, sans parler de Sal, car ils considéraient tous deux les flics comme une forme inférieure de vie. Tant pis. Son engagement avait donné à Michael un sentiment de force, un but dans la vie. Il était sorti de l'école diplômé avec mention et avait rapidement grimpé dans la hiérarchie pour finir inspecteur extrêmement bien noté — au grand dam d'Eddie et de Sal.

C'était très perturbant de se souvenir d'Eddie. Même aujourd'hui, Michael avait du mal à penser à lui. Pourquoi ? Eddie ne valait pas la peine qu'on s'énerve à cause de lui. C'était presque aussi moche que de se souvenir de son vrai père, Dean, qui vivait depuis plus de vingt ans en Floride avec une nouvelle épouse et une nouvelle famille.

Depuis que Dean les avait quittés, Michael l'avait vu deux fois ; deux rencontres brèves et gênantes qu'il avait voulues, car il avait estimé important de tenter de mieux connaître son vrai père. Mais ça n'avait pas marché. Dean Scorsinni lui avait clairement fait comprendre qu'il ne s'intéressait pas à la famille qu'il avait abandonnée.

C'était la vie. Un père qui ne se souciait pas de lui. Une mère incapable de le soutenir. Un beau-père qui était une brute sadique. Michael avait survécu. Tout juste.

— Tu veux une bière ? proposa Ambre.

— Tu en as sans alcool ? demanda-t-il, en regrettant de ne pas pouvoir siffler en trois gorgées une canette bien fraîche.

— Oh, pardon. J'oubliais, dit Ambre précipitamment. Quincy m'a dit que tu étais dans ce..., euh..., ce truc, AA, les Alcooliques Anonymes.

— Le programme : douze pas vers la paix et la sérénité.

Ambre ne comprenait pas de quoi il parlait ; pas

plus, d'ailleurs, que ceux qui n'avaient pas fait l'expérience des associations d'anciens alcooliques. Le programme de lutte contre l'alcoolisme lui avait sauvé la vie bien avant qu'il se fasse tirer dessus. Mais il n'avait pas sauvé son mariage ; rien n'aurait pu y parvenir.

— Quincy passera à l'épicerie quand il rentrera, dit Ambre.

— Pas de problème. Je vais prendre un Seven-Up.

— Sans sucre ?

— Quand même pas. Je vais vivre dangereusement et en prendre un normal.

— Sers-toi, dit-elle en désignant le frigo.

— Tu sais, peut-être qu'à la place je vais fumer une cigarette, décida-t-il.

Elle lui montra du doigt la porte de derrière.

— Fume-la dehors, Mike, si ça ne t'ennuie pas. Quincy et moi avons arrêté.

Il sourit.

— Alors, quels vices pouvez-vous bien avoir, tous les deux ?

— Ça ne te regarde pas, lui répondit Ambre en lui rendant son sourire.

Michael se promena dans la petite cour, repassant dans sa tête la liste de tout ce qu'il avait à faire. D'abord, trouver un appartement, car il ne comptait pas passer de trop nombreuses nuits sur le canapé des Robbins. Il avait déjà estimé qu'il ferait mieux de ne pas contacter Rita avant d'être installé. Quand il serait parvenu à la joindre, il lui expliquerait qu'il comptait passer régulièrement du temps avec Bella et qu'il en avait assez de toutes ces histoires.

Il avait épousé Rita parce qu'elle était enceinte ; pour une fois dans sa vie, il avait fait le bon choix. Si l'on veut... À peine mère, Rita était devenue une mégère hargneuse qui lui reprochait tout, depuis la perte de sa silhouette de girl de music-hall — faux : elle avait encore un corps sensationnel — jusqu'à sa carrière arrêtée. De quelle carrière s'agissait-il, au fait ?

Rita était serveuse quand Sal les avait présentés. Mais, comme beaucoup de jolies femmes, elle rêvait de devenir mannequin ou actrice. Elle avait été furieuse de s'apercevoir que le bébé la clouait à la maison. « Je n'ai aucune liberté, déplorait-elle souvent. Je ne peux pas rester à étouffer comme ça. »

Michael n'arrivait pas à comprendre de quoi elle se plaignait ; il trouvait qu'elle avait beaucoup de liberté. Tous les week-ends, quand il n'était pas de service, il s'occupait de Bella pendant que Rita courait les centres commerciaux avec ses copines, en dépensant une grande partie de l'argent qu'il gagnait péniblement.

Rita était une maniaque de la carte de crédit. Quand les relevés mensuels arrivaient, ça le rendait fou. « Combien de paires de chaussures peux-tu porter ? l'interrogeait-il, exaspéré. — Autant que je veux », répliquait-elle, brûlant d'envie de faire une scène.

Rita avait des cheveux d'un roux flamboyant et un caractère de cochon. En outre, elle adorait flirter et savait comment le faire marcher. Au début, quand il croyait être amoureux, ça avait donné des résultats. Après quatre ans de mariage, elle aurait pu s'envoyer toute l'équipe de base-ball de New York, il s'en fichait.

Quand Rita avait quitté New York, il avait été soulagé — mais Bella lui manquait. Au début, il téléphonait à sa petite fille tous les dimanches. Puis il avait été blessé, et, lorsque, convalescent, il avait rappelé son ex-femme et sa fille, il tombait sans cesse sur un répondeur.

Il s'était senti coupable, mais, bah ! il savait qu'il lui revaudrait ça. Il n'avait pas abandonné Bella comme son père l'avait abandonné. Bella et lui allaient passer beaucoup de temps ensemble, et, si Rita n'aimait pas ça, eh bien, tant pis.

Michael adorait sa fille. Il était décidé à devenir un bon père. Il était temps.

3

Kennedy Chase, à trente-cinq ans, n'arrivait pas à payer son loyer. Enfin, théoriquement, elle pouvait : elle avait des économies, un petit portefeuille d'actions, quelques bons du Trésor et une modeste maison dont elle était propriétaire dans le Connecticut. Mais sa règle d'or était de ne jamais piocher dans ses économies.

Le problème du loyer signifiait qu'elle allait devoir faire quelque chose qu'elle essayait d'éviter : interviewer une célébrité.

Ô mon Dieu, pas ça ! L'idée de s'asseoir en face d'un égocentrique qui se considérait comme une des merveilles du monde parce que Dieu lui avait octroyé de bons gènes et quelques coups de chance lui faisait horreur.

Son manque de liquidités était dû au fait que, harcelée par un agent insistant, elle avait fini par tout lâcher pour rester chez elle et travailler avec acharnement à un roman sur l'amour, le sexe et les relations entre hommes et femmes dans les années quatre-vingt-dix. En trois mois, elle avait écrit trois cents pages et en avait déchiré la plupart. Elle en était arrivée à la conclusion que la fiction n'était pas son genre : elle avait besoin de s'appuyer sur des faits, sur la réalité.

Cette décision prise, elle se rendit compte qu'elle avait besoin de davantage de temps : il ne lui restait plus qu'à accepter la proposition de Mason Rich, le rédacteur en chef du magazine *La Guerre des styles*. Mason voulait lui faire écrire six interviews de célébrités, plus six articles sur un sujet de son choix ; en échange, elle toucherait un joli chèque pour l'année à venir.

Elle y pensait depuis deux semaines. Si elle acceptait l'offre de Mason, elle n'aurait plus à s'inquiéter des factures pendant un moment, et ce serait un immense soulagement.

Téléphone-lui, lui soufflait une voix intérieure.

Demain.

Pas demain. Aujourd'hui.

Prenant une profonde inspiration, elle décrocha le téléphone et appela le bureau de New York de *La Guerre des styles*.

— Mason ? s'empressa-t-elle de dire avant de changer d'avis.

— Kennedy Chase ! Mon écrivain préféré ! dit Mason d'un ton ravi.

Il avait quarante-huit ans, était activement hétérosexuel et mourait d'envie d'attirer Kennedy dans son lit. Jusqu'à maintenant, elle était parvenue à maintenir leurs relations sur un plan purement professionnel, mais ça n'était pas facile. Les hommes mariés étaient toujours les plus insistants.

Prenant une nouvelle inspiration, elle dit :

— Bon, faites venir le peloton d'exécution.

— Comment ça ?

— Mason, je suis à vous.

Il eut un petit rire.

— Kennedy, rien ne saurait me faire plus plaisir. Je vais vous réserver un billet de première classe sur American Airlines et la suite orientale au Saint Regis. Ce sera un week-end mémorable.

Elle soupira.

— Très amusant, Mason. Vous savez très bien ce que je veux dire.

— Et vous, dit-il d'un ton attristé, vous ne savez pas ce que vous manquez.

— Envoyez-moi une avance avant qu'on m'expulse. Et donnez-moi le nom de ma première victime pour que j'aie le temps de vomir avant le grand moment.

— Bienvenue à bord.

— Je me prosternerai pendant tout le trajet jusqu'à la banque.

Une bonne chose de faite. Pas question de revenir en arrière maintenant : elle travaillait pour *La Guerre des styles*, l'indispensable guide des branchés de Hollywood qui voulaient connaître la vraie vie — ou ce qu'ils s'imaginaient être la vraie vie. En fait, ça n'était pas une publication si épouvantable, comparée aux magazines féminins sur papier glacé et à ceux pour hommes avec filles nues en page centrale. C'était même une véritable mine d'informations : interviews de célébrités, critiques de livres et de films, chroniques de mode, photographies d'avant-garde, et une grande enquête qui valait la peine d'être lue sur les scandales impliquant des gens riches et des malfrats.

C'était cette grande enquête qui attirait Kennedy. Quand Mason lui avait pour la première fois proposé ce travail, il lui avait assuré qu'elle serait libre de choisir ses sujets, et ça l'avait séduite. Elle aimait se trouver au cœur de l'action. Sa devise était : *Ai stylo, peux voyager*. Mais, six mois auparavant, son père était tombé malade et elle avait décidé de rester sur place en attendant l'inévitable. Son père avait quatre-vingt-cinq ans et luttait avec un courage admirable contre un cancer du poumon. Elle avait perdu sa mère trois ans plus tôt. Ç'avait été un choc terrible. Pourtant, Kennedy avait appris ce qu'était le chagrin quand elle avait perdu son mari, tué par la bombe d'un terroriste après douze ans de vie commune.

Phil était un homme merveilleux, intelligent, plein de charme. Ils s'étaient rencontrés au collège, étaient tombés amoureux, avaient parcouru le monde et, après six années de rêve, s'étaient mariés à bord d'un bateau sur un fleuve d'Afrique infesté de crocodiles. Phil était un brillant photographe, et Kennedy écrivait les articles pour accompagner son étonnant travail. Une équipe formidable, très demandée par les magazines et les quotidiens.

Phil était mort en Irlande. Elle aurait dû l'accompagner mais elle était enceinte de trois mois. Comme elle avait déjà fait deux fausses couches, son gynécologue lui avait conseillé de rester chez elle et, pour une fois, de se tenir tranquille. Ça ne l'avait pas empêchée de perdre son bébé. À la mort de Phil, sa vie s'était arrêtée quelque temps. Elle n'avait pas bougé de leur petite maison du Connecticut pendant près d'un an en essayant de dominer le chagrin qui l'engloutissait. Par moments, elle avait pensé à se suicider, mais elle savait que Phil aurait considéré cela comme une solution de lâche. Elle avait donc rassemblé toute son énergie et s'était de nouveau aventurée dans le monde ; mais elle avait découvert que voyager seule n'exerçait pas sur elle la même fascination.

Finalement, elle avait décidé de se trouver une base quelque part, pas dans la maison du Connecticut, qui abritait trop de souvenirs, mais à Los Angeles, pour être près de ses parents. Peu après son installation, sa mère était tombée malade et était morte. Maintenant, c'était le tour de son père.

Kennedy ne regrettait pas d'avoir appelé Mason. À vrai dire, elle était presque excitée à l'idée de s'être engagée à travailler un an pour le même magazine. Les interviews de célébrités étaient un agacement secondaire dont elle devrait s'accommoder. La perspective du grand article lui mettait l'eau à la bouche.

Si Phil avait été là, il aurait eu un million d'idées. Elle n'avait jamais rencontré un homme qui arrive à la cheville de Phil. Sa meilleure amie, Rosa Alvarez, lui assurait qu'il y avait une foule d'hommes épatants en circulation, mais elle n'en avait pas encore rencontré un, même si elle sortait de temps en temps, ce qui ne l'amusait guère. « Je suis trop vieille et trop maligne pour toutes ces bêtises », avait-elle déclaré à Rosa qui avait la mauvaise habitude d'essayer de lui trouver un amant.

Rosa, une beauté hispanique de quarante ans, présentatrice du journal à la station de télé locale, était une femme déterminée qui ne désespérait pas de trouver pour son amie une solution romanesque. « Tu as cinq ans de moins que moi, Kennedy, lui répétait-elle sévèrement. Je ne vais pas te laisser moisir toute seule chez toi. Il y a sûrement quelqu'un pour toi et j'ai bien l'intention de le trouver. »

Kennedy savait qu'elle attirait les hommes. Elle était grande — presque un mètre soixante-dix —, bien faite, même si elle s'efforçait de ne pas jouer sur sa silhouette sensationnelle. Elle avait des cheveux d'un blond de miel qui lui tombaient jusqu'aux épaules et des yeux verts au regard étonnamment direct.

Depuis la mort de Phil, elle n'avait eu qu'une seule liaison sérieuse. On ne sait comment — et contrairement à tout bon sens —, elle s'était entichée d'un des collègues de Rosa, un météorologue du style Kevin Costner, de deux ans son cadet, qui était loin d'être un aigle.

Au lit, ça allait, mais au bout de six mois elle commença à le soupçonner d'être infidèle, et cela suffit à la décider. Cela n'avait pas été facile de le quitter : après trois mois de rupture, il continuait à lui téléphoner pour la supplier de revenir sur sa décision.

Elle savait qu'elle ne le ferait jamais. Le célibat était infiniment préférable.

4

Bobby Rush faisait tous les jours du jogging. Il se levait à cinq heures du matin, passait un short et un T-shirt, enfilait ses Nike usées et s'élançait, qu'il pleuve ou qu'il vente. Il ne pleuvait d'ailleurs pas beaucoup, en Californie : la plupart du temps, il faisait trop chaud. Depuis qu'il était revenu de New York, il avait du mal à se réhabituer à la chaleur de Los Angeles.

À trente-deux ans, Bobby avait une beauté juvénile, avec ses longs cheveux plutôt blonds et ses yeux bleus comme l'océan. Il tenait son allure et son talent de Jerry Rush, son père, grande star du cinéma. Dieu merci ! il n'avait pas hérité sa personnalité : Jerry était un coureur de jupons, une brute et un alcoolique.

Après avoir été considéré des années simplement comme l'un des fils de Jerry, Bobby avait fini par connaître le succès au cinéma. Un sacré succès ! Tout d'un coup, on saluait en lui la star de la famille et on parlait de Jerry comme du « père de Bobby Rush » ! Un triomphe stupéfiant !

Cela ne plaisait pas beaucoup à ses deux demi-frères aînés, Len et Stan. Après avoir été étiquetés comme les fils de Jerry Rush, ils étaient à présent les frères de Bobby Rush. Cela leur restait sur l'estomac, d'autant plus qu'ils essayaient tous les deux, en vain, de faire une carrière de comédiens. Len et Stan étaient les fils de la première femme de Jerry, qui, après son divorce, avait épousé un spécialiste de la chirurgie cardiaque et vivait maintenant paisiblement en Arizona.

Len buvait, Stan se droguait. Jerry les faisait vivre, bien qu'ils soient tous les deux mariés et pères de famille.

Cela faisait cinq ans que Bobby n'avait pas adressé la parole à son père. Ils s'étaient disputés avant que Bobby parte pour New York et ils n'avaient aucun contact depuis lors. Maintenant, Bobby était de retour, son film était un succès, et Darla, sa belle-mère suédoise, avait organisé un dîner de retrouvailles pour la semaine suivante.

Bobby suivait à petites foulées la pelouse de l'UCLA. Il avait loué une petite maison à Hollywood Hills, mais il avait vite découvert que faire du jogging là-bas était une corvée. Le premier jour, il avait rencontré Madonna et ses gardes du corps. Le jogging n'était pas censé être une occupation mondaine, c'était un travail : un travail de chien pour se faire des muscles et fortifier son cœur.

Il était rentré à Los Angeles depuis plusieurs semaines, mais, entre les innombrables réunions, l'installation de ses nouveaux bureaux de production, les conférences avec les scénaristes pour le film qu'il était en train de monter et l'aménagement de la maison, il n'avait pas eu une minute à lui. Il n'avait appelé personne, pas même ses frères.

Darla avait réussi à le joindre : elle était la meilleure commère de la ville. Elle connaissait tout et tout le monde, et, maintenant qu'il commençait à se faire un nom, elle voulait absolument organiser une rencontre avec son bon vieux père.

Jerry Rush. Une figure de légende. Il avait été

l'une des grandes stars des films d'action et d'aventures quand « action » voulait dire tuer les méchants et « aventures » embrasser la vedette féminine. Aujourd'hui, Jerry n'avait plus guère que des rôles de composition même s'il était encore très beau, grâce au talentueux chirurgien esthétique qui l'avait façonné au long des années. Mais Jerry frisait les soixante-dix ans ; il avait dépassé l'âge des héros du grand écran.

Bobby se demandait ce que son père lui dirait de son stupéfiant succès. Ils avaient toujours eu des rapports difficiles : cette façon de le rabaisser durant toute son enfance aurait détruit un homme d'une moindre trempe.

Les premiers souvenirs de Bobby n'étaient pas gais.

Sa première leçon de natation : Jerry l'avait jeté dans le grand bain de la piscine et l'avait calmement regardé se débattre pour ne pas se noyer.

Son premier jour à l'école : Jerry l'avait accompagné et s'était pavané là-bas, se présentant aux professeurs, signant des autographes, s'assurant que tout le monde savait de qui le petit Bobby était le fils.

Son premier rendez-vous : Jerry avait embrassé la fille sur les lèvres et, le regard perdu dans le vague, elle avait passé la soirée à lui répéter combien son père était merveilleux.

Sa première fiancée : cela faisait deux mois que Jerry la sautait régulièrement jusqu'au jour où Bobby les avait surpris. Jerry avait éclaté de rire. « C'était une pute, avait-il déclaré. Une chance que tu t'en sois aperçu à temps. »

Après cela, Bobby savait que la vie avec son père serait une guerre perpétuelle et que, pour la gagner, il devrait faire montre de méfiance et de ruse.

Jerry voulait qu'il aille à l'université en Californie mais, avec l'aide de son indulgente mère, Bobby s'était enfui à New York. Il avait suivi pendant dix-huit mois les cours de la faculté avant de tout lâcher pour s'essayer à une carrière d'acteur. Son père n'avait pas approuvé et ne lui avait pas donné un sou. Parfait. De toute façon, il n'en voulait pas. Il avait travaillé le soir comme serveur dans un bar et, dans la journée, avait tourné dans un feuilleton télévisé. Bon entraînement.

Deux ans plus tard, quand sa mère était morte d'un cancer, il était retourné à Los Angeles.

Le jour de l'enterrement, Jerry l'avait pris à part pour le supplier de rester. « Je suis tout seul, avait-il dit, révélant un côté vulnérable que Bobby ne lui avait jamais vu. Tes frères sont mariés et la maison est vide. Pourquoi ne reviens-tu pas t'y installer, Bobby ? Pour tenir compagnie à un vieil homme. »

Bobby avait eu la faiblesse d'accepter. Grave erreur. À peine était-il revenu que Jerry était redevenu un monstre, faisant la cour à toutes ses petites amies et le traitant comme s'il était encore un gosse.

Quand Darla entra dans la vie de son père, Bob en sortit. Il demeura à Los Angeles et loua un appartement à Sherman Oaks. Il trouva quelques petits rôles dans des films, puis un autre dans un feuilleton, et se mit à sortir avec une pléiade de filles qu'il n'amenait jamais chez son père.

Quand Jerry épousa Darla, elle essaya de refaire d'eux une grande et heureuse famille. Sans succès.

À la Noël de 1989, Jerry et Bobby eurent leur grande confrontation. Il y avait une soirée dans la demeure familiale. Jerry ne reculait devant rien : tentes dans le jardin, piscine transformée en piste de danse, Pères Noël, diseuses de bonne aventure et orchestre de sept musiciens. Dîner placé pour cent vingt invités. Darla veillait à tous les détails — Jerry s'attribuait tout le mérite.

Bobby ne pouvait s'empêcher d'admirer Darla. L'inflexible Suédoise avait réussi là où tant d'autres femmes avaient échoué : elle contrôlait presque Jerry. Mais, ce soir-là, personne n'aurait pu y parvenir : trop de bourbon, un nouveau film dont le tournage allait bientôt commencer. Il paradait, plus sûr de lui que jamais.

Bobby avait commis l'erreur d'amener à la soirée sa petite amie du moment, Linda, une blonde menue avec un corps classique de Californienne et de magnifiques yeux bleus. Jerry, naturellement, lui fit la cour dès leur arrivée. Linda le supporta courageusement, mais, plus tard, Jerry, complètement ivre, l'empoigna quand elle sortait des toilettes, lui plaqua un grand baiser sur les lèvres et plongea une main moite dans le décolleté de sa robe. Prise au dépourvu, Linda gifla Jerry et courut raconter l'histoire à Bobby.

Celui-ci comprit qu'il fallait mettre un terme aux agissements de son père. Quand Jerry apparut, Bobby le toisa et dit, d'une voix vibrante de colère :

— Linda mérite des excuses.

— Quoi ? fit Jerry, mal assuré sur ses jambes.

Bobby n'avait pas l'intention de reculer.

— Demande-lui pardon, vieux salopard.

Jerry éclata d'un rire déplaisant.

— Lui demander pardon... À elle ? Tu plaisantes !

Pour une fois dans sa vie, Bobby tint tête à son père.

— Fais-le, dit-il d'une voix ferme.

Dans un silence pesant, chacun faisait semblant de ne pas voir l'affrontement entre le père et le fils.

— Voyons, mon garçon, tu ne comprends pas que ce n'est qu'une pute, fit Jerry d'une voix pâteuse. Ah ! on peut dire que tu as l'art de les choisir.

Une sombre colère déferla sur Bobby, si violente qu'il ne parvint pas à la maîtriser. Il botta de toutes ses forces le derrière de Jerry, puis il saisit Linda par la main et ils s'en allèrent en courant.

La semaine suivante, Bobby retournait à New York, où il se consacra vraiment à sa carrière. Très vite, il se rendit compte que personne n'était prêt à se décarcasser pour le fils de Jerry Rush. Mais il était bien décidé à réussir. Avec deux copains d'université ils tentèrent de monter des films à petit budget. Ils travaillaient dur. Gary Man, avec qui Bobby partageait sa chambre à la fac, s'occupait du côté financier. Tyrone Houston, ancien héros de l'équipe de football de l'université, mettait sur pied la production. Bobby jouait et assurait le rôle de producteur exécutif, surveillant tous les détails.

C'était un travail écrasant, avec des journées de dix-sept heures, mais ça finit par payer. Grâce à leurs efforts, Gary, Tyrone et Bobby montèrent deux films. Quand ces productions rapportèrent de l'argent, ils purent intéresser de vrais investisseurs et sortir *Larmes de sang*, une histoire d'amour érotique entre un flic et une call-girl. Gros succès. Bobby Rush devint une star. Il obtint chez Orpheus un contrat de production auquel il s'assura qu'étaient associés Gary et Tyrone. Ils disposaient désormais de l'argent des studios Orpheus pour faire exactement ce qu'ils voulaient. Le truc, c'était de trouver le bon projet.

— Salut, Bobby.

Une jolie fille en short très court et T-shirt moulant le salua de la main en le dépassant.

Depuis quelque temps, tout le monde le saluait.

Peu importait le temps qu'il avait passé à tourner des feuilletons : un film réussi suffisait.

Machinalement, il lui rendit son salut, même s'il ne savait absolument pas qui elle était. Il hâta un peu le pas. C'était formidable de ne plus être considéré comme le fils de Jerry Rush. Personne ne pourrait comprendre s'il n'était pas passé lui-même par là.

Grandir avec un père célèbre.

Un handicap pour la vie.

Eh bien, il avait surmonté ce handicap. Il avait gagné.

L'Homme entra dans l'une des chambres de l'énorme maison presque vide de Benedict Canyon. Elle appartenait à son oncle, qui habitait sur la côte Est et laissait divers parents et amis l'occuper. Dans les années quarante y avait vécu une blonde star de cinéma légendaire : elle avait tué son amant avec un couteau de boucher puis s'était suicidée en se pendant aux poutres de l'énorme et sinistre salon.

Eldessa, la Noire qui s'occupait de la maison, lui avait raconté l'histoire le jour de son arrivée. L'Homme avait écouté avec impatience cette vieille commère sénile. Quand elle eut terminé, il lui avait donné l'ordre de ne plus jamais lui en reparler. Et il lui avait interdit d'entrer dans sa chambre.

Pour plus de sûreté, il fit venir un serrurier qui posa de grosses serrures sur la porte. Personne n'avait le droit de le déranger.

L'Homme s'installa dans cette maison parce que c'était commode. La famille ne voulait plus de lui à New York : on le lui avait clairement fait comprendre. Mais on ne pouvait pas couper complètement les liens : il était de leur sang, alors on se sentait obligé de s'occuper de lui. On lui don-

nait une chambre dans la maison de l'oncle et une misérable pension.

Est-ce qu'ils s'imaginaient qu'ils allaient se débarrasser de lui comme ça ?

Mais, pour l'instant, ça l'arrangeait. Il avait un certain nombre de choses à régler avant de s'occuper de sa famille.

L'Homme avait une liste — une longue liste. Et il savait exactement comment il allait liquider chacun de ceux qui y étaient inscrits.

Le châtiment.

La vengeance.

Il allait tuer les enfants de putain qui l'avaient trahi. Tous autant qu'ils étaient.

Il allait bientôt commencer...

5

La Balle Blanche était la boîte la plus branchée de Los Angeles. Elle était dirigée par Melinda Woodson, une ancienne comédienne à l'air revêche, et par Arnie Isaak, un ancien enfant vedette devenu dealer de cocaïne. Ils étaient tous deux amis intimes de l'acteur de cinéma Charlie Dollar, qui avait avancé l'argent pour faire démarrer le club. Charlie avait considéré cela comme une police d'assurance qui lui permettrait d'avoir un endroit amusant où traîner. Et puis ses deux amis le rendaient dingue, et il en était arrivé à la conclusion qu'il était temps de leur donner de quoi s'occuper, pour qu'ils cessent de fumer de l'herbe, de renifler de la coke et de siffler son alcool à longueur de journée.

Charlie Dollar ne ressemblait guère à l'image qu'on se fait d'une star. Trop gros, avec une brioche confortable, cinquante-trois ans et un début de calvitie. Mais, quand il souriait, le monde s'illuminait et toutes les femmes se pâmaient. Charlie Dollar possédait un charme particulier auquel ne résistaient ni les hommes ni les femmes. Chacun de ses films était un succès assuré, car Charlie avait l'art de prendre un rôle et de déformer le personnage jusqu'à ce qu'il lui aille à la perfection.

Personne ne connaissait la véritable histoire de Charlie, même si de nombreuses rumeurs couraient. On parlait de prison, d'une histoire de drogue, d'un service difficile pendant la guerre du Viêt-nam. Charlie avait surgi tout d'un coup à trente-cinq ans dans un film de rock and roll d'avant-garde où il jouait le rôle de l'imprésario dingue d'un groupe de hard rock. Après ce numéro brillant et dément, il n'avait jamais connu que le succès.

Grâce à Charlie, La Balle Blanche avait démarré aussitôt. C'était l'*endroit* à voir et où se faire voir. Agents, acteurs, producteurs, imprésarios s'y rendaient tous, sachant qu'ils pourraient y faire des affaires. En outre, il était facile d'y trouver comment finir sa nuit : le lieu regorgeait de belles filles. Des filles au corps spectaculaire et à la tête vide. Des filles prêtes à tout pour obtenir un rôle.

Charlie y passait un temps fou, assis à sa table habituelle, surveillant la scène comme un gros chat satisfait.

Jordanna, qui traînait tard un samedi soir, entra dans le club. Elle connaissait tout le monde et était connue de tous. Après tout, elle était une enfant de Hollywood, une des rares élues. Elle avait un père célèbre — vivant. Et une mère célèbre — défunte. Elle appartenait à la famille royale de Hollywood.

Arnie Isaak, qui aimait bien jouer le maître de maison accueillant, lui lança un :

— Salut, Levitt, t'as l'air en forme !

Arnie était maigrelet avec une barbe clairsemée. Il avait l'impression d'être irrésistible. Erreur.

Au grand agacement de Jordanna, Arnie essayait toujours de la draguer, même si elle lui avait clairement fait comprendre qu'elle ne pouvait pas le supporter.

— Salut, Arnie, dit-elle, passant rapidement devant lui pour rejoindre un groupe de ses pairs, les autres enfants de Hollywood, tous rassemblés.

Cheryl Landers, une rousse cynique avec des yeux qui avaient tout vu, de longues jambes et une attitude réaliste devant la vie. Ça ne surprenait personne : son père, Ethan, était à la tête d'un grand studio et sa mère, Estelle — qui buvait en secret à l'abri de sa somptueuse demeure de Bel Air —, était la grande prêtresse de la société de Los Angeles.

Auprès de Cheryl était assis Grant Lennon junior, un fêtard, le fils de Grant Lennon, personnage légendaire et follement séduisant du cinéma. Grant junior, qui travaillait à International Artists Agents, se considérait comme l'étalon de la ville, mais Jordanna était persuadée que, contrairement à son coureur de père, il ne réussissait pas aussi souvent qu'il l'aurait voulu et que c'était pour ça qu'il continuait à se donner tant de mal.

Marjory Sanderson, la fille aux yeux rêveurs d'un magnat milliardaire de la télévision, était d'une maigreur accablante, avec de longs cheveux filasse et un visage aux traits tirés et sans beauté. Anorexique, elle passait le plus clair de ses après-midi sur le divan de son psychiatre.

Enfin Shep Worth, le fils unique d'un symbole sexuel vieillissant. Shep ressemblait à une version miniature de sa célèbre mère, Taureen Worth, la femme au corps toujours superbe et qui avait épuisé une kyrielle de maris.

Ils avaient tous grandi avec, en commun, le fait d'avoir trop de choses trop tôt. Une Porsche à seize ans. Des cartes de crédit à gogo. Des vacances en Europe. Les meilleures tables dans les restaurants les plus chic. Et d'interminables et somptueuses soirées.

Jordanna se laissa tomber dans un fauteuil.

— Il me faut un verre, dit-elle en prenant une poignée de chips et en les enfournant dans sa bouche.

— Rude journée ? demanda Cheryl.

— C'est dur de ne rien faire, répondit Jordanna, impassible.

Cheryl eut un rire sans gaieté.

— Raconte, dit-elle, sachant exactement ce que voulait dire Jordanna.

Cheryl avait quitté le domicile familial à dix-sept ans et tous ses amis l'enviaient parce que ses parents lui avaient offert un appartement à Westwood, une BMW neuve et plusieurs cartes de crédit sans plafond. Depuis lors, elle avait essayé sans trop y parvenir d'organiser sa vie. Malheureusement, il n'existait pas de domaine dans lequel elle pouvait exceller : être la fille d'Ethan et d'Estelle signifiait qu'on attendait de vous l'impossible ; elle ne s'était donc même pas donné le mal d'essayer.

Cheryl était séduisante sans être éblouissante. Si elle n'avait pas été une princesse de Hollywood, on l'aurait trouvée très jolie. Mais, dans une ville où l'on cultivait la beauté physique, elle n'attirait pas l'attention.

Cheryl était devenue l'une des meilleures amies de Jordanna. Avant le suicide de Fran, cela n'avait jamais vraiment accroché entre elles. Le chagrin les avait réunies. Au début, Cheryl ne pouvait pas supporter Jordanna. Mais, une fois qu'elle avait commencé à la connaître, elle s'était rendu compte que — comme elle — Jordanna venait d'une famille riche et destructurée et qu'elle essayait de son mieux de survivre.

Elles avaient commencé par sortir ensemble, entraînant dans leur sillage Shep, Grant et Marjory. Bientôt, on les appelait les Cinq de Hollywood. Ça leur convenait parfaitement, car ils portaient tous la même croix : des parents trop occupés à être riches et célèbres pour trouver le temps d'élever leurs enfants.

— Je te conseille d'essayer une margarita, dit Cheryl. Tu t'en tapes trois et tu ne sais même plus que tu es sur cette planète !

— Toi, essaie une margarita, moi, je vais essayer la blonde au corsage rouge, dit Grant en se levant.

Il était grand et dégingandé, avec un long visage, des sourcils fournis et des cheveux bruns coiffés en queue de cheval. Il était beau, mais pas autant que son célèbre père — ce qui l'agaçait considérablement.

Jordanna jeta un coup d'œil à la fille qu'il allait conquérir. Encore une de ces petites dragueuses qui débarquaient régulièrement à La Balle Blanche avec des tenues moulantes, de longs cheveux et la lèvre agressive. Toutes disponibles et toutes stupides.

— Je me demande ce que vous leur trouvez, les gars, soupira-t-elle. Ça ne vous est jamais venu à l'idée qu'on pouvait avoir une conversation, avant ?

— Allons, Jordanna, sois réaliste, dit Grant en se préparant à l'assaut. J'aimerais bien bavarder avec toi sur l'oreiller.

— Va te faire voir, Grant, dit-elle gentiment.

Shep arriva. Il avait des cheveux blonds décolorés par le soleil et un visage aux traits fins.

— Mais oui, Jordy, dit-il d'un ton accusateur. Tu fais exactement comme Grant : tu choisis un mec pour la nuit et deux heures plus tard c'est « Salut, ne m'appelle pas, c'est moi qui t'appellerai ».

— Au moins, répliqua sèchement Jordanna, les miens n'ont pas les seins gonflés à la silicone. Et ils ne montrent pas tout dans les magazines avec une jambe en l'air en prétendant qu'ils adorent les animaux et qu'ils brûlent d'envie de sauver le monde.

— Moi, j'ai décidé de me vouer au célibat,

annonça Cheryl. C'est ça, ou alors voir du côté des lesbiennes. Toutes ces histoires de sida, ça me fiche la trouille !

Grant se dirigea rapidement vers miss Corsage rouge, qui rôdait autour du bar avec un groupe d'amies faites sur le même moule.

— Mon Dieu, j'espère qu'il ne va pas la ramener ici, gémit Jordanna. Je ne supporte pas ces apprenties starlettes. Elles sont tellement bêtes !

— Tout le monde n'a pas un QI comme le tien, lança Shep.

Jordanna se tourna vers lui.

— Ce que tu es de mauvaise humeur ce soir ! Tu as tes règles ?

— Qu'est-ce que tu veux dire ? demanda Shep, les joues toutes rouges.

Shep était homo, mais il s'imaginait que personne ne le savait. Tout le monde était au courant, mais lui n'en parlait jamais.

— Il est toujours de mauvais poil, murmura Cheryl.

Grant, naturellement, ne put résister à l'envie d'amener la blonde bien roulée à leur table. Elle avait le regard vitreux — comme si elle venait de poser pour la page centrale de *Playboy* en révélant ses gros seins et ses dents blanches d'Américaine bien saine.

— Je vous présente Sissy, dit Grant en passant un bras de propriétaire autour de ses épaules nues.

Le regard de Sissy s'arrêta sur Shep, qui était encore plus beau que Grant.

— Bonjour, dit-elle d'une voix un peu haut perchée. À qui ai-je l'honneur ?

Oh, formidable, se dit Jordanna. *Celle-ci veut voir leur CV avant de se déshabiller*.

— Shep Worth, dit-il aimablement.

— Et voici Jordanna, Cheryl et Marjory, ajouta Grant, toujours poli.

— Nous sommes un groupe de chanteurs, précisa Jordanna.

— Vraiment ? dit Sissy, impressionnée. Et où est-ce que vous chantez ?

Shep éclata de rire.

— Elle a dit quelque chose de drôle ? lança Grant, agacé.

— Elles disent toutes quelque chose de drôle, murmura Cheryl.

Grant prit Sissy par le bras.

— Allons danser.

Elle était déçue.

— On ne s'assied pas avec tes amis ?

— Plus tard, murmura-t-il en l'entraînant vers la piste de danse encombrée.

Jordanna prit un air songeur.

— Tu crois que Grant utilise des préservatifs ?

— Il serait fou de ne pas le faire, répondit Cheryl. Il couche avec au moins deux filles différentes par semaine.

Jordanna pianota sur la table.

— C'est le dernier truc macho, dit-elle d'un air entendu. Les hommes disent que ça diminue leurs sensations.

— J'espère que tu ne te laisses pas prendre à ce genre de foutaises, dit sévèrement Cheryl.

— Est-ce que j'ai l'air d'une idiote ? répliqua Jordanna, ramenant en arrière une longue mèche brune.

Ah oui ? À qui allait-elle faire croire le contraire ? Deux fois, le mois précédent, elle s'était laissée aller à faire l'amour sans préservatif. De temps en temps, elle s'abandonnait à une sorte d'instinct d'autodestruction : l'alcool, la drogue, le sexe déchaîné, des partenaires anonymes. Quand elle retrouvait son bon sens, elle se jurait de ne jamais recommencer. Pourtant, il arrivait toujours quelque chose qui la poussait à sauter la barrière.

En vérité, elle savait qu'elle devrait se maîtriser. Si elle ne mettait pas de l'ordre dans sa vie, personne ne le ferait à sa place. Pour l'instant, elle avait arrêté la drogue. Pas de marijuana. Pas de cocaïne. Pas de nuits folles. Elle revenait à une vie plus saine, et ça lui faisait du bien.

— J'ai encore reçu une menace de mort, dit Marjory, ouvrant la bouche pour la première fois depuis une heure.

Jordanna se pencha en avant.

— Une *quoi* ?

— Ça fait un moment que je reçois ce genre de lettres, avoua Marjory.

— Quel genre de lettres ? interrogea Cheryl.

— Je n'ai pas envie d'en parler.

— Comment ça ? demanda Cheryl en faisant signe à la jolie serveuse de lui apporter un autre verre.

Marjory reprit d'une voix basse et unie :

— Il dit qu'il va me couper la gorge.

— Quoi ! s'exclama Jordanna. Tu as contacté le FBI ?

Marjory avait un air lugubre.

— Je n'en ai parlé à personne.

— Pas même à ton père ? demanda Shep.

— Il est trop occupé.

C'était un refrain qu'ils connaissaient tous. Jordanna, la bouche pleine de chips, demanda à Marjory combien de lettres elle avait reçues. Marjory n'avait plus envie d'en parler.

— Je suis sûre que c'est une blague, dit-elle pour clore le sujet.

— Une blague macabre, observa Cheryl. Passe la lettre à ton père : il demandera à son service de sécurité de mener une enquête.

— Oui, dit Marjory, je vais le faire. Si tu crois que je devrais.

— Bien sûr, insista Cheryl.

— Fais-le, ajouta Jordanna d'un ton sévère.

Arnie s'approcha de leur table, sourire paillard aux lèvres.

— Salut, Levitt, dit-il.

Ça agaçait toujours Jordanna qu'on l'appelle par son nom de famille. Elle lui lança un de ces regards style « ne viens pas m'emmerder ».

— Qu'est-ce que tu veux, Arnie? demanda-t-elle.

Il tenait la boîte la plus en vue de la ville, et la plupart des femmes étaient prêtes à céder à tous ses caprices. Il ne se remettait pas de voir qu'il laissait Jordanna complètement indifférente.

— Charlie donne une soirée chez lui après la fermeture. Tu veux venir?

— Avec toi?

— Oui, avec moi.

— Ne te vexe pas, Arnie, mais je te l'ai déjà dit : ça ne m'intéresse pas de sortir avec toi.

— Quel est ton problème, Levitt? fit-il en fronçant les sourcils.

Elle le regarda droit dans les yeux.

— Je n'ai pas envie de coucher avec toi, Arnie. C'est *ton* problème, pas le mien.

— Tu es une vraie garce, Levitt.

— Non. Je suis franche, simplement. C'est un agréable changement, non?

Il gardait fixé sur elle son regard lubrique.

— Réfléchis un peu. Qui sait? Tu trouverais peut-être ça formidable.

— Je t'emmerde, dit-elle d'un ton nonchalant.

— Ce que j'aime chez toi, Levitt, c'est ton côté pensionnaire.

— Oh, merci! C'est agréable de savoir qu'on m'apprécie à ma juste valeur.

— Un peu de calme, tous les deux, dit Cheryl en

bâillant. À vous entendre, on croirait que vous êtes mariés.

Jordanna se leva brusquement.

— Ça suffit. Je me tire, annonça-t-elle.

— Où vas-tu ? demanda Arnie, déçu.

— Voir ce qu'il se passe ailleurs.

— Tu ne trouveras pas mieux, lança-t-il.

— Je te raconterai, dit-elle sèchement.

Alors qu'elle gagnait la sortie, Charlie Dollar, un peu éméché, lui fit un clin d'œil. Il avait l'âge d'être son père, mais il était encore très sexy. Jordanna se demanda vaguement ce qu'il donnait au lit : les rapports étaient contradictoires.

Sa voiture était garée juste devant La Balle Blanche — Jordanna donnait de bons pourboires ; elle l'avait appris de son père.

Elle partit au volant de sa Porsche et s'attarda dans deux ou trois boîtes où il était censé se passer des choses intéressantes. Malheureusement, Arnie avait raison : La Balle Blanche était bien le seul endroit potable. Ailleurs, c'était sinistre.

À deux heures du matin, elle était à la maison. Seule. Encore une nuit scintillante dans la cité des Anges.

Un de ces jours, elle rencontrerait quelqu'un qui l'arracherait à ce sourd et obstinant sentiment de solitude qui l'habitait jour et nuit. Quelqu'un qui la comprendrait et qui l'aimerait. Un de ces jours.

Peut-être...

6

Cinq jours sur le canapé de Quincy et d'Ambre, c'était cinq jours de trop. Michael avait des courbatures dans le dos et une migraine permanente parce que le bébé ne cessait pas de pleurer et que le petit, qui commençait à marcher, geignait dès le matin d'une façon particulièrement exaspérante.

— Comment supportes-tu ça ? demanda-t-il à Quincy alors qu'ils roulaient lentement dans les rues de Beverly Hills — Quincy lui faisait faire le tour de la ville.

— Ça s'appelle le mariage... Tu ne te souviens pas ? répondit Quincy en gloussant.

Ah oui, il se rappelait. Rita se plaignant chaque fois que Bella la réveillait au milieu de la nuit. L'odeur des couches sales. Les jouets et les vêtements de bébé jonchant le sol. Le réfrigérateur plein de biberons. Ah ! les souvenirs...

— Il faut que je déménage, murmura-t-il en pensant : *le plus tôt sera le mieux.*

Il avait déjà visité plusieurs appartements ; malheureusement, ceux qui lui plaisaient étaient trop chers et les autres étaient minables.

— Pourquoi ? demanda Quincy. Ambre t'adore, et, au fond, ça me fait du bien de t'avoir là. C'est comme au bon vieux temps, seulement on ne se casse pas le cul à poursuivre des petites canailles.

— Ça, c'est bien vrai, dit Michael.

Par la vitre ouverte, il contemplait les hautes grilles de fer forgé, les vastes pelouses, les plantes exotiques et les palmiers soigneusement taillés.

— Dis donc..., ça n'a pas l'air vrai. Il y a des gens qui vivent comme ça ?

Quincy éclata de rire. C'était un grand gaillard, au bord de l'embonpoint, avec des yeux bruns au regard doux, des cheveux en bataille, de grandes mains et de grands pieds. Chaque fois qu'il était excité, il avait la manie d'agiter les mains en l'air.

— Tu as vu ça au cinéma, maintenant, il faut t'habituer à la réalité, dit-il avec un grand geste. Ces gens-là touchent plein de fric et ça ne les gêne pas de le dépenser.

— Qui ça ? Les vedettes de cinéma ?

— Non... Quelques-unes, peut-être. Mais ce sont les producteurs et les patrons de studio qui ramassent un paquet pour chaque film dont ils s'occupent. Ils appellent ça la comptabilité créatrice.

— Qu'est-ce que tu es donc ? un expert de Hollywood ? demanda Michael en riant.

Quincy hocha la tête d'un air entendu.

— Je travaille un peu pour quelques-uns de ces grands pontes.

— Ah oui ? Intéressant ?

— Pas vraiment, comparé à New York. En tout cas, je ne risque pas ma vie à essayer d'épingler un connard qui se came au crack et qui a le doigt qui tremble sur la détente. Ici, c'est du gâteau, et ça paie drôlement bien. Je t'assure, Mike, viens travailler avec moi : on se fera des paquets de fric.

Peu convaincu, Michael dit :

— Est-ce que ça ne devient pas un peu assommant ? Tu sais, le soleil qui brille tout le temps, les gens qui te souhaitent une bonne journée, tout le monde qui sourit...

— Tu oublies les émeutes, les agressions, les tremblements de terre, les glissements de terrain, les incendies, les tireurs en voiture et les inondations. Il n'y a pas que Sunset Boulevard et les grandes propriétés.

Michael alluma une cigarette.

— C'est bien gentil, Quincy, mais, au bout d'un moment, les rues me manqueraient, tu vois ce que je veux dire ?

— Si tu restes ici, tu seras près de ta gosse.

— J'ai appelé hier, dit Michael en tirant une grande bouffée. Toujours la même chose : je tombe sur ce foutu répondeur.

— Alors, passe là-bas. Fais-leur la surprise. Tu dois mourir d'envie de voir ta petite Bella.

— Évidemment, mais j'aimerais que Rita sache que je m'installe ici pour de bon. Il faut que je me trouve un appart. Comme ça, je pourrai prendre ma fille pour les week-ends, réapprendre à la connaître.

— Pourquoi ne l'amènes-tu pas à la maison ? Ambre serait ravie.

— Tu me tentes.

— Tiens, fit Quincy, si tu promets de ne rien dire à Ambre parce qu'elle commence à m'appeler le gros, je vais nous acheter une pizza et puis on passera faire une visite surprise à Rita. Qu'est-ce que tu en dis ?

— Tu sais, ça n'est pas une si mauvaise idée.

— Bobby Rush, dit Mason, sa voix dominant les crépitements du téléphone — il appelait de New York.

— Vous ne voulez pas dire Jerry Rush ? répondit Kennedy.

Elle coinça le combiné sous son menton en cherchant un bloc et un stylo.

— Jerry, c'est du passé. Bobby, c'est l'avenir.

Ça la gênait de poser la question, mais franchement elle ne savait pas.

— Qui est donc Bobby Rush ?

Mason eut un grognement désapprobateur.

— Il y a des moments où vous me surprenez.

— Je n'ai jamais entendu parler de lui.

— Bon sang, Kennedy, tenez-vous au courant ! Ou bien je vais finir par croire que j'ai commis une sérieuse erreur en vous engageant.

— Les vedettes de cinéma ne me passionnent pas, Mason. Je présume que c'est ce qu'il est.

— Il est la copie de Jerry, en réussi. Excellent acteur et producteur de *Larmes de sang*, un film qui a dépassé les cent millions de dollars de recette. Il se déshabille à l'écran : ça devrait vous séduire. Je vous conseille de voir le film. En attendant, je vais vous faire envoyer quelques coupures de presse et une bio.

— Comme c'est excitant !

— Je veux quelque chose de très provocant. Ce sera l'article de fond. Présentez-le comme un Sharon Stone masculin.

— J'espérais plutôt Clint Eastwood, Charlie Dollar ou Jack Nicholson.

— Vous les aimez vieux, hein ?

— Je les aime avec une cervelle.

— Il en a.

— Qu'est-ce que vous êtes..., son attaché de presse ?

— Au revoir, dit Mason en raccrochant.

Kennedy appela Rosa à son bureau.

— Qui est Bobby Rush ?

— Joli cul, fit Rosa. Pourquoi ?

— Je n'ai jamais entendu parler de lui.

— À ta place, je ne le crierais pas sur les toits. Il est très connu. Bobby Rush est un garçon très, très *sexy*.

— C'est ce qu'il te faut, Rosa.

— Je suis parfaitement heureuse avec mon joueur de basket, merci. Il est peut-être jeune, mais il a de l'énergie et... des tas de talents. Je crois que je suis amoureuse.

— *Encore ?*

Elles éclatèrent de rire. La vie amoureuse de Rosa était légendaire : elle avait vis-à-vis des hommes l'attitude que ceux-ci ont en général à l'égard des femmes. Et elle s'en tirait toujours car elle ne leur confiait jamais son secret.

— Pourquoi me poses-tu des questions à propos de Bobby Rush ? demanda Rosa, curieuse.

— Parce que, soupira Kennedy, Mason — dans son infinie sagesse — veut que j'écrive un grand article sur cette personne dont je n'ai jamais entendu parler.

— Cours voir le film et rappelle-moi. Je suis persuadée qu'il te plaira.

Une heure plus tard, Kennedy était assise dans l'obscurité d'une salle de cinéma. Bobby Rush avait un physique de star : les traits réguliers, les cheveux châtain très clair et d'incroyables yeux bleus. Bien bâti, aussi : une sorte de Richard Gere des années quatre-vingt-dix.

Un joli cœur ? griffonna-t-elle avec un point d'interrogation. *Beau mais bête ?* Si c'était le cas, elle pourrait le mettre en pièces sans aucune difficulté..

Pourquoi le ferais-je ? se demanda-t-elle.

Parce que je n'ai absolument pas l'intention d'écrire des niaiseries, genre « journaliste qui a le coup de foudre ».

Elle appela Mason.

— Faites-moi envoyer tout ce que vous avez sur lui *et* sur le père.

— Vous n'êtes pas censée écrire un article sur les relations père-fils, la prévint Mason. Son attachée de presse a bien insisté là-dessus. (Un silence.) Après tout, faites ce que vous voulez... mais que ce soit bon !

— Telle est bien mon intention.

Les appartements de Sunset View n'étaient pas à la hauteur de leur superbe nom. On n'y voyait pas de couchers de soleil parce qu'ils étaient mal orientés, et ils n'avaient absolument pas de vue. L'immeuble, miteux, était situé dans une vilaine petite rue qui donnait sur Hollywood Boulevard.

— Merde ! murmura Michael tandis que Quincy se garait devant l'immeuble. Rita a dit que Bella et elle habitaient un endroit convenable. C'est un taudis.

— C'est peut-être mieux à l'intérieur, dit Quincy, toujours optimiste.

— Ou peut-être pas, dit Michael d'un ton sombre — il avait vu deux clochards blottis dans une entrée, entourés de caddies débordants.

— Allons jeter un coup d'œil, proposa Quincy.

Ils descendirent de voiture, évitant un clochard ivre qui titubait en chantonnant.

— Ma fille ne devrait pas habiter dans un endroit pareil, annonça Michael en escaladant les marches du perron. Ce n'est pas pour ça que je verse une pension alimentaire à Rita.

— Calme-toi, dit Quincy. Ça fait un moment que tu n'as pas vu Rita. Ne commence pas par hurler... Écoute d'abord ce qu'elle a à dire.

— Je me fous de ce qu'elle a à dire !

Il pressa sur le bouton de sonnette marqué Rita Polone. Comme il pouvait s'y attendre, Rita avait repris son nom de jeune fille : Scorsinni n'était pas assez bon pour elle. Rita méritait mieux. Elle était venue à Hollywood des idées de grandeur plein la tête, et voilà où elle avait atterri.

Pas de réponse à son coup de sonnette insistant. Michael pressa donc sur le bouton d'à côté. Au bout de quelques instants, une tête apparut à une fenêtre. Une grosse femme vieillissante, trop maquillée, avec un nœud rose dans les cheveux, lança d'un ton peu aimable :

— Si vous vendez, je n'achète pas. Si vous achetez, ça fait cinq ans que j'ai quitté le métier.

Michael recula de deux pas et leva la tête.

— J'essaie de contacter Rita Polone, cria-t-il.

— Qui ça ? répondit la femme, une main en pavillon sur son oreille.

— Rita Polone. Elle habite l'appartement du dessous avec sa petite fille.

— Oh, *elle*, ricana la femme. Cette traînée de rouquine ! Je ne sais pas où elle est, et je m'en fous.

Là-dessus, elle disparut en refermant bruyamment sa fenêtre.

— Charmants voisins, observa gaiement Quincy.

— Bon Dieu ! fit Michael.

Quincy essaya de le calmer.

— On devrait peut-être revenir quand elle est chez elle, suggéra-t-il.

— J'en ai assez d'attendre, répliqua sèchement Michael. Ouvre la porte, et jetons un coup d'œil à l'intérieur.

Quincy fit la grimace.

— Mike, c'est de la violation de domicile. Tu connais le caractère de Rita. Je n'ai pas envie d'être présent quand elle se déchaînera.

Michael lui lança un regard mauvais.

— Qu'est-ce qui t'est arrivé en Californie, Quincy ? Tu t'es ramolli.

— Hé, hé ! répondit Quincy en faisant de grands gestes. Je dois rester dans la légalité, sinon, on pourrait me retirer ma licence.

— Je me fous de la légalité et je me fous de ta licence. Je veux entrer.

— Merde ! J'avais oublié ce que c'est que de travailler avec toi.

— Allons-y, dit Michael d'un ton impatient.

— Merde ! répéta Quincy, avant d'utiliser ses talents et une carte de crédit pour forcer la serrure de la porte de Rita.

L'odeur les frappa immédiatement. Un mélange de renfermé, de nourriture gâtée et d'humidité.

— Seigneur ! s'écria Michael en entrant. Qu'est-ce que c'est que cette puanteur ?

Sur le plancher derrière la porte s'entassaient des catalogues, des lettres, des prospectus... En se penchant pour trier tout ça, Michael fut stupéfait de découvrir ses deux derniers chèques de pension alimentaire toujours dans leurs enveloppes.

— Désolé, dit Quincy en traversant le vestibule, qui sentait le moisi. J'ai le sentiment qu'elles n'habitent plus ici.

7

— Je vais me lancer dans la prostitution, annonça Cheryl en buvant une gorgée de cappuccino tout en surveillant attentivement la réaction de son amie.

Jordanna souleva ses lunettes de soleil et la considéra d'un air incrédule.

— Pardon ?

Elles étaient assises à la terrasse du Tchin-tchin sur Sunset Plaza, à regarder défiler les passants.

— Pas des putains qui font le trottoir, expliqua calmement Cheryl. Des filles classe qui se font payer un maximum pour faire ce qu'elles font généralement à l'œil. Des call-girls, en fait.

Jordanna fronça les sourcils. Elle était habituée aux idées insensées de Cheryl, mais, cette fois, c'était ridicule.

— As-tu perdu la tête ?

— J'ai toujours pensé que je ferais une bonne femme d'affaires, reprit Cheryl d'un ton calme. Aujourd'hui, j'en ai l'occasion : le père de Donna Lacey l'a rappelée à Londres et elle m'a demandé de m'occuper de son affaire pendant son absence.

— Et quelle est exactement son affaire ?

— Enfin, tu tombes de la lune ? Tu as bien entendu parler de Donna, non ? Son père est un metteur en scène anglais et c'est elle qui fournit régulièrement des filles à un certain nombre de studios. Elle a pour clients des agents, des producteurs, quelques vedettes de cinéma...

Jordanna but une gorgée de café et dit, sans manifester beaucoup d'intérêt :

— Je crois l'avoir vue draguer à La Balle Blanche. Je ne savais pas que c'était l'une de tes amies.

— On va chez le même psy, et on s'est mises à bavarder.

— Je vois.

Cheryl voulait absolument faire comprendre à Jordanna qu'il s'agissait d'une aventure commerciale tout à fait régulière, dans laquelle elle pourrait se lancer sans l'aide de son père. Elle avait besoin de s'éloigner de sa famille, de montrer au monde qu'elle avait une identité à elle.

— Seulement, elle reste discrète sur cette affaire de call-girls, parce que des hommes importants lui font confiance. Comme moi, elle a des relations. C'est pour ça qu'elle a décidé que j'étais la personne idéale pour la remplacer.

— Tu en as de la chance !

Cheryl ignora le sarcasme.

— Tu vois, les types sont tous les mêmes, expliqua-t-elle en s'échauffant. Ou bien ils restent avec la même femme, que le sexe n'intéresse plus. Ou alors ils découvrent une petite merveille qui, au bout d'un an de mariage, oublie commodément les talents pour lesquels elle s'était fait épouser ! Le sexe et le mariage ne vont pas ensemble : c'est pour ça que l'affaire de Donna marche si bien. Les hommes sont prêts à payer un maximum.

— Pourquoi ? interrogea Jordanna, sincèrement étonnée.

— Pour la même raison qui les fait acheter les

voitures, les maisons, les vêtements les plus chers. L'argent, c'est le prestige. Ils ne veulent pas d'une pute à cinquante dollars la nuit : ils veulent le dernier modèle de luxe, avec un faible kilométrage..., et c'est très cher.

— Tu perds les pédales, Cheryl, dit Jordanna en hochant la tête. Pourquoi veux-tu te mêler de ces histoires ?

— Pour avoir une partie des bénéfices.

— Oh, comme si tu étais à court de fric ! Bon sang, ton père est propriétaire d'un studio. Tu peux avoir tout ce que tu veux.

Cheryl se tourna vers elle, le regard flamboyant.

— Pour une fois, j'ai envie de faire quelque chose toute seule, sans demander l'aumône à ma famille. C'est l'occasion ou jamais.

— C'est l'occasion ! ricana Jordanna. Diriger une agence de call-girls !

— Ne rigole pas, fit Cheryl, sur la défensive. Elles touchent à chaque fois mille cinq cents dollars, et moi j'en empoche quarante pour cent. Bien sûr, il faudra que j'en garde dix pour Donna, mais ça ira : ça me rapportera encore pas mal.

— Tu serais une maquerelle, Cheryl. Tu pourrais te faire arrêter pour proxénétisme : ce n'est pas comme ça que ça s'appelle ?

— Tu as vu trop de films de ton père. On ne peut pas me toucher : je fais partie de la famille royale de Hollywood.

— Oh, vraiment ?

Un beau garçon blond passa devant elles dans une décapotable. Il donna un coup de klaxon et leur fit un geste de la main. Machinalement, Jordanna répondit. Cheryl se redressa sur son siège.

— Qui est-ce ? demanda-t-elle.

— Est-ce que je sais ?

— Allons, sois un peu coopérative : il pourrait être un futur client.

Jordanna la considéra avec stupéfaction.

— Tu parles sérieusement ?

Cheryl hocha la tête ; ses boucles d'oreilles en or étincelèrent au soleil de midi.

— Tu parles ! Ça vaut sûrement mieux que de tourner en rond. Enfin, regarde-nous : qu'est-ce qu'on fait de nos vies ?

Le malheur, c'est que Cheryl n'avait pas tout à fait tort. Jordanna se rendit compte qu'elle n'avait pas cessé de faire la fête pendant qu'elle était au lycée ; elle avait continué pendant ses deux années d'université ; elle avait vécu six mois à Paris où elle avait appris le français et avait eu une aventure passionnée avec un acteur français marié et de vingt ans son aîné. Jusqu'au jour où elle avait fini par rentrer à Los Angeles pour s'installer dans la maison d'amis de son père et traîner ici ou là, en acceptant, sans se poser de questions, la généreuse pension mensuelle qu'il lui versait. Cheryl avait raison : que faisaient-elles de leur vie ?

Jordanna s'était souvent dit qu'elle serait plus heureuse si elle trouvait quelque chose d'intéressant à faire. Mais quoi ? Pendant plusieurs années, elle avait envisagé de devenir comédienne. Elle s'en était ouverte timidement à son père, qui lui avait ri au nez et lui avait répondu que c'était un métier de chien et que, étant la fille de Jordan et de Lillianne Levitt, on attendrait d'elle des merveilles. Tristement, elle avait dû le reconnaître, même si elle nourrissait toujours secrètement l'ambition de jouer la comédie.

Elle avait envisagé plusieurs autres carrières, mais rien ne s'était jamais concrétisé, alors, pour finir — comme Cheryl —, elle était tombée dans la routine des déjeuners avec des amis, des emplettes, du farniente, des soirées, de la drogue. C'était un style de vie auquel on s'habituait très vite — même si ça ne la rendait pas heureuse et si ça ne faisait certainement pas le bonheur de son père. L'été où Fran était morte, Jordan Levitt était allé trouver Ethan Landers, et les deux hommes avaient décidé de mettre leurs filles vagabondes au travail comme assistantes de plateau sur *Le Contrat*, un film que Jordan produisait pour le studio d'Ethan. Elles avaient détesté toutes les deux, même si Jordanna avait réussi à avoir une aventure avec le metteur en scène, Mac Brooks, et si ç'avait été une sacrée expérience.

Aujourd'hui, Jordanna se rendait bien compte qu'elle était à la croisée des chemins, mais elle n'allait sûrement pas devenir une maquerelle.

— J'ai une idée formidable ! s'exclama Cheryl, tout excitée.

— Laquelle ? demanda Jordanna, qui se méfiait des brillantes idées de son amie.

— Toi ! fit Cheryl, les yeux brillants. Tu pourrais te faire des paquets de fric.

— Comment ?

— Tu pourrais être une de mes filles.

— J'adore ton sens de l'humour. Tu as d'autres idées comme ça ?

— Je parle sérieusement.

— Arrête, Cheryl, tu veux ? Je n'ai aucune envie de devenir une de tes filles. Pas question !

— Tu le regretteras. Donna m'a remis son petit carnet noir : il est plein de noms importants. Ça ne pique pas ta curiosité ?

— Pas du tout.

— Son carnet vaut une fortune, et c'est moi qui l'ai.

— Quelle chance !

— Maintenant, je sais tout des gens qui font la pluie et le beau temps dans cette ville, poursuivit Cheryl, ravie. Ce qui les branche — et ce qu'ils n'aiment pas. Le genre de filles qui leur plaît, et celles qu'ils ont déjà eues. Toutes leurs drôles de manies. C'est fascinant de découvrir tout ça.

— Je n'en doute pas, dit Jordanna en se demandant si Cheryl n'avait pas complètement perdu la tête. J'ai toujours eu l'impression que le voyeurisme, c'était ton truc.

— Donna m'a bien rancardée. Il y a un tas de filles qui travaillent pour elle, et quand il lui en faut des nouvelles elle se lance simplement dans une campagne de recrutement.

— On dirait l'armée.

Cheryl était lancée.

— Elle les trouve sur Rodeo Drive, Melrose, dans les clubs de gym, les restaurants, les soirées. D'après Donna, il y a partout des filles superbes qui sont tentées par l'argent. Elle en a découvert une qui travaillait dans une bijouterie : le lendemain, elle l'expédiait par jet privé à Paris avec cinq mille dollars dans son sac pour une seule journée de travail ! Personne ne refuse mille ou deux mille dollars qui vous tombent du ciel comme ça. Et ces filles font des voyages formidables, comme celle de la bijouterie, qui, d'ailleurs, a fini par épouser un Arabe extraordinairement riche.

Cheryl avait fait des choses insensées dans sa vie, mais cette fois elle dépassait les bornes.

— Je suis enchantée que tu aies trouvé ta vocation, dit calmement Jordanna. Mais c'est une idée qui ne me viendrait même pas à l'esprit.

— Tu as la trouille.

— Et toi ! Tu coucherais si on y mettait le prix ?

— Je t'en prie ! répondit Cheryl d'un ton méprisant. Les maquerelles n'ont pas à le faire.

Jordanna claqua des doigts pour réclamer l'addition tout en observant le beau serveur qui la lui apportait. Encore un comédien au chômage. Elle se demanda vaguement si elle l'avait eu, celui-là. Peut-être à l'époque où elle se droguait.

— Tu adorerais être call-girl, poursuivit Cheryl, qui ne désarmait pas. Pense aux frissons de l'illégalité.

Jordanna secoua la tête.

— Je ne t'ai jamais vue aussi excitée.

— Regarde-moi bien. Je vais devenir quelqu'un de plus important que mon père !

Sharleen et Mac étaient dans les plus mauvais termes. Depuis près d'une semaine, maintenant — depuis qu'ils étaient rentrés de la projection chez Jordan Levitt pour trouver la police sur le pas de leur porte —, c'est à peine s'ils s'adressaient la parole.

Sharleen rendait les deux fils de Mac responsables de toute cette histoire. Mac était tout aussi convaincu que la faute en incombait à la fille de Sharleen. Qui, de leur progéniture, était coupable ne changeait pas grand-chose ; il y avait bel et bien eu une descente de police à la maison et on y avait trouvé de la drogue ! Sharleen était horrifiée.

— Ça va être dans tous les journaux à sensation, gémit-elle.

— Ce ne sera pas la première fois, répliqua Mac.

Quand les péripéties de son propre divorce s'étaient étalées dans toute la presse, c'était elle qu'on avait impliquée comme étant « l'autre femme ». À l'époque, il était marié à Willa, la fille du célèbre metteur en scène William Davidoff. Willa avait lancé Mac : il avait débuté comme troisième assistant sur l'un des films de son père à New York et avait fini par s'installer en Californie pour l'épouser. Deux ans plus tard — avec un petit coup de main de William —, il réalisait son premier film.

Quand Willa et lui s'étaient séparés, les journaux s'en étaient donné à cœur joie — il ne savait quelle commère les avait prévenus de sa liaison avec Sharleen. Pendant des mois, ils avaient fait les gros titres des feuilles à scandale, jusqu'au jour où Mac avait divorcé d'avec Willa pour épouser Sharleen. Dieu merci, on n'avait pas fouillé dans son passé ! Cependant, il aurait été difficile de trouver quoi que ce soit : il avait bien effacé les traces.

Sharleen n'allait pas se laisser apaiser par quelques mots.

— C'était autrefois. Cette fois, c'est le présent. J'ai une réputation à protéger, dit-elle d'un ton pincé.

— Calme-toi.

Entre-temps, il essayait de savoir exactement ce qui s'était passé chez lui. Kyle et Daniel, ses fils, restaient bouche cousue. Suzy, la fille de Sharleen, faisait la tête. Aucun des trois ne voulait dire qui avait invité chez eux le dealer — un gosse de riche d'une vingtaine d'années.

— C'est l'ami d'un ami, finit par avouer Kyle. On ne se doutait absolument pas que c'était un dealer.

Bien sûr. Pas la moindre idée. Jusqu'au moment où le gosse de riche avait vendu un gramme de cocaïne à une amie de Suzy — une blonde au visage d'ange — et s'était fait arrêter par un flic infiltré.

— C'est ta faute, avait déclaré Sharleen à Mac.

— Pourquoi est-ce toujours *ma* faute? avait-il demandé avec patience.

— Tu ne punis jamais ces garçons. Tu leur laisses faire n'importe quoi.

— C'est une amie de Suzy qui a acheté la came.

— C'est ça. Change donc de sujet.

Sur l'insistance de Sharleen, Mac s'était arrangé

pour que ses fils aillent passer quelques semaines avec leur mère. Drôle de punition. Traîner leurs guêtres à Hawaii à faire du surf et à se dorer au soleil !

Son ex-femme était allée s'installer là-bas peu après leur divorce. Son père lui avait trouvé comme avocat un véritable requin qui lui avait assuré le versement d'une somme énorme, assortie d'une substantielle pension alimentaire jusqu'au jour où elle se remarierait, ainsi qu'une mensualité pour l'entretien des enfants jusqu'à leur sortie du collège. Comme si Willa avait besoin d'argent : elle roulait sur l'or.

Elle ne risquait pas de se remarier. Mac était fait comme un rat : une fois tous les problèmes financiers réglés, Willa avait fait venir sa petite amie, une rousse potelée aux yeux rêveurs. L'ex-Mrs. Mac Brooks était homosexuelle. Mac ne pouvait rien y faire, sinon continuer à lui envoyer d'énormes chèques jusqu'à la fin de ses jours.

Il avait tout de même pu obtenir la garde de ses fils, ce qui irritait Sharleen, qui racontait à qui voulait l'entendre qu'ils n'étaient que ses beaux-fils.

La situation n'enchantait pas Mac. Divorcer était une chose. Voir son ex se mettre en ménage avec une autre femme était carrément insultant. Surtout quand c'était lui qui entretenait le ménage. Il estimait que les mœurs de Willa lui faisaient du tort. Les femmes n'avaient-elles pas toujours affirmé qu'il était un amant exceptionnel.

— Mon amour, tu es le meilleur, roucoulait régulièrement Sharleen — quand elle le voulait, c'était une femme très intelligente.

Kyle et Daniel étaient donc exilés à Hawaii, et l'on avait interdit à Suzy de jamais revoir son amie au visage d'ange. Affaire réglée. Mac pouvait maintenant se concentrer sur son prochain projet.

Il avait rendez-vous pour déjeuner avec Bobby Rush : ils devaient discuter d'un scénario que Bobby lui avait envoyé. *Le Regard qui tue*. Le sujet était intéressant : un drame psychosexuel à se cramponner à son fauteuil opposant un héros et un méchant. L'originalité était que le méchant était en l'occurrence une belle jeune femme psychotique — mais le public ne le découvrait qu'à la fin du film.

Mac aimait beaucoup le scénario, mais il se demandait si travailler avec Bobby Rush était une bonne idée. S'il ressemblait le moins du monde à son père, ça n'allait pas être une partie de plaisir.

— As-tu entendu parler de la dernière aventure dans laquelle se lance Cheryl ? demanda Jordanna à Shep.

Ils étaient assis dans le patio de la petite maison de Shep, à Hollywood Hills, que Taureen Worth avait achetée à son fils dans un élan de générosité.

— Cette histoire de call-girls ?

Jordanna haussa les sourcils.

— Elle est folle ou quoi ?

Shep emplit de thé glacé le verre de Jordanna.

— Elle m'a dit que, si ça marche avec les filles, elle va démarrer un service pour les épouses.

Jordanna faillit s'étrangler.

— Quoi ?

— Des étalons pour femmes qui s'ennuient.

— Tu plaisantes ! fit Jordanna, secouée de rire.

— Elle est tout à fait sérieuse. Elle m'a même demandé si ça m'intéressait de figurer sur ses listes.

— Oh, je ne sais pas pourquoi ça m'étonne. Elle a essayé aussi de me recruter, en m'assurant que je gagnerais des tonnes de fric.

— Sûrement.

— Tu imagines la tête d'un des amis de papa si

je me présentais à sa porte en dessous de dentelle noire, un fouet à la main ! Ça pourrait lui faire renoncer au sexe jusqu'à la fin de ses jours.

— Peut-être pas, au contraire.

— Shep, tu es horrible !

— C'est ce qu'on m'a dit, répliqua-t-il d'un ton désinvolte en repoussant en arrière une mèche blonde.

— Grant serait parfait si Cheryl ouvrait une branche pour les épouses, dit Jordanna d'un ton songeur. « Ai la braguette facile, suis prêt à voyager. »

— Parfait, reconnut Shep. Ma mère a toujours eu un faible pour lui.

— Est-ce qu'elle a essayé ?

— Quand nous avions quinze ans, elle lui a sauté dessus un jour après l'école. Je te l'ai raconté, non ?

— Non, jamais. Qu'est-ce qu'il a fait ?

— Il a refusé de remettre les pieds chez moi pendant trois ans !

— Grant a dû être pétrifié : ta mère a un côté si... prédateur.

— Et puis elle a des besoins.

— Ah oui ?

— Il n'y a pas plus exigeant qu'un sex-symbol vieillissant.

— Pauvre Taureen.

— Plus elle vieillit, plus ses maris sont jeunes. Et elle ne tourne pratiquement plus...

— C'est triste... Enfin, si ça lui fait plaisir. (Elle but une gorgée de thé.) Comment vont tes relations avec elle ?

— Après dix ans de thérapie, j'apprends à l'accepter pour ce qu'elle est.

— Et elle, elle t'accepte ?

Shep détourna les yeux sans répondre.

Jordanna n'insista pas. Les parents, qui pouvait les comprendre ? Qui en avait vraiment envie ? Elle avait passé des années chez un psy ou un autre jusqu'au jour où elle avait fini par décider qu'elle pouvait régler toute seule ses problèmes.

Est-ce que je le fais ? se demanda-t-elle avec inquiétude.

Oui, décida-t-elle. *Je finis par m'y mettre.*

Assis à la table sept, au Dôme, Bobby Rush examinait les lieux. C'était une bonne journée : il se sentait important. Tandis qu'il attendait l'arrivée de Mac Brooks, une foule de gens s'était arrêtée pour le saluer. Il avait le sentiment que c'était lui, la star, et que Brooks ne devrait pas le faire attendre. Bah ! il n'avait pas encore atteint ce degré d'égocentrisme. Il pouvait le supporter.

— Bobby !

Taureen Worth fit un arrêt spectaculaire en se dirigeant vers la salle du fond. Âgée d'une cinquantaine d'années, moulée dans un tailleur blanc de Montana et juchée sur des escarpins aux talons vertigineux, elle était encore superbe.

Bobby se leva d'un bond pour répondre à cet accueil enthousiaste, même si, la dernière fois qu'ils s'étaient rencontrés, il avait eu deux répliques dans un des films dont elle était la vedette et qu'elle l'eût à peine remarqué.

— Tu es merveilleuse, dit-il avec juste ce qu'il fallait de sincérité.

Il avait appris dès son plus jeune âge que, à Hollywood, on faisait toujours des compliments aux femmes et qu'elles vous croyaient toujours.

— J'ai l'impression d'être une vieille sorcière ! répondit Taureen, qui savait pertinemment qu'elle était magnifique.

C'était bien normal. Elle se donnait assez de mal pour ça : liposuccions, peelings du visage, injections de collagène, longues séances de gymnastique. Elle n'avait pas eu recours à la chirurgie esthétique — pas encore.

— Je suis si fière de toi ! s'exclama Taureen avec son sourire de félin. Dire que c'est moi qui t'ai découvert !

Mais que racontait-elle ?

— Alors, Bobby, dit-elle en se penchant sur la table pour bien mettre en valeur une poitrine qui était un peu sa marque de fabrique, quand tu feras la distribution de ton prochain film, n'oublie pas que c'est moi qui t'ai donné ta première chance. Je serais ravie que nous ayons l'occasion de travailler encore ensemble.

Il hocha la tête sans rien dire : apparemment, elle n'en demandait pas plus.

— Au revoir, mon chéri. (Un silence lourd de sens.) Tu es très..., très sexy.

C'est le succès qui fait ça, avait-il envie de dire.

Taureen passa dans l'autre salle, laissant derrière elle un parfum musqué.

Mac Brooks arriva presque en courant, se répandant en excuses.

— Un problème avec mes gosses, dit-il, l'air sombre. Si vous êtes célibataire, Bobby, restez-le. Le mariage mène aux enfants et, après, finie la vie normale. J'ai besoin d'un verre. (Il fronça les narines.) Vous utilisez une sacrée dose de lotion après rasage !

— Taureen Worth.

— Elle joue les Elizabeth Taylor, maintenant ?

Bobby se mit à rire.

— Pas encore. Elle s'est arrêtée à ma table. Je suis sûr que quand elle apprendra que vous êtes ici elle reviendra.

— Vous avez entendu parler de mon histoire avec Taureen, hein ? Vous savez ce que c'est : six semaines de passion et puis personne ne se souvient plus du prénom de l'autre. C'est la plus mauvaise comédienne avec qui j'aie travaillé. Plus jamais.

Bobby décida de passer aux politesses.

— C'est un plaisir de vous rencontrer enfin, Mac. Je suis un admirateur de tous vos films — surtout *Le Contrat*.

Mac fit signe au garçon. Il avait vraiment besoin d'un verre. Un scotch avec de la glace ferait l'affaire.

— J'en ai autant à votre service, Bobby. J'ai demandé au studio de me projeter *Larmes de sang* : excellent travail. Comme acteur, vous faites des choix intéressants. Vous savez trouver l'angle d'attaque. J'aime bien ça.

Bobby se sentit agréablement flatté.

— Merci, dit-il modestement.

— J'ai failli travailler une fois avec votre père.

— Quelle chance...

Bon, se dit Mac. *Je crois que sur ce point-là nous savons où nous en sommes.*

— Alors, dit Bobby, en venant droit au fait. Avez-vous eu le temps de lire le scénario ?

— Je l'ai lu. J'ai adoré. C'est pour ça que je suis ici.

— Ça vous intéresse de le produire ?

Mac eut un petit rire.

— Vous n'aimez pas perdre de temps, hein ?

Bobby marqua un temps avant de répondre. Cela faisait plusieurs jours qu'il réfléchissait à ce rendez-vous. Mac Brooks avait une belle carrière derrière lui, mais depuis plusieurs années il n'avait pas fait un film qui rapporte : le choisir était donc un risque. Pourtant, Bobby était sûr que s'ils arrivaient à s'entendre Mac serait un metteur en scène parfait pour son film.

— Vous savez, Mac, dit-il lentement, en pesant ses mots, dans le passé, j'ai perdu beaucoup de temps ; maintenant, j'aime foncer. (Il dévisagea son interlocuteur, une lueur intense dans ses yeux bleus.) Il me faut une réponse rapide. Alors inutile de tourner autour du pot. Vous marchez ou pas ?

8

— Que se passe-t-il ? demanda Ambre en voyant Michael et Quincy déboucher bruyamment dans la maison.

— Mauvaises nouvelles, répondit Quincy. (Il s'empressa de la prendre à part tandis que Michael se précipitait vers le téléphone.) Rita n'est pas à son appartement, pas plus que Bella.

— Elles sont en vacances ? interrogea Ambre, en se demandant pourquoi ils étaient dans un tel état.

Quincy haussa les épaules et se dirigea vers la cuisine.

— J'en doute. L'appartement est à l'abandon : on dirait que personne n'y habite depuis deux ou trois mois.

Ambre le suivit.

— Elle a déménagé ?

— Je ne pense pas, dit Quincy. Toutes leurs affaires sont là. Vêtements, jouets, tout.

— Et ses affaires de maquillage ? demanda-t-elle.

— Quel rapport ?

— Si elle a pris son maquillage, ça veut dire qu'elles vont bien.

La logique des femmes ! Quincy hocha la tête.

— Je n'en sais rien. Elle n'a pas touché ses deux

derniers chèques de pension alimentaire. Ils sont toujours dans leurs enveloppes.

— Qu'en dit Michael ?

— Que veux-tu qu'il dise ? Pour l'instant, il cherche à joindre la tante de Rita à New York : c'est sa seule parente. Il espère qu'elle sait où elles sont.

— Je te le répète, regarde si elle a laissé son nécessaire à maquillage, dit Ambre en hochant la tête d'un air sagace. Une femme ne part jamais plus d'une journée sans emporter son maquillage.

— Bon, bon, on le fera. On va retourner à l'appartement et y retrouver deux flics que je connais. Je vais essayer de leur faire rédiger un rapport pour le service des personnes disparues.

Michael raccrocha brutalement le téléphone et entra à grands pas dans la cuisine.

— J'ai besoin d'un verre, dit-il, l'air soucieux.

— C'est exactement ce dont tu n'as pas besoin, dit Quincy, se rappelant les mauvais moments.

Michael eut un petit rire amer.

— J'ai dit que j'en avais *besoin* d'un. Je n'ai pas dit que j'allais en prendre un. (Il ouvrit le frigo, saisit un Seven-Up et en but une grande lampée.) Ça ne répond pas chez sa tante.

— Je suis persuadée qu'elles vont bien toutes les deux, dit Ambre d'un ton rassurant.

Comme si elle en savait quelque chose, se dit Michael. *S'il est arrivé quoi que ce soit à ma fille...*

Il ne voulait pas y penser.

Le remords se glissait en lui. Il aurait dû deviner que quelque chose n'allait pas quand il tombait toujours sur le répondeur. Il était policier, bon sang ! Dès l'instant où il était arrivé à Los Angeles, il aurait dû se précipiter là-bas au lieu d'attendre presque une semaine. Il but deux autres gorgées et reposa la bouteille sur la table.

— Quincy, retournons là-bas. Je veux parler de nouveau à la voisine du dessus. Peut-être qu'elle se souviendra de quelque chose.

S'arrêtant juste pour poser un baiser sur la joue d'Ambre, Quincy lui emboîta le pas.

— On y va. À tout à l'heure, mon chou.

— Lily, dit la grosse femme qui zozotait légèrement. Je m'appelle Lily Langolla.

C'était un spectacle de la voir dans son caftan jaune couvert de taches, ses mules bleues bordées d'angora, un nœud rose coquettement posé sur ses cheveux jaunissants et frisottés.

Cette fois, elle les avait fait entrer dans son appartement. Michael avait exhibé sa plaque d'inspecteur et elle avait tout de suite ouvert.

— Alors, Lily, dit Quincy, gardant un air aimable. Quand avez-vous vu pour la dernière fois Rita Polone ?

— Je n'espionne pas les gens, dit Lily d'un ton vertueux.

— Personne ne prétend que vous espionnez parce que vous voulez savoir ce qui se passe, dit Quincy, toujours amical.

Michael regarda par la fenêtre. Cette femme était admirablement placée pour surveiller la rue. S'il était arrivé quelque chose, ça n'avait pas pu lui échapper. Il se tourna vers elle.

— Lily, fit-il avec douceur, pourquoi l'avez-vous traitée de traînée ?

— Ça n'est pas contre la loi, de donner des noms aux gens, répliqua Lily d'un ton agressif.

Il fit jouer son charme.

— Non, Lily, je suis sûr qu'une femme intelligente comme vous ne ferait rien qui soit contraire à la loi.

Son regard de velours opéra. Lily tapota le nœud qu'elle avait dans les cheveux, se rendant soudain compte qu'elle ne se présentait peut-être pas sous son meilleur jour. Michael comprit qu'il la tenait. Il fonça aussitôt, la bombardant de questions.

— Est-ce qu'elle faisait du bruit ? Est-ce qu'elle entrait et sortait tout le temps ? Est-ce qu'elle avait beaucoup de visiteurs ?

— C'est exact, reconnut Lily.

— Qu'est-ce qui est exact ?

Lily était un peu déconcertée mais décidée à plaire.

— Des hommes. Qui allaient et venaient tout le temps.

Michael sentit une crispation à l'estomac.

— Combien d'hommes, Lily ? demanda-t-il en s'efforçant de garder un ton calme, car il savait exactement à quoi elle faisait allusion. Un par soir ? Deux ?

— Dis donc, ne va pas croire que parce que..., commença Quincy.

D'un regard, Michael le fit taire.

Lily plissa les yeux : elle réfléchissait.

— D'abord il y avait plusieurs hommes différents qui arrivaient et repartaient à toutes les heures du jour et de la nuit, dit-elle en tripotant son nœud dans les cheveux. Puis il n'y en avait plus qu'un. Il lui rendait visite régulièrement pendant une quinzaine de jours, jusqu'au soir où il est venu la chercher et où ils sont partis. Je ne l'ai pas revue depuis.

— Est-ce que sa petite fille était avec elle, Lily ? demanda doucement Michael.

— Peut-être bien.

— Comment ça, peut-être bien ? cria Michael, perdant soudain patience. Elle était avec elle ou pas ?

— Allons, allons, dit Quincy, intervenant précipitamment. Calmons-nous. Lily fait de son mieux pour se souvenir. N'est-ce pas, ma chère ?

Lily était toute secouée. Elle braqua sur Michael un doigt chargé de bagues fantaisie en disant :

— Mais qu'est-ce qu'il a ?

— C'est sa gosse, Lily, expliqua Quincy. Vous pouvez comprendre qu'il soit énervé, n'est-ce pas ?

— Vous êtes sûr que c'est un policier ? demanda Lily en dévisageant Michael d'un air méfiant.

— Tout autant que moi, répondit Quincy sans vergogne. Maintenant, voyons, Lily..., essayons de préciser un peu ces souvenirs.

En examinant le dossier des coupures de presse concernant Bobby Rush, Kennedy en arriva vite à la conclusion que c'était un passionné de travail, qui faisait tout son possible pour surmonter le handicap d'avoir un père célèbre. Elle remarqua que, chaque fois que le nom de Jerry Rush surgissait dans la conversation, Bobby répétait automatiquement :

« Mon père est un merveilleux acteur. »

« Nous sommes très différents. »

« Jerry ne m'a jamais aidé. »

« Oui, j'ai vu tous ses films. Quand on grandit chez les Rush, il y a des projections obligatoires. »

« Nous ne nous ressemblons pas du tout. »

« Je ne sais pas si Jerry a vu *Larmes de sang*. »

« Non, nous n'avons aucun projet de travail commun. »

Hum, se dit Kennedy, je me demande ce qu'un psychanalyste ferait des remarques de Bobby.

Tiens, ça ne serait pas une si mauvaise idée de faire l'interview et de glisser entre les réponses de Bobby les commentaires d'un psychanalyste connu. Ça pourrait être intéressant.

Elle allait décrocher le téléphone pour contacter l'attachée de presse de Bobby quand Rosa appela.

— Mon chou, il faut que tu me rendes un grand service.

Kennedy poussa un gémissement.

— Méfions-nous des amies qui demandent des services, dit-elle, se demandant ce que Rosa voulait.

Rosa se montra des plus persuasives.

— Ne sois pas comme ça, ma chérie. J'ai vraiment besoin de toi.

— Pour quoi faire ?

— Dîner.

— Pourquoi ?

— Parce que le meilleur ami de Ferdy arrive d'Atlanta, et nous aimerions que tu viennes dîner avec nous.

— Rosa, fit Kennedy avec patience, Ferdy est une vedette du basket-ball, il est noir et il a vingt-cinq ans. Malgré toute l'affection que j'ai pour toi, je refuse de dîner avec son meilleur ami. Je ne les prends pas au berceau.

— J'ai déjà promis à Ferdy que tu viendrais.

— C'était stupide de ta part.

— Si tu ne viens pas, il va penser que tu as des préjugés.

— C'est ridicule.

— Alors, prouve le contraire.

— Non, Rosa, je ne veux pas.

— S'il te plaît ! Je ne te demande jamais rien !

Joli mensonge, mais Kennedy faiblit.

— Bon, fit-elle, sachant qu'elle commettait une erreur.

— Tu es formidable ! À La Vigne Vierge. Huit heures. Fais-toi belle : c'est sa première visite à Los Angeles.

— Rosa...

Trop tard. Elle avait raccroché. Mon Dieu ! Pourquoi avait-elle accepté ?

Par peur de la solitude, sans doute.

Solitude, tu parles ! Elle ne se sentait jamais seule. Elle adorait avoir du temps à elle, faire de longues marches sur la plage, lire. À vrai dire, ça ne la gênait même pas de dîner seule dans un restaurant.

Enfin, dîner à huit heures, ensuite, dodo.

Elle appela l'attachée de presse de Bobby Rush. Le magazine avait déjà organisé l'interview. Elspeth, l'attachée de presse en question, avait précisé les conditions. Il n'y avait plus qu'à convenir d'un lieu et d'une heure.

Elspeth parlait par petites phrases courtes et sèches.

— Petit déjeuner. Au Four Seasons. Vendredi. Il ne peut vous accorder qu'une heure.

— Non, répondit aimablement Kennedy. C'est une longue interview — un article de fond. Il faut que je passe toute une journée avec lui. Deux heures pour l'interview et le reste du temps je le suivrai en me fondant dans le décor.

— Il n'acceptera pas.

— Je pense que si, répondit Kennedy en gardant son calme. Je suis certaine que nous avons tous le même objectif : une bonne couverture de presse pour votre client, et ce n'est pas possible à moins que je ne passe un peu de temps avec lui. Rappelez-moi.

Clic. Elle avait raccroché sans laisser à la femme le temps de discuter.

Nix, l'ami de Ferdy, mesurait un mètre quatre-vingt-dix et avait de longs muscles couleur chocolat. Des cheveux crépus, un regard de jeune chiot, un charmant sourire. Il s'exprimait bien et intelligemment. Il était poli et adorable. Ils passèrent une merveilleuse soirée avec Rosa et Ferdy. Le dîner terminé, sans vouloir entendre les protestations de Ferdy, Nix s'empara de l'addition. Kennedy fut impressionnée. Davantage encore quand il insista pour la suivre jusque chez elle dans sa voiture de location afin de s'assurer qu'elle rentrait sans dommages. Sur un coup de tête, elle l'invita à venir prendre un café, et ils bavardèrent deux heures avant de se retrouver au lit. C'était inattendu pour elle. Elle ne l'avait certainement pas voulu : il avait dix ans de moins qu'elle. Il se révéla l'amant le plus attentionné — à l'exception de son mari — qu'elle eût jamais connu.

— Je suis un joueur de basket, expliqua-t-il avec un grand sourire. Nous avons une coordination musculaire remarquable.

— Ça, on peut le dire, fit-elle, flottant encore sur un petit nuage.

Ils finirent par s'endormir, et, quand la sonnerie du téléphone la tira de son sommeil le lendemain matin, il était parti.

Cherchant à tâtons le combiné, elle murmura un « Allô » ensommeillé.

— Alors ? demanda Rosa, qui mourait d'envie de tout entendre.

— Alors quoi ? dit Kennedy en s'étirant voluptueusement.

— Des détails ! Je veux des détails !

— Il y a des années que je ne raconte plus rien.

— Tu n'es pas drôle, protesta Rosa.

Kennedy eut un petit rire.

— Ça n'est pas ce que dit Nix.

— Alors il est resté, fit Rosa, triomphante. Il est encore là ?

— Je te rappelle plus tard.

Elle raccrocha et passa dans la salle de bains où elle découvrit un mot de Nix sur la glace au-dessus du lavabo.

Merci pour ce séjour inoubliable à Los Angeles. Est-ce que je peux vous appeler la prochaine fois ?

Elle ne put s'empêcher de sourire. Un séjour inoubliable en effet — pour tous les deux. Mais non : pas de seconde séance. C'était une aventure d'une nuit, rien de plus, rien de moins.

Un quart d'heure et une longue douche tiède plus tard, elle téléphona à l'attachée de presse de Bobby Rush.

— Vendredi, dit Elspeth, toujours aussi sèche. Rendez-vous à son bureau à dix heures.

— Il est d'accord pour que j'y passe la journée ?

— Il est très occupé, mais, si vous pouvez m'assurer que vous vous fondrez dans le décor...

— Dès que j'aurai fait l'interview, il ne saura même pas que je suis là.

L'Homme loua une voiture noire sous un faux nom. Rien de voyant. Rien qui attire l'attention. Une simple Ford noire qui lui assurait un total anonymat.

Il s'arrêta devant chez Sears et acheta un pantalon noir, une chemise sombre à manches longues et des baskets noires. Il paya en liquide. Il lui fallait des lunettes de soleil, mais la vanité l'emporta : ne pouvant pas se contenter des lunettes de chez Sears, il finit par acheter une paire d'Armani, très chère, à Santa Monica.

Il rentra chez lui et, bien enfermé à clé dans sa chambre, il essaya sa nouvelle tenue. Il était satisfait.

Depuis sa sortie de prison, ses cheveux avaient poussé. Il les plaqua soigneusement avec du gel, les maintenant en place avec une bande élastique. Puis il se contempla longuement dans le miroir : il prit des attitudes de karaté, ôta et remit ses lunettes de soleil à plusieurs reprises. Il se dit qu'il ressemblait de plus en plus à son idole, Steven Seagal. Il avait vu tous les films de Steven Seagal en prison, surtout celui sur la vengeance.

Steven Seagal était quelqu'un qu'on pouvait admirer.

Non pas que l'Homme fût enclin à admirer les gens. C'était de la faiblesse que d'avoir le culte des héros. Mieux valait détester tout le monde, comme ça, personne ne pouvait jamais vous atteindre. Il avait appris cela très jeune. Malheureusement, il n'avait pas toujours suivi les conseils qu'il se donnait.

La Fille avait causé sa perte. La jolie fille avec les longs cheveux blonds et soyeux, les yeux couleur de bleuet et le drôle de petit sourire moqueur.

La Fille l'avait fait marcher. Elle l'avait encouragé, elle l'avait tenté avec ses robes transparentes, ses petits seins qui lui faisaient signe comme des balises. Elle avait souri, flirté, accepté ses cadeaux. Mais, quand le moment était venu de s'acquitter elle s'était conduite comme s'il était un inconnu obsédé.

Une garce. Une putain. Comme toutes les femmes.

Il n'aimait pas penser à la Fille. C'était à cause d'elle qu'il avait passé les sept dernières années de sa vie en prison.

Parfois il s'éveillait au milieu de la nuit et voyait son visage devant lui. Il en restait accablé, l'esprit plein de souvenirs lascifs.

Il la détestait pour ce qu'elle lui avait infligé.

Il l'aimait. Il l'aimerait toujours.

L'Homme quitta sa chambre, refermant la porte à clé derrière lui.

La gouvernante noire habitait la maison. Il la soupçonnait de l'espionner. Si elle ne cessait pas, il allait être obligé de l'ajouter à sa liste.

La voiture de location était garée au bas de l'allée. Personne ne l'observait : il changea les plaques minéralogiques et s'installa au volant.

Le trajet était long jusqu'à Agoura Hills, et il n'avait pas l'intention d'être en retard.

9

Elles étaient assises côte à côte à l'institut de beauté. Cheryl se faisait épiler les jambes et Jordanna abandonnait ses mains aux soins d'une manucure. Un rituel hebdomadaire.

— Je donne une soirée, annonça Cheryl, ajoutant comme en passant : Tu peux venir, si tu veux.

— Quel genre de soirée ? demanda Jordanna avec méfiance.

Ça faisait presque une semaine que Cheryl avait annoncé ses projets de s'occuper d'une agence de call-girls, et aucun de ses amis n'avait entendu parler d'elle depuis lors.

— Une petite réunion où il y aura quelques-unes de mes filles et un tas de clients éventuels, dit Cheryl d'un ton désinvolte. J'ai passé toute la semaine au téléphone.

— Merci de l'invitation, mais je ne pense pas venir.

— Grant viendra.

— Je n'en doute pas.

— J'aimerais que tu me soutiennes dans cette aventure.

— Pourquoi ? Dieu sait que nous avons fait des idioties ensemble, mais cette fois ça dépasse les bornes.

— J'ai des renseignements qui pourraient t'intéresser, dit Cheryl d'un ton mystérieux.

Jordanna inspecta ses ongles : longs, brillants et solides. Elle avait finalement réussi à ne plus se les ronger : un petit triomphe.

— Quels renseignements ? demanda-t-elle, intriguée.

— C'est juteux.

— Alors dis-moi.

— Pas ici.

Parfois — la plupart du temps —, Cheryl était exaspérante. Depuis qu'elle avait trouvé sa nouvelle vocation, elle était impossible.

— De quoi s'agit-il ? demanda Jordanna.

— De ta dernière belle-mère.

Jordanna étouffa un bâillement.

— Que lui arrive-t-il ?

— Maintenant, rien, mais, autrefois, des tas de choses..., dit Cheryl en jetant un regard appuyé à la Portoricaine qui lui badigeonnait les jambes de cire. Nous en parlerons plus tard, en privé.

Jordanna avait horreur d'attendre quoi que ce soit — surtout des renseignements.

— Non, Cheryl, raconte, insista-t-elle.

— Apprends à être patiente, répondit Cheryl d'un air pincé.

— Je suis tout sauf patiente.

— Comme si je ne le savais pas !

— Alors ?

— Où est-ce que ton père a rencontré Kim ?

— Oh, comme si je le savais ! Suivre sa vie sentimentale n'est pas la première de mes préoccupations.

— Essaie de lui demander à elle, suggéra Cheryl. Vois ce qu'elle te dira.

— Pourquoi ?

— Essaie.

— Et quand j'aurai cette importante information, tu me diras tout ?

— Déjeunons demain au café Roma. Une heure et demie. C'est toi qui m'invites. Je te promets que ça en vaudra la peine.

— Salut, papa.

Jordan Levitt leva les yeux de son bureau, l'air surpris.

— Une visite ! Une visite de ma fille ! Qui donc est mort ?

— Je me suis dit que j'allais passer voir comment tu allais, répondit Jordanna.

Sans relever le ton sarcastique de son père, elle se laissa tomber dans un des énormes fauteuils de cuir disposés devant le grand bureau de chêne.

— Comme c'est gentil à toi de faire ce long trajet depuis la maison d'amis, dit Jordan.

Il ôta ses lunettes à monture d'écaille et eut un grand sourire.

Dieu qu'il est beau, se dit Jordanna. *Qu'est-ce qu'il a donc ? Il ne vieillit pas, il est de plus en plus séduisant*.

— Tu as probablement besoin d'un petit supplément pour finir le mois, ajouta-t-il en ouvrant un tiroir pour y prendre son chéquier.

— Non, dit Jordanna, déçue. L'argent n'est pas la seule raison pour laquelle je viens te voir.

Il rangea son chéquier et prit un stylo en or.

— Voilà qui est rassurant.

Elle s'agita dans son fauteuil.

— Je..., euh..., je crois que tu me manquais.

Elle avait du mal à s'exprimer, mais elle voulait vraiment qu'il comprenne ce qu'elle éprouvait. Elle désirait ardemment avoir son amour et son affection, mais en général il était trop occupé à tout donner à son actuelle épouse. Ce serait si agréable si c'était un peu son tour à elle.

Jordan avait l'air enchanté.

— Je t'ai manqué ?

— Eh bien, tu es mon père, après tout, et depuis que tu t'es remarié...

Elle ne termina pas sa phrase, ne sachant pas très bien ce qu'elle comptait lui dire.

— Au fait, reprit-elle, où est-ce que vous vous êtes rencontrés, Kim et toi ?

— Quelle question !

— C'est bien normal.

— C'est un ami commun qui nous a présentés.

— Comme c'est touchant.

Une note critique perça dans le ton de Jordan.

— Depuis que j'ai épousé Kim, nous t'avons invitée je ne sais combien de fois à la grande maison pour dîner. Tu n'es jamais venue.

— J'étais occupée.

Il prit un air sévère.

— À quoi ?

— À écrire, dit-elle, sur la défensive. J'écris un livre.

Hmm, ce n'était pas tout à fait vrai, mais l'idée n'était pas mauvaise...

Ça l'arrêta net.

— Un livre ? Sur quoi ?

L'idée lui vint d'un seul coup.

— Une enfance à Hollywood.

Il resta un moment silencieux. Quand il reprit la parole, ce fut avec une grande lenteur, pour s'assurer qu'elle comprenait chaque mot.

— Pas à propos de notre famille, j'espère.

Pourquoi finissaient-ils toujours par se disputer ? C'était là que cette conversation menait, et ils le savaient tous les deux.

Jordanna serra les dents, prête au combat.

— Peut-être. Si j'en ai envie, dit-elle de son ton : *tu ne vas pas me dire ce que je dois faire*.

— Non, Jordanna, dit-il sèchement.

— Non quoi ?

— Non, pas de révélations sur notre famille. Tu me comprends ?

Elle avait envie de lui dire d'aller se faire voir. Elle était parfaitement capable de lancer cette phrase à n'importe qui — à n'importe qui, sauf à son père, qui parvenait encore à lui donner l'impression d'être une gamine nerveuse.

— J'ai signé un contrat, déclara-t-elle sans vergogne. Avec une grande maison d'édition.

Un tic agita l'œil gauche de son père : signe certain qu'il était furieux.

— Laquelle ?

— C'est mon affaire, dit-elle avec le sentiment d'être une petite fille qui défiait son père.

— Quelle avance t'ont-ils accordée ?

— Aucune importance.

— Au contraire. Tu vas vite t'en apercevoir !

— Ça veut dire ?

Il se leva, la foudroyant du regard.

— Cela signifie qu'il vaudrait mieux que cette avance suffise à ton entretien, car si tu écris un livre sur notre famille tu vas foutre le camp de la maison pour aller vivre ailleurs.

Les larmes lui montèrent aux yeux, mais, au prix d'un suprême effort, Jordanna parvint à se maîtriser.

— Très bien, dit-elle calmement en se levant d'un bond. Je vais faire mes bagages.

— Excellente idée, dit-il brutalement.

Elle sortit de la pièce en courant, mission non accomplie. Elle avait voulu découvrir où son père avait rencontré Kim, et voilà où ça l'avait menée : à se disputer avec lui, comme d'habitude. Quand allait-elle comprendre qu'avec Jordan elle n'avait jamais le dessus ? Maintenant, elle était livrée à elle-même et ne savait pas où aller.

Elle regagna en courant la maison d'amis et appela Shep.

— Il me faut un endroit où crécher.

Shep soupira : c'était un refrain connu.

— Pour une nuit ? Deux ?

— Cette fois, c'est définitif. Je ne peux plus supporter cette manie qu'il a de tout contrôler. Je pars pour de bon.

— Bien sûr, dit Shep, qui n'en croyait pas un mot.

— Je parle sérieusement.

— Comme toujours.

— Est-ce que je peux venir ?

— Oui, dit-il avec un enthousiasme modéré.

Elle fit quelques allers et retours pour entasser dans sa voiture tout ce qu'elle pouvait y mettre. Puis, s'installant au volant, elle dévala en trombe la longue allée.

De la fenêtre de son bureau, Jordan la regarda s'en aller. Si belle, si instable, exactement comme sa mère. Bon sang ! Il aurait bien voulu faire quelque chose pour elle, mais, à vrai dire, il ne savait absolument pas ce que voulait sa fille. Matériellement, il lui avait donné tout ce qui était en son pouvoir : un toit, une nouvelle voiture de son choix tous les ans, des cartes de crédit et des mensualités généreuses. Il ne lui avait jamais dit non. Comment aurait-il pu ?

Un instant, ses pensées vagabondèrent et il songea à Lillianne, sa première épouse, la mère de ses enfants et l'unique véritable amour de sa vie. Folle à lier. Tout le monde l'avait dit. Quand il avait signé les papiers pour la faire enfermer dans cette clinique privée, c'était pour la protéger. Comment pouvait-il deviner qu'elle allait s'ouvrir les veines et le laisser avec deux enfants à élever ? Bien sûr, il n'était pas resté seul longtemps : ça lui avait paru une bonne idée de se remarier, sauf que les enfants ne s'étaient jamais faits à aucune de ses épouses.

Puis, comme s'il n'avait pas assez de problèmes, son fils unique s'était tué. Un garçon qui avait tout.

La police avait dit que Jamie avait sauté par la fenêtre sous l'emprise de la drogue. Jordan ne savait que croire. Son fils n'était pas un drogué. Pour lui, il s'agissait d'un terrible accident.

Pendant quelque temps, Jordan fut effondré. La presse le harcelait, Jordanna était devenue impossible ; sa vie était un gâchis. Mais Jordan savait survivre. Après tout, il était arrivé à Hollywood en 1948, fugueur de seize ans, sans argent et sans avenir. Au long des années, il s'était bâti une formidable réputation. Il faudrait plus que quelques tragédies pour faire tomber Jordan Levitt.

Au bout de quelques mois, il avait envoyé Jordanna dans un pensionnat à Paris, divorcé de sa nouvelle épouse et produit deux films.

Kim entra dans son bureau, interrompant ses réflexions. De toutes ses épouses, Kim était la plus jeune et la plus tendre. Elle le plaçait au-dessus de tout, et c'était rudement rafraîchissant d'avoir une femme qui tenait tant à lui. Quelle importance si elle avait près de quarante ans de moins que lui ? L'âge ne comptait pas.

— Les échantillons pour les rideaux, annonça Kim, brandissant une liasse de carrés de tissu. J'ai besoin de ton avis, chéri.

Elle était en train de refaire la décoration de la maison et s'y prenait très bien. C'était cher, mais qui avait jamais dit que les femmes étaient bon marché ?

Jordan se leva, dominant sa jeune épouse de toute sa hauteur.

— Viens ici, mon petit, dit-il en ouvrant les bras.

Kim se précipita vers lui et ils restèrent enlacés tandis que Jordanna fonçait sur Sunset au volant de sa Porsche blanche, les larmes ruisselant sur son visage, une cassette de Jimi Hendrix mise à pleine puissance.

Le lendemain, parfaitement calme, Jordanna entra d'un pas nonchalant au café Roma. Elle salua d'un signe de tête quelques relations, regarda ce qui se passait, aperçut, installés à une table d'angle, comme d'habitude, le groupe d'acteurs italiens au chômage occupés à comparer leurs possibilités d'engagement et le nombre de filles qu'ils avaient sautées.

Cheryl était déjà là. Elle buvait un café tout en prenant studieusement des notes sur un bloc.

— Je ne suis pas en retard, non ? demanda Jordanna en jetant un rapide coup d'œil à sa montre Cartier.

— Pas du tout, répondit Cheryl en reposant son stylo. Je suis arrivée en avance. Il fallait que je voie une fille, une superbe blonde, tout juste débarquée de Dallas.

— Seigneur ! s'exclama Jordanna. Tu commences même à parler comme une mère maquerelle. Tu as examiné ses dents ?

Cheryl se permit un petit sourire.

— Des dents sensationnelles.

— J'ironisais, dit sévèrement Jordanna.

— À part ça, quoi de neuf ?

Jordanna haussa les épaules.

— Pas grand-chose. J'ai quitté la maison.

— Encore ?

— Cette fois, c'est pour de bon.

— Eh bien, je pense qu'il faut que je t'annonce la nouvelle sensationnelle que je t'avais promise.

— Oui ? fit Jordanna, frémissante d'impatience.

Sans plus attendre, Cheryl déclara, en savourant chaque mot :

— Ta belle-mère était une putain.

— Je te demande pardon ?

— En fait, on ne les appelle pas putains, précisa Cheryl d'un ton nonchalant. « Hôtesse » est le terme politiquement correct pour les désigner.

— Tu te fous de moi ?

— Moi, je ferais ça ? demanda Cheryl d'un ton innocent.

— J'espère bien que non. C'est trop sérieux pour qu'on en plaisante.

Cheryl s'expliqua :

— Je l'ai trouvée dans les dossiers de Donna. Kimberly Anna Austin, de San Diego. Elle a travaillé pour Donna six bons mois, puis elle a rencontré ton père et voilà : retirée de la circulation.

Jordanna était abasourdie.

— Tu es sûre que c'est la même fille ?

— Absolument certaine. Donna est quelqu'un de très minutieux. Elle a un dossier complet sur chaque fille qui a travaillé pour elle, y compris une photo.

Jordanna pianotait nerveusement sur la table.

— Je peux la voir ?

Fouillant dans son sac, Cheryl en tira une photo qu'elle lui tendit. Jordanna l'examina. C'était bien Kim. Quel coup de bol elle avait eu de décrocher un homme comme Jordan Levitt !

— Oui, c'est elle, dit lentement Jordanna. Oh, merde ! Qu'est-ce que je suis censée faire ? le prévenir ?

— Connaissant ton père, j'ai l'impression qu'il n'apprécierait pas.

— Je ne peux pas ne pas lui en parler.

— Il finira par l'apprendre. Qu'il le découvre tout seul. Crois-moi, il vaut mieux que tu ne t'en mêles pas : ça ne ferait que le gêner.

— Tu as raison, dit Jordanna, déchirée entre le désir de révéler le petit jeu de Kim et sa répugnance à faire du mal à son père.

Pourquoi pas ?

Mais il n'a jamais cherché à me faire du mal.

Ah, mais si ! Il vient de te jeter dehors.

— Tu ne vas en parler à personne, n'est-ce pas ? demanda-t-elle, sachant quelle pipelette était Cheryl.

— Je dirige une affaire propre, déclara Cheryl d'un ton important. Mes clients sont assurés de ma discrétion.

— Il n'est pas ton client, fit observer Jordanna.

— Il pourrait l'être, répondit Cheryl d'un air entendu. Kim, c'est du passé. (Elle but une gorgée de café et ajouta :) Tu sais, j'ai quelques filles vraiment ravissantes. Si tu tombes sur des clients éventuels, envoie-les-moi, je te verserai une commission.

— Tu es incroyable.

— Merci du compliment.

Il était tôt le matin quand Mac Brooks décrocha son téléphone pour appeler Bobby Rush. Il avait passé la soirée de la veille à discuter avec Sharleen. Elle n'était pas d'avis qu'il appelle directement Bobby : elle aurait préféré qu'il lui fasse le numéro de passer par la ronde des agents. Mais Mac n'était pas d'humeur à ça : la moitié du temps, ces gens-là faisaient échouer les projets, et il avait envie que celui-ci réussisse.

Il était convaincu que *Le Regard qui tue* allait être un succès, et ça l'intéressait de le mettre en scène. Les agents pourraient intervenir *après* qu'il se serait engagé verbalement ; ainsi, ils ne pourraient pas faire trop de dégâts.

Bobby répondit lui-même. Un bon signe : il n'y a rien de pire que de passer par toute une série de secrétaires chaque fois qu'on a besoin de contacter une star.

— Bonjour, Bobby. C'est Mac Brooks. Vous vous souvenez de ce grand coup dont nous parlions ? J'ai décidé de le tenter avec vous. Alors, tout ce que j'ai besoin de savoir c'est : quand commence-t-on ?

10

Jamais Michael ne s'était senti aussi désemparé. Et c'était un sentiment qu'il n'aimait pas. Son instinct lui disait que Bella allait bien, seulement il n'arrivait pas à la retrouver et ça le rendait fou. Quand il finit par joindre la tante de Rita à New York, elle ne savait rien : elle ne possédait que l'ancienne adresse de sa nièce, avec laquelle elle n'entretenait guère de relations.

— Et ses amies ? demanda Michael.

Il faisait allusion à trois blondes décolorées de Brooklyn avec une grande gueule et un mauvais genre, dont il ne se rappelait plus les noms. La tante de Rita lui promit d'essayer de les retrouver. Au bout de deux jours de silence, il sut qu'il devait agir avant de devenir dingue.

Il rendit une nouvelle visite à Lily. Il lui apporta des fleurs, espérant que cette attention lui rafraîchirait la mémoire.

Rien. Elle ne se souvenait toujours de rien.

Il descendit dans l'appartement de Rita et resta un moment assis sur le canapé. Il avait déjà fouillé soigneusement les lieux, en quête d'un indice. Il se rappela que, quand ils étaient mariés, Rita cachait toujours des choses : de l'argent, ses quelques bijoux, des lettres d'anciens petits amis dont il n'était pas censé connaître l'existence. Elle choisissait toujours des cachettes bizarres : le plafonnier, le fond d'un sac d'aspirateur. Il avait déjà tout fouillé, mais il décida de recommencer, à tout hasard.

Il commença par la cuisine puis passa dans la minuscule salle de bains, où il se mit à tout trier, y compris le contenu d'un sac de linge sale.

Rita aimait les dessous de dentelle, et il y en avait des tas. Ah, les souvenirs... La première fois qu'il était sorti avec elle, il aurait dû se douter qu'elle lui poserait des problèmes. Mais il s'était laissé emporter.

Michael Scorsinni avait épousé Rita Polone par un froid matin de décembre, trois semaines avant Noël. Elle portait une robe de satin blanc constellée de faux brillants et beaucoup trop décolletée.

Lui avait un costume sombre et un sourire figé.

Rita était enceinte de quatre mois. Lui était ivre.

Comme elle n'avait pas de famille, celle de Michael était venue en force. Son frère, Sal, dont le regard plongeait dans le décolleté profond de la mariée. Sa mère, Virginia, qui fumait une cigarette après l'autre. Son beau-père, Eddie, gros et vieux. Plus tout un assortiment de parents et d'amis.

Michael se souvenait d'avoir sauté sur sa jeune épouse dans la limousine de louage qui les emmenait à l'hôtel où ils devaient passer leur lune de miel. Son désir apaisé, il s'était dit que le moment était venu de se calmer. Rita n'exerçait plus sur lui le même attrait.

Aujourd'hui, Rita avait disparu avec sa fille, et il avait la sensation de se noyer. Aucun indice. Aucune piste. Et les flics n'en possédaient pas davantage.

Il alluma une cigarette et essaya de réfléchir.

Rita adorait danser. Le samedi soir, elle se mettait sur son trente et un, ils engageaient une baby-sitter et s'en allaient faire la fête. À l'époque où il buvait, il se débrouillait assez bien sur la piste de danse. Dès l'instant où il avait arrêté l'alcool, ce fut terminé. « Tu ne vas plus m'emmener danser, je sortirai avec les filles », l'avait-elle menacé. Il était parfaitement satisfait de rester à la maison devant la télé à regarder un match de base-ball, tandis que Bella dormait paisiblement dans l'autre pièce.

Rita dansait-elle toujours le samedi soir ?

Si elle était en vie, elle dansait toujours.

L'idée d'un crime le fit frissonner. Il avait une fille quelque part dans la nature et il était bien décidé à la retrouver.

Il écrasa sa cigarette, jeta un dernier regard autour de lui et rentra chez les Robbins.

Kennedy était à l'heure. Elle mettait un point d'honneur à être ponctuelle. Bobby Rush, lui, était en retard. Son attachée de presse, Elspeth, une rousse anguleuse d'une quarantaine d'années, avec trop de taches de rousseur et un nez mal refait, ne présenta aucune excuse.

Kennedy était installée sur un canapé dans l'antichambre. Au bout d'une heure, elle commença à s'énerver. À onze heures, elle demanda :

— Vous êtes sûre qu'il va venir ?

— Je ne peux rien faire de plus, répondit Elspeth d'un ton peu aimable.

Elle avait passé presque une heure au téléphone plongée dans une curieuse conversation à voix basse avec quelqu'un qui était manifestement son mari ou son petit ami.

— Mais si, vous pouvez, répliqua Kennedy. Je vous conseille de le trouver et de le lui demander.

Elspeth poussa un soupir théâtral et donna quelques coups de téléphone.

— Apparemment, son assistante a cru que l'interview était pour lundi, annonça-t-elle brusquement. Il est à Palm Springs.

— Oh, parfait ! dit Kennedy, attendant des excuses.

Elspeth ne dit pas un mot. Ramassant son sac, un faux Chanel, elle se dirigea à grands pas vers la porte. Kennedy se leva et la suivit.

— Alors, pas de Bobby Rush aujourd'hui ?

— Je vous l'ai dit, lança Elspeth, agacée d'avoir à se répéter. Il est à Palm Springs. Revenez lundi à dix heures.

Là-dessus, elle sortit. « Elle est d'une grossièreté incroyable, se dit Kennedy. Bobby Rush doit être stupide pour employer des gens pareils. »

La perspective de toute une journée sans avoir rien prévu l'agaçait vraiment, car elle se vantait d'être parfaitement organisée. Parfois, Phil se moquait d'elle à ce sujet, mais ils avaient accompli bien des choses au cours des années passées à courir le monde. Et aujourd'hui elle devait interviewer des acteurs de seconde zone qui ne se donnaient même pas la peine d'honorer leurs rendez-vous !

Elle maudissait Mason. Il avait agité l'appât et elle avait tout de suite mordu. Furieuse contre elle-même, elle quitta le bureau, bien décidée à appeler Mason pour le convaincre de renoncer à l'article sur Bobby Rush.

Elle suivit le couloir, appela l'ascenseur et attendit avec impatience. Au bout de quelques instants, elle se mit à marteler la porte du palier à grands coups de poing. Évidemment, elle aurait pu descendre par l'escalier puisqu'elle n'était qu'au premier étage, mais pourquoi l'aurait-elle fait ? Un jour comme celui-ci, elle manquerait sans doute une marche et se casserait la figure. Elle allait recommencer quand les portes de l'ascenseur s'ouvrirent. Un homme en short de coureur, T-shirt et casquette de base-ball en sortit.

— Désolé, dit-il d'un ton affable. Je vous ai fait attendre ?

— Oui, répondit-elle, passant sur lui sa mauvaise humeur.

— Vous savez ce que c'est, dit-il avec un sourire désarmant. Un type m'a mis le grappin dessus en bas et je n'arrivais pas à m'en débarrasser.

— Vous auriez dû sortir de l'ascenseur, dit-elle d'un ton glacial.

Là-dessus, la porte se referma et l'ascenseur repartit.

— La barbe ! s'exclama-t-elle.

— Pardon, dit-il d'un ton d'excuse. Vous êtes en retard ?

— Ça n'est pas mon jour, répondit-elle. J'avais rendez-vous avec Bobby Rush et il m'a posé un lapin.

— Vous êtes ici pour l'entretien ?

— Exactement.

— Alors entrez donc.

— Mr. Rush est à Palm Springs, dit-elle d'un ton sarcastique. Mr. Rush est trop occupé pour accorder un entretien aujourd'hui.

— Hé, fit-il avec un grand sourire. Mr. Rush est là, devant vous, et j'ai désespérément besoin d'une assistante. Alors, allons-y.

Elle haussa les sourcils.

— Vous êtes Bobby Rush ?

Son sourire s'élargit encore.

— Je plaide coupable.

— Je ne vous avais pas reconnu, dit-elle.

De toute évidence, lui non plus ne savait absolument pas qui elle était ni la raison de sa présence. Il se dirigeait déjà vers son bureau. Se retournant, il lui fit signe.

— Venez. Vous pourrez préparer du café pendant que je prends ma douche.

Oh, parfait : la petite femme soumise prépare du café et le grand homme prend une douche. Quel macho ! Il allait peut-être aussi lui sauter dessus ? Un peu de harcèlement sexuel en prime.

Tout à coup, le quiproquo l'excita : au fond, qu'il la prenne pour quelqu'un d'autre était peut-être une chance.

— J'ai donné sa journée à tout le personnel, expliqua-t-il, tandis qu'elle le suivait dans son bureau. Lundi, nous commençons la préproduction de mon film : ils n'auront pas un jour de libre avant qu'on ait fini.

— De quel film s'agit-il ?

— *Le Regard qui tue*, dit-il. Si vous êtes engagée, vous pourrez lire le scénario.

Quelle chance, songea-t-elle en le suivant dans son domaine privé.

Il désigna un petit bar.

— Le café est dans le frigo. La machine à café là-bas. Je le prends noir et sans sucre.

Il ouvrit une porte et elle aperçut la salle de bains, où il s'engouffra. Hmm... Que pouvait-elle rêver de mieux que d'interviewer Bobby Rush alors qu'il s'imaginait lui faire passer un entretien d'embauche à un poste d'assistante ?

Elle examina son bureau — clair, spacieux, peu meublé. Des affiches de cinéma aux murs, une pile de scénarios sur son bureau, pas grand-chose d'intéressant.

Elle ouvrit le petit frigo, y prit un paquet de café moulu et introduisit la quantité nécessaire dans la machine à café.

Malgré le bruit de la douche, elle entendit frapper à la porte du bureau. Elle passa dans l'autre pièce et ouvrit. Une jeune femme à lunettes était plantée là.

— Bonjour, dit-elle. Je suis Jenny Scott. J'ai rendez-vous avec Mr. Rush pour un travail.

— Oh, Jenny, dit Kennedy avec un sentiment de culpabilité — mais un article, c'était un article, et elle était lancée —, Mr. Rush n'est pas disponible aujourd'hui. Pouvez-vous revenir lundi à dix heures ?

— Oh oui..., fit Jenny, hésitante. Mais on m'avait dit que c'était assez urgent.

— Pas à ce point. Revenez lundi. Il sera ravi de vous voir à ce moment-là.

La jeune femme partie, Kennedy emplit deux tasses de café bien noir sans sucre et s'assit derrière le bureau en verre et en acier. Bobby réapparut quelques minutes plus tard vêtu d'un jean délavé, d'un chandail de l'UCLA, arborant un grand sourire. Ses cheveux blonds bouclés étaient trempés.

— Ah, je me sens mieux ! Le seul problème, c'est que je meurs de faim. Si on allait à la cafétéria ?

— Pourquoi pas ?

Décidément, il était bien mieux en chair et en os qu'à l'écran : avec ces yeux bleu clair au regard pénétrant, il rayonnait d'énergie. Tout à fait séduisant.

— Bon, allons-y, dit-il, déjà dans le couloir.

Elle le suivit tout en l'examinant de dos. La démarche assurée, un derrière musclé.

Une fois dehors, il mit ses lunettes de soleil. Elle en fit autant.

— Bon, dit-il en se dirigeant vers la cafétéria. Je m'attendais à quelqu'un de plus jeune. C'est un boulot pour une gamine prête à faire un tas de courses pour moi. Vous m'avez l'air d'avoir passé cette étape de votre carrière.

— Bah, c'est une occupation comme une autre.

Il releva ses lunettes et la regarda intensément.

— Une occupation pour s'amuser, hein ?

— C'est exact, dit-elle, refusant de se laisser prendre à son charme.

— Je suis très exigeant, déclara-t-il en l'examinant attentivement.

— Je n'en doute pas.

— Ce que je veux dire, c'est que cet emploi peut être une distraction pour vous, mais que, moi, j'attends de la personne que j'engage qu'elle soit disponible à toute heure du jour et de la nuit.

— Du jour et de la nuit ? demanda-t-elle, intriguée.

— Vous rentrerez dormir chez vous.

— Vous me rassurez.

— Quel était votre dernier emploi ?

— Je travaillais pour un magazine, à New York.

— Oh, fit-il en riant. Vous n'allez pas me remettre votre scénario inachevé, non ?

— Non, Mr. Rush. Je peux vous l'assurer.

— Appelez-moi Bobby.

Ils entrèrent dans la cafétéria. Bobby dit bonjour à plusieurs personnes tout en se dirigeant vers une table. À peine était-il assis qu'une serveuse entre deux âges commença à s'affairer.

— Bonjour, Bobby. Aujourd'hui, ce sera des œufs au bacon, ou êtes-vous dans un jour « fruits » ?

— « Fruits », ma jolie, dit-il en tapotant son estomac plat comme une planche. Il faut que je surveille cette brioche.

La serveuse se mit à rire.

— Vous n'avez pas à vous en faire, Bobby. Si vous ne la surveillez pas, toutes les femmes d'Amérique le feront.

— Ah... qui s'intéresse aux autres femmes quand vous êtes là, Mavis, dit-il en lui donnant une tape amicale sur les fesses.

Nouveau petit rire de la serveuse, qui avait pourtant l'âge de ne pas se laisser prendre à ce petit jeu.

— Qu'est-ce que vous prenez? demanda-t-il à Kennedy.

— Un jus d'orange, ce sera parfait.

— Pas de muffins? Pas d'œufs au bacon?

— Dites-moi..., euh..., Bobby, vous offrez toujours le petit déjeuner aux gens que vous voulez engager?

Cette fois, il la draguait carrément.

— Seulement quand ce sont des filles aussi belles que vous, dit-il en braquant de nouveau sur elle ses yeux bleus. Comment avez-vous dit que vous vous appeliez, déjà?

Au beau milieu de l'autoroute, Michael s'aperçut qu'il n'avait pas été assez minutieux en fouillant dans le linge sale de Rita. Il s'était contenté de renverser par terre le contenu du sac, de l'inspecter rapidement et de le remettre en place. Mais Rita avait l'esprit tortueux, il le savait. Quelque chose lui dit de faire demi-tour pour aller y regarder de nouveau.

Il entra dans l'appartement, alla droit au sac de linge. Il le vida de nouveau sur le carrelage et entreprit une fouille plus méthodique. En prenant une paire de collants noirs, il remarqua qu'il y avait quelque chose de coincé dans le pied. Poussant plus loin ses investigations, il découvrit trois Polaroid et un bout de papier sur lequel étaient inscrits un nom et un numéro.

Il examina d'abord les Polaroïds. Du Rita classique : ça l'amusait toujours de poser pour un objectif. Sur le premier cliché, elle souriait et ne portait pour tout vêtement qu'un porte-jarretelles en dentelle noire et des bas. Sur le deuxième, elle n'avait plus le porte-jarretelles mais toujours le sourire. Le troisième montrait un homme un peu gras, braquant droit sur l'objectif une formidable érection.

Michael déchiffra ce que Rita avait griffonné sur le bout de papier. *Heron Jones. Club Erotica.*

Fourrant le papier dans sa poche, il remit le linge dans le sac, le posa sur le sol de la salle de bains et repartit précipitamment.

11

Bobby Rush se sentait bien. Comme chaque fois qu'il prenait son petit déjeuner en compagnie d'une jolie femme. Il avait été ravi de rencontrer Kennedy Chase : même si elle ne convenait pas pour le poste, elle avait une personnalité intéressante.

En sortant de la cafétéria, il l'avait raccompagnée jusqu'à sa voiture.

— C'est vous qui auriez dû parler, pas moi, avait-il dit avec un charmant sourire.

— Vraiment ?

— C'est généralement ainsi que ça se passe. J'étais censé vous interviewer pour cet emploi et c'est vous qui m'avez posé toutes les questions.

— C'est parce que j'aime savoir dans quoi je m'embarque.

— Eh bien, on peut dire que vous le savez. Je crois que je vous ai raconté toute ma vie.

— C'était intéressant.

— Euh... Kennedy, je vais être franc avec vous. Vous êtes bien trop qualifiée pour cette place.

— Vous ne savez absolument pas quelles sont mes qualifications.

— Non, mais je parie qu'elles sont de premier ordre.

Elle avait éclaté de rire. Un grand rire, un rire de gorge.

— On dirait une de ces répliques de rupture où le type dit : « Tu es trop bien pour moi, il faut que je trouve quelqu'un d'autre. »

Il avait ri aussi.

— Je dois reconnaître que celle-là, je m'en suis servi un certain nombre de fois.

— Ça vous arrive d'utiliser des répliques ?

— Est-ce que ça n'arrive pas à tout le monde ?

— Pas à moi.

— Vous êtes quelqu'un de très spécial.

Il l'avait regardée partir. Elle avait de la classe. Il allait laisser passer un jour, lui envoyer des fleurs, peut-être l'inviter à dîner, coucher avec elle.

Ah ! voilà qu'il commençait à avoir les mêmes réactions que son père. Seigneur !

Coucher avec elle, hein ? Aujourd'hui, on ne couchait plus aussi facilement. Il y avait le sida, et on ne faisait plus n'importe quoi avec n'importe qui. Il savait pertinemment que, comme il était une star de l'écran, il pouvait avoir à peu près toutes les femmes qu'il voulait. Mais il n'en avait aucune envie.

Il était nerveux. Ce soir, c'était le grand soir : dîner avec Jerry. Darla avait insisté pour que la réunion ait lieu dans la demeure familiale, avec ses deux frères et leurs femmes. Formidable : il n'avait même pas une fille pour l'accompagner. Au fond, c'était peut-être aussi bien : ainsi, Jerry n'essaierait pas de lui mettre la main dessus.

Il éprouvait une certaine appréhension à l'idée de revoir son père après toutes ces années. Même si, au fond de lui, il espérait que Jerry avait changé. Peut-être allait-il dire à son fils qu'il était fier de lui.

Rêve toujours. Jerry est un vieux salaud d'égoïste : il l'a toujours été. Pourquoi changerait-il ?

— On va à la soirée de Cheryl ? demanda Shep, qui s'affairait dans sa petite cuisine impeccable.

— Pourquoi ? répondit Jordanna.

Assise devant le comptoir qui servait de table, elle mordait dans une pomme en feuilletant un magazine.

— Ça pourrait être amusant.

Elle reposa son journal.

— Amusant de se retrouver avec un rassemblement de putains ? Je ne crois pas.

— Allons, Jordy, autrefois, tu avais l'esprit aventureux.

— Vas-y si tu veux, mais aller à une soirée donnée par Cheryl alors qu'elle se lance dans sa nouvelle carrière de maquerelle, ce n'est pas l'idée que je me fais d'un moment amusant.

— OK, OK, dit Shep. Retrouvons-nous plus tard à La Balle Blanche.

— D'accord.

Elle avait passé une journée agitée à songer aux révélations de Cheryl en se demandant si elle devait parler à Jordan. Après tout, si Kim avait été call-girl, son père avait bien le droit de le savoir.

Je vais peut-être lui dire.

Peut-être pas. Pour qu'il t'en veuille encore plus ?

Je m'en fiche.

Allons donc !

Elle appela un de ses amis comédiens qui la faisait rire et qui avait toujours du hasch en quantité.

— Tu veux faire la tournée des boîtes, ce soir ? proposa-t-elle.

— J'ai une nouvelle petite amie.

— Amène-la... Ça ne me gêne pas.

— Bien sûr que ça ne te gêne pas, mais, elle, ça la gênera sans doute.

— Ne me dis pas que tu t'es installé avec une de ces petites choses jalouses ? lança-t-elle.

Il répondit d'un ton pincé :

— On pourrait dire ça.

Elle raccrocha. Ah, les hommes ! Ils ne faisaient pas les meilleurs amis. Mais, au fond, elle n'avait pas besoin d'un homme pour l'escorter : elle pouvait traîner toute seule. Elle serait plus libre.

Après le départ de Shep, elle regarda un film à la télé, commanda chez Giacoppo une grande pizza aux poivrons et, peu après onze heures, passa son plus vieux jean, des bottes de motard, une chemise d'homme trop grande et un blouson Harley.

Jordanna était prête à partir en patrouille.

Devant la maison de Bedford, Bobby se sentit redevenir gosse : un stupide petit gosse que son père rabrouait tout le temps en le qualifiant de bon à rien.

Il devait se rappeler qu'il n'était pas un gosse. Il avait réussi comme homme d'affaires, comme producteur, comme vedette de cinéma.

Merde pour Jerry Rush. Il ne lui faisait plus peur. Bobby allait entrer dans la maison comme un homme, et on le traiterait avec respect.

Le barman noir qui travaillait pour les Rush depuis vingt-trois ans lui ouvrit la porte.

— Monsieur Bobby ! s'exclama-t-il avec un grand sourire. Ça fait plaisir de vous revoir après tout ce temps !

— Merci, Jimmy.

Il entra dans la maison comme un étranger. Darla avait changé tout le mobilier. À Hollywood, les femmes n'avaient guère d'autre occupation que de refaire la décoration de leur maison et de donner des soirées de charité ; Darla ne faisait pas exception.

Il traversa le vestibule, passant devant un Picasso familier sur sa gauche et une vitrine pleine d'objets africains sur sa droite. Il entra dans le grand salon en s'efforçant d'avoir l'air à l'aise.

Jerry était assis dans son fauteuil préféré, un verre de scotch à la main. Dès qu'il aperçut Bobby, il posa son whisky, se leva et ouvrit tout grands ses bras.

— Bienvenue à la maison, mon fils, dit-il d'un ton magnanime, comme s'il jouait devant un public attentif.

— Bonjour, papa, dit Bobby en reculant d'un pas.

Darla était présente, en tailleur rose de chez Valentino et couverte de magnifiques bijoux. Son demi-frère, Len, un homme au visage rougeaud, était accompagné de l'exaspérante Trixie, son épouse. Son autre demi-frère, Stan, était là avec sa femme, Lana, qui avait jadis posé pour *Playboy* mais qui avait, depuis, pris quinze kilos. D'après ce que Bobby avait entendu dire, Stan continuait à sniffer de la cocaïne et sa femme avalait des tranquillisants comme des pastilles de menthe.

— Bonjour tout le monde, lança Bobby, espérant que sa voix ne sonnait pas aussi faux qu'il en avait l'impression. Je suis content de vous revoir.

— Bobby ! (Darla flotta jusqu'à lui pour l'accueillir avec chaleur.) Je suis si contente que tu sois ici. Nous sommes tous ravis.

Trixie fonça sur lui à travers la pièce. Elle avait un visage pincé avec des petits yeux de cochon et un nez couvert de taches de rousseur.

— Est-ce que tu aimerais venir parler à mon déjeuner de dames, Bobby ? demanda-t-elle. Nous

nous retrouvons une fois par mois pour discuter de politique et des affaires du monde. Tu veux bien ?

— Trixie, mon emploi du temps est bouclé.

Elle serra les lèvres.

— Tu es trop important pour t'occuper de ta famille, maintenant, c'est ça ? demanda-t-elle d'un ton hargneux.

Ça commençait déjà !

— Non, Trixie, juste trop occupé.

Il s'éloigna de son agaçante belle-sœur. Len s'approcha et lui posa une main sur l'épaule.

— Tu te débrouilles pas mal, petit frère.

— Eh oui, les choses ont l'air de s'arranger.

— Peut-être que tu pourrais me trouver quelque chose ?

Seigneur ! Se faire agresser comme ça dès l'instant où il mettait les pieds dans la maison !

— Alors, Bobby, lança Jerry d'une voix claironnante. Quand vas-tu produire un film avec ton paternel dans le premier rôle ? Il serait temps.

La soirée s'annonçait plus horrible qu'il ne l'avait imaginé.

Quand elle était arrivée à La Balle Blanche, Jordanna était déjà dans les vaps. Elle s'était arrêtée dans deux autres boîtes pour bavarder avec des amis, danser, fumer un peu d'herbe.

Je croyais que la drogue, c'était fini.

Mais oui. C'est juste histoire de m'amuser.

Foutaises.

Arnie surgit devant elle et l'accueillit d'un baiser baveux sur chaque joue.

— Comment ça va, Levitt ?

— Appelle-moi Jordanna. C'est mon prénom, tu sais.

Il se rembrunit.

— Bon, bon. Tu ne vas pas me faire une scène.

— Qui a dit que je te faisais une scène ?
— Je te connais.
Oh non, tu ne me connais pas.
— Les autres sont là ? demanda-t-elle.
— Non, pas encore.
— Ils ne vont pas tarder.
Il s'approcha d'elle et, baissant la voix, lui chuchota à l'oreille :
— Il paraît que Cheryl se met à travailler : elle m'a demandé de lui trouver des filles.
— Ça devrait être facile, pour toi.
— Je lui demanderai une commission.
— Bien sûr, Arnie.
— Je t'offre un verre ?
— Non, merci.
Elle s'échappa, déambula dans le club, cherchant quelqu'un de connaissance, ou du moins quelqu'un avec qui elle aurait envie de bavarder un moment. Il n'y avait pas beaucoup de choix.
Comme elle passait devant la table de Charlie Dollar, il lui fit signe.
— Hé..., venez tenir compagnie à un vieillard.
— Voilà une invitation à laquelle je ne peux pas résister, dit-elle en s'approchant.
— Vous êtes toujours tellement pressée, dit-il avec un sourire.
— Mieux vaut être pressée que laissée à la traîne, répliqua-t-elle calmement.
Il glissa sur la banquette en cuir, tapotant la place auprès de lui.
— Je connais votre père, annonça-t-il.
— Tout le monde connaît Jordan, dit-elle en s'installant auprès de lui parce qu'elle n'avait rien de mieux à faire.
— J'ai connu votre mère, aussi.
— Hum, un ami de la famille.
— Je vous ai observée, dit-il, son regard un peu vitreux fixé sur elle.

— Pourquoi ?

— Parce que vous n'êtes pas comme les autres.

— Ah ?

— Parfaitement.

Voilà qu'elle se retrouvait assise là à flirter avec Charlie Dollar, un homme qui pourrait être son père.

Ô mon Dieu, qu'est-ce que tu fais, Jordanna ?

Quelque chose qui va vraiment emmerder papa.

Le dîner fut un cauchemar. Bobby ne savait pas comment il parvenait à tenir le coup. Darla se donnait un mal fou pour que tout se passe bien, mais la tâche était ardue. Jerry présidait. Ingurgitant whisky sur whisky, il expliquait que l'industrie cinématographique s'effondrait depuis qu'on n'y engageait plus que des jeunes.

— Les films, aujourd'hui, n'ont pas de point de vue. On ne voit que des putains de trois sous qui exhibent leurs tétons et un ramassis de trous du cul musclés qui ne savent pas aligner deux phrases.

Merci, papa, avait envie de dire Bobby. Mais il se rendit compte que ça n'avait pas d'importance. Il n'avait plus besoin de l'approbation de son père.

— Je ne parle pas de ton film, dit Jerry après avoir bruyamment roté. Je ne l'ai pas vu, mais on me dit qu'il est très bon.

Va te faire voir, papa. Comment se fait-il que tu ne l'aies pas vu, alors que toute l'Amérique le connaît ?

— Je pensais que tu me ferais une projection, poursuivit Jerry. Je passerai aux studios. Il paraît que tu as des bureaux là-bas.

— Je t'enverrai une copie. Tu pourras le passer ici, dans ta salle de projection.

— On ne l'utilise plus, dit Jerry. Ça coûte trop cher.

Allons bon ! Le grand Jerry Rush allait pleurer misère !

— Ne sois pas ridicule, intervint Darla, nerveusement. Je téléphonerai au projectionniste.

Jerry lui lança un regard noir.

— Je ne vais pas payer une fortune un putain de projectionniste pour qu'il vienne me montrer, dans ma putain de maison, un film que je peux regarder dans la salle de projection de mon fils.

— Nous avons notre salle de projection ici. C'est stupide de ne pas l'utiliser, rétorqua Darla, pincée.

— Ça te manque, nos projections ? ricana Jerry. Ça te manque de ne plus voir tes pique-assiettes d'amis ?

— Jerry, je t'en prie !

Pas question de l'arrêter.

— Combien de gens recevions-nous chaque week-end ? On les nourrissait, on leur passait un film pendant qu'ils sifflaient tout mon alcool et disaient des horreurs sur moi derrière mon dos. Et puis, quand ma putain de carrière s'est arrêtée, on ne les a plus revus.

— N'exagère pas, dit Darla, toute rouge. Ta carrière va très bien.

Jerry eut un rire sec.

— N'est-ce pas merveilleux d'avoir une épouse loyale ?

— Je t'en prie, Jerry. Ne commence pas.

— Réveille-toi, Darla. Plus personne ne nous invite.

— Je peux te montrer une pile d'invitations, fit Darla, sur la défensive.

— Pour des soirées de charité où il faut payer. Ça nous fait une belle jambe. (Il prit son verre, avala une gorgée et marmonna :) Je n'ai pas besoin de leurs foutues invitations. Qu'ils restent donc chez eux. Tout le monde s'en fiche sauf toi.

Un peu plus tard, Darla prit Bobby à part.

— Ton père vieillit, expliqua-t-elle. Il n'aime plus sortir. Sa hanche le fait souffrir. Je sais qu'il ne t'en a pas parlé, mais, si ça s'aggrave, il devra se faire opérer. Ne lui dis pas que je t'ai mis au courant.

Ô Seigneur ! Essayait-elle de l'amener à plaindre son père ?

— Nous sommes un peu à court de liquidités, je le reconnais, ajouta Darla. Mais nous avons un beau portefeuille d'actions et d'investissements.

Que voulait-elle, maintenant ? Le taper ?

— Si ça ne dépendait que de moi, je vendrais la maison pour nous installer dans un appartement sur Wilshire. Nous n'avons plus besoin de cette grande baraque maintenant que vous, les garçons, vous êtes tous partis.

Fais ce que tu veux, Darla, avait-il envie de dire. Ça ne me concerne en rien. J'ai évolué. Je n'ai plus à supporter tout ça.

Avant qu'il ait pu parvenir à s'échapper, Stan et Len le coincèrent ; tous deux cherchaient du travail.

— Ça ne marcherait pas, fit-il en essayant d'être aimable. Tu sais, travailler en famille, ça n'est pas une bonne idée.

Ils s'énervèrent.

— Tout va bien pour toi, Bobby, dit Stan. Tu es bourré de fric, maintenant. Tu ne veux pas nous donner un coup de main ?

Ils avaient la mémoire courte. Quand il pensait à la façon dont ils le traitaient quand il était gosse !

Après avoir remercié Darla pour le dîner, il s'éclipsa, sauta dans sa voiture et fila dans la nuit.

Il avait besoin de prendre un verre. Gary, son associé, lui avait dit de le retrouver à La Balle Blanche. Il fonça dans cette direction.

— Pourquoi ne venez-vous à aucune de mes soirées ? demanda Charlie Dollar à Jordanna en l'observant attentivement. Je sais qu'Arnie vous a plusieurs fois invitée chez moi.

— Justement, répliqua Jordanna.

— Vous n'aimez pas Arnie ? fit Charlie en gloussant.

— Vous l'aimeriez, vous, s'il vous draguait ?

— Mon petit, vous êtes superbe.

— Merci.

— Un peu de votre mère mélangé au culot de votre père. Une combinaison redoutable. En plus, vous êtes belle, ce qui ne gâte rien.

— Vous me proposez un job ou vous me draguez ?

— Qu'est-ce que vous croyez ? dit-il en riant. Vous êtes comédienne ?

Elle jeta un coup d'œil autour d'elle, se demandant où était passé Shep.

— J'aurais bien voulu, mais mon père était contre.

— Jordan a raison. Ne soyez pas actrice, c'est un métier de merde.

— Vous êtes comédien, et vous ne vous en êtes pas mal tiré.

Il la regarda d'un air songeur.

— Je vous l'ai dit, c'est une profession de merde. Je me trouve dans l'agréable position de pouvoir choisir ce que je fais, mais la plupart des acteurs et des actrices doivent tout encaisser, ont affaire à des trous du cul de directeurs de studio, sans parler des connards et autres bons à rien qui se proclament agents et imprésarios. Même à moi, il m'arrive d'être obligé de leur lécher les bottes.

— Oh, je ne vous imagine pas faisant ça, Charlie, murmura-t-elle d'un ton sarcastique.

— Je le fais quand il le faut, répondit-il avec un sourire narquois. Pas très souvent, mon petit, pas très souvent.

— J'en suis sûre.

— Alors, dit-il lentement, il paraît que vous êtes déchaînée.

— Qui vous a dit ça ?

— C'est le bruit qui court, mon petit.

— Vous ne passez pas tout à fait pour un enfant de chœur.

— Je suis un vieux type. Je peux faire tout ce que je veux sans problème.

— Comme c'est agréable.

Il la dévisageait de nouveau.

— Vous voulez venir chez moi, ce soir, Jordanna ?

— Vous recevez ?

— Oui, vous.

Pas besoin de réfléchir ; elle savait ce qu'elle allait faire.

— Une soirée en tête à tête ? dit-elle calmement.

— Exactement.

— Je crois que je suis libre.

— J'en suis certain.

Au moment où il se croyait complètement perdu, Bobby repéra un discret panneau annonçant « La Balle Blanche ».

Il confia ses clés au portier.

— J'ai cru que je ne trouverais jamais cet endroit, marmonna-t-il.

— Vous n'êtes pas le premier à qui ça pose un problème, répondit l'homme. C'est la première fois que vous venez ici ?

Bobby acquiesça.

— J'espère qu'on vous connaît, reprit le portier, qui manifestement ne savait pas à qui il avait affaire. Le filtrage est assez dur.

— J'ai l'impression que je passerai, dit sèchement Bobby.

Le videur devant la porte le reconnut. Quand Bobby franchit l'entrée, Arnie Isaak avait été prévenu et l'attendait consciencieusement.

— Bobby ! s'exclama-t-il comme s'ils étaient de vieux amis.

— Je vous connais ?

— Arnie. Arnie Isaak.

— Ah oui, fit Bobby, se rappelant vaguement le nom de cet homme mais pas son visage.

— Bienvenu à La Balle Blanche. Peut-être voudriez-vous venir prendre un verre à ma table ?

— Euh... (Bobby jeta un coup d'œil à la ronde. La boîte était bourrée, la musique assourdissante, et il ne voyait Gary nulle part.) J'ai rendez-vous avec Gary Man.

— Gary Man, Gary Man, fit Arnie en fronçant les sourcils... Je ne crois pas le connaître. Je vais vous trouver une table et vous faire servir un verre.

Il se glissa plus près et ajouta dans un murmure suggestif :

— Et tout ce que vous aimeriez d'autre.

Un bref coup d'œil.

— Vous voyez ce que je veux dire ?

— Je suis un grand garçon, répondit Bobby. Trouvez-moi donc Gary, ça me suffira.

Arnie aimait bien que des vedettes lui doivent quelque chose.

— Sûr, Bobby ?

— Absolument.

Là-dessus, Charlie passa avec Jordanna. Arnie s'arrêta net.

— Où allez-vous, Charlie ? demanda-t-il d'un ton geignard.

— Tiens, Bobby, fit Charlie, ignorant complètement Arnie. Ça fait un moment que je ne vous ai pas vu.

— Six ans, dit Bobby. J'avais sept lignes et un gros plan dans *Broad Street*.

— Je me souviens. Je savais que vous iriez loin. Félicitations. J'ai bien aimé votre film.

— C'est un grand compliment, venant de vous.

— Je n'en fais que quand ils sont mérités. Passez-moi un coup de fil, Bobby. Il faut qu'on déjeune ensemble.

— Entendu.

Charlie prit Jordanna par la taille et l'entraîna.

— Vous vous connaissez, tous les deux ?

Bobby dévisagea la fille aux longs cheveux noirs et à l'air un peu fantasque. Elle était étonnamment belle dans son style.

— Non, je ne crois pas.

— Je parie que vous connaissez son père, dit Charlie. Jordan Levitt.

— Bien sûr que je connais Jordan, s'empressa de dire Bobby.

— Et, moi, je connais Jerry Rush, lança Jordanna, furieuse que Charlie la présente ainsi.

Bobby sentit sa colère et tenta d'arranger les choses.

— Attendez un peu..., commença-t-il.

— À vous, qu'est-ce que ça fait ? fit-elle en l'interrompant. Bobby Rush, le fils de Jerry, ça sonne bien, non ?

— Allons, allons, dit Charlie en riant, tout le monde s'en fout.

— Pas vous, apparemment, dit Jordanna, encore furieuse.

— Mais non, mais non, ma jolie, fit Charlie en serrant plus fort la taille de la jeune femme. Ravi de vous avoir vu, Bobby. N'oubliez pas de me passer un coup de fil. Allez, mon chou, on y va.

Arnie n'arrivait pas à croire que Charlie parte avec l'amour de sa vie.

— Il y a une fête, ce soir, Charlie ? demanda-t-il, plein d'espoir.
— Je ne vous ai pas invité, Arnie.
— Est-ce que je dois passer plus tard ?
— Pas du tout.
— Je n'en crois pas mes yeux, murmura Arnie en les regardant partir.
— Quoi donc ? demanda Bobby.
— Charlie et Jordanna.
— Elle me paraît un peu jeune pour lui.
— Personne n'est trop jeune pour Charlie, dit Arnie d'un ton amer.
— Elle est très belle, remarqua Bobby.
— Belle et timbrée, marmonna Arnie. Il ne lui manquait plus que Charlie.
— Bobby ! (Gary apparut, traînant derrière lui une jolie fille.) J'ai cru que tu n'arriverais jamais. Comment s'est passé ton dîner ?
— Un supplice, répondit Bobby en laissant là Arnie. Un supplice pur et simple.

Charlie habitait tout en haut de Miller Drive une énorme maison avec un parc immense, une vaste piscine et un court de tennis. Jordanna avait insisté pour prendre sa voiture : elle n'aimait pas se trouver coincée sans moyen de s'échapper. Elle suivit donc la Rolls de Charlie au volant de sa Porsche.
— Ça ne vous ressemble pas, dit-elle.
Ils étaient descendus de voiture et se tenaient côte à côte au milieu de la cour gigantesque.
— Comment ça ? demanda Charlie, amusé.
— Oh ! vous cultivez le genre excentrique. Je ne m'attendais pas à vous voir au volant d'une Rolls.
— Le confort, mon chou, c'est tout. En grandissant, vous vous en apercevrez.
— Je vois, dit-elle en entrant avec lui dans la maison.

Deux grands chiens, un labrador chocolat et un doberman noir, se précipitèrent pour accueillir leur maître.

— Vous avez peur ? demanda Charlie, comme s'il l'espérait secrètement.

— Moi, je n'ai peur de rien, répondit Jordanna d'un ton méprisant, tout en se penchant pour caresser les chiens.

— Vous savez, je vous trouve de plus en plus sympathique, dit Charlie en l'entraînant dans l'immense salon — énormes canapés de cuir brun, toiles sur les murs.

Il se dirigea vers le bar et leur versa deux bonnes rasades de Jack Daniel's, en ajoutant de la glace.

— On partage un joint ?

— Juste ce qu'il me fallait, répondit-elle.

Elle remarqua ses deux oscars nonchalamment disposés sur un rayonnage.

Elle inhala lentement la fumée. Fumer de l'herbe, ça n'était pas aussi terrible que de prendre de la coke. Mais, s'il avait proposé de la coke, elle aurait probablement dit oui.

Qu'est-il arrivé à toutes mes bonnes résolutions ?

Demain, demain.

— Vous voulez voir le reste de la maison ? demanda Charlie d'un ton nonchalant.

— J'adore visiter.

Il passa doucement une main sur ses longs cheveux noirs.

— Je vous aime vraiment beaucoup.

— Je suis flattée, murmura-t-elle, bien décidée à ne pas jouer à la petite starlette imbécile.

Il lui prit la main pour gravir un escalier en pas de vis qui montait jusqu'à sa chambre : une pièce en désordre avec une vue époustouflante, où trônait un énorme lit circulaire jonché de couvertures de fourrure.

— Très luxueux. Vous avez de la musique ?
— Vous voulez en écouter ?
— C'est pour ça que je le demandais.
Il ouvrit une porte, révélant un somptueux équipement stéréo. Il pressa quelques boutons, et des accents de Mozart envahirent la pièce.
— Mon genre, ça n'est pas le classique.
Il lui caressa de nouveau les cheveux.
— C'est quoi, votre genre ?
— Madonna. Prince. Bobby Brown. John Coltrane.
— Tout un mélange.
— Vous n'avez pas *Bad Girl* de Madonna ?
— Ça vous rappelle des souvenirs ?
— Bien sûr.
Il la regarda d'un air interrogateur.
— Vous êtes mignonne.
— On ne me l'a encore jamais dit.
— Il y a toujours une première fois.
— Oui, Charlie, il y a toujours une première fois, dit-elle en ôtant son blouson de cuir.
— Quel âge avez-vous ?
— Je suis assez jeune pour être votre fille.
— Vingt ans ?
— Vingt-quatre.
Il décrocha le combiné et parla dans un téléphone intérieur.
— Quelqu'un dans la maison a un CD de Madonna, de Prince ou de Bobby Brown ? Presto.
— Qu'est-ce que vous avez ? Une équipe invisible de fans de musique pop qui veille toute la nuit ? demanda-t-elle.
Elle imaginait le personnel se démenant pour satisfaire les désirs de leur célèbre patron. Il eut un faible sourire.
Avisant une boîte où s'entassaient des disques compacts, elle examina sa collection sans rien trou-

ver qui lui plaise. Lui, cependant, s'était assis au bord du lit et tapotait la place à côté de lui.

— Venez par ici.

Elle s'approcha calmement et se planta devant lui.

Il posa les mains autour de sa taille et l'attira vers le lit. Puis il déboutonna sa chemise et commença à lécher son ventre nu, lui enfonçant sa langue dans le nombril. C'était incroyablement excitant.

Elle se débarrassa de sa chemise, qu'elle laissa tomber sur le sol.

— Vous avez goût de miel, dit-il en s'interrompant.

Joli compliment auquel elle ne trouva rien à répondre. Le mélange de bourbon, d'herbe et de Charlie Dollar commençait à la faire fondre.

Il lui caressait les seins quand une voix désincarnée se fit entendre. « Mr. Dollar, Madonna et Prince sont devant votre porte. »

— Ça alors ! s'exclama Jordanna en sursautant.

— Du calme. Il ne s'agit que du téléphone intérieur.

— Ça, c'est du service !

— Mon petit, vous n'avez encore rien vu.

Quand, sur la chaîne stéréo, Madonna commença à chanter *Bad Girl*, Jordanna se mit à déambuler à demi nue dans la pièce en se déhanchant au rythme de la musique.

— Tu aimes vraiment ça ? demanda Charlie.

Elle ne savait pas très bien s'il parlait de l'herbe ou de Madonna.

— J'adore tout, répondit-elle.

Tout en tirant sur le joint qu'il venait d'allumer, Charlie la regarda longuement.

— Déshabille-toi.

— Non. Toi, tu te déshabilles.

— Ça n'est pas un joli spectacle.

— Tu n'as qu'à éteindre.

Il lui offrit son joint. Elle en tira une longue bouffée et se jeta sur le lit.

— Je me sens bien, dit-elle en exhalant un mince filet de fumée.

— Tu te sentiras encore mieux dans une minute, dit-il en se glissant sur elle.

Elle soupira. Elle avait déjà entendu la chanson.

— Pas de promesse que tu ne peux pas tenir, Charlie.

Chose étonnante, Charlie Dollar était un amant fantastique. Ils firent l'amour un long moment. Leur plaisir fut si exquis que Jordanna se surprit à pleurer, ce qui n'était pas dans ses habitudes. Charlie poussa un cri si fort qu'elle faillit sauter à bas du lit.

L'ennui, c'est qu'il s'endormit presque tout de suite. Et qu'il ronflait. Bruyamment.

Elle se leva, ramassa ses vêtements et passa dans la salle de bains. Celle-ci ressemblait à une pharmacie : des rangées de comprimés pour soigner tous les maux, des flacons de vitamines de toutes sortes, des potions, des poudres, des crèmes, des sirops. *Un bon endroit pour être malade*, pensa-t-elle.

Après avoir pris une douche, elle s'habilla précipitamment et revint dans la chambre. Charlie ronflait toujours.

Elle partit sans le déranger.

12

— Où es-tu ? demanda Quincy, l'air inquiet.

— En face du club Erotica, sur Hollywood Boulevard, répondit Michael en écrasant sa cigarette contre la paroi de la cabine.

— Et alors ?

— Une piste, dit Michael. Rita a laissé des photos.

— Quelles photos ?

— Cesse de poser des questions et ramène-toi.

— Il le faut vraiment ?

— Pour moi, Quincy.

— Bon, bon... J'arrive.

— Club Erotica.

— Ça doit être un établissement de classe, avec un nom pareil...

— Rendez-vous au bar.

Il raccrocha et traversa la rue.

Le grand gaillard qui gardait la porte lui annonça qu'il lui en coûterait trente dollars pour avoir accès au club Erotica. Il se sépara à regret de ses billets et entra dans le club.

Oh oui, tout à fait un endroit pour Rita. Une atmosphère sombre et intime, plein de gens à l'air bizarre dans des tenues étranges et une musique fracassante déversée par d'innombrables haut-parleurs. Une femme portant un masque de poule faisane et pas grand-chose d'autre s'approcha de lui.

— Qu'est-ce qui vous ferait plaisir ? demanda-t-elle d'une voix rauque.

— Comment ?

— Dans quelle salle aimeriez-vous jouer ? Les célibataires, les groupes, la salle d'orgie ?

L'idée vint soudain à Michael qu'il s'agissait d'un club de sexe. Merde ! Il croyait que ça n'existait plus depuis les années soixante-dix.

— Oh, je voudrais juste un verre. Il y a un bar quelque part ?

— Il y a le bar de sélection.

— Le bar de *sélection* ?

— C'est la première fois que vous venez ici ?

— Tout juste.

— Bon, mon chou. Vous allez vous asseoir au bar de sélection. Vous regardez autour de vous et, s'il y a quelqu'un avec qui vous ayez envie de passer un moment, vous l'emmenez dans la salle de votre choix.

— Combien est-ce que ça coûte ?

— Le club Erotica n'est pas un piège à touristes, dit-elle avec indignation. Vous avez payé à l'entrée et, à moins que vous ne demandiez des spécialités, il n'y a pas de supplément.

— Pas de spécialité pour moi.

— Comme vous voudrez. Le bar est par là.

Il trouva le bar, entra et se jucha sur un tabouret. La barmaid s'approcha de lui. Elle portait une courte tunique de cuir noir qui couvrait à peine son ample poitrine et son volumineux derrière.

— Cocktail ? dit-elle en le toisant de la tête aux pieds. Je peux vous préparer le club Erotica spécial.

De toute façon, il n'en boirait pas, mais il demanda quand même :

— Qu'est-ce que c'est ?

— Vodka, rhum, jus d'orange et une touche de Cointreau. Excellent pour faire tourner le moteur, ajouta-t-elle avec un clin d'œil.

— Vous avez de la bière non alcoolisée?

— En cherchant bien...

— Cherchez bien, dit-il en examinant les lieux.

Plusieurs femmes étaient installées au bar, toutes en quête d'un compagnon. Un gros homme d'affaires accompagné d'une blonde potelée était assis à l'une des petites tables rondes tout au fond de la salle. Deux jeunes gens en jeans et manches de chemises bavardaient dans un coin.

Oh, Rita, Rita... Qu'est-ce qui a bien pu t'amener dans un endroit pareil?

Les sensations fortes. Rita avait la passion des sensations fortes. Malheureusement, il n'avait jamais pu lui en procurer assez.

La femme en tunique de cuir noir revint et déposa un verre devant lui.

— J'ai une question, dit Michael.

Elle s'accouda au bar, ses gros seins dangereusement pointés vers lui.

— Moi aussi.

— Vous d'abord, dit-il en buvant une gorgée de sa bière.

— Qu'est-ce qu'un beau garçon comme vous fait dans un endroit comme ça?

— À moi, maintenant.

— Allez-y.

— Vous connaissez un nommé Heron Jones?

— Vous plaisantez?

— Pas du tout.

— Tout le monde connaît Heron.

— Vous voulez bien éclairer ma lanterne?

Elle s'humecta les lèvres en le considérant d'un air songeur.

— Vous êtes flic?

— Pourquoi me demandez-vous ça?

— Parce que vous sentez le flic, dit-elle en ricanant. Oh, ne le prenez pas mal, ajouta-t-elle aussitôt. J'ai un faible pour cette odeur-là.

Évitant soigneusement de relever, il continua.

— Comment se fait-il que tout le monde connaisse Heron Jones?

— Parce qu'il est célèbre.

— Pas assez pour que j'aie entendu parler de lui.

Elle renversa la tête en arrière et éclata de rire.

— Heron Jones a le plus gros sexe de la côte Ouest. Il l'exhibe ici trois soirs par semaine dans un salon privé. Si on veut utiliser ses... services, c'est cher. Mais, mon chou, vous n'êtes pas du genre à vous intéresser aux services d'un homme.

Il tira de sa poche une photo de Rita — pas les Polaroid, mais un portrait d'elle qu'il avait pris pendant leur voyage de noces.

— Vous n'avez jamais vu cette femme ici?

Elle prit la photo et l'étudia un moment.

— Vous savez, mon chou, franchement, je ne me souviens pas de tous les gens qui passent ici, à moins qu'ils ne soient comme Heron et qu'ils n'aient quelque chose de spécial. Regardez autour de vous... Ça va, ça vient.

— Alors, vous ne la reconnaissez pas?

— C'est votre petite amie?

— Mon ex-femme.

— Elle est venue ici il y a peut-être deux mois, je ne suis pas sûre.

Il lui montra le Polaroid de l'homme.

— Lui, c'est Heron Jones?

Elle examina le Polaroid et se mit à rire.

— Oh, oh, mon chou, vous pourriez vous faire arrêter pour avoir ça sur vous! Oui, c'est Heron.

— Il est ici ce soir?

— Vous pouvez le trouver dans le salon privé. Je vous assure, ça vaut le coup d'œil.

Une femme glissa vers lui, le long du bar, l'air déterminé.

— C'est toi que je choisis, annonça-t-elle en posant fermement sur son bras une main soigneusement manucurée.

— Je vous demande pardon ?

Elle se serra contre lui.

— Ce soir. Toi, moi..., une expérience très... sexuelle.

— Je suis en liberté surveillée, dit-il en se levant.

— Quoi ? fit-elle, déconcertée.

— C'est compliqué. Trouvez quelqu'un d'autre.

Quincy s'arrêta devant le club Erotica en se demandant dans quoi Michael l'avait entraîné cette fois-ci. Ambre n'était pas contente. Ils s'apprêtaient à passer une petite soirée tranquille quand Michael lui avait téléphoné.

— Il faut que j'y aille, avait dit Quincy en raccrochant.

— Pourquoi ? avait demandé Ambre, l'air déjà en colère.

— Parce que Mike a besoin de moi.

— Il ne peut donc rien faire tout seul ?

— Allons, ma douceur, avait dit Quincy d'un ton persuasif. Mike et moi, on a tout un passé entre nous. Sa gosse a disparu. Sois un peu compréhensive, bébé. Pense à ce que toi tu ferais si l'un de nos gosses disparaissait.

Ambre avait un cœur d'artichaut ; elle avait cédé sans trop discuter. Il l'avait embrassée. Il était parti et, maintenant, il était planté devant cette boîte minable.

Le videur refusa de le laisser entrer s'il ne lui remettait pas trente dollars en espèces. Trente dollars, merde !

Une fois à l'intérieur, il alla droit vers le bar. Michael n'y était pas. Il s'approcha de l'amazone en cuir noir qui servait à boire.

— Quelqu'un a laissé un message pour moi ? interrogea-t-il.

— Une blonde, une brune ?

— Un homme. Beau garçon.

— Oh ! vous êtes flic, vous aussi ?

Pourquoi est-ce qu'elles se souvenaient toujours de Michael ?

— Où est-il ?

— Aux toilettes.

— Merci.

Quincy croisa Michael sur son chemin.

— Bel établissement, déclara-t-il. Que se passe-t-il ?

— Je suis tombé sur des photos et un mot griffonné. Rita avait noté le nom de cette boîte et d'un type. Elle est quelque part dans les parages, je le sens.

Hochant la tête, Quincy dit :

— Toi et tes intuitions..., ça nous attire toujours des ennuis.

— Il faut que je retrouve ma gosse, Quincy.

— Je sais.

— Rita est impliquée dans quelque chose. Je ne veux pas que Bella coure de risques.

— Alors pourquoi est-on là ?

— Nous attendons que Heron Jones ait terminé.

— Terminé quoi ?

— De satisfaire toute une rangée de bonnes femmes. Au cas où tu ne l'aurais pas deviné, c'est un club de sexe.

Quincy poussa un long sifflement.

— Seigneur ! Je me vois raconter ça à Ambre en rentrant. Elle sera dingue. (Il fronça le nez.) C'est qui, ce Heron Jones, un gars qui tapine ?

— La boîte le paie pour qu'il fasse son numéro ici. Il s'occupe de toutes les femmes prêtes à lâcher cent dollars pour le voir.

— Qu'est-ce qu'il est... Superman ?

— Un peu.

— Et on va traîner là jusqu'à ce qu'il ait fini ?

— Tout juste.

— Merde ! Mike, rien n'est jamais simple avec toi.

Quand Heron Jones apparut à l'entrée des artistes, il était minuit passé. Michael et Quincy attendaient sur le parking. Ils le surprirent en l'abordant chacun d'un côté.

— Si on parlait, dit Michael.

Heron les toisa, ne sachant s'il allait tenter de filer ou non. Il était sûr que c'étaient des flics : ces salopards en avaient l'air. Redressant les épaules, il joua les innocents.

— Écoutez, les gars, je ne sais pas ce que vous voulez me coller sur le dos, mais ça n'est pas moi... D'accord ? Chaque fois qu'il y a un cambriolage dans ce quartier, vous me tombez dessus. Je suis rangé, maintenant, les gars. Je gagne ma vie autrement... Qu'est-ce que vous voulez de plus ?

— Si on allait par ici, dit Michael en l'entraînant en direction d'un lampadaire.

— Qu'est-ce que vous voulez de moi ? marmonna Heron en essayant vainement de se libérer.

Michael lui fourra un des Polaroid sous le nez.

— Tu connais cette femme ?

Heron jeta un rapide coup d'œil.

— Dans le noir, elles se ressemblent toutes.

— Regarde encore, fit Michael d'un ton menaçant. Tu la reconnais ou pas ?

— J'en sais rien.

— Alors ? dit Michael en tordant le bras de l'homme derrière son dos.

— Oui, je la connais, dit Heron d'un ton maussade. Et après ?

— Qui est-ce ?

— Une poulette qui venait au club.

— Qu'est-ce qu'il lui est arrivé ?

— Pourquoi ? demanda Heron en ricanant. Elle vous a faussé compagnie ?

— Tu sais quelque chose qu'on ignore ? fit Michael.

Heron leva les bras au ciel.

— Bon, bon. Je lui ai trouvé du boulot sur un film.

— Quel film ?

— *Mary Poppins*... Qu'est-ce que vous croyez ?

— Un film porno ? demanda Quincy.

— Je ne l'ai forcée à rien du tout, protesta Heron. Cette nana, elle voulait tourner.

Michael le plaqua contre un mur de brique.

— Où est-elle, maintenant ?

— Eh, vous me faites mal !

— Écoute, trou du cul, où est-elle ?

— Je ne sais pas, fit Heron d'un ton geignard. Qu'est-ce que ça peut foutre ?

Il avait à peine fini sa phrase que Michael lui envoyait son poing dans la figure.

— Calme-toi, gémit Quincy.

— Tu veux me répondre, maintenant ? interrogea Michael.

Heron se palpa délicatement le visage.

— Elle vit avec un producteur... Mais c'est pas moi qui vous l'ai dit.

— Son nom ?

— Un vieux type, Daly Forrest.

— Où habite-t-il ?

— Cherchez dans l'annuaire. Tous ces producteurs à la manque y sont. Je crois que vous m'avez cassé une dent.

— Quand j'aurai trouvé ce type, il vaudra mieux qu'elle soit avec lui, dit Michael d'un ton menaçant. Ou bien on reviendra. Et la prochaine fois, ce sera plus que tes dents. Maintenant, taille-toi.

Heron détala sans demander son reste.

— Il va nous attirer des pépins, dit Quincy d'un ton las. On ne peut pas se balader en faisant semblant d'être des flics. J'ai une agence de détective privé que je dois protéger.

— Qu'est-ce qu'il y a ? Tu crois qu'il va porter plainte ?

— Non, Mike. Je dis seulement qu'il faut faire attention.

— Tout ce qui m'intéresse, c'est de retrouver ma gosse.

— Je sais.

— Bon, alors, fais ce qu'il faut. Tâche de trouver qui est Daly Forrest et d'avoir son adresse.

— D'accord, Mike.

— Et, après ça, on lui rendra une petite visite.

Daly Forrest habitait un grand immeuble de Wilshire. Le portier les arrêta dans le hall et leur demanda où ils allaient.

— Daly Forrest, répondit Michael en exhibant sa plaque.

Le concierge fut impressionné.

— Quatorzième étage. Appartement 1403.

— Merci, dit Michael, qui ajouta : Oh, pas la peine de nous annoncer.

Le portier acquiesça, trop content de rendre service.

— On va avoir des emmerdements, murmura Quincy en traversant le vaste hall dallé de marbre. Je te le dis, Mike, on ne peut pas continuer ce petit jeu-là. Planque-moi ta putain de plaque : elle n'a aucune valeur, ici.

— Elle n'a aucune valeur à New York non plus, et après ?

Ils prirent l'ascenseur en compagnie d'une femme élégamment vêtue serrant sous son bras un petit pékinois. Elle les gratifia du sourire pincé de la femme riche qui essaie d'être aimable. De minces lèvres rouges, une peau blanche et tendue, des dents refaites. Elle descendit au dixième étage.

Il n'y avait que deux appartements au quatorzième. Celui de Daly Forrest avait une porte rouge et un heurtoir en cuivre étincelant. Michael pressa le bouton de la sonnette, attendit quelques minutes puis appuya encore.

Quand Daly Forrest finit par ouvrir, il ne ressemblait pas du tout à ce qu'ils s'étaient imaginé. C'était un homme à l'air distingué, plus âgé qu'ils ne l'auraient cru, avec des cheveux blancs, une petite barbiche d'un blanc de neige et des lunettes à monture métallique. Il portait une robe de chambre de soie verte et des pantoufles de velours à ses initiales. Il n'avait pas du tout le genre d'un producteur de films pornos.

— Je peux vous aider ? dit-il avec un accent britannique marqué.

— Daly Forrest ? demanda poliment Michael.

— C'est exact. Je répète : puis-je vous aider, messieurs ?

— Nous enquêtons.

— Il s'est passé quelque chose dans l'immeuble ?

— Exactement, dit Michael. Il nous faut des témoins.

— J'ai passé toute la soirée chez moi, répondit Daly Forrest. Je doute de pouvoir être un témoin.

— Et votre compagne ? demanda Michael en essayant de regarder derrière lui dans l'appartement.

— Quelle compagne ? interrogea Daly, planté près de la porte.

— Rita Polone.

— Miss Polone n'est pas ici, répondit Daly en caressant sa barbiche. D'ailleurs, elle n'habite pas ici. Qui vous a fait croire ça ?

— Miss Polone, dit Michael en parlant lentement, est impliquée dans l'affaire sur laquelle nous enquêtons.

— De quelle façon ? demanda Daly, visiblement mécontent d'être dérangé ainsi au milieu de la nuit.

— Nous avons besoin de lui parler, répondit Michael.

Cet homme le mettait mal à l'aise.

Daly les dévisagea, glacial comme un hiver arctique.

— Je répète : elle n'est pas ici.

La main sur la poignée de la porte, il s'apprêtait à refermer.

— Nous avons juste besoin de son adresse, ensuite, nous vous laissons, dit Quincy, qui sentait que ce type allait leur attirer des ennuis.

— Faites-moi voir votre carte, fit Daly, l'air soudain mauvais.

Michael ne broncha pas.

— Certainement, dit-il en exhibant sa plaque.

— C'est une plaque d'inspecteur de New York.

Toujours sans se démonter, Michael expliqua :

— Oui, nous travaillons sur une affaire qui a des prolongements en Californie.

Le regard impassible derrière ses lunettes à monture d'acier, Daly dit :

— J'aimerais vérifier auprès de votre capitaine. Veuillez avoir la bonté de me donner son numéro.

Quincy commençait à devenir nerveux.

— On reviendra plus tard, dit-il en faisant craquer ses jointures — ce tic rendait Michael fou.

Daly les foudroya tous deux du regard.

— Je ne vous le conseille pas, dit-il en leur claquant la porte au nez.

— Nom de Dieu ! dit Michael, furieux.

— Foutons le camp d'ici avant qu'il appelle les vrais flics.

— Il sait où elle est, murmura Michael.

— Oui, et il ne nous le dira pas.

— Il le dira.

— Pas ce soir.

— On va voir.

— Mike, supplia Quincy. Demain est un autre jour.

Michael se tourna vers lui, l'air furieux.

— Sans blague ?

Le lendemain matin, de bonne heure, Michael, sans Quincy, se gara devant l'immeuble de Daly Forrest, à un endroit qui lui permettait de surveiller ses allées et venues.

Il avait mal dormi, certain qu'aujourd'hui il allait finir par découvrir où se trouvait Rita. Il lui en voulait terriblement de lui avoir pris sa fille et de lui faire subir tout cela. Dès qu'il l'aurait retrouvée, il comptait bien consulter un avocat pour voir s'il pourrait obtenir la garde de Bella.

Oui, et comment allait-il payer ? Il fallait louer un appartement, engager une nurse à mi-temps et Dieu sait quoi encore.

La priorité était de trouver un travail régulier. Quincy lui avait offert de l'associer à son affaire de détective privé ; ce n'était pas une si mauvaise idée. Ils formaient une bonne équipe. Quincy lui avait assuré que travailler pour les studios n'était pas désagréable : rien de dangereux comme au temps où ils faisaient équipe à New York. Il y réfléchissait. Après tout, il avait un an pour décider s'il voulait rentrer à New York ou rester à Los Angeles.

Je boirais bien un verre. Allumant une cigarette, il s'efforça désespérément de chasser cette idée. Il faudrait qu'il reprenne le programme des AA : ça faisait des mois qu'il n'avait pas assisté à une réunion.

À dix heures quarante-cinq, Daly Forrest apparut et s'engouffra dans une Lexus conduite par un chauffeur. Michael suivit la voiture et fila sur Wilshire en direction du centre.

Au début de la matinée, il avait demandé à un ami de la police de New York de se renseigner sur Mr. Forrest. Il avait découvert que Daly était un Américain naturalisé de soixante-trois ans qui vivait à Los Angeles depuis quinze ans. Pendant cette période, il avait écrit et produit une kyrielle de films érotiques et s'était vraiment lancé dans le porno trois ans plus tôt. Rien d'illégal, mais il en était dangereusement proche.

Daly Forrest n'avait ni femme ni famille, et il était riche. C'était tout ce que Michael savait : assez pour lui faire peur. Rita était un peu folle : un homme fortuné comme Daly Forrest pouvait la persuader de faire n'importe quoi.

Il suivit la Lexus jusqu'à Hancock Park et ralentit en la voyant s'engager dans l'allée d'une grande maison d'une petite rue tranquille. Daly descendit de voiture, dit quelques mots au chauffeur et le renvoya. Il ouvrit la porte de la maison avec une clé et la claqua derrière lui.

Michael se gara sur le trottoir d'en face et resta cinq minutes dans sa voiture avant d'en descendre pour s'approcher de la maison.

C'était une belle matinée, sans brouillard, et les oiseaux chantaient. Sur la véranda se pressaient des bougainvillées violet et orange. Un chat noir efflanqué déboucha au coin et disparut.

Au lieu de se diriger vers la porte d'entrée, Michael décida de suivre le chat derrière la maison. Il avait l'intuition qu'il allait se passer quelque chose qu'il ne pourrait pas complètement maîtriser. Il avait éprouvé la même intuition la nuit où il s'était fait tirer dessus — après ce qui aurait dû être une simple descente chez des drogués, il s'était retrouvé presque mourant sur un lit d'hôpital. Une nuit qu'il n'était pas près d'oublier.

À pas furtifs, il s'avança dans le jardin arrière, qui lui parut étonnamment grand. Quelques palmiers le dissimulaient. La porte de la cuisine était ouverte. Il entendit une voix d'enfant. Son cœur se mit à battre : il était certain que c'était Bella.

Il s'approcha de la porte ouverte. Il crut voir le dos d'une petite fille. Le soulagement l'envahit. Il avait retrouvé son enfant, et plus rien, jamais, ne les séparerait.

Il fit encore un pas en avant. Quelque chose s'abattit sur son crâne et il sombra dans les ténèbres.

Le dernier son qu'il entendit fut un cri d'enfant.

L'Homme gardait un album de coupures de presse. De temps en temps, il l'ouvrait et ajoutait quelque chose. Il avait acheté des ciseaux et du ruban adhésif et il s'affairait sur son album chaque fois qu'il avait un papier à ajouter à sa collection.

La femme d'Agoura Hills n'eut pas droit à une aussi grosse couverture de presse qu'il l'avait espéré, et cela l'agaça. Il savait que pour obtenir l'attention qu'il souhaitait il allait devoir laisser un message énergique, afin que le monde sache exactement à qui il avait affaire.

Il y réfléchit pendant des jours. Que ferait Steven Seagal ? Comment la grande vedette de cinéma réglerait-elle un pareil dilemme ?

Franchement, l'Homme n'en savait rien.

L'autre soir, une femme qui vivait dans la maison avait essayé de lui parler. Il avait aussitôt tenté de mettre un terme à son stupide bavardage, mais ça ne l'empêchait pas de l'accoster chaque fois qu'elle en avait l'occasion.

— Je suis comédienne, lui avait-elle annoncé. Et vous ?

— Écrivain, avait-il répondu, évitant son regard.

— Qu'est-ce que vous écrivez ?

Il l'avait quittée sans lui répondre.

Sa grossièreté ne parut pas la gêner : chaque fois qu'elle le voyait, elle se comportait comme s'ils étaient de vieux amis. Hier encore, elle l'avait arrêté au moment où il montait dans sa voiture.

— C'est drôle, avait-elle dit avec entrain. Nous habitons la même maison et je ne connais même pas votre nom.

Il avait bien été obligé de répondre.

— John.

— John quoi ?

— John Seagal.

— Vous ne voulez pas connaître mon nom à moi ? avait-elle demandé avec un sourire coquet.

Il n'avait aucun désir de savoir comment elle s'appelait, mais elle le lui avait tout de même dit.

— Shelley. Quand je serai célèbre, vous pourrez dire que vous m'avez connue à mes débuts.

De prétendues comédiennes, il y en avait partout à Hollywood. Elles encombraient les rues et les boîtes. Elles roulaient sur les autoroutes. Le regard avide, à l'affût, elles attendaient...

Sans cette garce d'actrice qui l'avait séduit avec son sourire tentant, ses jolis seins et ses longs cheveux blonds, il n'aurait jamais perdu sept ans de sa vie.

Écartant un des rideaux noirs qui recouvraient ses fenêtres, il observa la gouvernante qui descendait l'allée d'un pas lourd en portant un gros sac-poubelle. Elle l'évitait. Il l'avait habituée à ne pas approcher de sa chambre.

Son existence solitaire lui convenait dès l'instant où il avait tout ce dont il avait besoin. Un lit, une télévision, un magnétoscope avec un tas de cassettes et ses rêves.

L'avenir serait meilleur quand il aurait réglé ses comptes avec les canailles qui l'avaient trahi. Les canailles de femmes. Elles méritaient une leçon. Une dure leçon, peut-être, mais il n'y avait pas d'autre moyen.

Le moment était venu de cocher le deuxième nom sur sa liste. Six femmes au total. Encore cinq.

C'était un jeu excitant et amusant.

13

— Non, Rosa, absolument pas, dit Kennedy. Je refuse de sortir encore une fois avec quelqu'un que je ne connais pas.

— Mais, Kennedy, supplia Rosa, regarde ce qui s'est passé la dernière fois. Tu as fini par bien t'amuser. Qu'est-ce que ça a de si terrible ?

Exact. Sa seule nuit avec Nix avait été mémorable, mais elle ne tenait pas à renouveler l'expérience.

— Je n'ai simplement aucune envie de recommencer. D'ailleurs, j'ai du travail.

— Quel travail ?

— J'ai écrit l'article sur Bobby Rush pour *La Guerre des styles.*

— Tu l'as interviewé ?

— Si on veut.

— Comment est-il ?

— Bien. Plutôt sympa pour un acteur.

— Il a une petite amie ?

— Nous n'avons pas parlé de sa vie privée.

Rosa était déçue.

— Pourquoi ? C'est ce que toutes tes lectrices voudront savoir.

— Rosa, dit Kennedy d'un ton patient, tu présentes ton journal à ta façon et je fais mes interviews à ma façon.

— Alors tu ne veux pas venir avec nous demain soir ?

— Non.

— Tant pis pour toi.

Une fois débarrassée de Rosa, Kennedy appela son père à la maison de retraite. Il était gai, comme d'habitude. Quatre-vingt-cinq ans, rongé par le cancer et, pourtant, il parvenait toujours à la réconforter.

— Je viendrai te voir dimanche, papa, promit-elle. Tu n'as besoin de rien ?

— Rien que de ton frais minois. Et d'un beau havane si tu peux le passer en douce devant ces fichues infirmières.

— Je ferai un crochet par Cuba.

— Des Dunhill feront l'affaire.

Elle raccrocha en souriant.

Le dimanche suivant, le long trajet jusqu'à la maison de santé d'Agoura Hills laissa à Kennedy largement le temps de réfléchir. Maintenant qu'elle avait expédié à New York son portrait de Bobby Rush, elle pouvait se concentrer sur le premier grand article qu'elle comptait écrire pour *La Guerre des styles*.

L'industrie cinématographique était un sujet tentant. Les femmes au cinéma. Les femmes et la violence. Les femmes à Hollywood. Égalité ou sexisme ? Qui l'emporte ?

Kennedy savait qu'elle pouvait prendre bien des directions différentes. Elle décida d'appeler Mason le lendemain matin pour en discuter avec lui. Il avait du flair, et son premier véritable article pour *La Guerre des styles* devait absolument faire mouche.

Linford, l'infirmière, une Noire d'une quarantaine d'années avec une ample poitrine, un sourire malicieux et un faible pour le père de Kennedy, accueillit celle-ci à la réception.

— Votre père est un incorrigible dragueur, dit-elle, rayonnante. Et, pour tout vous dire, j'adore ça !

Kennedy découvrait là un autre aspect du studieux professeur de littérature auprès duquel elle avait grandi. Il avait toujours été un père merveilleux : même si elle était fille unique, ses parents veillaient à ce qu'elle ne se sente jamais solitaire. Chaque été, ils faisaient de grands voyages. À neuf ans, elle lisait Dickens, à douze ans Trollope et Dostoïevski et, à quatorze ans, elle connaissait Henry Miller et Anaïs Nin.

Linford la fit entrer dans la chambre de son père. Il était assis sur son lit, le visage souriant, une pile de livres sur la table de chevet et un bloc sur les jambes. Il passait son temps à prendre des notes, dans l'espoir d'écrire un autre livre. Il avait déjà publié trois ouvrages universitaires et il en préparait un quatrième. Kennedy le serra dans ses bras et l'embrassa tendrement.

— Comment ça va, papa ? demanda-t-elle, le trouvant plus décharné que lors de sa dernière visite.

— Comment irais-tu, toi, si tu étais coincée dans une maison de retraite ?

Il avait dit cela un peu sèchement, mais en fait il avait accepté son sort avec toute la bonne grâce dont il était capable.

— Certainement pas aussi bien que toi, répondit-elle.

— Ne l'écoutez pas, dit Linford. Il est grognon, aujourd'hui. Si vous alliez faire un tour dans le jardin avec votre fille ? Il fait un temps superbe.

— Excellente idée.

Une fois dehors, Kennedy et lui se promenèrent lentement, bras dessus, bras dessous dans le parc bien entretenu.

— Dis-moi, ma chère enfant, qu'as-tu fait ces temps-ci ? demanda-t-il.

— J'ai abandonné le livre sur lequel je travaillais. Et, comme j'avais besoin d'argent, j'ai écrit pour *La Guerre des styles*, tu sais, le magazine.

— Bien sûr que je connais ce magazine, dit-il avec agacement. Je suis peut-être dans une maison de retraite mais je n'ai pas arrêté de vivre.

— Je ne pensais pas que c'était ton genre de littérature.

— Tout est mon genre de littérature, dit-il d'un ton bourru.

— Bref, reprit-elle, je dois tracer le portrait de six célébrités et écrire six articles de fond sur le sujet de mon choix.

— C'est intéressant.

— C'est ce qui m'a attirée. J'envisageais de mener l'enquête sur la façon dont les hommes traitent les femmes dans l'industrie du cinéma. Qu'en penses-tu ?

— Si tu peux trouver une approche nouvelle...

— Fais-moi confiance, papa, je peux.

Il lui étreignit la main.

— Je suis sûr que tu y parviendras, ma chérie.

Cela réconfortait Kennedy de savoir que ses parents avaient toujours cru en elle. Ils n'auraient pas pu lui faire un plus beau cadeau.

— Que se passe-t-il de ton côté ? demanda-t-elle d'un ton léger. Linford te poursuit toujours de ses assiduités ?

— Linford prend des cours d'autodéfense, dit-il avec un petit rire.

— Pour se protéger de toi ?

Il prit un air grave.

— En fait, un meurtre a eu lieu dans le quartier il n'y a pas très longtemps.

— Que s'est-il passé ?

— Une femme a été étranglée devant sa maison.

— J'avais l'impression que c'était un quartier plutôt paisible.

— En général, oui, c'est pour ça que tout le monde est inquiet. Toutes les infirmières suivent un cours d'autodéfense.

— J'imagine mal quelqu'un s'attaquant à Linford : elle l'écraserait comme un moucheron !

Il eut un petit rire sec.

— Ça, certainement.

Il marqua un temps avant d'ajouter :

— C'est là-dessus que tu devrais faire un article.

— Sur quoi ? Sur la force étonnante de Linford ?

— Non, ma chérie. Sur la femme qui a été assassinée.

— Ça n'intéresserait pas le magazine.

Son père s'arrêta net et la foudroya du regard.

— Je vais faire comme si tu n'avais jamais dit ça. Ça n'intéresserait pas le magazine ! Une femme a été étranglée devant sa propre maison. Qu'est-ce que tu veux de plus ?

— Tu as raison, dit-elle docilement.

— Je suis heureux de te l'entendre dire. Tu devrais parler des gens ordinaires et non pas des gens riches et célèbres.

Elle serra longuement la main osseuse de son père.

— Ça me fait tellement plaisir de te voir, papa.

— Profites-en, Kennedy. Quand ces vieilles jambes ne pourront plus me porter, je ne m'attarderai pas.

Le dimanche matin, Bobby roula à bas de son lit. Il se força à s'habiller et à aller faire son jogging. Il avait traîné à La Balle Blanche jusqu'à trois heures du matin et n'avait dormi que quelques heures. Plusieurs jolies filles avaient tenté de le persuader qu'elles étaient la compagne parfaite pour une nuit de passion ; il avait résisté à toutes les avances. Gary avait essayé de l'encourager.

— Vas-y, avait-il insisté. Il ne faut jamais refuser ce genre d'invitation.

— Une aventure d'un soir ne m'intéresse pas.

Et il le pensait. Ce qu'il cherchait, c'était une relation solide avec une femme qui ne soit pas une comédienne. La plupart des actrices étaient un cauchemar : instables, narcissiques, exigeantes, fragiles. Ses deux dernières aventures semi-sérieuses avaient été avec des comédiennes. Il n'était pas près de renouveler l'expérience.

Il fit son jogging puis rentra chez lui, plongea dans sa piscine, nagea une cinquantaine de longueurs, sortit de l'eau, se prépara un jus d'orange frais, prit le *Los Angeles Times* et s'allongea près de la piscine dans un fauteuil confortable.

L'idée lui vint qu'il pourrait téléphoner à la jeune femme qui s'était présentée pour le poste d'assistante. Comment s'appelait-elle, déjà ? Ah oui, Kennedy quelque chose. Kennedy Chase, voilà. Elle était calme et séduisante.

Puis il se rappela qu'il n'avait pas son numéro de téléphone. Il appela donc sa secrétaire chez elle.

— Beth, vous avez vu Kennedy Chase avant que je la reçoive ?

Un long silence.

— Euh..., non, dit-elle, l'air surprise. J'aurais dû ?

— Bien sûr. C'est une femme charmante mais

qui ne convient pas du tout pour le poste. Quel est son numéro de téléphone ?

— Je ne l'ai pas.

— Comment ça se fait ?

— Bobby, c'est Elspeth qui s'occupe de la presse.

— Qu'est-ce qu'Elspeth a à voir là-dedans ?

— Kennedy Chase, répondit Beth avec patience. Votre interview avec elle a été déplacée à lundi dix heures.

— Beth, attendez, je ne comprends plus. Je l'ai reçue vendredi pour un entretien d'embauche.

— Un entretien d'embauche ?

— C'est ce que vous aviez arrangé, non ?

— Pas du tout.

Il commençait à s'impatienter.

— Si ça n'est pas vous, alors qui s'en est occupé ?

— Il y a manifestement une confusion. Kennedy Chase est une journaliste de *La Guerre des styles*. C'est elle qui fait l'article sur vous pour accompagner la photo de couverture.

— Merde !

— D'après votre carnet, elle doit vous rencontrer lundi à dix heures. Et Elspeth lui a promis qu'elle pourrait vous suivre toute la journée afin de vous observer. Je croyais que vous aviez donné votre accord.

— Sans doute que oui, murmura-t-il, sachant qu'il s'était fait rouler.

— Vous voulez toujours son numéro ? Je peux appeler Elspeth : je suis sûre qu'elle l'a.

— Pas la peine, dit-il en raccrochant.

Évidemment. Tout s'expliquait. Une erreur d'identité. Et Kennedy — en bonne petite journaliste qu'elle était manifestement — avait profité de la situation.

Il ne pouvait pas attendre le lendemain matin. Il allait montrer à Mrs. Chase de quel bois il se chauffait. Oh, ça, oui.

Kennedy rentra chez elle, pensant au meurtre, à la vieillesse, à la maladie et à la souffrance. Que des choses agréables. Quand elle regagna son appartement, elle était prête à appeler Rosa en lui criant : « Oui ! Oui ! Je sors avec toi. Peu m'importe qui il est ! amène-le-moi... »

La sagesse l'emporta, et elle s'abstint. Elle fit réchauffer un potage aux légumes qu'elle dégusta lentement. Elle prit un long bain et alla se coucher avec un roman policier. Le lendemain matin, elle se sentait mieux. Elle n'avait aucune intention d'aller interviewer Bobby Rush : elle avait déjà terminé l'article et l'avait envoyé à Mason. Elle n'avait pas davantage l'intention d'en informer la grossière attachée de presse.

À dix heures et demie, son téléphone sonna. Elle laissa le répondeur enclenché et écouta.

Une attachée de presse désespérée.

Bon.

La femme rappela quatre fois entre dix heures et demie et midi. Puis elle renonça.

Kennedy décida d'aller à la plage.

Après tout, elle était en Californie et il faisait un temps superbe.

Elle quitta son appartement d'excellente humeur. Décapotant sa Corvette, elle descendit les virages en lacet de Sunset jusqu'à l'océan.

Quand elle rentra, vers quatre heures, il y avait plusieurs messages sur son répondeur. Rosa, évidemment. Bobby Rush : ça, c'était une surprise. Mason, qui disait qu'il souhaitait lui parler de son article. Et enfin Linford, accablée de tristesse.

« Kennedy, ma chérie, je ne sais pas comment vous dire ça. Votre père... Il est mort en fin d'après-midi. Je suis désolée. Vraiment désolée. »

Kennedy regarda fixement le répondeur et s'écroula dans un fauteuil.

Ses yeux s'emplirent de larmes. Lentement, elles ruisselèrent sur ses joues.

Maintenant, elle était complètement seule.

14

— Tu as couché avec Charlie Dollar ? s'exclama Cheryl, incrédule.

Jordanna et elle déambulaient dans la boutique de Fred Segal, examinant les nouvelles collections de Gaultier et de Montana.

— Ça n'est pas si difficile, rétorqua Jordanna, pincée. Après tout, c'est un homme.

— Il figure aussi sur la liste des clients de Donna, précisa Cheryl, ravie. De temps en temps, il s'adresse à des professionnelles.

Jordanna était déçue.

— Vraiment ?

— Deux filles. Toujours des blondes. Notre grande star aime bien regarder.

Jordanna n'aimait pas que Cheryl se considère comme un expert de la vie sexuelle de tout le monde. Elle regrettait de lui avoir parlé de son aventure avec Charlie.

— Alors, comment est-il au lit ? demanda Cheryl en décrochant un bustier de cuir noir et en le plaquant contre elle.

— Pourquoi ne demandes-tu pas à l'une de tes blondes ? répliqua Jordanna.

— Hum... Jalouse ? fit Cheryl d'un ton moqueur en prenant la pose devant la glace.

Jordanna plissa les yeux.

— Ça ne te va pas.

— Ça ne te va pas à toi d'être jalouse, riposta Cheryl en reposant le bustier.

— Je ne suis pas jalouse, dit Jordanna, furieuse. Charlie peut coucher avec qui il veut. Je n'ai absolument aucune intention de le revoir.

Un sourire narquois passa sur le visage de Cheryl.

— Il n'a pas téléphoné ou bien c'est un mauvais amant ?

— Ni l'un ni l'autre.

Pour couper court à la conversation, elle se dirigea vers le rayon des chaussures. Elle pensait à Charlie, s'interrogeant sur ses sentiments. Lui devait sans doute la considérer comme une petite idiote prête à tomber dans les bras de la première vedette de cinéma qui passait. Une semaine s'était écoulée, et il n'avait pas appelé. Non pas qu'elle en eût envie. D'ailleurs, elle ne lui avait pas donné son numéro.

Au diable Charlie Dollar. Il ne lui manquait plus qu'un acteur de cinéma dans sa vie !

— As-tu eu des nouvelles de ton père ? demanda Cheryl.

— Non.

— Il te verse toujours ta pension ?

— La banque n'a pas appelé. Ils l'auraient fait si j'avais signé des chèques sans provision.

— Eh bien, si tu as besoin d'un boulot bien payé, tu sais à qui t'adresser.

Jordanna étouffa un rire. Jordanna Levitt, call-girl de luxe. Après tout, son père ne pourrait pas se mettre trop en colère : il en avait épousé une.

Shep était de mauvaise humeur quand elle arriva chez lui.

— Quand est-ce que tu déménages ? demanda-t-il, l'air sombre.

— Pourquoi ? Je te dérange ? répliqua-t-elle, sur la défensive. Parce que, si c'est ça, je fais mes bagages et je file.

— Tu m'avais dit que ce ne serait que pour quelques jours.

— Je te l'ai dit : je déménage tout de suite.

— Tu es si désordonnée, expliqua Shep.

D'un geste, il désigna les magazines qui jonchaient le sol, les chaussures et les vêtements jetés au hasard, les cendriers débordant de mégots.

— Désolée, dit-elle d'un ton pincé. Je ne me rendais pas compte que j'étais chez la ménagère de l'année.

Shep se pencha pour ramasser un magazine.

— Tu peux retourner chez toi, suggéra-t-il. Je suis certain que Jordan sera ravi de te revoir.

Jordanna avait horreur qu'on lui dise ce qu'elle devait faire; surtout Shep, si occupé à cacher son homosexualité qu'il était vraiment mal placé pour donner des conseils. Sans répondre, elle entra à grands pas dans la petite chambre d'ami, empoigna une valise et se mit à y entasser ses affaires.

Shep apparut sur le seuil.

— Tu n'es pas obligée de partir ce soir..., dit-il, s'efforçant de prendre l'air vexé.

— Je te remercie, mais je préfère, dit-elle d'un ton glacé.

— Jordy, il ne faut pas m'en vouloir.

— Je ne t'en veux pas, fit-elle en continuant à jeter ses vêtements dans sa valise. À vrai dire, j'allais justement t'annoncer la nouvelle.

— Quelle nouvelle ? demanda-t-il d'un ton inquiet.

Oui, au fait, quelle nouvelle ? Elle réfléchit rapidement et trouva une excellente réponse.

— Charlie Dollar m'a demandé de venir m'installer chez lui.

La surprise de Shep était évidente.
— Charlie Dollar?
— Tout juste.

Elle se retrouva donc assise dans sa voiture, ne sachant où passer la nuit. Elle ne voulait pas rentrer chez elle — pas question d'offrir à son père la satisfaction de la voir revenir. Elle envisagea rapidement les alternatives. S'installer chez Cheryl était risqué maintenant qu'elle s'occupait de call-girls. Marjory venait de retourner chez son père après avoir reçu de lui des lettres menaçantes. Et Grant avait sans doute chez lui un défilé de filles. Bien sûr, elle pourrait toujours prendre une chambre à l'hôtel. Mais elle s'y sentirait trop seule.

Dans un brusque élan, elle prit la direction de la maison de Charlie Dollar.

Il était sept heures. Pour Mac Brooks, le moment était venu de rentrer : Sharleen lui avait annoncé qu'ils étaient censés assister, ce soir-là, à une importante fête de charité. Mais il n'avait aucune envie de quitter le bureau de production. Il était parfaitement heureux en compagnie de Bobby, Gary et Tyrone. Ils discutaient des modifications du scénario, de la distribution, des extérieurs et des tâches à effectuer dans les mois de préproduction — réduits, en l'occurrence, à six semaines, car ils avaient accéléré le rythme.

La distribution était d'une importance capitale. Mac aimait que chacun, de la vedette au figurant, fût parfait dans son rôle. Il tenait également à être entouré de son équipe, avec laquelle il avait travaillé sur la plupart de ses films.

Il avait d'ailleurs reçu de mauvaises nouvelles

concernant la chef maquilleuse, Margarita : elle avait été assassinée à Agoura Hills, tout près de chez elle. Seigneur ! cette violence dans les rues. Elle allait lui manquer ; elle avait travaillé avec lui sur quatre films. Il avait envoyé une énorme couronne mais n'avait pas assisté à l'enterrement. Il n'attachait pas d'importance aux enterrements. Quand quelqu'un disparaît, c'est terminé ; il ne faut en garder que de bons souvenirs.

Après une semaine passée avec Bobby, Mac était agréablement surpris : il savait que Bobby était un professionnel, mais pas à ce point-là. La remarque valait pour Gary et Tyrone. Faire des films et s'amuser en même temps était une expérience des plus plaisantes. Le travail absorbait toute l'énergie, et la vie de famille passait bien après.

Le téléphone sonna, Gary lui passa l'appareil. C'était Sharleen. Naturellement.

— Où es-tu ? gémit-elle d'un ton énervé.

— Tu le sais bien, répondit-il avec patience.

— Il faut qu'on parte de la maison dans vingt minutes.

— Je te retrouverai là-bas.

Elle avait la voix qui tremblait.

— Mac...

— Oui ?

— Tenue de soirée. Je te l'ai rappelé ce matin.

— Et alors ?

Elle essayait d'être aimable, dans l'espoir qu'il allait arriver en courant.

— Cela signifie qu'il faut que tu passes à la maison te changer.

— Je sais.

L'amabilité ne marchait pas.

— Espèce d'enfant de salaud ! Tu ne viens pas, c'est ça ?

— Je viendrai si je peux.

Mais il n'en avait aucunement l'intention.

Sharleen raccrocha sèchement.

Seigneur ! Les femmes !

— Des problèmes ? demanda nonchalamment Bobby.

— Rien que je ne puisse régler, répondit Mac. Vous n'avez jamais été marié, Bobby ?

Un grand sourire.

— Eh ! je suis un acteur, pas un idiot !

Quand Charlie Dollar ne travaillait pas sur un film, il faisait exactement ce qui lui plaisait. Parfois, il ne se levait pas avant midi. Il émergeait de sa chambre et traînait dans la maison en pyjama de soie noire, jouant à la balle avec ses chiens, lisant toutes sortes de livres, mangeant des sandwiches au thon et regardant des cassettes de classiques du cinéma.

Vers cinq heures, il était d'humeur à recevoir. En général, ses amis passaient et s'attardaient à fumer de l'herbe et à boire des margaritas. Charlie avait sa cour, et chacun l'écoutait : il était Charlie Dollar, superstar, et l'on était à Hollywood.

Jordanna survint au beau milieu d'une de ces réunions. La gouvernante, Mrs. Willet, une Galloise assez brusque, ouvrit la porte, la prit pour une fan et tenta de se débarrasser d'elle.

— Excusez-moi, dit Jordanna en passant devant elle d'un air décidé, Mr. Dollar m'attend.

— Vraiment ? fit Mrs. Willet sur ses talons. Nous allons voir ça, ma petite.

— Laissez-moi vous rafraîchir la mémoire, dit Jordanna d'un ton autoritaire. Madonna, Prince. Devant la porte de sa chambre au beau milieu de la nuit.

Mrs. Willet savait s'avouer vaincue. En ricanant, elle s'éloigna.

— Vieille peau, marmonna Jordanna.

Elle ouvrit la porte du salon et entra d'un pas déterminé. Charlie paressait sur le divan en fumant un joint. Derrière le bar, Arnie Isaak préparait des margaritas. Melinda Woodson, l'associée d'Arnie, vêtue de cuir noir et arborant d'énormes lunettes de soleil, était affalée sur le sol. Elle avait, comme d'habitude, l'air acariâtre.

Les deux chiens se précipitèrent pour accueillir Jordanna et battirent en retraite quand Charlie claqua des doigts.

— Mon petit ! s'exclama celui-ci, rayonnant. Tu ne sais pas ce que c'est que de rappeler ?

— Comment ?

— Je t'ai téléphoné trois fois. (Il se leva, la gratifiant de son sourire en coin.) Ça n'est pas bon pour les stars d'être repoussées. On n'a pas l'habitude, mon petit. Ça nous vexe.

— Je ne savais pas que tu avais appelé.

Elle se rendit compte que, depuis qu'elle avait quitté la maison, elle n'avait pas interrogé son répondeur.

Arnie avait suivi cette conversation d'un air amer : l'amour de sa vie réapparaissait dans celle de Charlie. Sortant de derrière le bar, il dit aussitôt ce qu'il ne fallait pas.

— Levitt, tu as l'air fatiguée.

Elle lui jeta à peine un coup d'œil.

— Merci, Arnie. Tu sais toujours trouver les mots qu'il faut pour réconforter une fille.

Charlie entreprit de dissiper, à sa façon, la tension qui montait.

— Arnie et Melinda s'apprêtaient à partir, annonça-t-il.

Tous deux le dévisagèrent avec surprise : c'était une nouveauté pour eux.

Charlie prit dans la sienne la main de Jordanna.

— Viens dans la chambre, mon petit. J'ai à te montrer quelque chose que..., je crois, tu vas apprécier.

Melinda et Arnie se regardèrent. Ce n'était pas dans la manière de Charlie de manifester ce genre d'intérêt pour une femme.

— Je croyais que tu passais au club ce soir, Charlie, lança Arnie d'un ton geignard.

— Peut-être pas, fit Charlie d'un ton mystérieux.

Là-dessus, il entraîna Jordanna dans l'escalier. Elle était flattée et déconcertée : deux émotions dont elle n'avait pas l'habitude. Elle ne s'attendait assurément pas que Charlie soit ravi de la voir; c'était indéniablement agréable d'être accueillie ainsi.

— Comment ça va, mon petit? demanda-t-il en entrant avec elle dans le désordre de sa chambre, lui tenant toujours la main.

— Pas très fort.

— Comment ça se fait?

Elle haussa les épaules.

— Rien d'important.

Il la tourna vers lui.

— Si ça te tracasse, c'est important. Raconte. Je sais très bien écouter.

Et comment! Sa première réaction avait été de l'entraîner dans sa chambre; est-ce vraiment écouter qui l'intéressait?

— Je te répète : rien d'important.

Il se pencha pour ramasser deux sacs d'un magasin de disques posés dans un coin et les lui tendit avec un large sourire.

— Un petit cadeau. J'ai eu l'impression de jeter mon argent par les fenêtres..., mais te voilà en chair et en os. Dis-moi si j'ai bien choisi.

Jordanna inspecta le contenu du premier sac. Il

était bourré de tous les enregistrements de Madonna et de Prince. Le second sac contenait des disques de Bobby Brown et de Coltrane. C'était gentil.

— Merci, Charlie, murmura-t-elle. Il faudra que j'apporte mon lecteur de CD.

— Où est-il ?

— À la maison d'amis de mon père. J'ai fini par m'en aller.

— Bonne décision.

— Pas tant que ça. Je me suis installée chez un copain, mais il a décidé que j'étais une souillon et m'a flanquée dehors.

Il haussa ses sourcils en broussaille.

— Une souillon ? Vraiment ?

— Oui. (Elle sourit et désigna d'un geste large sa chambre en désordre.) Un peu comme toi.

— Tu ne sais pas où aller ?

Elle hésita.

— Eh bien...

— J'ai des chambres d'ami à ne savoir qu'en faire. Tu peux t'installer ici.

— Je compte bien prendre un appartement, s'empressa-t-elle de dire. Mais il faut d'abord que je trouve du travail. Alors, si je peux rester ici quelques jours...

— Quelques jours, quelques mois... Aucune importance dès l'instant que tu ne me casses pas les pieds.

— Je te promets de te laisser tout à fait tranquille.

Il l'empoigna, l'attira à lui pour un long baiser.

— Ne nous laissons pas emporter, mon petit. C'était intéressant, l'autre soir, tu ne trouves pas ?

— C'était... inoubliable.

— Alors pourquoi as-tu filé avant que je ne me réveille ?

— Je ne voulais pas te déranger.

— Tu ne me déranges jamais, tu vois bien.

— Je ne suis pas une blonde, Charlie.

Il fronça les sourcils.

— Qu'est-ce que tu dis ?

— Rien !

Elle savait exactement ce qu'il voulait. Elle était prête.

15

Pendant plus d'une semaine, Michael resta allongé sur un lit d'hôpital, à demi conscient. Quand il parvint enfin à ouvrir les yeux, il ne savait absolument pas où il était. Il essaya de rassembler ses pensées. Il était relié à une collection de tuyaux ; il avait une atroce migraine et une soif incroyable. Soudain, il se rappela : on lui avait tiré dessus. Tout devint clair : une descente chez des camés ; deux types ; l'un d'eux s'échappait. Il avait senti que quelque chose n'allait pas. Quand il s'était retourné, il avait failli se faire descendre.

Il poussa un gémissement. Il mourait de soif.

— Il y a quelqu'un ? dit-il d'une voix rauque.

Une infirmière apparut à son chevet.

— Mr. Scorsinni, vous voilà enfin revenu parmi nous !

— On m'a tiré dessus.

— Mais non, quelle idée ! répondit-elle doucement en lui tapotant le bras.

— Si, on m'a tiré dessus !

— Non, Mr. Scorsinni, dit-elle en posant une main fraîche sur son front.

— Je voudrais de l'eau.

— Seulement si vous promettez de boire lentement.

Elle alla chercher un gobelet d'eau qu'elle lui tint devant les lèvres.

— Il faut que j'appelle Mr. Robbins, dit-elle en reprenant le gobelet. J'ai prévenu le médecin. Il va venir vous voir.

— Quincy est ici, à New York?

— Vous êtes à Los Angeles, Mr. Scorsinni.

Mais oui, bien sûr...

D'une main prudente, il se palpa l'épaule, là où il avait été touché. Pas de pansement, rien. Bon sang, on ne le soignait même pas convenablement! Il fallait sortir tout de suite de cet hôpital.

Au bout de quelques minutes, l'infirmière revint à son chevet.

— Mr. Robbins arrive, dit-elle. Il est très content de savoir que vous êtes réveillé.

— Où sont mes pansements?

— Quels pansements?

— Je vous l'ai dit : on m'a tiré dessus.

— Non, Mr. Scorsinni. Vous avez eu un accident de voiture.

Il essaya de s'asseoir, sans succès.

— Je sais qui a fait le coup. Ça fait des mois que je travaille sur cette affaire. Où est le capitaine? Il faut que je lui parle.

— Je vous en prie, Mr. Scorsinni, détendez-vous.

Fermant les yeux, il essaya de rassembler ses souvenirs. Son coéquipier et lui s'étaient infiltrés dans le réseau de trafiquants. Ils s'étaient retrouvés dans un entrepôt de la 42e Rue. Tout aurait dû bien se passer. Mais le Portoricain s'était méfié et avait filé. Et puis le coup de feu, si bruyant, comme une explosion, qui l'avait mis en miettes. Ensuite... une douleur incroyable.

Il se rappelait être tombé sur le sol. Le trajet en ambulance jusqu'à l'hôpital. Les visages qui se penchaient vers lui. Il s'était réveillé. Quelqu'un lui avait dit qu'on avait retiré la balle.

Alors pourquoi était-il encore à l'hôpital ?

— Mr. Scorsinni, ravi de voir que vous êtes réveillé.

Il concentra son attention sur le médecin, un petit homme chauve avec des yeux porcins.

— Où suis-je ? demanda-t-il.

— À l'hôpital.

— À New York ?

— Non. À Los Angeles.

— Et on m'a tiré dessus.

— Non.

— On ne m'a pas tiré dessus ?

— Non, Mr. Scorsinni. Vous avez les idées un peu embrouillées : c'est l'effet de la commotion. Vous avez été plus ou moins inconscient pendant plus d'une semaine.

— Sans blague ?

— Oui. Mais il semble que vous ayez passé le stade critique.

— Retirez-moi ces tuyaux, docteur. Je suis allergique aux hôpitaux.

— Chaque chose en son temps, répondit le médecin en braquant sur ses yeux le faisceau lumineux d'une petite torche. Vous avez de la chance : pas de fracture. Des tas de contusions et une vilaine blessure à la tête, mais c'est à peu près tout.

Bella. Le souvenir de la voix de sa fille lui revint brutalement. Et tout se mit en place. Rita. Les photos. Le club Erotica. Daly Forrest.

On ne lui avait pas tiré dessus. Ça, c'était de l'histoire ancienne. Il suivait Daly Forrest quand il avait reçu un coup sur le crâne. Il était derrière la maison de Hancock Park. Il avait entendu la voix de Bella, et puis... le trou noir.

Une fois de plus, il essaya de s'asseoir.

— Il faut que je m'en aille, murmura-t-il.

— Vous êtes trop faible, dit sévèrement le médecin. Nous devons vous garder en observation pendant au moins quarante-huit heures encore.

— Je m'en fous. Il faut que je sorte.

— Pas aujourd'hui.

Après son départ, l'infirmière revint débrancher les tuyaux.

— On va vous retaper un peu, dit-elle avec entrain. Je vais vous apporter du bouillon de poulet. Rien que des liquides, aujourd'hui. Demain, œufs brouillés.

Au diable les œufs brouillés! Lorsque Quincy arriva, Michael était prêt à s'en aller; ses forces revenaient de minute en minute.

— Que s'est-il passé? Comment me suis-je retrouvé ici? demanda-t-il avec impatience.

— C'est à moi que tu demandes ça? dit Quincy en levant les bras au ciel. Je m'attendais à ce que ce soit toi qui m'expliques. Ta voiture a fait une embardée sur Mulholland et tu as été éjecté. On t'a retrouvé au beau milieu de la pente. Tu as une sacrée chance d'être en vie.

— Je n'étais pas du côté de Mulholland. J'ai suivi Daly Forrest jusqu'à une maison de Hancock Park. Il est entré et je suis passé par-derrière. J'ai entendu la voix de Bella. J'allais me précipiter quand on a dû me frapper sur la tête.

Quincy avait l'air sceptique.

— Tu es sûr?

— Évidemment!

— Alors comment expliques-tu l'accident de voiture?

— Une mise en scène. Ils voulaient se débarrasser de moi.

Quincy se gratta le menton.

— Qui ça : ils? Et pourquoi se donner tant de mal?

— C'est ce que nous allons découvrir quand tu m'auras sorti d'ici.

— Le médecin refuse de te laisser sortir. Je le lui ai déjà demandé.

— Passe-moi mes vêtements. Et mon arme ?

— Il va falloir que tu fasses une déclaration à la police.

— Qu'est-ce que je vais lui dire ? Que je roulais sur Mulholland et que par erreur je suis passé par-dessus bord ?

— Oui. Si tu t'en tiens à l'autre histoire, personne ne te croira.

— Trouve-moi mes affaires, Quincy. On s'en va.

Quincy savait qu'il était inutile de discuter.

Passer devant le concierge de l'immeuble de Daly Forrest n'était pas un problème : maintenant, ils étaient de vieux amis.

Quincy suivit Michael sans cesser de se plaindre.

— Merde ! On devrait attendre le matin, peut-être faire venir les flics. Seigneur, Mike..., tu ne devrais même pas marcher. Pourquoi a-t-il fallu que tu viennes ici ? Ma vie était...

— Tu veux la fermer ! Il faut que je découvre ce qui se passe ici. Je me réveille à l'hôpital après un accident d'auto bidon et on m'a volé mon putain de revolver. Ce salaud de Daly voulait ma mort... Dommage pour lui, j'ai survécu. Ce soir, on va connaître la vérité.

Il força la serrure de la porte de Daly Forrest.

— Formidable, gémit Quincy. Une effraction, maintenant. Parfait !

Ils se glissèrent dans le grand hall, une pièce dallée de marbre avec des murs recouverts de miroirs. Michael s'immobilisa un moment pour s'orienter avant de s'engager d'un pas furtif dans le couloir. Quincy le suivit à contrecœur.

Michael était comme les chats : il avait le don de voir dans le noir, et il ne lui fallut pas longtemps pour trouver la chambre à coucher. La pièce n'était éclairée que par la lueur d'un téléviseur. On diffusait un film, le volume très bas.

Deux personnes étaient allongées dans le lit : un homme et une femme. Tous deux semblaient endormis.

Un long moment, Michael resta silencieux sur le seuil, à les observer. Puis il pressa le commutateur, et la lumière se fit dans la pièce.

L'homme était Daly Forrest.

La femme, son ex-épouse, Rita.

On les avait tous les deux tués d'une balle dans la tête.

16

Mason Rich prit l'avion de New York pour être aux côtés de Kennedy à l'enterrement de son père. Une cérémonie discrète : la plupart des amis de ses parents étaient morts depuis longtemps.

Linford éclata en sanglots quand on descendit le cercueil dans la fosse.

— Mon père vous aimait beaucoup, dit Kennedy, en essayant de la réconforter. Il me le disait souvent.

— J'adorais cet homme, répondit l'infirmière, les joues ruisselantes de larmes.

— Je sais, dit tristement Kennedy. Il va nous manquer.

Après l'enterrement, Mason insista pour qu'elle l'accompagne à son hôtel et déjeune avec lui.

— Je ne peux rien manger, dit-elle en suivant machinalement le serveur qui les conduisait à une table.

— Vous pouvez le faire et vous allez le faire, dit-il d'un ton ferme. Il vous faut d'abord un bon verre.

Elle picora une salade en l'écoutant parler de New York et d'amis communs.

— Il faut vous rendre compte, dit-il enfin, que si

votre père souffrait il est mieux là où il est maintenant.

Elle but une gorgée de la vodka qu'il lui avait fait servir et le dévisagea. Mason avait des traits aigus, des cheveux bruns et lisses. Il s'habillait comme une gravure de mode. Elle ne parvenait pas à le trouver séduisant, mais elle se rendait bien compte du désir qu'elle lui inspirait, même s'il était tout ce qu'il y a de plus marié.

— C'est un cliché, Mason, dit-elle.

— Que voulez-vous que je dise dans un moment pareil ?

— Je ne sais pas. (Elle s'arrêta un moment avant de poursuivre :) Simplement, perdre votre seul parent vous rend douloureusement conscient de votre propre mortalité. J'ai l'impression que je serai la prochaine.

— Vous avez trente-cinq ans, vous avez le temps, dit Mason avec un petit rire.

— Je ne pense pas.

Elle regarda par la fenêtre puis se retourna vers lui.

— Merci d'être venu.

Il lui prit les mains.

— C'est à ça que servent les amis.

Elle dit avec un pâle sourire :

— Ce n'est pas un titre de chanson ?

— Au moins, j'arrive à vous faire sourire, dit-il tandis qu'on lui apportait son second Martini. Voici ce que je vous conseille, poursuivit-il. Prenez quelques semaines, allez à Hawaii, allongez-vous au soleil et oubliez tout le reste.

— Vous savez bien que ce n'est pas mon style. Non, il faut que je continue à travailler. D'ailleurs, j'aimerais vous parler de mon premier article.

— Ne m'avez-vous pas dit l'autre jour que vous alliez écrire quelque chose sur les femmes à Hollywood ?

— J'ai changé d'avis. Je songeais plutôt à écrire un article sur une femme ordinaire qui se fait tuer devant sa maison.

— Quelqu'un dont j'ai entendu parler ?

— Non, et je ne suis même pas sûre de l'écrire. Il faut que j'enquête un peu. Mon sujet traiterait toujours de la violence envers les femmes, mais pas uniquement envers les femmes célèbres.

— Les lecteurs ne s'intéressent qu'aux gens connus. Qui va vouloir lire votre article ? Et, puisque nous parlons travail, pouvons-nous discuter de votre article sur Bobby Rush ?

— Quelque chose vous a déplu ?

— Il est un peu léger. Vous faites de Rush quelqu'un de trop gentil.

— Il est gentil.

— Peut-être. Mais il me faut plus de mordant. Je croyais que vous vouliez attaquer l'angle père-fils...

— Il me semble vous avoir entendu assurer que nous ne devions pas aborder ce sujet.

— Récrivez-le. Dénoncez le népotisme de Hollywood, le côté creux de la gloire et tâchez de découvrir avec qui couche Rush.

Kennedy maîtrisa sa colère.

— Trouvez quelqu'un d'autre pour écrire ce genre de saloperies.

— Je ne critique pas votre style, s'empressa de répondre Mason. C'est un article très bien écrit et j'aime le côté erreur d'identité.

— Qu'êtes-vous en train de me dire ? lança-t-elle. Que vous ne voulez pas le publier ?

— Étoffez-le un peu, Kennedy.

— J'ai tracé le portrait du Bobby Rush que j'ai vu.

— D'accord, d'accord. Mais ne mettez pas la pédale douce pour votre prochaine interview. Je suis pratiquement certain que nous pouvons avoir Charlie Dollar. Il est producteur exécutif de son nouveau film, alors il ne demande qu'à faire de la promotion. En général, la presse écrite ne l'intéresse pas, mais un article dans *La Guerre des styles*, avec la couverture, lui conviendrait parfaitement. (Il demanda l'addition.) J'ai un avion à prendre. Vous êtes sûre que ça va ?

— Certaine, Mason. Et, encore une fois, je vous remercie vraiment d'être venu jusqu'ici. Ça me touche beaucoup.

— Allons, Kennedy, vous savez que vous êtes ma préférée, dit-il en lui plantant un baiser sur la joue.

Rosa avait dû rentrer en hâte au studio après l'enterrement. Elle arriva chez Kennedy en début de soirée.

— Je passe la nuit ici, annonça-t-elle en laissant tomber un gros sac de voyage dans l'entrée.

— Absolument pas, dit Kennedy d'un ton ferme.

— Mais si, répondit Rosa tout aussi fermement. On va bavarder, dîner, s'offrir une soirée entre filles.

— Tu n'est bonne à rien dans les soirées de filles. S'il n'y a pas un homme dans les parages, tu t'endors.

En fait, elle était contente que Rosa soit là, car la perspective de se retrouver seule ne la réjouissait pas. Elles s'installèrent dans la petite cuisine, se firent livrer des plats du restaurant chinois. Toute la nuit, elles discutèrent de tout et de rien, même si chaque fois qu'elle le pouvait Rosa essayait d'aiguiller la conversation sur Ferdy.

— Enfin, je suis folle ou quoi ? demanda Rosa en rongeant l'os de sa côtelette. Il est plus jeune que moi, il n'a pas la couleur qu'il faut, et pourtant je sens que nous pouvons avoir un grand avenir ensemble.

— Tu dis ça de tous les hommes avec lesquels tu couches.

— Peut-être parce que je le crois.

— Continue à y croire et, là, je saurai que tu es folle.

Rosa haussa les épaules et se lécha les doigts.

— De toute façon, je ne sais pas pourquoi j'ai besoin d'un homme. Je me dis parfois que c'est simplement pour faire l'amour, parce que je n'ai aucune envie de les épouser ni de leur faire des bébés.

— Tu en es sûre?

— J'ai essayé le mariage deux fois, sans succès. Je n'ai pas la fibre maternelle : ma carrière compte trop. D'ailleurs, où est-il écrit qu'on doit vouloir des gosses?

— Je te comprends, reconnut Kennedy.

Et pourtant, si Phil n'était pas mort, elle aurait adoré avoir des enfants, des tas, tout en poursuivant sa carrière.

— L'ennui, dit Rosa d'un ton songeur, c'est que Ferdy veut des enfants. Je crois que c'est surtout par orgueil.

Kennedy se leva et commença à débarrasser.

— Tu comptes vraiment l'épouser?

— Non.

— Alors, où est le problème?

Rosa se leva d'un bond.

— C'est pour ça que je t'aime, Kennedy. Tu me réconfortes toujours.

Le lendemain matin, Rosa était pressée. Elle réquisitionna la salle de bains, soigna son maquillage puis passa six coups de téléphone urgents avant de s'en aller en courant.

— Je t'appellerai plus tard. Regarde-moi au journal de six heures et jette un coup d'œil au nouveau type qui fait la météo : on m'a assuré qu'il est disponible.

Quelle marieuse ! La dernière chose que Kennedy voulait, c'était un homme. Il lui fallait de l'espace et du temps. Elle avait besoin de se jeter dans son travail.

Songeant à cela, elle se rendit à la bibliothèque et rechercha les informations concernant la femme assassinée à Agoura Hills. Son père avait raison : pourquoi se limiter aux célébrités de Hollywood quand, chaque jour, il arrivait des événements qui affectaient les gens de façon beaucoup plus immédiate.

Elle ne trouva que deux articles relatant le crime. Le premier était précédé d'un gros titre.

UNE FEMME ASSASSINÉE
DEVANT CHEZ ELLE

De bonne heure, ce matin. Margarita Linda, trente-sept ans, a été trouvée étranglée auprès de sa voiture devant sa maison. Aucune trace de tentative de vol et, vraisemblablement, il n'y a pas eu viol. Un passant a découvert le corps à sept heures quarante et a immédiatement appelé la police.

Linda, une résidente d'Agoura Hills, était séparée de son mari et n'avait pas d'enfant. Elle était maquilleuse de cinéma et avait récemment travaillé sur un film de Grant Lennon. La police enquête.

Le second article était encore plus bref.

Hum, c'est plutôt mince comme point de départ. Mais son esprit de journaliste était déjà en marche : pourquoi cette femme avait-elle été tuée ? Quel était le mobile ? Il lui appartenait de le découvrir. Elle le devait à la mémoire de son père.

L'Homme fila sa future victime toute la journée. Il éprouvait un frisson pervers à savoir qu'il pouvait surveiller chacun de ses gestes sans qu'elle s'en rende compte.

Il connaissait sa victime. Il en savait long sur elle.

Premièrement : elle était lesbienne.

Deuxièmement : elle vivait avec sa mère.

Troisièmement : elle avait deux chats et un petit chien.

Sa victime passa une journée bien remplie : visite chez le teinturier et au magasin de photos. Arrêt chez le cordonnier. Déjeuner avec une amie. Et puis un film. Ce n'était pas un film qui intéressait l'Homme : une stupide histoire d'amour. Mais il resta quand même assis dans la salle, deux rangs derrière sa victime, qui n'était pas seule. Elle était avec son amie du déjeuner; une femme plus jeune en chandail jaune et pantalon.

Des perverses, se dit l'Homme. Il n'avait jamais compris comment une femme pouvait être attirée par l'une de ses semblables. C'était contre nature.

Après le film, les deux amies prirent un café, puis chacune s'en alla de son côté.

L'Homme suivit sa victime jusque chez elle. Il

songea à lui régler son compte sur-le-champ, avant qu'elle entre dans son immeuble, mais il faisait encore jour et l'Homme ne voulait prendre aucun risque. Il n'avait pas l'intention de se faire repérer. Pas question de retourner en prison.

Il gara sa voiture à un endroit où personne ne la remarquerait. Il attendit patiemment : il savait qu'à neuf heures sa victime sortirait pour aller promener son chien, comme chaque soir.

C'est ce qu'il se passa.

L'Homme descendit de sa voiture et emboîta le pas à la femme tandis qu'elle empruntait une petite rue calme. Au bout de quelques instants, la victime sentit qu'elle était suivie et jeta un coup d'œil derrière elle. L'Homme n'hésita pas. Il s'approcha hardiment.

— Vous avez l'heure ? demanda-t-il poliment.

Elle le regarda, l'air surprise.

— Est-ce que je ne vous connais... ?

L'Homme acquiesça.

— Oui, vous me connaissez.

Il lui assena un coup violent. Elle s'effondra sans bruit sur le sol. Son petit chien se mit à aboyer et à grogner. L'homme lui décocha un coup de pied et la petite bête détala en geignant.

L'Homme s'accroupit auprès de sa victime. Il posa les mains autour de sa gorge et, lentement, méthodiquement, serra.

Pendant un moment elle se débattit, le corps secoué de spasmes. Puis ce fut la fin.

Il restait une chose à faire. L'Homme sortit de sa poche une étroite bande de carton sur laquelle il avait collé — avec des lettres découpées dans des journaux — les mots MORT AUX TRAÎTRES. *Il déposa soigneusement la pancarte sur la poitrine de la femme, jeta un dernier regard à la ronde et regagna sa voiture.*

Il démarra en fredonnant.
Victime numéro deux expédiée.
Encore quatre.
Il était maître du jeu.

17

Vivre avec Charlie Dollar, c'était une expérience ! Il n'avait aucune exigence, n'était pas possessif et se fichait du désordre qu'elle pouvait mettre. Le seul ennui, c'était sa sévère gouvernante, qui la surveillait comme si elle allait mettre le feu à la maison.

— Ne t'occupe pas de cette vieille sorcière, dit Charlie avec un de ses petits gloussements. Voilà quinze ans qu'elle est à mon service. Lady Di pourrait s'installer ici, elle n'approuverait pas.

— Mais elle me surveille, Charlie. On croirait que je vais voler quelque chose.

— C'est dans tes intentions ?

Jordanna lui tira la langue.

— Va te faire foutre.

— On ne t'a jamais dit que tu parlais comme un charretier ?

Elle sourit.

— Si, souvent.

— Alors, parle un peu mieux, mon petit, dit-il d'un ton bon enfant. Tu seras plus distinguée.

Ils s'entendaient bien, même s'il avait près de trente ans de plus qu'elle. Jordanna aimait sincèrement sa compagnie ; il était plus drôle que les traîne-savates au cerveau vide qui constituaient sa pâture habituelle. Elle ne savait pas grand-chose de son passé amoureux et, franchement, ça lui était égal. On racontait qu'il avait vécu avec une actrice jusqu'à l'année précédente et qu'ils avaient un enfant de trois ans que Charlie voyait de temps en temps. Ce n'était pas le genre de Jordanna de poser des questions. Si Charlie voulait lui faire des confidences, il le ferait. Pour l'instant, elle avait l'impression qu'ils formaient un couple et éprouvait un agréable sentiment de sécurité.

Il avait des manies qui la rendaient folle. Il écoutait du Sinatra et du Tony Bennett à plein volume. Il mangeait des corn flakes au lit au beau milieu de la nuit. Il était sans cesse défoncé.

Au bout de quelques jours, elle décida d'aller chercher quelques affaires dans la maison d'amis de son père. Même si elle passait presque toutes ses nuits avec Charlie, elle s'était installée dans une belle chambre d'angle et avait largement de quoi ranger ses affaires.

— Tu vas dire à ton paternel que tu t'es installée avec moi ? demanda Charlie, une lueur malicieuse dans le regard.

— Pourquoi est-ce que je le lui dirais ? répondit-elle calmement, n'ayant aucune envie de se lancer dans une discussion sur son père.

— Il doit tout de même se demander où tu vis ?

— Jordan s'occupe de sa nouvelle épouse. Il se fiche pas mal de ce que je fais.

Charlie hocha la tête.

— Il ne s'en fichera pas... quand il apprendra que tu vis avec moi.

Était-ce son imagination, ou avait-il vraiment l'air de vouloir que Jordan soit au courant ?

— Tu as ton opinion, j'ai la mienne.

Elle n'avait aucune intention de parler à son père. Avec un peu de chance, elle pourrait se glisser dans la maison d'amis, embarquer ce qu'il lui fallait et repartir avant que personne ait remarqué sa présence.

Malheureusement, ça ne se passa pas ainsi. Quand elle arriva, Kim était plantée sur le pas de la porte et surveillait les efforts de deux femmes de chambre et de deux déménageurs. Jordanna remarqua avec stupéfaction qu'ils emportaient son canapé préféré.

— Mais que se passe-t-il ? demanda-t-elle d'un ton scandalisé.

Kim jeta à peine un coup d'œil dans sa direction.

— Oh, c'est toi.

— Oui, c'est moi, et, merde alors ! Qu'est-ce que tu fous avec mes affaires ?

— J'étais convaincue que tu avais déménagé, dit Kim sans se démonter. C'est ce que Jordan m'a dit.

— Que je sois partie ou non, tu n'as pas à fourrager dans mes affaires.

— Je fais tout mettre au garde-meubles, dit Kim d'un ton détaché. Nous avons besoin de place.

— Vous avez assez de place pour loger une équipe de football ! s'exclama Jordanna, furieuse.

— Il nous en faut davantage, répondit Kim avec un petit sourire pincé.

— Pourquoi ?

Kim poussa un long soupir.

— Tu ne tarderas pas à en entendre parler, alors autant que je te le dise : ton père et moi allons avoir un bébé.

La putain était enceinte ? Merde alors ! Jordanna reprit son souffle, essayant désespérément de se maîtriser.

— Jordan est au courant ? balbutia-t-elle stupidement.

Kim la foudroya du regard.

— Évidemment !

— Je ne parlais pas de la grossesse.

— Alors de quoi parles-tu ?

Jordanna abattit son as.

— Tu te souviens de Donna ?

— Donna qui ? fit Kim, le visage impassible.

C'était le moment du coup de grâce.

— Donna Lacey.

Kim ne broncha pas.

— J'ai dû la rencontrer une ou deux fois. Pourquoi ?

— Parce que, elle, elle se souvient de toi. (Jordanna marqua une brève pause avant de reprendre :) Dis-moi, Kim, Jordan connaît ton passé ?

Pas un battement de cils.

— Je ne sais pas de quoi tu parles.

Jordanna insista.

— Je crois que si.

Kim reprit, d'une voix sourde et furieuse :

— Pourquoi ne nous fiches-tu pas la paix ? Ça ne te suffit pas de recevoir encore de l'argent de lui à ton âge ?

— Ça ne te regarde pas, lança Jordanna, furieuse.

— Figure-toi que si.

Elles se dévisagèrent.

— Ton père a eu une vie très difficile, dit enfin Kim. Il n'a pas besoin d'écouter les mensonges que tu colportes sur moi.

— Une vie difficile ! ricana Jordanna. Comme si, toi, tu en savais quelque chose.

— Je sais tout de Jordan. Y compris à quel point tu le déçois.

Les mots de Kim faisaient mal. Décevait-elle vraiment son père ou bien Kim inventait-elle cela pour la faire souffrir ?

— La seule chose que tu saches, c'est à quel

point tu adores être Mrs. Jordan Levitt, riposta-t-elle. Tu en as fait, du chemin, hein ?

— En effet, répondit Kim d'un ton de défi. Et ça n'est pas toi qui vas me gâcher ça.

— Je peux essayer.

— Quelles preuves as-tu ? Il ne te croira jamais.

— Des preuves, j'en aurai.

— Moi, déclara Kim, triomphante, je vais lui donner un enfant. Tu n'as aucune chance.

— On verra.

— Fais ce que tu veux, dit Kim avec un sourire exaspéré. Parce que, franchement, entre toi et moi, je sais qui il choisira.

Elle tourna les talons et redescendit vers la grande maison.

— Ne compte pas trop là-dessus ! lui lança Jordanna.

Kim ne se retourna pas.

Jordanna entra en trombe dans la maison d'amis. Deux femmes de chambre s'occupaient à mettre ses affaires dans des cartons.

— Qu'est-ce que vous faites ? demanda-t-elle en arrachant un lot de cassettes des mains d'une des femmes.

— Mrs. Levitt nous a dit de tout emballer, dit la plus petite des deux, le visage inexpressif.

— Allez-vous-en, je vous en prie, dit Jordanna d'un ton las. Je vais le faire moi-même.

Les femmes se regardèrent et partirent.

Son père voulait donc la mettre définitivement dehors. Eh bien, parfait. Elle n'allait pas s'imposer. Et elle n'accepterait plus d'argent de lui. Elle décrocha le téléphone, appela les renseignements et obtint le numéro d'une entreprise de déménagement. On promit de lui envoyer un camion dans l'heure.

À cinq heures, elle avait fait ses paquets et était

prête à décamper. Aucune nouvelle de Jordan. Étonnant. Devait-elle aller lui dire adieu et lancer nonchalamment dans la conversation qu'elle vivait avec Charlie Dollar?

Pourquoi pas ?

Autant l'emmerder jusqu'au bout.

Elle se dirigea vers la grande maison et fut désappointée de n'y trouver personne, excepté Kim. Celle-ci sortit de la cuisine et lança sèchement :

— Oui?

— Où est mon père?

— Oh, je ne t'ai pas dit qu'il était parti en repérage? dit Kim d'un ton suave. Ta petite conversation avec lui va devoir attendre.

— Elle peut attendre. Quand tu le verras, dis-lui qu'il peut m'appeler chez Charlie Dollar.

Kim haussa les sourcils.

— Vraiment?

— Oui, vraiment.

Passant sa langue sur ses lèvres roses, Kim lui décocha un petit sourire venimeux.

— Transmets toute mon affection à Charlie. Nous sommes de vieux amis.

Jordanna retourna chez Charlie, la camionnette de déménagement suivant de près sa Porsche. Elle ne pouvait s'empêcher de s'interroger sur l'air triomphant de Kim. *Transmets-lui mon affection.* Kim était-elle l'une des blondes dont, d'après Cheryl, Charlie aimait la compagnie? C'était facile à vérifier. Elle appela Cheryl sur le téléphone de sa voiture.

— Où étais-tu passée? demanda Cheryl. Ça fait des jours que je n'ai pas de nouvelles de toi.

— Je te raconterai plus tard. Pour l'instant, j'ai besoin de renseignements.

— Lesquels?

— Tu te rappelles m'avoir dit que Charlie Dollar avait un faible pour les blondes ?

— Je savais bien que tu étais jalouse !

— Juste curieuse. Kim était-elle une de ces blondes ?

— Il va falloir que je regarde dans son dossier.

— Fais ça pour moi, veux-tu ?

— Tu es toujours chez Shep ?

— Je te rappellerai.

— Tu es bien mystérieuse...

— Tout te sera révélé plus tard !

En voyant arriver le fourgon chargé des affaires de Jordanna, la gouvernante de Charlie se précipita pour prévenir son patron.

Jordanna donnait des instructions aux déménageurs qui déchargeaient le camion, lorsque Charlie arriva, enfonçant sa chemise dans son pantalon. Il s'arrêta en haut du perron pour surveiller la scène.

— Je vois que tu emménages, dit-il enfin.

— Tu m'as dit que je pouvais rester.

— Je ne savais pas que tu arriverais avec un camion.

Elle espérait qu'il n'allait pas lui faire de difficultés.

— Ça t'ennuie, Charlie ?

— Pas du tout. À vrai dire, ça me fait plutôt plaisir.

— C'est vrai ?

— Je t'ai dit de faire comme chez toi.

— Merci.

— Cependant, mon petit, on va bien s'amuser tant que ça durera, mais il faudra tout de même que tu te trouves un appartement. Et, comme tu le disais, du travail. Parce que je ne suis pas papa et qu'il va falloir que tu gagnes ta vie.

Elle plissa les yeux, agacée qu'il ait pu croire qu'elle en voulait à son argent.

— Est-ce que je t'ai demandé de l'argent, Charlie ?

— Non, mais tu vas en avoir besoin. Alors j'ai eu l'une de ces brillantes idées dont Charlie Dollar a le secret.

— Laquelle ?

— Je t'ai trouvé du travail, mon petit.

— Du travail ?

— Mais oui. J'ai déjeuné avec Bobby Rush et, figure-toi, il cherche une assistante. Je lui ai dit que tu ferais parfaitement l'affaire.

— Merci beaucoup.

Elle n'était pas à proprement parler ravie à l'idée de travailler pour Bobby Rush.

— Tu y vois un inconvénient ?

— J'ai fait ce boulot d'assistante une fois. C'est assommant.

— Corrige-moi si je me trompe, mais ce n'est pas toi qui m'as dit que tu voulais être comédienne ?

— Quel rapport ?

— Jouer, mon petit, ça ne se fait pas du jour au lendemain. Il faut apprendre. Ce sera une bonne chose pour toi d'observer ce qu'il se passe sur un plateau.

— J'ai passé mon enfance sur un plateau, dit-elle, exaspérée qu'il ait essayé de la caser sans lui demander son avis.

— Alors tu vas continuer. Moi, j'ai débuté en déplaçant des décors. Je me suis fait une éducation avant de me trouver devant la caméra. Je t'assure que ça m'a fait gagner du temps.

— Charlie...

Il l'observait maintenant d'un air amusé.

— Ça te paraît trop dur, hein ? demanda-t-il.

— Je suis parfaitement capable de le faire, dit-elle, sur la défensive. C'est simplement que je n'en ai pas envie.

— Pour une fois, tu vas gagner ta vie.

Son insistance finissait par éveiller son intérêt.

— Combien ?

Charlie eut un petit rire.

— C'est moi qui négocierai pour toi, mon petit. Je suis dur en affaires, fais-moi confiance.

Cheryl feuilleta ses dossiers. Pour les hommes importants, Donna utilisait un code qu'elle lui avait expliqué avant de partir. Les vedettes de cinéma étaient enregistrées sous des surnoms. Cheryl chercha Charlie Dollar et découvrit qu'il figurait sous le nom de Gros Fric. Elle regarda ensuite les préférences de Gros Fric. Apparemment, il ne faisait pas souvent appel à Donna, mais, quand ça lui arrivait, il avait des exigences très particulières. Deux blondes aux gros seins avec des longs cheveux et pas d'inhibition. Feuilletant rapidement les noms des filles qu'il avait employées, Cheryl s'assura que Kim faisait bien partie du nombre. Elle appela aussitôt Shep.

— Où est Jordy ?

— Comment veux-tu que je le sache ?

— Elle n'habite pas chez toi ?

— Elle est partie il y a quelques jours.

— Pourquoi ?

— Elle a dit qu'elle allait s'installer chez Charlie Dollar. Je n'ai pas eu de ses nouvelles depuis.

— Charlie Dollar ! Tu es sûr ?

— C'est ce qu'elle m'a dit.

— Hmm... la voilà qui fait encore des cadeaux, dit Cheryl d'un ton désapprobateur. Je pourrais lui faire gagner une fortune.

— Tu es répugnante.
— En quoi, Shep, mon chéri ?
— Tu ne te rends pas compte de ce que tu fais ?
— Je satisfais un besoin. Un besoin que, manifestement, toi, tu n'éprouves pas.
— Je te demande pardon ?
— Oh, ça va. Tout le monde connaît tes préférences.
Un long silence, puis :
— Garce !
— À ton service.

Elle allait appeler Arnie pour avoir le numéro de Charlie quand une fille arriva pour un rendez-vous. Quel métier ! Choisir les meilleures candidates, les envoyer à un client et empocher quarante pour cent des honoraires. Les filles ne manquaient pas : elles se présentaient par dizaines, recommandées par des amis et des relations. Et, comme on était à Hollywood, elles étaient en général jolies, bien faites, et toutes — à de rares exceptions près — des comédiennes, chanteuses ou mannequins en herbe désireuses de se faire un peu d'argent.

La fille d'aujourd'hui était une brune de dix-neuf ans avec un faux air de Cindy Crawford. Tout à fait ravissante, sauf qu'elle avait les dents de devant de travers. Cheryl adorait la position dans laquelle elle se trouvait : pour la première fois de sa vie, elle éprouvait un sentiment de pouvoir. Elle se sentait même si bien qu'elle avait cessé ses visites bihebdomadaires à son psy. Être maquerelle valait toutes les thérapies.

Elle se demandait souvent ce qu'il arriverait si ses célèbres parents, avec toutes leurs relations, découvraient son activité. Ils se pendraient dans la salle à manger du Beverly Hills Hotel. Sa mère, si convenable, avec ses airs de Nancy Reagan — quand elle n'était pas ivre morte. Et son père,

Ethan, patron d'un grand studio, avec deux maîtresses installées dans des appartements à chaque bout de la ville. Heureusement, elle n'avait plus besoin de leur approbation ; elle se débrouillait toute seule.

Elle se demanda si Shep avait raison et si Jordanna s'était bien installée chez Charlie Dollar. Se mettre en ménage avec ce cabot débauché et assez vieux pour être son père, c'était tout Jordanna.

— Combien est-ce que je peux compter me faire par semaine ?

Cheryl fut rappelée à la réalité par la jolie fille aux dents de travers assise devant elle.

— Oh, ça dépend. Si le client t'aime bien, tes rendez-vous peuvent être assez fréquents.

— Je ne fais ça que parce que j'ai besoin d'argent. Et mon amie m'a dit que je rencontrerais des hommes qui pourraient m'aider dans ma carrière.

Cheryl acquiesça. Qu'elles étaient naïves, ces filles ! S'imaginaient-elles sincèrement que quelqu'un allait les aider ? La vérité, c'est qu'elles allaient se faire sauter pendant un an ou deux, gagner plein d'argent et, avec un peu de chance, regagner la petite ville d'où elles venaient et épouser le fils des voisins.

— Il va falloir qu'on t'arrange les dents, annonça Cheryl sans ménagement.

La fille porta la main à sa bouche pour les dissimuler.

— Je n'en ai pas les moyens, murmura-t-elle.

— Je t'avancerai l'argent, on le déduira de tes honoraires.

Au bout d'un quart d'heure de conversation, Cheryl renvoya la fille avec deux rendez-vous : un chez le dentiste, l'autre avec Grant le soir même. Grant était son essayeur : il couchait avec les filles et lui faisait ensuite un rapport détaillé. Il assurait ce service gratuitement — le sexe était la grande affaire de sa vie, puisqu'il cherchait toujours à être à la hauteur de la réputation légendaire de son père. D'un côté, que Grant soit disposé à faire ça attristait Cheryl ; de l'autre, ça avait l'avantage de les rapprocher, et elle avait toujours aimé l'avoir auprès d'elle.

Le téléphone sonna. C'était le chef de production d'un des grands studios. Ils échangèrent quelques plaisanteries puis il en vint à la véritable raison de son appel.

— Nous avons en ville un comédien français complètement dingue. Il demande deux filles : une Eurasienne et une vraie petite Américaine. À son hôtel, à huit heures ce soir. (Un silence.) Oh, mon chou, demandez à vos filles d'apporter de la coke. Mon copain aime un petit coup de reniflette de temps en temps.

— Pas de problème, répondit calmement Cheryl.

C'était la première fois qu'on lui demandait de fournir de la drogue, et on ne lui laissait guère le choix d'accepter ou de refuser. Elle raccrocha, appela Grant et lui demanda s'il pouvait l'aider. Il pouvait.

— Mon dealer se fera un plaisir d'arranger ça. Ne t'inquiète pas.

Les choses allaient plus vite qu'elle ne l'avait cru.

Trop vite, peut-être ?

Non. Jamais trop vite.

18

Les semaines passaient. Michael n'avait pas le moindre indice. Ça le rendait fou. Sa fille était quelque part dans la nature, et personne ne savait ce qu'il était advenu d'elle. C'était presque comme si elle n'avait jamais existé.

Rita était morte, assassinée. Tout comme Daly Forrest. Les amants avaient été exécutés et — c'était le bouquet — avec son pistolet à lui, Michael. De ce fait, il devenait le suspect numéro un. Il était sûr, maintenant, d'avoir été victime d'un coup monté. On l'avait assommé, on lui avait pris son arme et on l'avait utilisée pour le double meurtre. Mais quelle était l'identité de ce « on » ? Il n'en avait pas la moindre idée.

Les flics n'avaient eu aucun mal à remonter jusqu'à lui : il avait acheté le pistolet dès son arrivée en Californie avec un permis de port d'arme tout à fait légal. L'inspecteur chargé de l'affaire l'avait longuement interrogé. Il ne l'avait laissé partir qu'après s'être assuré qu'il était bien avec Quincy depuis sa sortie de l'hôpital et qu'il n'avait donc pas pu faire le coup.

En quelques heures, les médias avaient sauté sur l'affaire. Une affaire juteuse. Une belle rousse avec un homme plus âgé et riche découverts au lit dans un appartement luxueux. Lui avait produit des films pornos. Elle avait été la vedette de l'un d'eux. Son ex-mari avait découvert les corps. Du gâteau ! Les magazines à sensation s'en donnèrent à cœur joie.

L'inspecteur chargé de l'affaire raconta l'histoire de l'enfant disparue et du père qui la recherchait. Les journalistes se mirent à poursuivre Michael et firent le siège de la maison des Robbins. Au bout de quarante-huit heures de ce régime, Michael alla se cacher dans un hôtel. Les journalistes le retrouvèrent. Il déménagea dans un autre hôtel. Quelques heures plus tard, ils étaient là, à réclamer une interview.

— Tu devrais peut-être faire quelque chose, lui suggéra Quincy. Quelqu'un pourrait savoir où est Bella. Pourquoi ne pas en discuter avec Rosa Alvarez à la télévision locale ? Un de mes amis connaît le type avec qui elle vit : voyons s'il peut arranger ça et s'assurer qu'elle te traite bien.

Michael acquiesça. Il était désespéré. Après tout, il n'avait rien à perdre.

Les événements de la semaine précédente se brouillaient dans une brume cauchemardesque. Après avoir fini par convaincre la police qu'il n'avait rien à voir avec les meurtres, il s'était mis à enquêter tout seul. Personne ne semblait se rappeler Bella, mais tous se souvenaient de Rita.

Il commença par se rendre à la maison de Hancock Park où il avait suivi Daly Forrest. Un vieux concierge lui ouvrit. Il lui annonça que la maison était inoccupée depuis plusieurs années. Michael n'en crut pas un mot, mais que pouvait-il faire ?

Il inspecta le jardin et regarda par la fenêtre de la cuisine. La pièce lui sembla pleine de poussière et inutilisée. Peut-être que le vieil homme lui disait la vérité et qu'il s'était trompé de maison. Depuis qu'on l'avait frappé sur la tête, il souffrait parfois de terribles migraines... Seigneur, et s'il perdait la mémoire ?

Il se mit ensuite en quête de Heron Jones et découvrit que celui-ci était parti sans laisser d'adresse.

Quincy et Ambre étaient tout de même parvenus à le réconforter.

— On va retrouver ta gosse, lui assurait tous les jours Quincy. Si elle est dans la région, on la retrouvera.

En attendant, Michael continuait à suivre chaque piste, sans arriver nulle part. Il parla à des relations d'affaires, à des employés de Daly Forrest. Il retrouva même des membres de l'équipe qui avaient travaillé avec Rita sur le film dont elle était la vedette. En vain.

La police lança un avis de recherche concernant Bella en lui disant que c'était tout ce qu'on pouvait faire. L'enquête sur le meurtre de Daly et de Rita piétinait. Il y avait des suspects dans l'industrie du porno, mais personne qu'on puisse épingler. C'était exaspérant, mais Michael ne voulait pas renoncer.

Rosa Alvarez arriva à l'hôtel avec son équipe. Elle se montra chaleureuse et compatissante.

— Je suis absolument navrée, Michael, d'apprendre que votre petite fille a disparu, dit-elle en lui étreignant les mains.

— Écoutez, lui confia-t-il, ça me gêne, mais j'ai besoin de lancer un message au cas où quelqu'un saurait quelque chose. Vous allez montrer la photo de Bella à l'écran, n'est-ce pas ?

— Racontez-moi votre histoire, dit Rosa d'un ton apaisant. Et je suis certaine que nous aurons des résultats.

Il haussa les épaules.

— C'est une histoire bien courte.

— Voyons, Michael, essayez de vous détendre,

dit Rosa en s'asseyant dans un fauteuil. Faites comme si nous étions tous les deux à bavarder.

— À vous entendre, ça paraît facile.

— Ça le sera, si nous discutons calmement et tranquillement.

Le preneur de son attacha un petit micro au revers de la veste de Michael. Cette interview le terrorisait. Michael Scorsinni, qui avait affronté des gangsters, des trafiquants de drogue et des types de la pire engeance, était pétrifié. Et, en même temps, plein d'espoir.

Rosa mena avec douceur l'interview et, quand celle-ci fut terminée, elle sembla satisfaite. Elle remit sa carte à Michael.

— Appelez-moi. Je suis sûre que nous aurons beaucoup de réactions.

— Merci, dit-il en empochant la carte.

— J'aimerais que nous fassions une autre émission..., disons, dans une quinzaine ? Peut-être qu'on aura de bonnes nouvelles. Qu'en pensez-vous ?

— Il faut que je retrouve ma fille. Ensuite, on verra.

— Je t'en ai trouvé un parfait ! annonça triomphalement Rosa en arrivant dans la salle de gymnastique.

Kennedy, sur le tapis roulant, terminait une énergique séance de trente minutes.

— Combien de fois faut-il que je te répète que Nix demeurera le dernier inconnu avec lequel je suis sortie ?

— Non, non, fit Rosa en soulevant ses haltères, tu ne comprends pas. Celui-là, c'est le type qu'il te faut. Et beau garçon, en plus. Il a l'air d'une vedette de cinéma. Si je n'étais pas avec Ferdy, je me le prendrais. Mais, comme je suis une amie généreuse, je te le passe.

Kennedy ralentit le déroulement du tapis.

— Merci beaucoup.

— Laisse-moi te raconter, dit Rosa, débordante d'enthousiasme. C'est un ancien inspecteur de police de New York. En fait, c'est lui dont on parle à la télé. Tu sais, l'homme dont la gosse a disparu.

— Parfait ! Maintenant, tu m'amènes un type qui a des problèmes !

— Non, non, ce problème-là va se résoudre. Je ne sais pas comment : ça ne se présente pas très bien. Mais qui sait ? (Elle marqua une pause avant d'ajouter :) Il y a quelque chose, chez Michael : je sais que tu vas l'adorer.

Kennedy descendit du tapis roulant, prit une serviette et se la passa autour du cou.

— Je ne vais certainement pas l'adorer, parce que je ne vais pas le rencontrer.

Rosa reposa ses poids.

— Tu as vu l'interview que j'ai faite de lui ? La réaction a été stupéfiante : nous avons reçu plus de trois cents lettres de femmes. Tu te rends compte ? Et, qui plus est, quarante-trois d'entre elles lui proposaient le mariage !

— Très bien. Il peut donc trouver une épouse adorable et couler des jours heureux avec elle.

— Mais qu'est-ce que tu as, ces temps-ci ? Tu n'as donc pas de cœur ? Je te propose un type magnifique que quarante-trois femmes veulent épouser et tu le repousses ?

— Rosa, l'anglais est bien ta langue maternelle, non ?

— Oui.

— Alors pourquoi ne me comprends-tu pas ? Je ne veux pas qu'on me trouve quelqu'un.

— Autrefois, tu étais prête à prendre des risques.

— Je continue... dans mon travail.

— Tu ne vas tout de même pas mener une vie de nonne !

Kennedy ne releva pas.

— Au fait, dit-elle, je voulais te demander... Sais-tu quelque chose de la femme qui a été assassinée à West Hollywood il y a quelques semaines ?

— Comment s'appelle-t-elle ?

— Stephanie Wolff. Elle a été étranglée. Même méthode que Margarita Linda. Deux femmes, toutes deux étranglées sans raison apparente. Ni l'une ni l'autre n'a été violée ou dévalisée.

— Hmm... Je vais demander aux informations générales de faire des recherches.

— S'il te plaît. J'ai essayé d'appeler la police pour voir s'il elle établissait un rapport entre les deux meurtres, mais je n'ai abouti à rien.

Rosa s'étira et reprit ses haltères.

— Dis-moi, qu'est-ce qu'il te prend d'écrire un article sur ces femmes ? Elles ne sont pas célèbres.

Kennedy eut un petit rire.

— J'ai l'impression d'entendre mon rédacteur en chef. Si quelqu'un se fait assassiner, il doit vraiment être célèbre pour qu'on lui accorde une certaine attention ?

— Je croyais que tu te spécialisais dans les interviews de gens connus. Quand paraît ton article sur Bobby Rush ?

— Cette semaine.

— As-tu eu de ses nouvelles depuis l'interview ?

— Non. Il a essayé de me joindre une ou deux fois. Je n'ai jamais rappelé.

— Pourquoi ?

— Parce que je n'avais pas envie de me justifier. Je préfère qu'il lise l'article. Il devrait lui plaire.

— Sûrement, fit Rosa avec un soupir. Et, si ça lui plaît et qu'il rappelle, tu accepteras de sortir avec lui ?

— Non.

— Non ! fit Rosa en hochant la tête. Tu es vraiment un drôle de numéro.

Ambre confia ses enfants à une amie et passa deux jours à chercher un appartement pour Michael. Elle finit par lui trouver un studio meublé tout à fait charmant sur Riverside Drive, dans la vallée.

— Je ne sais pas ce que je ferais sans toi, lui dit-il avec reconnaissance tandis qu'elle l'aidait à s'installer.

— J'ai l'impression que tu t'en tirerais quand même. Tu es un survivant. Tu n'arrêtes pas de le prouver.

Il la serra dans ses bras.

— C'est parce que j'ai de bons amis qui sont toujours là pour me soutenir.

Elle le regarda un moment, les yeux pleins de compassion.

— Nous tenons beaucoup à toi, Michael, malgré tes airs de gros dur. Tu es pour nous un ami très cher.

Ses mots le touchèrent, mais ils étaient impuissants à le sortir de sa déprime.

Après le départ d'Ambre, il s'assit sur le canapé et s'imagina en train de prendre un verre. Un double scotch, avec de la glace.

« Pourquoi pas ? se demanda-t-il. Pourquoi pas ? »

Parce qu'il devait rester à jeun pour retrouver sa fille. S'il buvait, il n'aurait aucune chance. Il serait dans le brouillard. L'alcool produisait cet effet sur lui. Il le rendait fou, il lui brouillait les idées.

Il n'oublierait jamais la soirée qui avait précédé le jour où il avait cessé de boire. Rita avait crié qu'il était un bon à rien, comme son vrai père.

— Tu ne connais pas mon père ! avait-il hurlé.

— Pas besoin, avait-elle répliqué sur le même ton. Sal m'a tout raconté sur lui et tu ne vaux pas mieux. Un perdant. Une pauvre cloche !

Il était sorti de l'appartement et était entré dans un bar où, après avoir bu sans arrêt pendant deux heures, il s'était fait lever par une grande blonde en minijupe et chandail collant. La blonde avait de la suite dans les idées, et il n'avait pas résisté. Ils avaient atterri dans une chambre d'hôtel minable à côté de Times Square avec une bouteille de tequila.

Jamais il n'oublierait ce qui s'était passé ensuite. Quand la blonde aguichante avait laissé tomber sa courte jupe et sa culotte de dentelle, il avait constaté qu'il se retrouvait avec un travesti. Il lui avait flanqué une rossée, avait pris son arme et avait voulu lui faire sauter la cervelle. Heureusement, les flics étaient arrivés à temps pour l'empêcher de tuer. Car il aurait tiré. Sans aucun doute.

Le lendemain, Quincy l'avait entraîné dans une cure de désintoxication où il avait passé quatre pénibles semaines. Par la suite, il avait suivi régulièrement les réunions des Alcooliques Anonymes.

Il se rendait compte qu'il devait de nouveau assister à ces réunions s'il ne voulait pas rechuter. L'incapacité d'agir le rendait fou. Il était inspecteur de police, bon sang ! il savait résoudre des affaires. Mais il était incapable de retrouver sa propre fille, et ça le démolissait.

Il avait aimé Rita, autrefois — elle était la mère de son enfant. Mais sa disparition l'avait laissé indifférent. Il avait seulement éprouvé de la colère à l'idée qu'elle l'avait privé de sa petite fille.

Quincy travaillait sur une affaire concernant une série de lettres de menaces envoyées à la fille d'un magnat de la télévision. Il avait commencé par aider Michael dans son enquête sur le meurtre de Rita et la disparition de Bella. Mais son travail l'absorbait et, après avoir suivi une série de pistes qui ne l'avaient mené nulle part, il avait fini par renoncer.

Le lendemain du départ de Michael, Quincy l'appela et insista pour qu'il vienne dîner chez eux ce soir-là. En allant chez les Robbins, Michael s'arrêta à une réunion d'anciens alcooliques; sage décision qui l'apaisa considérablement.

Ambre avait fait un pâté de viande, de la purée de pommes de terre et des beignets d'oignons. Elle avait décidé qu'il lui fallait la compagnie d'une femme. Quincy déclara qu'il ne pouvait pas demeurer célibataire. Ils insistèrent tellement qu'il finit par accepter de sortir avec une amie d'Ambre qui fréquentait le même cours de salsa.

— Je ne la connais pas bien, expliqua Ambre, mais elle est très jolie. Je lui ai montré ta photo; elle veut bien te rencontrer.

— L'ennui, intervint Quincy en souriant, c'est qu'elle rêve de devenir comédienne. Je l'ai aperçue l'autre soir quand j'ai retrouvé Ambre après son cours. Jolies jambes... Tout à fait ce qu'il te faut, Mike!

Ambre les réprimanda en plaisantant :

— Mais vous ne pensez donc qu'au sexe! C'est de compagnie que Michael a besoin, dans un moment pareil.

Quincy eut un large sourire.

— Mais oui, mon chou, bien sûr : de la compagnie et une petite partie de jambes en l'air!

— Tu es vulgaire.

— Ça fait partie de mon charme, ma toute douce! fit Quincy en lançant à Michael un clin d'œil complice.

Ils se retrouvèrent au bar de l'hôtel Hyatt.

— Shelia?

— Michael?

Ils tournaient l'un autour de l'autre comme des

soldats qui s'observent sur un champ de bataille. Shelia était une beauté californienne tout ce qu'il y a de plus classique : bronzage, jolie poitrine, décolleté profond, longues jambes sexy.

— On va au restaurant? proposa Michael en l'examinant discrètement.

— Excellente idée, répondit-elle en se laissant glisser en bas du tabouret, révélant une généreuse portion de cuisses appétissantes.

Michael commanda une bière non alcoolisée, Shelia une vodka tonic. Quand on la lui eut apportée, elle prit le verre à deux mains en faisant tournoyer le pied.

— Ambre m'a dit que Quincy et vous étiez ensemble dans la police à New York.

Il baissa les yeux vers son décolleté.

— Et elle m'a dit que vous étiez comédienne.

— J'ai eu deux répliques dans un film de Clint Eastwood et j'ai fait sept films publicitaires. Mon agent dit que ça va bientôt marcher pour moi. Je songe à engager un imprésario, je crois que ce serait une bonne solution.

Il essaya de prendre un air intéressé.

— Ah oui ?

— Ma diététicienne a eu une cliente qui a pris un imprésario : sa carrière a décollé tout de suite. Ça vaut les dix pour cent de plus.

— Vraiment?

— Je vous assure, Michael. Vous connaissez un peu le milieu du cinéma?

— Pas beaucoup.

— Voyez-vous, à mon avis, je n'ai pas trente-six solutions : ou je prends un imprésario ou je pose pour *Playboy*. C'est une façon d'attirer l'attention. C'est ce qu'a fait Kim Basinger, et on ne peut pas dire que ça ne lui ait pas réussi. Tout comme Joan Severance.

— Qui est Joan Severance ?

— Hum, fit-elle en fronçant les sourcils. Je crois que ça n'a pas eu autant d'impact qu'elle l'espérait. Moi, reprit-elle, j'ai fait des essais pour *Playboy*.

— Ah oui ?

— Ils ont trouvé mon corps très bien.

Avait-il vraiment envie d'être en compagnie d'une femme qui se déshabillait pour un magazine ?

— Ils m'ont dit que j'avais des seins parfaits, annonça-t-elle fièrement.

De toute évidence, Shelia ne savait rien du double meurtre ni de la disparition de sa fille. Tant mieux ; il n'avait aucune envie d'en discuter avec une étrangère — surtout cette étrangère-là.

Shelia mangea de bon appétit : elle engloutit successivement un cocktail de crevettes, un gros steak au poivre et une bonne portion de tarte aux pommes. Après le dîner, elle commanda un cognac et finit par lui poser quelques questions sur lui-même.

Il répondit brièvement. Ça pouvait paraître stupide, mais il n'avait pas accepté ce rendez-vous pour se lancer dans une aventure durable. Quincy avait raison, il ne pouvait continuer à vivre dans le célibat. Ça ne devrait pas être trop difficile. Il n'avait jamais eu aucun mal à trouver des femmes. En fait, c'était trop facile. Chaque fois, sa beauté agissait. Les femmes ne lui résistaient pas. Ce qui, parfois, l'attristait ; sa personnalité avait-elle si peu d'intérêt ?

En sortant du restaurant, Shelia prononça les paroles magiques :

— Voudriez-vous venir prendre un café chez moi ?

Traduction : *et si on baisait ?*

— Oui, avec plaisir.

Elle habitait un petit studio sur Fountain Avenue,

avec deux chats à l'air mauvais, prénommés Arnold et Sly, qui rôdaient dans l'appartement en le regardant d'un œil méchant.

— J'ai récemment mis fin à une liaison qui a duré un certain temps. Et vous ? demanda Shelia en lui offrant du café en poudre dans une horrible tasse représentant Superman en couleur.

— Divorcé, dit-il en acceptant quand même le café et en s'asseyant sur le canapé.

Elle vint s'installer auprès de lui. Il but une gorgée du liquide brûlant, posa la tasse sur la table basse, passa son bras autour de ses épaules et l'attira à lui pour un long baiser. Après quelques préliminaires ardents, elle se leva, le prit par la main et l'entraîna sans un mot dans la chambre.

Ils s'effondrèrent sur son lit dans une étreinte fougueuse. En dégrafant son soutien-gorge, il s'aperçut que les superbes seins devaient en réalité toute leur fermeté à la silicone.

À peine en eurent-ils terminé qu'il avait envie de s'en aller, mais Shelia ne voulait rien entendre. Elle avait soif de caresses. Il se remit sur ses pieds en balbutiant :

— Oh, les crevettes ! J'ai l'impression qu'elles ne sont pas passées.

— Quoi ?

Il se rhabillait déjà.

— Vaudrait mieux qu'on reprenne ça un autre jour. Je ne me sens pas très bien.

Elle était furieuse. Il regagna la rue et resta un long moment assis dans sa voiture, les bras appuyés sur le volant. Il comprenait parfois pourquoi c'était mieux de payer. On n'avait pas à les inviter à dîner, à écouter leur bavardage, et on n'était certainement pas obligé de les caresser interminablement après.

19

Bobby reçut un exemplaire de *La Guerre des styles* avant que le magazine soit dans les kiosques. Son portrait en couverture était étonnant : la photographe — une folle aux cheveux rouges frisottés extrêmement persuasive — avait fini par le convaincre de se laisser surprendre en sortant de la douche. Bien sûr, la photographie n'avait rien d'indécent, puisque Bobby apparaissait derrière une porte en verre dépoli, mais on voyait qu'il était, manifestement, nu.

Cette photo en couverture d'un magazine à gros tirage avait quelque chose d'assez ahurissant. La légende annonçait en caractères rouges : BOBBY RUSH — LE CORPS DE L'ANNÉE. Et, dessous : *Bobby Rush arrive et détrône papa, par Kennedy Chase.*

Il était furieux : son attachée de presse lui avait assuré qu'on ne parlerait pas de son père. Il décrocha le téléphone intérieur et contacta sa secrétaire.

— Beth, appelez-moi Elspeth, dit-il en pianotant nerveusement sur le bureau.

Avec un certain agacement, il ouvrit le magazine et parcourut l'article. Il y avait six autres photos. Il les regarda avant de lire le texte, car il avait le pressentiment que ça n'allait pas être flatteur.

Bobby Rush — un clone falot de son célèbre père — se prend pour une grande vedette et se pavane dans son studio en jouant les propriétaires. C'est à peu près le seul rôle qu'il arrive à jouer, car il semble que son truc, maintenant, soit de se mettre nu. Papa serait très fier de lui.

Il y avait pire.

Pourquoi Bobby Rush est-il une star ? Papa aurait-il usé de son influence, non négligeable dans une ville qui n'est jamais restée insensible à un népotisme bien dirigé ?

Bobby étouffa un grognement et lança le magazine à travers la pièce juste au moment où Beth passait la tête par l'entrebâillement de la porte.

— Quelque chose ne va pas, Bobby ?

Il essaya de prendre un air détaché, même s'il bouillait intérieurement.

— Oh non. On me présente comme le connard de l'année, c'est tout.

Beth arbora un air compatissant.

— Je suis désolée.

— *Vous êtes désolée !* Où est Elspeth ?

— Elle arrive.

C'était injuste. L'interview tout entière était une attaque injustifiée contre son intégrité de comédien et d'homme. Kennedy Chase laissait entendre qu'il ne devait son succès qu'à ses relations, et elle ne tarissait pas d'éloges sur Jerry. Pourtant, elle ne pouvait ignorer la vérité : que lui, Bobby Rush, avait réussi grâce à son travail acharné ; que Jerry aurait préféré voir son fils demeurer à jamais dans son ombre.

Mais non : Kennedy Chase ne s'intéressait pas à la vérité. Bobby se sentait trahi. Pour autant qu'il s'en souvenait, il s'était conduit très convenablement avec cette femme, et, pourtant, Dieu sait pourquoi, elle avait décidé de le démolir.

Elspeth entra dans son bureau, les lèvres crispées et l'air furieux. Elle brandissait un exemplaire de *La Guerre des styles*.

— Je l'ai lu, dit-elle, sans lui laisser le temps de placer un mot. Plus jamais je ne travaillerai avec ce magazine. Je suis folle de rage !

Elle était folle de rage ! Et lui ?

— Elspeth, dit-il d'un ton calme, comment est-ce arrivé ? J'avais cru comprendre que nous avions la promesse qu'on ne parlerait pas de Jerry. C'est la raison pour laquelle j'ai accepté de faire les photos et que je leur ai consacré toute une journée.

— Est-ce que je sais ? dit Elspeth, comme si elle n'y était absolument pour rien. Vous avez vu ce que cette garce dit de moi ? Elle m'a décrite comme manquant de professionnalisme.

— Je me fiche pas mal de ce qu'elle dit de vous. Vous êtes censée contrôler la presse. Que s'est-il passé ?

— Je n'y suis pour rien. J'avais arrangé la première interview et vous n'êtes pas venu.

— Je ne suis pas venu parce que vous aviez oublié de m'en informer.

— Bref, dit Elspeth d'un ton vague, Kennedy Chase était censée revenir et passer la journée avec vous.

— Je vous ai raconté ce qui était arrivé : vous auriez dû suivre cette histoire de plus près. Quand elle ne m'a pas rappelé, j'ai compris qu'elle allait m'assassiner.

— J'avais contacté le magazine. On m'a expliqué qu'elle avait tous les renseignements qu'il lui fallait.

— Ça, je veux bien le croire ! dit-il d'un ton amer. Elle a potassé mon dossier de presse, elle en a sorti tout ce qui était négatif et a décidé de tout axer sur les rapports avec mon père.

— Maintenant, c'est fait, dit Elspeth d'une voix blanche. Trop tard pour changer quoi que ce soit.

— C'est tout ce que vous trouvez à dire ?

— Bobby, on ne peut pas toujours avoir de bons papiers.

Il perdait patience.

— Vous ne me comprenez pas : j'ai accepté cette interview sur vos conseils et vous m'avez laissé tomber.

— Ça n'arrivera plus.

Il avait une violente envie de la flanquer dehors, mais il n'avait pas encore appris à être impitoyable, même si, en grandissant, il avait vu bien des fois son père à l'œuvre.

Bobby referma le magazine et le posa sur un coin de son bureau.

— Bien, Elspeth, effectivement, on ne peut rien y faire.

— En effet, dit-elle simplement.

Il avait hâte de la voir sortir. Elle s'en fichait complètement : seul le portrait que Kennedy Chase avait fait d'elle la préoccupait.

La journée avait été longue. Le matin, il était parti en repérage. En fin d'après-midi, ils avaient eu une réunion de production, suivie de deux heures de discussion sur la distribution définitive. Une tâche qui l'épuisait toujours : il aurait voulu donner du travail à tous les comédiens et à toutes les comédiennes qui se présentaient. Il ne se rappelait que trop bien ce que cela signifiait de passer des auditions et de ne pas être engagé. Entrer dans une pièce pleine de gens qui vous regardent d'un œil las, parce qu'ils font ça depuis le début de la journée. Le pénible instant de silence avant que la directrice du casting annonce votre nom. Ensuite, l'effort pour laisser une impression durable en trois minutes de conversation. De la pure foutaise.

Il ne pouvait hélas pas donner du travail à tout le monde ; il lui fallait choisir. Heureusement, Mac et lui réagissaient de la même façon, et ils avaient réuni une distribution d'enfer. Travailler avec Mac se révélait être un vrai plaisir.

Une ombre au tableau : ils n'avaient pas encore distribué le rôle de Sienna, la vedette féminine, alors que le tournage allait commencer la semaine suivante. Mac aurait voulu Winona Ryder ou Julia Roberts, mais toutes les deux étaient sur d'autres projets. Bobby n'avait vu personne qui lui parût convenir. Le début du tournage approchait, le rôle était capital, et il commençait à s'énerver. Il avait demandé à son directeur de production de programmer pour le plus tard possible les scènes où apparaissait Sienna.

Parfois, cela se passait comme dans les films : on frôlait la catastrophe jusqu'à la ligne de départ puis, miraculeusement, tout se mettait en place. Ce film-là comptait beaucoup pour lui ; chaque détail devait être au point.

Dans quelques jours, *La Guerre des styles* allait se trouver dans les kiosques. S'il y avait eu un bon article pour accompagner les photos, il aurait pu le supporter ; mais il avait vraiment l'air d'un clown, dans ce reportage. Pour qui donc se prenait cette Mrs. Chase ?

Beth frappa doucement à la porte et passa la tête dans le bureau.

— N'oubliez pas que vous avez rendez-vous ce soir avec Mac et sa femme. Chez Morton, à huit heures. Je vous laisse, maintenant.

— Eh, lui lança-t-il. Merci pour tout.

Cela faisait près de deux ans que Beth travaillait avec lui. Elle était loyale et efficace. Il aurait bien voulu trouver une assistante de plateau aussi astucieuse qu'elle. La fille qu'il avait engagée le suivait comme un toutou mais n'avait aucun esprit d'initiative : il fallait tout lui dire. Dès l'instant où il commencerait à tourner, il savait que ça ne marcherait pas.

Il y avait bien une solution : Jordanna Levitt.

Mais oui, bien sûr ! Ça allait être quelque chose ! Le genre enfant gâté de Hollywood qui croyait avoir le monde à ses pieds. Il connaissait ces filles-là par cœur : il avait grandi au milieu d'elles.

Jordanna avait fini par être engagée à cause de Charlie Dollar. Qui pouvait dire non à Charlie ? Il était le meilleur acteur de sa génération et un original authentique ; quand il voulait quelque chose, il l'obtenait. Lorsqu'il avait demandé à Bobby de trouver du travail à Jordanna, celui-ci avait tout de suite répondu oui.

Il l'avait engagée sans la voir et l'avait refilée à Gary, qui lui avait donné un minuscule bureau au rez-de-chaussée pour aider au casting. Dans un élan de générosité, Bobby avait également trouvé du travail à ses deux frères : Len au développement et Stan à la comptabilité. S'ils ne faisaient pas l'affaire, il les flanquerait à la porte, mais au moins il leur avait donné une chance ; ce qui était plus que Jerry Rush n'avait jamais fait pour lui.

Chez Morton, c'était bondé. On y retrouvait l'habituelle clientèle de directeurs de studios, d'acteurs, de producteurs et d'agents. Le maître d'hôtel évoluait au milieu d'eux tous avec sa maestria coutumière. Il escorta Bobby jusqu'à une table un peu à l'écart — mais devant, bien sûr —, où Sharleen et Mac l'attendaient.

Sharleen était en état d'alerte : pomponnée, laquée et rayonnante d'une sensualité torride. Elle arborait une robe très moulante au décolleté ravageur. Elle portait ses cheveux châtain clair relevés en chignon, avec quelques boucles folles qui encadraient son joli visage.

— Bobby, murmura-t-elle d'une voix rauque, comme ça me fait plaisir de vous revoir.

— À moi aussi ça fait plaisir, Sharleen. Vous êtes superbe.

Elle se redressa avec un sourire éblouissant.

— Merci, Bobby.

— Dis donc, fit Mac en le saluant d'un grand geste, je ne sais pas comment tu te sens, mais, moi, je suis crevé.

— Moi aussi, dit Bobby.

Sharleen fit la moue.

— Je vois que vous allez tous les deux être une brillante compagnie. Il va donc falloir que je me distraie toute seule...

— Ce serait bien la première fois, rétorqua Mac avec un petit rire.

Il pensait déjà au trajet de retour à la maison.

— Alors, dit Sharleen avec entrain, il paraît que vous avez un problème pour le rôle de Sienna.

— On va trouver quelqu'un, s'empressa de dire Mac dans l'espoir de la faire taire.

Il travaillait toute la journée sur le film ; le soir il ne voulait plus en entendre parler. Sharleen concentra toute son attention sur Bobby.

— J'adore le scénario. J'en lis beaucoup, mais, celui-ci, je n'ai pas pu m'en arracher. Les personnages sont si étoffés, si pleins de colère, de souffrance et de vraie sexualité. C'est très..., très européen.

— Oui, reconnut Bobby, c'est un bon scénario.

— Pas bon, magnifique ! dit Sharleen avec passion. Et j'ai une idée formidable...

Mac eut l'air surpris.

— Ah oui ? fit-il, se demandant ce que mijotait Sharleen.

— Parfaitement, dit-elle sans quitter Bobby des yeux.

Bobby salua de loin quelques agents tout en demandant poliment à Sharleen :

— En quoi consiste votre idée ?

Elle se pencha au-dessus de la table. Il n'arrivait pas à détourner les yeux de sa très impressionnante poitrine.

— Quel âge avez-vous, Bobby ? demanda-t-elle en passant la langue sur ses lèvres.

— Quel âge j'ai ? fit-il en riant.

— C'est une question simple, fit-elle en se renversant contre son dossier.

— Trente-deux ans.

— Tiens, nous avons le même âge.

Oui, à deux ou trois ans près, songea Mac. Sa chère épouse avait trente-cinq ans, bientôt trente-six.

— Vraiment ? fit Bobby.

— Oui, vraiment, répondit Sharleen. Et nous formons un très joli couple.

Mac eut l'horrible pressentiment de ce qui allait suivre. Il ne se trompait pas.

— Bobby, reprit Sharleen d'une voix vibrante. Réfléchissez-y. Je pourrais jouer Sienna. Je suis parfaite pour le rôle. Et, qui plus est, j'adore le scénario... Pourtant Spielberg s'intéresse à moi pour son prochain film.

Mac l'aurait giflée.

— Bon sang, Sharleen..., commença-t-il.

— Non, fit Bobby, nullement démonté. Sharleen a raison : nous serions formidables à l'écran et peut-être qu'à l'avenir nous trouverons un scénario fait sur mesure pour nous. Une comédie, peut-être. Je parie que vous êtes formidable dans les rôles comiques, Sharleen. Mais personne ne voit jamais au-delà de votre superbe corps. Est-ce que je me trompe ?

Sharleen se rendit compte que la conversation avait pris une tournure qui ne l'arrangeait pas.

— Oh..., euh..., oui, Bobby. J'ai toujours eu envie de jouer une comédie. Un rôle à la Marilyn. Mais, en ce qui concerne *Le Regard qui tue*...

— Ça ne marcherait pas, dit Bobby d'un ton catégorique. Sienna doit avoir à peine vingt ans, sinon, l'intrigue ne tient pas.

— Mais je croyais...

— C'est une idée que je vais garder en tête, Sharleen, dit-il d'un ton suave en l'interrompant. Vous et moi dans une comédie. Formidable. (D'un geste il appela un serveur.) On peut avoir un menu ? Je meurs de faim.

Ils roulaient en silence, la puissante Rolls épousant à toute allure les virages de Sunset Boulevard. Mac ne pouvait plus se retenir : il avait besoin de dire ce qu'il avait sur le cœur.

— C'était vraiment con de dire ça...

Sharleen prit un air innocent.

— De dire quoi ?

— Cette foutaise... Toi et Bobby formant un couple si parfait, le même âge et tout. Le même âge, tu parles !

— J'ai trois ans de plus que lui. Ce n'est rien.

— C'est *moi* le réalisateur du *Regard qui tue*, dit sèchement Mac. Quel effet crois-tu que ça me fait de voir ma femme rouler des yeux doux à la star qui produit le film pour qu'il lui donne le rôle féminin principal tandis que, moi, je reste assis comme un péquenot débarqué de sa province.

— Je suis désolée, dit Sharleen, qui n'avait pas l'air désolée du tout. Mais je savais que si je t'en parlais tu ne voudrais même pas y penser.

— Tu avais raison.

— Alors, tu ne peux pas m'en vouloir d'avoir essayé. C'est un rôle de psychotique formidable. Je serais fantastique là-dedans.

— Tu aurais aussi dix ans de trop.

— Allons donc ! Quelques modifications au scénario régleraient ce problème mineur.

— Mineur, Sharleen ? Je ne pense pas. Le script repose entièrement sur le fait que la fille soit très jeune.

Elle pinça ses lèvres pulpeuses.

— En fait, Mac, tu ne veux pas de moi dans le film parce que je suis ta femme.

— Je n'aurais rien contre si tu convenais au rôle.

— Je ne te crois pas.

— Pourquoi ?

— Parce que tu ne voudrais pas me voir nue dans un lit avec Bobby Rush.

— Sharleen, je suis un professionnel. Quand je suis sur le plateau, tout ce qui compte, c'est le film.

— C'est facile à dire, répliqua-t-elle, toujours de sa voix rauque et sensuelle. Jamais tu n'aurais pensé à moi pour le rôle.

— J'aurais pensé à toi si tu avais fait l'affaire.

— C'est un scénario torride. Toutes ces scènes d'amour, la nudité... Et la fin est d'une telle intensité émotionnelle. Non, dit-elle en secouant la tête d'un air entendu, tu ne pourrais pas le supporter.

— Mais si, Sharleen, je pourrais.

— Alors laisse-moi faire un bout d'essai. Voyons si ça pourrait marcher.

Tout en parlant, elle lui caressait doucement la cuisse. Immédiatement, il fut excité. Chaque fois, c'était la même chose.

— Qu'en penses-tu, chéri ? murmura-t-elle en continuant.

— Je... pense... que... tu es... une... femme... très... excitante...

La sirène d'une voiture de police retentit alors derrière eux, des phares s'allumèrent et une voix masculine se fit entendre dans un haut-parleur. « Rangez-vous sur le côté ! »

Jurant à voix basse, Mac arrêta la Rolls le long du trottoir. Sharleen se redressa et se repoudra. Rien ne la déconcertait.

La voiture de police s'arrêta derrière eux, et un policier, très beau garçon, en descendit.

À Los Angeles, tout le monde est beau, se dit Mac, furieux. Tous ces gens débarquaient avec l'intention de devenir des vedettes de cinéma. Dommage que si peu y parviennent.

Le beau policier s'avança d'une démarche de flic de cinéma et braqua le faisceau de sa torche sur le visage de Mac, l'aveuglant presque.

— Descendez de voiture, monsieur. Et vous aussi, madame.

— Monsieur l'agent, dit Mac en essayant de prendre un air assuré malgré le désordre de sa tenue, pourriez-vous me dire de quoi il s'agit ?

— Vous rouliez sur deux files à la fois, dit le flic d'une voix traînante. Votre voiture zigzaguait. Je vais vous demander de souffler dans le ballon. Veuillez sortir de votre véhicule.

S'étant assurée que son maquillage était de nouveau parfait, Sharleen prit la parole.

— Monsieur l'agent, ronronna-t-elle, je suis Sharleen Wynn.

Le faisceau de la torche se braqua dans sa direction et se fixa sur son visage.

— C'est notre anniversaire de mariage, poursuivit Sharleen du même ton enjôleur. C'était peut-être imprudent de ma part, mais je donnais à mon mari... comment dire ?... un cadeau d'anniversaire anticipé. Je suis désolée que nous nous soyons laissé entraîner. La prochaine fois, j'attendrai que nous soyons rentrés. Promis.

Bon sang, se dit le policier, *quelle belle histoire à raconter aux copains !*

— Euh..., miss Wynn, balbutia-t-il. Ce..., euh..., ce n'est pas bien prudent.

— Je sais, monsieur l'agent, dit-elle en battant des cils. Je ne le ferai plus. Je vous le promets. Nous autorisez-vous à repartir, maintenant ?

Il ne savait plus quoi dire.

— Euh..., miss Wynn, vous voudriez me donner un autographe ?

— Certainement. (Elle lui prit son stylo des mains et, d'un air magnanime, apposa sa signature au dos de son carnet.) Merci d'être si compréhensif. C'est vraiment gentil de votre part.

— Je vous en prie, madame. Faites attention, maintenant.

— Oh, vous pouvez être tranquille.

Maç mit le moteur en marche, et ils s'éloignèrent.

— Prends par Stone Canyon, dit Sharleen d'un ton pressant.

— Ce n'est pas la direction...

— Fais ce que je te dis ! Prends cette petite allée là-bas. Ce coin sombre, ordonna-t-elle.

— Sharleen...

Il entendit un froissement de tissu soyeux : elle commençait à se déshabiller.

— Viens derrière, murmura-t-elle.

Elle n'eut pas à le demander deux fois.

Le mariage, avec Sharleen, n'était jamais ennuyeux.

20

— C'est terrible, Charlie, dit Jordanna en faisant la grimace. Je ne vois jamais Bobby Rush. Comment puis-je être son assistante si je suis coincée à la distribution, à trier des CV assommants et des photos d'acteurs ?

Charlie bâilla et s'étira.

— Qu'est-ce que tu veux, mon petit, c'est un travail. Sais-tu combien de pauvres gars sont au chômage ?

— Oh, je t'en prie.

Elle sauta hors du lit, furieuse de voir que Charlie ne la prenait pas au sérieux.

— Reviens, dit-il. J'ai besoin de toi.

— Non, lança-t-elle en se dirigeant vers la salle de bains. Il faut que je sois à l'heure au bureau.

Elle entra dans la salle de bains complètement nue et s'observa dans le miroir en pied. Mince et racée, elle était d'autant plus consciente de sa beauté qu'elle avait vu défiler, ces dernières semaines, quantité d'actrices blondes aux gros seins qui arrivaient au bureau du casting comme à un concours agricole. Dommage que Cheryl n'occupe pas son poste : elle trouverait des recrues !

Cela agaçait Jordanna d'avoir été engagée

comme assistante de Bobby Rush et de ne jamais le voir. Élevée à Hollywood, elle avait rencontré tous les grands du cinéma. Bobby Rush ne l'impressionnait pas, même si ses deux associés semblaient des types pas mal. Elle sentait que l'un d'eux, Tyrone Houston, était sur le point de l'inviter à dîner — il ne devait pas savoir qu'elle vivait pour l'instant avec Charlie Dollar.

Tyrone était très noir, et très séduisant. S'il l'invitait, elle serait sûrement tentée — mais seulement tentée, car dorénavant elle était monogame et voulait voir si ça lui convenait.

Bien sûr, ça serait égal à Charlie : la jalousie n'était pas son genre. Hier, en arrivant chez lui, elle avait trouvé l'une de ses anciennes petites amies et son enfant de trois ans installés dans la maison.

« Tu connais Dahlia, n'est-ce pas, mon petit ? » avait-il demandé, drogué, comme d'habitude. Puis il avait désigné son fils. « Lui, c'est Sport. Ils vont habiter ici deux semaines pendant qu'on refait les peintures chez eux. »

Non, elle ne connaissait pas Dahlia, mais elle avait entendu parler d'elle. Dahlia Summers était une actrice talentueuse d'une quarantaine d'années. Elle avait un port de tête royal, de longs cheveux raides et l'air sévère. On racontait que Charlie et elle avaient entretenu pendant dix ans une liaison à éclipses et que, quand elle avait insisté pour se faire épouser, il s'était empressé de lui acheter une maison et de la mettre à la porte.

Ils avaient tous dîné ensemble dans la grande salle à manger. Un arrangement bizarre qui ne semblait plaire à personne. Si Dahlia restait plus de deux semaines, Jordanna allait avoir du mal à le supporter.

Au studio, écrasée d'ennui, elle s'installa dans

son minuscule bureau et examina des piles de photographies et de CV. À midi, Florrie Fisher, l'assistante de Nanette Lipsky, la directrice du casting des productions Rush, passa la tête par la porte. Florrie, la trentaine, gaie et rondouillarde, s'amourachait de tous les hommes qu'elle rencontrait.

— Il faut que tu viennes, dit-elle. J'ai un mal de dents épouvantable et je file chez mon dentiste. On attend quinze acteurs cet après-midi, et Nanette a besoin d'un coup de main.

— De quel genre ? demanda Jordanna.

— Tu feras ce que je fais. Tu accueilles les gens, tu leur dis bonjour puis tu leur donnes la réplique. À moins que tu ne te contentes d'une visite d'inspection.

— Une visite d'inspection ? Qu'est-ce que c'est ?

— Oh, dit Florrie avec un peu d'impatience, tu vérifies simplement s'ils n'ont pas vieilli de dix ans ou pris dix kilos. Et méfie-toi des scènes d'amour : certains comédiens se laissent entraîner, et c'est très embarrassant.

— Il faut que je fasse ça ? gémit Jordanna.

— Oui. C'est amusant, et au moins tu seras dans la même pièce que Bobby. Tu te plains toujours de ne jamais le voir : voilà une occasion de l'impressionner !

L'impressionner ? Pas question.

Nanette Lipsky, une petite femme au visage aigu, était dans le métier depuis cent ans et connaissait tout. Elle avait des cheveux carotte légèrement clairsemés, un tic à l'œil gauche et une cigarette qui pendait éternellement au coin des lèvres.

— Tu sais ce que tu as à faire, j'espère, lança-t-elle à Jordanna en la faisant monter dans le bureau des auditions.

— Bien sûr, répondit Jordanna, se demandant si

l'on se rendait compte qu'elle était la fille de Jordan Levitt.

Bobby ne s'était sans doute pas donné la peine de le leur dire. Et c'était très bien ainsi : elle préférait l'anonymat.

— Bobby et Mac sont très exigeants, poursuivit Nanette en tirant sur sa cigarette. Ils n'aiment pas qu'on les fasse attendre. Alors, ne traîne pas pour faire entrer les candidats et les faire sortir. Une fois l'audition terminée, tu les évacues rapidement. Compris ?

— Je crois que je pourrai m'en tirer.

Si seulement Nanette savait le nombre d'acteurs qu'elle avait évacués...

— J'ai dit quelque chose de drôle ? interrogea Nanette.

— Pas du tout.

Jordanna allait non seulement se trouver face à Bobby, mais aussi à Mac. Elle se rappelait qu'il avait été un amant formidable, même si elle n'avait que dix-sept ans à l'époque et très peu d'expérience. Aujourd'hui, Jordanna Levitt s'y connaissait en hommes.

Étouffant un autre fou rire, elle suivit Nanette dans l'escalier.

Deux heures plus tard, elle était vraiment dans le bain. Elle se sentait importante, utile. Et, surtout, elle s'amusait. Bobby, Mac, Nanette et elle formaient une équipe. Ils se concentraient sur les derniers rôles à distribuer dans *Le Regard qui tue*, et rien d'autre ne comptait.

Jordanna amenait le ou la candidate, lui donnait la réplique pour une scène ou deux, et au suivant ! Elle trouva bientôt le rythme et parvint à faire son travail sans vexer personne.

Les comédiennes d'un certain âge étaient les pires, surtout si elles étaient vaguement connues. Elles arrivaient avec de grands airs, exhibant ce qu'il y avait de mieux dans leur anatomie et mourant d'envie de gratifier Bobby ou Mac d'un gros baiser mouillé. Jordanna apprit rapidement à prévenir leurs manœuvres. Elle se posta entre le canapé où étaient installés Bobby et Mac et le fauteuil au milieu de la pièce où s'asseyaient les candidats. Elle ne bougeait que quand tout le monde était en place.

— Très habile, dit Mac d'un ton admiratif quand elle eut fait cela deux ou trois fois. Tu apprends vite.

Au bout d'un quart d'heure, elle avait attiré l'attention de Bobby. Bon. Il était temps qu'il s'aperçoive de son existence !

Donner la réplique à des comédiens et à des comédiennes était amusant. Cela l'amenait à jouer toutes sortes de personnages. Son seul regret était de ne pas avoir pris le temps d'étudier le scénario auparavant. Il semblait intéressant.

Le dernier candidat de la journée était un jeune acteur aux cheveux longs, en jean déchiré et bottes de cow-boy. Il auditionnait pour le petit rôle d'un garde. La scène se passait entre lui et le personnage de Sienna. Une courte scène pleine de séduction. Jordanna s'y donna à fond. Quand ils eurent terminé, Mac et Bobby conférèrent quelques minutes puis leur demandèrent de rejouer la scène. Jordanna et l'acteur s'exécutèrent.

Nouveau conciliabule. On leur demanda une fois de plus de recommencer.

Ils doivent le trouver bien, se dit Jordanna en jetant un coup d'œil au jeune comédien. C'est vrai qu'il avait un certain charisme.

Quand elle le reconduisit dans l'antichambre,

elle vibrait de nervosité. Elle le toisa des pieds à la tête.

— Vous êtes vidé, hein ?

Il fit craquer ses jointures.

— Ce n'est rien de le dire ! Ils m'ont fait passer la scène trois fois : ils ont dû trouver que j'étais bon.

— Je pense.

— Vous pensez ? Vous n'en êtes pas sûre ?

— Vous savez, je suis nouvelle.

— Si vous tâchiez de savoir ce qu'ils disent et que vous veniez prendre un café avec moi au bistrot d'en face ?

Qu'avait-elle à perdre ? Elle n'était pas pressée de rentrer retrouver les invités de Charlie.

— D'accord. Rendez-vous dans un quart d'heure.

— Je vous attendrai, dit-il avec un sourire à la Gary Cooper.

Belles dents, songea-t-elle. Elle retourna en hâte dans la salle d'audition.

— Voilà, fit-elle. C'était le dernier.

Bobby, Mac et Nanette la dévisageaient.

— Quoi ? Qu'est-ce que j'ai fait ? demanda-t-elle avec inquiétude, certaine d'avoir commis une grosse bourde.

— Jordanna, dit enfin Mac, as-tu jamais songé à faire une carrière de comédienne ?

« Tu n'arriveras jamais à rien. Tu me comprends ? Tu n'es rien... Un cafard... Moins qu'un cafard : un étron. Est-ce que tu me comprends ? »

Oui. Il comprenait son père. Il avait dix ans et il comprenait qu'il méritait la rage perpétuelle de son père. Il ne savait pas pourquoi. C'était la vie. Quelque chose qui lui paraissait naturel.

Sa mère ne prenait jamais sa défense. Elle se contentait de hocher la tête d'un air navré, comme si chaque mot que prononçait son père était parole d'Évangile. Elle acquiesçait et le fixait de son regard lugubre. Et, quand son père sortait, elle le serrait contre sa poitrine et lui murmurait de vieilles chansons d'amour d'une voix tremblante.

Avant d'épouser son père, elle était danseuse à Las Vegas. Elle se cramponnait à ses souvenirs du show-biz comme si elle était Marilyn. Parfois, elle racontait ses grands triomphes avec les hommes.

L'Homme ne connaissait pas grand-chose aux sentiments. Les femmes étaient des putes, cela, il le savait. Des garces et des putes.

C'était ce que son père disait des femmes : « Jamais, jamais ne les laisse avoir le dessus. Ce sont toutes des putains, ne l'oublie pas, sinon, elles t'enverront prématurément à la tombe et te mettront le cœur en lambeaux. Elles ont le visage maquillé et la gorge ensorcelée. Rappelle-toi ce que je t'ai dit, fiston, et tu ne feras jamais d'erreur. »

Oui, papa.

Et papa avait raison. Les femmes sont des traîtresses. Il faut les punir. Ce que je fais assez bien, *songeait-il en roulant sur l'autoroute, à la rencontre de sa troisième victime.*

Bien sûr, s'il avait écouté son père, il ne se serait jamais trouvé embarqué avec la Fille. Elle l'avait charmé avec ses yeux bleus et ce drôle de petit sourire innocent, elle l'avait tenté, encouragé. Jusqu'au jour où il s'était laissé séduire.

Eh bien, il lui avait montré. Il avait montré à tout le monde.

Ça l'étonnait parfois qu'on l'ait puni pour avoir fait ce que ferait tout homme normal. Il avait passé les mains autour de sa douce gorge blanche et lui avait coupé la respiration. Il avait serré fort jusqu'au moment où elle s'était effondrée dans ses bras comme une poupée de chiffon.

Elle l'avait mérité.

La garce. La putain.

Une camionnette blanche, conduite par un jeune homme au visage émacié avec une blonde fanée vautrée sur lui, le doubla sur la droite. La fille se pencha dehors, klaxonna, puis la voiture lui fit une queue de poisson, et l'Homme dut freiner brutalement. La camionnette accéléra et disparut, ses occupants pliés en deux de rire. L'Homme n'avait pas d'arme. Il devrait, peut-être. S'il avait eu un pistolet, il les aurait tués. De la racaille. Il aurait pu les liquider. Les envoyer rejoindre la Fille là où elle reposait en se repentant de ses péchés.

Ah! s'il avait une arme, il pourrait faire un tas de choses.

Il ajouta cela à sa liste de commissions.

Il aperçut le panneau de la bretelle de sortie lui annonçant qu'il approchait de sa destination. Pasadena. Un endroit paisible. Quand il serait parvenu au bout de sa liste, il lui faudrait trouver un endroit où vivre. Pasadena ne serait pas mal, avec ses rues bordées d'arbres, larges et plaisantes. Il se voyait très bien habiter là-bas.

Plein d'assurance, il s'engagea dans la rue ; il savait exactement où il allait. Il avait déjà inspecté la maison. Sa victime occupait un appartement au rez-de-chaussée. Il s'y était même introduit et s'y était promené à loisir pendant qu'elle était à son bureau. Elle travaillait dans une banque. Finis les rêves de Hollywood : elle avait quitté le métier sept ans auparavant, juste après le procès. Elle avait bien raison. Hollywood n'était qu'un magasin de soldes avec des talents de seconde main.

Il était payé pour le savoir. Il avait vu ce qu'il s'y passait.

Voilà sept ans, il aurait pu devenir une star si tout s'était passé comme prévu. Il aurait pu être aussi connu que Steven Seagal.

Mais la Fille avait tout gâché, et les traîtres qui l'entouraient lui avaient donné un coup de main.

Maintenant, tous ces gens payaient leur mauvaise conduite.

L'un après l'autre, ils payaient.

21

— J'ai une affaire dont je voudrais que tu t'occupes, dit Quincy tandis qu'ils faisaient leur jogging dans le parc.

— J'ai des choses à faire, répondit Michael. Des gens à qui je dois parler.

— Mais oui, des choses à faire. En attendant, comment vas-tu payer ton loyer ? Écoute, Mike, si tu ne veux pas travailler avec moi, il va falloir que j'engage quelqu'un d'autre.

Quincy avait raison : il devait se mettre au travail — ne serait-ce que pour penser à autre chose qu'à Bella.

— Que me proposes-tu ? Une association ?

Quincy leva les bras au ciel.

— Doucement, doucement. D'abord tu vas travailler avec moi une quinzaine de jours, voir si ça te plaît. Ensuite, on pourra discuter association.

— Rien ne me plaira tant que je n'aurai pas retrouvé ma gosse.

— Je sais, dit Quincy, déjà essoufflé. Nous allons continuer à faire de notre mieux. (Il faillit trébucher.) Seigneur ! On ne peut pas s'arrêter ?

— Décidément, ta forme baisse, Quincy.

— Je suis plus vieux que toi.

— Ce n'est pas une excuse.

— Putain, je vais avoir cinquante ans !

— Raison de plus pour t'entretenir !

Ils se reposèrent auprès d'un arbre. Quincy, plié en deux, reprenait son souffle en gémissant.

— D'accord, dit Michael, se décidant brusquement, j'accepte ton affaire.

Quincy se redressa.

— Il était temps que tu dises oui.

— Explique-moi de quoi il s'agit.

— Eh bien, voilà : ma cliente est la fille d'un milliardaire, Franklyn Sanderson. Son père possède des stations de télé dans tout le pays. Tu as probablement entendu parler de lui.

— Plus ou moins, oui.

— Bref, la fille — Marjory — a reçu des lettres de menaces : on lui écrit qu'on va lui trancher la gorge ou la faire mourir sous la torture.

— Combien de lettres ?

— Une ou deux par semaine depuis ces derniers mois.

— Sanderson a contacté la police ?

— Pas de publicité. Discrétion avant tout. C'est pour ça qu'il m'a appelé.

— Tu as des informations ?

— Pas grand-chose. Les lettres ont été envoyées des quatre coins de la ville. La fille a peur.

— Elles sont précises, ces lettres ?

— Écoute, je dois passer la voir plus tard dans la journée. Elle est revenue chez son paternel. Accompagne-moi : j'aimerais avoir ton impression.

La propriété des Sanderson, derrière Sunset Boulevard, était impressionnante. Deux gardes surveillaient les lourdes grilles de fer forgé et trois molosses à l'air féroce arpentaient le parc. Quincy arrêta sa voiture et dut montrer ses papiers pour qu'on le laisse entrer.

— On se croirait à Fort Knox, observa Michael tandis qu'ils remontaient une longue allée en lacet au milieu d'hectares de pelouses impeccablement entretenues.

Ils passèrent devant une élégante fontaine puis aperçurent la maison tout en haut : le palais de Versailles en un peu plus petit.

Un valet de chambre leur ouvrit la portière. Un maître d'hôtel en habit attendait sur le perron.

— Par ici, monsieur, dit-il avec un accent nettement britannique.

Michael essayait d'avoir l'air à l'aise, mais il ne pouvait s'empêcher de penser : *Si les types du quartier pouvaient me voir maintenant ! La façon dont vivent les Californiens !*

Ils suivirent le domestique dans un immense salon où étaient disposés avec goût des meubles français anciens et des statues antiques.

— Si vous voulez bien vous asseoir, dit le maître d'hôtel en les toisant de toute sa hauteur.

Michael déambula dans la pièce pour inspecter les lieux, s'émerveillant de tant d'opulence.

— C'est quelque chose ! dit-il avec un petit sifflement.

— Oui, répondit Quincy. Au bout d'un moment, on s'y fait : la plupart des riches vivent comme ça.

— Ah oui ?

— C'est l'un des avantages d'être dans le cinéma ou la télé.

— Je ne m'imagine pas vivant au milieu de tout ça.

— Heureusement, tu n'y seras jamais obligé.

Une fille maigre et sans beauté entra dans la pièce. Toute de blanc vêtue, elle avait de longs cheveux blonds et baissait les yeux.

Quincy se leva pour la saluer.

— Marjory, comment allez-vous aujourd'hui ?

— J'ai encore reçu une lettre, murmura-t-elle d'une voix à peine audible.

— Vous l'avez?

Elle jeta un coup d'œil nerveux à Michael.

— Qui est-ce?

— Mon collègue, Michael Scorsinni. Il me donne un coup de main.

Les yeux bleu pâle restaient fixés sur Michael.

— Papa est au courant?

— Je l'ai prévenu. Je lui ai dit que j'amenais quelqu'un. Michael et moi étions collègues à New York.

Elle tendit une feuille de papier à Quincy.

— C'est la plus récente.

Michael l'observait attentivement. Mon Dieu, elle ne pouvait pas tenir en place. Ses mains s'agitaient sans cesse, tirant ses cheveux, sa robe, tout ce qu'elles pouvaient attraper.

Quincy lut la lettre, griffonnée à l'encre rouge sur une page arrachée à un cahier d'écolier. L'écriture était à peine lisible. Il tendit la feuille à Michael, qui l'examina rapidement.

Riche princesse, tu vas bientôt mourir. Ton argent ne pourra pas te sauver.

— Où est l'enveloppe? demanda Quincy.

— Je l'ai, répondit-elle, promenant un regard nerveux autour d'elle.

Elle fouilla dans la poche de sa robe et lui passa une enveloppe toute froissée. Quincy la prit et l'inspecta.

— Votre père est là, aujourd'hui?

Elle secoua la tête.

— Il est en voyage.

— Alors vous êtes toute seule?

— Il y a huit domestiques et deux gardes sur la propriété, déclara-t-elle d'une voix neutre.

Quelle existence, se dit Michael en regardant la

petite créature maigrelette. *Pas étonnant qu'elle ait peur. De toute évidence, elle n'a pas grandi dans le monde réel, et les lettres ont dû être un sacré choc.*

— Quand croyez-vous que vous retrouverez cet homme ? demanda Marjory, l'air terrifiée.

— J'y travaille, répondit Quincy d'un ton assuré. Je dessine un profil. Vous savez : analyse d'écriture, vérification de la provenance des lettres, tout ça, ça prend du temps, mais on finira par l'avoir, ce sale..., je veux dire ce criminel. Ce qui est bien, c'est que, tant que vous êtes ici, vous ne risquiez rien. Et, si vous avez besoin de quoi que ce soit, vous m'appelez.

— Merci, Mr. Robbins. C'est très rassurant.

Dans le courant de la journée, Michael rencontra Rosa. Elle lui avait téléphoné pour l'inviter à passer à la station de télévision trier certaines des lettres arrivées à la suite de l'interview.

— Voilà, Michael, dit-elle en le faisant entrer dans son bureau et en lui montrant un gros sac de courrier. Vos lettres de fans. J'ai pensé que vous voudriez y jeter un coup d'œil.

— Aucun renseignement susceptible de m'aider ?

— Je ne sais vraiment pas. C'est à vous de juger.

Il était impressionné par cette masse de lettres.

— Je vais emporter le sac chez moi, déclara-t-il.

— Vous savez, j'ai réfléchi, dit-elle en se levant. Vous ne croyez pas qu'il serait temps que vous vous amusiez un peu ?

Il eut un petit rire grêle.

— On croirait entendre mes meilleurs amis. Ils n'arrêtent pas de me le répéter.

— Voici ce que je vous propose. Mon amie,

Kennedy Chase, est intelligente, séduisante et disponible. Elle écrit pour un magazine et je me suis dit que vous pourriez faire un couple intéressant. Voulez-vous que je vous arrange un rendez-vous avec elle ?

— Je n'y tiens pas.

— Comment ?

— Je n'aime pas les rendez-vous avec des inconnues. À vrai dire, pour l'instant, je n'aime pas les rendez-vous du tout.

— Vous ne rencontreriez pas exactement une inconnue. Je vous l'ai décrite.

— Merci, mais en ce moment les sorties ne m'intéressent pas.

— Hum, fit Rosa d'un ton songeur. Les deux font la paire.

— Comment ça ?

— Je lui ai parlé de vous : vous rencontrer ne l'intéresse pas non plus.

— Alors, fit-il en riant, qu'essayez-vous de vendre ?

Elle sourit.

Apparemment rien.

— Écoutez, fit-il, songeant qu'elle était une femme très séduisante, je vous remercie de votre sollicitude.

— Ah ! si j'étais célibataire, Michael, ça dépasserait la sollicitude.

— Vous êtes mariée ?

— Prise, répondit-elle, le regrettant un instant.

— Ça m'a l'air sérieux.

— Je l'espère.

Ils échangèrent un sourire. Rosa pensa que Kennedy avait commis une grosse erreur en refusant de rencontrer cet homme. Il était vraiment très beau garçon. Une bouche..., des lèvres pleines..., sensuelles...

— Michael, dit-elle en se reprenant, il est temps de faire une nouvelle émission avec vous avant que les gens oublient. Voici ce que je vous propose : emportez les lettres chez vous. Lisez-les. Appelez-moi vers la fin de la semaine, et on arrangera une autre interview.

Il n'était pas convaincu.

— Si vous croyez que ça peut servir.

— J'en suis sûre, dit-elle d'un ton très affirmatif. Les gens adorent les reality-shows, et votre histoire est tout à fait fascinante. Plus vous attirez l'attention, mieux ça vaut. Vous devriez vous estimer heureux d'avoir cette occasion de passer à la télévision. En fait, ajouta-t-elle en riant, vous devriez me lécher les pieds.

— Rosa, si j'étais de meilleure humeur, je suis certain que rien ne me plairait davantage.

Elle eut un petit rire coquet. Mon Dieu ! Il fallait être folle pour le laisser partir, celui-là.

— Oh, Michael, vous êtes un vrai séducteur.

Ils échangèrent encore un sourire, puis il partit. Il s'arrêta dans un petit restaurant italien et commanda un simple plat de pâtes. La jolie serveuse le couvait du regard.

— Encore seul, Michael ? demanda-t-elle d'un ton d'invite.

— Ça me convient parfaitement, répondit-il.

Les femmes, c'était fini. Son expérience avec Shelia lui avait fait comprendre qu'une histoire sans lendemain n'avait pas d'intérêt. Comment pourrait-il y avoir un lendemain tant qu'il n'aurait pas retrouvé Bella ?

Ou son corps...

L'idée que Bella puisse être morte le hantait. Elle rôdait dans les recoins de son esprit et refusait de disparaître.

Il termina ses pâtes et rentra chez lui après s'être

arrêté au supermarché acheter une boîte de lait et deux bouteilles de jus d'orange frais.

Une fois arrivé, il prit le gros sac de lettres et le renversa sur le plancher. Il les contempla un moment avant de les trier. Quelque part, dans une de ces piles d'enveloppes, il y avait peut-être des renseignements précieux. Il pouvait toujours l'espérer, non ?

À sept heures, il était plongé dans sa lecture.

22

Jordanna était dans tous ses états. Mac Brooks et Bobby Rush songeaient bel et bien à lui faire faire un bout d'essai pour le rôle de Sienna dans *Le Regard qui tue*. C'était comme l'un de ces rêves insensés qui se réalisent.

Jamais elle n'oublierait leur expression quand elle était revenue dans la pièce. Ils étaient assis tous les trois à la dévisager : Bobby, Mac et Nanette. Et, là-dessus, Mac avait lancé :

— Jordanna, tu n'as jamais pensé à faire une carrière de comédienne ?

— Qui ça, moi ? Pas question ! avait-elle répliqué du tac au tac.

— Vous êtes bonne, avait dit Bobby. Vraiment bonne.

Elle avait à peine jeté un coup d'œil dans sa direction.

— Eh ! je ne faisais que suivre les comédiens.

Elle avait rassemblé photos et CV en essayant de prendre un air détaché.

— Jordanna, avait dit Mac, nous cherchons une comédienne pour jouer Sienna. C'est un rôle difficile et jusqu'à maintenant nous n'avons pas trouvé l'actrice qu'il nous fallait. Tu pourrais l'être.

— Moi ? avait-elle lancé, bouche bée.

— Parfaitement.

— Nous avons pensé vous faire tourner un bout d'essai, renchérit Bobby.

— Un bout d'essai, à *moi* ?

— Je ne vois personne d'autre ici.

— Pourquoi pas ? avait-elle fini par dire en essayant de prendre un ton nonchalant.

Mais elle en avait des crampes d'estomac. Bon sang, elle devait avoir l'air d'une parfaite idiote. Qu'avait-il donc, ce Bobby, pour lui faire complètement perdre les pédales ?

Mac avait hoché gravement la tête.

— Ça vaut la peine de tenter le coup. Après tout, tu viens d'une famille où l'on a du talent.

C'était ça l'ennui : sa talentueuse famille. Comme disait toujours Jordan, comment pourrait-elle se montrer à la hauteur de la réputation des Levitt ? À l'écran, sa mère, Lillianne, avait une présence rayonnante, une beauté qui tournait la tête des hommes. Et elle avait été aussi une merveilleuse actrice.

— Euh..., laissez-moi y réfléchir, avait-elle marmonné.

— Nous allons en faire autant.

Elle avait quitté le bureau en proie à un tourbillon d'émotions. Elle avait failli en oublier son cowboy qui l'attendait de l'autre côté de la rue ; mais lui ne l'avait pas oubliée. Quand elle avait franchi avec sa voiture les grilles des studios, il était là, à lui faire de grands signes.

— Qu'ont-ils pensé de moi ? avait-il demandé.

— Ils..., euh..., ils vous ont trouvé très bien.

— Vraiment ? Qu'ont-ils dit de mon audition ?

— Ils ont adoré, avait-elle répondu sans vergogne.

Elle n'avait pas eu envie de lui avouer que c'était à elle qu'ils s'intéressaient.

— Alors, j'ai le rôle ? Ce n'est pas grand-chose, mais Mac Brooks est un metteur en scène formidable et j'aimerais travailler avec Bobby Rush. Qui a-t-on choisi pour la vedette féminine ?

— Aucune idée.

Elle avait pris un café avec lui en ruminant les derniers événements. Fallait-il en parler à Charlie ? À son père ? Et si son bout d'essai était épouvantable ? Ô mon Dieu, dans quel pétrin s'était-elle fourrée ? C'était ridicule.

Le cow-boy était sur un petit nuage. Il lui avait raconté comment il était arrivé en Californie quatre ans auparavant. Il avait posé pour des photos puis avait eu quelques bouts de rôles dans des films. Il voulait faire une carrière à la Clint Eastwood, avait-il déclaré.

— J'y arriverai, avait-il dit, convaincu. Un de ces jours.

Bien sûr, chéri. Il va pousser des fleurs sur le nombril de Clinton et il va descendre Sunset en dansant le boogie.

Il avait fini par placer son couplet. En temps normal, elle aurait dit oui : il était vraiment beau gosse. Mais n'était-elle pas censée s'améliorer ?

Elle avait noté son numéro de téléphone, lui avait dit qu'elle l'appellerait plus tard et était rentrée chez Charlie.

Il y avait un monde fou. Assis au milieu de son vieux canapé de cuir marron, Charlie fumait un joint, entouré de pique-assiettes. Son fils, Sport, accroupi à ses pieds, jouait avec un train électrique. Au bar, Dahlia, l'air lugubre, buvait un Perrier.

— Je ne savais pas que tu recevais, ce soir, dit Jordanna d'un ton accusateur.

Il aurait pu la prévenir !

Charlie eut un sourire rêveur : il était dans les vapes.

— Oh, mon petit, c'est juste une petite fête... pour Sport.

— Charlie ! Il a trois ans. Tu ne crois pas que tes invités devraient être plus jeunes ?

Il eut un petit rire et lui offrit de tirer une bouffée de son joint.

Elle refusa. Tout à l'heure, elle mourait d'envie de lui annoncer la nouvelle ; maintenant, il était trop défoncé pour s'en soucier.

— Je monte dans ma chambre, dit-elle.

Il s'en fichait pas mal. Il était trop occupé à jouer les généreux maîtres de maison pour une fournée de pique-assiettes complètement drogués.

Une fois dans sa chambre, elle claqua la porte, mit un disque de Madonna et s'assit sur son lit.

Quand l'occasion se présente, il faut la saisir, non ?

Elle prit le scénario du *Regard qui tue* et commença à le lire. Le rôle de Sienna était insensé. En fait, si Sienna ne s'était pas révélée, à la fin, être une tueuse psychotique, elle aurait beaucoup ressemblé à Jordanna.

Celle-ci prit un marqueur jaune, reprit le script et souligna certains passages, en prononçant les dialogues à voix haute, s'imprégnant du personnage.

Elle songea avec mélancolie qu'elle aurait aimé que Charlie soit à son côté pour lui donner la réplique. Mais il était en pleine fiesta...

Après Madonna, elle écouta Prince. La musique noyait le brouhaha qui venait d'en bas. En jetant un coup d'œil par la fenêtre, elle observa que la soirée prenait de l'ampleur. Des domestiques s'affairaient à garer les voitures, et deux camions de traiteurs étaient arrivés.

Charlie aurait dû lui dire qu'il donnait une soirée. Après tout, elle vivait ici.

Vers minuit, elle décida de s'aventurer en bas pour voir un peu ce qu'il se passait.

Il y avait des gens sur la terrasse, massés autour du bar, traînant près de la piscine. Une forte odeur de haschich flottait dans l'air. Elle ne connaissait personne, sauf Cheryl, qui tenait sa cour sur le grand canapé de cuir, entourée de deux petites blondes à l'air idiot, d'une rousse qui semblait bien jeune et de plusieurs hommes attentifs. Pas trace de Charlie.

Elle s'approcha.

— Tiens, qu'est-ce que tu fais ici ?

— Salut, fit Cheryl. Je me demandais où tu étais.

— Tu fais des affaires ? demanda Jordanna en désignant les filles rassemblées autour d'elle.

— Des mondanités, répondit Cheryl en buvant une gorgée de tequila. C'est utile, les mondanités.

— Je vois.

— Alors, tu habites ici, maintenant ?

— Oui.

— Merci de me l'avoir dit. Il a fallu que je l'apprenne par Shep.

— Je ne te vois plus jamais, Cheryl : tu es toujours trop occupée.

— Les affaires d'abord.

— J'imagine qu'elles vont bien.

— Dans cette ville, toujours, dit Cheryl. (Elle appela un serveur.) Une autre tequila avec de la glace, dit-elle brièvement avant de se retourner vers Jordanna. Tu as vu Grant ?

— Il est là aussi ?

— Au bar.

Jordanna n'avait aucune envie de traîner autour de Cheryl et de sa joyeuse petite bande de call-girls. Elle se fraya donc un chemin jusqu'au bar où Grant embrassait à bouche que veux-tu une jeune Chinoise qu'il avait plaquée contre le mur.

— Grant, dit-elle en lui donnant une tape sur l'épaule.

Il la considéra d'un œil vague.

— Jordanna, ajouta-t-elle et, d'un ton sarcastique : Tu te souviens de moi ? On a grandi ensemble.

Un sourire stupide s'étala sur le visage de Grant.

— Ah oui, Jordy... Comment ça va ?

Il était complètement drogué. Deux ans auparavant, il était dépendant de l'héroïne. Son père l'avait appris et l'avait obligé à se faire désintoxiquer. Une fois sorti de clinique, il s'était conduit à peu près normalement. Il avait de toute évidence replongé.

La jeune Chinoise l'entraîna en tirant la langue à Jordanna.

— À bientôt, Jordy, dit Grant, arborant toujours un sourire figé.

Elle déambula dans la foule, cherchant Charlie. Où diable était-il ? Et pourquoi avait-il besoin d'avoir tous ces gens abrutis par la drogue dans sa maison ?

Elle passa la tête par la porte de la cuisine. Les traiteurs déballaient leurs provisions. Pas trace de Mrs. Willet, qui avait dû partir dès l'instant où la soirée avait commencé.

Elle revint dans le vestibule juste à temps pour voir arriver Arnie, accompagné d'un autre convoi de pique-assiettes.

— Levitt ! s'exclama Arnie, qui n'en croyait pas sa chance.

— Arnie, répondit-elle fraîchement.

— Où est le grand homme ?

— Dans les parages.

— On ne t'a pas vue au club, ces temps-ci. Tu as manqué quelques soirées étonnantes.

— Je travaillais.

— Toi ? ricana-t-il. Tu travaillais ? Je n'en crois pas un mot.

— Va te faire voir.

Arnie se tourna vers ses amis.

— Vous voyez, dit-il fièrement. Elle m'aime toujours.

Jordanna s'éloigna et remonta à l'étage. Elle allait regagner sa chambre quand elle changea d'avis et décida d'attendre Charlie chez lui. Il finirait bien par monter. Elle pourrait alors lui parler du bout d'essai, peut-être même lui donnerait-il la réplique pour certaines scènes clés. Enfin, s'il n'était pas trop drogué.

Dans la grande chambre en désordre, il faisait sombre, mais elle entendait des bruits.

— Charlie ? dit-elle en tournant le commutateur.

Il était vautré sur Dahlia. Il releva la tête, nullement gêné d'être ainsi surpris. Dahlia était allongée, immobile, l'air stoïque.

— Ah, fit Charlie avec son drôle de petit sourire. On dirait que tu m'as surpris en flagrant délit !

Elle les dévisagea tous les deux. Son cœur battait très vite, mais elle réussit à garder son calme.

— Oui, on dirait.

— Tu veux te joindre à nous, mon petit ?

Elle hocha la tête.

— Non, merci, Charlie.

Puis elle éteignit et sortit de la chambre en refermant doucement la porte derrière elle.

Le moment était venu de vider les lieux.

Le cow-boy reçut un coup de téléphone à une heure du matin.

— Qui est à l'appareil ? murmura-t-il.

— Jordanna. Tu te souviens de moi ? Je t'ai donné la réplique aujourd'hui à l'audition.

— Ah oui, Jordanna... Quelle heure est-il ? J'ai le rôle ?

— Comme si j'allais t'appeler à une heure du matin pour te dire que tu avais le rôle, dit-elle, agacée. Je t'ai chaudement recommandé, je ne peux pas faire plus.

— Alors, qu'est-ce qu'il se passe ?

— Je me suis dit que j'allais passer.

— Maintenant ?

— Non, demain matin.

— Mais si, viens donc maintenant. Pourquoi pas ?

— Où habites-tu ?

— À Venice.

— Merde.

— Quoi ?

— Tu veux dire qu'il faut que je fasse tout le trajet jusqu'à Venice ?

— Personne ne t'y oblige.

— Bon, explique-moi le chemin.

Elle jeta quelques affaires dans un sac de voyage et partit au volant de sa Porsche. Elle se sentait blessée, lâchée. Bon, elle n'avait pas eu la stupidité de s'imaginer qu'elle aurait avec Charlie une relation durable, mais elle ne s'attendait pas non plus à le trouver au lit avec son ancienne petite amie alors qu'elle habitait encore la maison. Ah, les hommes ! Ils la décevaient toujours. C'est pourquoi elle était mieux lotie avec ses aventures d'un soir, en imposant ses conditions à elle.

Principe numéro un : ne jamais rester assez longtemps pour être blessée.

La maison délabrée du cow-boy était située dans un quartier assez sinistre, près de la jetée. Elle laissa sa voiture dans la rue en espérant qu'on n'allait pas la saccager ni la voler.

Il l'accueillit en jean et torse nu. Beau gars. Bon amant.

Le lendemain matin, sa Porsche était toujours là,

intacte. Elle retourna chez Charlie, prit une douche et se changea.

Mrs. Willet prenait son thé dans la cuisine.

— Vous déménagez, ma chère ? demanda-t-elle, toute joyeuse pour une fois.

— Je n'ai pas encore décidé, répliqua Jordanna en prenant une pomme dans le compotier. Désolée de vous décevoir.

— Je croyais qu'avec miss Dahlia et Sport qui étaient revenus...

— C'est provisoire.

— Non, fit Mrs. Willet d'un ton catégorique. Mr. Dollar m'a assuré qu'ils s'installaient ici définitivement.

— Eh bien, tant mieux pour Mr. Dollar, dit-elle en se dirigeant vers la porte. Je vais vous dire une chose, Mrs. Willet. Si je décide vraiment de déménager, vous serez la dernière à le savoir.

La gouvernante au visage en lame de couteau la foudroya du regard.

Au studio, Jordanna trouva un message lui demandant de se rendre directement dans le bureau de Bobby. Elle passa d'abord aux toilettes pour s'examiner attentivement dans le miroir. Elle était bien. L'œil brillant. Trop enthousiaste ? Non. Quand il s'agissait de décrocher un rôle dans un grand film, trop d'enthousiasme ne faisait jamais de mal.

Bobby Rush la déconcertait. Dans une certaine mesure, il connaissait tous ses secrets : il avait vécu la même expérience et il en était sorti intact. C'était exaspérant. *Lui* était exaspérant. Il avait toujours l'air si maître de lui et pourtant elle savait, mieux que quiconque, combien il avait dû être difficile de grandir auprès d'un père comme Jerry Rush.

Elle trouvait aussi Bobby indéniablement séduisant, même s'il n'était pas son type. Oh non, pas du tout. Elle les aimait jeunes et avec les dents longues, ou vieux et ayant réussi. Bobby n'entrait dans aucune de ces catégories.

Quand elle entra dans le bureau, Bobby et Mac l'attendaient. Bobby était assis dans son fauteuil tandis que Mac marchait de long en large.

— Assieds-toi, dit Mac. Et, au nom du ciel, détends-toi.

Facile à dire. Elle était mal à l'aise, excitée, frémissante d'impatience. Ô mon Dieu, ça lui ressemblait si peu d'être nerveuse.

— Alors, dit Mac, tu as un peu réfléchi à notre idée ?

— Oui, dit-elle en essayant de garder un air parfaitement calme. Si vous voulez encore que je fasse un bout d'essai, je suis d'accord.

— Tu en as parlé à ton père ? demanda Mac en l'observant attentivement.

— Pour quoi faire ?

— Je croyais...

— Mac, je n'habite même plus là-bas. Pourquoi est-ce que je le dirais à Jordan ?

Bobby se leva, fit le tour de son bureau et se planta devant elle.

— Votre mère était comédienne, n'est-ce pas ?

— Oui, dit-elle, commençant à se sentir vraiment coincée.

— Comment se fait-il que vous n'ayez jamais voulu essayer auparavant ?

Elle décida d'être franche.

— Parce que mon père m'a dit que je ne serais jamais à la hauteur de la réputation de la famille.

Il éclata de rire.

— C'est exactement ce que m'a dit mon paternel, et regardez-moi.

Oui, je vous regarde. J'ai vu Larmes de sang, avait-elle envie de dire. Mais, pour une fois, elle se retint. Elle avait la chance de pouvoir essayer de faire ce dont elle avait toujours eu envie, elle n'allait pas la gâcher.

— On va te faire passer le bout d'essai aujourd'hui, dit Mac. Bobby te donnera la réplique.

— Quand ? demanda-t-elle nerveusement.

— Cet après-midi.

Elle se sentait l'estomac noué.

— Aussi vite, je ne peux pas.

— Pourquoi donc ? demanda Mac.

— Parce que..., parce qu'il me faut davantage de temps, balbutia-t-elle, incapable de trouver une meilleure excuse.

— Ne vous inquiétez de rien, dit Bobby en lui tapotant l'épaule d'une façon qu'elle considéra un peu protectrice. Vous allez passer chez la costumière, ensuite, nous allons nous asseoir une heure ou deux et répéter les scènes du bout d'essai. (Il fixait sur elle ses yeux d'un bleu incroyable.) Faites-moi confiance, Jordanna. Ça ira.

Bien sûr. Pour lui, ça irait ; pour elle, ce serait un cauchemar.

Elle redescendit à son bureau, abasourdie.

Ce qui était bien, c'est qu'elle allait passer un bout d'essai. L'ennui c'était que, maintenant, tout le monde savait de qui elle était la fille. La nouvelle avait, on ne sait comment, fait le tour des studios.

Florrie l'accueillit, l'air sombre, en lui disant sèchement :

— Pourquoi ne nous as-tu pas dit que tu es la fille de Jordan Levitt ?

— Qu'est-ce que j'étais censée faire ? Passer un avis dans les journaux professionnels ?

— Non, dit Florrie, l'air vexé. Mais tu aurais pu te confier à moi.

« Oh oui, se confier à Florrie, c'était comme placarder une annonce sur tous les murs de la ville. »

Jordanna remarqua que les gens la traitaient différemment. Les petites du bureau, auparavant si amicales et si gentilles, se montraient maintenant soit distantes, soit aux petits soins.

Nanette la fit venir et lui expliqua comment les choses allaient se passer.

— Écoute, ma chérie, dit-elle en tirant avidement sur sa cigarette. Tu t'en tireras peut-être, peut-être pas. La caméra adore certaines personnes, en déteste d'autres. On ne le sait jamais avant d'être devant l'objectif. (Elle souffla un nuage de fumée au visage de Jordanna.) Tu sais certainement qu'ils voulaient Winona Ryder pour ce rôle ?

Oh, formidable, ça, ça me rassure vraiment.

Au département des costumes, une femme autoritaire voulut la persuader de porter une robe rouge courte et très décolletée pour le bout d'essai.

— Non, répondit-elle d'instinct. Mon personnage ne porterait jamais ça, c'est trop vulgaire.

— Je sais mieux que toi ce que le personnage porterait, dit la costumière, prête à la bagarre.

Jordanna ne voulut pas en démordre.

— Je ne mettrai pas ça !

Elle fouilla parmi les rangées de cintres jusqu'au moment où elle tomba sur une simple robe de soie blanche.

— Sienna n'exhibe pas sa sexualité, elle est plus subtile, expliqua-t-elle en tenant le cintre contre elle. Ça, ce sera parfait.

La costumière fit la grimace et reconnut à contrecœur qu'elle pourrait la porter.

Jouer avec Bobby fut une expérience pénible. Elle aurait voulu fumer un joint. Elle aurait voulu être défoncée. Elle aurait voulu être loin.

Oh, Charlie, où es-tu quand j'ai besoin de toi ?

Bobby se montra assez aimable, mais il s'impatientait quand elle ne faisait pas les choses comme il l'entendait, et ça la rendit plus nerveuse encore. En s'imprégnant du personnage, elle sentait les vibrations de Sienna. *Je connais cette fille*, se dit-elle. *Je la connais très bien. Elle est vraiment paumée. Et, si je n'étais pas une survivante, j'aurais pu être comme elle.*

— À quoi pensez-vous ? demanda Bobby en posant son texte sur une table.

— Au personnage et à ses handicaps, dit-elle en hésitant un moment. Je comprends sa psychologie. Sienna est un peu folle, comme moi.

Il haussa les sourcils.

— Vous, Jordanna, vous êtes un peu folle ? dit-il d'un ton moqueur.

— Vous savez ce que je veux dire, Bobby. Je suis certaine que votre vie n'a pas toujours été facile.

Leurs regards se croisèrent. Pour un bref instant, ils se sentirent très proches.

— Bon, fit Bobby. Lisons encore une fois la deuxième scène.

Les deux scènes qu'ils avaient choisies étaient très différentes. L'une se situait au début du film, quand Sienna était censée être naïve et innocente. Dans la deuxième, peu avant le dénouement, sa folie finissait par se manifester.

C'était celle-là qui plaisait le plus à Jordanna : il était facile de jouer les psychotiques.

Après avoir répété encore un moment, Bobby se leva.

— Bon... À vous de jouer, maintenant. Passez chez le coiffeur et la maquilleuse et je vous retrouve sur le plateau. (Il lui prit la main et l'étreignit.) Bonne chance.

Elle ne trouva rien de drôle à répondre. Que lui arrivait-il ?

— Merci, murmura-t-elle. Je..., euh..., je vais faire de mon mieux.

23

Quand Kennedy lut *La Guerre des styles*, elle entra en fureur. On avait récrit de fond en comble son article sur Bobby Rush en y ajoutant des informations sur son père, ses handicaps..., sur tout ce que Mason avait voulu lui faire écrire. Et l'interview portait sa signature à elle ! *Son nom !* Folle de rage, elle appela Mason. Il mit cela sur le compte d'un rewriter trop zélé. Elle lui dit brutalement ce qu'elle pensait et qu'elle en avait assez. Il la supplia de réfléchir. Elle ne savait que faire : ça ne lui était jamais arrivé, et elle se sentait totalement trahie.

Rosa passa la voir et la calma.

— Il te faut un bon avocat, conseilla-t-elle. Continue à travailler pour le magazine et obtiens un document juridique déclarant que désormais ils ne peuvent pas changer un mot sans ton accord écrit. Pourquoi te priver de rentrées substantielles ?

Malgré sa colère, Kennedy reconnut que c'était un excellent conseil.

Rosa s'assit sur le plancher du salon et se mit à faire quelques mouvements de gymnastique.

— Il y a eu un autre meurtre, annonça-t-elle.

Kennedy sursauta.

— Quand ? demanda-t-elle.

— Il y a quelques soirs, à Pasadena.

— Qui est la victime ?

— Une autre femme, étranglée dans son appartement. Elle vivait avec son petit ami, mais il était en voyage. (Rosa plia les jambes vers le côté gauche.) Le plus étonnant, c'est qu'on a utilisé exactement la même méthode. Elle n'a pas été violée ni cambriolée, et le tueur a laissé sur son corps une pancarte : « Mort aux traîtres ». On ne le sait pas encore dans le public, mais une de nos nouvelles recrues connaît bien les gens du bureau du shérif : la pancarte correspond à celle qu'on a retrouvée sur la femme de West Hollywood.

— Que dit la police ?

— Pas de communiqué pour l'instant.

— Ça fait trois femmes étranglées en deux mois.

— Oui.

— Que faisait celle-ci ?

— Elle était cadre dans une banque.

— Hum..., fit Kennedy d'un ton songeur. Tu savais que les deux autres travaillaient dans le cinéma ? Margarita était maquilleuse, et j'ai découvert que Stephanie Wolff était au service des scripts.

— C'est peut-être une coïncidence. Ce n'est certainement pas suffisant pour lier les deux affaires.

— Mais il doit bien y avoir quelqu'un d'autre que moi qui travaille là-dessus. Tu sais qui est chargé de l'enquête ?

— Le problème, c'est que tous les meurtres ont eu lieu dans des comtés différents : il y a donc plusieurs enquêteurs. Je vais voir ce que je peux trouver.

— S'il te plaît.

Le lendemain matin, Kennedy tenta d'appeler Bobby Rush pour lui faire des excuses. Elle ne fut pas étonnée qu'il refuse de la prendre au téléphone.

Elle s'assit à son bureau et lui écrivit une lettre afin de lui expliquer ce qui s'était passé. Au moins, ça la soulagea.

L'inspecteur Carlyle était un gros type négligé qui se gavait de beignets au petit déjeuner, fumait des cigares bon marché et faisait des économies pour s'offrir un implant capillaire. Il était depuis trop longtemps dans la police pour s'intéresser à grand-chose, et il avait de nombreux problèmes personnels. D'abord sa femme : elle voulait qu'il prenne sa retraite pour aller vivre dans le Montana. Ensuite, sa maîtresse : elle voulait qu'il divorce pour s'installer avec elle. Ça lui faisait de rudes journées.

Quand Kennedy Chase sollicita une interview, il refusa. De toute évidence, cette femme avait des relations : une heure plus tard, son capitaine l'appela pour lui annoncer qu'il devrait la recevoir.

— Pourquoi faut-il que je parle à une rédactrice de magazine ? grommela-t-il.

— Elle rédige un article sur cette femme qui s'est fait étrangler. Tu ferais mieux de t'assurer que notre service fait bonne figure dans cette histoire.

— D'accord, d'accord, répondit l'inspecteur Carlyle à contrecœur.

Quand Kennedy entra dans son bureau, il eut un choc : il ne s'attendait pas à une femme aussi classe et aussi bien faite. Il se radoucit immédiatement.

— Qu'est-ce que je peux faire pour vous, mon chou ? demanda-t-il avec son sourire le plus viril.

— Pour commencer, dit-elle sèchement, vous pouvez cesser de m'appeler « mon chou ».

Elle s'assit en face de son bureau et croisa des jambes impressionnantes.

Encore une féministe coincée. Qu'est-ce qu'elles

avaient donc, aujourd'hui ? On ne pouvait pas complimenter une femme sans se faire rabrouer.

— Qu'est-ce que je peux faire pour vous, chère madame ? demanda-t-il en appuyant lourdement.

Elle ne releva pas.

— Je suis en train d'écrire un article sur trois femmes qui ont été étranglées à Los Angeles au cours des deux derniers mois.

— Ah oui, fit-il d'un ton vague. Celle de West Hollywood est la seule qui me concerne.

— Pourquoi donc ?

— Parce que c'est le seul crime commis dans mon secteur.

— N'avez-vous pas l'impression qu'il pourrait y avoir un lien entre les trois affaires ?

— Où avez-vous entendu ça ? demanda-t-il prudemment.

— Peu importe où je l'ai entendu.

— Ça m'importe, à moi.

— J'aimerais tous les renseignements dont vous disposez.

Il s'éclaircit la voix. Pour qui est-ce qu'elle se prenait ?

— Le seul renseignement que je puisse vous donner, c'est que pour l'instant nous n'avons aucune piste.

— Comment pouvez-vous dire ça ? répliqua-t-elle. (Quel crétin, ce type !) Le meurtrier a laissé sur les deux dernières victimes une pancarte avec l'inscription : « Mort aux traîtres » : il doit bien y avoir un rapport.

Carlyle s'agita dans son fauteuil.

— Soyez assurée que nous poursuivons l'enquête, dit-il, agacé d'être ainsi cuisiné.

Elle décroisa les jambes et se leva.

— Quand vous aurez quelque chose, je vous serais reconnaissante de me passer un coup de fil.

Elle lui tendit sa carte et sortit.

Sitôt chez elle, elle examina ses dossiers. Elle avait interviewé plusieurs personnes qui avaient connu la première victime, Margarita Linda : toutes n'avaient que des compliments à faire sur elle. Elle avait découvert aussi que Margarita était divorcée et vivait seule, sans petit ami. L'ex-mari n'était pas un suspect : il était mort dans un accident de voiture six mois plus tôt.

À en croire sa meilleure amie, Margarita aimait aller le samedi soir dans des boîtes où l'on jouait de la musique country. C'était une piste intéressante. Peut-être Margarita avait-elle rencontré quelqu'un là-bas, un homme qui l'aurait suivie chez elle, un rôdeur qui s'attaquait aux femmes seules.

Pour la deuxième victime, Stephanie Wolff, c'était différent. Lesbienne, avec un petit cercle d'amies, elle habitait avec sa vieille mère et ne s'intéressait qu'à son travail.

Le seul point commun entre les deux femmes était qu'elles avaient toutes les deux travaillé dans le cinéma.

Kennedy n'avait encore questionné personne à propos de Gerda Hemsley, la troisième victime, mais elle comptait bien le faire. Ensuite, elle appela Rosa.

— Ça te dirait d'aller un soir dans une boîte de musique country ?

— Il y a des hommes, là-bas ?

— Des cow-boys.

— Bon, d'accord. Au fait, ajouta Rosa, j'oublie toujours de te dire...

— Quoi donc ?

— J'ai parlé à Michael, l'autre jour.

— Michael ?

— Tu sais bien, cet ex-inspecteur incroyablement beau avec lequel je voulais t'arranger un rendez-vous ?

— Ah oui, encore un de tes merveilleux partis.
— Ce qui est drôle, c'est qu'il ne veut pas sortir avec toi non plus.
— Ah, fit sèchement Kennedy. Ça me brise le cœur.
Rosa éclata de rire.
— Que veux-tu que je te dise ? Vous êtes sans doute faits l'un pour l'autre.
— Dommage : on ne le saura jamais.

24

Jordanna n'avait jamais éprouvé un sentiment pareil. Plantée devant une caméra, avec une équipe qui guettait chacun de ses mouvements, elle était au centre de l'attention générale, elle devenait une autre. C'était une expérience étourdissante, stupéfiante, impressionnante. Pour la première fois de sa vie, elle se sentait importante — vraiment importante.

Bobby semblait content de son essai, tout comme Mac. Ils firent plusieurs prises des deux scènes puis, trop vite à son gré, ce fut terminé.

— Que se passe-t-il ensuite? demanda-t-elle à Mac en quittant le plateau.

Il la prit par les épaules.

— On va voir ce que tu donnes à l'écran et, si ça marche, on montrera l'essai aux gens du studio qui prendront la décision finale.

— Et toi, demanda-t-elle avec espoir, qu'en penses-tu? Est-ce que j'ai une chance?

— Je découvre un nouvel aspect de toi, répondit-il d'un ton affectueux. Tu as vraiment l'air vulnérable.

— Bien sûr que je le suis, dit-elle d'un ton grave. Pourquoi ne le serais-je pas?

— Parce que tout ce que j'ai jamais vu, c'est l'autre face de ta personnalité. L'image garce chic.

— Je suis en train de changer ma vie, Mac, dit-elle avec conviction. J'ai quitté la maison. Je n'accepte plus d'argent de Jordan. Je me débrouille enfin toute seule.

— Je suis ravi de l'entendre. Tu sais, Jordanna, j'ai toujours eu un petit faible pour toi.

Elle essaya de flirter en plaisantant.

— Assez pour me donner le rôle ?

Il secoua la tête en riant.

— Oh, tu sais, ça ne dépend pas de moi.

Elle quitta le studio en transe : elle essayait d'avoir l'air calme mais elle était pleine d'espoir. Mon Dieu ! Quelle tête ils feraient tous si elle avait le rôle ! Ils en resteraient babas.

Si elle l'obtenait, sa vie allait changer. Elle aurait une carrière, une raison de se lever le matin. Elle serait quelqu'un à part entière, et pas seulement la fille de Jordan Levitt.

L'idée la traversa que, précisément parce qu'elle était sa fille, on ne la prendrait peut-être pas au sérieux. Mais non ! Il fallait être positif. Elle avait de bonnes chances. Il n'y avait qu'à voir Bridget Fonda, Anjelica Huston. Une foule de gosses de Hollywood avaient réussi : il fallait simplement être prêt à se donner plus de mal pour prouver ce qu'on valait. Elle y était prête. Vraiment prête.

— Eh, mon petit.

Charlie était confortablement installé devant son écran de télé géant tandis que Sport jouait à ses pieds avec des soldats de plomb. Pas trace de Dahlia.

— Salut, Charlie, dit Jordanna d'un ton uni.

Elle se demandait s'il se sentait coupable en pensant à leur dernière rencontre.

Il lui jeta un regard interrogateur.

— Mrs. Willet me dit que tu as passé la nuit dehors.

— C'est vrai.

Comme si elle n'attendait que cela, Mrs. Willet fit irruption dans la pièce et prit Sport dans ses bras.

— C'est l'heure de dîner, pour ce petit bonhomme.

— Bien, dit Charlie.

Il attendit que la gouvernante fût sortie avant de revenir à Jordanna.

— Où étais-tu ? demanda-t-il en éteignant la télé.

— J'avais rendez-vous avec un garçon.

Il se mit à rire.

— Quelqu'un que je connais ?

— Il n'est pas de ta génération, Charlie.

Il se gratta la tête.

— Un jeune, hein ?

Elle avait envie de le blesser autant qu'il l'avait blessée.

— Musclé, viril. J'avais besoin de rafraîchir mes souvenirs.

Il marqua un temps avant de répondre.

— Désolé si tu t'es sentie vexée, mais je ne t'ai jamais promis la fidélité.

— Je sais.

— Alors pourquoi t'es-tu énervée ?

— Parce que..., parce que... (Pourquoi donc s'était-elle énervée ? Aurait-elle, par hasard, attendu de lui plus qu'il n'était capable de donner ?) Parce que je croyais...

— Oui ?

— Qu'il y avait quelque chose de particulier entre nous.

— C'est vrai.

— Quoi donc ? demanda-t-elle, sincèrement surprise.

— De l'amitié. Je t'aime bien, Jordanna. Et toi ?

— Moi aussi, Charlie.

— Alors, laisse tomber. Dahlia est de retour, et ça lui est égal que tu sois là. Vois si tu peux avoir la même attitude envers elle.

— Je ne peux pas, dit-elle avec franchise.

— Dommage.

— Je déménage.

— Pour aller où ?

— Je trouverai bien.

— Tu as besoin d'argent ?

Elle préférait travailler pour Cheryl plutôt que d'accepter de l'argent de Charlie.

— Non, merci. Ça va.

— Eh bien, mon petit, tu sais que tu seras toujours la bienvenue ici. Ma porte te sera toujours ouverte.

Elle ne savait où aller ; elle savait seulement qu'elle devait partir. Elle ne voulait pas retourner chez son père. Il y avait peu de chances que Shep l'accueillît une nouvelle fois à bras ouverts. Cheryl était sans doute plongée jusqu'au cou dans ses problèmes de call-girls. Et Grant était complètement drogué.

Restait Marjory. Même si elle habitait chez ses parents, la propriété des Sanderson était plus grande qu'un hôtel, et Franklyn Sanderson passait le plus clair de son temps à bord de son jet privé. Oui, aller chez Marjory semblait une bonne idée ; elle monta lui téléphoner.

Marjory fut ravie d'avoir de ses nouvelles et insista pour qu'elle vienne immédiatement. Jordanna remplit deux sacs de voyage et laissa un mot à Mrs. Willet pour lui dire qu'elle ferait prendre le reste de ses affaires. Un de ces jours, il faudrait qu'elle se trouve un endroit à elle ; ces déménagements devenaient ridicules.

Peut-être que si elle décrochait le rôle dans ce film...

N'y pense même pas, se dit-elle sévèrement. *Ne te berce pas d'illusions.*

Elle quitta la maison sans regret. Une fois de plus, c'était elle et sa Porsche contre le monde.

Marjory semblait de bonne humeur.

— Comment se fait-il que tu sois revenue chez tes parents ? demanda Jordanna en s'installant dans l'un des somptueux appartements pour les invités.

— Papa a insisté, répondit Marjory. À cause des lettres.

Jordanna fronça les sourcils et se mit à défaire l'un de ses sacs.

— Tu continues à en recevoir ?

— Régulièrement.

— D'où viennent-elles ?

— Il les envoyait à mon appartement, dit Marjory en tirant sur ses longs cheveux pâles, mais maintenant elles arrivent ici.

Jordanna ouvrit le tiroir d'une commode et y jeta quelques T-shirts.

— Quelle horreur, c'est comme s'il te surveillait.

— Oui.

— Que fait ton père ?

— Il a engagé un détective privé.

— Il faut que tu fasses attention.

— C'est ce que je fais.

Un moment, Jordanna songea à lui parler de son bout d'essai. Puis elle changea d'avis. *Attends de voir*, lui souffla une petite voix. *N'annonce pas quelque chose qui pourrait ne pas arriver.*

Plus tard, elle s'endormit. Charlie lui manquait, mais elle était certaine d'avoir fait le bon choix.

Charlie était un homme de talent au grand cœur, mais il était également dépourvu de sensibilité.

Le matin, elle se rendit à son travail comme d'habitude, espérant qu'on allait lui dire quelque chose — n'importe quoi ; même si elle ne convenait pas, elle préférait le savoir tout de suite. Personne ne souffla mot. Elle resta dans son petit réduit du casting à trier des photos comme si rien ne s'était passé.

À l'heure du déjeuner, Florrie entra dans la pièce, se jucha sur le bord du bureau et lui fit de vagues excuses.

— Tu avais sans doute raison de ne pas dire qui tu étais. Désolée d'avoir lâché le morceau.

— Je n'en faisais pas un secret, expliqua Jordanna. Simplement, je n'avais pas envie de le crier sur les toits.

— Mais pourquoi travailles-tu ? demanda brusquement Florrie, comme si c'était son droit de le savoir. Tu dois avoir des tonnes de fric.

— Ce n'est pas mon fric, c'est celui de mon père.

— Ce n'est pas la même chose ?

Jordanna décida qu'il était inutile de poursuivre cette conversation.

— Euh... Florrie, dit-elle en essayant de prendre un ton détaché. Que se passe-t-il, là-haut ?

— Rien de neuf, répondit Florrie. Des acteurs arrivent, des acteurs repartent. Oh, et puis cette fille de la télé est venue : Barbara Barr. Celle du grand feuilleton de début de soirée. Tu sais, on voit sa photo partout. Bref, elle a passé une audition pour Sienna.

Le cœur de Jordanna battit plus fort.

— Elle a été bonne ?

— Ils la filment en vidéo.

— Vraiment ? dit-elle, feignant l'indifférence. Tu as des nouvelles de mon bout d'essai ?

— Aucune, répondit Florrie. Mais ça n'a pas d'importance, n'est-ce pas ? Je pense qu'ils devaient être désespérés quand ils te l'ont fait faire. Il y a deux autres Sienna qui viennent auditionner cet après-midi, et on attend trois vidéos d'actrices de New York.

Jordanna parvint à rester impassible tandis que Florrie continuait à pérorer. Elle n'était pas méchante, cette fille ; mais tout le monde s'imaginait qu'on pouvait se contenter d'avoir un père ou une mère célèbres.

Florrie finit par s'en aller. Jordanna resta un moment immobile, à s'interroger. Devait-elle aller harceler Mac ou bien rester tranquille en attendant de voir ce qu'il allait se passer ?

Ne bouge pas. Calme-toi. Pas d'affolement.

Mais je suis affolée. Totalement. Je veux ce rôle plus que je n'ai jamais rien voulu de toute ma vie.

Le cow-boy appela le casting dans l'après-midi. C'était bien sa chance : ce fut elle qui répondit.

— Pas de nouvelles ? demanda-t-il.

Elle crut un instant qu'il parlait de son essai à elle, puis elle se souvint qu'elle ne lui en avait pas touché mot.

— Euh..., non. Mais, s'il y en a, la directrice du casting contactera ton agent.

— Merde ! s'exclama-t-il comme si c'était sa faute. Tu ne peux pas aller leur demander ?

C'était gentil de sa part de lui dire quel merveilleux moment ils avaient passé ensemble.

C'était gentil de se montrer si plein de sollicitude, de charme et d'inquiétude.

S'il savait qu'elle avait auditionné pour le rôle de Sienna, il en piquerait une crise !

Elle faillit le lui dire puis se ravisa.

— Il faut que j'y aille, dit-elle. Le devoir m'appelle.

— Téléphone-moi dès que tu sauras quelque chose !

Compte là-dessus.

Le reste de la journée lui parut interminable. Elle aperçut Marcy Bolton, une autre jeune comédienne venue auditionner pour le rôle de Sienna, accompagnée de son imprésario.

Elle est trop petite. Un visage de furet. Et trop maquillée.

Quand Florrie sortit de la salle d'audition, Jordanna la saisit au passage.

— Comment était-elle ? demanda-t-elle.

— Comment était qui ? répondit Florrie, déconcertée.

— Marcy Bolton. Elle était bonne ?

— Mac a paru enthousiaste.

— Et Bobby ?

— Il a eu l'air de la trouver bien.

— Quelqu'un d'autre a auditionné pour le rôle de Sienna ?

— Ils sont en train de regarder les cassettes envoyées de New York.

Jordanna aurait voulu faire irruption dans le bureau et regarder, pour voir ce que donnait la concurrence.

— Comment va ta dent ? demanda-t-elle à Florrie.

— Ça va. Si jamais tu as besoin d'un bon dentiste...

Non, Florrie, je n'ai pas besoin d'un bon dentiste. J'ai besoin d'une réponse, et j'en ai besoin maintenant !

Mac descendit la voir à cinq heures et demie. Elle le dévisagea avec impatience, attendant la bonne nouvelle. Il s'éclaircit la voix.

— Alors ? dit-elle enfin. Quel est le verdict ?

— Désolé, dit-il en se frottant l'arête du nez. Je

me suis battu pour toi, mais le studio ne veut rien entendre. Ils disent que tu n'as aucune expérience. C'est malheureusement vrai mais, à mon avis, ça aurait pu marcher. (Il lui tapota l'épaule.) Si ça peut te consoler, je t'ai trouvée formidable.

La déception était si accablante qu'elle en avait le souffle coupé.

— Qui a eu le rôle? parvint-elle à articuler.

— Barbara Barr.

Elle n'est pas du tout le personnage. Personne ne s'en rend donc compte?

— Est-ce que... Est-ce que Bobby est content?

— De toi à moi, ce n'est pas l'extase : après tout, c'est une actrice de télé. Mais, pour lui, c'est un film important, et il veut faire plaisir au studio. Ils ont décidé que, puisque nous ne pouvions pas trouver une vedette dans des délais si courts, la prudence commandait de prendre Barbara. Elle est très connue à la télé, et toute la presse parlera d'elle. Il pense que ça marchera.

— Et toi?

— Je n'aurais pas été d'accord pour l'engager si je ne le pensais pas.

Et voilà. Une belle occasion manquée.

En temps normal, une histoire comme ça l'aurait lancée sur une trajectoire d'autodestruction : alcool, drogue, cow-boys. Mais, depuis quelque temps, elle se sentait plus équilibrée.

Je peux encaisser, se dit-elle. Je le peux et je vais le faire.

Elle avait encaissé le coup chez Charlie quand il avait été si moche avec elle. D'accord, elle s'était précipitée chez le petit comédien de Venice. Et alors? Elle s'était sentie mieux après.

Elle avait fini par comprendre qu'elle était responsable de sa vie. Fini de ruminer à propos de Jordan et de sa succession d'épouses : c'était son affaire à lui, pas à elle. Elle n'avait plus à se punir.

— Voilà donc la fin de ma brillante carrière, dit-elle tristement.

— Tu prends ça bien, répondit Mac, visiblement soulagé.

— Je suis une grande fille.

Elle avait appris de bonne heure que la meilleure façon de survivre, c'était de cacher ses véritables sentiments.

— Et futée, avec ça. Bobby te prend comme assistante. Il aimerait que tu montes dans son bureau.

De vedette de cinéma à secrétaire particulière en une minute. Quel bond !

— Bien sûr, Mac.

— Oh... Et, tu sais, Jordanna ?

— Oui ?

— On va s'amuser, à faire ce film. Promis.

Elle eut un pâle sourire, masquant toujours sa déception.

— D'accord, Mac, si tu le dis.

« Bonjour, monsieur le Président. » L'Homme s'éclaircit la voix et essaya encore, prenant une voix plus rauque. « Bonjour, monsieur le Président. »

L'Homme contempla sa silhouette nue dans le miroir et répéta encore deux fois la phrase.

Si les circonstances avaient été différentes, il aurait pu être président des États-Unis. Parfaitement. Le grand rêve américain était toujours à portée de la main. Il n'y avait qu'à regarder certains de ceux qui l'avaient réalisé. Carter : un producteur de cacahuètes. Reagan : un acteur. Kennedy : un coureur de jupons.

L'Homme décida d'ajouter le président Kennedy à la liste des hommes qu'il admirait.

Il continua d'examiner son reflet dans le miroir. « Bonjour, monsieur le Président, dit-il d'une voix frémissante à la Marilyn Monroe. Comment allez-vous, monsieur le Président ? »

Il se dit qu'il y avait une certaine ressemblance entre Monroe chantant « Joyeux anniversaire, monsieur le Président » à Kennedy et Barbra Streisand roucoulant une de ses sinistres chansons d'amour au président Clinton.

Je suis assez beau gosse, se dit l'Homme avec

une certaine satisfaction. Vraiment beau gosse. Si ça s'était passé différemment, j'aurais pu être une grande vedette de cinéma.

Un coup frappé à la porte le fit sursauter. Comment osait-on le déranger ? Comment osait-on venir troubler sa précieuse solitude ?

— Qui est là ? lança-t-il.

— Shelley.

Shelley ? Il ne connaissait personne du nom de Shelley. En fait, il ne connaissait personne du tout. Il était seul, et c'était ce qui lui plaisait.

— Vous devez vous souvenir de moi, dit Shelley d'un ton plein d'espoir. J'habite la maison. Nous nous rencontrons de temps en temps. Ma mère m'a envoyé un cake qu'elle a préparé pour moi et j'aimerais vous en offrir un morceau.

— Non, dit-il brutalement.

— Je vous en prie, insista-t-elle. Hier, c'était mon anniversaire.

Il ne voulait pas éveiller ses soupçons.

— J'arrive, dit-il d'un ton bourru.

— Venez dans ma chambre : c'est près de la piscine.

Il se demanda si Shelley avait envie de se faire sauter. C'était ce qu'elles cherchaient presque toutes, sauf la Fille qui l'avait mené en bateau et puis qui l'avait traité comme un étranger quand il avait essayé de faire aboutir leur relation.

À la réflexion, il se félicitait de l'avoir tuée.

ET LES TRAÎTRES MOURRONT POUR S'ÊTRE LIGUÉS CONTRE MOI. TOUTES LES GARCES ET TOUTES LES PUTAINS.

Il se rappelait sa première rencontre avec la Fille. Si jolie, si ensorceleuse. Il ne lui avait pas été difficile de tomber amoureux d'elle.

Mais elle avait commis une erreur fatale. Elle l'avait repoussé. Elle n'aurait pas dû.

Il s'habilla rapidement, ouvrit la porte, la referma à clé derrière lui et alla rejoindre Shelley.

Il la trouva dans une grande chambre qui dominait la piscine.

Elle avait laissé sa porte ouverte mais, au lieu d'entrer tout de suite, il s'arrêta, hésitant, sur le seuil.

— Enfin, dit-elle en se précipitant pour l'accueillir. Je croyais que vous ne viendriez jamais.

Il entra dans la pièce et resta là, embarrassé.

— Je peux vous proposer de la tisane, du jus de pomme ou du vin, dit-elle.

— Rien.

— Vous savez, John... Ça ne vous ennuie pas que je vous appelle John, n'est-ce pas ?

John ? Puis il se souvint : il lui avait dit qu'il s'appelait John Seagal, ce qui était évidemment un mensonge.

— Mais non, dit-il.

— Qu'est-ce que vous faites toute la journée ? demanda-t-elle, curieuse. Je ne vous rencontre jamais. Vous avez l'air si... solitaire.

— Je vous l'ai dit : je suis écrivain.

— Vous écrivez des scénarios ? demanda-t-elle, tout excitée.

Il remarqua ses cheveux, de la même couleur que ceux de la Fille. Une blonde naturelle, pas teinte comme la plupart de ces traînées de Hollywood.

— Des livres, dit-il.

Elle était encore plus impressionnée.

— Oh ! Quel genre de livres ?

— Des vendettas.

— Des vendettas ?

— Des histoires de vengeance. Si quelqu'un vous fait du mal, il faut veiller à ce qu'il soit châtié.

— Oh, vous voulez dire comme Un justicier dans la ville *? J'adore ces films où Charles Bronson se promène en supprimant tous les méchants. Pourquoi n'écrivez-vous pas un scénario comme ça ?*

— Je vous l'ai dit : je ne travaille pas pour le cinéma.

— Dommage. Vous auriez pu en écrire un pour moi. Et, quand je serais devenue une star, vous auriez pu être mon scénariste attitré. Et j'aurais pu dire à tout le monde : « Non, désolée, je ne travaille que pour John Seagal. C'est mon meilleur ami. » (Elle hésita un moment avant de poursuivre :) D'ailleurs, c'est vrai. Je n'ai pas d'amis à Los Angeles. Je ne connais pratiquement personne.

Il avait du mal à croire qu'une jolie fille comme Shelley ne connaisse pratiquement personne.

Il se dit que peut-être son oncle avait parlé à sa mère et qu'il s'était arrangé pour introduire la fille dans la maison pour l'espionner. Rien de leur part ne l'étonnerait.

Note : si elle était une espionne, il faudrait la tuer.

— Comment se fait-il que vous soyez ici ? l'interrogea-t-il.

— Une amie a emprunté la chambre à l'une de ses amies et elle me l'a refilée.

— Vous me disiez que vous n'aviez pas d'amis, dit-il d'un ton accusateur.

— Oh, c'est une fille que j'ai rencontrée au cours de théâtre.

— Vous suivez des cours ?

— Oui.

Il aurait bien voulu pouvoir suivre des cours de théâtre. Mais c'était impossible. Les gens étaient tous des traîtres : moins il se mêlait à eux, mieux ça valait.

— Je vais bientôt déménager, annonça Shelley. Mon professeur de théâtre va faire un voyage de trois mois en Europe et il m'a demandé de garder sa maison.

— Où ça ? demanda-t-il.

Mais ça ne l'intéressait pas vraiment.

— Tout en haut de Laurel Canyon, dit-elle. Une adorable petite maison complètement à l'écart. Vous viendrez peut-être me voir ?

Il acquiesça.

— Laissez-moi vous offrir un morceau de gâteau, dit-elle. Je viens de l'Utah, lança-t-elle. Et vous ?

Ça ne semblait pas risqué de le lui dire.

— De New York.

— Vous n'allez pas me croire, s'écria-t-elle, mais je ne suis jamais allée à New York !

Elle portait un short et un léger T-shirt. Comme elle revenait vers lui une assiette à la main, il vit ses seins menus qui dansaient sous la fine cotonnade.

Ça faisait un moment qu'il n'avait pas eu de femme. Sa première ruée chez les putains quand il était sorti de prison l'avait rassasié, mais maintenant...

Et s'il décidait qu'il avait envie de s'envoyer Shelley ? Le laisserait-elle faire ? Ou bien réagirait-elle comme la Fille et se mettrait-elle à crier, à hurler et à se débattre jusqu'au moment où il avait été forcé de poser les mains autour de son cou doux et blanc et de serrer afin qu'elle se taise ?

Shelley lui tendit un morceau de gâteau sur une assiette en plastique bleu.

— Goûtez-le, dit-elle en se léchant les doigts. Il est délicieux. (Elle s'arrêta un moment puis lâcha :) On pourrait aller voir un film, un soir.

Il considéra son invitation.

— Non.

— Pourquoi ?

— J'ai des délais à respecter.

— C'est pour ça que vous êtes toujours enfermé dans votre chambre ?

— Oui.

— Je n'entends jamais de machine à écrire.

— J'écris à la main.

Elle parut impressionnée.

— Oh, vous êtes un vrai écrivain. Comme c'est excitant ! (Un silence, puis :) Si jamais vous vous sentez seul, John, vous pouvez frapper à ma porte : je suis toujours là. On pourrait écouter de la musique.

Il goûta le gâteau : sucré et collant.

Il imagina Shelley sans ses vêtements. Une peau douce..., une peau sucrée..., une peau collante...

Il savait qu'il lui fallait partir sur-le-champ.

Il prit une autre bouchée de gâteau et se dirigea vers la porte.

— Vous partez ? demanda-t-elle, déçue.

— Il faut bien.

— N'oubliez pas, répéta-t-elle. Passez quand vous voulez.

— Je n'oublierai pas.

Il regagna sa chambre, referma la porte et mit le verrou. Il se déshabilla et reprit la pose devant le miroir. Il se regarda longtemps, longtemps, jusqu'à en être troublé.

Plus tard, ce soir-là, il sortit discrètement de sa chambre.

Il était temps de s'occuper de la victime numéro quatre.

25

Le petit ami de feu Gerda Hemsley était un grand gaillard aux traits taillés à coups de serpe, aux cheveux roux coupés en brosse et à l'air soucieux. Il était gérant d'un magasin d'articles de sport, où Kennedy lui rendit visite. Il n'était pas ravi quand elle se présenta en lui disant qu'elle écrivait un article.

— J'essaie de ne plus y penser, dit-il en jetant des regards nerveux autour de lui. Gerda était une femme remarquable. Ça faisait un an que nous vivions ensemble et puis... voilà. Maintenant, c'est de la folie. J'ai déménagé hier de notre appartement ; je ne peux pas y vivre sans elle.

Kennedy le raya aussitôt de la liste des suspects éventuels. Elle se fiait toujours à sa première réaction. Elle sentait qu'il s'agissait d'un type ordinaire pris dans une situation pénible.

— La police vous a interrogé ? demanda-t-elle.

— Oui. Comme si elle en avait le droit. Ça ne suffit pas que mon amie se fasse assassiner, il faut qu'on me suspecte ? (Il marqua une pause.) Vous savez, dans ce pays, ce sont les criminels qui sont bien traités, dit-il avec force. Et les innocents à qui l'on ne rend pas justice.

— Je suis sûre que vous avez raison.

— Je sais que j'ai raison, déclara-t-il d'un ton énergique.

Kennedy prit son carnet.

— Puis-je vous demander où vous vous êtes rencontrés pour la première fois, Gerda et vous ?

— Vous aussi, vous allez me poser des questions ? demanda-t-il, l'air maussade. Vous croyez que je suis coupable ?

— Bien sûr que non. J'enquête sur l'assassinat de plusieurs femmes. Deux d'entre elles travaillaient dans le cinéma, Gerda dans une banque. Pouvez-vous me dire ce qu'elle faisait avant cela ?

— Elle était employée chez un expert-comptable.

— Et avant ?

— Sa mère pourra vous le dire.

— Vous n'auriez pas son numéro ?

Il écrivit le numéro de téléphone de la mère au dos d'un reçu et le lui remit.

— Merci. Je vais vous laisser, maintenant ; je vois que vous êtes occupé.

Il la salua d'un brusque signe de tête et se dirigea vers la caisse enregistreuse.

Elle sortit du magasin et resta un moment dehors, sur le trottoir, avant de traverser la rue.

Il la rattrapa avant qu'elle soit arrivée à sa voiture. Elle sursauta.

— Pardon, dit-il, hors d'haleine, mais vous devez comprendre... Ça n'est pas facile pour moi.

— Mais oui, je comprends, dit-elle avec compassion.

— Écoutez. (Il hésitait, il avait du mal à parler.) Je suis content que vous essayiez de faire quelque chose. Vous n'avez pas idée de ce que c'est quand quelqu'un de proche est tué. (Il s'arrêta un instant pour maîtriser son émotion.) Si jamais on attrape le type qui a fait ça, j'aimerais le pendre personnellement par les couilles.

Kennedy hocha la tête.

— Si ça ne dépendait que de moi, je m'assurerais que vous puissiez le faire.

De sa voiture, elle appela la mère de Gerda. Elle tomba sur un répondeur : elle laissa son nom et son numéro en demandant qu'on la rappelle. Puis elle partit retrouver Rosa pour déjeuner.

Il y avait beaucoup de monde au restaurant. Rosa était excitée, elle avait le regard étincelant.

— Écoute, Kennedy, je vais te faire une proposition, mais j'insiste pour que tu dises oui parce que c'est une idée *fantastique.*

Ô mon Dieu, cette Rosa qui ne renonce jamais!

— S'il s'agit d'un homme..., commença-t-elle.

— Non, l'interrompit Rosa. Il ne s'agit pas d'un homme. Il s'agit d'affaires, purement d'affaires... D'accord ?

Kennedy soupira.

— Entendu. Explique-moi.

Rosa pianotait sur la table.

— Cette histoire de femmes assassinées commence à faire du bruit. Comme la police n'a pas l'air très active, ma station a décidé de prendre l'enquête en main. Nous sommes tous très excités. Et il m'est venu une idée *brillante.* C'est toi qui viendras à l'antenne pour en parler au journal du soir.

Kennedy faillit éclater de rire. Cette fois, Rosa avait vraiment perdu les pédales.

— Moi ? À la télévision ? Tu plaisantes. Je ne la regarde même pas, alors passer au journal !

— Je ne plaisante pas. Tu vas le faire.

— Mais pourquoi ?

— Je te le dis : il y a un tueur en série qui court les rues. Il est temps que la police mette un groupe spécial sur l'affaire, et nous pouvons l'y obliger. Le pouvoir de la télé est extraordinaire. Tu verras.

— Je regrette, mais je ne peux absolument pas faire ça.

Rosa ne l'écoutait pas.

— Ne t'inquiète pas... Tu seras formidable.

— C'est ce que tu dis.

— Mon directeur de l'information nous rejoint pour le café. Si tu n'as pas encore dit oui, lui te persuadera. Et, Kennedy, ne t'excite pas : il n'est *pas* libre.

Kennedy se mit à rire.

— Enfin un homme qui n'est pas libre. Ça va être celui que j'attendais... N'est-ce pas ?

— Mais oui, dit Rosa en riant à son tour.

Kennedy était pleine d'appréhension. Tout allait si vite. Elle aurait dû dire non et écouter son instinct. Mais Rosa et le directeur de l'information avaient été très persuasifs.

Elle s'installa dans un bureau pour rédiger un éditorial. Elle le relut avec le chef des informations : enthousiaste.

Rosa lui donna des conseils sur la façon de se tenir devant la caméra.

— C'est facile. Tu ne bouges pas et tu gardes l'œil fixé sur l'objectif. Tu verras ton texte se dérouler sur le téléprompteur. Tu n'auras qu'à le lire. On aura l'impression que tu t'adresses directement aux téléspectateurs.

— Tu es sûre que ça va servir à quelque chose ?

— Absolument.

— Alors pourquoi ne le fais-tu pas, toi ?

— Parce qu'on est habitué à moi. On me voit au journal tous les soirs. Toi, tu es une grande journaliste. Nos téléspectateurs vont adorer.

— Une grande journaliste ?

— Mais oui ! Ton article sur Bobby Rush dans

La Guerre des styles a soulevé des tas de controverses. *USA Today* l'a repris. En ce moment, on ne parle que de toi et on va utiliser cet élément pour faire grimper l'audimat.

— Je ne suis pas responsable de cet article.

— Réfléchis un peu : tu vas avoir une bonne influence. Si nous amenons le chef de la police à constituer un groupe spécial, alors, nous aurons fait notre boulot. Tu te rappelles l'étrangleur de Hillside, il y a quelques années? Cette affaire commence à être aussi épouvantable.

— Bon, bon, je ferai de mon mieux.

Elles firent une répétition. Quelle épreuve! Elle trébuchait sur les mots, se sentait complètement idiote. Ensuite, elle passa dans la cabine de maquillage où l'on se mit à lui mettre trop de rouge et à lui appliquer un fard vert foncé sur les paupières.

— Je ne supporte pas tout ce maquillage, protesta-t-elle.

— L'éclairage de la télé délave les gens : surtout les blondes, expliqua Rosa. Comme ça, tes traits ressortiront.

Ensuite, le coiffeur lui donna un coup de peigne.

— Ô mon Dieu! J'ai l'air d'une poupée Barbie, gémit-elle en se regardant dans la glace.

— Pas du tout. Tu es superbe.

Quand Kennedy revint devant la caméra, elle était nerveuse. Vraiment nerveuse.

L'équipe du journal commença à se mettre en place. Rosa et son coprésentateur — un Noir aux cheveux crépus, avec une voix de basse rassurante — étaient assis au centre d'un bureau incurvé, les autres journalistes regroupés autour d'eux.

Kennedy avait la bouche si sèche qu'elle ne savait pas si elle serait capable d'articuler un mot.

Le journal commença. Elle regarda Rosa se glisser sans mal dans son rôle de présentatrice et se sentit un peu mieux. Si Rosa pouvait le faire, elle aussi.

Quand le réalisateur lui fit signe de commencer à parler, elle était comme un lévrier sur la ligne de départ : prête à gagner.

Elle prit une profonde inspiration et se lança.

— Alors, dit Kennedy, soulagée une fois l'émission terminée, j'ai joué mon rôle, maintenant, c'est à toi : on va dans une boîte de musique country.

— Tu es sûre que c'est une bonne idée ? demanda Rosa.

Kennedy s'installa au volant de sa Corvette.

— Bonne idée ou pas, on y va.

— Nous aurions peut-être dû emmener Ferdy avec nous.

— Il se ferait trop remarquer. Je ne crois pas que ces boîtes country soient pleines de joueurs de basket-ball noirs d'un mètre quatre-vingt-dix.

Rosa en convint.

— C'est vrai qu'il ne passe pas tout à fait inaperçu.

Elles se garèrent devant le Santiag, sur Pico Boulevard. Rosa commença aussitôt à s'inquiéter de sa tenue.

— Je n'ai pas de trop grosses fesses, avec ce jean ? demanda-t-elle, angoissée. Je suis certaine que les gens vont me montrer du doigt en disant : Tiens, c'est la présentatrice de télé avec son gros cul.

— Mais oui, ils ne viennent que pour ça. Tu te trompes. Les gens fréquentent ces endroits-là pour la musique.

— Mon œil, répliqua Rosa. Les filles viennent ici pour se faire draguer.

— Ce n'était pas le genre de Margarita.

— Toutes les femmes ont ce genre-là quand elles sont disponibles.

— Je ne pense pas. Regarde, moi, par exemple.

— Oh, toi, tu n'es pas normale.

— Merci.

L'établissement était envahi par une foule de cow-boys de pacotille. Quelques niches le long du mur permettaient de surveiller la piste de danse. Une bonne vieille atmosphère de western.

— Je n'arrive pas à y croire! s'exclama Rosa. Regarde-moi tous ces types. Cow-boys le soir, comptables dans la journée.

— Qu'est-ce que tu en sais?

— Tu crois que des vrais cow-boys se promèneraient avec ces immenses chapeaux et cet air conquérant?

— Tu es devenue un expert, maintenant? Je croyais que ton truc, c'étaient les joueurs de basket.

— Fais-moi plaisir : offre-moi une bière et ne traînons pas.

Elles approchèrent du bar.

— Salut, les petites dames, lança le barman, confirmant leurs pires craintes.

— J'imagine qu'il n'est pas question de commander un Martini? dit Rosa en se juchant sur un tabouret.

— Deux bières, dit Kennedy.

— C'est la première fois que vous venez? demanda le barman.

— Comment avez-vous deviné? répliqua Rosa d'un ton sarcastique.

— J'imagine que vous avez pas mal d'habitués? interrogea Kennedy en s'accoudant au comptoir.

— Sûr. C'est réglé comme du papier à musique : ils arrivent, ils dansent quatre ou cinq heures et puis ils rentrent chez eux contents. C'est notre devise, au Santiag : le visage souriant et le pas léger.

— Oh non, murmura Rosa.

— Tu veux la boucler ! chuchota Kennedy. J'essaie d'établir un contact.

— Tu parles ! Tiens, il est mignon, celui-là, fit-elle, son attention attirée par un gaillard blond en chemise à carreaux, jean et Stetson marron.

Leurs regards se croisèrent. Il fondit sur elle.

— Vous aimeriez guincher, madame ? demanda-t-il poliment.

— Pourquoi pas ? répondit-elle avec un clin d'œil à Kennedy.

— La petite dame, elle s'adapte bien, observa le barman en voyant Rosa se lancer sur la piste avec son cow-boy.

— Mon amie Margarita venait souvent ici, dit Kennedy en lui montrant une photo. Vous vous souvenez d'elle ?

— Je connais des tas de gens, mais les noms, c'est pas mon fort. (Il examina le cliché.) Ma foi, non, je ne me rappelle pas.

— Vous avez peut-être lu des articles sur elle. Elle a été assassinée voilà deux mois.

— Ici ? demanda-t-il sans émotion.

— Comment ça : ici ?

— Je ne devrais pas le dire... (Il se pencha sur le comptoir et lui murmura sur le ton de la confidence :) On a eu quelques viols sur le parking.

— Ah oui ? Quand ça ?

— Le dernier, c'était il y a quelques semaines. Bien sûr, on a renforcé la sécurité, depuis.

— Margarita n'a pas été violée : on l'a étranglée. Quelqu'un aurait pu la suivre chez elle en repartant d'ici ?

— Vous croyez ? dit-il d'un ton songeur. Vous êtes une parente ?

— Non, j'écris, dit-elle en lui tendant sa carte. Si jamais il vous revient quelque chose, passez-moi un coup de fil.

Il examina sa carte.

— Kennedy. Drôle de nom pour une femme.

— Et vous, c'est quoi ?

— Brick.

— Oh, c'est beaucoup plus normal..., pour un garçon.

Sans lui laisser le temps de réagir, elle partit avec sa bouteille de bière et se planta au bord de la piste : elle regarda Rosa se ridiculiser en essayant de suivre le jeune cow-boy qui la serrait de près.

— Allons, les enfants ! C'est l'heure de la polka ! annonça l'animateur dans son micro.

Rosa arriva avec son cavalier.

— On va s'entraîner par là, dit-elle, les joues toutes rouges. Billy va m'apprendre la polka.

— Billy, demanda Kennedy, vous êtes un habitué ?

— Oui, madame... Je viens ici tout le temps.

Elle sortit la photo de Margarita.

— Vous la connaissez ?

Repoussant son Stetson en arrière, il contempla un moment la photo.

— Ma foi, non, madame.

— Elle venait ici toutes les semaines.

— Pour sûr, elle ne venait pas les mêmes soirs que moi.

— Pour sûr, répéta Kennedy.

— Vous devriez peut-être demander à un des videurs. Ils savent tout ce qui se passe par ici.

— Bonne idée. Merci.

Elle avait remarqué plusieurs gaillards qui patrouillaient dans la salle — chapeau de cow-boy noir, chemise noire et blue-jean de rigueur. Elle en aborda un qui se tenait près de la porte, un insigne de shérif brillant sur la poitrine.

— Vous vous souvenez de cette femme ? demanda-t-elle en lui montrant le portrait de Margarita.

Il jeta un coup d'œil.

— Si oui, qu'est-ce que ça me rapporte ?

— Qu'est-ce que vous voulez ? répondit-elle, se piquant au jeu.

— Un rendez-vous.

— Je ne suis pas sûre que mon mari apprécierait.

— Ah, merde ! Les meilleures sont toujours prises.

— Est-ce que vous vous souvenez d'elle ?

— Oui. Jolie petite dame. Elle venait ici tous les samedis soir. Bonne danseuse.

— Elle venait avec quelqu'un en particulier ?

— Que non. Parfois avec deux amies. Je ne l'ai jamais vue partir avec un garçon.

— Vous avez une excellente mémoire.

— Faut bien, dans le métier.

— Bon, merci, dit-elle.

— Dommage que vous ne soyez pas libre, dit-il avec un clin d'œil suggestif.

De toute évidence, elle n'avançait pas. Elle chercha Rosa des yeux et la vit en train d'apprendre un pas de polka compliqué sous le regard attentif de Bill. Si Ferdy la voyait...

— On s'en va, annonça-t-elle.

— Ah bon.

— Désolée de t'emmener comme ça.

Rosa fit un geste de la main à sa nouvelle conquête.

— À bientôt, cow-boy.

Il porta la main à son chapeau.

— À bientôt, jolie dame.

— Cesse de les prendre au berceau, protesta Kennedy. Tu en as déjà un tout jeune, chez toi, ça ne te suffit pas ?

26

Mac Brooks n'arrivait pas à dormir. Quelque chose l'obsédait, dont il ne parvenait pas à se débarrasser. Il regarda un moment un débat à la télévision, mais Sharleen lui dit que la lumière de l'écran la gênait. Il éteignit le poste et s'allongea sur le dos dans le noir, mille pensées se bousculant dans son esprit.

Il lui arrivait quelque chose de terrible : son passé revenait le hanter, et ce n'était pas agréable.

Quand il avait entendu parler du meurtre de Margarita Linda, il avait mis ce crime sur le compte de la violence urbaine, des dangers qui guettaient tous ceux qui habitaient Los Angeles. Mais il avait appris récemment la disparition de Stephanie Wolff : il avait eu alors la certitude que les deux meurtres étaient liés. Et puis ce soir, au journal télévisé, on avait annoncé l'assassinat de l'actrice Pamela March. Il avait senti le froid l'envahir. Pas de doute, maintenant : il *savait* qui commettait les meurtres.

Après le dîner, il était allé dans son bureau, espérant trouver un peu de paix et de calme afin de réfléchir à ce qu'il devrait faire. Sharleen l'avait suivi. Elle s'était penchée sur son fauteuil et lui avait ébouriffé les cheveux en proposant :

— Allons voir un film à Westwood. Et, si tu es très, très gentil, on se mettra au dernier rang pour faire des choses.

— Pas ce soir, mon chou.

— Pourquoi, chéri ? avait-elle demandé en lui mordillant le haut de l'oreille.

— Parce que je n'en ai pas envie.

— Ce que tu peux être assommant quand tu travailles !

— Toi aussi.

— J'aurais pu avoir un rôle, dans ce film, avait-elle dit avec agacement. Bobby et moi, ç'aurait été sensationnel, et tu le sais. C'est si bête que tu sois jaloux...

— Sharleen, je te l'ai déjà dit : je ne suis *pas* jaloux.

— Mais si.

— Non, absolument pas.

Maintenant, il était allongé dans son lit, incapable de trouver le sommeil, avec Sharleen auprès de lui, les yeux fermés, le souffle régulier.

Il ne pensait qu'à ces femmes assassinées. Combien de temps faudrait-il à la police pour établir des rapprochements entre ces meurtres ? Combien de temps pour se rendre compte qu'elles avaient toutes les trois travaillé sur *Le Contrat* ?

Il savait qu'il était de son devoir de parler ; mais, s'il le faisait, le cauchemar ferait de nouveau la une des journaux : sept ans auparavant, un meurtre avait été commis sur le plateau du film qu'il tournait. Ingrid Floris, une jeune et belle actrice, avait été brutalement tuée par l'acteur qui jouait le rôle de son ex-petit ami. En présence de plusieurs témoins, il l'avait traînée hors de sa caravane et, après une lutte violente, l'avait étranglée.

Margarita Linda était partie en criant au secours. Pétrifiées d'horreur, Stephanie Wolff et Pamela

March avaient suivi toute la scène. Jordanna Levitt, Cheryl Landers et Gerda Hemsley avaient tout vu de la fenêtre de la caravane abritant les bureaux de la production.

Quand Margarita était revenue avec deux chauffeurs costauds, il était trop tard pour sauver Ingrid : elle était morte.

Les six femmes avaient été citées comme témoins au procès. Toutes les six avaient contribué à faire condamner le tueur.

Le comédien s'appelait Zane Marion Ricca. Il était le neveu du parrain de Mac. Personne ne le savait — pas même Zane, qui croyait que c'était par un coup de chance qu'il avait décroché un si grand rôle dans un film important.

Mac savait à quoi s'en tenir. Il avait rendu service à son parrain parce que, quand celui-ci demandait quelque chose, Mac était assez malin pour ne pas le lui refuser. En vérité, personne ne disait non à Luca Carlotti.

Seigneur ! Zane avait dû sortir de prison. Et l'horrible réalité, c'était qu'il était peut-être en train de tuer systématiquement chacune des femmes qui avaient témoigné contre lui.

Toutes, sauf Jordanna, Cheryl et Gerda.

Peut-être étaient-elles les suivantes sur la liste.

Mac se redressa sur le lit, le front baigné de sueur.

— Qu'est-ce qu'il y a ? marmonna Sharleen d'une voix ensommeillée.

— Rendors-toi, chérie, murmura-t-il, étonné d'entendre sa voix aussi calme.

— Humm...

Elle se retourna, et il remarqua le voluptueux contour de ses seins sous le tissu léger de sa chemise de nuit. Dommage qu'il ne soit pas en meilleures dispositions. Il est vrai qu'ils faisaient rarement l'amour dans la chambre : c'était trop normal pour Sharleen.

Il se glissa hors du lit et alla dans la penderie pour enfiler un pantalon de jogging, un chandail, des chaussettes et des baskets. Puis il descendit. Inutile d'essayer de dormir : ce problème l'obsédait trop.

Il se précipita dans son bureau et referma la porte derrière lui. Il tira les stores qui donnaient sur le patio. Il traversa la pièce et décrocha un petit Picasso accroché au mur à côté de la cheminée. Derrière la toile, un coffre scellé dans la maçonnerie.

Il composa la combinaison. La porte d'acier s'ouvrit avec un déclic. C'était son coffre. Sharleen avait le sien. Il s'arrêta un moment avant d'en vider le contenu sur la table. Ça ne lui arrivait pas souvent de replonger dans ses souvenirs doux-amers : il y avait certaines choses qu'il valait mieux oublier.

Il prit d'abord une grande enveloppe beige. Il l'ouvrit, retira les photographies qu'elle contenait et les étala sur son bureau. Les souvenirs l'envahirent. Mac Brooks, à trois ans, se balançant sur les épaules de son père, un grand gaillard dégingandé aux cheveux bruns et bouclés, à l'air insouciant. Mac à six ans avec sa mère, Priscilla, une somptueuse blonde en short. Mac à douze ans : un gamin au visage sale, au sourire torve, toujours prêt à commettre un vol. Mac à quinze ans, debout auprès de son parrain, Luca Carlotti.

Mac regarda attentivement la photo. Luca Carlotti : un petit homme aux yeux à la Valentino enfoncés sous d'épaisses paupières, les lèvres pleines et le cheveu gominé. Un sourire de cobra, un costume admirablement coupé.

Luca Carlotti était l'homme le plus craint du quartier. Il était aussi le plus adulé.

Luca Carlotti pouvait réaliser vos rêves. Il pouvait aussi vous écraser. C'était une force, et le père de Mac était son bras droit.

En grandissant, Mac avait compris pourquoi le grand Luca Carlotti était son parrain : Luca était l'amant de sa mère, et son père n'avait pas le cran de protester.

Luca Carlotti et les parents de Mac sortaient toujours ensemble. Jusqu'au soir où ils se rendirent dans un club de Harlem pour entendre un célèbre chanteur de jazz. Il était deux heures du matin quand ils en repartirent. Le père de Mac sortit le premier pour faire signe à leur chauffeur. La longue limousine vint se ranger. Luca et Priscilla sortirent de la boîte.

Une voiture passa lentement auprès d'eux. Luca s'arrêta pour dire quelque chose à Priscilla. À cet instant, une grêle de balles s'abattit sur eux. Luca se plaqua au sol, entraînant Priscilla avec lui. Le père de Mac écopa d'une balle en plein cœur. Une balle destinée à Luca. Mac avait seize ans à l'époque.

Luca n'était pas un ingrat. À compter de ce jour-là, il veilla à ce que Mac eût tout ce qu'il voulait.

Il voulut être boxeur.

Luca paya un entraîneur et organisa une série de rencontres d'amateurs.

Il voulut une voiture.

Luca lui acheta une Mustang rouge.

Il voulut être metteur en scène.

Luca s'arrangea pour qu'il puisse suivre des cours de cinéma.

Il voulut travailler sur un vrai film.

Luca le fit engager comme troisième assistant sur *Les Nuits de New York*, un film dans lequel certains de ses *amis* avaient investi de l'argent.

Ce fut pour Mac une expérience fascinante : il avait découvert sa vocation.

Le metteur en scène des *Nuits de New York* était William Davidoff, un homme énergique avec une voix puissante et un style flamboyant. Sa fille, Willa, fournit la clé de l'avenir doré de Mac : à peine le film mis en boîte, Mac et Willa filèrent à Las Vegas où ils se marièrent. Trois ans plus tard, Mac réalisait son premier film.

Luca Carlotti et sa mère lui avaient souhaité bonne chance quand il était parti pour Hollywood. Ils avaient respecté sa décision de mettre un peu de distance entre lui et ses contacts new-yorkais. Luca comprenait ces choses-là : c'était un homme très compréhensif.

Luca ne lui téléphona que des années plus tard, quand Mac préparait *Le Contrat*.

— Fiston, j'ai besoin que tu me rendes un service, dit-il comme s'ils s'étaient parlé la veille.

Mac détestait que Luca l'appelle ainsi. Le fait de coucher avec sa mère ne l'autorisait pas à l'appeler « fiston ».

— Ce que tu voudras, Luca, répondit-il — ça l'arrangeait de rester dans les petits papiers de son parrain.

— J'ai un neveu qui veut être acteur. Plutôt beau garçon. Donne-lui un rôle dans un de tes films. J'ai promis à ma sœur de le faire.

— Ça ne peut pas être un premier rôle, précisa Mac.

— Deux, trois scènes, c'est tout ce que je demande.

— C'est comme si c'était fait.

Mac se rappelait leur conversation. Et il se souvenait de Zane Marion Ricca.

Dès l'instant où Mac avait posé le regard sur Zane Marion Ricca, il avait eu une mauvaise impression. Zane avait un comportement déplorable : il estimait que, puisqu'on l'avait engagé dans un grand film, il était une star; et il se conduisait comme si c'était le cas. Mac n'aimait pas cette attitude. Il attendait de ses collaborateurs qu'ils se respectent et s'entendent; mais, avec Zane, ça n'allait pas être le cas.

En raison de sa promesse à Luca, Mac était coincé par ce petit imbécile. Il l'avait reçu brièvement, lui avait fait passer une audition pour le rôle modeste mais capital de l'ex-petit ami. Au grand dam de la directrice du casting, Nanette Lipsky, il l'avait engagé.

— Il n'a pas d'expérience, avait déploré Nanette. Pourquoi, Mac? Toi qui es en général si difficile?

— Parce qu'il a une gueule, avait répondu Mac, entêté. Il sera très bien dans le personnage.

Zane, en effet, avait une gueule. Des yeux gris fendus dans un visage pâle et étroit. L'air absent. Des cheveux noirs gominés comme ceux de son oncle. Il n'était pas beau, il n'était pas laid : il était simplement... rien du tout. Cette absence de caractère allait donner du corps au rôle. Mac avait pensé que ce serait supportable.

Il s'était trompé. Zane était le pire casse-pieds qu'il eût jamais rencontré. Il se baladait sur le plateau comme s'il se prenait pour Tom Cruise. Il avait commencé par insulter la maquilleuse. Margarita, en pleurs, était allée trouver Mac en se plaignant amèrement. Ensuite, Zane avait entrepris de s'aliéner tous les gens qui travaillaient sur le film.

Mac s'était senti impuissant. Qu'aurait-il pu faire? Il aurait viré n'importe quel autre acteur. Mais il avait promis à Luca de lui rendre ce service et il se sentait obligé de tenir sa parole.

Ingrid Floris était une beauté rayonnante, jeune

et innocente, avec une grâce pure et virginale. Mac était certain qu'elle était promise à une grande carrière. Il lui avait donné un petit rôle dans son film précédent, et, cette fois, elle en avait un plus important dans *Le Contrat*. Il ne fut pas déçu : elle jouait à la perfection. Une Grace Kelly jeune.

Mac avait été si impressionné qu'il n'avait même pas essayé de la draguer, comme c'était son habitude. Ç'aurait été compliqué : à l'époque, il était encore marié avec Willa. Il couchait aussi avec Jordanna, qui, à dix-sept ans, était un vrai démon. Pendant cinq minutes, il avait eu des remords de coucher avec elle. Mais elle était si déterminée : quand elle voulait quelque chose, elle n'en démordait pas. Il vivait dans la crainte que son père — un de ses amis — n'apprenne leur liaison et ne le tue. Mais Jordanna se contentait de rire quand il en parlait.

— Jordan se fiche pas mal de ce que je fais. Il est trop occupé à se remarier... Encore... et encore !

Leur liaison avait duré six semaines. Après, elle avait commencé à s'ennuyer et s'était intéressée à l'un des figurants, qui possédait une Harley et faisait du surf. Mac en avait été soulagé : l'énergie de Jordanna l'épuisait.

Ingrid avait presque terminé son tournage quand elle s'était mise à travailler avec Zane. Elle avait un caractère aussi doux que son visage, et c'était un tel plaisir d'être avec elle que même Zane avait commencé à se tenir convenablement. C'était une bonne chose car, à ce moment-là, plus personne ne pouvait le supporter.

Les scènes entre Ingrid et Zane étaient très fortes. Zane était peut-être le connard de l'année, mais il était parfait pour le rôle qu'il jouait. L'ex-petit ami d'Ingrid dans le film était justement censé être un parfait connard.

Mac ne s'était absolument pas douté que Zane

faisait la cour à Ingrid : il l'invitait à dîner, la bombardait de cadeaux et de fleurs. Ingrid restait insensible à ses attentions : elle avait un petit ami. Elle l'avait expliqué à Zane; il avait refusé de l'admettre et continué à la harceler.

Le jour où ils devaient tourner la scène du viol, Ingrid était extrêmement nerveuse. Elle s'en était ouverte à Margarita pendant que celle-ci la maquillait.

— Tu veux que je parle à Mac ? avait suggéré Margarita. Je le ferai si ça doit te rassurer.

Ingrid avait hoché la tête.

— Je suis sûre que Zane ne veut de mal à personne. Il mélange tout : c'est un peu comme s'il s'imaginait que je suis le personnage que je joue et que lui est mon ex-petit ami.

— Ne t'inquiète pas, nous serons tous sur le plateau, aux aguets.

Dans le meilleur des cas, les scènes de viol étaient dures à tourner ; avec Zane, l'expérience risquait d'être encore plus délicate. Il reportait sur Ingrid toutes ses frustrations. Il la traitait brutalement lors des répétitions — malgré Mac qui lui demandait de se calmer.

Quand était venu le moment de la première prise, Zane s'était déchaîné.

— Coupez ! avait hurlé Mac.

Zane était allongé sur Ingrid, plaquant sa bouche sur celle de la jeune femme, lui arrachant ses vêtements.

— Merde, j'ai dit « coupez » ! avait crié Mac en voyant que Zane continuait.

Zane avait continué.

— Espèce de dingue, avait lancé Mac.

Il s'était précipité sur Zane, vautré sur Ingrid, pétrifiée, et l'avait tiré en arrière :

— Enfant de salaud ! Qu'est-ce qu'il te prend ?

Zane l'avait toisé froidement.

— Je joue la comédie. Ce n'est pas ce que tu voulais ?

— Quand je crie « coupez », tu te relèves, bon Dieu ! C'est *mon* film, *mon* plateau, et tu suis *mes* ordres. Maintenant, fous-moi le camp.

Il s'était penché pour aider Ingrid à se relever.

— Ça va, ma chérie ?

Elle avait acquiescé, avec un pâle sourire.

— Ça ira comme ça, n'est-ce pas ? avait-elle demandé.

— Tu parles, avait lancé Mac. C'est dans la boîte ! Je ne vais pas t'imposer ça une nouvelle fois.

Plus tard, ce jour-là, Zane s'était rendu dans la caravane d'Ingrid. Croyant qu'il venait lui présenter ses excuses, elle l'avait laissé entrer. Ils avaient commencé à se disputer : même Ingrid pouvait perdre patience. Quand Zane avait essayé de lui faire violence — en prétendant qu'elle l'avait mené en bateau —, la dispute avait tourné à la bagarre. Ils étaient sortis de la caravane en se battant.

Tout s'était passé très vite. Un instant plus tard, Ingrid gisait morte sur le sol.

Une jeune carrière pleine de promesses était terminée. Mac s'était senti totalement responsable.

— Chéri, qu'est-ce que tu fais ?

Sharleen était plantée sur le seuil de son bureau, drapée dans un peignoir pêche.

— Sharleen, dit-il avec patience, retourne te coucher. Il est trois heures du matin.

— Je sais, dit-elle en frissonnant. C'est justement ça.

— J'étudie le script, dit-il.

— Viens plutôt te coucher, dit-elle, tentatrice. Je me sens seule.

— N'insiste pas, mon chou. J'ai besoin de rester là un moment.

Elle lorgnait les photos. Avant qu'il ait pu l'en empêcher, elle tendit la main et en prit une. Manque de chance : c'était la photo de lui à quinze ans, posant auprès de Luca Carlotti.

— Qui est-ce? demanda-t-elle avec curiosité. Ton père?

— Non.

— Alors, qui est-ce?

— Un ami de la famille.

Sharleen contempla la photo.

— Il fait très... gangster.

Mac eut un rire gêné. Il fit le tour du bureau et lui reprit la photo.

— Gangster! Comment ça?

Elle reprit la photo.

— Laisse-moi voir encore. Comment se fait-il... ?

Il la prit par les poignets et la fit taire en plaquant ses lèvres sur les siennes. Elle réagit immédiatement. Après tout, ils n'étaient pas dans la chambre à coucher : alors, pourquoi pas?

La dépouillant de son peignoir, il la pencha contre le bord de son bureau et souleva le pan de sa chemise de nuit.

— Chéri, murmura-t-elle d'une voix rauque. Les enfants... Ils pourraient venir.

— Tout le monde dort, lui assura-t-il.

27

Travailler avec Quincy allait beaucoup occuper Michael. En plus de l'histoire Marjory Sanderson, Quincy avait plusieurs affaires sur les bras : filer un mari vagabond pour le compte d'une épouse jalouse et limiter les dégâts pour une vedette de la télévision qui se droguait.

— Notre boulot, c'est qu'on ne parle pas d'elle dans la presse, dit Quincy. Alors, chaque fois que cette fille sort, se drogue, frappe quelqu'un ou déclenche une bagarre dans une boîte, on paie les gens et on s'assure que ça ne fasse pas les gros titres des feuilles à scandale.

— Ça m'a l'air d'un travail à temps complet, dit Michael en buvant une gorgée de bière non alcoolisée.

— Elle est tout le temps suivie par un garde du corps. Il me fait son rapport chaque matin. S'il y a des dégâts, je m'en occupe, et on me paie grassement pour ça.

— Qui est-ce qui casque, en l'occurrence ?

— Les studios Orpheus. Elle travaille pour leur société de production télé. Orpheus casque pour pas mal de choses ; tu serais surpris.

Ils étaient chez Quincy, regardant d'un œil un match de base-ball à la télévision. Ambre leur avait préparé un dîner de poulet frit puis était allée se coucher : le lendemain matin, de bonne heure, elle partait avec Quincy et les gosses pour un week-end de ski. Michael avait proposé de garder la maison.

— Tu te souviens de Rosa, cette journaliste de télé, dit-il en se calant sur le canapé. Je l'ai revue l'autre jour et elle m'a remis tout un sac de lettres. J'en ai lu quelques-unes. La plupart proviennent de femmes.

— Ah oui ? Et qu'est-ce qu'elles disent ?

Michael haussa les épaules et prit une cigarette.

— Oh, tu sais, elles veulent m'épouser, s'occuper de moi, me faire des bébés.

Quincy rit bruyamment.

— Elles veulent te mettre dans leur lit... C'est ça ?

— Très drôle. Mais il y a deux ou trois lettres qui pourraient être intéressantes.

— Qu'est-ce qui te fait croire ça ?

— C'est probablement idiot, mais il faut que je fasse quelque chose. Les flics n'ont absolument rien ; je les appelle tous les jours. (Fouillant dans la poche de sa veste, il en tira deux lettres et les lui tendit.) Tiens, regarde donc.

La première lettre était écrite sur du papier parfumé avec un dessin de fleurs dans le haut. Quincy la parcourut rapidement.

Cher Mr. Scorsinni,

Je vous ai vu à la télé. Je peux vous être d'une grande aide. Pour établir le contact, passez une annonce à la rubrique « personnelle » de 213, l'hebdomadaire de Beverly Hills. Soyez prêt à payer dix mille dollars en espèces pour des renseignements. Retrouver votre enfant, ça vaut bien ça.

Une amie

— Qu'en dis-tu ? demanda Michael.

— Quelqu'un essaie de te soutirer de l'argent.

— Tu crois ? fit Michael en soufflant un nuage de fumée.

— Oui. Bon sang, Mike, si Ambre te voyait fumer ici, elle en aurait une attaque.

— Encore une bouffée, et c'est fini.

— J'espère bien. Que dit l'autre lettre ?

— Lis-la.

Quincy déplia la note griffonnée sur une feuille de papier sans signature.

Heron Jones est à Las Vegas.
Il sait où est votre enfant.

— Qu'est-ce que tu vas faire ? demanda Quincy en reposant la lettre. Courir à Las Vegas pour rechercher Heron Jones ?

— Rosa Alvarez m'a demandé une autre interview pour la télé. Je vais peut-être accepter et voir ce qu'il se passe.

— Plus on te voit à la télévision, mieux c'est pour les affaires. Tu sais ce qu'on dit à Hollywood : la mauvaise publicité, ça n'existe pas.

— Bonté divine, Quincy, je n'aurais jamais cru que je t'entendrais citer des expressions de Hollywood !

Quincy eut un grand sourire. Il se leva, alla dans la cuisine et se servit une autre bière.

— Tu as le numéro où on sera pendant le week-end ? demanda-t-il en revenant dans le salon.

— Mais oui, mais oui.

— Et s'il y a une urgence...

— Je t'appellerai.

— Tu devrais venir avec nous, mais non, il faut que tu restes ici à broyer du noir.

— À t'entendre, on croirait que ça m'amuse. Je ne peux m'attacher à rien tant que je n'ai pas retrouvé Bella.

— Je comprends. Écoute, si Marjory Sanderson téléphone, tu es sûr que tu peux te débrouiller avec elle ?

— Oh ! je t'en prie !

— Tu sais, je ne comprends pas : le type n'a pas téléphoné ni essayé de la voir. Les lettres arrivent irrégulièrement, toutes postées d'endroits différents. Tout ce qu'on peut faire, c'est surveiller la situation, s'assurer que la petite va bien. Elle est..., euh..., un peu névrosée.

— J'ai remarqué.

— Je crois que c'est tout. Oh si, j'ai eu un coup de fil de mon contact au studio Orpheus me demandant d'aller voir Mac Brooks, le metteur en scène.

— Qu'est-ce qu'il veut ?

— On ne le saura que quand on le verra. On ira dès lundi matin.

— Tu veux dire que je vais assister au tournage d'un vrai film ?

— Excitant, non ?

Ils se regardèrent et éclatèrent de rire.

Quincy, Ambre et les enfants partirent de bon matin. Michael roula à bas de son lit et décida d'appeler sa mère. Il lui avait téléphoné deux fois depuis le meurtre de Rita. Naturellement, il lui avait parlé de la disparition de Bella, mais elle ne s'était pas donné la peine de rappeler pour savoir si l'affaire avançait ni comment il tenait le coup. Quelle surprise !

Elle répondit à la première sonnerie, ce qui le soulagea : il n'aurait pas à parler à Eddie.

— Salut, maman, comment ça va ? demanda-t-il avec un entrain feint.

— Comme d'habitude, Mikey, dit-elle avec un soupir las. Toujours la même chose.

— Bon.

— Tu ne rentres pas ?

— Non, maman. Ce n'est pas possible. Il faut que je reste ici jusqu'à ce que j'aie retrouvé Bella.

— C'est vrai, il faut que tu restes là-bas, répéta sa mère, que ça n'avait pas l'air de trop affecter.

— As-tu besoin d'argent, maman ? reprit-il.

Non pas qu'il en ait à dépenser, mais, dès l'instant où il pouvait payer son loyer, il ne demandait pas mieux que de lui envoyer ce qui lui restait. Cela la ragaillardit considérablement.

— Si tu en as, Mikey. Il faut maintenant que je prenne des remèdes qui coûtent une fortune.

Comment se faisait-il qu'elle ait besoin de son argent ? Il avait appris par l'un de ses amis du quartier que son frère roulait sur l'or. Sal, apparemment, faisait maintenant du racket à la petite semaine et se baladait dans une Cadillac dorée avec la femme qu'il avait épousée dix-huit mois plus tôt, Pandi, une blonde au visage dur qui dirigeait une agence d'hôtesses. Il avait aussi acheté une maison. La dernière fois que Michael l'avait vu, c'était à son mariage avec Pandi : ils s'étaient disputés à propos de Rita.

— Rita est une fille sacrément bien : comment se fait-il que tu la traites si mal ? avait demandé Sal.

Comme si c'étaient ses affaires.

— Tu ne vas pas m'apprendre comment traiter ma femme, avait répondu Michael en réprimant une terrible envie d'envoyer son poing dans la figure de son frère.

— Rita est une vraie petite reine et tu la laisses partir. Tu n'as donc aucun sens commun ?

— Rita part pour la Californie parce qu'elle en a envie. Nous allons divorcer.

— Tu sais ce que tu es, Mikey ? avait lancé Sal. Tu es un putain de flic et tu ne seras jamais rien d'autre.

Ils avaient failli en venir aux mains, mais Eddie s'était interposé en leur disant qu'ils tuaient leur pauvre mère. Ce qui n'empêchait pas Eddie de la battre comme plâtre chaque fois qu'il pensait pouvoir le faire sans histoire.

Les paroles de Sal avaient mis Michael en fureur. Elles lui rappelaient tous les mauvais souvenirs de son enfance. Chaque jour, Eddie lui disait qu'il était un bon à rien. Chaque jour de la semaine, jusqu'au moment où il était parti.

Après les insultes de Sal, il avait décidé de ne plus jamais faire un geste pour revoir son frère. Et Sal était manifestement dans les mêmes dispositions : quand Michael était à l'hôpital, Sal ne s'était pas donné le mal de lui rendre visite.

— Je t'enverrai ce que je peux, dit Michael.

Il attendait que sa mère lui dise quelque chose de gentil..., n'importe quoi, pour montrer qu'au moins elle lui était un peu attachée. Elle ne dit pas un mot.

Et alors ? Ça ne le changeait guère.

Passer le week-end dans la maison des Robbins n'était pas désagréable : ça lui donnait le sentiment d'avoir une famille. Il se demandait souvent comment cela aurait tourné si les choses avaient bien marché avec Rita. Il avait essayé. Quand il avait cessé de boire, il avait vraiment essayé ; mais, à ce moment-là, il était trop tard, même si Rita n'était pas de cet avis. Elle l'avait traîné chez un conseiller matrimonial. Ils étaient restés deux heures assis dans le bureau d'un parfait étranger tandis que Rita disait des horreurs sur lui : « Il est égoïste. Il ne me manifeste jamais de tendresse. Il ne me fait pas de compliment. Il n'est jamais là pour moi. »

Elle n'avait pas avoué qu'il payait toutes les factures, qu'il travaillait sans répit et que c'était lui qui faisait tourner la maison. Peu avant de sortir, elle avait dit quelque chose qui le tracassait encore.

— Je sais qu'il n'a pas eu une enfance facile... mais ç'a été pareil pour son frère, Sal, et Sal est un type formidable.

Cette réflexion l'avait vraiment surpris. Depuis quand Rita trouvait-elle que Sal était un type formidable ?

Dans la voiture, il lui en avait reparlé.

— Qu'est-ce que c'est que cette histoire ? Sal est formidable ? Depuis quand est-ce que vous êtes si proches ?

— N'oublie pas que c'est lui qui nous a présentés, lui rappela-t-elle. C'est *lui* que j'aurais dû épouser au lieu de toi.

Et, bien entendu, ç'avait été le point de départ d'une nouvelle scène.

Il dormit d'un sommeil agité. Il rêva de Rita et de Bella. Il s'éveilla de bonne heure et resta couché en pensant aux deux lettres qu'il avait montrées à Quincy, se demandant s'il ne devrait pas faire quelque chose. Si Heron Jones était à Vegas, comment le contacterait-il ? Cela ne devrait pas être trop difficile de retrouver la piste de Heron si celui-ci faisait toujours son numéro. Il sauterait peut-être dans un avion le prochain week-end. Il ne fallait négliger aucune piste.

Il se leva tard, prépara des œufs au bacon et

s'offrit le luxe de regarder des matches de base-ball tout l'après-midi. Sept heures et demie, il commanda une pizza par téléphone puis revint s'installer sur le canapé du salon pour regarder la première partie du *Parrain*. Il était si fasciné que ce fut à peine s'il entendit le téléphone. Il décrocha juste à temps.

— Oui ?

Une voix de femme chuchota :

— Puis-je parler à Quincy, s'il vous plaît ?

— Qui est à l'appareil ?

— Marjory Sanderson.

— Ah, Marjory... (Il arrêta le téléviseur.) C'est Michael Scorsinni, l'associé de Quincy. Il est parti pour le week-end, mais il m'a dit que, si vous aviez besoin de quoi que ce soit, j'étais à votre disposition. Que se passe-t-il ?

— Je..., je ne me sens pas... en sécurité, dit-elle d'un ton hésitant.

Il se redressa.

— Il est arrivé quelque chose ?

— Non. Je suis à la maison. Les gardes sont là, les chiens et tout... Mais j'ai un mauvais pressentiment.

— Que voulez-vous que je fasse ?

— Vous pouvez venir ?

Il hésita un moment. Il n'avait aucune envie d'aller jusqu'à Bel Air.

— Oh ! bien sûr, Marjory, si ça doit vous aider.

— Je vous en prie.

— Bon, j'arrive dès que je peux.

Merde alors ! Juste au moment où l'on en arrivait à la meilleure scène, celle de l'hôpital, où Al Pacino doit garder Marlon Brando tout seul. Il songea à appeler Quincy mais décida de ne pas déranger la famille. Il était parfaitement capable de calmer Marjory.

Il était en jean et en chemise de lainage. Après tout, on était samedi soir. Elle ne s'attendait tout de même pas à le voir en costume trois pièces. Si c'était le cas, tant pis. Il éteignit la télé et partit.

À la porte de la propriété, les gardes le laissèrent passer. Il ne savait pas s'ils étaient au courant de la situation : il ne s'arrêta donc pas pour en discuter. Il roula jusqu'au bâtiment principal et se gara devant la lourde porte en chêne.

Le maître d'hôtel le fit entrer dans l'élégant salon. Il prit un siège et attendit..., attendit..., attendit. Trente-cinq minutes plus tard, Marjory fit son entrée.

— Je suis absolument désolée, dit-elle. J'étais au téléphone avec mon père.

Michael n'avait pas l'habitude de Hollywood. Il était vexé, et ça se voyait.

— Il n'y a même pas un magazine, dans cette pièce, dit-il sèchement. Je n'aime pas attendre sans rien faire.

Était-ce son imagination, ou bien était-elle nue sous sa simple robe blanche ?

— Voulez-vous boire quelque chose, Mr. Scorsinni ? proposa-t-elle, toute rouge.

— Appelez-moi Michael.

Il détourna les yeux pour éviter le numéro qu'elle lui faisait.

— Très bien..., Michael, murmura-t-elle d'une voix dolente. Puis-je vous offrir quelque chose ?

— Euh..., je ne bois pas.

— Quelle coïncidence ! Moi non plus.

Elle commençait à l'agacer sérieusement. Il était venu jusqu'ici parce qu'elle semblait affolée, et voilà qu'elle lui proposait calmement un verre, comme si de rien n'était.

— Marjory, dit-il d'une voix crispée, il ne s'agit pas d'une visite mondaine. Je suis venu parce que vous me l'avez demandé. Vous m'avez dit que vous étiez inquiète. Si vous me racontiez ce qui s'est passé ?

Elle baissa les yeux.

— Il a téléphoné.

— C'est la première fois ?

— Oui. Il n'avait encore jamais appelé.

— Qu'a-t-il dit ?

— Les mêmes choses que dans les lettres. Qu'il allait me tuer...

Elle s'arrêta, trop bouleversée pour continuer.

— Quelle voix avait-il ? Étouffée ? Jeune, vieille ?

— Elle était... étouffée.

— Alors vous n'avez pas pu estimer son âge ?

— Peut-être..., peut-être une trentaine d'années.

— Bon, Marjory. C'est déjà un début. Un Noir, un Blanc, un type hispanique ?

— Américain.

— Alors, après avoir raccroché, vous avez appelé votre père, c'est ça ?

— Je..., je vous ai contacté. Ensuite mon père a téléphoné pour voir si j'allais bien.

— Pourquoi ? Il était au courant pour le coup de fil ?

— Non, il appelle presque tous les soirs. Je lui ai dit que vous arriviez. Il était content.

— Bon, Marjory, voici ce que nous allons faire : je vais brancher un appareil sur votre ligne téléphonique. Il enregistrera toutes vos conversations ; comme ça, la prochaine fois que ce type appellera, nous pourrons l'enregistrer, entendre sa voix, peut-être retrouver d'où vient l'appel.

— Et mes conversations personnelles ?

— Je vous montrerai comment mettre la machine en marche. Si c'est personnel, vous pourrez l'arrêter.

— Je comprends.

— Je l'installerai lundi, quand j'aurai pu me procurer le matériel. En attendant, vous avez une amie qui peut passer la nuit avec vous ?

— J'ai une amie qui habite ici.

— Bien. Où est-elle ?

— Elle travaille sur un film. Elle rentrera plus tard.

— Vous ne savez pas à quelle heure ?

Marjory secoua la tête.

— Elle est comédienne ?

— Non. Elle est l'assistante de Bobby Rush.

— Ça doit être amusant.

— Vous trouvez ?

— Certainement. Tout ce qui touche au cinéma doit être amusant. (Il se demandait s'il pourrait allumer une cigarette dans ce mausolée.) Et vous, Marjory, vous travaillez ?

— Je collabore à des œuvres de charité. Ça prend beaucoup de temps.

— Sûrement, dit-il, n'en croyant pas un mot.

Pour lui, cette fille avait désespérément besoin d'avoir une vie à elle.

— Bon, dit-il d'un ton enjoué, s'apprêtant à partir. Vous avez les gardes, vous pouvez me téléphoner en cas d'urgence... et le maître d'hôtel habite ici, n'est-ce pas ?

— Pas dans la grande maison : il a un appartement dans le bâtiment des domestiques.

— Et s'il s'installait dans la grande maison pour la nuit ?

— Je ne me sentirais pas en sécurité, dit-elle d'un ton angoissé. Je préférerais que vous restiez.

C'était nouveau !

— Vous voulez que je reste ? demanda-t-il, surpris et loin d'être ravi.

— Oui. Quincy m'a dit que si j'avais besoin de

lui pour passer la nuit ça ne poserait pas de problème.

C'était parfait pour Quincy, qui s'était taillé faire du ski.

— Il a dit ça ?

— Oui.

— Euh, vous savez, Marjory, je n'ai rien pris avec moi.

— Il y a tout ce qu'il faut dans les chambres d'ami. Vous pourrez dormir dans celle qui est à côté de la mienne.

— Ce n'est pas très commode.

Elle fixa sur lui le regard accusateur de ses yeux bleu pâle.

— Il a menacé de me tuer. Je ne peux pas rester ici toute seule.

Michael poussa un soupir ; pas moyen de se tirer de là.

— Bon. Marjory, si ça doit vous aider à dormir, je pense que je peux rester.

Elle en parut très reconnaissante.

— Je vous remercie.

— Je vous en prie.

— Vous avez dîné ?

— Une pizza. Quand vous avez appelé, je regardais la cassette du *Parrain*... Un film excellent !

— Mon père a toute une vidéothèque. Je suis sûre que nous l'avons ici si vous avez envie de regarder la suite.

— Ce ne serait pas une mauvaise idée.

— Je vais le regarder avec vous.

Il pouvait difficilement refuser.

— Venez, dit-elle. Laissez-moi vous montrer la vidéothèque.

Il la suivit dans un vaste couloir jusqu'à une énorme pièce lambrissée. L'un des murs était couvert de rayonnages occupés sans doute par tous les films qu'on avait jamais tournés, soigneusement rangés côte à côte.

— Voyons, dit-elle. Ça doit être à la lettre « P » pour « parrain ». Quelquefois ils sont classés par metteur en scène.

Elle se mit à chercher parmi les cassettes et finit par la trouver.

— Nous pourrions le regarder dans la salle de projection. Elle est aussi aménagée pour la vidéo.

Il haussa les épaules.

— Comme vous voudrez.

— Et puis je peux demander au garde d'aller chercher une pizza.

— Je n'ai pas dit que je voulais une pizza : j'ai dit que j'en avais déjà mangé une.

— Comme vous voudrez, Michael.

Il avait une impression désagréable. Il y avait dans l'air quelque chose qui ne lui plaisait pas. Le draguait-elle ? Je vous en prie, Seigneur, faites que ce ne soit pas ça. Mais Michael avait une antenne pour ces choses-là.

Comment allait-il expliquer ça à Quincy ?

28

Regarder Bobby Rush en action, c'était une expérience. Il n'arrêtait jamais : non seulement il était la vedette du *Regard qui tue*, mais il en était aussi le producteur exécutif. Quand il ne jouait pas, il regardait par-dessus l'épaule de Mac ou il discutait budgets et programmes avec Gary ou Tyrone.

À sa grande surprise, Jordanna trouva le travail revigorant. Comme le lui avait dit Charlie, observer de l'intérieur était une véritable éducation. Quand elle avait travaillé sur *Le Contrat*, elle était une gosse de dix-sept ans qui n'avait été engagée qu'à cause de l'influence de son père ; elle n'avait donc pas eu grand-chose à faire. Cette fois, elle était constamment aux côtés de Bobby et participait réellement au tournage d'un film. Mac avait raison : c'était amusant.

Bobby était amical, mais il gardait ses distances. Elle en faisait autant. Elle ne voulait pas qu'il pense à elle comme à la fille de Jordan Levitt. Elle voulait faire ses preuves et lui montrer qu'il pouvait compter sur elle.

Il recevait chaque jour sur le plateau sa secrétaire et son attachée de presse. Jordanna ne pouvait s'empêcher de remarquer combien les deux femmes le dorlotaient. Cela l'agaçait de les voir pendues à ses lèvres comme si elles n'avaient rien de mieux à faire.

Au bout de trois jours de tournage, Bobby lui dit :

— Vous savez, Jordanna, je suis un peu surpris.

— Par quoi, Bobby ?

— Je pensais que je vous virerais au bout d'une journée.

— Merci bien !

— Vous savez, c'est un travail qui demande beaucoup. Mais vous vous en tirez vraiment bien.

— C'est un compliment ?

Il eut un sourire nonchalant.

— Il me semble.

Il avait les yeux les plus bleus qu'elle eût jamais vus et un corps sensationnel.

S'il y avait un domaine où Jordanna se sentait parfaitement confiante, c'était celui des relations avec les hommes. Elle savait depuis son plus jeune âge qu'elle pouvait avoir tous ceux qu'elle voulait. Mais avec Bobby, c'était différent. Chaque fois qu'elle pensait à lui, elle était prise d'une étrange timidité. Cela la déconcertait à tel point qu'elle n'arrivait même pas à flirter. C'était ridicule. Et pourtant... Pourquoi se surprenait-elle à penser sans cesse à lui ?

Évidemment que je pense à lui. Je travaille pour lui. Je passe dix-sept heures par jour avec lui. C'est normal que je pense à lui.

Est-ce que ça pourrait-être l'amour ?

Certainement pas !

Ni Mac ni Bobby ne déjeunaient avec l'équipe. Ils prenaient leurs repas dans leurs caravanes respectives, parfois ensemble afin de poursuivre leurs discussions.

Bobby était végétarien, mais il lui arrivait de manger du poulet.

— Vous n'avez jamais envie d'un gros steak bien saignant ? lui demanda-t-elle.

— Non.

Elle leva les yeux au ciel.

— Je ne pourrais pas m'en passer.

— Un jour je vous emmènerai aux abattoirs : ça vous fera changer d'avis.

— Oh, voyons, Bobby ! Vous portez des chaussures de cuir ? Des blousons, des gants ?

— Mais je ne les mange pas : ça fait une grosse différence.

En général, elle demandait au traiteur de préparer pour lui un plat de légumes ou de pâtes. Mais, ce samedi soir, il décida de dîner avec les comédiens et l'équipe. Il s'approcha du camion cuisine et s'installa dans la file derrière deux accessoiristes. Elle le rejoignit.

— Comment va Charlie ?

— Charlie ? répéta-t-elle sans comprendre.

— Charlie Dollar.

— Oh, Charlie. Hmm... je suis sûre qu'il va bien. Ça fait un moment que je ne l'ai pas vu.

— Ah oui ?

— Nous étions ensemble à titre provisoire.

— Vraiment ?

— Oui, vraiment.

— Hum...

— Qu'est-ce que ça veut dire ?

— J'avais l'impression...

— Qu'on couchait ensemble ? lança-t-elle, voulant le choquer. Oui, parfaitement, jusqu'au jour où son ex-petite amie est revenue. Vous êtes satisfait, Bobby ? C'est ce que vous vouliez savoir ?

Il se mit à rire, ce qui exaspéra Jordanna.

— Doucement ! Je ne travaille pas pour un magazine à sensation. Vous faites ce que vous voulez.

moins, cela signifiait qu'elle le verrait plus souvent.

Marjory avait grandi auprès de Jordanna et de Cheryl, mais elle s'était toujours sentie étrangère. Elle se savait insignifiante comparée à elles, même si elles la faisaient toujours participer à tout, avec Grant et Shep. Elle avait toujours été celle qu'on ne voit pas. Si elle mettait la main sur un beau garçon comme Michael, ce serait une leçon pour eux tous...

Évidemment, il n'était que détective. Son père protesterait. Et alors ? Elle était majeure, elle pouvait faire ce qu'elle voulait.

Elle sortit de la pièce au moment où Michael se dirigeait vers la porte.

— Il faut que j'y aille, dit-il. Je vais être en retard au studio.

— Quel studio ?

— Je passe à la télé, ce soir.

— Pourquoi ?

— Ma petite fille de quatre ans a disparu. Je vais lancer un appel.

Il avait une fille ! Il était donc marié... Elle jeta un coup d'œil à son annulaire : pas d'alliance.

— Je ne savais pas, Michael. Je suis désolée. Votre femme sera avec vous ?

— Ma femme est morte.

— Oh. (Un bref silence.) Voudriez-vous que je vous accompagne ?

— Ce n'est pas la peine, dit-il en consultant sa montre.

Il était en retard, et Rosa avait bien insisté pour qu'il soit à l'heure.

— Quand Jordanna rentre-t-elle ? demanda-t-il en ouvrant la porte.

— Ils vont peut-être encore travailler tard.

— Eh bien, euh, peut-être que je passerai la nuit ici. Je reviendrai quand j'aurai fini au studio.

— J'aimerais bien, Michael, dit-elle en lui effleurant le bras. Quel est votre plat préféré ?

Il fit un pas en arrière.

— Comment ?

— Je veux vous préparer quelque chose.

— Pas question, Marjory. Une pizza, ce sera très bien.

— Je vais en faire livrer. Vous adorerez.

Michael arriva à la télé à temps. Une assistante de production l'accueillit à la porte et l'entraîna rapidement au maquillage.

— Je ne peux pas supporter toute cette saloperie, protesta-t-il.

Il s'assit à regret devant le miroir tandis que la maquilleuse se mettait au travail.

— Juste un peu de poudre pour vous empêcher de briller, insista-t-elle. Ça ne sera pas long.

Être au studio mettait Michael mal à l'aise. La dernière fois, Rosa l'avait interviewé chez lui, et ç'avait été beaucoup moins stressant.

— Nous avons un programme chargé, ce soir, dit l'assistante de production. Kennedy Chase fait une nouvelle intervention. Vous la connaissez ?

Le nom lui semblait vaguement familier.

— Non. Qui est-ce ?

— Une journaliste. Elle écrit un article sur l'étrangleur de Los Angeles. Notre station est en train d'essayer de persuader le chef de la police de constituer un groupe spécial d'enquête.

— Vraiment ?

— Oui, il y a eu plusieurs meurtres semblables à Los Angeles ces deux derniers mois. Kennedy va passer à l'antenne d'une minute à l'autre. Venez dans le salon vert la regarder.

La fille l'entraîna dans la pièce. Michael prit une

tasse de café et s'assit devant le téléviseur. À l'antenne, Rosa annonçait qu'un petit avion s'était écrasé. Lorsqu'elle eut terminé, elle se tourna vers l'autre présentateur, un Noir à l'air doux. Ils échangèrent quelques mots, et il passa au sujet suivant. Quand la caméra revint sur Rosa, elle dit, en arborant son plus beau sourire professionnel :

— La semaine dernière, la journaliste Kennedy Chase nous a parlé des meurtres commis à l'encontre de plusieurs femmes à Los Angeles au cours des deux derniers mois. Je suis au regret de préciser que depuis lors la police n'a pris aucune mesure d'urgence. Récemment, une autre femme a trouvé la mort entre les mains de cet étrangleur sadique. Nous sommes tous en danger. Kennedy..., à vous.

La caméra se fixa sur Kennedy. Et Michael se sentit aussitôt intéressé. Kennedy commença à parler.

— Bonsoir. (L'air grave, elle ménagea une courte pause, lourde de signification.) Combien de femmes vont-elles perdre la vie avant que le chef de la police et le maire se décident à agir ? Combien faudra-t-il de victimes féminines avant qu'on en arrive à décréter l'état d'urgence ?

Michael n'arrivait pas à détacher d'elle son regard. Elle était intelligente. Elle s'exprimait bien. Elle était séduisante. Était-ce la femme avec qui Rosa avait essayé de lui arranger un rendez-vous ? Sur le moment, il avait refusé, maintenant, il le regrettait.

Kennedy semblait en savoir long sur les meurtres. Peut-être ne lui faudrait-il pas longtemps avant de découvrir que sept ans plus tôt les victimes avaient toutes travaillé sur le film de Mac Brooks. Et qu'un tueur avait circulé parmi elles.

Kennedy n'avait pas terminé que la technicienne

du son se précipitait dans le salon vert pour accrocher un micro au revers de la veste de Michael. Il se leva tandis qu'elle fixait la batterie au dos de sa ceinture.

— Vous n'êtes pas nerveux, hein? demanda la femme.

— Non, c'est la deuxième fois...

— J'ai vu votre première interview. C'était très touchant.

— Merci.

Il prit son souffle pour se préparer à affronter calmement la caméra. Chaque fois qu'il pensait à Bella, il se sentait déprimé et impuissant. Il devait affronter le fait qu'elle pouvait être morte, ou entraînée dans un réseau de pornographie enfantine. Deux idées qui lui faisaient froid dans le dos.

Au moment où il sortait, il se heurta à Kennedy, qui quittait le studio.

— C'était un discours très efficace, dit-il.

— Merci, répondit-elle en le regardant à peine.

— Je suis Michael Scorsinni.

— Enchantée de faire votre connaissance, Michael, dit-elle.

Puis elle se tourna pour parler à l'un des producteurs.

Il avait l'habitude de voir les femmes réagir de façon plus positive, mais elle semblait pressée, préoccupée.

— Je crois que Rosa m'a parlé de vous, ajouta-t-il, bien décidé à attirer son attention. Elle a essayé de nous arranger un rendez-vous.

Kennedy se tourna vers lui, l'air amusée.

— Ah... Rosa et ses combines. Elle essaie toujours de me caser et je refuse toujours. Elle vous a fait le même coup?

Il se gratta le menton.

— Oui..., à vrai dire, oui.

— Hum... Rosa a la manie de concocter des rendez-vous. N'y attachez pas d'importance.

— Vous avez raison. Mais, maintenant que nous nous sommes rencontrés, j'aimerais bien discuter des meurtres avec vous.

Cette fois, il avait attiré son attention.

— Vous avez des informations ? demanda-t-elle en le regardant de ses yeux verts au regard grave.

— J'étais inspecteur dans la police de New York. Au long des années, j'ai travaillé sur deux ou trois affaires de tueurs en série. Peut-être qu'on peut prendre un verre plus tard et en discuter.

— Là, je rentre chez moi.

— Une autre fois ?

— Si vous avez quelque chose à m'apprendre, oui. Rosa a mon numéro.

— Michael, c'est l'heure, dit l'assistante de production. On vous attend.

— Je demanderai votre numéro à Rosa, dit-il en se laissant entraîner. Et je vous appellerai... bientôt.

Elle acquiesça et le regarda s'éloigner dans le couloir. Pour une fois, Rosa avait raison. Michael Scorsinni était un très beau garçon. Mais elle n'était pas en quête de beaux garçons. Malgré tout, elle se surprit à s'attarder dans le salon vert pour suivre son interview sur le téléviseur.

Il se montra sincère et sympathique. Quand elle eut entendu son histoire, elle le plaignit de tout son cœur. Ne pas savoir où était son enfant devait être un cauchemar.

Quand il revint dans le salon vert, elle y était encore.

— J'ai changé d'avis. Je crois que je vais venir prendre un verre.

Il eut un sourire un peu triste.

— Vous me plaignez, c'est ça ?

Leurs regards se croisèrent.

— Exactement.

— Y a-t-il un Michael Scorsinni, par ici ? cria quelqu'un d'un des bureaux.

— C'est moi.

— Un appel pour vous. Pressez le bouton 3 et décrochez.

Il se précipita vers le téléphone posé sur une table d'angle.

— Oui ?

Une voix de femme, étouffée.

— Michael Scorsinni ?

— Lui-même.

— Je vous ai vu à la télé.

— Oui ?

— Je peux vous aider à retrouver votre gosse, mais ça va coûter de l'argent.

— Qui est à l'appareil ? demanda-t-il d'un ton pressant.

— Peu importe. Écoutez bien : je sais où est votre gosse. Si vous voulez la revoir, vous feriez mieux de rappliquer avec dix mille en liquide. Je vous recontacterai.

— Non... Attendez une minute ! On peut discuter argent, mais d'abord il me faut la preuve qu'elle est en vie.

— Écoutez...

Il entendit un peu de brouhaha à l'autre bout du fil, puis une voix d'enfant qui criait : « Papa ! papa ! »

Seigneur ! Comme la dernière fois. Il aurait juré que c'était Bella.

32

Ils allèrent dans un bar en face de la station de télévision. Kennedy commanda une vodka-Martini et Michael une bière sans alcool, même s'il avait envie de quelque chose de plus fort.

— Je ne suis pas une compagnie bien agréable ce soir, avoua-t-il en se frottant le menton.

Cette femme l'attirait de façon incroyable, ce qui n'avait, d'ailleurs, rien d'étonnant.

— Vous n'avez pas besoin de l'être, dit Kennedy, se demandant pourquoi elle se sentait si proche de cet homme qu'elle connaissait à peine. (Était-ce seulement qu'elle le plaignait ou s'agissait-il d'une véritable attirance ?) À votre place, je serais devenue folle.

— C'est de ne pas savoir qui est épouvantable. Je pense tout le temps à Bella. Je pense à l'endroit où elle est, à ce qu'elle fait, ou bien — pis encore — je me demande si elle est morte. Parce que, si c'est le cas, il vaudrait presque mieux que je le sache.

— Ça doit être insupportable.

— Ça l'est. Aucune piste. Rien sur le meurtrier de mon ex-femme et son petit ami. J'appelle tous les jours les inspecteurs qui travaillent sur l'affaire : ils sont compréhensifs, mais ils n'ont rien à se mettre sous la dent. Là-dessus, j'ai un coup de téléphone comme celui-ci et je crois entendre sa voix...

D'un geste impulsif, Kennedy posa une main sur la sienne.

— Vous ne pouvez pas être certain que c'était bien Bella. Ce peut être quelqu'un qui essaie de vous soutirer de l'argent.

— Vous croyez ? Où vais-je trouver dix mille dollars ?

— Je ne sais pas quoi vous dire, Michael.

— Oh, c'est déjà bien que nous soyons ici à discuter. Ça me fait du bien. Quincy, mon associé, est absent. (Nouveau silence.) Et puis c'est formidable de parler avec vous.

Elle retira sa main et sourit.

— J'ai raté ma vocation. J'aurais dû être barmaid. (Elle prit son verre et but une gorgée.) Où est votre famille, Michael ?

— À New York. J'ai un frère, un perdant sur toute la ligne. Ma mère a ses problèmes.

— Et votre père ?

— Il est parti quand j'étais gosse. C'est mon beau-père qui m'a élevé. Un vrai salaud.

— Vous les voyez souvent ?

Il eut un petit rire sec.

— Pas si je peux l'éviter... Dites donc, vous avez vraiment du talent pour poser des questions, me faire dire certaines choses.

— C'est mon métier.

— Ça ne vous gêne pas si je fume ?

— Dès l'instant où vous ne me soufflez pas la fumée à la figure !

Il alluma une cigarette.

— J'ai remarqué votre alliance. Vous êtes mariée, Kennedy ?

— Mon mari est mort, dit-elle doucement.

— Je suis désolé.

— C'était quelqu'un de formidable.

— S'il était votre mari, j'en suis sûr, dit-il en la regardant gravement. Nous voilà assis dans un bar, ce qui est assez curieux, puisque que je ne bois pas.

— Jamais ?

— Ce sont les Alcooliques Anonymes qui m'ont sauvé. Ça fait plusieurs années maintenant que je suis au régime sec.

— Moi, je fais de l'éthylisme mondain. S'il y a un verre de vin, je le bois. S'il n'y en a pas, ça ne me manque pas.

— Vous avez de la chance. Un verre, et je bascule.

— Je suis contente que vous ne basculiez pas, Michael.

— Et moi, je suis content que nous soyons ici à prendre un verre ensemble.

— C'est Rosa qui serait surprise, non ? fit-elle en souriant.

— Ça n'est pas à proprement parler un rendez-vous, dit-il en lui rendant son sourire, mais je crois que ça lui ferait plaisir.

— Sûrement.

Il tira une bouffée de sa cigarette.

— Comment en êtes-vous arrivée à vous intéresser à ces meurtres ?

— Je réfléchissais à ce que j'allais écrire dans le magazine pour lequel je travaille. Mon père était malade, et une femme a été assassinée non loin de l'hôpital. L'une des choses que mon père m'a dites avant de mourir a été : « Tu devrais parler des gens ordinaires au lieu des gens riches et célèbres. » Il avait raison. Alors j'ai commencé à mener ma petite enquête sur le premier meurtre et j'ai découvert qu'il y en avait d'autres et qu'il y avait peut-être des liens entre eux. La police n'avait pas l'air de s'y intéresser. Rosa m'a alors persuadée de passer à la télé pour secouer un peu tout ce petit monde.

— Elle est très forte pour ça.

— Vous disiez que vous aviez travaillé à New York sur des affaires de tueurs en série. Que pensez-vous de celle-ci ?

Qu'était-il censé répondre ? Qu'il savait qui commettait les meurtres ? Et qu'il ne pouvait pas agir ? Impossible.

— À dire vrai, je n'ai pas suivi l'enquête, dit-il en évitant son regard.

— Vous devriez. J'aimerais bien avoir votre avis.

Il demanda l'addition.

— Vous savez, il est tard. Il faut que j'y aille : je travaille sur une affaire, une gosse de riche qu'on menace...

— Vraiment ? Vous pensez que ça pourrait avoir un rapport ?

— J'en doute. Mais je vous préviendrai s'il se passe quelque chose.

— N'y manquez pas, Michael.

— Et si on recommençait encore une fois ?

Elle eut un rire un peu amer.

— Quoi donc ? À nous raconter nos malheurs ?

— Je pourrais vous inviter à dîner demain soir.

— Demain, je suis prise.

— Alors, est-ce que je peux vous appeler ?

Elle le regarda droit dans les yeux.

— Oui, ça me ferait plaisir.

Bobby se réveilla le mardi matin en regrettant d'avoir accepté de déjeuner avec Barbara Barr.

Quand il était rentré du tournage, la nuit précédente, elle était installée dans son lit. De l'encens brûlait dans une soucoupe, un monceau de caviar était entassé dans un plat en verre et une petite pyramide de cocaïne l'attendait sur la table de nuit. Il était furieux.

— Comment es-tu entrée chez moi ?

— Par effraction. (Elle se mit à rire et sauta du lit complètement nue pour se jeter à son cou.) Je savais que tu aurais faim, alors j'ai apporté du caviar. C'est un cadeau. Comme la coke.

— Je ne prends pas de drogue, Barbara, dit-il en essayant de se dégager.

— Non ? Pourquoi ?

— Parce que ça bousille la tête. Alors rhabille-toi, prends ta coke et file.

— Oh, pardon, dit-elle avec une grimace sarcastique. Je ne me rendais pas compte que j'avais affaire à M. Propre.

— Ça ne me plaît pas que tu débarques comme ça, Barbara.

— Je pourrais te faire des tas de choses, Bobby. Tu sais ?

Elle avait dit ça d'une façon qui lui fit peur. Ses yeux brillaient d'un éclat inquiétant. Il y avait décidément chez miss Barbara Barr quelque chose qui ne tournait pas rond.

— Nous en discuterons au déjeuner, dit-il en essayant de garder son calme. Pour l'instant, je vais dormir.

Il avait réussi finalement à lui faire quitter la maison.

Comme elle devait tenir le premier rôle dans son film, il était pris au piège. Avant le déjeuner, il chargea Beth de faire une petite enquête sur elle : elle découvrit de nombreux gros titres fracassants dans des feuilles à scandale. Bobby se sentit stupide : il aurait dû savoir que Barbara Barr traînait dans son sillage une série de catastrophes.

Au déjeuner, elle le régala des récits de ses exploits.

— J'ai la réputation d'être un peu folle, dit-elle en pouffant. Je ne sais pas pourquoi. Si quelqu'un m'insulte, comme cette pouffiasse l'a fait l'autre soir à la sortie d'une boîte, je lui casse la figure. Pas toi ?

— Non, Barbara. C'est comme ça qu'on se retrouve avec un procès sur les bras.

— Personne ne va me faire de procès, je peux te l'assurer, dit-elle d'un ton résolu. J'ai deux frères capables de mettre n'importe qui en miettes.

Oh, merde !

— On dîne ensemble ce soir ? demanda-t-elle en jouant avec un crucifix en argent qui pendait à son cou.

— Non.

Elle plissa le front.

— Comment ça, non ?

— Ce n'est pas une bonne idée.

— Pourquoi ? interrogea-t-elle avec une moue.

— Barbara, laisse-moi tranquille.

— Qu'est-ce qui te prend, Bobby ? fit-elle en haussant le ton. Je ne suis pas le genre de fille avec qui on couche et qu'on laisse tomber après. Tu ferais mieux de t'en souvenir.

— Je n'ai jamais dit que tu l'étais.

— Bon. Dès l'instant que nous nous comprenons...

Après le déjeuner, il avait hâte de s'en aller. Donner le rôle de Sienna à Barbara avait été une grave erreur. Il n'y avait qu'une solution : il fallait trouver un moyen de se dégager du contrat et de retirer Barbara du film avant que ce ne soit trop tard.

Luca Carlotti prit l'avion pour la Californie avec deux de ses hommes de main : Reno Luchesi et

Bosco Nanni. Deux hommes à qui il pouvait se fier. La confiance et la loyauté, c'était tout pour Luca. Pour lui, si l'on ne possédait pas ça, on était plus mort qu'un chien dans un fossé.

Reno Luchesi était le prince héritier de Luca. Il avait trente-neuf ans, était grand, avec un air viril. Ses cheveux châtain clair pendaient en mèches négligentes sur son front. Ses cils étaient très longs, son air innocent. Un air sans rapport avec sa vraie personnalité. Reno était un tueur : il n'aimait rien tant que rosser un homme à mort.

Bosco Nanni était un petit bonhomme rondouillard avec des yeux en boule de loto, des mains velues et pas de menton. On le surnommait le Cochon en raison de son goût excessif pour les femmes. Bosco n'était jamais rassasié et, comme il n'était rien moins que parfait physiquement, il se donnait un mal fou au lit. Et ça marchait : la plupart des femmes avec qui il couchait clamaient qu'il était un amant exceptionnel.

Le vol jusqu'à Los Angeles se passa sans incident — même si Bosco réussit à coincer l'une des hôtesses dans les toilettes exiguës.

— Que voulez-vous, dit-il en haussant les épaules quand il regagna son siège, c'est une fille du quartier. Je lui devais un service.

Ils arrivèrent le mardi peu avant midi. Une limousine avec chauffeur les attendait à l'aéroport pour les conduire directement à l'hôtel Saint James, où Luca avait réservé trois suites séparées. À peine installé, Luca demanda une manucure, un pédicure et un masseur. Quand il en eut terminé avec les trois, il appela Mac chez lui.

— Faut qu'on se voie, dit-il. Ça fait trop longtemps. Passe donc à l'hôtel.

— Si tu y tiens..., répondit Mac sans entrain.

Luca n'était pas satisfait de cette réponse.

— Nous étions d'accord pour que tu vives ta

vie, dit-il. Mais, parfois, je te l'avoue, ton attitude me surprend.

— Je ne suis pas un gosse, Luca ! Ne me parle pas comme si j'avais dix ans.

— Sois ici à quatre heures.

Bosco était déjà au téléphone dans le salon de la suite de Luca : il s'occupait de voir un peu où l'on pouvait s'amuser.

— Los Angeles a les plus belles putes du monde, annonça-t-il à Luca. Mieux qu'à Las Vegas.

— Les putains de Las Vegas ne valent pas un clou, observa Luca en inspectant ses ongles soignés. Aucune classe.

— Je ne suis pas de ton avis, répondit Bosco, prêt à se lancer dans une longue discussion sur le sujet. J'ai failli épouser un jour une danseuse de Las Vegas. Une fille formidable au lit.

— Moi, déclara Reno, je n'ai jamais eu à payer.

Il lissa un faux pli de son pantalon. Il aspirait à l'élégante perfection de Luca et n'y parvenait pas tout à fait.

— Tu ne sais pas ce que tu manques, dit Bosco avec un clin d'œil en direction de Luca. Tu fais venir une fille qui a de la classe, tu la paies pour faire ce que tu veux, et elle ne t'emmerde pas après. Tu n'es même pas obligé de lui payer quoi que ce soit : pas même un dîner, pas même un verre ! Elle couche et elle rentre chez elle.

Reno secoua la tête.

— Je n'ai jamais payé, répéta-t-il. Jamais. Et je ne le ferai jamais.

Luca se mit à rire. Reno et Bosco étaient à l'opposé l'un de l'autre. Ils formaient à eux deux un extraordinaire numéro de duettistes.

— On m'a parlé d'une nouvelle adresse où on trouvait les meilleures call-girls de la ville, annonça

Bosco. Du cul de première. Tu veux que je t'en commande une, Luca ?

Luca considéra un moment la question. S'il devait discuter avec Zane, il allait certainement se sentir excité. La violence l'excitait toujours.

— Oui, dit-il. Pourquoi pas ? Trouve-m'en une petite, gros seins, rouquine et en tenue d'infirmière.

— En tenue d'infirmière ? dit Reno. Qu'est-ce qu'il y a ? T'es malade ?

— Je ne t'ai jamais parlé de l'époque où j'étais à l'hôpital ? J'avais seize ans, un connard m'avait pété la jambe avec une batte de base-ball. L'infirmière qui s'occupait de moi était une sacrée nana... Oui, trouve-moi donc une infirmière.

Ils éclatèrent de rire.

Assise auprès de la piscine, Jordanna lisait *Variety*. Elle s'arrêta sur la chronique d'Arny Archerd en voyant le nom de Jordan. Elle parcourut rapidement quelques lignes, et son cœur se mit à battre.

> Les amis de Jordan Levitt seront ravis d'apprendre que les douleurs abdominales dont il souffrait récemment n'avaient rien de sérieux. Après une nuit passée au Cedars Hospital, il a regagné son domicile.

Elle relut l'article, furieuse de ne pas avoir été prévenue. Puis elle réfléchit : comment aurait-il pu ? Ni Jordan ni Kim ne savaient où elle était. Le moment était venu de faire la paix. Et s'il arrivait quelque chose à son père ?

Depuis qu'elle était partie de chez Charlie et qu'elle s'était mise à travailler, elle se sentait bien dans sa peau. Assez bien pour oublier ses différends avec Kim et faire la paix. Oui, décida-t-elle, le moment était venu de régler ses problèmes avec Jordan. Tout ce que Jordan avait pu faire dans le passé ne concernait que lui. Après tout, c'était sa vie ; elle avait fini par en prendre conscience. Kim avait été call-girl. Et après ? Au moins, elle rendait Jordan heureux. Peut-être était-ce tout ce qui comptait.

Elle fila jusqu'à la maison de son père. Elle savait qu'il y était parce que sa Bentley était garée devant le perron. Elle sauta de sa voiture et se précipita vers la porte.

— Salut, dit-elle au valet de chambre, Philip, qui l'accueillit. Mon père est là ?

— Il est dans son bureau, miss Levitt.

— Merci.

Elle se dirigea vers le bureau de Jordan.

— Surprise ! s'exclama-t-elle en ouvrant toute grande la porte.

Il leva les yeux.

— Où diable étais-tu passée ? dit-il d'un ton bourru.

Elle fronça le nez.

— Charmant accueil. Et moi qui croyais que tu étais malade.

— Je suis sérieux, Jordanna, dit-il d'un ton sévère. Où étais-tu ? Tu ne penses pas que je me fais du souci ? Tu prends tes affaires, tu quittes la maison, tu ne laisses pas d'adresse. Je n'apprécie pas du tout ce genre de comportement irréfléchi.

— Papa, je ne suis pas une petite fille.

— Tu te conduis comme si tu en étais une.

Ô mon Dieu, étaient-ils destinés à toujours se crêper le chignon ?

— Écoute, dit-elle d'un ton raisonnable. Je suis venue ici aujourd'hui pour t'annoncer que je travaille, que je cherche un appartement et que je n'ai plus besoin de ton argent : je me débrouille toute seule. J'espérais que tu serais fier de moi.

Il gardait son air sombre.

— Tu n'es pas fière de moi ? insista-t-elle.

— J'ai entendu toutes sortes de rumeurs, marmonna-t-il. On m'a même dit que tu vivais avec Charlie Dollar, mais je savais que ça ne pouvait pas être vrai. Bon sang, il a presque le même âge que moi.

— Bien sûr que je ne vis pas avec lui, dit-elle.

Mentalement, elle corrigea : *Je ne vis plus avec lui.*

Il se leva.

— Je suis soulagé.

— Moi aussi. J'ai lu dans le journal que tu avais été hospitalisé.

— Des gaz.

— Charmant !

— Un pet, et on m'a laissé sortir.

— Tu es répugnant !

— Je ne te dis que la vérité, ma chérie.

Elle se mit à rire.

— En tout cas, dit-elle avec chaleur, je suis venue te féliciter : on m'a dit pour le bébé.

— Qui t'a prévenue ?

— Kim, quand je suis venue chercher mes affaires. Je suis vraiment heureuse pour vous deux.

Il attendait une remarque acerbe. Il n'y en eut pas.

— Tu as besoin d'un chèque ? demanda-t-il avec méfiance.

— Non. Je te l'ai dit : je travaille. Pas pour écrire un livre. J'ai été engagée sur le nouveau film de Mac Brooks comme assistante de Bobby Rush. J'apprends le métier, comme tu m'as toujours dit de le faire. Tiens, peut-être qu'un jour je serai dans la production, comme toi.

— Jordanna, tu es sûre que tu vas bien ?

— Tu sais, papa, je ne me suis jamais sentie

aussi bien. Finalement, ça me réussit d'être indépendante.

Il ouvrit tout grands ses bras.

— Viens, mon petit oiseau.

— Ne m'appelle pas comme ça !

Elle s'approcha de lui et il la serra dans ses bras.

— Tu m'as manqué, dit-il.

— Tu m'as manqué aussi, répondit-elle, tout émue. J'étais très inquiète quand j'ai lu que tu étais à l'hôpital.

À ce moment-là, Kim entra dans la pièce, tout essoufflée.

— Que se passe-t-il ? demanda-t-elle d'une voix tendue.

— Des retrouvailles père-fille, annonça Jordan, radieux.

— Salut, Kim, dit Jordanna, très amicale. Comment te sens-tu ?

— Très bien, répondit Kim, mal à l'aise.

Elle s'attendait à voir Jordanna tout gâcher.

— Ça me fait plaisir.

— Me voilà avec les deux femmes de ma vie, fit Jordan, sans remarquer la tension. C'est merveilleux. Nous devrions fêter ça au restaurant.

Kim se mordilla la lèvre.

— Il y a vraiment quelque chose à fêter ? dit-elle en lançant un long regard à Jordanna.

— Mais oui, Kim, dit tranquillement Jordanna.

— C'est gentil de ta part d'être rentré, dit Michael en accueillant Quincy sur le pas de la porte.

— Ce n'est pas croyable, hein ? fit Ambre. (Elle porta le bébé à l'intérieur tandis que son frère suivait, cramponné à sa jupe.) Je te l'ai dit, il ne sait pas skier. Mais tu penses qu'il m'a écoutée ? Allons donc : monsieur le champion Robbins s'est contenté de dire : « Ne t'inquiète pas, chérie ! » Et vlan dans un arbre !

Quincy prit un air penaud.

— Je ne l'ai pas vu, cet arbre, mon chou. Il a jailli de nulle part.

— Je ne suis pas ton chou ! répliqua-t-elle. Je vais installer les gosses pour la sieste. Je n'ai pas l'intention de préparer le dîner, alors débrouillez-vous.

— Je suis blessé, dit Quincy d'un ton plaintif. J'ai besoin de compassion et de tendresse.

— Tâche d'en trouver auprès de Michael parce que, chez moi, la boutique est fermée.

Elle disparut à l'étage avec les enfants.

— N'est-ce pas que le mariage, c'est formidable ?

Quincy poussa un soupir, entra dans le salon et s'affala sur le canapé.

— Elle a l'air en rogne, dit Michael.

— Je me demande pourquoi. C'est moi qui me suis cassé le bras.

— Bon, dit Michael. Un peu de sérieux. Il s'est passé plein de choses pendant ton absence.

— Ah oui ? Pourquoi n'as-tu pas téléphoné ?

— Parce que je me suis dit que je pourrais tenir jusqu'à ton retour.

— Tu veux être gentil ? Va me chercher une bière dans la cuisine.

— Combien de temps vas-tu être dans le plâtre ?

— Le toubib a dit six semaines.

— Seigneur !

— Je sais.

Michael alla dans la cuisine et prit une boîte de bière dans le frigo. Il ne cessait de penser à Kennedy. Jamais il n'avait rencontré une femme comme elle. Belle et intelligente — un mélange irrésistible. Il avait hâte de la revoir.

— Et ma bière ? cria Quincy.

— Ça vient !

Il apporta sa bière à Quincy, s'assit auprès de lui sur le canapé et commença à le mettre au courant.

Après le déjeuner, Bobby se rendit à la salle de projection du studio, juste à temps pour voir les rushes avec Mac. Quand les lumières revinrent, il se tourna vers Mac, attendant des compliments. Mais Mac jeta un coup d'œil à sa montre et murmura précipitamment :

— Il faut que j'y aille.

— Qu'as-tu pensé des scènes qu'on vient de voir ? demanda Bobby.

— Elles sont bonnes. Cedric Farrell est excellent dans le rôle de ton père. Un vrai pro.

C'était vraiment ce qu'un acteur avait envie d'entendre : l'éloge d'un autre. Bobby était vexé.

— Il faut qu'on parle, dit-il. Il y a un gros problème qui va se poser.

Mac lui lança un bref regard. Bobby était-il au courant ? Comment était-ce possible ?

— Plus tard, dit-il, déjà dans le couloir. J'ai un rendez-vous.

— C'est important, Mac.

— Mon rendez-vous aussi.

— Passe au bureau de la production plus tard.

— J'essaierai, dit Mac.

Il partit en courant comme s'il avait une fusée dans le derrière.

Bobby traversa le terrain jusqu'à son bureau. La première personne sur qui il tomba fut son frère Stan, qui travaillait maintenant à la comptabilité.

— Bobby ! s'exclama Stan, tout content.

Depuis qu'il avait trouvé du travail, il était beaucoup plus gai.

— Tiens, Stan. Ça va ? dit Bobby, espérant qu'il n'allait pas se faire coincer.

— Super bien.

— Bon, pourvu que ça dure.

Stan était toujours là, mais Len s'était fait virer au bout d'une semaine parce qu'il était arrivé au travail ivre trois jours de suite. Trixie, sa femme, avait tenté de joindre Bobby pour se plaindre qu'on l'ait licencié, mais jusqu'à présent il avait réussi à éviter ses coups de téléphone.

Bobby grimpa en hâte jusqu'à son bureau. Beth l'accueillit, l'air consternée.

— J'ai de très mauvaises nouvelles, Bobby. La femme de Cedric Farrell vient d'appeler. Il a eu une crise cardiaque.

— Ô seigneur ! Il est au Cedars ?

— Non, dit doucement Betty. Il est mort voilà une heure.

— Mon Dieu, c'est terrible.

— Je sais.

— Quel âge avait-il ?

— Soixante-douze ans.

— On peut faire quelque chose ?

— Sa femme a dit qu'elle nous préviendrait pour l'enterrement.

C'était terrible : ce matin encore, Cedric se promenait, en parfaite santé, et voilà qu'il n'était plus là. Bobby n'arrivait pas à y croire.

Quand il eut digéré la nouvelle, il commença à évaluer la situation : Cedric apparaissait dans presque tous les plans des deux derniers jours ; il allait falloir redistribuer le rôle et tourner de nouveau les scènes. Cela leur ferait prendre du retard et dépasser le budget.

— Essayez de mettre la main sur Mac, dit-il. Nous aurons besoin de lui. Et appelez tout de suite Nanette Lipsky. Que tout le monde soit ici le plus tôt possible.

Beth ne parvint pas à joindre Mac mais réussit à

contacter tous les autres. Ils se retrouvèrent pour une réunion : Nanette, Florrie, Gary, Tyrone et quelques membres de la production. Ils essayèrent de trouver une solution.

— J'ai trouvé, Bobby, dit enfin Nanette Lipsky en secouant ses cendres de cigarette par terre. C'est une sacrée idée... Mais, te connaissant, tu vas probablement me cracher à la figure.

— Écoutons toujours, dit Bobby. J'essaierai de ne pas cracher trop fort.

Nanette tira une longue bouffée de sa cigarette.

— Ton père.

— Mon père ? répéta-t-il sans comprendre.

— Jerry Rush. C'est ton père, non ? Il serait parfait pour le rôle.

— Seigneur ! dit Bobby en se frappant le front. Ne prononce même pas ce nom.

Nanette garda une expression impénétrable.

— Tu veux cracher maintenant ou plus tard ?

Mais la graine était plantée. Et Bobby savait, au fond de son cœur, que Jerry conviendrait à merveille. On ne sait comment, le nom de Jerry filtra hors des murs du bureau et parvint jusqu'aux oreilles des directeurs des studios. L'un d'eux téléphona pour exprimer ses félicitations.

— Bobby, c'est le plus beau coup de distribution dont j'aie entendu parler depuis longtemps. Est-ce que Jerry va marcher ?

— Nous n'avons pas encore pris de décision, dit Bobby, nerveux. Il faut que j'en parle à Mac, mais il est injoignable pour l'instant. (Tout à coup, il eut une brillante idée.) Tenez, ajouta-t-il, si j'engage Jerry Rush pour jouer mon père, ne pourrait-on pas trouver un moyen de rompre le contrat de Barbara Barr ? Elle ne convient pas pour le rôle ; on a fait un mauvais choix. En outre, j'ai le pressentiment qu'elle ne nous attirera que des ennuis.

— Vous avez vu l'article, hein ?

— Quel article ?

— Il semble qu'elle se soit battue avec une fille à la sortie d'une boîte. La fille lui demande dix millions de dollars de dommages et intérêts.

— Si nous pouvons nous débarrasser d'elle et nous en sortir sans bavure, ça vaudra nettement mieux, je vous assure.

— D'accord, Bobby, passons un marché : vous nous décrochez Jerry et on vous laissera choisir qui vous voulez pour le rôle de Sienna.

— Ça me paraît correct.

L'Homme avait été très occupé. Retrouver Cheryl Landers n'avait pas été du gâteau. Il avait commencé par se rendre à l'adresse de Bel Air. Il avait surveillé et attendu deux jours : aucune trace d'elle. Le troisième jour, elle arriva à l'heure du déjeuner au volant d'une BMW argent. Elle repartit peu après, avec, assise à côté d'elle, une femme qui aurait bien pu être sa mère. Il les suivit jusqu'au restaurant où elles déjeunèrent. Ensuite, elles allèrent faire des courses. Des femmes riches passant le temps comme elles pouvaient. Il les méprisait.

Cheryl finit par revenir à Bel Air. Elle déposa sa mère et repartit en direction de Beverly Hills. L'Homme était juste derrière elle.

Elle s'arrêta devant une grande surface de Canyon Drive. Il gara sa voiture et la suivit dans le magasin. Ses yeux étaient dissimulés derrière ses lunettes de soleil Armani, ses cheveux soigneusement ramenés en queue de cheval. Cheryl ne le reconnaîtrait jamais, même s'ils tombaient nez à nez dans une allée. Il aimait cette idée. Elle lui donnait une impression de puissance. Il était capable de conserver un complet anonymat.

Il prit un panier et y plaça quelques articles tout

en prenant Cheryl en filature dans les rayons. Elle poussait un chariot où elle entassa des boîtes de Kleenex, des paquets de bonbons, un tas de magazines, des cartouches de cigarettes, des préservatifs et plusieurs vaporisateurs d'insecticide. Elle passa ensuite au rayon des alcools : elle déposa dans le chariot trois grandes bouteilles de margarita et deux bouteilles de tequila.

Il resta derrière elle dans la file d'attente à la caisse et la vit payer avec une carte de crédit. Puis il la suivit dans le parking et la regarda charger sa voiture.

Rentre chez toi, salope ! *se dit-il.* Rentre chez toi pour que je puisse savoir où tu habites.

Quand elle démarra, il la suivait de près.

Elle s'engagea dans les collines et tourna dans une allée privée. Il se gara et attendit quelques minutes. Puis il abandonna sa voiture et monta l'allée à pied. Il arriva juste à temps pour voir Cheryl devant la porte d'une maison de style fermette, en train de décharger ses provisions avec l'aide d'une domestique mexicaine.

Maintenant, il savait où elle habitait. Il lui fallait établir un plan. Parce que, avec Cheryl Landers, ça n'allait pas être si facile. Elle allait souffrir avant la purification finale. Tout comme lui avait souffert en prison.

Il allait bientôt devoir quitter la maison. Le dernier chèque qu'il avait reçu d'une des sociétés de Luca était de six mille dollars. Il en avait soigneusement maquillé le montant : soixante mille dollars. Puis il l'avait déposé sur un compte qu'il avait ouvert sous un faux nom. Quelques jours plus tard, il avait retiré la totalité en liquide. Quand son oncle allait découvrir l'histoire du chèque, il lui tomberait dessus.

Il fallait commencer à préparer l'avenir. Une

semaine plus tôt, il avait acheté plusieurs armes — dont un Uzi automatique — et une bonne réserve de balles. Maintenant, il avait de l'argent et des armes. Cela lui donnait un sentiment d'invincibilité.

En revenant à la maison, il fut soudain envahi par un mauvais pressentiment. Quelque chose n'allait pas. En prison, il avait acquis un sixième sens qui l'alertait en cas d'ennuis.

Avant de s'engager dans l'allée, il se gara dans la rue. Une fois de plus, il s'avança prudemment à pied en suivant les buissons. Garée devant l'entrée de la maison, une longue limousine noire. Appuyé contre la voiture, tirant sur un gros cigare, Bosco Nanni, l'un des hommes de son oncle.

L'Homme sentit un frisson de crainte le parcourir. Cela signifiait-il qu'oncle Luca était dans les parages ? Avait-il découvert l'histoire du chèque ?

C'était plus que probable.

L'Homme redescendit l'allée et monta dans sa voiture. Il roula jusqu'au bloc suivant et s'arrêta : de là, il pouvait surveiller l'entrée de la maison.

Il s'en voulait vraiment. Il aurait dû déménager depuis des jours.

Il allait attendre qu'ils aient fini. Et puis il rassemblerait ses affaires et ne reviendrait jamais.

Où irait-il ? Il réfléchit longuement. Quelques jours plus tôt, il avait trouvé un mot de Shelley collé sur sa porte. Elle annonçait qu'elle avait déménagé et qu'elle aimerait beaucoup qu'il vienne la voir. Elle donnait sa nouvelle adresse. Il avait fourré le bout de papier dans sa poche, sans réfléchir. Il reprit le billet et le relut.

Shelley allait avoir de la visite.

33

Michael termina de mettre Quincy au courant. Dès que Quincy eut entendu l'histoire de Mac Brooks, il voulut agir.

— Il faut faire quelque chose pour protéger les deux autres témoins : tu peux surveiller la petite Levitt, je m'occuperai de Cheryl Landers.

— Comment vas-tu faire ? demanda Michael en prenant une cigarette. Au cas où tu l'aurais oublié, tu as un bras dans le plâtre.

— Je peux me débrouiller. Je vais aller jusqu'à sa maison et je resterai dans la voiture. Demain, je mettrai un gars en planque.

Michael alluma sa cigarette et tira une bouffée.

— Et s'il arrivait quelque chose ?

— Détends-toi, c'est mon bras gauche. D'ailleurs, j'ai un flingue. Et éteins cette cigarette : tu sais qu'Ambre l'interdit.

Michael tira une autre bouffée et chercha un cendrier.

— Ce serait plus malin d'alerter les inspecteurs qui travaillent sur cette affaire.

— Pas question, riposta Quincy. Un détective privé a une relation privilégiée avec ses clients : le même genre de confidentialité qu'ont les psychiatres avec leurs patients. C'est un accord tacite qu'on ne peut pas enfreindre, ça ficherait le cabinet par terre.

— Alors, on va rester assis sur nos fesses en regardant les événements ?

— Si ce que tu me dis de Kennedy Chase est vrai, les flics ne vont pas tarder à découvrir la vérité. Ils régleront l'affaire sans notre aide.

— J'espère.

— En attendant, prends mon bip. Et donne le numéro à Marjory et à la petite Levitt. Dis-lui qu'elle pourrait avoir besoin de te joindre à cause de Marjory.

Michael retourna chez les Sanderson. Marjory était ravie de le voir. À peine avait-il franchi le seuil qu'elle lui offrit un paquet-cadeau.

— Qu'est-ce que c'est ? demanda-t-il, gêné.

— Un cadeau pour vous remercier de vous occuper si bien de moi.

— Je ne peux pas l'accepter, Marjory, dit-il en fronçant les sourcils.

— Pourquoi ?

— Parce qu'on me paie pour m'occuper de vous.

— Je sais, mais je peux faire un geste, non ?

Il ouvrit le paquet. C'était un coffret contenant les cassettes du *Parrain*.

— C'est très gentil de votre part. Mais je vous l'ai dit, je ne peux pas l'accepter.

— Mais si, vous pouvez, insista-t-elle. Ce soir, j'espère que vous allez dîner avec moi.

Il pensa à Kennedy. Elle avait dit qu'elle était prise, mais il décida de l'appeler tout de même.

— À quelle heure Jordanna va-t-elle rentrer ? demanda-t-il, sans même répondre à son invitation à dîner.

— Vous me posez toujours des questions sur Jordanna, dit Marjory, agacée.

— Comme elle habite ici, il faut bien que je sois au courant de ses allées et venues.

— Je n'en ai aucune idée, et, très franchement, je m'en moque.

— Est-ce qu'ils tournent, aujourd'hui ?

— Je ne suis pas le bureau de production.

Elle était vraiment d'un grand secours.

— Vous savez ? Je reviendrai plus tard, dit-il.

Et, la laissant dépitée, il s'en alla.

Cela faisait des années que Luca n'avait pas mis les pieds dans sa maison californienne. Il l'avait achetée vingt-cinq ans auparavant pour y cacher une actrice de Hollywood qui était, à l'époque, sa maîtresse sur la côte Ouest. Elle vivait là jusqu'au jour où il avait débarqué à l'improviste et l'avait trouvée au lit avec un cascadeur musclé. Il avait commencé par leur flanquer une rossée à tous les deux, puis il avait mis l'actrice à la porte. La maison était restée quelque temps inoccupée jusqu'à ce qu'un ami qui allait à Los Angeles lui demande s'il pouvait utiliser une chambre. Luca avait donné son accord. Puis l'ami avait demandé si l'un de ses copains pouvait emménager. Luca avait accepté. C'est ainsi qu'au long des années la maison était devenue une sorte d'hôtel pour des amis et des relations. Luca avait toujours eu l'intention de faire quelque chose de cette grande baraque vide, mais il ne s'en était jamais occupé. Quand Zane était sorti de prison, elle lui avait paru l'endroit parfait pour le planquer.

Luca entra dans le parc, terrifiant le vieux jardinier japonais, qui se mit au garde-à-vous.

— Mr. Carlotti, s'exclama-t-il, vous vous souvenez de moi ?

Luca dévisagea le vieil homme au visage boucané ; il aurait pu jurer que c'était la première fois de sa vie qu'il le voyait.

— Mais oui, mais oui, fit-il avec chaleur. (Toujours être gentil avec les petites gens : on ne savait jamais quand on aurait besoin d'eux.) C'est Juan..., ou Chico... C'est ça ?

— Tiko, fit le jardinier.

Son visage tout ridé rayonnait : il était fasciné par la visite du propriétaire de la grande maison.

— Oui, c'est ça. Taki, je vais faire un tour pour voir si vous faites du bon travail.

Le vieux jardinier hocha frénétiquement la tête.

— Je fais de mon mieux pour vous, Mr. Carlotti. Toujours.

— J'y compte bien, Toko. Combien de personnes habitent ici en ce moment ?

— Une seule, Mr. Carlotti. Un garçon. Il y avait une jeune dame, mais elle est partie il y a quelques jours.

— Où est-il ?

Le jardinier désigna la maison.

— Dans la chambre du fond.

Luca entra dans la maison, Reno sur ses talons.

— Tu veux que je m'occupe de ce petit con dès qu'on l'aura vu ? demanda Reno en faisant impatiemment craquer ses jointures.

— Non, pas ici, répondit Luca. Pas dans ma maison. On va l'emmener faire un tour.

— Il va nous poser des problèmes ? demanda Reno, toujours plein d'espoir.

— Sûrement pas, répondit Luca. Parce que c'est *moi* qui lui donne de l'argent. C'est *moi* qui fais vivre ce petit salopard.

Eldessa approcha, traînant derrière elle un antique aspirateur. Elle s'arrêta en les voyant.

— Où est le type qui habite ici ? interrogea Luca.

Le visage impassible, elle désigna la chambre de Zane.

— C'est fermé à clé, dit-elle, il ne laisse entrer personne.

— Vous avez une clé ?

— Non, monsieur.

— C'est ma maison, précisa Luca. Vous le savez, non ?

— Ça fait vingt-cinq ans que vous me payez.

Il plongea la main dans sa poche et lui glissa un billet de cent dollars.

— Je n'ai jamais mis les pieds ici aujourd'hui, souvenez-vous-en à l'occasion.

— J'ai vu personne, dit-elle en repartant avec son aspirateur.

Luca se tourna vers Reno.

— Enfonce cette putain de porte.

Reno l'inspecta.

— Il me faut des outils, dit-il en se grattant la tête. C'est une serrure costaud.

— Merde ! fit Luca.

— Avec des outils, je peux y arriver.

Luca traversa le couloir à grands pas, trouva une porte sur le côté et sortit. Du jardin, il examina la chambre de Zane. Des barreaux aux fenêtres empêchaient d'entrer.

— De toute façon, dit-il en se dirigeant vers la piscine, le petit salopard n'est pas là. (Il regarda son reflet dans l'eau.) C'est une belle maison, observa-t-il. Je devrais faire quelques travaux et la mettre sur le marché au lieu de la laisser vide.

Reno acquiesça de la tête.

— Allons-nous-en, décida Luca. On reviendra demain. Le petit con n'ira pas loin.

En sortant, il s'arrêta pour dire deux mots au jardinier en lui glissant aussi un billet de cent dollars.

— Je n'étais pas ici. Vous n'avez rien vu, dit-il d'un ton bourru.

Le vieil homme acquiesça en empochant l'argent.

Luca monta dans sa limousine. C'était agréable d'avoir des employés fidèles.

Mac répugnait à rendre visite à Luca. Il ne l'avait pas vu depuis l'enterrement de sa mère, trois ans auparavant, lorsqu'il avait pris l'avion pour New York. Il avait cru à cette époque-là ne jamais avoir à le revoir. Il en avait toujours voulu à Luca de ne pas avoir fait de sa mère une femme honnête. Tous deux avaient vécu ensemble longtemps, et, quand Luca avait perdu sa femme, dix ans auparavant, Mac s'attendait à les voir se marier. Mais non, ils avaient continué à habiter chacun de leur côté. Priscilla dans son *penthouse* de Park Avenue et Luca dans sa propriété de Long Island.

Un jour, Mac avait parlé de Luca à sa mère.

— Pourquoi gâcherais-je tout en l'épousant? avait-elle demandé, comme si c'était la dernière chose dont elle avait envie.

Sa mère était belle, lointaine et fidèle à Luca. Ce qui exaspérait Mac, qui n'avait jamais eu droit à toute son attention.

Le hall de l'hôtel Saint James était de style Arts-Déco et ne manquait pas de classe. Un choix inattendu de la part d'un homme comme Luca — il est vrai qu'il réservait toujours des surprises.

Mac portait des lunettes de soleil, mais la femme à la réception le reconnut tout de même.

— Bonjour, Mr. Brooks, dit-elle avec ce soupçon de déférence auquel avaient droit les réalisateurs célèbres. Que puis-je faire pour vous?

— J'ai rendez-vous avec Mr. Carlotti, murmura-t-il, mécontent d'avoir été reconnu.

Elle appela la chambre de Luca et montra l'ascenseur à Mac.

— Mr. Carlotti est dans la suite présidentielle. J'ai vraiment beaucoup aimé votre dernier film, Mr. Brooks.

— Merci.

Luca l'accueillit, toujours aussi élégant.

— Mac, ça me fait plaisir de te voir, dit-il en lui tapant sur l'épaule. Ça fait combien de temps ? Deux ans ? Trois ?

— À l'enterrement de ma mère, répondit Mac d'un ton maussade.

— Ah, c'est vrai. L'enterrement de Priscilla... Qu'elle repose parmi les anges. C'était une grande dame.

C'est à peine si je l'ai connue, avait envie de dire Mac. *Elle n'avait jamais de temps pour moi. C'était toujours toi. Tu étais le centre de son univers. Tu étais tout pour elle. Même mon père passait au second plan.*

— Qu'est-ce que tu veux boire ? demanda Luca en désignant le bar d'un geste large.

— Un whisky sec, répondit-il, mal à l'aise.

— Sers-toi.

Mac se versa une bonne rasade de scotch puis il ajouta quelques glaçons.

— Tu sais, Luca, dit-il en s'installant sur le canapé, il n'était pas indispensable de se rencontrer.

Luca ne s'en offusqua pas.

— Comment ? Tu n'avais pas envie de me revoir ? dit-il, bon enfant.

— Quand je suis venu à Hollywood, nous avions décidé que nous mènerions des vies séparées. Je trouve ce rendez-vous bizarre.

Luca perdit un peu de sa bonne humeur.

— Oh ! tu trouves ça bizarre ?

Mac garda le silence.

— Tu n'as pas trouvé bizarre de m'appeler pour me parler de Zane...

Mac prit une gorgée de scotch.

— J'estimais que c'était mon devoir envers toi.

Les cubes de glace tintaient bruyamment dans son verre.

— Ne me raconte pas de foutaises ! Tu m'en as parlé parce que tu n'as pas envie qu'on sache qu'il a tourné dans ton putain de film.

— Je n'étais pas responsable de son engagement. C'était toi.

— Tu as une attitude merdeuse. Et je n'aime pas ça.

Mac serrait si fort son verre qu'il faillit le briser. Il se leva, s'approcha de la fenêtre et haussa les épaules.

— Si mon attitude ne te plaît pas, je peux toujours m'en aller.

— Non, il n'en est pas question ! dit Luca, furieux. J'ai quelque chose à te dire. Quelque chose que j'aurais dû t'avouer voilà longtemps, seulement ta mère s'y refusait.

— Quoi donc ?

— Tu ne vas pas aimer... Ou peut-être que si.

Mac sentait dans la pièce la puissante odeur de la lotion après rasage de Luca, qui n'en avait pas changé depuis trente ans. Elle lui évoquait le jour où son père avait été abattu. Il en gardait un souvenir très vivace. C'était Luca qui lui avait annoncé la mauvaise nouvelle. En le serrant fort dans ses bras, il avait dit : « Mon petit, ton père n'est plus. Mais il est sans doute en paix là où il est. »

Et voilà.

Depuis lors, l'odeur de la lotion après rasage de Luca l'avait toujours mis mal à l'aise.

Je suis un adulte, se dit-il. Je suis un metteur en scène de renommée mondiale. J'ai remporté un oscar. Je n'ai pas besoin de rester dans cette pièce à me laisser intimider par des types comme Luca Carlotti.

— Eh bien, fit Luca, voilà, fiston...

— Tu veux être gentil, l'interrompit brutalement Mac. Ne m'appelle pas « fiston ».

C'était la première fois qu'il disait cela à voix haute, et ça lui fit du bien.

Luca eut une expression peinée.

— Je me suis toujours occupé de toi, n'est-ce pas ? Je me suis toujours assuré que tu avais ce qu'il y a de mieux.

Mac hocha la tête. Il ne pouvait nier que Luca avait fait tout ce qu'il pouvait. Seulement, parfois, tout, ce n'était pas assez.

— Chaque fois que tu demandais quelque chose, tu l'avais, poursuivit Luca en levant les bras au ciel. Y a-t-il quelque chose que je n'aie pas fait pour toi ?

Y compris coucher avec ma mère, aurait voulu dire Mac. Mais il s'abstint.

— Non, Luca, dit-il d'un ton égal, tu as toujours été bon pour moi. Mais nos existences ont évolué différemment : à mesure que les années passaient, je me suis rendu compte que jamais je n'arriverais à oublier que mon père avait été abattu par une balle qui t'était destinée.

Luca se mit à marcher de long en large.

— Je comprends... C'est pour ça qu'il est temps que tu entendes la vérité.

— Quelle vérité ?

— Elle n'est pas facile à dire, dit Luca en se plantant devant lui. Alors je vais essayer de te la dire carrément. (Un long silence.) C'est moi, ton père.

Le verre se brisa dans la main de Mac. Des éclats s'enfoncèrent dans la peau tendre entre le pouce et l'index. Des glaçons et du scotch se répandirent sur son pantalon avec un filet de sang. Sans un mot, Luca se rendit dans la salle de bains et revint avec une serviette. Mac l'enroula autour de sa main blessée. Il était abasourdi.

— Je..., je... ne te crois pas.

— Je me fous que tu me croies ou non, dit Luca, impassible. J'ai dû garder ça pour moi toutes ces années, par respect pour ta mère. Tu sais, Priscilla et moi, on a toujours été amoureux, depuis qu'on était gosses.

— Alors, pourquoi ne l'as-tu pas épousée ?

— Parce qu'on a eu une querelle stupide et qu'on ne s'est pas parlé pendant deux ans. Entretemps, j'ai épousé une riche nana dont le père m'a aidé financièrement : il m'a installé dans les affaires. Quand Priscilla et moi on s'est retrouvés, elle aussi était mariée. Nous avons tiré le meilleur parti d'une mauvaise situation. J'ai engagé son mari — l'homme que tu croyais être ton père —, et on s'est arrangés tous les trois. Ma femme était malade. Elle restait presque tout le temps à la maison. (Un long silence, puis :) Quand ta mère s'est retrouvée enceinte, ça faisait plus d'un an qu'elle n'avait pas couché avec son mari. Le sexe ne l'intéressait pas — avec elle, en tout cas.

— Qu'est-ce que ça veut dire ?

— Tu veux que je te fasse un dessin ? Ça veut dire que c'était une tante. Une pédale. Un homo.

Mac était si bouleversé qu'il pouvait à peine parler.

— Pourquoi me le dis-tu maintenant ? parvint-il enfin à articuler.

— Parce que je suis un homme riche, puissant. Mais ma sœur est plus bête que nature et mon neveu est un salopard de meurtrier. La seule vraie famille que j'aie, c'est toi. (Il soupira.) J'ai soixante-quatre ans, Mac. S'il m'arrive quelque chose, tout est à toi.

— Je n'en veux pas, dit Mac d'un ton résolu.

— Que tu le veuilles ou non, fiston, fit Luca avec un petit rire totalement dépourvu d'humour, tu l'auras. Oh oui..., jusqu'au dernier centime.

Lorsqu'elle quitta son père et Kim, Jordanna se sentait vraiment bien. Elle avait fini par comprendre son père et, en le comprenant, elle pouvait l'accepter. C'était facile.

Elle décida de passer au bureau de production avant de rentrer chez elle afin de se préparer à son dîner avec Tyrone.

Au bureau, Florrie courait, l'air éperdu, des tas de photos sous le bras.

— Que se passe-t-il? demanda Jordanna. Je croyais qu'aujourd'hui on avait congé.

— Réunion de crise, dit Florrie, gonflée de son importance. Tu n'as pas reçu de coup de fil?

— Non, je n'étais pas chez moi. Que s'est-il passé?

— Cedric Farrell est mort. Crise cardiaque.

— C'est épouvantable.

— Il faut qu'on lui trouve tout de suite un remplaçant.

— Tout le monde est là-haut?

— Non, la réunion vient de se terminer. On fait venir deux comédiens demain matin, mais il paraît qu'on va peut-être engager Jerry, le père de Bobby.

— Bobby l'accepterait?

— Je n'en sais rien, mais ce serait un formidable coup de pub pour le film.

Jordanna grimpa l'escalier en courant et déboula dans le bureau de Bobby. Il était assis derrière sa table, l'air fatigué, les traits tirés. Elle maîtrisa une violente envie de le prendre dans ses bras et de le serrer contre elle.

— Désolée, Bobby, dit-elle doucement. Je viens d'apprendre la nouvelle.

— Oh ! c'est comme ça.

— Cedric était un ange. Tout le monde l'aimait.

— Oui, il va nous manquer.

— Vous avez l'air épuisé. Je peux vous apporter quelque chose ?

— Une vie nouvelle ? fit-il avec un petit rire grêle.

Elle eut un sourire un peu triste.

— Je suis bonne pour un tas de choses, mais une vie nouvelle, ça me poserait un problème.

Pianotant sur le plateau du bureau, il dit :

— Je pense que vous l'avez entendu : on veut que j'engage Jerry Rush.

— Florrie m'en a parlé. Vous allez le faire ?

— Je n'en ai aucune envie, mais je vois bien que ce serait bon pour le film.

Elle repoussa en arrière ses longs cheveux bruns.

— Qu'est-ce qui passe d'abord, Bobby ? Vos sentiments ou le film ?

Il secoua la tête.

— Vous me posez une colle.

— Devinez où j'étais ? reprit-elle.

— Je ne suis pas d'humeur à jouer aux devinettes.

— Je suis allée voir mon père. J'ai fait la paix avec lui.

— Ah oui ?

— J'ai lu qu'il avait été hospitalisé ; rien de grave, mais ça m'a affolée, alors je suis allée le voir. (Elle marqua un temps.) Vous savez, Bobby, on n'en a jamais discuté, mais on a tous les deux grandi à Hollywood avec des pères célèbres et puissants : je pense que nous avons quelques problèmes en commun. J'ai décidé de résoudre les miens.

— Et vous y êtes arrivée ?

— Aujourd'hui, c'était la première fois que je voyais Jordan sans rien avoir à lui demander. Mon Dieu, comme c'est agréable !

— Pourquoi me racontez-vous ça ?

— Parce que vous devriez en faire autant.

— Ça fait belle lurette que je n'ai rien demandé à mon père.

— En êtes-vous sûr ? Réfléchissez. Vous demandez à être aimé. Accepté. Respecté. Tout ne tourne pas autour de l'argent.

— Vous avez passé trop de temps chez votre psy.

— Il y a longtemps que je n'y vais plus. J'ai trouvé ça toute seule. Pendant des années, j'étais là, dans la maison d'amis de mon père, sans payer de loyer, à toucher une pension que je croyais m'être due. Le résultat, c'est que je lui en voulais. Tout ce qu'il faisait, je pensais que c'était contre moi. Chaque fois qu'il se mariait, je prenais ça pour une attaque personnelle. Mais, aujourd'hui, j'y vois clair. Il est lui, je suis moi. C'est simple. Maintenant, pourquoi avez-vous un tel problème avec votre père ?

Il la regarda d'un air interrogateur.

— Vous avez quelques semaines à me consacrer pour en discuter ?

— Bobby, dit-elle avec ferveur, je voudrais pouvoir vous expliquer. Votre père est probablement un casse-pieds, mais ça n'a rien à voir avec vous. Vous êtes un adulte, vous avez fait vos preuves. Et, si c'est bon pour le film, pourquoi ne pas l'engager ?

Elle avait raison, mais il n'était pas prêt à le reconnaître.

— Vous n'avez jamais pensé à faire de la télé dans une émission à caractère religieux ? Vous feriez un malheur.

Elle eut un grand sourire.

— Merci. J'ai toujours voulu prêcher la bonne parole.

— Bon, vous m'avez convaincu. Je vais aller voir Jerry.

— Vous voulez que je vous accompagne ?

— Vous croyez que j'ai besoin d'un soutien ?

— Peut-être.

— Entendu. Si je me sens flancher, je vous regarderai pour trouver l'inspiration.

— Quand vous voudrez.

Il se leva.

— Il faut d'abord que je joigne Mac. Je ne peux pas prendre cette décision sans lui. Rien ne garantit que Jerry acceptera.

— Allons, Bobby ! Quand a-t-il travaillé pour la dernière fois ?

— Jerry était une grande vedette.

— Toutes les vedettes connaissent un déclin. Aujourd'hui, c'est vous la star de la famille. Croyez-moi, il sera enchanté.

Il fit le tour du bureau et vint se planter devant elle.

— Vous en avez des choses à dire, hein !

— Pour l'instant, oui... Parce que j'aimerais vraiment établir le contact avec vous.

— Ah oui ?

Ils se regardèrent longuement, puis Bobby retourna derrière son bureau.

— Euh... Beth essaie depuis deux heures de joindre Mac. Ce serait peut-être une bonne idée que vous preniez le relais.

Elle acquiesça.

— D'accord, je m'y mets tout de suite.

— À tout à l'heure.

— Oui, Bobby.

Elle dévala l'escalier et essaya le numéro de Mac chez lui.

— Combien de fois faut-il que je vous le répète, dit Sharleen, exaspérée, Mac n'est pas à la maison. Dès qu'il rentrera, je lui dirai de rappeler.

— C'est urgent.

— J'ai cru le comprendre.

Jordanna raccrocha au moment où Tyrone passait la tête par l'entrebâillement de la porte. Il tapota sa montre.

— Je suis censé passer te prendre dans une demi-heure. Qu'est-ce que tu fiches ici ?

Ô mon Dieu ! Elle avait complètement oublié leur rendez-vous pour dîner.

— Je suis désolée, Tyrone, dit-elle d'un ton penaud. Je ne vais pas pouvoir, ce soir.

— Tu ne vas pas pouvoir ce soir, répéta-t-il d'une voix blanche.

— Non, fit-elle, espérant qu'il ne lui en voulait pas trop.

— C'est dommage.

— Désolée.

— Je suis *très, très* déçu. J'avais tout préparé.

— Qu'est-ce que tu avais préparé ?

— Ça me regarde ; tu le découvriras la prochaine fois.

— J'ai hâte d'y être.

Il secoua la tête.

— Toi, tu n'es pas facile.

Elle eut un sourire enjôleur.

— Ça rend la vie intéressante, non ?

34

Mac rentra chez lui dans un brouillard : à un feu rouge, il faillit emboutir l'arrière d'une Volvo. Il avait tant de questions à poser et personne pour lui fournir les réponses ! Pourquoi sa mère lui avait-elle menti pendant toutes ces années ? Quand son père avait été abattu, pourquoi Luca et elle ne lui avaient-ils pas dit la vérité et ne l'avaient-ils pas élevé comme leur fils ?

Il arriva chez lui furieux et déconcerté. Il n'y trouva pas le calme : ses deux fils et quelques-uns de leurs amis jouaient au billard. La chaîne stéréo marchait à plein tube, assourdissant tous ceux qui passaient à sa portée. Suzy, la fille de Sharleen, était assise dans la cuisine avec une bande de copines à regarder une cassette. Elles se faisaient les ongles tout en s'empiffrant de tartines de beurre de cacahuètes, de petits gâteaux et de crème glacée. La cuisine était un champ de bataille.

— Où est ta mère ? demanda-t-il brutalement.

Suzy lui fit un grand geste de la main.

— Oh, salut, Mac.

— Salut, Mac, firent ses amies en chœur.

Elles avaient l'air de rescapées d'un film porno d'adolescentes avec leurs petits shorts collants et leurs corsages trop décolletés.

— Bonjour, les filles, répondit-il avec l'impression d'être une vieille chose. Où disais-tu qu'était ta mère, Suzy ?

— Dans la salle de gym avec son professeur. Tu ferais mieux de frapper avant d'entrer. Tu n'as pas vu le prof de maman ? Un colosse. Impressionnant ! Et des pectoraux comme ça !

Les filles trouvèrent ça tordant et se mirent à pouffer.

Mac alla au fond de la maison où une chambre d'ami avait été transformée en gymnase. La porte était fermée. Malgré la mise en garde de Suzy, il entra sans frapper parce qu'il avait confiance en Sharleen. Elle était allongée sur le sol dans un collant blanc qui la moulait, une jambe en l'air. Chip ou Chuck, Dieu sait comment s'appelait son professeur, lui tenait la jambe à la verticale. Rien de plus qu'un jeune coq de vingt-cinq ans à la musculature agressive. Certainement pas une menace.

— Bonjour, chéri, dit-elle en lui envoyant un petit baiser. Tu viens nous rejoindre ?

— Non, merci, Sharleen. Je fais du squash et du jogging, ça me suffit.

— Très bien, chéri.

— Quand auras-tu fini ?

— Je ne sais pas. (Elle se tourna vers Chip.) Quelles autres tortures comptez-vous m'infliger aujourd'hui ?

— Allons, allons, Mrs. Brooks, fit-il avec un clin d'œil agaçant. On ne tire pas au flanc.

— Vous en avez pour combien de temps ? demanda brusquement Mac.

— À peu près un quart d'heure, Mr. Brooks, répondit Chip.

— Essayez d'accélérer le mouvement. J'ai besoin de parler à ma femme.

— Tout va bien ? demanda Sharleen avec sollicitude.

— Oui, pourquoi ?

— Je te trouve un peu pâle. Que voulaient les studios ?

— Comment ça ?

— Ils ont appelé une douzaine de fois.

Cette femme était capable de rendre un homme fou.

— Sharleen, comment saurais-je qu'on a appelé une douzaine de fois si tu ne me le dis pas ?

— Je te le dis maintenant, chéri.

— Merci, fit-il sèchement. Je vais voir tout de suite ce qu'ils veulent.

Il passa dans son bureau et claqua la porte pour essayer d'étouffer l'impitoyable fracas de la stéréo. Puis il se prépara un scotch bien tassé et s'assit à sa table. Sa main, toujours enveloppée dans une serviette, commençait à l'élancer. Personne n'avait paru remarquer qu'il était blessé. Tout le monde s'en fichait, y compris sa propre famille. Qu'est-ce que ça pouvait leur faire, du moment qu'il payait les factures ?

Il n'avait pas envie de rappeler la production, mais le téléphone sonna et Mac décrocha.

— Mac ? C'est Bobby. Où étais-tu ?

— Tu veux que je pointe ?

— Je ne cherche pas à rendre les choses plus difficiles qu'elles ne le sont, dit Bobby, sans relever son sarcasme. Mais ça fait trois heures que j'essaie de te joindre. Nous avons de gros problèmes.

Mac en avait déjà un sacrément important. Sa vie se transformait en une accumulation de problèmes.

— Qu'est-ce qu'il y a, maintenant ?

— Cedric Farrell est mort.

— Ô Seigneur !

— Crise cardiaque.

— Je suis désolé de l'apprendre. C'était un homme charmant.

— Écoute, Mac, notre problème immédiat, c'est de redistribuer le rôle de Cedric. Pendant que tu n'étais pas là, nous avons essayé de trouver une solution. Il y a une idée dont nous avons discuté, mais je voudrais t'en parler. Est-ce que tu peux passer ? Ou préfères-tu que je vienne ?

— J'ai une migraine à tout casser, Bobby. Explique-moi ton idée et je te dirai ce que j'en pense.

— Ça n'est pas tout à fait mon idée. Elle vient des studios, et tout le monde a l'air ravi. Je me suis dit qu'elle nous permettrait de virer Barbara. Si nous pouvions nous en tirer sans lui verser d'indemnités, ça pourrait être la meilleure solution.

— Tu es en train de me dire que tu veux balancer notre vedette féminine et que tu n'as pas de remplaçant pour Cedric ?

— Non, pas tout à fait... Nous avons peut-être un remplaçant. (Il marqua un temps.) On me pousse pour que j'engage Jerry.

— Jerry ?

— Jerry Rush. Ils ont déjà prévu toute une campagne de pub.

— Et toi, qu'en dis-tu ?

— Je ne sais pas trop. J'ai pensé que, si ça t'allait, on devrait essayer.

— Si ça ne te gêne pas, je suis d'accord.

— Dans ce cas, je vais faire un saut à la maison pour lui parler. Si nous passons par son agent, on en a pour six mois.

— Excellente idée.

— Je te contacterai plus tard.

— Entendu, dit Mac en raccrochant.

Il prit deux bonnes gorgées de scotch et s'affala, la tête sur le bureau ; c'est dans cette position que

Sharleen le trouva quand elle entra quelques minutes plus tard.

— Que se passe-t-il, chéri ? demanda-t-elle en se précipitant. Un ennui ? Qu'est-ce qu'il y a ?

Il leva vers elle des yeux injectés de sang.

— Il ne t'est jamais arrivé quelque chose qui te donne l'impression que tout ton univers s'écroule ?

Affolée, elle ouvrit de grands yeux.

— Quoi ?

— Sharleen... (Il secoua la tête.) J'ai tant de choses à te dire...

Maintenant, elle était sincèrement inquiète.

— Mon chéri, tu sais que tu peux tout me dire.

Avant qu'il ait pu répondre, Kyle fit irruption, déboulant avec son mètre quatre-vingt-dix.

— Papa, est-ce qu'on peut parler ? Faut vraiment qu'on ait une discussion sérieuse sur les voitures. J'en ai marre de ce tas de ferraille que tu m'obliges à conduire !

Sharleen le foudroya du regard.

— Tu ne vois pas que nous sommes en pleine conversation ? On ne t'a jamais appris à frapper avant d'entrer ?

— Tout ce que je veux, c'est parler à mon père, marmonna Kyle d'un ton boudeur. Pas la peine d'en faire une montagne !

— Nous parlerons de ta voiture demain, dit Mac en se redressant.

— Faut que je parte de bonne heure demain matin, gémit Kyle.

— Désolé de ne pas pouvoir me plier à ton emploi du temps, dit Mac d'un ton sarcastique.

— Ne t'énerve pas, papa. Quand j'étais à Hawaii, maman m'a raconté qu'elle avait entendu dire que ce modèle était dangereux. Elle m'a dit qu'il faudrait que j'en change le plus tôt possible.

— Je me fous éperdument de ce qu'a dit ta

mère ! Maintenant, disparais. Et, la prochaine fois que tu veux me parler, frappe avant d'entrer.

Kyle battit en retraite.

— Tu es vraiment de mauvais poil, murmura-t-il en claquant la porte derrière lui.

— Sharleen, dit Mac d'un ton pressant, partons d'ici ce soir. Réservons un hôtel.

Le visage de Sharleen s'illumina. Rien ne pouvait lui faire plus plaisir.

Grant prit l'appel de Bosco Nanni et nota ses demandes. Une blonde plantureuse et une petite rousse avec de gros seins.

— Il est un peu tard, dit Grant, savourant son nouveau rôle de supermaquereau. J'ai peur que ce ne soit assez cher.

— Ça veut dire quoi ? interrogea Bosco. Une brique ? Deux ?

— Nous n'avons que du premier choix. Cinq mille dollars pièce.

Bosco émit un long sifflement.

— Putain, cinq mille !

— Croyez-moi, elles les valent.

— Merde !

Mais il n'annula pas la commande. Ils convinrent des arrangements nécessaires. Grant raccrocha puis consulta rapidement les dossiers de Cheryl pour voir qui était libre. Pour la blonde, Sissi ferait l'affaire. Il l'avait bien formée : pour une non-professionnelle, elle connaissait son affaire. Évidemment, elle n'était pas tout à fait plantureuse, mais il n'avait jamais eu de plainte à son sujet. La rousse, c'était plus difficile à trouver : ils n'en avaient que trois et elles étaient toutes retenues pour la nuit ! Il venait d'obtenir un prix record pour une rousse, et voilà qu'il n'en avait aucune sous la main !

Cheryl était à l'institut de beauté. Il téléphona là-bas, mais la réceptionniste lui annonça qu'elle était déjà partie. Il attendit avec impatience, en songeant aux conséquences si jamais son célèbre père découvrait ce qu'il faisait : les vedettes de cinéma avaient horreur du scandale, à moins que ce ne soit bon pour leur carrière. Mais qu'est-ce que ça pouvait faire à ses parents ? Grant avait parfois le sentiment d'avoir été mis au monde pour la photo. Souvenirs d'enfance. Sa mère lui disait d'une voix suave :

« On va photographier papa pour *Life*. »

« On va photographier papa pour la couverture de *Time*. »

« On va photographier papa pour *Newsweek*. »

Et, une fois sur deux, on demandait au petit Grant de poser avec papa pour montrer quel merveilleux père de famille était Grant Lennon Senior, afin de contrebalancer les potins des magazines qui le dénonçaient comme le plus grand cavaleur de la ville.

Foutaises. Tout n'était que foutaises. C'est pourquoi Grant traînait toujours avec Cheryl, Jordanna et Shep. Parce qu'ils avaient connu le même genre d'existence, pas précisément équilibrante. Il était difficile d'être le fils de Grant Lennon Senior. Il était difficile de porter le même nom. L'alcool et la drogue l'avaient calmé la plupart du temps, mais il avait parfois du mal à éviter la réalité. La réalité, c'était qu'il n'était parvenu qu'à être une ombre de son célèbre père et qu'il n'avait rien réussi tout seul.

Quand Cheryl rentra, il la regarda puis, dans une brusque inspiration, il trouva la solution à son problème : elle avait de superbes cheveux roux. Assurément ce qu'elle avait de mieux. En fait, Cheryl — depuis sa récente réussite — était devenue séduisante.

— Tu ne devineras jamais..., commença-t-il.

— Quoi donc ? dit-elle en l'interrompant.

— Prends un verre.

— Il va m'en falloir un ?

— Peut-être, dit-il en s'approchant du bar.

Elle s'effondra dans un fauteuil, se débarrassa de ses chaussures et agita ses doigts de pied.

— Comme c'est agréable de t'avoir ici, Grant. Je n'arrive pas à imaginer comment je me suis débrouillée sans toi.

— As-tu le sens de l'aventure ? demanda-t-il en lui versant une bonne rasade de vodka.

— Plutôt. Et toi ?

Il lui tendit le verre.

— Une ligne ?

— Pourquoi pas ?

— Combien mesures-tu ? lui demanda-t-il en versant un peu de poudre sur le plateau de verre de la table basse.

— Un mètre soixante. Pourquoi ?

— Il y a des gens qui pourraient trouver ça petit, non ?

Elle but une gorgée de vodka.

— Merci beaucoup.

— Je ne voulais pas te vexer.

— Je t'en prie.

Grant disposa la poudre blanche en lignes régulières, roula en tube un billet de vingt dollars et le lui tendit. Elle se pencha sur la table, posa le billet contre sa narine gauche et inhala profondément. Presque aussitôt, elle se sentit paisible, forte et sensuelle : c'était agréable.

— Rien d'intéressant pendant que j'étais sortie ? demanda-t-elle du fond de son fauteuil.

Grant l'inspectait comme un rapace sa proie. Elle était rousse, presque petite. Ses seins n'étaient pas énormes, mais, avec la tenue appropriée, ça pourrait s'arranger. Il savait que ça marcherait. Il lui suffisait de la convaincre.

— Cheryl, dit-il en s'accroupissant auprès d'elle.

— Oui, Grant ?

— Oh... Non, ça n'a pas d'importance.

— Qu'est-ce qui n'a pas d'importance ?

— Tu ne voudrais pas le faire...

— Je ne voudrais pas faire quoi ? demanda-t-elle, exaspérée.

— Non, j'ai juste eu une idée insensée..., mais c'est trop dingue. Je ne vais même pas t'en parler.

— Grant, dit-elle avec patience, depuis combien de temps nous connaissons-nous ?

— Depuis toujours.

— Exactement. Alors depuis quand ne peux-tu pas me raconter tes idées dingues ?

Il prit une ligne et ajouta de la vodka dans le verre de Cheryl.

— Je ne t'ai jamais dit que tu es très sexy ?

— Non, jamais, dit-elle lentement.

— J'aurais dû.

Était-ce le moment qu'elle attendait depuis toutes ces années ? Grant lui faisait-il enfin la cour ?

— Tu n'es pas si mal toi-même, murmura-t-elle.

Il s'approcha d'elle, passa un bras autour de ses épaules.

— On m'a proposé un truc, dit-il. Et si tu es celle que je crois, ça va vraiment te brancher.

— Pourquoi faisons-nous ça ? demanda Bobby en descendant Sunset.

— Parce que vous le voulez pour votre film, répondit Jordanna avec logique.

— Oui, mais pourquoi faisons-nous ça ensemble? demanda-t-il, sincèrement étonné. Comment se fait-il que je vous aie entraînée là-dedans?

— Vous avez besoin d'un soutien moral. Et c'est moi. N'oubliez pas que je suis votre assistante. Je suis censée être ici.

Il plissa ses beaux yeux bleus.

— Ah oui?

— Parfaitement.

Bobby se dit que Jordanna était une brave gosse et que, malgré ses premières appréhensions, il commençait vraiment à bien l'aimer.

— Il y a quelque chose qu'il faut que je vous dise, fit-il, pensant à Jerry et à ses instincts lubriques.

— Quoi donc?

— Eh bien... Jerry n'est peut-être plus tout jeune, mais il a du tempérament. Il va sans doute vous draguer.

Cette idée amusa Jordanna.

— Oh! il va sans doute me draguer...

— Vous pourrez vous en arranger?

— Bobby, s'il y a une chose dont toute ma vie j'ai su m'arranger, cc sont des vieux types qui me draguent.

— Les amis de votre père?

— Depuis que j'ai douze ans.

— Sans oublier Charlie Dollar.

— Moi, je peux l'oublier... Pas vous?

— C'est une autre conversation.

— Vraiment? (Elle se demandait pourquoi il ramenait toujours Charlie sur le tapis. Serait-il un tout petit peu jaloux?) En tout cas, reprit-elle, j'espère bien que Jerry va me draguer.

— Pourquoi?

— Parce que je me ferai un plaisir de jouer le jeu.

— Ne le vexez pas. Comme vous venez de me le rappeler, nous sommes ici pour le décider à tourner dans mon film.

— Bobby, écoutez-moi bien : il escaladera l'Empire State Building pour tourner dans votre film. Rendez-vous compte de votre propre force. (Elle marqua un temps avant d'ajouter :) Vous êtes quelqu'un de très particulier.

Il lui jeta un bref coup d'œil pour voir si elle le pensait vraiment. Personne ne lui avait jamais dit ça. Oh, bien sûr, depuis qu'il était devenu une vedette de cinéma, il avait reçu un tas de lettres de fans, de femmes lui disant qu'il était beau, sexy, superbe, fantastique, etc. Mais personne ne lui avait jamais dit qu'il était *particulier.*

— Je ne suis pas si particulier que ça, dit-il, attendant une dénégation de sa part.

— Mais si.

— Pourquoi ?

— Parce que je le dis.

Il y eut un grand silence entre eux, puis il gara sa voiture devant la maison de Bedford, et l'instant passa...

Bobby avait appelé Darla un peu plus tôt en lui disant qu'il venait discuter de quelque chose avec Jerry. Ils étaient arrivés ; plus moyen de reculer. Il sonna. Darla vint ouvrir. Elle n'avait pas son air soigné habituel. Elle avait le visage bouffi, les cheveux moins bien coiffés que d'ordinaire, et elle était habillée comme un as de pique.

— Bobby !

Elle semblait presque soulagée de le voir.

— Salut, Darla. (Et, en pilotage automatique :) Tu as l'air en forme.

— Merci, Bobby. Toi aussi.

— Euh, je te présente Jordanna Levitt.

— La fille de Jordan Levitt ?

— Oui. Ou, plutôt, Jordan est mon père.

Darla fronça les sourcils, sans bien comprendre.

— Jerry est très impatient de te voir, dit-elle en prenant le bras de Bobby. Il n'était pas bien ces temps-ci.

— Il n'est pas malade ?

— Non, simplement, c'est un peu calme en ce moment, et tu sais comment est ton père : il aime vivre dans un tourbillon. (Elle baissa la voix.) La vérité, c'est qu'il boit trop.

— Ça n'a rien de nouveau, dit Bobby d'un ton amer. Jerry a trop bu toute sa vie.

Darla semblait désemparée.

— Ne parle pas comme ça, Bobby. Il a besoin de ton soutien.

— C'est pourquoi je suis ici.

Ils la suivirent jusqu'au salon. Jerry était assis dans le fauteuil où Bobby l'avait vu pour la dernière fois, sirotant ce qui lui parut être exactement le même verre de scotch ; seulement, cette fois, Jerry ne prit pas la peine de se lever.

— Salut, papa, dit Bobby d'une voix un peu crispée.

— Mon fils, la star de cinéma, dit Jerry d'une voix pâteuse.

Tu ne pourrais pas être à jeun, pour une fois ? se dit Bobby.

— Je te présente Jordanna.

— Jordanna Levitt, précisa Darla à l'intention de Jerry. La fille de Jordan.

Bobby et Jordanna échangèrent un coup d'œil. Elle hocha la tête comme pour dire : *On s'en fout.*

Jerry retrouva quelque entrain en voyant Jordanna. N'importe quelle femme jeune et belle déclenchait chez lui un regard paillard.

— Bienvenue dans ma modeste demeure, charmante petite chose, dit-il en levant son verre.

— Mr. Rush, dit-elle d'un ton pincé, je ne suis pas petite et je ne suis certainement pas une chose.

— Je vois, répliqua Jerry avec un ricanement grossier. Encore une de ces féministes à qui on n'est plus censé faire de compliments. C'est ça ?

— Mr. Rush, vous êtes vraiment...

— Jordanna, s'empressa de dire Bobby, en lui lançant un coup d'œil d'avertissement. N'oubliez pas la raison pour laquelle nous sommes ici.

— D'accord, d'accord, marmonna-t-elle, et elle se tut.

Darla intervint.

— Aimeriez-vous boire quelque chose ? proposa-t-elle, parfaite maîtresse de maison, comme toujours.

— Non, merci.

— Pas pour moi, dit Bobby.

Jerry rota bruyamment : c'était son habitude préférée.

— Si tu es venu emprunter de l'argent, manque de bol, dit-il. À en croire ma ravissante épouse, nous sommes fauchés.

— Nous ne sommes pas fauchés, Jerry, protesta Darla, rougissant d'agacement. Nous traversons un moment difficile mais passager. Et je te prierais de ne pas discuter de notre situation financière devant la fille de Jordan Levitt.

— Elle s'appelle Jordanna, fit Bobby.

— Alors, que se passe-t-il ? demanda Jerry en avalant une bonne lampée de scotch. Vous êtes ensemble, tous les deux ? Jordan est bourré de fric : cette petite est un bon parti.

— Je *travaille* pour Bobby, dit Jordanna en essayant de se maîtriser. Je suis son assistante.

Jerry eut un rire déplaisant.

— Bien sûr, bébé. Un peu d'assistance personnelle au bureau, ça vaut mieux que de pointer au chômage.

Il éclata de rire.

Quel salaud! se dit Jordanna. *Quel trou du cul! Lui et Bobby sont radicalement différents, Dieu merci!*

— Mr. Rush, dit-elle en le foudroyant du regard, si, moi, j'avais un assistant, je n'attendrais pas ce genre d'attitude de sa part, et personne ne l'attend d'une assistante. Vos propos sont sexistes et démodés. Vous ne voudriez pas qu'on vous considère comme démodé, n'est-ce pas ?

— Comment ça ? fit Jerry.

— Nous reviendrons demain, dit Bobby. Tu n'es pas d'humeur à m'écouter.

— Mais si, s'empressa de dire Darla. Il est toujours comme ça.

Bobby se demanda ce qu'il faisait là. Il était venu proposer du travail à cet homme, et il se voyait contraint à faire face à quelqu'un qu'il ne pouvait supporter. Il n'avait qu'une envie : s'en aller. Jordanna lança un bref coup d'œil à Bobby et comprit qu'il était sur le point de tout lâcher.

— Et si on lui préparait un café ? suggéra-t-elle.

— Nom de Dieu ! cria Jerry. Vous parlez de moi comme si je n'étais pas là !

Jordanna lança un autre bref regard à Bobby.

— Expliquez-lui l'affaire et filons.

Bobby comprit qu'elle avait raison : il était venu ici dans un but précis et non pas pour se réconcilier avec son père.

— Bien. L'acteur qui joue le rôle de mon père est mort ce matin. Si nous ne le remplaçons pas immédiatement, nous perdrons un temps considérable et dépasserons notre budget.

— Voilà qui est parlé en vrai producteur, ricana Jerry. Remplacer le pauvre mec avant qu'il soit froid.

— Bref, reprit Bobby en essayant de garder son

calme, je t'offre le rôle, à condition que tu n'arrives pas ivre sur le plateau. C'est une participation de cinq jours. Nous n'avons pas le temps de discuter avec ton agent des histoires de place au générique et de contrats compliqués. Je te garantis que tu auras tout ce qu'il te faut.

— Tu veux que, moi, je tourne un petit rôle dans ton foutu film ? dit Jerry d'un ton méprisant, comme s'il n'avait jamais rien entendu de plus ridicule.

Darla se précipita auprès de lui.

— Jerry, dit-elle d'un ton apaisant, n'oublie pas que nous avons besoin d'argent.

— Pour qui me prend-il ? Pour un vieil acteur à qui on fait l'aumône ? tonna Jerry.

Bobby prit le bras de Jordanna et l'entraîna vers la porte.

— Réfléchis-y. Il me faut une réponse rapide.

— Pourquoi est-ce que j'y réfléchirais ? rugit Jerry.

Bobby s'arrêta sur le pas de la porte.

— Tu sais quoi ? Jordanna a raison. C'est à prendre ou à laisser. Tu choisis.

Darla les suivit dans l'allée.

— Ne fais pas attention à lui, dit-elle. Il a bu toute la journée. Ce rôle est exactement ce qu'il lui faut. Fais-lui porter le script et je le persuaderai d'accepter.

— Darla, je ne veux pas l'obliger à me rendre service.

— Non, Bobby, tu ne comprends pas. C'est toi qui lui rends service.

Ils arrivèrent à la voiture, et Bobby lui remit une copie du scénario.

— Donne-le-lui. Je t'appellerai plus tard.

Dans la voiture, Jordanna éclata de rire.

— Pouvez-vous me dire ce qui vous fait rire ?

interrogea Bobby, à qui l'humour de la situation échappait.

— Vous êtes si drôle. Vous vous faites vraiment avoir par lui, hein ?

— Absolument pas, dit-il, sur la défensive.

— Mais si. Il sait sur quels boutons appuyer.

— Vous ne voyez donc pas quel casse-pieds il est ?

— Bien sûr, mais vous n'avez qu'à laisser courir. Simplement.

Il resta songeur.

— C'est aussi facile que ça ?

— Réfléchissez : s'il n'était pas votre père, il ne serait qu'un vieux comédien alcoolique. Mais il est votre père. Alors vous le voyez sous un jour différent. Je sais que je n'explique pas ça très bien, mais, croyez-moi, ça marche.

— Qu'est-ce qui vous a rendue si maligne ?

— L'entraînement.

— Ah oui ?

— Oui.

Il y eut un autre long silence. Leurs regards se croisèrent. Jordanna eut l'impression de recevoir une décharge électrique. Bobby avait les yeux d'un bleu si impossible, et puis elle adorait la façon dont une mèche lui pendait sur le front, et puis son corps était...

— On dîne ensemble ? proposa-t-il d'un ton nonchalant.

— Barbara n'est pas libre, ce soir ?

— Qu'est-ce que Barbara a à voir là-dedans ?

— Je croyais que vous étiez ensemble.

— Qui vous a raconté ça ?

— J'ai des yeux, non ?

Il poussa un soupir.

— Vous savez, Jordanna, j'ai eu une sacrée journée. On va dîner ou non ?

Elle eut un grand sourire.
— Ça sera foutrement mieux qu'une pizza.
— Ce que vous êtes gracieuse !
Son sourire s'élargit encore.
— C'est ce qu'on m'a dit.

35

Assise devant son ordinateur, Kennedy vérifiait ses notes. Elle avait passé le plus clair de la journée à écrire l'article sur Charlie Dollar. Elle n'était pas mécontente de la tournure qu'il prenait. Elle était sûre d'avoir saisi un peu de la magie de l'acteur. Une étrange magie qui transparaissait dans tous les rôles qu'il incarnait.

Ils avaient prévu de dîner ensemble le soir même. Cependant, elle aurait préféré voir Michael Scorsinni. C'était inattendu, et elle n'arrivait pas tout à fait à se l'expliquer, mais, en parlant avec Michael la veille au soir, elle avait eu le sentiment d'un vrai rapport. Comme Rosa serait contente si elle savait !

Le téléphone sonna. Elle décrocha. Une voix de femme.

— Mrs. Chase ?

— Oui.

— Je suis la mère de Gerda Hemsley. J'ai eu votre message.

— Oh, Mrs. Hemsley, j'espérais que vous appelleriez. Je suis navrée pour votre fille ; c'est une terrible tragédie. Je vous en prie, acceptez toutes mes condoléances.

— Je sais que vous avez fait tout ce que vous

pouviez, Mrs. Chase. Je vous ai vue à la télévision. C'est réconfortant de se rendre compte que quelqu'un s'intéresse à l'affaire.

Kennedy attrapa un bloc et un stylo.

— J'avais besoin de vous parler pour savoir ce que faisait Gerda avant de travailler dans la banque.

— Avant la banque, elle était dans un cabinet d'expert-comptable.

— Aurait-elle, par hasard, travaillé dans le cinéma ?

— Oh oui... Il y a plusieurs années, elle a travaillé sur quelques films. Elle était au service comptabilité de la production.

— Vraiment ? Sauriez-vous par hasard de quels films il s'agissait ?

— Je..., je ne me rappelle pas. Oh, bien sûr, il y avait celui...

— Celui ?

— Où il y a eu toutes ces histoires.

— De quelles histoires voulez-vous parler ?

— Elle a été témoin d'un meurtre.

Kennedy frémit d'impatience.

— Un meurtre ? Que s'est-il passé ?

— Une jeune actrice, dans un film qui s'appelait *Le Contrat*. Gerda était dans la caravane de la production quand elle a vu commettre ce crime.

— Qui a été tué ?

— La jeune comédienne, étranglée par l'un des acteurs.

— Comment s'appelait-il ?

— Je ne me souviens pas, mais Gerda a tout vu. Elle a été témoin de l'accusation.

— Elle était la seule ?

— Non, il y en avait d'autres.

— Pouvez-vous vous rappeler qui ?

— Pas comme ça. Peut-être qu'en regardant les papiers de Gerda je pourrais vous en dire davantage.

— Vous souvenez-vous de quelqu'un du nom de Pamela March, ou Margarita Linda ?

— Ces noms me paraissent familiers, mais je ne peux pas en être sûre.

— Mrs. Hemsley, pouvez-vous me dire exactement quand tout cela s'est passé ?

— Voyons... Quelque part au début de 1988.

— Je vous remercie. Vous m'avez été d'un grand secours.

Elle avait l'esprit en feu. *Ça y était !* Elle avait le numéro d'un oncle de Margarita Linda. Elle l'essaya aussitôt.

— Kennedy Chase, dit-elle brièvement. Nous avons bavardé voilà quelques semaines à propos de Margarita.

— Oui, je me souviens.

— Peut-être pourriez-vous m'aider en me donnant d'autres renseignements. Vous rappelez-vous si Margarita a travaillé sur un film intitulé *Le Contrat* ? A-t-elle été témoin dans une affaire de meurtre ?

— Oui. Maintenant que vous en parlez, oui. Sale affaire. Ça l'avait bouleversée.

Dans le mille !

— Je vous remercie, fit Kennedy avec reconnaissance. C'est tout ce que j'avais besoin de savoir.

Elle avait maintenant vraiment l'esprit en alerte rouge. Il fallait découvrir si Stephanie Wolff et Pamela March avaient également travaillé sur *Le Contrat*. Son instinct lui disait que cela ne faisait pas grand doute : elle était certaine d'avoir découvert le lien entre les victimes.

La sonnerie du téléphone retentit ; elle décrocha d'un geste impatient.

— Salut... Kennedy ? Michael Scorsinni... Vous vous souvenez ? Nous aurions pu dîner ensemble si les vœux de Rosa s'étaient réalisés.

Il ne parvint à la distraire qu'un instant.

— Michael, je suis en plein travail. Je peux vous rappeler ?

— Est-ce une façon polie de m'envoyer promener ?

— Pas du tout.

— Bon, je vous crois. Écoutez, je suis dehors pour l'instant, mais je vais vous donner le numéro de mon bip.

Il lui donna son numéro à la maison et celui du bip.

— Je vous rappelle dans dix minutes, promit-elle en notant les renseignements.

— Je l'espère.

— Promis.

Il avait l'impression de se retrouver dans la peau d'un collégien, mais il insista quand même.

— Alors... Vous êtes toujours prise pour le dîner ?

— Je vous l'ai dit : j'ai déjà accepté une invitation.

— Et demain soir ?

— Avec plaisir, dit-elle doucement.

— Bon. Alors, c'est réglé. Rappelez-moi quand même, mais c'est entendu pour demain soir.

— Absolument.

Elle était contente d'avoir eu de ses nouvelles. Elle raccrocha et se mit à consulter ses notes sur des personnes ayant connu Stephanie Wolff et Pamela March. On sonna à la porte, ce qui interrompit ses recherches.

— Qui est là ? demanda-t-elle avec agacement.

— Rosa. Ouvre. Vite.

Rosa déboula dans l'appartement, brandissant une bouteille de champagne.

— Devine ! lança-t-elle, triomphante.

— Dis-moi.

— C'est formidable... Tu vas être ravie.

Kennedy n'avait jamais vu Rosa dans un tel état d'excitation.

— Alors quoi ?

— Le chef de la police et le maire donnent une conférence de presse demain matin. Ils ont bougé, et tout ça grâce à notre station de télé et grâce à toi. On va aller à la conférence de presse ensemble, et, juste après, mon producteur voudrait enregistrer en direct tes commentaires. Tu es d'accord ?

— Je pense bien ! C'est fantastique !

— N'est-ce pas que c'est formidable ? Ils vont l'arrêter, ce malade, et ce sera en partie grâce à nous !

Une heure s'écoula : Kennedy n'avait pas pris la peine de rappeler Michael. Il était déçu, mais pas surpris : il avait compris qu'elle était différente. Kennedy Chase ne sautait pas sur les occasions ; d'une certaine façon, c'était excitant. Mais il n'avait aucune envie de jouer. Enfin, au moins, il avait rendez-vous pour demain soir.

Il passa au bureau de production où on lui dit que Jordanna était partie avec Bobby Rush. Ensuite, il rentra chez lui, se déshabilla et prit une longue douche.

Bella. Où est Bella ? Quand vais-je la retrouver ?

Soudain, il eut de nouveau une sensation de bouche sèche et cette impression qui vous poussait à penser : et si je prenais juste un petit scotch ? Ça lui fit peur. Il devrait vraiment aller à une réunion des Alcooliques Anonymes. Il fallait reprendre la discipline, se rappeler que chaque jour était un combat qu'il pouvait remporter s'il s'acharnait à lutter.

Après sa douche, il noua une serviette autour de

sa taille, alla dans la salle de séjour et appuya sur le répondeur. Le premier message était d'Ambre : elle l'invitait à dîner pour le lendemain soir et suggérait qu'elle pouvait convier Shelia.

Pas question, Ambre.

Le second message était de la femme à la voix étouffée qui l'avait appelé au studio. « Vous avez l'argent ? Le temps passe. »

Il repassa le message à plusieurs reprises, se demandant comment elle avait trouvé son numéro de téléphone personnel et si elle savait vraiment quelque chose. Il entendait encore Bella crier : « Papa ! Papa ! »

Mais était-ce bien Bella ?

Qui pouvait le savoir ?

— Putain !

Il arrêta l'appareil et alla s'habiller.

Il devait retrouver sa fille. Ce n'était pas possible de continuer comme ça. Il existait une solution ; à lui de la découvrir.

— C'est ridicule, dit Cheryl, qui se regardait dans un miroir en pied, fascinée par sa nouvelle image éblouissante.

— Non, c'est un jeu, observa Grant, planté derrière elle. (Il était drogué, et ça se voyait, même s'il restait beau malgré sa vie dissolue.) Tu te souviens quand on jouait à l'école ? C'est en prenant des risques qu'on a survécu à toutes ces saletés d'années.

— Comment veux-tu que j'oublie ?

Elle se demandait pourtant pourquoi elle avait accepté de participer à ce jeu-ci. C'était dingue. Mais, si elle faisait machine arrière maintenant, Grant allait penser qu'elle se dégonflait. Un jour, quand ils avaient tous les deux quinze ans, ils étaient partis pour une expédition de vol à l'étalage. Le vainqueur devait ramasser pour cinq cents dollars de marchandises. Cheryl en était à quatre cent cinquante quand le détective du magasin l'avait surprise. Son père était furieux.

— Si tu avais besoin de davantage d'argent, tu n'avais qu'à le demander ! avait-il crié.

Et il s'était empressé d'augmenter sa mensualité.

L'argent ne voulait rien dire. Ce qui comptait, c'était de montrer à Grant de quoi elle était capable. Connaissait-il d'autres femmes susceptibles de relever le défi ? Heureusement, elle aussi était droguée. Sinon, elle n'aurait pas été sûre de pouvoir aller jusqu'au bout.

— Je dois reconnaître que tu n'es pas mal, dit Grant en la serrant gentiment contre lui.

Alors comment se fait-il que tu ne m'emmènes pas au lit ? Pourquoi m'envoies-tu coucher avec un inconnu ?

— Tu trouves ? dit-elle calmement.

Mais elle savait qu'elle s'était bien débrouillée. Pour une fois dans sa vie, elle avait l'air svelte. Tout était parfait : collants noirs et escarpins à très hauts talons. Ses jambes étaient, avec ses cheveux, ce qu'elle avait de mieux. Un soutien-gorge mettait sa poitrine en valeur et sa petite robe d'Azzedine Alaïa la moulait comme il fallait. Elle sortait de chez le coiffeur, et ses cheveux étaient d'un roux flamboyant. Et puis elle était plus maquillée que d'habitude.

— Très sexy, dit Grant en la serrant plus fort. Je commence à regretter de ne pas t'avoir fait passer l'essai.

Il devait plaisanter, mais elle souhaitait de tout son cœur que non. *Ne le laisse jamais voir que ça te touche*.

— Oh, Grant, je t'en prie ! Ne me parle pas comme si j'étais une petite dinde.

— Ça ne t'excite pas d'être comme ça ? demanda-t-il en la serrant contre lui. Moi, si.

— Tu aimerais peut-être venir regarder, suggéra-t-elle tout d'un coup, guettant sa réaction.

— Ah ! je suis sûr que ça exciterait le client.

— Qui est-ce, d'ailleurs ? demanda-t-elle pour la troisième fois.

— Je te l'ai dit. Un riche mec de passage. Tu ne risques absolument rien.

— Pour toi, c'est facile à dire.

— Va à la réception de l'hôtel, demande Mr. Nanni. Et fais-lui mettre un préservatif.

— Merci du conseil, dit-elle en se détournant. Bon, je suis prête. Allons-y.

— Tu es sûre ?

Non. Je ne suis pas sûre. Pourquoi ne m'empêches-tu pas d'y aller ?

— Évidemment que je suis sûre.

— Alors, en route.

— J'adore les hôtels, dit Sharleen en bondissant sur l'énorme lit.

— Il fallait que je quitte cette maison, dit Mac, l'air tendu. Ces gosses me rendent fou. Ils sont toujours là à demander quelque chose.

Sharleen s'étira voluptueusement.

— Tu leur donnes trop.

— Pas plus que tu ne donnes à ta fille.

— Elle, au moins, elle l'apprécie.

— Sharleen... Tu as la mémoire courte. La chère et innocente petite Suzy a amené un dealer chez nous.

— Elle ne le savait pas.

— Allons donc !

— On ne va pas se disputer ? demanda Sharleen en lui caressant la joue.

— Certainement pas, après la journée que j'ai eue, dit-il, accablé.

— C'était vraiment dur, chéri ? murmura-t-elle.

Sa main se glissait sous sa chemise et descendait.

— Tu n'as pas idée.

Elle lui pinça les tétons.

— Si tu me racontais ? Peut-être que je pourrais t'aider ?

Ô mon Dieu, quelle que soit l'humeur dans laquelle il était, cette femme réussissait à l'exciter.

— C'est une longue histoire, commença-t-il.

Elle lui défit sa ceinture.

— Je sais très bien écouter.

— Quand tu veux.

— Oh ! oh ! oh ! fit-elle, poursuivant ses explorations.

Il ferma les yeux. Le monde réel ne comptait plus.

— Vous avez l'esprit ailleurs, dit Charlie.

— Mais non, répondit Kennedy, sur la défensive.

— Si, je vous assure.

— Bon, c'est vrai : j'ai l'esprit ailleurs.

— Vous voulez me dire pourquoi ?

Ils étaient assis à La Géorgie, un restaurant de Melrose. Elle n'avait pas réussi à contacter les personnes qui avaient connu Stephanie Wolff ou Pamela March. Charlie avait raison : elle avait l'esprit ailleurs parce qu'elle avait besoin de davantage de renseignements. Rosa essayait de son côté. Elles étaient convenues de se parler plus tard.

— Je pense à un article sur lequel je travaille, reconnut-elle.

— Les meurtres ?

— Vous êtes au courant ?

— Dites, ma belle aux yeux verts, que croyez-vous que je fasse toute la journée, quand je ne travaille pas ? Je regarde la télé. Je suis un véritable intoxiqué. Je vous ai vue hier soir. Vous aviez une attitude ferme, de la force de caractère. Ça a vraiment émoustillé ma libido.

— Ravie de l'apprendre.

Le serveur apporta leurs verres : deux daiquiris à la pêche. En outre, Charlie s'était fait servir un verre de rhum, qu'il vida d'un trait.

— Vous aimez cet endroit ? demanda-t-il en jetant à Kennedy un regard en coulisse.

— Beaucoup.

— Attendez les côtes d'agneau. Il n'y a pas mieux au paradis.

— J'ai hâte d'y goûter, dit-elle en prenant son verre.

Il l'imita, et ils trinquèrent.

— À vous, ma belle aux yeux verts. Tout ce que vous désirez est à votre disposition.

— Vraiment ?

— C'est ma devise. Ça fait des années que je l'applique, et regardez ce que je suis : une grande vedette de cinéma.

— C'est tout ce que vous désirez, Charlie ? demanda-t-elle d'un ton grave. La célébrité ?

— Ça me permet de conserver le sourire.

Et ça dissimule la blessure intérieure, avait-elle envie de dire, mais elle se tut. Charlie avait ses secrets et ses démons. Il masquait son sentiment d'insécurité sous un air détaché et impassible. Mais Kennedy sentait sa souffrance.

Avait-elle envie de s'engager ?

Non.

Alors, pourquoi était-elle ici ?

Parce que, sur le moment, ça lui avait paru une bonne idée. Et puis elle n'avait pas encore rencontré Michael Scorsinni quand elle avait accepté de sortir avec Charlie. Michael... Elle ne pouvait s'empêcher de penser à lui. Il y avait quelque chose chez ce garçon qui allait plus loin que son physique de jeune premier. Un côté vulnérable qui l'avait tout de suite accrochée. Peu importait l'aspect macho : sous la bravade, elle savait que se dissimulait un homme sensible qu'elle avait envie de connaître. Elle ne l'avait pas rappelé parce que à peine Rosa était-elle partie que Charlie sonnait à sa porte. C'était sans doute aussi bien : elle devait s'avouer qu'elle avait peur de se lancer dans une histoire. Pourtant, elle avait accepté de dîner avec lui le lendemain soir. Qui savait où cela pourrait la mener ?

— À qui pensez-vous ? demanda Charlie tout de go. Comment s'appelle-t-il ? Et qu'a-t-il donc de plus que moi ?

— Oh, Charlie, dois-je croire que vous me faites la cour ?

— Non, ma belle aux yeux verts. Sauf si vous le souhaitez. Non, répéta-t-il en se carrant dans son fauteuil, sauf si vous me le demandez. Je suis disponible, mais j'ai l'impression que vous ne l'êtes pas.

— Où allons-nous ? demanda Jordanna, tandis que la voiture de Bobby dévalait Melrose.

— J'ai une soudaine envie de poulet frit à la mode du Sud. Vous connaissez La Géorgie ?

— Le pays, non. Le restaurant, oui.

— Ça vous va ?

— Parfait, dit-elle.

Elle n'avait pas l'habitude que quelqu'un prenne les décisions pour elle. Ça la changeait agréablement : d'ordinaire, c'était elle qui choisissait les restaurants — et qui payait l'addition. C'était presque comme une invitation en règle, mais elle était sûre que Bobby ne voyait pas la chose de la même façon. Sans doute emmenait-il la petite dîner parce qu'elle l'avait accompagné chez son père et qu'il lui devait bien ça.

— Que pensez-vous de Jerry ? lui demanda-t-il, les yeux fixés sur la route.

— Un trou du cul, comme vous l'avez dit. Il vous en veut à cause de votre réussite. Il se considère comme un vieil homme fini et il voit en vous ce qu'il était jadis.

— Vous êtes très futée.

— Ce n'est pas facile, pour les vieilles vedettes de cinéma, dans cette ville. Ils sont au sommet et puis, du jour au lendemain, ou presque, on les retrouve au dépotoir, à présenter des reality-shows à la télé.

Bobby aimait bien Jordanna : elle disait exactement ce qu'elle pensait, qualité rafraîchissante dans une ville où l'on cultivait la langue de bois.

— C'est à ça qu'il faut que je m'attende ? demanda-t-il, amusé.

— Vous avez une trentaine d'années devant vous.

— Je vais essayer d'en profiter.

— Vous devriez.

Il arrêta sa voiture devant le restaurant et tendit les clés au portier. Brad Johnson, l'un des propriétaires, les accueillit à l'entrée.

— Où étiez-vous passée ? demanda-t-il à Jordanna. Vous nous avez manqué.

— Je travaillais, dit-elle en le serrant dans ses bras. Vous vous rendez compte ! Moi, travaillant ?

— Non, dit Brad en la guidant jusqu'à une table dans le restaurant encombré. Soyez la bienvenue.

À l'autre bout de la salle, Charlie avait une vue imprenable sur l'entrée.

— Vous ne devinerez jamais qui se dirige vers nous, dit-il avec un accent traînant. Un de vos préférés.

— Qui ?

— Bobby Rush.

— Ô mon Dieu ! gémit-elle.

— Vous n'auriez pas dû le démolir, protesta doucement Charlie.

— Je vous ai expliqué... Je n'y suis pour rien.

— Vous le lui avez dit ?

— Il n'a pas voulu me prendre au téléphone, alors je le lui ai écrit.

— Vous ne voulez pas lui présenter des excuses ? fit Charlie, taquin. Dire que vous êtes navrée, comme une petite fille bien élevée ?

— Vous parlez sérieusement ?

— Je disais ça comme ça. (Il repoussa son fauteuil et se leva.) Mon petit ! s'exclama-t-il en serrant Jordanna dans une étreinte lubrique. Bobby ! Quel jeune et beau couple !

— Nous ne sommes pas un couple, s'empressa de préciser Jordanna.

Elle aperçut deux anciens amants qui traînaient au bar.

— Ne t'affole pas, dit Charlie. Je ne refile pas l'information à l'*Enquirer*. Pas cette semaine, en tout cas.

— Je vous dois des remerciements, Charlie, dit Bobby. Jordanna est une excellente assistante.

— À votre disposition... Je pense que vous connaissez Kennedy Chase.

Bobby maîtrisa un sursaut. La blonde était là, calme et impassible, comme si elle ne l'avait pas démoli en beauté.

— Oui, dit-il d'un ton distant.

Prenant Jordanna par le bras, il l'entraîna.

— C'est la garce qui a fait un article sur moi dans *La Guerre des styles*, murmura-t-il.

— Vraiment ? fit Jordanna comme ils s'installaient à leur table. Vous voulez que je lui jette un verre de vin rouge à la figure ?

— Vous feriez ça pour moi ?

— Je travaille pour vous, Bobby. Vous n'avez qu'à demander, j'obéirai.

Elle l'avait de nouveau fait sourire.

— Je parie que vous le feriez.

— Oh, mais oui. Je suis très, très loyale... quand j'aime bien quelqu'un, ajouta-t-elle en le regardant droit dans les yeux.

Si cette fois il ne comprenait pas, ou il était obtus, ou elle ne l'intéressait absolument pas.

— Jordanna...

— Oui ? demanda-t-elle avidement.

— Je vous aime beaucoup, mais...

Avant qu'il ait pu continuer, Tyrone apparut et se planta devant leur table ; grand, beau, et extrêmement vexé.

— Qu'est-ce que tu fais là ? demanda-t-il à Jordanna sur un ton de propriétaire.

Il avait manifestement trop bu. Elle tressaillit.

— Pardon ?

— Je te demande ce que tu fiches ici.

— Hé, une minute..., commença Bobby.

Tyrone n'allait pas se laisser arrêter comme ça.

— Tu annules un rendez-vous avec moi pour dîner avec *lui*. (Il braqua un doigt sur Bobby.) Sans même avoir la courtoisie de me dire la vérité ?

— Je suis désolée, Tyrone, c'était imprévu. Je n'ai...

— Pas pu résister à la star de cinéma, hein ? fit-il avec un ricanement déplaisant.

— Dis donc, mon vieux, fit Bobby, venant à la rescousse de Jordanna, tu n'y es pas. Ça n'était pas prévu du tout. Nous...

— Je me fous pas mal de savoir si c'était prévu

ou pas, fit Tyrone, lui coupant la parole. (Il saisit Jordanna par le bras.) Ne t'avise pas de te foutre de moi. Tu...

Elle se dégagea, lui faisant perdre l'équilibre. Bobby se leva.

— Je crois qu'il est temps que quelqu'un te raccompagne chez toi.

— Va te faire voir ! On n'est pas au bureau.

Bobby le prit par les épaules.

— Laisse-moi...

Sans lui laisser le temps de terminer, Tyrone se recula et le frappa, le prenant complètement au dépourvu. Bobby faillit tomber. Jordanna se leva d'un bond, furieuse.

— Crétin ! Qu'est-ce qu'il te prend ?

Tyrone décocha un nouveau coup de poing à Bobby, qui se défendit. Jordanna se jeta entre eux. Les coups pleuvaient. Brusquement, Jordanna sentit un violent direct du droit la frapper à la mâchoire. Elle s'abattit comme un plongeur d'Acapulco. La dernière image dont elle se souvint fut celle d'un de ses ex-amants qui se précipitait à travers la salle — sans doute pour la sauver.

Les ténèbres l'engloutirent.

Son dîner avec Bobby était terminé.

36

— Le spectacle est *finito*.

— Il n'a manifestement jamais reçu ma lettre, dit Kennedy.

— Quelle lettre ?

— Je vous l'ai dit : j'ai écrit à Bobby pour lui expliquer que cet article n'était pas de mon fait.

— Dommage.

— Qu'est-ce que je peux faire ?

— N'y pensez plus. C'est du passé. On va boire un verre chez moi ?

— Désolée, répondit-elle d'un ton décidé. J'ai une conférence de presse à laquelle je dois assister de bonne heure demain matin. Il faut que je rentre.

Charlie demanda l'addition.

— Une conférence de presse ?

— Oui, le chef de la police va faire une déclaration. Ils vont constituer un groupe spécial pour enquêter sur les meurtres.

— C'est vous qui les y avez poussés, pas vrai ?

— Ils auraient fini par le faire, avec ou sans moi.

— Mais vous les avez un peu aidés.

— Je l'espère...

— Alors, pas de coup de l'étrier pour nous

deux ? Moi qui voulais vous emmener à La Balle Blanche. J'en suis propriétaire.

— Bien sûr, Charlie.

— Qu'est-ce que ça veut dire ? fit-il, s'assombrissant.

— Je suis sûre que vous pouvez être propriétaire de tout ce que vous voulez.

Il lui décocha son sourire un peu fou.

— Vous croyez ?

— J'ai raison, non ?

— Vous avez raison, vous êtes futée. Quand est-ce que je vous revois ?

— Vous avez des douzaines de petites amies. Vous vivez avec Dahlia Summers. Pourquoi auriez-vous envie de passer encore une soirée avec moi ?

— Est-ce que je me trompe quand je perçois dans votre voix un léger accent d'insécurité ?

— Désolée de vous décevoir, mais je suis simplement curieuse.

L'addition arriva. Charlie chaussa ses lunettes aux verres teintés, l'examina rapidement puis la signa.

— Vous comprenez, dit-il en ôtant ses lunettes et en la regardant droit dans les yeux, je ne crois pas à la monogamie.

— Ah non ?

— Ça ne rime à rien. Nous n'avons tous qu'une vie : pourquoi ne pas répandre un peu de bonheur autour de nous ?

— Vous êtes incorrigible. À cette époque de sida, vous vous permettez de dire des choses pareilles... Je parie que vous ne mettez même pas de préservatif.

Un sourire satisfait s'épanouit sur le visage de Charlie.

— Ça n'est pas mon style.

— Alors, je vous raye définitivement de ma liste.

Il haussa les sourcils.

— Parce que vous avez une liste ?

— Vous savez, Charlie, j'apprécie votre compagnie. J'espère donc sincèrement que vous croyez aux amitiés platoniques. Je suis convaincue que nous pourrions en cultiver une tout à fait stimulante.

— Je vais vous dire, ma belle aux yeux verts : je vais attendre de voir d'abord ce que vous écrivez sur moi.

— Entendu.

Grant déposa Cheryl à l'hôtel en lui recommandant de l'appeler dès qu'elle aurait fini. Elle le foudroya du regard.

— Qu'est-ce que tu veux que je fasse ? Que je reste assise dans le hall à t'attendre ? Comme une putain qui attend le client ?

— Ça me prendra cinq minutes pour venir en voiture. Ou bien, ce qui est encore mieux, appelle un taxi.

— C'est ce que je ferai : appeler un taxi, dit-elle d'une voix vibrante de colère rentrée.

— Ne me fais pas la gueule.

— Je ne te fais pas la gueule.

— Mais si.

Elle continuait à le regarder d'un air mauvais. Elle désirait de toutes ses forces qu'il l'empêche d'aller plus loin.

— Je ne sais même pas pourquoi je fais ça.

— Parce que ça t'excite, dit-il d'un ton encourageant.

— Ça t'excite peut-être, toi, mais ça n'est pas toi qui le fais.

— Dès l'instant où tu me racontes les petits détails.

Elle refusait de le lui avouer, mais elle était terriblement nerveuse. Elle ne s'était pas lancée dans cette affaire pour devenir une des filles. Pourquoi acceptait-elle ce rendez-vous ? Uniquement pour impressionner Grant ? Quelle bêtise !

Elle jeta un coup d'œil au nom inscrit sur la feuille de papier qu'il lui avait remis : Bosco Nanni. Un nom stupide !

Elle descendit de voiture et entra dans l'hôtel, la tête haute, ses hauts talons claquant sur le marbre. Elle savait que Grant l'observait. Qu'il aille se faire voir : il se fichait pas mal de ce qu'elle ressentait.

Elle s'avança hardiment jusqu'à la réception.

— Mr. Nanni, je vous prie, dit-elle d'un ton impérieux. Je suis attendue.

— Mr. Nanni a demandé que vous alliez à la suite présidentielle, au dernier étage, répondit l'employé. L'ascenseur est juste là.

— Merci.

— Ô mon Dieu, gémit Jordanna. Où suis-je ?

— Dans l'arrière-salle du restaurant, répondit Bobby, soulagé de la voir revenir à elle.

— Que s'est-il passé ? demanda-t-elle, encore groggy.

— Vous vous êtes malheureusement trouvée dans la trajectoire du poing de quelqu'un.

— Je n'arrive pas à y croire, dit-elle en massant sa mâchoire endolorie.

— Vous pouvez le croire. Tyrone a perdu les pédales. Vous l'avez rendu complètement fou.

— Eh oui, dit-elle en se redressant tant bien que mal. Je fais cet effet à tous les hommes.

— Sérieusement, je ne l'ai jamais vu dans un état pareil. Qu'est-ce que vous lui avez fait ?

— Strictement rien.

— Hum...

— C'est lui qui m'a frappée, Bobby, ou c'était vous ?

— Ça s'est passé très vite, mais je crois que c'était lui.

— J'étais sûre que vous diriez ça.

— Si c'était moi, je ne l'avouerais certainement pas... Allez, venez, je vous raccompagne chez vous, dit-il en l'aidant à se relever.

— Je me sens dans un drôle d'état. Et si j'avais la mâchoire cassée ?

— Elle ne l'est pas. Vous survivrez.

— Facile à dire, marmonna-t-elle, furieuse. Ce n'est pas vous qu'on a envoyé au tapis.

— C'était un accident.

— Ah oui ? dit-elle d'un ton agressif. Je vais quand même porter plainte.

— Contre qui comptez-vous porter plainte ?

— Contre vous, Bobby, fit-elle avec un sourire ironique. Vous êtes le plus riche, vous pouvez vous le permettre.

— Au moins, ça ne vous a pas enlevé votre gaieté.

— C'est parce que je vais encaisser un tas de pognon !

Il l'aida à sortir et l'installa dans sa voiture.

— Et mon poulet frit ? gémit-elle. Je vous prie de ne pas oublier que je meurs de faim !

— J'ai fait mettre la commande dans un carton qui est dans la voiture. J'ai pensé que vous n'auriez aucune envie de retourner au restaurant.

— Et plein d'attentions avec ça, dit-elle d'un ton moqueur.

— On peut dîner chez vous ou chez moi.

— Pour l'instant, j'habite le mausolée Sanderson. Allons chez vous.

— Je ferais mieux d'appeler Jerry, dit-il en décrochant le téléphone de sa voiture. Pour voir ce qu'il a décidé.

Il obtint Darla : elle semblait ravie de l'entendre.

— Jerry adorerait jouer dans ton film, dit-elle avec effusion.

C'était une surprise que Jerry eût accepté si vite, mais Bobby ne manifesta pas son étonnement.

— Parfait. Je vais tout mettre en train dès demain matin.

— Merci, Bobby.

— Non, merci à toi, Darla. Empêche-le de boire, c'est tout ce que je te demande.

— Alors? demanda Jordanna dès qu'il eut raccroché.

— Il va faire mon film.

— Ça n'a rien de miraculeux. Je suis sûre qu'il est ravi.

— C'est ce que dit Darla.

— J'ai toujours raison.

— Et modeste, avec ça.

— Merde pour la modestie.

— Vous avez toujours parlé comme un charretier?

— Non. J'ai été élevée sur les genoux de papa. (Elle alluma la radio et chercha une station.) Où habitez-vous, Bobby?

— Je loue une maison à Hollywood Hills.

— Moi, je devrais en louer une, mais je ne peux pas me le permettre avec le maigre salaire que vous m'octroyez.

— Votre situation va peut-être s'améliorer. Il pourrait se présenter quelque chose.

— Par exemple? demanda-t-elle.

— Si je vous le dis, promettez-moi de n'en parler à personne.

Elle leva deux doigts.

— Parole de scout.

— J'ai fait une grosse bourde en engageant Barbara Barr.

— Oh, vous avez fini par vous en rendre compte ! Elle ne convient absolument pas pour le rôle de Sienna.

— Ne commencez pas, avec ces *je vous l'avais bien dit.*

— D'accord, d'accord ! Dites-moi ce qu'il se passe.

— Le service des contrats est en train de mettre sur pied un moyen de se débarrasser d'elle. Les gens des studios ont promis que si je signais avec Jerry je pourrais engager qui je voulais.

— Vraiment ?

— Mais oui, vraiment.

Elle essaya de ne pas lui laisser voir à quel point elle était excitée.

— Et à qui pensez-vous ? demanda-t-elle nonchalamment.

— À quelqu'un que vous connaissez très bien.

C'était trop difficile de garder un air impassible.

— Ne me faites pas ça, Bobby, balbutia-t-elle, tout excitée. À moins que vous ne parliez sérieusement...

— Mais je suis sérieux, dit-il, enchanté de l'état d'excitation dans lequel elle était.

— Ô mon Dieu ! Je gagnerais plus d'argent que mon salaire de misère ?

— Parfaitement. Vous pourriez louer une maison dans Hollywood Hills.

— Pour une fois dans ma vie, je ne sais pas quoi dire.

— Vous avez beaucoup de talent, Jordanna, dit Bobby, soudain grave. Votre bout d'essai était excellent. Il m'a impressionné, et je suis difficile.

— Alors comment se fait-il que vous ne m'ayez pas engagée tout de suite?

— J'ai cédé à la pression des types qui dirigent les studios. (Il s'arrêta devant chez lui.) Mais ne vous laissez pas trop emporter. Il y a toujours un risque que ça n'arrive pas.

— Si, dit-elle avec ferveur, ça arrivera. Je sais que ça arrivera.

— Nous voici à la maison. Vous êtes sûre que ça va?

— Je suis en pleine forme! En fait, j'ai même décidé de ne pas vous attaquer en justice.

— Vous êtes trop bonne!

— Oui, j'ai des attentions comme ça.

Bobby ouvrit la portière du côté passager et l'aida à descendre. Dans un brusque élan, Jordanna le serra dans ses bras.

— Merci, Bobby. Vous ne le regretterez pas.

Il la repoussa doucement.

— Ça n'est pas encore fait.

Qu'est-ce qu'il avait, ce type? Est-ce que ça l'avait vexé qu'elle lui saute au cou? Dieu sait pourtant qu'elle ne lui faisait pas de gringue. Peut-être la Jordanna d'autrefois s'y serait-elle risquée, mais pas maintenant... Maintenant, elle était une nouvelle personne qui savait se contrôler. Elle ne pensait pas au sexe.

Ou bien y pensait-elle?

Ils se dirigèrent vers la maison.

— Vous laissez toujours votre porte grande ouverte? demanda-t-elle.

— Non.

— Vous avez une arme sur vous?

— Pourquoi est-ce que j'en aurais?

— Parce que tout le monde devrait être armé, à Los Angeles, dit-elle. C'est la règle numéro un de la survie.

— Et vous, vous êtes armée?

— Non, mais si c'était le cas je vous assure que ça ne me ferait pas peur d'utiliser mon arme.

— Je vous crois volontiers.

— Imaginez qu'il y ait quelqu'un à l'intérieur?

Il haussa les épaules.

— J'ai sans doute oublié de claquer la porte en partant.

— Il y a peut-être des types complètement drogués armés de couteaux et de pistolets. (Elle marqua une très longue pause.) Quand nous serons à l'intérieur, ils nous massacreront et prendront tout ce que nous avons — ce qui, dans mon cas, veut dire rien. Nous devrions aller chercher de l'aide.

Il la regarda d'un air interrogateur.

— Juste parce que j'ai laissé ma porte ouverte?

— Oui.

— Ça m'est déjà arrivé.

— Bon. Entrez, je vous attends ici.

— Merci. J'apprécie votre soutien.

— Écoutez, Bobby... Ce soir, j'ai fait la connaissance de votre père, je n'ai pas dîné, on m'a assommée. Je crois que dans l'ensemble j'ai pris assez bien les choses. Je ne voudrais pas ajouter à la liste une attaque à main armée.

Il lui prit la main.

— Venez, Jordanna, vivons dangereusement, dit-il en l'entraînant à l'intérieur. Oh, bon Dieu!

La maison était complètement saccagée.

Un gros homme aux yeux en bille de loto et aux mains velues lui ouvrit la porte de la suite. Un homme de plus haute taille était à côté de lui; Cheryl sentit son estomac se serrer. Qu'était-elle en train de faire?

Bosco la toisa de la tête aux pieds et eut un hochement de tête approbateur.

— Par ici, fit-il en lui indiquant le chemin.

— Pas mal, dit Reno.

Elle passa devant lui, entra dans le salon de la vaste suite et se trouva nez à nez avec un petit homme brun qui semblait avoir une cinquantaine d'années. Il avait les cheveux gominés, le teint hâlé et des yeux aux lourdes paupières.

— Bonsoir, fit-elle, de sa voix de call-girl de luxe. Je suis... Bambi.

Le nom lui était venu tout d'un coup.

Luca tressaillit. Elle n'était pas ce à quoi il s'attendait. Elle avait les cheveux roux et des seins acceptables mais elle n'avait pas l'air d'une putain. Elle ne manquait pas de classe, ce qui lui plaisait.

— Bambi ? dit-il en s'éclaircissant la voix. Eh bien, avance, Bambi, mets-toi à l'aise.

Cheryl resta plantée au milieu de la pièce, ne sachant comment se comporter. Que faisaient les prostituées quand elles se rendaient à domicile ? Se mettaient-elles tout de suite au travail ou bien attendaient-elles calmement que le client fasse le premier geste ?

— C'est votre premier voyage à Los Angeles ? demanda-t-elle.

Question stupide.

— Non, je suis déjà venu.

Réponse idiote.

— Enchantée de faire votre connaissance, Mr. Nanni, dit-elle en prenant une voix rauque et sensuelle.

Luca se dit que Mr. Nanni ferait l'affaire pour l'instant : inutile de l'effrayer en lui révélant sa véritable identité.

— Moi aussi, Bambi. Tu veux boire quelque chose ?

Oh oui, j'ai désespérément besoin de prendre un verre.

— Avec plaisir, dit-elle en lissant le devant de sa petite robe.

— Scotch ?

— Vodka.

Il lui servit une vodka et la lui tendit en s'approchant. Elle sentait l'odeur de sa lotion après rasage : épouvantablement douceâtre.

— Tu as de jolis cheveux, dit-il en tendant la main pour les toucher. Tu es une vraie rousse, bébé ?

— Exactement ce que vous avez demandé, répondit-elle, en essayant de s'en tenir à son murmure sensuel.

— Où est la tenue d'infirmière ?

— Quelle tenue d'infirmière ?

— Je leur ai dit que c'était ce que je voulais.

— On ne m'en a pas informée.

— Merde !

— Désolée.

— Oh, ça arrive, dit-il. (Elle n'était pas une beauté conventionnelle, mais elle avait du style. Et sa crinière rousse l'excitait vraiment.) Tu as un porte-jarretelles ?

— Je devais en porter un ?

— Seigneur ! Je paie un paquet pour toi. Ton patron ne t'a rien dit ?

— Non.

En tout cas, elle était franche. Il lui reprit le verre des mains et le posa sur la table.

— Tourne-toi, Bambi. Je vais faire glisser tout doucement la fermeture de ta robe. Ensuite, je veux simplement que tu restes là sans bouger. T'as compris ?

Malgré elle, elle se sentit parcourue par un frisson d'excitation. C'était si différent, si loin de ses expériences habituelles. Elle obéit et sentit sur son dos les mains froides de l'homme qui tiraient la fermeture à glissière. La robe tomba sur la moquette. Du bout de sa chaussure, elle l'expédia dans un coin.

— Hum, fit-il d'un ton admiratif en la regardant sous ses lourdes paupières. Maintenant, marche lentement dans la pièce, rien que pour moi.

Une fois de plus, elle fit ce qu'il demandait, se déhanchant dans son collant noir avec son minuscule slip en dentelle et son soutien-gorge à balconnet. C'était dément, mais elle commençait à trouver ça excitant.

— T'as de sacrées jambes, Bambi, dit-il en s'humectant les lèvres.

Son admiration l'excita encore plus.

— Faites pour être nouées autour de ton cou, ronronna-t-elle d'une voix sexy.

Cette réplique aurait fait la joie de Grant.

— Dégrafe ton soutien-gorge, dit l'homme d'une voix un peu rauque. Mais fais-le vraiment lentement.

— Pardon ?

— Vas-y.

Elle dégrafa son soutien-gorge. Elle n'avait pas de gros seins, mais elle en était fière. Il regarda avidement sa poitrine nue.

— Pas mal, grommela-t-il. (Il ôta sa veste et desserra sa cravate.) Tu n'es pas ce que j'attendais, ajouta-t-il d'un ton bourru. Mais ça ira.

— Qu'est-ce que tu attendais ?

— Une vraie nana de Los Angeles avec de gros nichons et l'air idiot. Toi, tu es différente. Tu me rappelles un peu ma maîtresse.

— Ça ne me plairait pas si je te rappelais ta femme.

— Je n'ai plus de femme.

— Je suis désolée...

— Pas la peine. Je n'ai pas de maîtresse non

plus. Elles m'ont toutes les deux claqué entre les mains.

Elle était follement excitée : être là, à demi nue, devant un parfait inconnu, à tenir cette bizarre conversation. Jordanna n'en croirait pas ses oreilles.

— Viens par ici, ordonna-t-il.

Elle avança lentement, pour prolonger la scène. Quand elle fut près de lui, il lui prit les seins entre les mains comme pour les soupeser.

— Parfait, dit-il. De quoi remplir la main d'un honnête homme... Comme je les aime.

Elle se sentait les jambes molles.

Il la lâcha.

— Ôte-moi ces bas, dit-il d'un ton bourru.

— Mes collants ?

— Ôte-les.

Elle fit tout un numéro pour se dépouiller de ses collants et se retrouva nue devant lui. Il l'examina, le souffle un peu rauque, la dévorant des yeux.

Jamais de sa vie elle ne s'était sentie aussi exposée, aussi vulnérable. Mais cela avait toujours quelque chose d'excitant.

— Où veux-tu qu'on s'installe ? demanda-t-elle.

Elle jouait toujours la call-girl courtoise et bien élevée.

— Pas si vite. J'ai payé un paquet pour toi.

— Y a-t-il quelque chose de particulier que tu aimerais que je fasse ?

— Recommence à marcher. Ça m'excite de te reluquer.

Elle recommença à déambuler. Jamais on ne lui avait fait ce genre de compliment. Peut-être avait-elle manqué sa vocation : elle aurait pu être une grande strip-teaseuse.

— Ça fait longtemps que tu fais ce métier ?

— Assez longtemps pour savoir ce que tu veux.

— Je m'en aperçois. Quel âge as-tu ?

— Vingt-quatre.

— Le bon âge pour lâcher le métier. Pour te trouver un type bourré de fric et te ranger.

— Quel âge avez-vous, Mr. Nanni ?

— Disons vingt-quatre et des poussières.

Il lui fit signe de s'approcher et commença à se déshabiller. Comme c'est simple, se dit Cheryl. Le client a ce qu'il veut, et, moi, j'ai un paquet de fric.

Mais elle ne comptait pas en faire une habitude. Cette fois-ci, elle le faisait pour Grant, et une fois c'était plus que suffisant.

Kennedy marchait de long en large dans son appartement. Elle attendait le lendemain avec impatience et en même temps elle était déconcertée. Qu'était-elle censée faire des nouvelles informations qu'elle possédait ? Devrait-elle essayer de rencontrer le chef de la police après la conférence de presse pour lui faire part de sa découverte ? Sans doute n'apprécierait-il guère de l'apprendre d'elle. Et, pourtant, il fallait bien qu'elle en discute avec quelqu'un.

Elle pensa à Michael Scorsinni. Elle avait besoin de se confier et peut-être était-il la personne à qui parler. Après tout, c'était un ancien inspecteur de police ; il devrait donc pouvoir la conseiller.

Elle décida de l'appeler.

Au bout de quelques sonneries, le répondeur se mit en marche. « Salut, c'est Kennedy, dit-elle. Désolée de ne pas vous avoir rappelé plus tôt, mais j'ai dû sortir. Je..., euh, je voulais que vous sachiez que je n'ai pas oublié. »

Où était donc Rosa ? Elle avait dit qu'elle appellerait et il n'y avait pas de message.

Sur son ordinateur étaient alignés les noms des

quatre victimes. Demain matin, elle consulterait les archives des journaux sur *Le Contrat* et tâcherait de reconstituer toute l'histoire.

À regret, elle alla se coucher. Demain, elle aurait besoin d'être en pleine forme ; demain, tout se mettrait en place.

L'Homme resta un moment assis dans sa voiture. Il regarda oncle Luca et ses compagnons s'en aller dans leur longue limousine. Puis il attendit que la nuit commence à tomber. Quand il estima ne plus rien risquer, il revint vers la maison pour se garer à sa discrète place habituelle. Plus de Shelley pour l'empoisonner, maintenant.

La gouvernante était dans sa chambre, au fond : il entendait le son bruyant de son téléviseur. Il se demanda ce que la vieille chouette avait dit à son oncle. Rien, espérait-il ; sinon, il serait forcé de la faire taire une fois pour toutes.

Heureusement, ils n'avaient pas réussi à entrer dans sa chambre. Les verrous qu'il avait posés avaient été un bon investissement.

Il prit ses clés et entra rapidement. Puis, le plus vite qu'il put, il fit ses bagages. Il les entassa dans le coffre de sa voiture et démarra. Il regarda sur la carte la nouvelle adresse de Shelley. La maison qu'elle habitait était située en haut de Laurel Canyon. Il remonta lentement la route en lacet, prit une rue latérale et finit par arriver devant une boîte aux lettres plantée dans le sol : le numéro correspondait à l'adresse qu'il cherchait.

Il avait voulu un coin perdu : on ne pouvait pas

rêver mieux. Comme si les dieux lui avaient dit : « Oui, nous allons te trouver un endroit où tu pourras exercer ta vengeance. Nous t'aiderons. »

La maison était totalement isolée. Pas trace de la voiture de Shelley. Aucune lumière allumée. Selon toute probabilité, Shelley n'était pas là, ce qui l'arrangeait.

Se garant dans l'ombre, à l'abri des arbres, il fit à pied le tour de la maison. Derrière, il découvrit des portes-fenêtres donnant sur un salon. Aucune trace d'un système d'alarme, et pas de chien prêt à aboyer.

Il ne lui fallut que quelques instants pour forcer les portes-fenêtres et s'introduire dans la maison.

Ça l'avait bouleversé de voir son oncle aujourd'hui.

Comme sa mère lui léchait les bottes, à l'oncle Luca! Elle était aux petits soins pour lui. Elle aurait fait n'importe quoi... N'importe quoi.

Quand il en aurait fini avec ces gens en Californie, il comptait bien s'occuper d'oncle Luca. Et de sa mère. Et de son nouveau mari. Ils méritaient tous de mourir.

La maison était de plain-pied. Il y avait une cave. Il descendit prudemment l'escalier de bois branlant jusqu'à la pièce sans fenêtre. C'était l'endroit parfait : il n'osait y croire.

Il inspecta ensuite le reste de la maison. Deux chambres, une salle de bains, une cuisine et un petit salon.

Il alluma la télévision juste à temps pour voir cette garce de Rosa Alvarez présenter le journal. Quand elle eut terminé, on rediffusa l'intervention faite lundi soir par Kennedy Chase.

Encore une garce. Encore une putain trop maligne pour son bien.

Il n'aurait jamais dû laisser d'indices. Qu'ils

devinent tout seuls. Ils étaient tous stupides, surtout dans la police.

Il entra dans la chambre, ouvrit le tiroir de la commode. Les affaires de Shelley étaient soigneusement rangées : des T-shirts, des dessous, des collants, des chaussettes. Il prit une petite culotte et la porta à ses narines pour respirer ce qui, espérait-il, était l'arôme de son corps. À son grand dépit, elle ne sentait que la lessive.

Qu'allait-elle dire quand elle le trouverait là ? Peu lui importait. Il savait ce qu'il avait à faire.

37

Bobby n'arrivait pas à admettre qu'on avait à ce point saccagé sa maison. On avait mis un véritable acharnement à détruire ses affaires. Les meubles étaient éventrés, les tiroirs et les penderies ouverts, leur contenu déversé par terre. De la farine, de la confiture et du café recouvraient sols et murs. Sa chambre était un champ de bataille, et, dans sa garde-robe, il découvrit ses vêtements en lambeaux. Sur le miroir de la salle de bains, quelqu'un avait griffonné au rouge à lèvres :

À QUI CROIS-TU AVOIR AFFAIRE FILS DE PUTE ?

Il comprit que c'était l'œuvre de Barbara Barr. Manifestement, le service des contrats n'avait pas perdu de temps pour contacter son agent. C'était sa vengeance.

— Vous avez de belles relations, observa Jordanna en ramassant la moitié d'une veste d'Armani et en la jetant sur le lit.

Il eut un geste impuissant. Les meubles, les vêtements, il pouvait les remplacer. Mais Barbara avait également déchaîné sa fureur dans son bureau : elle avait déchiré des scénarios aussi bien que des lettres personnelles et des photographies.

— C'est Barbara Barr, n'est-ce pas ? interrogea Jordanna comme si elle lisait dans ses pensées.

— Je ne l'ai pourtant pas encouragée, fit-il d'un ton las.

— Vous l'avez sautée, dit carrément Jordanna. Puis vous l'avez virée de votre film. Vous n'aviez qu'à ne pas vous laisser mener par le bout de la braguette.

Seigneur, qu'elle pouvait être agaçante !

— Vous dites toujours tout ce qui vous passe par la tête ?

— Oui.

Il téléphona à la police. Les flics arrivèrent, inspectèrent les lieux, demandèrent s'il savait qui était l'auteur des dégâts et s'il voulait porter plainte. Il répondit aux deux questions par la négative.

— Pourquoi ? fit Jordanna en l'entraînant à l'écart. Vous savez que c'est elle.

— Vous croyez que j'ai envie de voir cette histoire étalée à la une de l'*Enquirer* pendant des semaines ?

— Alors, vous la laissez s'en tirer comme ça ? demanda-t-elle, scandalisée.

— Qu'est-ce que je peux faire d'autre ?

— La faire coffrer.

— Jordanna, vous savez comment sont les journalistes. C'est moi qui finirais par avoir le mauvais rôle.

— C'est trop déprimant, dit-elle en inspectant le champ de bataille.

— Je vais m'installer dans un hôtel pour la nuit.

— Pas question. Venez chez Marjory. Il y a dix mille chambres, là-bas.

— Mais je ne la connais pas.

— Je suis sûre que vous connaissez son père, Franklyn Sanderson.

— Nous ne sommes pas à proprement parler des amis.

— Il est en voyage. Marjory sera ravie de vous offrir l'hospitalité.

— On apporte le poulet frit? demanda-t-il en essayant de plaisanter.

— Avec votre sens de l'humour. Je suis ravie de voir que vous ne l'avez pas perdu. Je vais appeler Marjory... Enfin, si le téléphone est encore en un seul morceau !

Bobby déambula dans la maison, inspectant les dégâts. Parfait. On couchait avec la fille qu'il ne fallait pas, et voilà ce qui arrivait. Jordanna avait raison. Quand allait-il apprendre ses leçons?

— Marjory est aux anges, annonça Jordanna en revenant dans le salon.

— J'en suis sûr.

— Maintenant, voyons : j'ai un T-shirt dans lequel vous pouvez dormir et je vous prêterai ma brosse à dents.

— Vous prenez tout à la rigolade, hein?

Elle pencha la tête de côté.

— Il faut bien rire, Bobby. Sinon, on pleure.

Il jeta un dernier coup d'œil alentour avant de partir.

— Heureusement, dit Jordanna tandis qu'ils fonçaient sur la route, chez les Sanderson, tout est prévu pour recevoir des gens à l'improviste. Tenez, vous pourrez même emprunter l'un des pyjamas de soie noire de Franklyn.

— Comment savez-vous qu'il porte des pyjamas de soie noire?

— Vous n'avez pas lu son interview dans *Playboy?* (Elle imita une voix d'homme.) « J'aime les pyjamas de soie noire, les cigares longs et minces, les femmes longues et minces. » C'est une citation. Au moins, Jordan a toujours refusé de se laisser interviewer par *Playboy*. Au fait, est-ce que je vous ai dit que sa nouvelle épouse était enceinte?

— Non.

— Hé si ! Je vais avoir un petit frère ou une petite sœur... C'est formidable, non ?

— Ça vous ennuie ?

— Pas du tout. (Elle garda un moment le silence.) Je ne vous ai jamais parlé de mon frère ?

— Je ne savais pas que vous en aviez un.

Elle marqua un temps avant de répondre.

— Jamie est mort. Il a sauté du haut d'un building. C'était une façon élégante de s'en aller.

— Je suis désolé.

— Moi aussi.

— Quand cela s'est-il passé ?

— Il y a huit ans, dit-elle d'un ton détaché. (Elle s'efforçait de dissimuler la blessure et le sentiment d'abandon qui l'habitait depuis lors.) J'avais seize ans.

Bobby la regarda.

— Ça a dû être très dur pour vous.

Elle hocha la tête, refoulant un brusque déferlement d'émotion.

— Je ne sais pas pourquoi je vous raconte ça maintenant, murmura-t-elle. Il se droguait. Les amphétamines. Le LSD. Tout ce qui peut exister...

— Quel âge avait-il ?

— Vingt ans.

Bobby lui étreignit la main. Elle se cramponna à lui et se sentit mieux.

Ils arrivèrent chez les Sanderson en même temps que Michael.

— Tiens... Brooklyn ! fit Jordanna en prenant un air joyeux. On n'arrive pas à s'arracher, hein ?

— Le travail...

— Ce n'est pas ce que laisse entendre Marjory.

— Vous plaisantez, j'espère ?

— Jordanna plaisante toujours, intervint Bobby.

— Bobby, je vous présente le détective personnel de Marjory, Michael Scorsinni, dit Brooklyn. Michael, je vous présente mon patron, Bobby Rush.

— Je vous ai vu tourner hier, dit Michael. C'était vraiment bien.

— Eh oui, dit Bobby d'un ton mélancolique. Au point que ma vedette en est morte.

— Quoi ?

— Cedric Farrell est mort d'une crise cardiaque, expliqua Jordanna. Bobby blague.

Marjory les accueillit à la porte et se précipita sur Michael comme une épouse attentionnée. De toute évidence, elle voulait faire croire à tout le monde que leur relation était intime. Jordanna observait la scène. Elle les plaignait tous les deux : Michael, parce que ça le mettait dans une position difficile, et Marjory, parce que ça montrait dans quelle indigence affective elle vivait.

Bobby bâilla et s'étira.

— Je suis vanné. Quelle soirée !

— Ça, on peut le dire. Au fait, où est notre poulet frit ? Je meurs toujours de faim.

— Du poulet frit ? dit Michael, s'apercevant qu'il n'avait rien mangé de la journée. C'est mon plat préféré.

— Vous ne me l'avez jamais dit, lança Marjory d'un ton de reproche, comme si elle devait tout savoir de lui.

— Pique-niquons, suggéra Jordanna. Tout le monde à la cuisine.

Le bip de Michael retentit. Il s'excusa, se précipita dans la bibliothèque et rappela. C'était Quincy, qui téléphonait de sa voiture.

— Je suis crevé. Je suis installé devant un hôtel à regarder les touristes entrer et sortir.

— Qu'est-ce que tu fiches devant un hôtel ?

— Cheryl Landers y est. Je me suis renseigné à la réception : elle est allée voir un type. J'ai même son nom : Bosco Nanni.

— Qui est-ce ?
— Je n'en sais rien. Tout ce que je veux, c'est dormir.
— Ton bras va mieux ?
— Je survivrai. Demain matin, le chef de la police et le maire donnent une conférence de presse. Mon contact dans la police a entendu dire qu'ils allaient régler l'affaire.
— Voilà une bonne nouvelle. Alors on n'a plus rien à faire ?
— Non. Dès le moment où ils entreront le nom de ce Zane dans l'ordinateur, ils le piqueront rapidement.
— C'est un soulagement.
— Tu surveilles Jordanna Levitt ?
— Elle est ici, en sécurité, ne t'inquiète pas pour elle.
— Je t'appellerai plus tard. On se voit demain matin tôt ?
— Parfait.
Michael appela son répondeur avant de retourner dans la cuisine : il eut l'agréable surprise d'entendre la voix de Kennedy. Sa première réaction fut de la rappeler, mais il s'aperçut qu'il serait peut-être trop tard. Il n'avait pas réussi à se décider si ça valait la peine de risquer de la réveiller, quand son bip retentit de nouveau.
— Vous avez l'argent ? dit la femme à la voix étouffée.
— Pourquoi est-ce que j'aurais l'argent si vous ne pouvez rien me dire de concret ?
— Il y a un paquet devant votre appartement. Si vous voulez que votre fille reste en bonne santé, ayez le fric demain après-midi.
Elle raccrocha.

Cheryl s'était rhabillée et s'apprêtait à partir.

— Tu es une sacrée nana, fit Luca d'un ton admiratif.

Dans sa bouche, ce devait être un compliment.

— Merci, répondit-elle nonchalamment.

Il lui remit une grosse enveloppe bourrée de billets.

— Je ne crois pas aux chèques. Il y a là-dedans un pourboire pour toi. N'oublie pas... Tu n'es pas obligée de le partager avec l'agence. Tu veux compter ?

Elle prit l'enveloppe et la fourra dans son sac.

— Je vous fais confiance, dit-elle, en songeant que Grant allait être content.

— Et demain ? suggéra-t-il. Uniforme d'infirmière, porte-jarretelles noir, pas de culotte. Même heure, même endroit.

— Je..., je ne suis pas sûre.

— Pourquoi ? Tu es retenue par un autre client ?

— Peut-être...

— Tu vas dire à ta madame que je paierai double. Quand il s'agit de me faire plaisir, je ne compte pas.

— Si je ne suis pas libre, on vous enverra une autre rousse, dit-elle, très femme d'affaires.

— Bambi, tu ne piges pas... C'est toi que je veux. Pas une remplaçante.

Elle quitta l'hôtel dans une brume. Le portier lui appela un taxi, et elle rentra chez elle. Grant dormait. Elle s'assit au bout du canapé et le réveilla.

— Alors, comment ça s'est passé ? demanda-t-il, encore à moitié endormi.

Avait-il fait venir une fille ? Il y avait un carton de pizza vide sur la table basse et deux verres de vin à moitié pleins. Le salaud !

— Il aimerait me revoir, dit-elle, espérant le rendre jaloux.

— Quoi ? fit-il, encore groggy.

— Mon client veut que je revienne demain.

Il éclata de rire.

— Tu te paies ma tête ?

— Tu trouves ça drôle ? demanda-t-elle d'un ton pincé.

Il se gratta le ventre.

— Qu'est-ce que tu lui as fait de si extraordinaire ?

— Secret professionnel.

— Tu ne veux pas me raconter ?

— Te raconter quoi ?

— Ça t'a excitée ? Donne-moi des détails, Cheryl.

— Je ne suis pas d'humeur à en parler.

Il se leva du canapé.

— Alors, je pense que je vais rentrer chez moi.

— Très bien, dit-elle.

Elle entra dans sa chambre et claqua la porte. Elle mourait d'envie d'en parler à quelqu'un, mais pas à Grant. Comment osait-il l'envoyer faire une passe et, pendant ce temps-là, recevoir une fille chez elle ? Elle aurait bien voulu savoir où était Jordanna. Elle se souvint alors d'avoir entendu Shep dire qu'elle s'était installée chez Marjory. Elle appela là-bas et attendit qu'un des gardes aille la prévenir. Jordanna finit par décrocher.

— Jordy ? C'est moi, Cheryl.

— Comment m'as-tu retrouvée ?

— Ça n'a pas été facile. Tu bouges tout le temps.

— Que se passe-t-il ?

— Je ne peux pas te le dire par téléphone. On peut déjeuner ensemble demain ?

— Une seconde, laisse-moi vérifier. (Posant la main sur le combiné, Jordanna se tourna vers Bobby, qui mâchonnait un morceau de poulet.) C'est d'accord si je prends l'heure du déjeuner demain ? Juste une heure ? (Il acquiesça. Elle retira sa main.) Entendu, Cheryl. Où et quand ?

— À l'Ivy, à treize heures.

— J'y serai.

— Il faut que je parte, dit Michael en entrant dans la cuisine.

— Où allez-vous, encore ? demanda Marjory comme si elle avait le droit de savoir.

— Le travail.

— Et si je reçois un autre appel ?

— Écoutez, dit Michael avec toute la patience dont il était capable. Il s'agit de ma fille. Vous n'êtes pas seule, ici, Marjory. Vous avez Bobby et Jordanna, et la propriété est entourée de gardes et de chiens.

— Mon père vous paie pour rester avec moi, dit-elle avec obstination.

— Il ne me paie pas pour veiller sur vous vingt-quatre heures sur vingt-quatre. Je reviendrai un peu plus tard.

Il démarra sur les chapeaux de roues, dévalant la colline jusqu'à son appartement comme un ouragan. Comme l'avait annoncé la femme, il y avait un paquet devant sa porte. Il déchira l'emballage et ouvrit le carton. Il découvrit l'ours en peluche de Bella — celui qu'il lui avait acheté quand elle avait deux ans — ainsi qu'un chandail bleu portant son nom sur une étiquette cousue à l'intérieur du col. Il y avait aussi une enveloppe beige. Il l'ouvrit et lut le message qu'elle contenait.

Dix heures demain. La cabine téléphonique de la station-service au coin de Sunset et de San Vicente.

Il avait le cœur battant. S'ils avaient touché à sa fille, il les tuerait. Il lui fallait l'argent. Où allait-il trouver dix mille dollars ?

Il y avait une solution : Marjory Sanderson.

Quincy suivit le taxi de Cheryl jusque chez elle. Il la regarda entrer. Puis il se gara en bas de l'allée et s'installa pour la nuit.

Il avait bien l'intention de rester éveillé. Mais, très vite, il ferma les yeux et sombra dans un sommeil profond.

Michael retourna chez les Sanderson. En arrivant, il décrocha le téléphone intérieur et appela Marjory. Elle répondit aussitôt.

— Je ne vous réveille pas ?

— Non, Michael. Je n'arrive pas à dormir. C'était si important que vous ayez dû sortir ? demanda-t-elle d'une voix geignarde.

— C'était très important, Marjory. Je vous l'ai dit : ça concernait ma fille. D'ailleurs, j'aimerais discuter d'un problème urgent avec vous. Vous pouvez descendre ?

— Non. Montez plutôt dans ma chambre.

Il aurait préféré la rencontrer en terrain neutre. Mais, comme il n'avait pas le choix, il monta l'escalier quatre à quatre et frappa à sa porte.

— Entrez.

Marjory était allongée au milieu d'un grand lit capitonné de blanc, adossée à plusieurs oreillers, un mince drap de soie couvrant à peine sa poitrine.

— Asseyez-vous sur le lit.

Il s'assit tout au bout.

— En quoi puis-je vous aider, Michael ? demanda-t-elle doucement.

— Oh ! il s'agit de Bella, ma petite fille.

— Quel joli nom.

— Elle a disparu depuis plusieurs semaines.

— Oui, vous me l'avez dit.

— J'ai reçu des messages d'une femme qui prétend savoir où elle est. Ce soir, il y avait un paquet devant mon appartement avec des affaires à elle. Marjory, quelqu'un la retient prisonnière.

— C'est une bonne nouvelle, non ?

— Ils réclament de l'argent. Beaucoup d'argent.

— Combien ?

Seigneur, c'était difficile, mais il fallait le faire.

— Dix mille dollars.

Elle resta impassible.

— C'est beaucoup d'argent, en effet.

— Pour moi, c'est une véritable fortune. Mais, franchement..., pour vous, ce n'est rien.

Elle leva la main pour repousser de longues mèches blondes qui pendaient sur son visage.

— C'est à *moi* que vous demandez l'argent, Michael ? dit-elle d'un ton uni.

— Je vous demande de me le prêter.

— Dix mille dollars ?

— Je vous ai dit pourquoi.

— Ne devriez-vous pas prévenir la police ?

— Vous ne comprenez pas, dit-il, sentant la frustration monter en lui. C'est de ma gosse que nous parlons. De ma petite fille. Je ne peux pas courir le risque de voir les flics tout ficher en l'air. Il faut que je règle ça moi-même.

— Mon père m'a toujours dit que quand on prête de l'argent on perd ses amis.

— Marjory, dit-il en la fixant d'un regard intense, comprenez-vous ce que je vous dis ? Je vous le promets : je vous rembourserai chaque centime.

— Je pourrais vous prêter cet argent, si je voulais, dit-elle d'un ton songeur, comme si elle pensait tout haut.

Il comprit qu'elle allait lui demander quelque

chose, et il avait l'affreux sentiment de savoir quoi : elle attendait de sa part un engagement quelconque.

— Votre geste signifierait beaucoup pour moi, dit-il.

— Est-ce que je représente quelque chose pour vous ? demanda-t-elle d'un ton plaintif. Ou est-ce que je suis seulement une cliente ?

— Bien sûr que vous représentez quelque chose pour moi.

— Sincèrement ?

— Oui, assura-t-il sans vergogne.

— Si on ne vous payait pas pour être ici, continueriez-vous à me voir ?

— C'est ce que vous voulez ?

Elle avait les yeux fixés sur lui.

— Oui, Michael. J'aimerais que nous passions un peu de temps ensemble, tous les deux.

S'il voulait l'argent, il n'avait pas le choix.

— D'accord, Marjory, si ça vous fait plaisir.

— Ça me fait plaisir.

Un accord était sur le point d'être passé.

— J'en ai besoin de bonne heure demain matin, dit-il.

— À quelle heure ?

— Neuf heures et demie au plus tard.

— Nous irons à la banque ensemble. Je retirerai les espèces et je vous les donnerai. (Un silence, puis :) Est-ce qu'on peut dîner ensemble demain soir ?

— Je ne veux pas vous faire de promesses que je ne pourrai pas tenir. Si je récupère ma gosse...

— Si vous la récupérez, vous l'amènerez ici, dit-elle en tendant les bras. (Le drap glissa, révélant les boutons de ses petits seins.) Vous ne m'embrassez pas pour me souhaiter bonne nuit, Michael ?

Il s'approcha et se pencha pour lui poser un baiser sur la joue. Elle noua les bras autour de son cou, l'obligea à tourner le visage jusqu'à ce que leurs lèvres se rencontrent et l'embrassa avec une frénésie qu'il trouva alarmante. Au bout de quelques instants, il parvint à se dégager.

— Faut que j'aille dormir un peu, murmura-t-il.

— Ne vous faites pas de souci, Michael. On va arranger tout ça ensemble.

— Bonne nuit, Marjory.

Elle avait les joues rouges et les yeux brillants. On voyait toujours ses seins. Elle le dévorait du regard.

— Vous pouvez rester, si vous voulez.

— Pas ce soir, dit-il en se dirigeant vers la porte.

— Une autre fois ?

— Si c'est ce que vous voulez.

— Oui, Michael. C'est exactement ce que je veux.

38

Kennedy s'éveilla de bonne heure après une nuit agitée. Elle prit une douche rapide et s'habilla en hâte. Puis elle se rendit à la bibliothèque, où elle examina consciencieusement tous les articles de presse sur le meurtre commis pendant le tournage du *Contrat*. Intéressant. Toutes les pièces semblaient se mettre en place. Elle recopia des passages, prit des notes et rentra chez elle ; quand Rosa arriva pour l'emmener, elle attendait en bas, dans le hall de l'immeuble. Aussitôt installée dans la voiture, Kennedy commença à mettre Rosa au courant.

— J'avais raison. Les quatre victimes travaillaient sur *Le Contrat*. On les a éliminées systématiquement.

— Qui ça ? demanda Rosa, zigzaguant dans le flot de la circulation.

— Un dingue authentique, à en croire ce qu'on a écrit sur lui. Zane Marion Ricca : un acteur de New York qui est venu à Los Angeles. Il a décroché un rôle dans *Le Contrat*. Apparemment, il avait un faible pour sa partenaire qu'il a fini par étrangler. Six femmes ont témoigné contre lui. Il a tué quatre d'entre elles.

— Qui sont les deux autres ?

— C'est là que ça devient vraiment intéressant.

Ce sont deux des gosses de Hollywood : riches, une vie privilégiée, bien protégées.

— Qu'est-ce que tu veux dire par « gosses de Hollywood » ?

— Deux petites gosses de riches qui ne travaillaient sur le film que parce que leurs pères voulaient leur trouver un boulot pour l'été. Jordanna Levitt, dont le père, Jordan, a produit *Le Contrat.* Et Cheryl Landers, dont le père est propriétaire des studios.

— Zane — si c'est bien l'homme qui a commis les meurtres — s'est attaqué aux plus faciles.

— Peut-être qu'il veut les liquider toutes et qu'il n'en est pas encore arrivé à Jordanna et à Cheryl.

— Ça se pourrait, reconnut Rosa.

— Il va falloir fournir tous ces renseignements aux inspecteurs qui travaillent sur l'affaire, dit Kennedy. J'ai déjà demandé un rendez-vous.

Elle considéra la photo de Zane Marion Ricca reproduite dans les copies des coupures de presse. Il avait le genre de regard froid qui vous donne le frisson. Les yeux d'un tueur. Fouillant dans son sac, elle y prit son carnet et griffonna quelques notes.

— Qu'est-ce que tu fais ? demanda Rosa, évitant de peu d'emboutir l'arrière d'un camion.

— Je prépare ce que je vais dire.

— Plus tôt on arrêtera ce type, mieux je me sentirai.

— Il n'y a pas que toi, murmura Kennedy.

Luca était assis à une table sur la terrasse de sa suite à dévorer des œufs brouillés au bacon. C'était mauvais pour son cholestérol, mais tant pis ! Une magnifique vue de Los Angeles s'étalait sous ses yeux. Il souriait. Cette Bambi était vraiment différente des autres putes. Jeune et pleine d'entrain, comme il aimait que soit une femme. Il avait très envie de la revoir, surtout si elle portait la tenue qu'il lui avait demandée : un uniforme d'infirmière, pas de culotte et un porte-jarretelles. Un vrai festin...

Quand Reno et Bosco arrivèrent cinq minutes plus tard, il souriait toujours.

— Qu'est-ce que tu as? demanda Bosco.

Il prit un morceau de bacon avec les doigts et le fourra dans sa bouche.

— Bambi, dit Luca. Un sacré numéro.

Engloutissant une autre tranche de bacon, Bosco dit :

— Ah oui?

— Je la revois ce soir.

Bosco ricana.

— C'est... le grand amour?

— C'est une brave gosse.

— Une brave gosse qui demande cher, fit remarquer Reno.

Luca changea brusquement de sujet.

— Et vous deux, qu'est-ce que vous avez fichu hier soir?

— J'ai dîné avec une vieille copine, répondit Reno.

— Elle baise bien? demanda Bosco.

— En tout cas, fit sèchement Reno, ce que j'ai eu, je l'ai eu pour rien.

— Laisse-moi te dire une chose, intervint Luca. Hier soir, j'ai payé, et j'ai eu ce qu'il y a de mieux. Une bonne pute fait tout ce qu'on lui demande. Toutes les femmes devraient être comme ça. Et ce qui est important, c'est qu'elle n'ouvre la bouche que quand tu le lui demandes.

— T'aurais dû voir celle que je me suis dégottée hier soir, dit Bosco en roulant des yeux extasiés.

Une blonde avec de gros nichons et un cul à te faire perdre la tête.

Luca repoussa son fauteuil.

— C'est l'heure. Allons nous occuper de ce fils de pute pendant que je suis encore de bonne humeur.

Extrêmement embarrassé, Tyrone attendait dans le bureau quand Bobby arriva.

— Je ne sais pas quoi te dire, fit-il en levant les yeux au ciel. J'avais trop picolé et je crois que j'ai perdu les pédales.

Bobby secoua la tête.

— Ça, c'est vrai. Qu'est-ce qui t'a pris, bon Dieu ?

Tyrone haussa les épaules.

— Tu sais, je bois rarement. Je me sens vraiment con.

— Bon, dit Bobby en regardant le courrier.

— On peut oublier ce qu'il s'est passé ?

— Si tu arranges les choses.

— Comment est-ce que je peux faire ?

— En préparant le contrat pour Jerry Rush. Il est d'accord, mais il faut tout régler aujourd'hui. Donne-lui le cachet qu'il veut, la place au générique qu'il demande — mais, quoi que tu fasses, ne m'en parle pas. Si nous pouvons changer le programme du tournage, j'aimerais que ce soit le plus vite possible.

— C'est comme si c'était fait, dit Tyrone, reconnaissant.

Bobby remua quelques papiers sur son bureau.

— Au fait, demanda-t-il, qu'y a-t-il entre Jordanna et toi ?

— Je l'aime bien. Je ne me rendais pas compte que toi aussi. On avait rendez-vous... Elle a annulé. Ça m'a mis en colère.

— Il n'y a rien entre nous, dit Bobby, agitant toujours des papiers. Elle m'a donné un coup de main. Je l'ai emmenée dîner parce qu'il était tard et que nous n'avions rien mangé. Voilà. Fin de l'histoire.

— Oh, fit Tyrone en levant les bras. Je ne l'approcherai plus.

— Ça ne me gêne pas le moins du monde, dit Bobby d'un ton trop nonchalant.

Après le départ de Tyrone, Bobby décrocha le téléphone et parla à son contact au service des contrats.

— Où en est-on avec Barbara Barr?

— Son agent pique une crise, mais tout est réglé.

— Bon, merci. (Il raccrocha et appela Mac sur le plateau.) Jerry va tourner dans le film, dit-il d'un ton très professionnel. Barbara Barr est virée, et, si tu es d'accord, j'aimerais qu'on prenne Jordanna. Je crois que ça marchera.

— Parfait. J'ai toujours pensé qu'elle pourrait jouer le rôle.

Bobby appela ensuite l'agent de Barbara Barr. Ce type se considérait comme un crack et, dans le meilleur des cas, il était arrogant. Cette fois, il était furieux.

— On ne peut pas traiter des acteurs de cette façon, dit-il d'une voix crispée. Barbara avait le rôle. Qu'est-ce qui vous prend à tous? Comment pouvez-vous la virer avant qu'elle ait rien fait?

Bobby garda son calme.

— Nous ne la virons pas : nous l'indemnisons. Disons... pour des différends d'ordre créatif.

— Différends d'ordre créatif, mon œil.

— Vous touchez votre commission.

— Une commission, ça n'a pas de sens quand j'ai affaire à une cliente mécontente.

— Ne me racontez pas ça à moi.

L'agent changea de sujet.

— Pourquoi m'appelez-vous, Bobby ? demanda-t-il d'un ton sarcastique. Vous voulez engager un autre de mes clients pour pouvoir le virer le lendemain ?

— Barbara a saccagé ma maison, hier soir.

— Elle a quoi ?

— Votre cliente s'est introduite chez moi, a découpé mes vêtements en rubans et a tout cassé dans la maison.

— Je ne peux pas le croire.

— Oh, moi, je le crois.

— Pourquoi me racontez-vous ça à moi ?

— Je veux que vous ayez une conversation avec elle. Je ne porte pas plainte parce que je ne veux pas que cette affaire soit étalée dans les feuilles à scandale. Mais si jamais elle m'approche encore elle aura des ennuis. Ne manquez pas de lui transmettre le message.

Michael contacta Quincy pour lui dire qu'il ne pouvait pas venir au rendez-vous. Quincy était contrarié.

— Pourquoi ?

— Ça a à voir avec Bella, expliqua Michael. Il va se passer quelque chose.

— Je peux t'aider ?

— Non. Je te contacterai.

Quelques minutes plus tard, Marjory, vêtue d'un élégant tailleur rouge, les cheveux soigneusement tirés, le retrouva dans le vestibule.

— J'ai appelé la banque. Ils auront l'argent en liquide.

— Formidable.

Il se sentait coupable, mais que pouvait-il faire ?

— Que préférez-vous ? demanda-t-elle en se pendant à son bras. Dîner à la maison, ou je réserve dans un restaurant ?

Michael se demandait quel était le pire : rester avec Marjory dans la pénombre du mausolée ou sortir avec elle.

— Dînons dehors, dit-il enfin.

— Vous avez une préférence ?

— Je ne connais que le McDo.

— Je vais choisir un endroit agréable, dit-elle, toujours pendue à son bras. Michael, je suis si heureuse que vous vous soyez adressé à moi pour vous aider.

Il ne savait que dire. Pour l'instant, tout ce qui le préoccupait, c'était de retrouver Bella.

Ils se rendirent à la banque dans des voitures séparées, se retrouvèrent à l'extérieur et entrèrent ensemble. Une fois dans la banque, Marjory fut accueillie comme une personne de la famille royale. À la caisse, on compta l'argent qu'elle avait demandé en billets de cent dollars et on mit la somme dans une enveloppe. Elle prit l'enveloppe et la tendit à Michael. Il la fourra dans la poche intérieure de sa veste.

— Tout va bien, miss Sanderson ? demanda l'employé de la banque en jetant un regard appuyé sur Michael.

— Très bien, répliqua-t-elle d'un ton arrogant. Je vous remercie beaucoup de votre promptitude.

Ils quittèrent la banque et restèrent un moment sur le trottoir.

— Bonne chance, dit-elle en se penchant pour l'embrasser sur la bouche. Téléphonez-moi dès que vous aurez découvert quelque chose.

— Je n'y manquerai pas, dit-il nerveusement.

Il se rendit droit à la station-service et attendit près de la cabine téléphonique. Il alluma une cigarette et scruta les alentours, à l'affût de quoi que ce soit de suspect. À dix heures exactement, le téléphone sonna. Il écrasa son mégot sur le sol et décrocha.

— Michael Scorsinni ?

— Oui.

— Vous l'avez ?

— Je l'ai.

— Prenez votre voiture et allez à Century City.

— Où, à Century City ?

— Sur Park, entrez dans la librairie Brentano's. N'oubliez pas que vous êtes constamment surveillé. Si vous êtes suivi, l'affaire tombe à l'eau.

— Personne ne me suit. Où est Bella ?

— Vous l'apprendrez en échange de l'argent.

— Je veux ma fille.

— La seule façon de la revoir, c'est de coopérer.

— Comment puis-je être certain qu'elle est avec vous ?

— C'est un risque que vous devez prendre.

— Où est-ce que je vais une fois que je suis à l'intérieur de la librairie ?

— Promenez-vous dans les rayons ; nous vous trouverons.

On raccrocha. Il resta un moment auprès du téléphone, envisageant toutes les possibilités. Et s'il remettait l'argent et que rien ne se passe ? Et s'il n'arrivait pas à retrouver Bella ? Et s'il s'agissait d'une énorme escroquerie ?

Il aurait peut-être dû alerter la police. Non. C'était trop risqué : même si leurs équipes de surveillance étaient très au point, quelque chose pouvait mal tourner et faire tout échouer. Il devait régler cette affaire lui-même. Jamais il ne s'était senti aussi impuissant. Et, pourtant, il ne pouvait rien faire, sinon suivre les instructions. Pour l'instant, il n'y avait pas d'autre solution.

Au Parker Center, la salle où se tenait la conférence de presse était bourrée de monde.

— Excitant, non ? chuchota Rosa.

— Très, répondit Kennedy.

— Dès que ce sera terminé, on filmera une séquence en extérieurs.

Kennedy acquiesça.

— Je suis prête.

Le chef de la police et le maire, entourés de leur suite, firent leur entrée. Kennedy s'installa afin d'écouter ce qu'ils avaient à dire.

Pour leur seconde visite à la maison, Reno s'était muni d'une pince-monseigneur : tout ce qu'il fallait pour entrer par effraction dans la chambre de Zane.

— Il n'y aura pas de problème, dit Luca avec assurance. Cette fois, on va l'épingler, le salopard.

— Reprenons, dit Bosco. Vous lui dites que vous voulez qu'il vienne en voiture avec nous pour discuter de son avenir.

— C'est ça.

— Et la femme de ménage ? Et le jardinier ?

— Tu crois qu'il va leur manquer quand il sera parti ? Ils s'en foutent pas mal. Dès l'instant où on l'a fait monter dans la voiture, on file dans le désert et on s'en débarrasse une fois pour toutes.

Le soleil brillait, les oiseaux chantaient quand ils arrivèrent à la maison.

— C'est pas mal, cette baraque, dit Luca en inspectant sa propriété. Bien arrangée, ça pourrait être un vrai palais. Je pourrais sans problème y installer une fille.

— Quelle fille ? demanda Bosco.

— Bambi.

Reno eut un rire incrédule.

— Tu vas installer une pute dans ta maison ?

— Si j'en deviens le propriétaire exclusif, pourquoi pas ?

— Tu veux dire que tu lui offrirais cette maison ? insista Bosco en ouvrant de grands yeux.

— Je ne lui donnerais rien du tout. Je la planquerais là et je prendrais l'avion pour venir la voir chaque fois que j'en aurais envie. Peut-être que je devrais passer davantage de temps ici.

— Tu ferais mieux de changer ta façon de t'habiller si tu comptes faire ça, observa Reno.

— Tu critiques ma façon de m'habiller ?

— Non, mais un costume de soie à Los Angeles, ça ne va pas. Il faut que tu sois plus décontracté. Il faudra qu'on t'emmène dans un de ces magasins où on te fait payer cinq cents dollars une cravate.

— Cinq cents dollars pour une putain de cravate ? dit Bosco en secouant la tête d'un air incrédule.

— On s'en occupera plus tard..., quand on sera débarrassés de cette petite ordure, décida Luca.

Ils entrèrent dans la maison et se dirigèrent vers la chambre de Zane.

— Frappe, d'abord. S'il ne répond pas, enfonce la porte, ordonna Luca en reculant.

— OK, répondit Reno.

Il frappa énergiquement. Pas de réponse. Il recommença. Toujours rien.

— Il est sorti, fit Bosco.

— Je me fous éperdument qu'il soit sorti ou pas, dit Luca. Cette fois-ci, on entre.

Reno s'affaira quelques minutes sur les serrures. La porte s'ouvrit toute grande, et ils pénétrèrent dans la chambre.

— Ce que ça pue ! s'exclama Luca en plissant le nez. (Il aperçut le lit défait, des ordures sur le plancher et un cafard qui trottinait sur un emballage de McDo.) C'est un vrai dépotoir, ici.

— Il a filé, dit Reno. Regardez : il n'y a rien.

— Quelqu'un a dû lui dire qu'on venait le voir, ajouta Bosco. Il a filé presto.

— Putain ! s'exclama Luca. Tu veux dire qu'il faut que je me mette à rechercher ce *schifoso* ?

— On aurait dû rester dans les parages hier, dit Reno. Attendre qu'il revienne.

— Pourquoi n'as-tu pas ouvert ta grande gueule pour le dire ? demanda Luca.

Eldessa était dans la cuisine quand ils y entrèrent en force.

— Où est-il ? interrogea Luca.

Elle haussa les épaules.

— Je ne sais pas. Il était là hier. Il a dû revenir faire ses bagages : je ne l'ai même pas vu repartir.

— Vous n'avez aucune idée de l'endroit où il est allé ? demanda Bosco.

— Non. Il ne m'a jamais rien dit.

— Quelle voiture est-ce qu'il a ? demanda Reno.

— Une Ford noire.

— Vous connaissez le numéro ?

Elle secoua la tête. Luca sortit de sa poche sa pince à billets, en tira cent dollars et les lui glissa dans la main.

— S'il revient, tâchez de savoir où il habite. Si vous obéissez, il y en aura d'autres pour vous.

— Bien, monsieur.

— Bosco, donne-lui le numéro de l'hôtel.

Bosco griffonna le numéro de téléphone sur un bout de papier et le lui tendit.

— Allons, fit Luca. On a perdu assez de temps.

Shelley ne rentra pas de toute la nuit. L'Homme rôda dans la maison, sa fureur montant avec les heures. Comment la garce osait-elle découcher ? Comment osait-elle lui faire ça ?

Elle couchait avec quelqu'un. C'était une putain ; il l'avait toujours su. Toutes les femmes qu'il avait connues le laissaient tomber.

Sa fureur s'accrut quand le jour se leva et que Shelley ne se montrait toujours pas. Elle était en train de ruiner ses plans.

Il alla dans la petite cuisine, fit chauffer une bouilloire d'eau et se prépara une tasse de café.

Impossible de dormir. Comment le pourrait-il alors qu'il ne savait absolument pas quand Shelley allait arriver et le surprendre.

Non pas qu'il eût besoin de beaucoup de sommeil. Jamais plus de trois ou quatre heures par nuit.

Il prit une chaise et la posa devant la porte d'entrée. Puis il s'assit pour attendre.

Elle finirait bien par rentrer. À ce moment-là, il serait prêt.

Shelley ouvrit les yeux et se rendit compte de trois choses. Un, elle n'était pas seule. Deux, elle n'était pas dans son lit à elle. Trois, elle était nue. Elle se rappela alors soudainement la soirée précédente. Elle était allée au cours de théâtre. Elle avait rencontré un homme charmant qui l'avait invitée à venir chez lui partager une pizza avec quelques amis. Ils étaient restés à bavarder et à boire du vin. Les amis étaient partis, ils avaient continué à discuter. Elle avait trop bu ; après, elle ne se souvenait plus de rien.

Elle avait la migraine.

Repérant ses vêtements sur le plancher, elle se glissa sans bruit hors du lit, ramassa ses affaires et se précipita dans la salle de bains. Elle s'habilla rapidement, envahie par le remords. Ça lui ressemblait si peu de coucher avec le premier venu. Avant de venir à Hollywood, elle n'avait eu qu'un petit ami : un amour de lycée. Depuis son arrivée à Los Angeles, elle était seule. L'unique homme qu'elle eût trouvé sympathique était John Seagal. Mais il était bizarre : il n'avait fait aucun geste signifiant qu'il voulait se lancer dans une aventure, même si elle l'avait encouragé de son mieux.

Une fois habillée, elle se sentit plus en sécurité. Elle se demanda si elle devait s'éclipser sans rien dire et rentrer chez elle ou si elle devait réveiller son nouvel ami. Ce qui la gênait, c'est qu'elle ne se rappelait absolument rien de leur nuit d'amour. En fait, elle ne se rappelait même pas comment il s'appelait. Elle retourna dans la chambre et le regarda, faisant un effort pour se souvenir. Il s'agita, ouvrit les yeux et se redressa sur le lit.

— Tu es levée ? dit-il en s'étirant.

Elle eut un sourire crispé. Il avait de longs cheveux bruns, une poitrine extrêmement poilue et des bras musclés.

— Tu veux que je fasse du café ? proposa-t-elle.

— Ma foi, j'en prendrais bien une tasse, dit-il en se levant et en trottinant tout nu jusqu'à la salle de bains.

Elle alla dans la minuscule cuisine et mit l'eau à bouillir.

— Je n'avais pas l'intention de passer la nuit, cria-t-elle.

— Bah, ça ne fait rien !

— C'est seulement que... je crois que j'ai trop bu.

— Étant donné la façon dont je me sens, ça a dû être notre cas à tous les deux.

— Je pense que je devrais prendre une tasse de café et rentrer chez moi.

— Oui, fit-il en émergeant de la salle de bains.

Il n'allait même pas lui demander comment ç'avait été pour elle ? Il n'allait pas proposer qu'ils se revoient ?

— Tu prends du lait et du sucre ? demanda-t-elle.

— Du lait, pas de sucre, dit-il en enfilant un jean.

Elle lui tendit une tasse de café.

— Tu es d'où ? lui demanda-t-elle, cherchant désespérément un sujet de conversation.

— Arkansas, dit-il en buvant une gorgée de café brûlant.

— Ça fait longtemps que tu suis le cours de théâtre ?

Il mit une chemise à carreaux.

— Qu'est-ce que c'est ? Un interrogatoire ?

— Oh, simplement, on a passé la nuit ensemble et je ne sais rien de toi.

Il eut un rire déplaisant.

— Est-ce qu'on est censés échanger nos CV simplement parce qu'on a bien fait l'amour ?

C'était bien ? avait-elle envie de demander, puisqu'elle ne s'en souvenait pas.

— Non, mais ce serait gentil.

— Écoute, mon chou, dit-il en reposant sa tasse. Je ne voudrais pas te faire de peine, mais c'est toi qui m'as supplié de rester. Ma petite amie rapplique ce matin, alors il faut que tu partes.

— Ta petite amie ? répéta-t-elle, abasourdie.

— Oui, parfaitement, répondit-il d'un ton agressif. Tu ne vas pas en faire un plat ?

— Pourquoi est-ce que j'ai passé la nuit avec toi ? demanda-t-elle, avec l'impression qu'on s'était servi d'elle et qu'on l'avait laissée tomber.

— Parce que tu en avais envie. Très envie.

— Tu ne m'as jamais dit que tu avais une petite amie.

— Sois gentille, veux-tu, et casse-toi avant qu'on commence à se disputer, dit-il.

Il repartit dans la salle de bains et claqua la porte. Elle quitta l'appartement en courant, monta dans sa voiture et éclata en sanglots. Brillant début de journée...

L'Homme avait dû fermer les yeux, car il fut soudain réveillé par le claquement d'une portière de voiture. Il se redressa aussitôt. La putain était rentrée : il fallait être prêt à l'accueillir.

Quand Shelley franchit la porte d'entrée, elle était encore bouleversée. Elle ne remarqua pas tout de suite que Zane était là. Quand elle le vit, elle sursauta.

— Ô mon Dieu ! John ! s'exclama-t-elle. Qu'est-ce que vous faites ici ?

— Je suis venu vous voir. Vous m'avez invité, n'est-ce pas ?

Elle était déconcertée.

— Oui, mais... comment êtes-vous entré ?

— Je suis arrivé hier soir. Vous n'étiez pas là, alors j'ai ouvert la porte.

— Vous avez passé la nuit ici ? fit-elle, soucieuse.

Elle était contente de le voir mais elle se demandait s'il aurait dû prendre cette liberté sans sa permission. En outre, ce n'était pas chez elle. Le professeur d'art dramatique dont elle gardait la maison avait bien insisté : pas d'invité qui passait la nuit.

— Où étiez-vous ? demanda-t-il froidement.

— Quoi ? fit-elle.

— Je vous ai demandé où vous étiez cette nuit.

— Vraiment, John... je ne pense pas que ce soient vos affaires.

— J'estime que si.

Elle ne savait plus où elle en était. Cet homme dont elle essayait depuis des mois d'attirer l'attention se comportait comme un petit ami jaloux. Si elle n'avait pas été si bouleversée par son expérience de la nuit précédente, elle l'aurait remis à sa place.

— Je ne comprends pas votre attitude, dit-elle, intriguée et énervée. Je crois que vous feriez mieux de partir.

— Non, déclara-t-il sèchement. C'est vous qui m'avez invité ici. Ça fait des mois que vous me poursuivez.

Elle rougit de colère. Elle en avait assez des hommes pour la journée.

— Pas du tout !

— Mais si. Vous m'invitiez dans votre chambre, vous me racontiez que vous vous sentiez seule, vous me parliez de vous. Eh bien, maintenant, me voilà.

— Je ne veux pas de vous ici.

— C'est inévitable, Shelley.

— Qu'est-ce qui est inévitable ?

— Nous. Vous et moi ensemble.

Il commençait à lui faire peur.

— Si vous ne partez pas, je vais appeler la police, dit-elle en se dirigeant vers le téléphone posé sur le guéridon du vestibule.

Aussitôt, il fut sur elle et la prit par le bras.

— Vous me faites mal ! cria-t-elle en essayant de se dégager.

— Je n'aime pas votre attitude, dit-il d'un ton sévère. Je n'aime pas que vous passiez la nuit dehors. Vous étiez avec un homme ?

— Ça ne vous regarde pas. Lâchez-moi !

— C'est ça ?

Elle essaya de se libérer, mais il semblait plus déterminé que jamais à ne pas la lâcher. Il lui attrapa les poignets, la bloqua contre le mur.

— Si vous étiez avec un homme, je le saurai. Quand nous ferons l'amour, je m'en apercevrai.

Shelley se rendit compte qu'elle était dans un sale pétrin. Un horrible pressentiment l'envahit.

L'Homme la fixait de ses yeux au regard vide et impassible.

— Je vous en prie, murmura Shelley. Laissez-moi partir. Je ne dirai à personne que vous étiez là.

— À qui le diriez-vous ? À mon oncle ? Vous lui avez parlé ?

— Non, dit-elle précipitamment. Je ne connais pas votre oncle.

— Mais vous venez de me menacer.

— Mais non, je ne parlais pas sérieusement.

Il avait mal à la tête. Il n'avait pas prévu de la tuer mais maintenant il ne semblait pas y avoir d'autre solution. Elle savait quelque chose dont elle ne parlait pas. Elle était en cheville avec son oncle et, s'il ne se débarrassait pas d'elle, elle le livrerait. D'ailleurs — et c'était la véritable raison pour laquelle il devait l'éliminer —, il lui fallait un endroit sûr pour amener Cheryl et Jordanna.

Le moment était venu.

39

Il y avait peu de clients chez Brentano's. Michael déambula dans la librairie et finit par se planter devant le comptoir des magazines. Il prit un exemplaire de *Rolling Stone* et se mit à le feuilleter distraitement. Il avait eu largement le temps de réfléchir à ce qu'il allait faire. Largement le temps de mettre au point un plan. Personne ne lui arracherait un cent sans fournir des preuves tangibles qu'il allait récupérer Bella.

Il reposa le magazine et se dirigea vers le comptoir des cassettes. Au bout de quelques instants, il sentit quelqu'un derrière lui.

— Ne vous retournez pas, murmura une voix de femme à son oreille.

— Où est Bella ?

Il regardait droit devant lui, et pourtant sa réaction instinctive aurait été de pivoter sur ses talons, d'empoigner la femme et de la réduire en bouillie. Il était prêt à exploser.

— C'est plus compliqué que vous ne pensez.

Du calme, se dit-il.

— Où est ma fille ? répéta-t-il d'une voix sourde et vibrante de colère.

— Il faut que nous nous fassions confiance, dit

la femme. Je vous dirai où elle est..., mais d'abord l'argent.

— Pas question.

— Déposez l'argent sur l'étagère devant vous et venez avec moi. Mon partenaire va le prendre. Quand il fera signe que tout est bien là, vous et moi, nous discuterons.

— Comment puis-je être certain que vous avez des informations ?

— Vous êtes un grand et solide gaillard. Je ne prendrais pas autant de risques si je n'étais pas sûre de ce que je détiens.

Les pensées se bousculaient dans l'esprit de Michael. Il n'arrivait pas à prendre de décision. Il finit par comprendre qu'il n'avait pas le choix. Il plaça l'enveloppe contenant l'argent sur le rayonnage à côté d'une cassette de Tom Clancy. Puis il se retourna et empoigna la femme par le bras avec une telle rapidité qu'elle n'eut pas le temps de s'échapper.

Aussitôt, il regarda qui elle était. La trentaine, les cheveux courts teints en blond et un visage hâlé par le soleil, en grande partie dissimulé derrière d'énormes lunettes dont les verres faisaient miroir. Elle portait un T-shirt bleu, une jupe courte en jean et des bottines blanches. D'après ce qu'il pouvait en voir, elle était bien roulée, jolie et vulgaire. Elle était extrêmement nerveuse : sa lèvre inférieure frémissait, et ses gestes étaient saccadés.

— Qui êtes-vous ? demanda-t-il en l'entraînant vers la porte.

— Peu importe.

— Ça m'importe, à moi.

— N'insistez pas, ou je ne vous dirai rien. Et, croyez-moi, je sais exactement où se trouve votre gosse.

— J'ai besoin de savoir qui vous êtes.

— Une amie de Rita, se contenta-t-elle de dire. On travaillait ensemble quand elle est arrivée de New York.

Quand ils furent dehors, elle lui désigna la terrasse d'un restaurant.

— Dès qu'on m'aura fait signe que l'argent est bien là, on discutera.

— Comment se fait-il que vous ayez attendu aussi longtemps pour me contacter ? demanda-t-il, scrutant les alentours pour voir s'il pouvait repérer son complice.

— Je vous ai vu à la télévision. Vous m'avez apitoyée.

— Pas au point de me donner les renseignements gratis...

Elle haussa les épaules.

— Ma sœur a besoin de soins médicaux : l'argent servira à payer l'opération.

— Vous me faites pleurer.

— Je suis là, non ?

— Vous êtes là à cause des dix mille dollars. Bella va bien ?

— Tout à fait, dit la femme.

Elle prit dans son sac à main blanc en imitation cuir une cigarette qu'elle alluma aussitôt. Il avait aussi envie de fumer, mais il n'osait pas la lâcher.

— On va s'asseoir ici, dit-elle en désignant une table sur le devant.

— Non. Celle qui fait l'angle. Et mettez-vous le dos au mur.

— Je ne vais pas ficher le camp.

— J'ai autant confiance en vous que vous en moi.

Ils s'assirent.

— Je vous fais confiance, dit-elle. On ne vous a pas suivi.

— Comment savez-vous que je n'ai pas un

magnétophone sur moi ? Qu'est-ce qui vous fait croire que je ne suis pas en train d'enregistrer notre conversation et que vous n'allez pas vous retrouver au trou pour extorsion de fonds ?

— Parce que vous voulez revoir votre fille.

— Qu'est-ce qu'on attend ? demanda-t-il avec impatience.

Elle tira nerveusement sur sa cigarette.

— Il faut que je sache que l'argent est bien là. (Au bout de quelques minutes, elle reçut le signal qu'elle attendait.) Bon, dit-elle. Vous êtes prêt ?

Il hocha lentement la tête.

— Oui. Je suis prêt.

— Ce n'est pas ce à quoi vous vous attendez. Ça va vous secouer.

Il lui posa la question qu'il redoutait.

— Est-ce qu'on se sert de Bella pour de la pornographie enfantine ?

— Non, absolument pas, dit-elle en tirant une longue bouffée de sa cigarette.

— C'est ça, fit-il, crispé.

— Quand Rita est arrivée ici, on a travaillé ensemble, dans un bar près de l'aéroport où les serveuses ont les seins nus : une fille peut se faire pas mal de fric comme ça. Nos clients aimaient beaucoup Rita. Elle les remettait à leur place et ça leur plaisait. À l'époque, j'avais un petit appartement et je cherchais une copine pour le partager avec moi. Rita habitait l'hôtel avec sa gosse : je les ai donc fait emménager toutes les deux avec moi.

Michael se pencha en avant. Il ne perdait pas un mot.

— On se débrouillait pas mal jusqu'au jour où le type qui tenait le bar s'est endetté. La boîte a fait faillite et on s'est retrouvées sans travail. Alors, Rita et moi on a commencé à faire quelques passes : ça payait le loyer et on connaissait assez d'hommes qui ne demandaient pas mieux que de casquer.

Michael était au bord de la nausée.

— Et Bella? demanda-t-il. Est-ce qu'elle était dans l'appartement quand ça se passait?

— Elle ne voyait rien. Rita n'a jamais ramené de types à la maison sauf quand Bella dormait. De ce côté-là, c'était une bonne mère.

— C'est ça, l'idée que vous vous faites d'une bonne mère? Ne pas se faire sauter tant que sa gosse ne dort pas?

— On survit comme on peut, dit la femme en haussant les épaules. Ça n'est pas facile quand il faut entretenir un enfant. Et, d'ailleurs, vous ne lui envoyiez pas d'argent.

— Bien sûr que je lui en envoyais! dit-il, furieux. Depuis son départ, elle a toujours reçu une pension alimentaire.

— Oh... Rita n'était pas la personne la plus honnête du monde.

— Continuez.

— Un jour, elle m'a plaquée. Elle ne m'a pas dit qu'elle partait : elle a fourré ses affaires dans une valise et elle s'est barrée.

— C'est à ce moment qu'elle a emménagé à Sunset View?

— Exact. Un type s'est mis à payer son loyer. Là-dessus, elle a fait la connaissance de Heron Jones, et il lui a fait rencontrer Daly Forrest. Elle s'est mise à travailler dans le porno. Ç'aurait été chouette si elle m'avait trouvé du boulot aussi, mais ce n'était pas le genre de Rita d'aider les copines... Environ deux mois après son départ, je suis allée lui rendre visite : elle me devait de l'argent. Elle n'était pas vraiment ravie de me voir, mais elle ne pouvait rien faire. Je savais qu'elle avait de l'argent parce que à cette époque-là elle travaillait régulièrement.

— Elle vous a remboursée ?

— Oui. Et pendant que j'étais chez elle, j'ai remarqué que la gosse n'était pas là. Je lui ai demandé où elle était. Rita m'a expliqué que Bella était avec son père. J'ai dit : « Je croyais que tu ne pouvais pas le sentir », parce qu'elle ne parlait pas de vous en termes extrêmement flatteurs. « Michael n'est pas son père, m'a-t-elle dit. Son père, c'est Sal. — Qui est Sal ? » lui ai-je demandé. Et elle m'a dit que c'était votre frère.

Michael sentit un étau glacé lui serrer le cœur. Doux Jésus ! est-ce que ça pouvait être vrai ? Sûrement pas. Et pourtant... Il continua à l'écouter.

— Alors elle s'est mise à m'expliquer qu'elle était enceinte quand vous vous êtes mariés. C'était le bébé de Sal, mais, comme il ne voulait pas l'épouser, il s'est arrangé pour que vous vous rencontriez. Il a raconté à Rita que vous répareriez, et c'est ce que vous avez fait. Au bout d'un moment, elle est allée s'installer à Los Angeles, elle s'est mise avec Daly et elle a trouvé que Bella, c'était trop de responsabilités pour elle. Elle avait gardé le contact avec Sal : quand elle a appris que sa femme n'arrivait pas à être enceinte, elle lui a dit qu'il pouvait prendre Bella. Je lui ai demandé si vous étiez au courant. « Il ne le découvrira jamais, m'a-t-elle dit. Il se fout pas mal de sa gosse. » Alors j'ai répondu : « Oh, s'il est à New York, ça ne sera pas pareil. » Et elle a dit : « Il se fout pas mal de sa famille aussi. »

Pour Michael, ça faisait beaucoup à digérer. Cette femme était en train de lui raconter que Bella n'était pas son enfant, qu'elle était la fille de son frère et que, pendant tout le temps où il se rongeait d'inquiétude, Bella était saine et sauve à New York avec Sal. Il était empli d'une rage si intense qu'il crut qu'il allait exploser.

— Comment puis-je savoir que vous me dites la vérité ? finit-il par dire.

— Ce serait quand même une sacrée histoire à inventer, non ? répondit-elle en lançant des ronds de fumée. Et puis, si je l'avais inventée, comment est-ce que je connaîtrais tous ces détails ?

Il avait l'impression d'avoir reçu un coup de poing au creux de l'estomac. C'était trop.

— Qui a tué Rita ? réussit-il à demander. Vous le savez ?

— Daly Forrest avait des accointances avec des gangsters. Il devait de l'argent à des tas de gens. Ils l'ont menacé à propos de la distribution de ses films porno. Après le meurtre de Rita, je n'ai pas bougé parce que je ne voulais pas qu'on se doute que je savais quelque chose.

Il insista : il voulait tout entendre.

— Et l'enregistrement ? C'était la voix de Bella, sur la cassette ?

— Non, c'était la gosse de ma cousine : à cet âge-là, elles ont toutes la même voix, dit-elle en écrasant sa cigarette. Maintenant, il faut que j'y aille.

— Non, fit-il brutalement en lui reprenant le bras. Vous allez d'abord me dire qui vous êtes.

— Je ne vais rien vous dire du tout. Allez à New York : Bella y est. Seulement, ça vous avance à quoi, maintenant ? Elle n'est même pas votre gosse !

Michael sentait qu'elle lui disait la vérité. Tout se tenait. Rita et Sal. Le couple parfait. Ils avaient bien dû rire de lui derrière son dos. L'idée lui vint que sa mère devait être au courant depuis le début. Et pourtant elle le laissait souffrir depuis des mois. Quant à Sal... *Ce gros tas de merde*. Putain, il allait le buter !

La femme se leva et fit quelques pas. Il ne

l'arrêta pas. Ça lui était égal. Il resta assis là un long moment, la tête entre les mains, essayant d'y voir clair. Puis il finit par se lever, regagna sa voiture et se rendit directement à l'aéroport. De là, il appela Quincy d'une cabine publique. Ambre décrocha et lui annonça que Quincy était sorti.

— Écoute bien, Ambre, dit-il en articulant avec soin. Il y a eu un développement important concernant Bella. Il faut que je prenne l'avion pour New York. Dis à Quincy que c'est urgent.

— Tu l'as retrouvée ? demanda Ambre, anxieuse. Elle va bien ?

— Je crois, dit-il prudemment.

— Michael, je suis tellement soulagée ! Mais je sais que Quincy voudra te parler. Tu seras dans ta famille ?

— Non. Dis-lui de ne pas m'appeler là-bas, d'accord ? C'est moi qui prendrai contact avec vous. Ne vous inquiétez pas, tout va s'arranger.

Il y avait un vol American Airlines qui partait une demi-heure plus tard. Il prit un billet.

40

L'inspecteur Carlyle foudroya Kennedy du regard. Ça l'avait vraiment agacé de la voir arriver à la réunion avec son amie de la télé et déballer un tas d'informations détaillées. Lui, maintenant, il avait l'air d'un clown, et il n'aimait pas ça. De quel droit se mêlait-elle de son enquête en assurant qu'elle savait ce qu'elle faisait ? Pour lui, c'étaient toutes les deux des emmerdeuses avec une théorie à la noix sur l'identité de l'étrangleur de Los Angeles. De toute façon, elles arrivaient trop tard : malheureusement pour l'inspecteur Carlyle, Boyd Keller, le jeune et prétendument brillant enquêteur spécial qu'on avait mis à la tête du groupe récemment constitué pour enquêter sur l'affaire, avait déjà découvert la même information. Il était même allé plus loin : il avait demandé des analyses d'ADN et des relevés d'empreintes qui pourraient prouver que Zane Marion Ricca était leur homme. Il semblait à peu près certain que, dans les vingt-quatre heures, un avis de recherche serait lancé contre Zane Marion Ricca. Quel drôle de nom, d'ailleurs : Zane Marion Ricca !

L'inspecteur Carlyle rota, pas très discrètement. Kennedy lui lança un regard choqué. On pouvait compter sur elle pour remarquer ça ! Elle avait vraiment besoin d'un homme pour la mettre au pas, et sa copine aussi. Il serait prêt à se dévouer en ce qui concernait l'Espagnole : elle avait le genre de carrosserie qui l'excitait, et puis des yeux de feu, des lèvres pulpeuses... Quant à Kennedy, pas question : un glaçon. Il aurait bien envoyé au diable Kennedy Chase et sa petite camarade. Rien ne l'agaçait plus que d'être ridiculisé. Et c'est exactement ce que ces deux nanas avaient fait, en arrivant avec des renseignements qu'il aurait dû connaître, puisque deux des meurtres avaient été commis dans son secteur.

Kennedy se leva et l'autre l'imita.

Les deux femmes s'apprêtaient à partir. Pas trop tôt !

Quand Kennedy et Rosa se retrouvèrent dehors, elles éclatèrent de rire.

— Tu as vu la tête de ces types ? fit Rosa. Quelle bande de nuls !

— Ça, oui, reconnut Kennedy.

— Quant à ton inspecteur Carlyle...

— Ce n'est pas *mon* inspecteur ! La première fois que je l'ai interviewé, j'ai su qu'il était idiot. Il a bien dû se rendre compte qu'il y avait un rapport entre les meurtres mais, quand je le lui ai fait remarquer, il n'a rien voulu savoir. Quel inspecteur n'enquêterait pas, dans ces cas-là ?

Elles se dirigèrent vers la voiture de Rosa.

— Je ne peux pas m'empêcher de penser que, si seulement quelqu'un avait fait quelque chose à ce moment-là, on aurait peut-être pu sauver des vies, dit Kennedy.

Rosa acquiesça.

— Enfin, au moins cet enquêteur spécial a l'air de savoir où il va.

— Dieu merci.

— Il est plutôt sexy, non ?

— Qui ça ?

— Boyd Keller.

— Rosa, je t'en prie, tu es pratiquement fiancée.

— Mais pas morte, dit Rosa avec un clin d'œil.

Elles montèrent dans la voiture de Rosa.

— Je dois dire, reprit Rosa, que ton commentaire après la conférence de presse était excellent. Tu devrais sérieusement songer à faire de la télé à plein temps.

— Non, merci. J'ai déjà un travail que j'adore. Pour l'instant, je vais rentrer chez moi et rédiger l'article que Phil aurait voulu que j'écrive.

— C'est-à-dire ?

— Sur Zane Marion Ricca. Qui est ce type ? On ne sait pas grand-chose de lui, sinon qu'il est arrivé de New York et qu'il a eu un rôle dans *Le Contrat*. Même quand il est passé en jugement, on avait peu de renseignements sur son passé. Il avait de grands avocats pour le défendre. Qui a payé ? Et pourquoi ? Je crois que son histoire mérite absolument une enquête.

— Quand tu travailles sur quelque chose qui t'excite, observa Rosa en démarrant, on peut dire que tu t'y mets. Ça te fait plus vibrer qu'un homme, hein ?

— À propos, dit Kennedy, un peu penaude, j'ai un aveu à te faire.

— Lequel ?

— Tu te souviens comme tu as essayé de me présenter Michael Scorsinni ?

— Hum... Celui-là, tu l'as vraiment loupé. Il était formidable.

Kennedy sourit.

— Nous avons pris un verre avant-hier soir, et je dois reconnaître que c'était assez... intrigant.

Rosa faillit emboutir une Cadillac qui se garait.

— Je n'en crois pas mes oreilles !

— Pour une fois, tu avais raison : il a l'air intéressant.

— Tiens, en voilà, une bonne nouvelle ! fit Rosa avec enthousiasme. Quand le revois-tu ?

— Ce soir.

— J'ai l'impression d'être une marieuse !

— Je ne l'épouse pas, lui fit calmement remarquer Kennedy. Nous allons simplement dîner ensemble. Je te raconterai.

— Tu sais ce qui devrait se passer ? dit Rosa avec un sourire espiègle.

— Quoi donc ?

— Une folle nuit d'amour !

— Tu ne penses vraiment qu'à ça !

Bobby s'apprêtait à quitter son bureau et à partir pour les lieux du tournage en extérieurs. Même s'il ne travaillait pas aujourd'hui, il aimait bien se tenir au courant, être sur le dos de Mac — sans doute à le rendre dingue, mais quelle importance ? Tyrone le surprit au moment où il partait.

— C'est réglé, annonça-t-il. J'ai passé un accord avec Jerry et son agent. J'ai réussi aussi à changer les plans de tournage. Avec un peu de chance, nous pourrons refaire demain quelques-unes des scènes de Cedric. Jerry est prêt. La costumière vient de partir chez lui.

Bobby hocha la tête. Parfait. Maintenant, il avait Jerry sur les bras. Au fond de lui, il avait espéré que Jerry se montrerait trop difficile et que l'affaire ne se ferait pas.

— Tu n'as pas perdu de temps. Je suis impressionné, dit-il.

Tyrone haussa les épaules.

— Je me suis dit qu'il fallait que je me rattrape, à cause d'hier soir.

— C'est fait. Quelles sont les exigences de Jerry ?

— Compte tenu des circonstances, il s'est montré assez raisonnable.

— Alors, demain, c'est le grand jour ?

— Gary et moi avons tout passé en revue. Si Jerry sait son texte et ne déconne pas, on va peut-être pouvoir retomber sur nos pieds. J'ai trouvé aussi un moyen de gagner un jour en combinant deux tournages en extérieurs.

— Tu ne te débrouilles pas mal.

— J'essaie.

— Alors vois donc si tu peux t'occuper du contrat de Jordanna. On lui confie définitivement le rôle de Sienna.

— Oui, c'est ce que j'ai entendu dire. Qui est son agent ?

— Elle n'en a pas. Je veux qu'elle prenne Freddie Leon.

— Freddie Leon ! (Tyrone eut un long sifflement.) Il ne s'occupe pas des débutants.

— Il s'occupera de Jordanna : il adore les défis.

En sortant, Bobby s'arrêta auprès du petit bureau de Jordanna.

— Bonjour. Ça va mieux ?

— J'ai l'impression d'avoir reçu un coup de massue sur la tête. À part ça, ça va très bien ! Quoi de neuf ?

Il referma la porte derrière lui et se pencha sur son bureau.

— J'ai parlé à Mac et aux gens des studios. Ils sont tous d'accord.

— Sur quoi ? demanda-t-elle en mordillant un crayon.

Il marqua une longue pause avant de lui annoncer la bonne nouvelle.

— Vous avez le rôle.

Elle le dévisagea un moment, incapable de parler. Puis son visage s'illumina, et elle dit d'une voix émue :

— Oh, Bobby..., je..., je ne sais pas quoi dire. C'est fantastique !

— Ne dites rien.

— Même pas merci ?

— Il faut d'abord qu'on vous fasse un contrat. Je vais demander à Freddie Leon de s'en occuper.

— Freddie ne voudra pas de moi. Je n'ai jamais tourné.

— Freddie est un bon copain. J'ai arrangé un rendez-vous pour cet après-midi.

Elle se leva, frémissante d'excitation.

— Je partais justement déjeuner. Il faut que j'annule ?

— Non. Amusez-vous et ne dites rien à personne encore à propos du film. Nous l'annoncerons au moment opportun. Cet après-midi, vous irez voir la costumière et commencerez à choisir vos toilettes. Ensuite, nous ferons ensemble une lecture du scénario.

— Alors, c'est vrai ? fit-elle d'un ton rêveur.

— Hé oui.

— Je n'arrive pas à y croire.

— Mais si.

Elle sourit.

— Il y a une équipe de nettoyage chez moi, aujourd'hui, mais ils devraient avoir fini en fin de journée. Si vous veniez dîner ?

Elle pencha la tête de côté.

— Vous et moi ?

— Non. Vous, moi et la femme de ménage !

— Bobby...

— Oui, vous et moi, Jordanna. À moins que ça ne vous dise rien.

— Oh si.

— Bon.

Elle eut un doux sourire.

— Bon.

— Passez sur le tournage après votre déjeuner. J'y serai tout l'après-midi.

Elle quitta le bureau sur un petit nuage et alla tout droit à l'Ivy. Maintenant que son rêve se réalisait, elle était tout à la fois grisée et affolée. Bobby avait vraiment foi en elle. Allait-elle se montrer à la hauteur ? Ô mon Dieu, serait-elle digne du fameux nom des Levitt ?

Cheryl était déjà au restaurant, assise à une table, dans le patio. Jordanna lui fit de grands signes et se précipita vers elle.

— Salut, fit-elle, hors d'haleine.

— Tu as l'air en pleine forme.

— Toi aussi, répondit Jordanna en s'asseyant.

Elles échangèrent un sourire — elles se sentaient tout de suite à l'aise ensemble.

— Un daiquiri-banane ? proposa Cheryl.

— Il faut que je retourne au bureau, mais pourquoi pas ?

Cheryl fit signe au serveur.

— Un autre daiquiri-banane. Et deux gâteaux de crabe.

— Alors, dit Jordanna, allant droit au but, comment va ton affaire de call-girls ?

— Ça rapporte, répondit Cheryl d'une voix traînante. Grant travaille avec moi, maintenant.

— Qu'est-ce qu'il fait ?

— Il s'occupe des filles, il surveille la comptabilité, il organise.

— Je croyais qu'il était agent.

— Il a quitté sa boîte.

— Il a lâché son travail ?

— Je te le dis, Jordy, on gagne tellement de fric que c'en est ridicule. Les clients se bousculent.

— C'est pitoyable.

Cheryl n'était pas d'humeur à subir une leçon.

— Comment va Marjory ? demanda-t-elle, s'empressant de changer de sujet.

— Elle a le béguin pour le détective chargé de la protéger. C'est assez triste, en fait.

— Peut-être pas. Patty Hearst a épousé le sien.

— Tu sais combien Marjory a besoin de quelqu'un. Et lui est un très beau garçon qui ne s'intéresse pas du tout à elle.

Cheryl but une gorgée.

— Ça doit être plutôt déprimant, là-bas.

— Je cherche un appartement.

— Comment c'est de travailler pour Bobby Rush ?

— Sensationnel ! dit Jordanna, qui mourait d'envie de lui annoncer la nouvelle.

— D'après ce que j'ai lu sur lui dans *La Guerre des styles*, il m'a l'air d'un connard.

— Pas du tout. Cette journaliste n'a rien compris.

— Et comment va Jordan ? Lui as-tu dit que sa femme avait été call-girl ?

— Pourquoi lui faire de la peine ? S'il le découvre, c'est son affaire. D'ailleurs, elle est enceinte. Alors, oublions ce que nous savons de son passé. D'accord ?

— Jordy, dit Cheryl d'un ton hésitant, il y a une chose dont j'ai besoin de parler.

— Vas-y.

— Eh bien, hier soir, j'ai fait quelque chose de dingue.

— Comme si c'était la première fois !

— Non... Ça, c'était *vraiment, vraiment* dingue. C'est Grant qui m'y a poussée, mais... ce qu'il y a de terrible, c'est que ça a fini par me plaire.

— Ô mon Dieu, gémit Jordanna. Qu'est-ce que tu as encore fait ?

— Je suis allée chez un client.

— Qu'est-ce que ça veut dire ?

— Il nous manquait une rousse. Grant a pensé que ce serait une bonne idée. Ces types-là paient tellement bien que... que j'ai fait ça comme une blague. Je suis allée chez un client.

— Qu'est-ce que... Tu veux dire qu'il t'a sautée ?

— Pas exactement. Je me suis baladée toute nue dans sa suite à l'hôtel, je lui ai fait quelques gâteries et un peu de conversation. Ce qui me fait peur, c'est qu'au fond ça m'a plu.

— Ça ne va pas du tout, ça ! fit Jordanna d'un ton sévère. Tu ferais mieux de retourner chez ton psy vite fait.

— Ça lui a fait plaisir à lui aussi.

— À qui ? À ton psy ?

— Non, idiote, au client.

— Qui était-ce ?

— Un vieux type de New York. Il était plutôt attendrissant. (Elle fit tourner son verre.) Il veut me revoir.

— Écoute, je devrais être la dernière personne à te donner des conseils, mais tu te rends bien compte que tu t'engages sur un terrain dangereux ?

— J'en ai bien l'impression.

— Tu en as l'impression ? Cheryl, retombe sur terre et cesse de te conduire aussi stupidement, sinon, tu vas vraiment te retrouver dans le pétrin !

Quincy était furieux que Michael l'ait lâché. Il avait beaucoup de travail sur les bras et ne s'attendait pas à voir son ami et associé filer sans le prévenir. D'un autre côté, si — comme le disait Ambre — cela avait un rapport avec Bella, il pouvait comprendre. Michael en avait bavé : il avait du mérite de ne pas avoir recommencé à boire et de ne pas s'être complètement effondré.

Quincy partit pour les studios, où il avait rendez-vous avec Mac Brooks. Il avait entendu dire que d'un moment à l'autre on allait lancer un avis de recherche contre Zane Ricca. Si c'était le cas, la police allait veiller sur Jordanna Levitt et Cheryl Landers, et ils pourraient enfin se détendre. En attendant, les studios lui cassaient les pieds à propos de Barbara Barr. On voulait savoir pourquoi il n'avait pu empêcher qu'elle se retrouve à la une de l'*Enquirer*. Parce que c'était inévitable, avait-il répondu. Parce que c'est une femme impossible à contrôler.

Aux studios, il expliqua tout à Mac, qui parut soulagé.

— Au moins, on ne va plus avoir à se faire de souci pour les filles.

— Exact, reconnut Quincy. Les flics vont leur parler.

— Je préférerais qu'on ne cite pas mon nom.

— *Le Contrat* était votre film, fit remarquer Quincy. Il est possible qu'on mentionne votre nom.

Mon Dieu, se dit Mac, pourquoi fallait-il qu'il soit entraîné dans cette histoire ?

— Voyez si vous pouvez l'empêcher, dit-il.

Il se demandait dans quelle mesure Quincy en était capable et où était passé l'autre détective.

— J'essaierai.

Mac hocha la tête. Il était sérieusement inquiet à l'idée que quelqu'un puisse faire le rapprochement entre Luca et lui. Ça n'était pas une perspective riante. Pourtant, quand il avait raconté la vérité à Sharleen, elle n'avait pas été horrifiée. Au contraire, elle s'était montrée compréhensive et raisonnable.

— Il n'y a rien dont tu doives avoir honte, avait-elle dit d'un ton apaisant. Luca Carlotti est ton père ? Et après ? Je sais quel choc ça doit te faire, mais n'oublie jamais une chose : tu es quelqu'un qui a réussi, Mac, et, si ça sort dans les journaux, ça ne te fera aucun tort.

Sharleen, parfois, pouvait se montrer plus intelligente qu'elle n'en avait l'air. Il ne lui avait pas parlé de Zane ni des rapports qu'il y avait entre eux. Chaque chose en son temps.

Debout devant le restaurant, Jordanna attendait impatiemment sa Porsche. Cheryl était aux toilettes et, franchement, Jordanna s'inquiétait à son sujet. C'était une chose de fournir la marchandise, une autre de mettre elle-même la main à la pâte. C'était certainement la mauvaise influence de Grant.

Quelqu'un qu'elle connaissait sortit du restaurant et la salua de la main. Elle répondit puis se tourna pour voir si sa voiture était là. Au même instant, une Jeep passa devant elle. Barbara Barr se pencha par la vitre ouverte du côté passager et lui lança le contenu d'un pot de peinture. Jordanna le reçut en pleine figure et faillit tomber à la renverse. La Jeep s'éloigna en trombe, et Jordanna entendit les hurlements de rire de Barbara. Elle était vraiment dingue, celle-là.

Les gens la considéraient avec stupéfaction, plantée là, dégoulinant de peinture rouge. Cheryl se précipita pour voir ce qu'il se passait.

— Ô mon Dieu ! s'exclama-t-elle. Mais qu'est-ce qu'il t'est arrivé ?

Jordanna resta un quart d'heure sous la douche avant d'attraper une serviette et d'appeler Bobby sur le plateau.

— Votre petite amie m'a jeté un pot de peinture à la figure, annonça-t-elle.

Compte tenu de ce qu'il venait de se passer, elle était plutôt calme.

— Pardon ? fit Bobby, croyant avoir mal entendu.

— Barbara Barr est passée en voiture devant le restaurant alors que j'attendais le portier et m'a jeté un pot de peinture rouge à la figure. Pour l'instant, je suis chez moi à essayer de la faire partir : ce n'est pas facile. Vous pouvez vous apprêter à régler ma note de teinturier. Croyez-moi, elle me paiera ça.

— Mon Dieu, Jordanna, je suis désolé.

— Ce n'est pas votre faute. Mais j'aimerais que vous fassiez un peu plus attention aux filles avec qui vous couchez.

— J'arrive tout de suite.

— Non, surtout pas, dit-elle précipitamment. Je serai là-bas dès que possible.

— Nous avons rendez-vous avec Freddie à quatre heures.

— Oh, zut ! murmura-t-elle. J'espère qu'il aime le genre Américaine aux bonnes joues rouges.

Grant était allongé sur le canapé à zapper devant la télé en sirotant un verre de vodka quand Cheryl arriva.

— Ton petit ami a appelé, dit-il en baissant le volume.

— Quel petit ami ? demanda-t-elle en se débarrassant de ses chaussures.

— Mr. Nanni veut que tu sois à son hôtel à sept heures. (Il se leva d'un bond.) Tu vas y aller ? demanda-t-il sans la regarder.

— Qu'en penses-tu, toi ? dit-elle, lui laissant la responsabilité de décider.

Il se traîna jusqu'au bar, les cheveux ébouriffés et l'air mécontent.

— Ça dépend de toi.

— Je vais peut-être y aller, dit-elle, attendant qu'il lui dise non.

— Comme tu voudras, dit-il en se versant une rasade de vodka. Comment était ton déjeuner avec Jordanna ?

— Très bien. À part le fait qu'on lui a jeté un pot de peinture à la figure devant le restaurant.

— Non ! Qui a fait ça ?

— Barbara Barr. La folle du quartier.

— Je suis sorti avec elle une fois. Elle est givrée.

Cheryl lui lança un regard amusé.

— Je croyais que tu n'étais attiré que par le genre pom-pom girl blonde à gros nichons.

Il n'apprécia pas son commentaire.

— Tu ne sais pas tout de moi, fit-il, agacé.

— Mais si.

— Pas du tout.

— Je sais que tu bois trop, que tu prends trop de coke et que tu es complètement siphonné.

— Toi, tu es un modèle d'équilibre !

Ils échangèrent des regards mauvais. Il l'exaspérait. Pourquoi ne voyait-il pas qu'elle tenait vraiment à lui ?

— Je ressors, dit-elle, furieuse qu'il ait l'air de s'en fiche complètement.

— Où vas-tu, maintenant ? demanda-t-il en buvant une gorgée de vodka.

— Il faut que je m'achète un uniforme d'infirmière pour mon rendez-vous, dit-elle, espérant encore qu'il allait lui dire de ne pas y aller. Et un porte-jarretelles en dentelle noire.

— Je croyais que tu devais me raconter tous les détails.

La vérité, c'était qu'il s'en foutait complètement.

— C'est trop personnel, dit-elle, ravalant sa déception. À tout à l'heure.

Les cinq heures d'avion furent les cinq heures les plus longues que Michael eût jamais vécues. Toute sa vie avait basculé, et il ne savait plus ce qui avait de l'importance. Hier, il était un père à la recherche de sa fille. Aujourd'hui, il n'avait rien. Il était accablé d'une tristesse mêlée au soulagement de savoir Bella saine et sauve. Elle pouvait bien ne pas être sa fille : il l'aimerait toujours, malgré tout.

Il était sûr d'une chose : il devait affronter Sal. Celui-ci avait-il franchement cru qu'il s'en tirerait ? Quel abruti ! Il devait tout de même bien se douter qu'un jour Michael reviendrait à New York et qu'il découvrirait la vérité ?

Et que pensait sa mère de tout ça ? Se souciait-elle si peu que ce soit de ce qu'il éprouvait ? Non. Elle s'en fichait éperdument.

Une ravissante hôtesse s'arrêta auprès de son siège. Elle le draguait vaguement depuis leur départ de Los Angeles. Elle tenta une nouvelle fois sa chance.

— Voudriez-vous boire quelque chose ?

Pourquoi pas un double scotch sec ? Deux doubles scotches ? Ou peut-être trois ?

La tentation était trop forte.

— Un scotch, s'il vous plaît.

— Je vous l'apporte tout de suite, dit-elle avec son radieux sourire de professionnelle.

Bon sang ! Il sentait déjà dans sa bouche le goût du whisky.

Un jour, quand il était très jeune, sa mère l'avait embrassé d'une drôle de façon : comme il l'avait toujours vue embrasser son père. L'Homme ne l'avait jamais oublié. Cela représentait entre sa mère et lui une intimité qu'il n'aurait jamais crue possible. Après, il avait considéré son père comme l'ennemi et l'avait traité en conséquence.

Son père était un grand gaillard, à l'air pas commode, qui boitait un peu. Il dominait son fils à tous égards et le traitait comme une créature inférieure.

Et puis il y avait oncle Luca : il ne venait pas souvent les voir, mais, quand il le faisait, c'était toujours un événement. Sa mère s'affairait dans toute la maison pour s'assurer que tout était parfait.

À seize ans, il l'avait interrogée à propos d'oncle Luca.

— Qu'est-ce qu'il fait ? avait-il demandé.

— Ton oncle est quelqu'un de connu.

— Comment ça se fait que nous n'allions jamais chez lui ?

— Parce qu'il vient nous voir de temps en temps, et c'est très bien comme ça.

Il soupçonnait sa mère de s'intéresser à oncle

Luca plus qu'il n'était habituel de la part d'une sœur.

— Quand tu seras grand, il te trouvera du travail dans une de ses affaires.

— Quelles affaires ?

— Les matières premières, avait répondu sa mère d'un ton vague.

Il l'avait dévisagée. Il n'était pas idiot : il savait pertinemment que son oncle était un gangster connu.

Quand il était sorti du lycée, son père était en prison pour vol à main armée et racket. Son père était une version bon marché d'oncle Luca ; ça ne le gênait donc pas beaucoup de ne plus l'avoir à la maison. En l'absence de son père, sa mère avait décrété que c'était lui, maintenant, l'homme de la famille. Leurs relations devinrent plus étroites, et il fut soulagé quand il finit par aller au collège. Oncle Luca paya ses études.

Quand il eut obtenu son diplôme, sa mère insista pour qu'il aille travailler avec son oncle. Il refusa et lui annonça qu'il voulait être acteur. Elle protesta vigoureusement quand il déclara qu'il avait l'intention d'aller à Hollywood pour devenir une vedette de cinéma. Il s'obstina : il suivit des cours d'art dramatique. Il obtint un petit rôle dans une pièce d'avant-garde et finit par la persuader que c'était sa vocation. Elle s'était résignée à aller trouver l'oncle Luca pour demander assistance.

Au bout d'un moment, avec l'aide de son oncle, il avait pris l'avion pour Hollywood, obtenu un rôle dans Le Contrat, *et fait la connaissance de la fille.*

Il avait étranglé cette garce parce qu'elle ne voulait rien avoir à faire avec lui.

Il l'avait étranglée parce qu'elle représentait tout ce qu'il y avait de mauvais chez les femmes.

Ça lui semblait si loin, tout ça, maintenant.

Au fond, Shelley lui avait rappelé la Fille. Il était désolé pour elle. Même quand il l'avait ligotée, déshabillée, et qu'il lui avait fait l'amour, il avait éprouvé un certain regret. Quand il avait mis les mains autour de son cou blanc et décharné et qu'il avait serré fort, il s'était assuré que ce soit rapide. Elle avait trop peur pour crier. Elle avait fixé sur lui un regard horrifié et n'avait pas dit un mot, pas émis un son.

Il n'aimait pas ça. Ça n'était pas normal. La tuer n'avait pas été aussi satisfaisant qu'il se l'était imaginé.

Il avait passé l'après-midi à creuser une petite tombe dans la cour et, quand il eut terminé, il l'avait emportée dehors et l'avait déposée dans le trou. Il lui avait soigneusement croisé les mains sur la poitrine pour qu'elle ait l'air parfaitement paisible lorsqu'il la recouvrirait de terre.

Maintenant, il avait la maison pour lui tout seul.

Il était tranquille.

Il avait un havre sûr où il pouvait amener qui il voulait.

Et ce qu'il voulait, c'étaient Cheryl et Jordanna.

L'heure était venue de les punir toutes les deux.

41

Le rendez-vous avec Freddie Leon se passait bien. Du moins Jordanna en avait-elle l'impression, même si elle ne pouvait en être vraiment sûre : Freddie ne manifestait guère d'émotions, avec son visage de joueur de poker et ses petits sourires neutres. On le surnommait le Serpent, car on disait qu'il pouvait se tirer de n'importe quel contrat. Personne, toutefois, ne l'appelait le Serpent en sa présence.

— Vous ne le regretterez pas. Freddie, dit Bobby. Jordanna sera la nouvelle Julia Roberts.

— Je n'ai pas l'intention d'être la nouvelle qui que ce soit, l'interrompit-elle avec feu. La vraie Jordanna Levitt fera l'affaire, merci.

Cette sortie plut à Freddie. Il eut un petit sourire bref.

— La vraie Jordanna, hein ?

— Exactement.

— Eh bien, Jordanna, si on faisait un tour d'essai tous les deux ?

— Vous verrez, Freddie, on ira jusqu'au bout, dit-elle avec assurance.

Les hommes de pouvoir ne l'intimidaient pas — après tout, elle avait grandi au milieu d'eux.

— Quand j'envisage de signer avec un nouveau

client, je fais procéder à une enquête minutieuse, dit Freddie en se caressant le menton.

— Et qu'avez-vous découvert sur moi ?

— Que vous aimez fréquenter les boîtes, que vous ne vous êtes jamais concentrée sur rien dans votre vie et que vous n'êtes pas dans les meilleurs termes avec votre père.

— Balivernes, dit-elle, sur la défensive. Jordan et moi sommes très proches.

Freddie se mit à rire.

— Bobby, vous avez raison : c'est un beau défi. J'espère qu'elle a du talent, aussi, parce que je vais m'occuper d'elle.

Bobby était ravi.

— Vous ne le regretterez pas.

— Mais, vous, peut-être que si. Maintenant que je la représente, nous allons demander un contrat faramineux.

— Hé, protesta Bobby. Vous nous presserez comme un citron pour le prochain film.

— Le premier m'ira très bien, répliqua Freddie avec un petit rire sec. (Il se tourna vers Jordanna.) Eh bien, je crois qu'on a fait affaire, dit-il. Je vais faire préparer les contrats d'agence et on vous les portera chez vous à la fin de la journée. Où habitez-vous ?

— Marjory Sanderson m'a offert l'hospitalité, dit-elle, mais je compte me trouver un appartement. (Elle eut un petit sourire.) Si vous m'obtenez un vraiment bon contrat, je pourrai prendre un vraiment bel appartement.

Il se leva pour mettre un terme à l'entretien.

— Vous l'aurez. C'est promis, dit-il en les raccompagnant.

— Vous lui avez bien plu, dit Bobby dans la voiture comme ils rentraient aux studios.

D'un geste impulsif, elle se pencha et l'embrassa sur la joue.

— Merci, Bobby, dit-elle, toute joyeuse.

— De quoi ?

— De tout.

Il se concentra sur sa conduite. Pas question de commencer quoi que ce soit avec cette fille. Ils étaient copains, voilà tout.

— Je vais vous déposer chez la costumière. Assurez-vous que Sienna ait l'air sensationnelle.

— Je vais faire de mon mieux.

— Et je vous attends pour dîner. D'accord ?

— Bobby, dit-elle avec conviction, je sais que je me répète, mais je vous suis vraiment reconnaissante.

— Vous savez, si je n'étais pas sûr que vous fassiez l'affaire, je ne vous aurais pas engagée dans le film.

— Je sais. (Elle jeta un coup d'œil au-dehors.) Vous n'avez jamais l'impression que nous avons tant de choses en commun que nous nous sommes peut-être déjà rencontrés ? Dans une autre vie, par exemple ?

— Non.

Il ne réagissait pas comme elle l'avait espéré.

— Moi, si. Nous avons tous les deux vécu avec des parents célèbres : vous, avec Jerry, moi, avec Jordan. Je sens un lien très fort entre nous. C'est difficile à expliquer, mais je sais qu'il existe.

— J'ai du mal à être proche des gens, dit-il, un peu trop précipitamment.

Pourquoi lui compliquait-il les choses alors qu'elle essayait seulement de s'exprimer sincèrement ?

— C'est moi qui devrais dire ça. J'étais proche de ma mère : elle s'est suicidée. J'étais proche de mon frère : il nous a tiré sa révérence. Il n'y a pas longtemps que j'ai commencé à comprendre que ce n'était pas ma faute, que je n'étais pas responsable de leur mort.

Un moment, il la regarda d'un air grave.

— Il faudra qu'on parle de tout ça, Jordanna, mais pas maintenant. Quand vous viendrez tout à l'heure, on pourra discuter autant que vous voudrez.

— Oh oui, fit-elle en le dévorant des yeux. J'aimerais bien.

Leurs regards se croisèrent. Tous deux savaient que quelque chose d'inévitable allait se produire; ni l'un ni l'autre n'avaient envie de l'empêcher.

— Tu vas vraiment remettre ça? demanda Grant quand Cheryl fut rentrée.

— Tu n'arrêtes pas de me le demander: la réponse est oui, dit-elle. (Elle ouvrit les pans de son manteau pour s'exhiber.) Que penses-tu de cette tenue?

Il la regarda longuement. Elle portait un soutien-gorge noir à balconnet, des bas noirs, un porte-jarretelles extrêmement sexy, une petite culotte noire et une blouse d'infirmière blanche amidonnée.

— Je nc pensais pas que tu le ferais deux fois, marmonna-t-il en détournant la tête.

Elle poursuivit, cherchant désespérément à attirer son attention :

— Tu aimes l'argent? On me paie plus que n'importe laquelle de nos filles. Alors ça doit être rudement bien, ce que je lui apporte, pour qu'il me réclame une seconde fois.

— Bon sang, ne parle pas comme ça. J'ai l'impression d'entendre une pute.

— Ça n'est pas ce que tu veux, Grant? Après tout, c'est toi qui m'as lancée là-dedans.

— Je t'ai demandé de le faire une fois pour rigoler. Je ne pensais pas que ça allait devenir une habitude.

Un instant, elle se permit d'être sincère.

— Si tu me dis de ne pas le faire, je n'irai pas.

— Ce n'est pas à moi de choisir, marmonna-t-il.

— Oh ! vraiment ? Décide-toi.

— Débrouille-toi toute seule, Cheryl.

— Tu ferais mieux de me conduire à l'hôtel.

— Ne compte pas sur moi.

— Très bien. Je prendrai ma voiture.

— Parfait.

Ils se dévisagèrent une nouvelle fois. Elle le détestait. Oh, comme elle le détestait ! Comment pouvait-il la laisser faire ça ? Nouant la ceinture de son manteau, elle quitta la maison en courant.

— Vous n'avez pas touché à votre verre, dit l'hôtesse en s'approchant du siège de Michael.

Il leva les yeux vers elle.

— Non, c'est vrai.

Elle s'humecta les lèvres.

— Trop de glace ?

— Je n'avais pas aussi soif que je le croyais.

— Nous allons bientôt atterrir. Il faut que je vous reprenne votre boisson.

— Allez-y, dit-il calmement.

Il était assez fier de lui : depuis trois quarts d'heure, il était là, un verre de scotch devant lui, et il n'y avait pas touché. C'était une victoire. Provisoire, peut-être, mais pour l'instant extrêmement satisfaisante.

Il boucla sa ceinture et regarda par le hublot. Le commandant de bord avait annoncé qu'il neigeait à New York. Michael commença à mettre au point un plan d'action. Il allait prendre un taxi à l'aéroport et se rendre directement chez Sal. Se mesurer à cette ordure et voir Bella pour la dernière fois.

Il y avait en lui une tristesse dont il ne savait pas

comment s'accommoder. L'idée peu à peu s'imposait à lui qu'il n'était pas un père et qu'il ne l'avait jamais été. C'était dur à avaler.

Il se rappela le soir où Bella était venue au monde : une course folle vers l'hôpital au milieu de la nuit, avec Rita qui hurlait pendant tout le trajet. Il voulait assister à l'accouchement, mais elle l'avait repoussé en utilisant un langage qu'une future mère ne devrait jamais employer. Dès la naissance, il avait pris Bella dans ses bras, émerveillé d'avoir pu créer un petit être d'une telle délicatesse. C'était une expérience qu'il n'avait jamais oubliée.

Quand Rita était rentrée de l'hôpital, elle avait sombré dans une profonde dépression et, après trois nuits sans sommeil, elle avait refusé de continuer à allaiter le bébé. Il avait appris à préparer et à donner le biberon. Ensuite, quand il n'était pas pris par une enquête, c'est lui qui s'occupait du bébé au milieu de la nuit pendant que Rita dormait. Ça ne le gênait pas ; au contraire, il attendait ces moments avec impatience.

Et, maintenant, à cause de son menteur de frère, ces instants-là n'avaient plus aucun sens. Il maudit Sal. *Une véritable ordure*.

Michael savait que, s'il voulait se tirer de là, il ne fallait pas perdre la tête. Ça n'allait pas être facile sans Quincy auprès de lui pour le calmer mais, allons, il en était capable.

Il y avait foule à l'aéroport, comme d'habitude. Comme il n'avait pas de bagages, il sortit rapidement. Il héla un taxi et monta.

— Où va-t-on, patron ? demanda le chauffeur.

Il réfléchit. Devrait-il aller d'abord chez sa mère et l'emmener avec lui ? Non. Il n'avait rien à gagner à l'impliquer là-dedans. Il donna au taxi l'adresse de Sal et se cala sur la banquette. Bientôt, cette affaire serait réglée.

L'Homme regarda Cheryl sortir de chez elle. Il aurait pu s'emparer d'elle sur-le-champ, mais le moment n'était pas bien choisi. Chaque chose, dans la vie, devait se faire en son temps : il avait appris cela lorsqu'il était acteur.

Steven Seagal savait cela. Il avait bâti sa carrière sur une succession de films, chacun plus réussi que le précédent. C'était ce que l'Homme appelait un timing parfait.

Cheryl dévala la pente en lacet. L'Homme se glissa derrière elle dans le flux de la circulation. Il n'était pas particulièrement pressé. Il avait toute la nuit devant lui. Il savait que le moment viendrait où il pourrait fondre sur elle et où elle serait à sa merci. Pourquoi se précipiter ?

Elle s'engagea sur Sunset et tourna brusquement à gauche pour s'arrêter devant l'hôtel Saint James. Elle descendit de voiture et tendit les clés au portier. L'Homme se gara. Il pouvait attendre. Aussi longtemps qu'il le fallait.

Assis dans sa voiture, il se mit à penser à sa mère et à son nouveau mari. Elle s'était remariée pendant qu'il était en prison. Il n'arrivait pas à le croire. Il n'avait jamais beaucoup aimé son père, mais, cette fois, elle avait choisi comme nouveau compagnon un homme qui n'était même pas digne de cirer ses chaussures. Quinze ans de moins qu'elle. Et, à en croire les amis de la famille, encore pire que le premier mari dont elle avait divorcé.

Elle ne lui avait jamais causé que des problèmes, elle lui avait gâché ses rapports avec les autres femmes. Sa mère était une vraie garce.

Il l'aimait, pourtant.

Et il la détestait.

Parfois, il n'arrivait pas à décider entre les deux.

Ça n'avait pas d'importance car bientôt — quand il aurait terminé en Californie — il serrerait entre ses mains ce cou bien blanc et, quand il l'aurait étranglée, il fêterait ça.

L'Homme n'avait qu'une certitude : c'était un acte qu'il devait commettre. Un acte de justice.

Elle lui avait donné la vie.

Il allait lui donner la mort.

Un échange équitable.

42

Jordanna passa un après-midi grisant à choisir ses tenues pour le film. Puis elle retourna chez les Sanderson, où elle trouva Marjory qui faisait la tête.

— Que se passe-t-il ? lui demanda-t-elle.

— C'est Michael Scorsinni, gémit Marjory. Je lui ai prêté de l'argent, et maintenant il a disparu.

— Comment ça, disparu ?

— Il était censé revenir ici pour dîner. Tu ne l'as pas vu ?

— Non.

— Moi non plus.

— Il va revenir. Pourquoi lui as-tu prêté de l'argent ?

— Parce qu'il en avait besoin.

Plus vite je partirai de chez les Sanderson, mieux ça vaudra, pensa Jordanna. *Les sautes d'humeur de Marjory commencent à être assommantes.*

Elle se demanda si Bobby allait lui proposer de passer la nuit chez lui. À tout hasard, elle fourra une brosse à dents dans son sac à main. Puis, aussitôt, elle la reprit. Trop voyant. Peut-être qu'il ne voudrait pas. Peut-être qu'elle ne l'attirait même pas. Oh, merde ! Et si elle lui faisait le petit numéro de séduction qu'elle pratiquait si bien ?

Non, avec Bobby, ça ne marcherait pas. Il n'était pas comme les autres.

En se rendant chez lui, elle pensa à Cheryl. Elle n'était pas en forme : elle prenait de la coke et Dieu sait quoi d'autre. De toute évidence, Grant n'avait pas sur elle la meilleure influence.

Bobby l'accueillit à la porte. En jean et chemise de gros coton bleu, il était formidable.

Elle entra dans la maison, inspecta les lieux.

— Hum, fit-elle. On dirait qu'on a fait le grand nettoyage.

— Vous aussi.

— Comment ça ?

— La peinture que Barbara vous a lancée à la figure. Il n'en reste plus trace.

— J'ai pensé un moment à porter plainte contre cette folle... Mais pourquoi lui faire de la publicité ? Elle finira bien par se détruire elle-même.

— Vous êtes pleine de sagesse, dit-il en lui prenant la main. Venez. Je suis en train de nous préparer à dîner.

— Vous croyez vraiment que je suis pleine de sagesse ? demanda-t-elle en se laissant entraîner dans la cuisine.

— Vraiment.

— Vous auriez dû me voir à mon époque folle.

— C'était quand ?

— Oh, il y a quelques semaines.

— Quand vous étiez avec Charlie... C'est ça ?

— Je n'ai jamais vraiment été avec Charlie.

— Mais vous couchiez quand même avec lui.

— C'est si agréable et si réconfortant de dormir avec quelqu'un.

Il fixa sur elle le regard de ses incroyables yeux bleus.

— Alors, c'est vrai ?

— Qu'est-ce qui est vrai ? demanda-t-elle, tout en sachant parfaitement ce qu'il voulait dire.

— Que vous avez couché avec lui ?

— Il me semble..., à peu près à l'époque où, vous, vous faisiez la même chose avec Barbara.

— Deux jours. On ne peut vraiment pas appeler ça une liaison suivie.

Elle ôta son blouson de cuir. Dessous, elle portait un T-shirt blanc et un jean délavé. Une tenue discrète.

— C'était bien, avec elle ? demanda-t-elle, tout en essayant d'adopter le ton le plus détaché possible.

Il prit dans le frigo des tomates, de la laitue et un concombre, et posa le tout sur une planche à hacher.

— Et avec Charlie ? répliqua-t-il en prenant un couteau bien aiguisé.

Elle ne put s'empêcher de rire.

— Qu'est-ce qu'on fait ? Un concours ?

Il trancha en deux le cœur de laitue.

— C'est ce que vous voulez ?

— Non, ça n'est pas ce que je veux, dit-elle en mordant dans une tomate. Je peux vous aider ?

— Absolument pas. Je maîtrise la situation. Alors si vous alliez dans mon bureau, que vous attrapiez un scénario et que vous commenciez à le lire ?

Et si je t'attrapais, toi ? avait-elle envie de dire. *Ou, mieux encore, si tu m'attrapais, moi ?* Elle avait terriblement envie de cet homme et, pourtant, elle n'arrivait pas à prendre l'initiative. C'était bien la première fois.

Elle alla dans son bureau et inspecta tout. Non par pure curiosité : elle avait simplement envie d'en savoir le plus possible sur Bobby.

Toutes les photos déchirées étaient soigneusement entassées au milieu de la table. Elle en prit une de Bobby et de Jerry quand Bobby n'était qu'un petit garçon, avec de longs cheveux blonds et de grands yeux bleus. Saisissant le ruban adhésif, elle en recolla soigneusement les fragments puis, dans un brusque élan, la fourra dans son sac. Il ne le saurait jamais.

— Le dîner est prêt, cria Bobby. On va s'installer dans le patio. Ça vous va?

Ils s'assirent à une table près de la petite piscine.

— Hum, délicieux, dit-elle avec conviction, en mordant dans un hamburger au goût étrange.

— Vous avez regardé le scénario? demanda-t-il en lui versant un verre de vin blanc.

— Pas la peine, je le connais par cœur.

Il eut l'air surpris.

— Ah oui?

— Quand j'ai fait le bout d'essai, j'ai appris tout le texte.

— Alors, quand Barbara a décroché le rôle, vous avez dû être déçue.

Elle but une gorgée de vin.

— Dites plutôt « consternée ».

— Ce rôle va vous lancer. Vous croyez que vous pourrez tenir?

— Pourquoi pas?

— Parce que devenir célèbre change un tas de choses, dit-il d'un ton songeur.

Elle renversa la tête en arrière.

— Par exemple?

— Les rapports des gens avec vous, d'abord. C'est une grande responsabilité d'être une vedette. Chacun attend quelque chose de vous et vous êtes censée ne pas décevoir leur attente.

— Et vous, vous y arrivez?

— J'essaie.

Je parie que oui, avait-elle envie de dire, en se forçant à manger. *Je parie que tu réponds à l'attente de tout le monde.*

— Ça m'a donné le sentiment de ma propre valeur, poursuivit-il gravement. Avant d'avoir réussi, partout où j'allais, j'étais le fils de Jerry Rush. Croyez-moi, ça n'est pas particulièrement bon pour l'ego.

— Je le sais, soupira-t-elle. En classe, il ne s'agissait jamais de savoir qui avait les meilleures notes. C'était toujours qui avait son père dans le film qui marchait le mieux et sa mère à la une de *People*.

— Je me rappelle une année au lycée où Jerry avait tourné dans un film qui n'avait pas marché. C'était la première fois. Mon Dieu, comme il était vexé !

— Mais il a bien dû y avoir de bons moments ? murmura-t-elle.

— Oui... les fêtes. Les anniversaires sortaient de l'ordinaire : il y avait toujours des éléphants et des tigres, on aurait cru que tout le zoo de Los Angeles était sur notre pelouse. C'était plutôt rigolo.

— Pour mes seize ans, Jordan a engagé la fanfare de l'UCLA ! Et, chaque vendredi, j'avais le droit d'inviter tous mes amis pour la projection d'un nouveau film. Avant même qu'il soit dans les salles ! Vous vous rendez compte !

— Dites donc, qui est-ce qui parlait de concours ?

— Et, aujourd'hui, vous êtes heureux ?

Il la dévisagea.

— C'est quoi, Jordanna, être heureux ?

Elle haussa les épaules.

— Je ne sais pas. Mais, ces dernières semaines, je me suis sentie plus heureuse que jamais.

Pourquoi avait-elle lâché ça ? Ça ne se faisait pas, de révéler ses sentiments.

— C'est agréable à entendre, dit-il doucement.

Ils échangèrent un regard : c'était comme si une

force irrésistible les jetait l'un vers l'autre. Elle repoussa ses couverts : elle n'arrivait pas à avaler quoi que ce soit.

— Vous n'aimez pas ma cuisine ?

— Je ne suis pas une fan de la cuisine japonaise, murmura-t-elle.

Il se pencha et posa une main sur la sienne.

— Je n'ai pas envie de gâcher quoi que ce soit, Jordanna.

— De quoi parlez-vous ? demanda-t-elle d'un ton innocent, même si elle savait parfaitement ce qu'il voulait dire.

— Vous allez être la vedette de mon film, on va travailler ensemble tous les jours. J'ai fait une grosse bourde avec Barbara. Restons juste copains, vous voulez bien ?

La dernière chose dont elle avait envie, c'était de rester juste copains ; mais elle hocha la tête comme si c'était une idée géniale.

— Bonne idée.

— Comme ça, si Charlie — mon acteur préféré — vient nous voir sur le plateau, je ne serai pas rongé de jalousie, dit-il en plaisantant.

— Qu'est-ce que c'est que cette histoire de Charlie ? Pourquoi est-ce que vous n'arrêtez pas de parler de lui ? Vous voulez savoir comment il était au lit... C'est ça ?

— Non.

— Mais si, fit-elle pour le taquiner.

— Vous vous trompez.

— Un amant passable, très égoïste.

— Il pourrait être votre grand-père.

— Mon père. Quand même pas mon grand-père.

— Il a l'air d'en avoir l'âge.

— Écoutez, j'ai du mal à vous suivre : il est votre acteur préféré, ensuite il pourrait être mon grand-père. Choisissez !

Il se leva et retourna dans la maison.

— Un peu de glace? lança-t-il par-dessus son épaule.

— C'est tout ce que vous avez à m'offrir? dit-elle en ramassant les assiettes et en le suivant.

— Vous me draguez? demanda-t-il en la regardant d'un air interrogateur.

Elle avait le cœur battant : c'est vrai qu'il la rendait nerveuse.

— Oui, dit-elle hardiment.

— Est-ce qu'on ne vient pas de dire que ce ne serait pas une bonne idée?

Elle repoussa en arrière ses longs cheveux bruns.

— C'est vous qui avez déclaré que ce ne serait pas une bonne idée. Pas moi.

— Écoutez, Jordanna, dit-il en ouvrant le congélateur. J'avais raison.

— Écoute, Bobby, répondit-elle en retrouvant un peu de sa personnalité d'avant. Tu avais tort.

— Bonsoir, Mr. Nanni.

— Comment ça va, Bambi? répondit-il en se disant qu'il serait temps de lui révéler son vrai nom.

— Pas mal, Mr. Nanni.

— Et si tu m'appelais Luca? suggéra-t-il.

— Je préfère que nous nous en tenions à des relations formelles.

— Ah oui?

— Ce soir, j'aimerais l'argent tout de suite, dit Cheryl, allant droit au but.

Luca se passa une main sur ses cheveux gominés.

— Tu n'as pas confiance en moi?

— Si. Seulement j'aime bien l'idée d'avoir l'argent dans ma poche avant de vous montrer ce que j'ai mis pour vous ce soir.

— Comment puis-je deviner quel genre de petit cadeau j'aurai peut-être envie de te donner en plus ? demanda-t-il avec un petit sourire.

— Ça dépend entièrement de vous.

Il acquiesça et décida de lui donner tout ce qu'elle voulait plus un généreux pourboire. Il disparut dans la chambre puis revint avec une enveloppe bourrée de billets et la lui mit dans sa poche.

— Maintenant, tu peux enlever ton manteau.

— Quand il fera un peu plus chaud.

Il se mit à rire : le jeu l'amusait.

— Que veux-tu boire, ce soir ?

— Un Pernod.

— Je n'en ai pas.

— Commandez-en, dit-elle d'un ton impérieux. Et, pendant que vous y êtes, demandez du caviar.

— Tu es bien exigeante, ce soir.

— Ça vous gêne ?

— Pas du tout. D'ailleurs, j'ai une proposition dont je voudrais discuter avec toi.

— Vraiment ?

— Enlève-moi ce foutu manteau et viens bavarder.

— Si vous voulez que je le retire, dit-elle, moqueuse, enlevez-le-moi.

Il s'approcha et tira sur la ceinture. Le manteau glissa le long des épaules de Cheryl. Luca sifflota en apercevant sa tenue provocante.

— Fichtre ! tu n'as pas froid aux yeux.

— Je me suis habillée spécialement pour vous.

Elle éprouvait de nouveau l'excitation grisante que provoquait en elle le sentiment d'être totalement maîtresse de la situation.

— Promène-toi un peu dans la pièce, Bambi, dit-il en s'installant sur le canapé. Fais-moi voir un peu tout ça.

— Oui, Mr. Nanni, dit-elle calmement. À votre service.

Jetant un coup d'œil à sa montre, Kennedy fut surprise de constater qu'il était vingt heures passées. Elle s'attendait à un coup de fil de Michael confirmant leur rendez-vous pour dîner. Il n'avait pas appelé ; elle était déçue. Au cours des dernières heures, elle était restée vissée devant sa machine à traitement de texte afin de mettre au point son article sur les meurtres pour *La Guerre des styles*. Elle avait besoin de plus de renseignements sur Zane Marion Ricca : les informations qu'elle détenait sur son passé étaient très sommaires. Elle se dit qu'elle allait appeler Michael pour savoir ce qu'il se passait.

On est en train de te poser un lapin, lui annonça une petite voix.

Pas du tout.

Oh, mais si.

Elle ne voulait pas se montrer puérile. Elle n'était plus une collégienne attendant anxieusement l'arrivée d'un garçon. Elle décrocha son téléphone, composa le numéro de Michael et tomba sur son répondeur. Elle hésita un moment avant de laisser un message. « Euh, salut. C'est Kennedy Chase. Il est huit heures et quart et je n'ai pas eu de vos nouvelles, alors..., euh, je pense que pour ce soir c'est à l'eau. »

Que dire d'autre ? Rien. C'était à lui maintenant de bouger et, s'il ne le faisait pas... alors ? Elle se félicitait de ne pas s'être donné trop de mal, même si elle s'était lavé les cheveux et avait pris un long bain avant de s'asseoir devant son ordinateur — mais c'était simplement pour se détendre avant de travailler.

Le téléphone sonna. Elle se précipita.

— Kennedy à l'appareil.

— Ici Nix.

— Qui ?

— On a la mémoire courte.

— Oh... Nix.

Elle se souvenait très bien de lui. Grand, talentueux, vingt-quatre ans, beaucoup trop jeune mais séduisant quand même.

— Je suis ici pour un soir, alors j'ai pensé que si vous étiez libre...

— Je ne le suis pas, dit-elle brièvement.

— Je vous aurais appelée plus tôt, mais je ne pensais pas m'arrêter à Los Angeles.

— Vraiment ?

Quelques mois plus tôt, ils avaient connu une mémorable nuit de passion mais, depuis, il ne s'était pas donné la peine de lui téléphoner une seule fois. Ça ne l'avait pas gênée. Mais le fait qu'il crût maintenant pouvoir débarquer comme ça l'agaçait. Elle se débarrassa rapidement de lui.

Ah, les hommes ! Quel besoin avait-on d'eux ? La plupart étaient incapables de mâcher du chewing-gum et de parler au téléphone en même temps. C'est toujours ce que son père lui disait quand elle était adolescente et qu'un garçon l'avait laissée tomber. Ce cher vieux papa. Il lui manquait.

La perspective d'une soirée solitaire s'étalait devant elle.

Michael Scorsinni. Il provoquait en elle des sentiments qu'elle croyait enfouis depuis bien longtemps. Pas question de rester assise, là, à penser à lui ; sur un brusque coup de tête, elle appela Charlie. Il parut enchanté de l'entendre.

— Merci pour hier soir. J'étais ravie.

— Vous auriez dû vous arrêter à mon club, fit-il d'une voix traînante. Là, il y avait de l'action.

— Puis-je vous inviter à dîner ce soir ?

Il se mit à rire.

— Annoncez-moi l'heureuse nouvelle, belle dame aux yeux verts. Qui vous a posé un lapin ?

— Personne.

— Mon œil.

— Je vous invite ?

— Mais oui. Et, puisque je suis votre invité, vous allez passer me prendre. Vers neuf heures ?

— J'y serai.

— Et laissez votre cafard à la maison.

— Je ne sais absolument pas de quoi vous parlez.

Il eut un petit rire entendu.

— Bien sûr. On n'apprend pas à un vieux singe à faire la grimace. À tout à l'heure.

Peut-être Charlie Dollar était-il juste celui dont elle avait besoin.

Ou peut-être pas.

— J'ai réfléchi, dit Luca.

Moi aussi, aurait voulu dire Cheryl. *J'ai réfléchi que ce n'est pas une si bonne idée, après tout.*

Son sentiment de maîtriser complètement la situation ne dura que jusqu'à ce qu'ils eussent fait l'amour. L'amour avec Luca n'était pas à proprement parler éblouissant. Ce qui l'excitait le plus, c'était de la regarder parader dans la pièce.

Pourquoi Grant l'avait-il laissée faire ça ? Elle était furieuse contre lui parce qu'il se moquait pas mal d'elle. Il était temps qu'elle se réveille et qu'elle se rende compte à quel point il était égoïste et destructeur.

— Tu m'écoutes ? fit Luca d'un ton bourru.

— Oui, j'écoute.

— Bon. Eh bien, voilà, mon petit. Je vais t'installer.

— Je vous demande pardon ?

— Je suis propriétaire ici d'une grande et belle maison. Tu vas y habiter. Finies les passes pour toi,

Bambi. J'ai l'intention de m'occuper de toi de façon permanente.

Voilà qui la ramena brutalement à la réalité.

— Vous êtes sérieux ?

— Je pense bien. Tu vas emménager dans ma maison. Je vais même te laisser tout arranger, engager un décorateur..., ce genre de truc. Je te verserai une mensualité et tu seras à moi, exclusivement. Qu'est-ce que tu en dis ?

— Je ne suis pas à vendre.

— Je n'ai pas dit ça.

— Vous parlez comme si vous pouviez m'acheter.

— C'est bien ce que je fais en ce moment, non ?

— Vous pouvez m'acheter pour une heure ou deux, mais pas pour la vie.

— Tu as vraiment envie de rester une call-girl ? Ce n'est pas un boulot pour une fille comme toi. Je peux t'offrir bien plus.

— Je n'ai jamais envisagé la possibilité d'être... Je pense que vous appelleriez ça être la maîtresse... de quelqu'un.

— Tu as un petit ami ?

— Non.

— Si tu étais maligne, tu sauterais au plafond.

La proposition était si bizarre qu'elle fut tentée d'éclater de rire, mais elle s'abstint, car elle savait qu'il prendrait ça pour une insulte. Ah ! quand elle allait raconter à Grant que ce vieux type était si dingue d'elle qu'il voulait l'installer dans ses meubles et la payer pour qu'elle ne soit qu'à lui... Whooouuu ! Elle avait vraiment mis dans le mille.

— Je vais réfléchir à votre proposition, Mr. Nanni.

Elle prit son manteau et décida qu'il était temps de quitter définitivement le métier de call-girl.

— Ne traîne pas, dit-il d'un ton impatient.

Elle s'en alla en promettant de l'appeler dès le lendemain matin pour lui annoncer sa décision. Comme si elle allait même y penser !

À peine fut-elle sortie que Luca appela Bosco et lui ordonna de la filer.

— Je suis occupé, protesta Bosco.

— Laisse tomber, dit sèchement Luca. Reno et toi, descendez presto et prenez la limousine pour la suivre.

Il avait décidé qu'il était temps de tout savoir sur Bambi. Après tout, qu'elle le sache ou non, elle allait être à lui, et il n'aimait pas les surprises.

Quand Luca Carlotti voulait quelque chose, peu de gens disaient non.

43

Michael avait oublié le cauchemar que pouvaient être les taxis new-yorkais. Le trajet depuis l'aéroport l'empêcha de penser à autre chose qu'à survivre.

— Vous ne pourriez pas ralentir un peu ? suggéra-t-il à un moment.

— Mais oui, mon vieux, réglez mes factures et on roulera à trois kilomètres à l'heure, riposta le chauffeur d'un ton agressif.

Connard, se dit Michael.

Il était à peine six heures, heure de New York, quand le taxi s'arrêta dans un grand crissement de freins devant la maison de Sal. Garée dehors comme un symbole de réussite, la voyante Cadillac dorée dont Michael avait tant entendu parler. Il se crispa en pensant à son vaurien de frère.

Sal, le racketteur.

Sal, la canaille qui m'a volé Bella.

Sal, le salopard de menteur.

Il était temps de s'occuper de cette petite ordure. De lui flanquer une raclée. De se calmer les nerfs sur lui.

— Ça vous ennuierait d'attendre ? demanda-t-il au chauffeur de taxi. J'aurais besoin de retourner à l'aéroport.

— Pas possible, répliqua le chauffeur avec impatience.

— Je vous paierai en conséquence.

— Je rentre chez moi.

— Je croyais que vous aviez besoin de régler vos factures.

— Lâchez-moi les baskets, mon vieux. Je vous ai dit : je ne peux pas attendre.

Michael régla la course, le taxi disparut. Michael resta un moment sur le trottoir à contempler la maison. À l'intérieur, il y avait Bella. Se souviendrait-elle de lui ? Se rappellerait-elle qu'il était son père ? Ou bien lui avait-on déjà appris à l'oublier ?

Il sonna. Au bout d'un moment, la porte s'ouvrit toute grande devant Pandi, en survêtement vert pomme, bottes blanches et boucles d'oreilles en strass. Ses cheveux teints en blond étaient relevés sur sa tête, et elle était outrageusement maquillée. On aurait dit une poupée Barbie vieillissante.

— Mikey ! s'exclama-t-elle, pâlissant sous son fard. Ô mon Dieu, Mikey ! Sal sait que tu es là ?

— Non, mais je suis sûr qu'il sera ravi de me voir. Pas vrai, Pandi ?

Elle s'affola aussitôt.

— Euh, eh bien, on ne t'attendait pas.

— Je sais, je sais. Mais c'est ça, la famille. C'est agréable, une surprise de temps en temps, non ?

Son expression dit à Michael que les surprises n'avaient rien d'agréable.

— Est-ce que... est-ce que ta mère sait que tu es en ville ? balbutia-t-elle.

— Non. Je me suis dit que, pendant que j'y étais, il fallait faire la surprise à tout le monde. Je suis venu voir votre nouvelle maison, votre nouvelle voiture et..., qu'est-ce qu'on me raconte ? vous avez une fille ?

— Qui t'a dit ça ? fit-elle, mal à l'aise.

— Oh, quelqu'un m'a dit que vous aviez une gosse ici, maintenant, une petite fille. Vous l'avez adoptée ?

— Tu ferais mieux de parler à Sal.

— Où est-il ?

— Sorti. Reviens un autre jour.

— Je ne suis en ville que pour quelques heures, Pandi. Il faut que je le voie maintenant.

Elle recouvra un peu de son calme.

— Je te l'ai dit, il est sorti. On se verra tous ensemble une autre fois.

Là-dessus, elle essaya de lui claquer la porte au nez. Il la bloqua du pied.

— Assez déconné, Pandi. Je veux voir Sal. Et je veux le voir maintenant.

— Tu n'as pas le droit d'entrer ici de force.

— J'ai tout à fait le droit d'entrer, et tu le sais.

— Sal ! cria-t-elle, se rendant compte qu'elle n'était pas en position de force. On a des problèmes.

Michael la bouscula pour entrer et, d'un coup de pied, referma la porte derrière lui. Pandi recula.

— Je n'y suis pour rien, dit-elle, sur la défensive. Tout ça s'est passé bien avant mon arrivée. Alors ne va pas me le reprocher.

— Te reprocher quoi ?

— Va parler à ton frère.

Sal descendait l'escalier d'un pas pesant, glissant une chemise bleue froissée dans son pantalon.

— Qu'est-ce que tu fous ici ?

— Je viens rendre visite à mon frère. Tu as une objection ?

Sal échangea un coup d'œil avec Pandi. Elle secoua la tête comme pour lui faire comprendre qu'elle n'avait rien dit.

— Maman sait que tu es ici ?

— Pourquoi est-ce que tu te préoccupes tant de maman ?

— Parce que c'est la première personne que tu devrais aller voir.

— Ah oui ? Pourquoi donc ?

— C'est ta mère, bon sang. Elle tient à toi.

— Bien sûr. Elle tient à moi, tout comme toi..., pauvre trou du cul.

— Hé, dis donc !

— Combien de temps croyais-tu que tu allais t'en tirer avant que je m'en aperçoive ?

— Qu'est-ce que tu veux dire ? bluffa Sal comme s'il n'avait rien à cacher.

— Assez de foutaises.

Sal se tourna vers sa femme.

— Où est la petite ? demanda-t-il brusquement.

— Chez une amie, répondit-elle.

— Veille à ce qu'elle y reste.

— Ne t'en fais pas, Sal, dit Michael. Je ne suis pas venue la reprendre.

— Pourquoi es-tu venu ?

— Peut-être pour te casser la gueule.

Sal le regarda d'un air mauvais. Il était plus gras que jamais — plus de quatre-vingt-dix kilos —, et mauvais comme la gale.

— Toi, tu vas me casser la gueule ? ricana-t-il. Ça me ferait mal.

— Je ne veux pas qu'on se batte dans cette maison ! dit Pandi.

— Pourquoi as-tu fait ça, Sal ? interrogea Michael. Pourquoi a-t-il fallu que tu me fasses vivre ça ?

— Il ne s'agit que de toi, hein ? Tu n'as pas une pensée pour Rita. Quelqu'un lui a fait sauter la cervelle et toi, tu ne penses qu'à toi.

— Rita n'a rien à voir là-dedans. Il s'agit de toi et de moi, Sal. Tu m'as pris mon enfant.

— Elle n'est pas de toi.

— Si elle n'était pas de moi, tu aurais dû avoir le cran de me le dire au lieu de l'enlever comme un voleur. Tu n'as pas de tripes.

— Fous le camp d'ici, tête de nœud.

— Pas avant de voir Bella.

— Elle ne s'appelle plus Bella, interrompit Pandi. Elle a un nouveau nom et une nouvelle vie. Laisse-la tranquille. Elle est heureuse avec nous.

— Boucle-la, dit Sal en lui décochant un regard mauvais.

— Tu ne vas pas me dire, à moi, de la boucler !

— Je te dis ce qui me plaît.

— Je ne suis pas venu ici pour assister à une scène de ménage, dit Michael, qui parvenait encore à se maîtriser. Je veux voir Bella une dernière fois, ensuite, je m'en vais.

— Tu commences à me les casser, avec tes exigences, ricana Sal.

— Tu as de la chance que je ne te rentre pas dans le lard.

— Ah oui ? fit Sal, narquois. Tu es bien incapable de casser la gueule à qui que ce soit. Tu n'as jamais pu.

— Je ne veux pas qu'il la voie, lança Pandi, au bord de l'hystérie. Ça va la bouleverser. Ça n'est pas bon pour elle.

Sal lui jeta un nouveau regard glacial.

— Combien de fois faut-il que je te le dise ? Boucle-la !

— À qui crois-tu parler ? répliqua-t-elle, furieuse. Je ne suis pas une traînée que tu as mise dans ton lit. Je suis ta femme, alors surveille tes paroles.

Michael était consterné de constater que c'était dans cette ambiance que Bella grandissait ; mais il se rendait compte qu'il n'y pouvait rien. Pandi se dirigea vers la cuisine en marmonnant.

— Pourquoi as-tu fait ça, Sal ? répéta Michael.

Sal haussa les épaules : il ne comprenait vraiment pas à quel point ce qu'il avait fait était si mal.

— Bah, Rita me harcelait pour que je l'épouse. Ça n'était pas mon truc — pas à l'époque. Et toi tu étais là, toujours prêt à faire le joli cœur, alors je me suis dit que toi tu allais l'épouser. Comme ça, l'enfant resterait dans la famille. Quand Rita est arrivée à Los Angeles, elle a commencé à avoir le feu au train. Tu connais Rita : elle voulait devenir une vedette de cinéma. Elle n'avait pas envie de s'occuper d'une gosse. Alors, on t'a rendu sacrément service.

— Tu es une vraie merde.

— Non, Mikey, c'est toi. Tu es un sale ivrogne et un putain de flic, et tu ne seras jamais rien d'autre.

— Tu te trompes, Sal. Je serai toujours un alcoolique, mais au moins je l'avoue. Et quand je me réveille le matin, j'ai la conscience tranquille. Et toi, qu'est-ce que tu as ?

— Tout, clama Sal.

— Tout ? Tu vends de la drogue à des gosses et à des vieilles dames. Tu places des filles sur le trottoir. Comment peux-tu te regarder dans la glace chaque matin ?

— Fous le camp de chez moi.

— Je te l'ai dit : je ne partirai pas avant d'avoir vu Bella.

— Et si je te foutais dehors ?

— Et si tu essayais ?

Ils s'affrontèrent du regard. Ils s'étaient souvent battus quand ils étaient gosses, et Sal l'avait généralement emporté parce qu'il était plus grand. Aujourd'hui, Michael était plus que prêt.

Sal essaya de lui envoyer un direct au menton.

Michael bloqua son geste, lui saisit le bras et le tordit tout en lui envoyant un violent coup de genou dans l'entrejambe.

— Bon Dieu ! grommela Sal, plié en deux. Qu'est-ce que tu cherches à faire ?

Pandi sortit de la cuisine en courant.

— J'ai téléphoné à la maison : ta mère arrive avec Eddie.

— Pauvre conne, grommela Sal en s'asseyant péniblement sur le bas de l'escalier. Comme si on avait besoin qu'ils viennent fourrer leur nez là-dedans.

Michael tenta de maîtriser sa colère.

— J'aurais pu te tuer, marmonna Sal. Tu le sais, Mikey ? J'aurais pu t'effacer.

Seigneur, c'était quelqu'un, son frère !

— Tu crois que j'ai peur de toi et de tes copains flingueurs ? demanda Michael froidement.

— Tu devrais.

— Moi, j'aurais pu te faire arrêter.

— Pour quelle raison ? fit Sal d'un ton agressif. Pour avoir repris ma gosse ?

— Vous voulez cesser, tous les deux ? hurla Pandi.

Michael lui lança un regard méprisant.

— Et toi, tu imagines ce que ça a été pour moi, ces derniers mois, de ne pas savoir si Bella était morte ou vivante ? Quelle salope au cœur de pierre es-tu donc ?

— Tu vas le laisser me parler comme ça ? hurla-t-elle à l'adresse de Sal. Tu vas le laisser m'insulter ?

— Ferme ta gueule, murmura Sal, qui se tenait toujours l'entrejambe.

Eddie arriva quelques minutes plus tard, Virginia sur ses talons, l'air vieille et épuisée. Michael ne put s'empêcher de la plaindre. Mais il lui fallait apprendre à survivre tout seul. Entre sa mère et lui, c'était fini.

— Qu'est-ce que tu fais ici, Mikey ? demanda-t-elle d'une voix tremblante. Pourquoi n'as-tu pas appelé ? Tu aurais dû nous dire que tu arrivais.

Il jeta un regard sans pitié à sa famille, sa chaleureuse famille.

— Tu étais au courant, dit-il d'une voix tendue. Pourquoi tu ne m'en as rien dit ?

Eddie haussa les épaules comme s'il s'agissait d'une broutille.

— Pas la peine : ça n'aurait fait que causer des histoires.

— Je ne fais plus partie de cette famille, dit Michael, envahi par un calme incroyable. Dès que j'ai dit au revoir à Bella, je retourne en Californie, et aucun de vous n'entendra plus jamais parler de moi. (Il se tourna vers sa mère.) C'est valable aussi pour toi.

— Ne sois pas comme ça, Mikey, pleurnicha-t-elle. Je faisais seulement ce que me disait Sal.

— Oui... C'est l'histoire de ma vie. Sal d'abord. Moi en second. Mais tu sais quoi, maman ? Je suis un grand garçon maintenant, je n'accepte plus de passer toujours en dernier.

— Tu n'es jamais passé en dernier, Mikey, dit-elle d'un ton peu convaincu.

Michael en profita pour lâcher un certain nombre de choses qu'il avait sur le cœur.

— Tu te souviens comme tu regardais Eddie me rosser quand j'étais gosse ? Jamais tu ne l'as arrêté : tu restais là et tu laissais faire. Comment ça se fait, maman ?

— Ce n'était pas ma faute.

— Si. Parce que tu n'as même pas essayé.

Virginia le prit par la manche.

— Je suis ta mère, Mikey. J'ai toujours été là pour toi.

Il secoua tristement la tête.

— Non. La vérité, c'est que tu n'étais jamais là et que tu n'y seras jamais. Et j'ai fini par le comprendre.

L'Homme regarda Cheryl quitter l'hôtel. Il l'observa alors qu'elle attendait sa voiture. La garce! Sale garce de fille de riche! Elle avait contribué à le faire enfermer dans une prison pleine de salauds, de pervers et de malades. Elle méritait tout ce qui allait lui arriver.

Il s'obligea à ne pas penser aux années qu'il avait passées en prison, faisant un effort désespéré pour repousser ces pensées au fond de son esprit. Mais parfois des souvenirs remontaient à la surface et il ne pouvait s'empêcher de se rappeler les humiliations quotidiennes, les violences, les brutalités sexuelles.

Un jour, il parviendrait à laver son esprit de tous ces odieux souvenirs. Un jour, quand les femmes qui avaient contribué à le faire jeter en prison seraient mortes et enterrées. Sous quelques pieds de terre. Etranglées de ses propres mains.

Cheryl donna un pourboire au portier, monta dans sa BMW argent et démarra. L'Homme la suivit à distance prudente. Il savait qu'elle allait bientôt tomber en panne d'essence. Ça n'avait pas été très difficile de vider le réservoir de la BMW pendant que les portiers étaient occupés ailleurs.

Il se demanda si elle avait remarqué qu'elle

n'avait plus d'essence. Probablement pas. Les femmes ne se souciaient pas de ce genre de détail. Et, si jamais elle s'en apercevait, elle serait obligée de s'arrêter dans une station-service. À ce moment-là, il appliquerait la seconde partie du plan. Il avait tout prévu.

Elle descendit Sunset, tourna dans Alpine et coupa vers Lexington. Au bout de deux blocs sur Lexington, sa voiture, s'arrêta. L'Homme stoppa derrière elle, juste au moment où elle essayait de redémarrer. Il portait ses lunettes de soleil, elle ne le reconnaîtrait donc pas. D'ailleurs, il faisait nuit, et ses cheveux étaient teints. Il s'approcha sans hâte de sa voiture et vint frapper à la vitre.

— Des problèmes, mademoiselle ? demanda-t-il courtoisement.

Elle lui accorda à peine un regard.

— Ô mon Dieu, je crois que je n'ai plus d'essence, gémit-elle.

— J'ai un bidon vide dans le coffre. Si ça peut vous dépanner, je vous conduis jusqu'à la prochaine station-service et je vous ramène ici.

— C'est très aimable à vous, mais je ne veux pas vous donner du mal. Je peux passer un coup de fil.

Elle décrocha son téléphone de voiture. En panne, lui aussi : il y avait veillé.

— Voulez-vous utiliser celui de ma voiture ? proposa-t-il aimablement.

Cheryl n'avait qu'une envie : rentrer chez elle. Tomber en panne sèche était un pépin qu'elle n'avait pas prévu.

— Merci, dit-elle en descendant de voiture, oubliant complètement toutes les recommandations concernant la sécurité et la prudence.

L'Homme lui emboîta le pas et lui ouvrit la portière côté passager.

— Où est le téléphone ? demanda-t-elle en montant dans sa voiture.

— C'est un portable, expliqua-t-il. Je le planque. Il y a tant de voleurs, aujourd'hui. Attendez un instant.

Il fit le tour de la voiture et s'installa au volant. Il actionna alors immédiatement le système de blocage des portières qu'il avait fait installer.

Maintenant, il la tenait. Elle était sa prisonnière. Seulement, elle ne le savait pas encore. Il sentit une vague de triomphe déferler en lui.

— Le téléphone ? répéta-t-elle.

L'Homme était très calme.

— Il y a un pistolet braqué sur vous, déclara-t-il d'une voix sourde et mesurée. Ne criez pas. Ne faites rien. On va faire un petit tour. Un tour que vous n'oublierez jamais, je vous le promets.

44

L'appel de la police arriva bien après que Cheryl eut quitté la maison.

— J'aimerais parler à miss Landers.

— Je peux peut-être vous aider, dit Grant, croyant qu'il s'agissait d'un client éventuel.

— Qui êtes-vous ?

— Son associé. Et vous ?

— Inspecteur Carlyle.

Un silence tandis que Grant digérait cette information. Un inspecteur de police qui appelait Cheryl, ça ne pouvait vouloir dire que des ennuis. Et Grant n'avait aucune envie d'être impliqué dans un scandale.

— Elle n'est pas ici pour l'instant, finit-il par dire. Puis-je lui transmettre un message ?

— Nous avons besoin de lui parler à propos d'une affaire sur laquelle nous enquêtons. Vous êtes son mari ?

— Non, non, juste un ami, s'empressa de dire Grant.

— Et comment vous appelez-vous ?

— Shep, déclara-t-il, se disant qu'il ne serait pas prudent de révéler sa véritable identité.

— Y a-t-il un endroit où je puisse la joindre maintenant ?

— Non.

— À quelle heure avez-vous dit qu'elle reviendrait ?

— Dix heures, onze heures..., je ne sais pas très bien.

— Eh bien, Shep, dites-lui de me rappeler quand elle rentrera. Dites-lui que c'est très urgent.

Il donna son numéro. Grant raccrocha en se demandant ce que voulait l'inspecteur. Si Cheryl devait se faire coffrer, il n'avait pas l'intention de faire le voyage avec elle.

Il se leva du canapé et se précipita vers l'endroit où il planquait sa drogue. Pour plus de sûreté, mieux valait tout emporter d'ici et rentrer chez lui. Il griffonna un message sur un bout de papier et le laissa sur la table de la cuisine.

Appelle-moi à la maison quand tu rentreras.
G.

Seigneur ! Il voyait d'ici la tête de son père si jamais il se faisait coffrer. Il imaginait les titres des journaux.

LE FILS D'UNE VEDETTE DE CINÉMA ARRÊTÉ
UN RÉSEAU DE DROGUE ET DE PROSTITUTION
DÉMANTELÉ À BEL AIR

Il aurait dû rester agent, mais c'était tellement plus drôle d'être proxénète.

Un dernier regard autour de lui pour s'assurer qu'il avait pris toutes ses affaires. Il monta dans sa voiture et battit précipitamment en retraite vers son appartement.

Charlie Dollar ouvrit toute grande la porte de son énorme demeure et fit entrer Kennedy avec un geste théâtral.

— Un verre ou un joint ? proposa-t-il.

— J'ai réservé chez Orso. J'ai pensé que nous pourrions dîner sur la terrasse.

— Cela veut-il dire que c'est vous qui réglez l'addition ? demanda-t-il avec un sourire malicieux.

— Absolument.

— Dîner deux soirs de suite, observa-t-il. Il me semble qu'il va falloir vous soumettre à tous mes désirs...

— Pas nécessairement, répondit-elle avec entrain. N'oubliez pas : c'est moi qui paie.

Il eut un petit rire.

— Ça veut dire que c'est moi qui vais devoir me soumettre à tous vos désirs ?

— Oh, Charlie, Charlie, soupira-t-elle. Pourquoi toujours tout ramener au sexe ? Je croyais que nous allions entretenir une amitié platonique.

— Est-ce bien cela que vous attendez, Kennedy ? Quelqu'un vous a posé un lapin ce soir, et vous courez chez moi pour prendre votre revanche. Je comprends. Je suis passé par là.

— Très intuitif.

— Qui était-ce ?

— Quelqu'un qui aurait pu, dit-elle vaguement.

— Qui aurait pu quoi ?

— Avoir une place dans mon existence s'il s'était montré à la hauteur, mais ça n'a pas été le cas.

— Vous et moi, ça pourrait être très bien, parce que vous êtes quelqu'un de compréhensif et le genre de femme avec qui je suis prêt à beaucoup partager.

— Vous avez déjà une femme compréhensive dans votre vie : la mère de votre enfant. Vous vous rappelez ?

— Je rêve de ces... vous savez... organisations tribales où un type a trois ou quatre épouses et où tout le monde vit en harmonie. C'est comme ça que ça devrait être.

— Vous êtes vraiment un type charmant un peu démodé, c'est ça ?

— Allons bon ! Elle a découvert mon secret.

— On y va, Charlie ?

Il lui prit le bras.

— Dites-moi, ma belle aux yeux verts, fit-il en lui pressant le coude, vous avez déjà écrit l'article sur moi pour *La Guerre des styles* ?

— Oui.

— Il va me plaire ?

— Ça vous intéresse ?

— Pas particulièrement.

— Je vous ai décrit comme un excentrique sexy et imprévisible. Ça vous va ?

— Avez-vous dit que j'étais mince ?

— Non.

— Garce !

Il l'amusait malgré elle. Il se dirigea vers sa Rolls, garée dans l'allée. Elle l'entraîna vers sa voiture à elle.

— C'est moi qui vous invite. Je conduis.

— Vous êtes certaine que vous ne voulez pas rester ici et goûter à mes charmes de star de cinéma ?

— Non, ça n'est pas dans mes projets.

— Alors, il vaut mieux que je vous prévienne : je coûte cher à sortir. Je ne vous peloterai pas dans la voiture mais je dévore tout ce qui me tombe sous la dent.

— On peut dire que vous savez faire tourner la tête à une femme.

— Merci, charmante journaliste. Des mots aimables préparent toujours à la grande séduction.

— Ne comptez pas trop là-dessus, murmura-t-elle.

Ils échangeaient de longs baisers passionnés.

Bobby ne voulait même pas réfléchir à ce qu'il était en train de faire : il se sentait bien et il ne souhaitait pas chercher plus loin.

Jordanna comprit sur-le-champ que ce qu'elle éprouvait pour Bobby n'avait aucun rapport avec ce qu'elle avait connu jusqu'à présent. Elle était réellement attirée, intéressée par lui. Il n'y avait pas d'explication logique : c'était simplement quelque chose qui se passait entre eux et que tous deux semblaient incapables d'arrêter.

Ils s'embrassaient et se caressaient sur le canapé comme deux collégiens, et c'était si délicieux qu'elle ne voulait pas que ça cesse.

Bobby se redressa soudain.

— Je vais te raccompagner chez toi, annonça-t-il.

— Non, protesta-t-elle avec véhémence.

— Si. Ce qui nous arrive est trop important pour que nous fassions l'amour à la sauvette. Je dois être sur le plateau demain matin à six heures. C'est mon premier jour de tournage avec Jerry, et il faut que je me prépare.

— Mais, Bobby...

— Hé ! Demain soir, on commencera de bonne heure et on finira tard : nous aurons toute la nuit devant nous.

Il lui prit la main et l'entraîna vers la porte.

— Quand nous commencerons, il faudra que ce soit bien...

— Je sais, murmura-t-elle doucement. C'est exactement ce que je ressens.

— Bon.

Debout près de la porte, ils recommencèrent à s'embrasser, collés l'un à l'autre.

— On ne t'a jamais dit que tu étais très séduisant ? demanda-t-elle en reprenant son souffle.

— Non, répondit-il en souriant.

— Tu parles... À peu près toutes les femmes d'Amérique, j'en suis sûre. Comme si tu ne recevais pas des tonnes de lettres d'amour chaque semaine.

— Elles ne voient qu'une illusion.

— Et moi, qu'est-ce que je vois ?

— Ce que je suis vraiment, dit-il gravement.

— J'ai hâte de le découvrir.

— Allons, ma petite folle, je te raccompagne.

— Ça n'est pas la peine. Ma voiture est devant la porte.

— Tu ne vas pas rouler toute seule !

— Dis donc, Bobby, c'est à moi que tu parles ? Je suis une grande fille et je connais cette ville par cœur. Ça fait des années que je la traverse de long en large.

— Je n'en doute pas.

— Sitôt rentrée au mausolée, je t'appelle.

— Tu viens déjeuner sur le tournage, demain ?

— Bien sûr.

— Je t'attendrai, dit-il en l'attirant contre lui. Oh, tu sais, Jordanna...

— Quoi donc ?

— Je n'ai pas l'habitude des grandes phrases...

— Moi non plus, murmura-t-elle.

— Mais j'ai vraiment l'impression que tu as raison..., que ça devait arriver. Et j'ai hâte d'être à demain soir.

— Moi aussi.

— Pas autant que moi.

— On parie ? fit-elle avec un grand sourire.

Elle repartit dans une sorte de griserie. L'amour l'avait complètement prise au dépourvu. Et ce qu'il y avait de stupéfiant, c'était que l'amour, cette fois, n'avait rien à voir avec le sexe. Le sexe serait l'ultime récompense. Elle savait que ce serait formidable.

Elle mit une cassette et commença à chanter à tue-tête aux accents de *Whatta Man*. Puis son pied écrasa la pédale d'accélérateur. La Porsche fonça sur l'asphalte.

Vivement demain !

L'Homme ne savait pas quand Jordanna allait rentrer chez les Sanderson. Tout ce qu'il pouvait faire, c'était attendre. Elle ne serait peut-être pas aussi facile à prendre que l'autre. Si ses souvenirs étaient exacts, Jordanna était plus coriace, plus forte et plus volontaire. Mais il avait la conviction que personne ne pouvait le battre, parce qu'il possédait cet atout qui lui donnait le suprême avantage : la surprise.

Avec Cheryl, ç'avait été facile. Dès l'instant où il l'avait fait monter dans sa voiture et où elle avait compris qu'elle était coincée, elle n'avait plus rien dit. D'abord, elle avait cru que c'était un enlèvement. Qu'il allait demander une grosse rançon.

— Ne me faites pas de mal, avait-elle dit. Mon père vous paiera tout ce que vous lui demanderez.

— Je me fous de votre père, avait-il répondu d'un ton méprisant. Tout ce qui m'intéresse, c'est de vous punir de ce que vous m'avez fait.

— Qu'est-ce que je vous ai fait ? avait-elle demandé. Je ne vous ai jamais vu.

— Je laisse donc si peu de souvenirs ? avait-il dit froidement. Vous m'avez envoyé en prison, et sans même savoir qui je suis ?

Quelques secondes de silence.

— Zane ? avait-elle risqué.
— Gagné.
— Ô mon Dieu !

Comprenant soudain à qui elle avait affaire, elle avait essayé désespérément de sortir de la voiture. Mais le système de blocage des portières était en place. Elle était prise au piège, exactement comme il l'avait prévu. Il l'avait ramenée jusqu'à la maison dans les collines, à côté de Laurel Canyon. La maison isolée, abandonnée, où personne ne pourrait voir ce qu'il ferait.

Quand ils étaient arrivés, il l'avait poussée à l'intérieur et obligée à s'asseoir sur le canapé. Il y avait sur la table une tasse de thé froid bourré de somnifères qu'il avait soigneusement préparée avant de sortir.

— Buvez ça, avait-il ordonné.
— Je ne bois rien du tout.
— Buvez. Sinon, gare.

Elle l'avait dévisagé avec de grands yeux effrayés et, à contrecœur, avait avalé le thé. Il l'avait regardée sombrer dans un sommeil profond puis l'avait portée jusque dans la cave, où il avait préparé une couverture dans un coin. Les pans du manteau de Cheryl s'étaient écartés, révélant sa tenue indécente. Il avait contemplé ses seins, à demi dénudés. Puis il avait touché l'intérieur de ses cuisses, et la tentation l'avait saisi. Mais céder à la tentation n'aurait fait que retarder les choses. Il avait bien le temps, plus tard, de faire tout ce qu'il désirait. Il avait donc pris les menottes qu'il avait achetées dans un sex-shop et lui avait enserré les poignets avant de fixer la chaîne autour d'une solide canalisation qui courait le long du mur. Ensuite, il lui avait attaché les chevilles avec de la corde. Il avait songé à la bâillonner, mais à quoi bon ? Personne n'aurait pu entendre ses cris. Et le puissant somnifère la ferait dormir jusqu'au matin.

Il avait refermé son manteau pour dissimuler son étrange tenue et l'avait laissée seule dans l'obscurité humide de la cave.

Maintenant, en attendant Jordanna, il était assez content de lui. Durant toutes ces années passées en prison, il avait pensé à ce qu'il ferait quand il serait sorti : en un laps de temps assez court, il avait sans problème réglé leur compte à quatre femmes.

Les traîtresses.

Les garces.

Et, quand il aurait liquidé les deux dernières, il pourrait rentrer à New York se débarrasser de tous ceux qui avaient cherché à causer sa perte. La perspective d'étrangler sa mère l'emplissait d'un si ardent enthousiasme que c'en était à peine supportable. Elle était une femme. Et tout le monde savait bien que les femmes étaient de la racaille : menteuses, fourbes, infidèles, répugnantes.

Laissant ses pensées vagabonder, il se rappela cette époque, juste avant que son père soit envoyé en prison. Une douce nuit de New York. Il avait seize ans. Il était amoureux d'une fille de l'école. Elle avait dix-sept ans et ne voulait absolument pas de lui. Il était rentré de l'école et était allé droit dans sa chambre pour faire ses devoirs. À huit heures, sa mère était apparue sur le seuil de sa chambre, dans un déshabillé rose diaphane, titubant légèrement, ivre et congestionnée.

— J'ai besoin de toi, mon chou, avait-elle dit de cette voix de petite fille qu'elle prenait parfois.

— Maman, il faut que je fasse mes devoirs.

À contrecœur, il l'avait suivie dans sa chambre, une pièce étouffante pleine de coussins bordés de dentelle, de magazines de cinéma, d'animaux en peluche et de sacs bourrés de vêtements qu'elle achetait, portait une fois et rapportait au magasin.

Elle s'était approchée du lit et s'était écroulée au beau milieu.

— Viens ici, mon chou, avait-elle dit d'un ton cajoleur. Viens t'asseoir ici pour parler un peu à maman.

Il ne supportait pas quand elle l'appelait « mon chou ». Il avait horreur qu'elle lui demande quelque chose. Elle avait ouvert tout grands ses bras décharnés.

— Maman a eu une mauvaise journée, avait-elle soupiré. Maman n'est pas heureuse.

— Pourquoi ? avait-il demandé, attiré malgré lui.

— J'ai reçu une lettre de ton père. Il m'écrit des choses méchantes. Cruelles.

— Allons..., avait-il commencé, s'efforçant de la consoler.

Il n'avait pas eu le temps de continuer : elle lui avait noué les bras autour du cou, l'avait attiré à elle et embrassé à pleine bouche.

Il avait senti des relents d'alcool mêlés à l'odeur de la cigarette et à un parfum douceâtre, écœurant. Il avait senti sa main...

L'Homme se redressa, baigné de sueur. Il ne voulait pas se souvenir. Ce n'était pas bien, ce qu'elle lui avait fait cette nuit-là. Ce n'était pas convenable. Et, pourtant, il ne s'était pas enfui. Il l'avait laissée faire...

Il aperçut le faisceau des phares qui remontait la colline. Il s'était garé près de l'entrée de la propriété des Sanderson, mais pas assez près pour qu'on puisse le repérer depuis le poste de garde.

Jordanna approchait. Il reconnaissait sans mal sa Porsche blanche sous le clair de lune.

Ça n'avait pas été facile de découvrir où elle habitait, mais il y était parvenu, et, maintenant, elle arrivait. Il sentait l'excitation monter en lui ; bientôt, il l'aurait en son pouvoir.

Il mit son moteur en marche. Dès qu'elle fut assez près, il accéléra à fond, surgissant de l'ombre, et emboutit la Porsche sur le côté, la prenant complètement au dépourvu.

Bientôt, Jordanna Levitt allait se retrouver auprès de Cheryl, à la place qu'elle méritait. Et, alors, il serait le roi. Et il aurait pour lui le pouvoir éternel.

45

Assis dans son bureau devant la télévision, Mac regardait Rosa Alvarez monter en épingle le travail du groupe spécial constitué pour traquer l'étrangleur de Los Angeles. À l'écouter, on aurait pu croire que sa chaîne était personnellement responsable de cette décision. Il attendit impatiemment de l'entendre désigner nommément Zane Marion Ricca, mais elle n'en fit rien : il ne comprenait pas pourquoi. Il décrocha son téléphone et appela Quincy.

— Que se passe-t-il ? demanda-t-il. Je croyais qu'on allait livrer son nom aujourd'hui.

— Ce sera probablement dans les infos de demain. On a lancé un avis de recherche, mais la police demande parfois à la presse de ne pas divulguer le nom du suspect.

— Et les filles ! s'exclama Mac. Les flics les ont prévenues ?

— Je suis sûr que oui.

— Elles ne risquent rien ?

— J'ai parlé à l'inspecteur Carlyle cet après-midi : il m'a assuré que c'était fait.

— Bon, bon.

Mac se sentait mal à l'aise. Il voulait voir Zane arrêté et jeté en prison. Alors seulement il se sentirait en sécurité. C'est à peine s'il osait se l'avouer, mais l'horrible vérité, c'est que Zane était son cousin : ils étaient du même sang, et ça le rendait malade.

Devait-il appeler Luca ? Ce serait peut-être une bonne idée d'avoir son avis sur ce qu'il se passait. Luca saurait certainement si Zane s'était fait épingler. À moins, bien sûr, qu'il n'ait réglé l'affaire à sa façon...

Mac s'était toujours considéré comme un homme vertueux, mais il se prenait maintenant à espérer que Luca avait trouvé ce salopard et enterré six pieds sous terre.

Seigneur ! Il était vraiment le fils de Luca Carlotti. Cette idée le terrifiait.

— On suit donc Bambi dans la limousine, raconta Bosco. Et, tout d'un coup, elle se gare sur le bas-côté et ce type s'arrête derrière elle. J'ai l'impression qu'il la suivait aussi. Alors il descend de sa voiture et s'approche de celle de Bambi...

— Quel type ? demanda Luca, l'air soucieux.

— J'sais pas. Ils devaient être ensemble car elle sort de sa bagnole, la laisse là et monte dans sa voiture à lui. Et ils démarrent tous les deux.

— Qu'est-ce que tu faisais pendant tout ce temps ?

— On était garés dans la rue, à les surveiller.

— Ensuite ?

— On file la voiture avec elle et le type dedans. Il démarre sec, prend Sunset, tourne sur Laurel Canyon et puis une petite route dans les collines. On le suit d'aussi près qu'on peut sans qu'il se doute qu'il est suivi.

— Tu as trouvé où elle allait ?

— Oui. Dans une maison déserte, là-haut.

— C'était son petit ami ?

Bosco haussa les épaules.

— Comment veux-tu que je sache ?

— Est-ce qu'ils avaient l'air tendres, ensemble ?

— Tu as de ces questions !

— Bon, bon, fit Luca avec impatience. Tu as l'adresse ?

— Pas exactement.

— Ça va. On y retournera demain, pour voir.

Dans l'avion qui le ramenait à Los Angeles, Michael avait l'impression de rentrer chez lui, et c'était bien agréable. Il était soulagé d'avoir quitté la maison de Sal.

Ils avaient fini par le laisser voir Bella. Ce qu'il y avait de triste, c'est qu'elle l'avait à peine reconnu. Elle n'était plus sa fille, ils étaient parvenus à lui faire un lavage de cerveau.

Pandi l'avait amenée et lui avait dit :

— Voici ton oncle Mikey.

Oncle Mikey.

— Bonjour, oncle Mikey.

Bella serrait contre elle un ours en peluche et avait levé vers lui ses grands yeux bleus. Les yeux de Rita.

— Tu te souviens de moi, ma chérie ? avait-il demandé en se penchant vers elle.

— Je sais pas, avait-elle répondu timidement.

— Quand tu étais toute petite, on habitait le même appartement, à New York.

— Je sais pas, avait-elle répété.

— Je vais te confier une chose, avait-il dit en lui serrant la main. Écoute-moi bien : si jamais tu as besoin de quoi que ce soit, tu peux toujours t'adresser à moi. Tu n'oublieras pas ?

— Okey-doke, avait-elle murmuré en mâchonnant son chewing-gum. Okey-doke, oncle Mikey.

Puis elle s'était mise sur la pointe des pieds, avait noué ses petits bras autour de son cou et l'avait embrassé.

Il en était malade. Mais que pouvait-il faire ? Intenter un procès ? Il n'avait pas une chance.

Il avait passé encore quelques minutes avec Bella, l'avait serrée contre lui, puis il avait quitté la maison sans se retourner. Maintenant, il allait se refaire une vie en Californie.

Il avait pris un taxi pour l'aéroport et, arrivé là-bas, avait appelé Quincy.

— Que se passe-t-il ?

— Seigneur ! avait dit Quincy, vraiment agacé. C'est toi qui m'appelles et tu me demandes à moi ce qu'il se passe ! Et de ton côté ? Tu l'as trouvée ? Elle va bien ?

— C'est une longue histoire. Je te raconterai quand je serai arrivé.

— Tu la ramènes ? Ambre va lui préparer un lit.

— Non, elle ne revient pas. Elle est avec ma famille.

— C'est toi qui l'as amenée là-bas ?

— Je t'expliquerai tout quand je serai rentré.

Dans l'avion, il se rappela tout d'un coup qu'il avait posé un lapin à Kennedy. Marjory aussi l'attendait chez elle ; la connaissant, il savait qu'elle serait furieuse, d'autant plus qu'il lui avait emprunté dix mille dollars le matin même. Première priorité : trouver un moyen de la rembourser, et vite.

Il appela Kennedy en utilisant le téléphone de l'avion. Il obtint son répondeur et laissa un message. Puis il appela Marjory. Le maître d'hôtel lui annonça qu'elle était remontée dans sa chambre. Ensuite, il s'endormit d'un sommeil agité, peuplé de rêves où figuraient Bella, Rita, sa mère et Sal.

Il était fier de ne pas avoir cassé la figure à son

frère. C'était bien de savoir qu'il pouvait maîtriser sa violence. Du temps où il buvait, il aurait réduit Sal en bouillie. Ce temps-là était passé.

— Espèce de dingue ! cria Jordanna. (Elle avait bondi hors de sa voiture et sautait pratiquement sur place de rage.) Regardez ce que vous avez fait ! Vous avez embouti ma voiture ! Non mais, ça n'est pas croyable ! Qu'est-ce qui vous a pris ?

Furieuse, elle inspectait les dégâts. Zane ne perdit pas de temps. Il descendit de voiture et se précipita, comme s'il était aussi préoccupé qu'elle.

— Qu'est-ce qu'il y a ? Vous êtes ivre ? hurla-t-elle en le foudroyant du regard. J'appelle la police.

— Je..., je suis désolé, marmonna-t-il, jouant les idiots.

Elle se pencha pour ramasser un bout de chrome tordu. Aussitôt il s'approcha d'elle.

— Quelle merde, commença-t-elle à dire, un morceau de miroir brisé à la main.

Il la prit au dépourvu : il l'empoigna par-derrière en lui plaquant sur le nez et la bouche le tampon imbibé de chloroforme qu'il avait préparé. Elle réagit vivement, lui donnant un coup de pied dont la violence le surprit.

Elle avait des réactions rapides. Ça n'avait pas été aussi facile qu'avec l'autre. Il avait beaucoup de mal à maintenir le tampon en place. Elle se débattait comme une bête sauvage, mais il était fort, plus fort. Et, au bout de quelques instants, elle s'affala sur le sol, inconsciente.

L'Homme la traîna comme il put jusqu'à sa voiture. Il ouvrit le coffre et l'y jeta sans cérémonie avant de le refermer rapidement. Il regarda alentour. La rue était sombre et déserte. Muni d'une torche électrique, il inspecta l'avant de sa voiture de location : elle n'était que légèrement endommagée alors que tout un côté de la Porsche était enfoncé.

Ça lui avait fait plaisir d'emboutir la voiture de cette garce. Il se remit au volant et démarra rapidement. Il suivit Sunset jusqu'à Laurel Canyon, prenant bien soin de respecter la limitation de vitesse. À un feu rouge, une voiture de police s'arrêta auprès de lui. Il gardait les yeux fixés sur la route devant lui, l'air impassible.

Quand il arriva à la maison et qu'il ouvrit le coffre, Jordanna était à demi consciente et marmonnait des propos inintelligibles. La garce n'était même pas capable de perdre connaissance longtemps. Il la souleva, la jeta sur son épaule et la porta dans la maison. D'une main, il ouvrit la porte de la cave et descendit l'escalier comme il put.

Il braqua le faisceau de sa torche sur Cheryl. Elle gisait exactement là où il l'avait laissée, enchaînée à une canalisation, toujours plongée dans un sommeil profond.

La cave était petite, environ deux mètres cinquante sur deux mètres cinquante, humide et très sombre.

Il jeta Jordanna sur le sol et l'attacha par des menottes au même conduit que Cheryl. Puis il lui ligota soigneusement les chevilles. S'étant assuré qu'elles ne pouvaient pas bouger, il les laissa là et remonta.

Jordanna se mit à geindre.

— Qu'est-ce que... Qu'est-ce qui se passe ? Où est Bobby ? Bobby...

Elle ouvrit les yeux, et s'aperçut qu'elle ne

voyait rien. Un moment, elle crut qu'elle était à l'hôpital. Quelqu'un avait embouti sa Porsche et elle se retrouvait à l'hosto ! Elle essaya de se redresser et se rendit compte qu'elle était enchaînée. Alors, elle comprit : elle avait été enlevée !

La terreur l'envahit. Son pire cauchemar devenait réalité. Une riche gosse de Hollywood : le père paierait une belle rançon.

Elle sentait l'odeur du chloroforme sur son visage. Elle éternua vigoureusement, secoua la tête et essaya de se réveiller. Elle entendait un bruit de respiration près d'elle : elle n'était pas seule. Mais il faisait trop sombre pour voir qui se trouvait là avec elle.

— Qui est là ? cria-t-elle, maîtrisant sa panique. Bon sang, qui est là ?

Pas de réponse.

Adossée au mur, elle faisait des efforts désespérés pour s'habituer à l'obscurité. Elle avait les chevilles ligotées, mais elle pouvait remuer les jambes et elle réussit à se traîner dans le coin. Poussant des pieds l'autre personne, elle murmura :

— Réveillez-vous... Allons, réveillez-vous !

Toujours rien.

Elle était dans l'obscurité. Depuis qu'elle était petite fille, être seule dans le noir l'avait toujours effrayée.

Il faut que je réfléchisse, se dit-elle. *Il faut que je réfléchisse si je veux sortir d'ici.*

Elle examina la situation. On l'avait enlevée en pleine rue, jetée dans une cave, on lui avait passé les menottes et on l'avait ligotée. Mais elle était bien décidée à ne pas s'affoler. Elle allait se tirer de là, et s'en tirer vivante.

Au milieu de la soirée, Kennedy comprit qu'elle avait fait une erreur : Charlie Dollar était comme d'habitude charmant, mais elle en avait assez. Même si elle était furieuse que Michael n'eût pas appelé, elle n'aurait pas dû se précipiter sur l'homme le plus proche. Et le plus triste, c'était que Charlie croyait qu'il avait une chance.

— Charlie, ça vous ennuie si je ne prends pas de café et si je rentre chez moi ?

— C'est vous le chauffeur, lui rappela-t-il. Et je suis votre invité.

— Je vais d'abord vous raccompagner.

— Je croyais qu'on passait à La Balle Blanche.

— Allez-y. Je ne suis pas d'humeur. Je travaille toujours à cet article sur l'étrangleur de Los Angeles et, au moment même où nous parlons, j'ai des documentalistes qui envoient des informations de New York. Il y en a un tas qui doivent m'attendre sur mon ordinateur. Vous savez ce que c'est : quand vous êtes sur un film, je suis sûre que vous êtes obsédé. Eh bien, je le suis aussi quand je travaille sur un article.

Charlie fit la grimace.

— Vous vous faites parfaitement comprendre. C'est ce qu'on appelle repousser les avances d'une star. Ça ne m'arrive pas souvent.

— J'en suis sûre.

Elle espérait qu'il allait comprendre l'allusion et se lever. Il ne fit pas un geste.

— Vous ne voulez vraiment pas me dire qui est ce type ? Peut-être que je pourrais vous donner de précieux conseils.

— Ce n'est pas un type.

— Allons, ma belle aux yeux verts, racontez-moi ça.

Elle soupira.

— Bon. J'ai rencontré quelqu'un. Nous avons pris un verre et ce soir nous devions dîner ensemble. Il n'a pas appelé. Fin de l'histoire.

— Qu'est-ce qu'il a donc de plus que moi ?

— Je n'en sais rien. Et, très franchement, je m'en moque. Il ne m'intéresse plus.

Charlie leva les yeux au ciel.

— Ah, les femmes !

— Pardon ?

— Mon chou..., vous savez certainement que nous n'appelons *jamais* quand nous disons que nous allons le faire.

Elle n'était pas d'humeur à écouter Charlie discourir sur les relations hommes-femmes, mais il était lancé.

— Avant que je devienne une vedette, bien des dames ne me regardaient pas. Je sais que c'est difficile à imaginer, ma chère, mais c'est vrai.

— C'est pour ça que vous êtes devenu acteur ? demanda-t-elle en réclamant l'addition.

— Ce n'était pas délibéré. Les vedettes du rock prétendent qu'ils sont devenus musiciens par amour de la musique. Ce n'est pas vrai. Ils sont devenus musiciens pour trouver des filles. Même chose pour les acteurs.

— Vous êtes en train de me dire que c'est la raison pour laquelle sir Laurence Olivier a décidé de faire du théâtre ? dit-elle avec une ironie appuyée.

— Non. Les Anglais sont différents. Ils sont si occupés à se faire fouetter par leurs nounous et par les matrones du pensionnat qu'ils ne savent plus où ils en sont.

Le serveur apporta l'addition. Elle lui tendit sa carte de crédit. Charlie semblait disposé à la laisser payer sans problème.

— Alors c'est pour ça que vous êtes devenu acteur ? Pour les filles ?

— J'ai fait des tas d'autres choses avant.

— Et ça ne marchait pas.

— Quand on est une vedette de cinéma, on peut décrocher quatre-vingt-dix-sept pour cent des femmes. Il y en a très peu qui disent non. Vous êtes l'une des rares à le faire.

— Dois-je en être flattée ?

— Non. Vous ratez quelque chose.

— Je préfère être votre amie que votre maîtresse, dit-elle en signant le reçu.

— Vous pouvez être les deux.

Elle se leva.

— Merci de votre proposition, mais je ne pense pas.

Elle le raccompagna. Il l'invita à monter prendre un verre ou à fumer un joint. Elle refusa.

— Bon, ma belle aux yeux verts, mais un de ces jours je vous aurai, promit-il.

— Attendez toujours, Charlie.

— Oh, mais oui.

Debout sur le perron de sa maison, il la regarda s'éloigner. Elle se demandait si Dahlia lui avait chauffé son lit.

À peine rentrée chez elle, Kennedy appela Rosa.

— On va sans doute révéler le nom de Zane Ricca demain, lui annonça-t-elle. La police a retrouvé ses empreintes : pas de doute, c'est lui.

— A-t-on une idée de l'endroit où il se trouve ?

— Pas de détails. Peut-être va-t-on publier sa photo demain. Dans ce cas, quelqu'un ne tardera pas à le dénoncer. À ce moment-là, notre producteur veut que tu fasses un commentaire en direct. Tu sais : montrer sa photo, demander aux gens s'ils l'ont vu, reconstituer l'un des meurtres. Ce genre d'émission fait grimper l'audimat.

— Non, Rosa, je ne veux pas faire de la télé à sensation.

— Même pas si ça aide à le coincer ?

— Ça n'est pas mon truc.

— Bien, bien, fit Rosa, vexée. Peut-être que je le ferai moi-même.

Kennedy écouta son répondeur : elle eut la satisfaction de trouver un message de Michael, qui appelait d'un avion. Voilà donc pourquoi elle n'avait pas entendu parler de lui. Bien sûr, il aurait pu téléphoner plus tôt, mais c'était tout de même agréable de savoir que, après tout, il ne lui avait pas posé de lapin. Elle alluma son ordinateur pour voir quels renseignements ses documentalistes lui avaient envoyés. Ils avaient fait du bon travail.

ZANE MARION RICCA.
Né le 10 janvier 1958.
Hôpital de New York.
Père : Bruno Ricca (purge actuellement une peine de vingt ans de prison pour vol à main armée).
Mère : Phyllis Ricca (sœur de Luca Carlotti).

Voilà qui était intéressant.

Elle parcourut rapidement le reste — écoles, emplois, passé médical. Rien d'extraordinaire. Le nom de Luca Carlotti éveilla son intérêt. Luca Carlotti était un gangster de New York connu, un homme avec qui il ne fallait pas plaisanter. Et Zane Marion Ricca était son neveu... Quelle coïncidence ! Pas étonnant que Zane ait été défendu par les meilleurs avocats : oncle Luca avait dû payer.

Kennedy sentit que son article s'étoffait. Elle s'assit à son bureau et se mit au travail.

46

Voilà près de huit ans que Hubert Potter travaillait comme garde sur la propriété des Sanderson. C'était un travail pépère : il ne se passait pas grand-chose, à part quelques lettres de menaces de temps en temps, des touristes qui allaient jusqu'à la grille pour poser des questions idiotes, des grands dîners deux fois par an.

Cinq jours par semaine, Hubert était libre à sept heures du matin. Ce jour-là, il descendait lentement la longue allée incurvée au volant de sa vieille DeSoto, plongé dans ses préoccupations personnelles. Quelques minutes après avoir quitté la propriété, il fut surpris de tomber sur une Porsche dans un triste état qui lui bloquait le passage. Il s'arrêta brutalement, descendit de voiture et alla inspecter les dégâts. Comme il s'approchait, l'idée lui vint que la voiture ressemblait à la Porsche de Jordanna Levitt. En voilà une qui posait des problèmes. Elle arrivait et partait à n'importe quelle heure, roulait trop vite, écoutait de la musique à plein volume. Résultat : elle s'était fait emboutir sa voiture.

Il se demanda comment il avait pu la manquer quand elle était arrivée à la maison la veille au soir. Parfois, ses paupières s'alourdissaient et il lui arrivait de les fermer pour une seconde ou deux, mais, tout de même, il aurait vu Jordanna si elle était rentrée à pied.

Il fit le tour de la Porsche blanche : très amochée. Ouvrant la portière droite, il fut surpris de découvrir sur le siège un sac de femme ; cela lui parut étrange, car les femmes prenaient toujours leur sac avec elles. Il le ramassa, l'ouvrit et examina le portefeuille, cherchant un permis de conduire. Le permis était bien celui de Jordanna.

Un bref instant, il songea à remettre le sac où il était, à remonter dans sa voiture et à rentrer chez lui. Mais Hubert était trop consciencieux pour ça. Le devoir, c'était le devoir : il était obligé de faire son enquête.

Le sac de Jordanna sous le bras, il remonta dans sa voiture, fit demi-tour et repartit vers la maison des Sanderson.

Michael sortit difficilement du lit à sept heures et demie, six heures après s'être couché. Son avion avait atterri après minuit : le temps de rentrer chez lui, il était près d'une heure et demie.

Il était content d'être de retour à Los Angeles, surtout que c'était l'un de ces matins parfaits, sans brouillard, comme il les aimait. La visite à sa famille serait bientôt un lointain souvenir. Le seul élément positif, c'était que Bella avait paru heureuse et équilibrée. Peut-être qu'après tout Sal et Pandi seraient des parents convenables. Il ne pouvait qu'espérer et prier.

Aujourd'hui, c'est le début de ma nouvelle vie, se dit-il. Fini de ressasser le passé.

Il était trop tôt pour appeler Kennedy. Il décrocha le téléphone et l'appela quand même.

En se rendant au studio, Bobby songeait à la soirée précédente. Il avait passé de merveilleux moments avec Jordanna — elle était excitante, différente —, mais, à la froide lumière du jour, il se demandait si c'était judicieux de se lancer dans une aventure juste au moment où elle allait tenir le premier rôle dans son film. Il avait commis une erreur avec Barbara Barr, il ne tenait pas à la répéter.

Bien sûr, Jordanna était très différente de Barbara ; il n'était même pas question de les comparer.

Ça le tracassait que Jordanna ne lui eût pas téléphoné hier soir après être rentrée chez elle. Il avait fini par appeler chez les Sanderson ; le maître d'hôtel lui avait annoncé que tout le monde avait l'air de dormir. Souhaitait-il vraiment déranger miss Levitt ? Non, il ne voulait pas la déranger. Elle avait donc oublié de l'appeler. Bah, il la verrait au déjeuner.

Il était un peu nerveux, car, aujourd'hui, il allait travailler pour la première fois avec son père. Oh, il avait bien fait quelques apparitions dans les films de Jerry. Mais, la dernière fois que ça lui était arrivé, il avait huit ans et jouait le rôle de Jerry enfant. Encouragée par son père, toute l'équipe l'avait surnommé « le gosse de Jerry » et riait à chaque geste qu'il faisait. Humilier son fils avait toujours été le sport favori de Jerry.

Eh bien, il n'était plus « le gosse de Jerry » ; et l'expérience allait se révéler intéressante : cette fois, c'était son plateau, et c'était lui qui dictait sa loi. Si quelqu'un devait être humilié, ce ne serait certainement pas lui.

Chaque matin, à la première heure, George Randall faisait son jogging. Il avait beau savoir que c'était bon pour lui, chaque pas lui coûtait. Il le faisait pour sa femme. Elle avait vingt-six ans. Il en aurait bientôt cinquante-six. Bah, à Hollywood, trente ans de différence comptaient peu quand on s'aimait.

Personne n'en parlait jamais, mais George en était très conscient, d'autant plus que, la jeunesse, c'était sa profession. George était un chirurgien esthétique extrêmement coté.

Il descendit l'allée de sa somptueuse maison de Lexington, appuya sur la télécommande pour l'ouverture automatique des grilles et, en débouchant dans la rue, constata avec agacement qu'une BMW argent bloquait à moitié l'entrée de sa propriété. *Qu'est-ce que c'est que cette connerie ?* Comment allait-il sortir sa Rolls, dans une heure, quand il partirait travailler ?

George décida que, après tout, il ne ferait pas de jogging ce matin. Il allait rentrer et appeler la police. Les flics étaient toujours prêts à lui coller des contraventions quand il garait mal sa voiture. Voyons un peu avec quelle rapidité ils allaient enlever cette voiture qui interdisait l'entrée de sa maison.

Kennedy en voulait davantage. Elle en voulait toujours davantage. À mesure que les renseignements arrivaient, elle les vérifiait avec soin.

Que Zane Marion Ricca fût le neveu de Luca Carlotti, ça n'était pas mal. Peut-être était-elle la seule, avec sa documentaliste, à le savoir.

Luca Carlotti était-il proche de son neveu ? Bonne question.

Pour l'instant, elle travaillait sur le côté Hollywood. Par exemple, comment Zane était-il arrivé à Hollywood et avait-il décroché un rôle dans *Le Contrat* ? Acteur new-yorkais avec peu d'expérience, il n'avait tout de même pas débarqué comme ça... C'était plus que de la chance. Luca Carlotti aurait-il des liens avec l'industrie cinématographique ?

Elle avait découvert que Nanette Lipsky était directrice du casting sur *Le Contrat*, le film réalisé par Mac Brooks. Nanette travaillait actuellement sur *Le Regard qui tue*. Kennedy comptait bien lui parler.

Elle aurait bien aimé pouvoir visionner les scènes entre Zane et l'actrice assassinée. On les avait supprimées de la version finale. On avait redistribué les rôles et tourné de nouveau les scènes, mais quelqu'un avait certainement les séquences d'origine.

Hum... Elle aimerait beaucoup parler à Mac Brooks. Ce ne serait sans doute pas facile puisque Bobby Rush produisait *Le Regard qui tue*, dont il était la vedette : elle imaginait sa réaction s'il apprenait qu'elle cherchait à interviewer Mac.

Elle allait tout de même essayer. Elle dirait à Mac Brooks qu'elle écrivait un article pour *La Guerre des styles* ; elle verrait bien sa réaction. Au pis, il l'éconduirait.

Luca avait oublié le véritable motif de sa visite à Los Angeles. Il était si occupé à penser à Bambi qu'il avait laissé Zane s'échapper ; il devait absolument le retrouver et se débarrasser de son stupide neveu avant qu'il cause d'autres dégâts.

Bambi l'avait complètement séduit. Elle était, certes, une prostituée, mais elle avait de la classe, et il était prêt à oublier son passé en échange de son éternelle fidélité. Quand Luca donnait son cœur — sans parler de sa maison —, c'était un arrangement permanent, jusqu'au jour où lui décrétait qu'il en avait assez.

Il était seul depuis la mort de Priscilla. Il y avait eu une série de femmes, mais aucune ne l'avait excité comme Bambi. Elle était un peu jeune, mais il était certain que c'était la femme qu'il lui fallait. Et il ne lui avait pas encore vraiment fait l'amour... Il comptait faire venir à Los Angeles son médecin personnel pour qu'il examine la jeune femme, qu'il s'assure qu'elle n'avait aucune maladie... et, alors, il s'y mettrait. Bambi allait voir ce qu'elle allait voir.

Pour l'instant, il fallait retrouver Zane et l'éliminer. Ensuite seulement il pourrait consacrer toute son attention à Bambi.

Il savait qu'elle accepterait sa proposition. Il ne lui laisserait pas le choix.

Quand Luca voulait quelque chose, il l'obtenait toujours.

L'inspecteur Carlyle n'était pas dans un bon jour. Il avait sur les bras cette foutue enquête, et Boyd Keller, ce trou du cul de policier vedette qu'on avait mis à la tête du groupe d'intervention, n'était bon à rien. On avait installé le QG dans son commissariat et il avait sans arrêt Boyd Keller sur le dos. La veille, Boyd lui avait demandé de contacter les deux filles dont le témoignage avait contribué à mettre Zane Marion Ricca à l'ombre, de les prévenir de ce qu'il se passait et de leur offrir la protection de la police. Il avait essayé. Il avait d'abord laissé un message pour Cheryl Landers chez elle. Et puis un autre pour Jordanna Levitt au bureau de la production où elle travaillait. Ni l'une ni l'autre ne s'étaient donné le mal de le rappeler.

Et voilà qu'il allait devoir remuer son cul et retrouver la trace de ces petites chéries ! Ça l'exaspérait. Tout de même, si un inspecteur laissait un message urgent, on pouvait raisonnablement penser que les gens rappellent dans des délais normaux ! S'il leur arrivait quelque chose, à l'une ou à l'autre, ce serait bien leur faute.

Le seul problème était que si, en effet, il leur arrivait quelque chose, tout le monde lui tomberait dessus : depuis la constitution du groupe d'intervention, sa vie était devenue un enfer. Boyd Keller lui avait passé un savon devant quelques-uns de ses collègues.

— Deux de ces meurtres ont été commis dans votre secteur, lui avait-il lancé, comme un putain d'adjudant. Comment se fait-il que vous n'ayez pas compris qu'il y avait un lien entre eux ?

Va te faire voir, avait-il eu envie de dire. *Tu me prends pour qui ? Perry Mason ?*

En ce qui concernait les deux filles, comment pouvait-il les placer sous la protection de la police quand il ne parvenait même pas à ce qu'elles rappellent ? Bon sang ! il n'y avait qu'une chose à faire : aller les trouver toutes les deux ce matin.

Il monta dans sa voiture, alluma la radio et écouta un peu de musique pour se changer les idées. Il aurait peut-être le temps de s'arrêter prendre un café. Le bistrot de la Troisième Avenue avait une nouvelle serveuse qui lui adressait toujours des clins d'œil extrêmement provocants.

Bah, il fallait quand même bien rigoler de temps en temps.

47

Jordanna dormit par à-coups en attendant le lever du jour. À six heures du matin, la lumière commença à filtrer par un petit soupirail tout en haut d'un des murs de la cave. Elle s'aperçut alors que l'autre personne prisonnière dans la cave avec elle était Cheryl. Soulagée à l'idée de ne pas être seule, elle roula le plus près qu'elle put et poussa Cheryl avec les pieds.

— Réveille-toi ! C'est moi, Jordy. Allons, réveille-toi... Debout ! On est dans un sale pétrin.

Cheryl remua légèrement.

— Allons, allons, insista Jordanna.

— Oh ! gémit Cheryl en essayant de bouger. Je ne me sens vraiment pas bien. Je crois qu'on m'a empoisonnée.

— Pas de panique, dit Jordanna sans élever la voix. On nous a passé des menottes et nous sommes coincées dans une cave. Je crois qu'on nous a enlevées.

— C'est pire que ça, dit Cheryl d'une voix faible.

— Comment ça ?

— Tu te rappelles quand on a témoigné contre cet acteur dingue qui a tué Ingrid Floris ?

Jordanna sentit son estomac se nouer.

— Oui.

— C'est lui. C'est Zane Ricca.

Oh, bon sang, elles étaient vraiment dans le pétrin.

— Comment le sais-tu ?

— Il me l'a dit, dit Cheryl en haussant la voix. Ce n'est pas un simple enlèvement. Il a l'intention de se venger.

— Aucune chance, dit Jordanna, refusant de croire au pire. Nous sommes deux et il est seul. On va s'en tirer.

— Mais comment ?

— Ne perds pas courage, Cheryl. Avant tout, il faut rester forte.

— Comment veux-tu, quand on a des menottes et qu'on est ligotées ? Il ne va pas nous laisser une chance.

— Comment es-tu arrivée ici ?

— Je rentrais chez moi. Ma voiture est tombée en panne d'essence. Je suis montée dans la sienne pour téléphoner. Il avait un pistolet. Il m'a amenée ici et m'a obligée à boire quelque chose : ça devait être un somnifère. Après, je ne me souviens plus de rien. Et toi ?

— Il a embouti ma Porsche et, comme une idiote, je suis descendue voir les dégâts. Là-dessus, il m'a endormie avec du chloroforme.

— Il avait tout prévu, dit Cheryl.

— On va s'en tirer. Il va bien falloir qu'il finisse par nous laisser aller aux toilettes et qu'il nous donne à manger. À la première occasion, nous lui tomberons dessus. Tu as suivi des cours d'autodéfense ?

— Non.

— Moi, deux ou trois fois. On m'a enseigné que, quand on est attaqué, l'important est de garder son calme et d'attendre les occasions.

— Qu'est-ce que ça veut dire ?

— Chercher ses points faibles. Par exemple, en cas de viol, un homme doit défaire sa ceinture; c'est un moment où il est faible. C'est alors qu'il faut frapper.

— Ô mon Dieu, gémit Cheryl. Je crois que je vais vomir.

Jordanna parlait toujours.

— Voyons un peu ses deux zones les plus vulnérables : les yeux et l'entrejambe. On attaquera d'un côté ou de l'autre.

— Je suis sûre que j'ai été empoisonnée, murmura Cheryl.

Elle essaya de s'asseoir et poussa un hurlement d'horreur en voyant un cafard trottiner sur sa jambe.

— Quand tu as été enlevée ou prise en otage, continua Jordanna, l'essentiel, c'est de te mettre en bons termes avec ton ravisseur. D'établir un contact. Il faut qu'on le fasse parler, qu'on fasse semblant d'être ses amies.

— Ses amies ? s'exclama Cheryl. Tu ne parles pas sérieusement ?

— C'est nécessaire : c'est plus difficile de faire du mal à quelqu'un qu'on connaît.

— Fais ce que tu veux, dit Cheryl en se mettant à frissonner. Tout ce qui m'intéresse, c'est de sortir d'ici.

Son manteau s'entrouvrit, révélant sa tenue plutôt sexy.

— Bon sang, qu'est-ce que tu as sur le dos ? demanda Jordanna.

— Ne me regarde pas comme ça, fit Cheryl, gênée. C'est ma tenue de sexe.

Jordanna secoua la tête. Si la situation n'était pas aussi désespérée, elle aurait éclaté de rire.

— Oh, ça dépasse tout ! Une tenue parfaite pour se faire enlever.

— Je te remercie. Quand je l'ai mise, je n'imaginais pas qu'on allait m'enlever.

— Voici ce qu'on va faire, dit Jordanna en jetant un coup d'œil à sa montre. Il est encore tôt. Le type ne va peut-être pas descendre avant sept ou huit heures. On devrait dormir, parce qu'on va avoir besoin de toutes nos forces. Quand il nous retirera nos menottes, on lui sautera dessus. Souviens-toi : les yeux et l'entrejambe. Il faut qu'on fasse ça ensemble, Cheryl. Nous devons absolument nous soutenir.

— Je me sens très mal. Je ne sais pas ce qu'il m'a donné, mais ça ne va vraiment pas.

— C'est juste une réaction allergique. Tiens le coup, on va s'en tirer.

Elle avait dit cela d'un ton énergique et plein d'entrain, mais, au fond de son cœur, elle était terrifiée.

L'Homme dormit sept heures d'affilée. Il savait qu'il était important de se reposer : sa mère le lui avait enseigné. Elle lui avait appris des tas d'autres choses aussi, que, pour la plupart, il aurait voulu oublier.

Maintenant qu'il avait les deux filles enfermées dans la cave, il ne savait plus très bien ce qu'il allait faire d'elles. Il finirait par les tuer, mais il aimait l'idée de jouer d'abord un peu avec elles. De les faire souffrir comme il avait souffert ces sept dernières années.

Ah oui ! les faire s'agenouiller, les regarder frissonner de peur, ce serait un plaisir.

Il ne savait pas encore très bien comment il allait s'y prendre. Peut-être que les garder enfermées et enchaînées dans la cave suffirait. Psychologiquement, elles devaient s'attendre qu'il agisse. Et si, justement, il ne faisait rien ? Et s'il se contentait de les garder enchaînées comme des bêtes sauvages, les laissant mourir lentement dans l'angoisse ?

L'idée le séduisait. Maîtriser la situation était grisant.

Grant ne refaisait jamais surface avant midi, et, quand il se levait, il avait en général une migraine carabinée. Le jeudi matin, il s'éveilla avant dix heures et resta dans son lit en essayant de se rendormir. Il se dit qu'il avait laissé un message demandant à Cheryl de l'appeler et qu'elle ne l'avait pas fait. Renonçant à l'idée de dormir encore un peu, il décrocha le téléphone et composa son numéro. Il tomba sur le répondeur. Il avait horreur des machines ; en principe, il ne laissait jamais de message.

Parfois, Cheryl était exaspérante. Elle aurait pu le rappeler hier soir puisqu'il s'était donné le mal de lui laisser un message. Il aurait voulu la prévenir, lui dire qu'un inspecteur rôdait dans les parages : s'il y avait une sorte d'enquête en cours, elle pourrait peut-être l'arrêter. Cheryl avait de l'influence — en tout cas, son père.

Il essaya à plusieurs reprises de joindre Cheryl. Elle n'était tout de même pas assez stupide pour avoir passé la nuit avec son client ? Non, même Cheryl ne ferait pas ça.

L'idée lui vint qu'il n'aurait pas dû la laisser aller retrouver ce type. Bien sûr, elle était tout aussi à blâmer que lui ; elle n'aurait jamais dû accepter sa proposition. Maintenant, il lui fallait se renseigner sur ce qu'elle était devenue.

Il s'extirpa du lit, contempla son reflet dans le miroir de la salle de bains, repoussa en arrière ses longs cheveux et décida de passer chez elle, juste pour s'assurer qu'elle allait bien.

— Je peux venir ? demanda Michael.
— Pardon ? fit Kennedy.
— C'est Michael. Vous vous souvenez de moi ? J'aimerais vous apporter votre petit déjeuner.
— Je n'en prends pas.
— Une fois n'est pas coutume...
— Il est horriblement tôt.
— Vous êtes debout, n'est-ce pas ? Je ne vous ai pas réveillée.
— Non, je travaille sur un article.
— Quel article ?
— Zane Marion Ricca. L'étrangleur de Los Angeles. On va lancer un mandat d'arrêt contre lui d'une minute à l'autre. Je suis en train d'étudier ses antécédents. Quelques-uns sont intéressants.
— Pourquoi ne me racontez-vous pas tout ça quand je serai là ?
— Michael, vous ne m'écoutez pas ? Je ne prends pas de petit déjeuner.
— Et si on appelait ça un déjeuner matinal ?
— Vous êtes têtu.

Il espérait qu'elle décèlerait la sincérité de son ton.

— Ça m'a manqué de ne pas vous voir hier soir, Kennedy. Je sais que je n'ai pas téléphoné, mais j'ai dû prendre l'avion pour New York : il s'agissait de ma fille.
— Vous l'avez retrouvée ? Elle va bien ?
— Oui, elle va bien.
— C'est une bonne nouvelle.
— J'ai besoin de parler à quelqu'un.

Il s'arrêta puis joua à fond de son charme. Seulement, cette fois-ci, ça n'était pas de la foutaise — il était sérieux.

— Et puis vous êtes plus jolie que Quincy.

Elle sourit.

— Des compliments ne vous mèneront nulle part, mais je veux bien discuter de Mr. Ricca avec vous, alors, autant que vous veniez.

— Ce ne serait pas mal d'avoir votre adresse.

— Bon sang, soupira-t-elle, il vous faut vraiment tout, hein ?

— À peu près.

Jerry fit son entrée sur le plateau comme la star qu'il était. Suivaient, dans l'ordre, Darla, parfaite épouse de Hollywood, coiffée et maquillée avec soin ; le coiffeur personnel de Jerry — il savait comme personne confectionner de discrètes moumoutes pour les stars vieillissantes ; enfin, sa maquilleuse attitrée, une jolie fille avec des seins extraordinaires.

Bobby vit arriver le cirque d'un air méfiant. Il espérait sortir indemne de ce travail avec Jerry. Et il était sûr d'une chose, ça n'allait pas être facile.

Mac aimait qu'on répète chaque scène avant que les comédiens se mettent en place. Quand il l'annonça à Jerry, la vieille vedette éclata de rire.

— Répéter ? Putain, c'est bon pour le théâtre.

— Non, c'est comme ça que je travaille, répondit tranquillement Mac.

— Ah oui ?

— Parfaitement, dit Bobby en s'empressant de les rejoindre.

Il y eut un moment de tension : tous deux attendaient la réaction de Jerry.

Celui-ci hésita à monter sur ses grands chevaux, mais Darla était là, à guetter ses moindres mouvements. Il lui fallait faire attention : elle n'était pas commode et lui n'était pas d'humeur à supporter une scène. D'ailleurs, Darla s'occupait de ses finances. Ça lui donnait trop de pouvoir mais, bah, et après ?

— Bon, je vais répéter, fit-il, magnanime. Je connais mon texte et je n'ai rien bu.

Il donna une tape sur l'épaule de Bobby.

— Détends-toi. Tout va bien se passer.

Bobby jeta un coup d'œil à Mac, qui eut un hochement de tête rassurant.

— Bon, dit Bobby. Répétons.

Il aurait voulu que Jordanna arrive de bonne heure. Il s'était habitué à l'avoir auprès de lui et, en ce moment, il aurait apprécié son soutien, car il avait l'impression que la journée allait être difficile.

Sitôt le tournage commencé, Bobby se plongea dans son personnage. Tout comme Jerry. Après quelques moments d'hésitation, ils étaient à l'unisson : deux acteurs faisant leur métier; deux très bons acteurs. Après la troisième prise, Mac dit :

— Ça me va. Et vous, les enfants ?

Jerry acquiesça et se tourna vers Bobby.

— Tu es bon, tu sais !

Bobby n'en croyait pas ses oreilles. Un compliment ? De son père ? C'était une première.

— Oh ! merci, marmonna-t-il. Toi aussi.

Jerry eut un sourire à le gifler.

— Oh, ça, ça va sans dire.

Bobby comprit soudain que ça n'allait pas être si terrible, après tout. Jerry était un vrai professionnel : il savait exactement ce qu'il faisait, et il le faisait très bien.

Le matin, de bonne heure, Luca retourna à sa maison, accompagné de Bosco et de Reno.

— Vous avez vu Zane, ou vous avez eu de ses

nouvelles ? demanda-t-il à la femme de ménage, qui balayait le vestibule.

Elle s'interrompit et secoua lentement la tête.

— C'est quoi, déjà, votre nom ? demanda Luca en se balançant d'un air impatient sur les talons de ses chaussures sur mesure.

— Eldessa, Mr. Carlotti.

— Écoutez-moi, Eldessa : j'offre une grosse récompense à qui me dira où est mon neveu. Cinq mille dollars. La personne qui me donnera ce renseignement touchera cette somme. En espèces. Vous me comprenez ?

Eldessa essayait d'imaginer tout ce qu'elle pourrait faire avec cinq mille dollars.

— Oui, Mr. Carlotti.

— Depuis combien de temps travaillez-vous pour moi ?

— Des années, Mr. Carlotti.

— Bon, bon. Je voulais simplement être sûr que vous saviez où était votre intérêt.

— Oh, je le sais !

Luca se tourna vers Bosco.

— Va jeter encore un coup d'œil dans sa chambre et tâche de le trouver. Ça suffit comme ça.

— Je le trouverai, dit Bosco avec assurance, même s'il n'avait aucune idée de l'endroit où commencer à chercher.

Reno et lui passèrent la pièce au peigne fin sans découvrir grand-chose. Quelques magazines de cinéma — pour la plupart avec Steven Seagal en couverture —, un prospectus d'une quincaillerie de Santa Monica, une vieille paire de baskets...

Luca savait que Zane ne pouvait pas aller bien loin, parce qu'il n'avait pas assez d'argent. Il lui tenait la bride serrée, ne lui envoyant un chèque que de temps en temps. La seule façon dont Zane aurait pu se procurer de l'argent, c'était s'il s'était lancé dans une vie de criminel, comme son bon à rien de père. Mais Zane Marion Ricca n'avait pas assez de cran. Tuer des femmes sans défense était une chose. S'exposer en était une autre.

En rentrant à l'hôtel, Luca trouva un message de Mac. Il le contacta sur le plateau.

— Je suis sur le portable, dit aussitôt Mac.

— Et alors ?

— Alors, je ne sais pas ce qu'ils font à New York, mais, à Los Angeles, ils écoutent.

— Compris.

— T'es-tu occupé de notre ami commun ?

— C'est drôle que tu me demandes ça.

— Pourquoi ?

— Notre ami commun s'est volatilisé.

— Je croyais que tu maîtrisais la situation.

— Je le croyais aussi.

— On peut parler ?

— Je vais passer te voir. Je n'ai jamais vu tourner un film.

— Ça n'est pas une bonne idée.

— Entendu. Alors, passe me voir à l'hôtel quand tu auras fini.

— J'y serai vers sept heures.

Luca n'était pas ravi de voir Mac. Quand il lui avait annoncé leur parenté, il s'attendait à une réaction plus enthousiaste. Mais non. Mac Brooks était un froid salopard quand il s'agissait de la famille. Qu'il aille se faire voir.

Luca était déçu, et après ? Il avait Bambi, maintenant. Peut-être que c'est à elle qu'il laisserait son argent.

Tiens, c'était une idée. Il fallait régler les choses avec elle, l'installer dans sa maison, s'arranger pour qu'elle touche un salaire régulier. Cette idiote aurait dû lui baiser les mains au lieu de dire qu'elle allait réfléchir. Mais cette attitude indépendante l'excitait. Et puis elle possédait exactement ce qu'il voulait. De la classe. Elle allait être à lui bientôt, car il ne pouvait pas s'éterniser à Los Angeles. Il avait des affaires à régler à New York. De grosses affaires.

48

Ils étaient assis à la table de la cuisine quand Michael se renversa en arrière, s'étira et dit :

— J'ai trop parlé.

— Pas du tout, répondit Kennedy.

Elle but une gorgée de jus d'orange en l'observant attentivement. C'est vrai qu'il avait beaucoup parlé, mais ça ne la gênait pas : même s'il n'avait pas arrêté pendant une heure. Il lui avait expliqué sa situation avec Bella, ses difficultés avec sa famille et finalement son problème d'alcool, qu'il semblait avoir réglé. Elle avait la douloureuse impression qu'il avait lutté sans jamais découvrir le bonheur. Elle ne savait pas pourquoi, mais elle avait une violente envie de faire quelque chose pour lui.

— C'est une sale habitude que j'ai, dit-il.

Il se sentait très à l'aise avec elle. Elle le regarda gravement.

— Vous aviez besoin de le dire à quelqu'un. Je suis contente que vous m'ayez choisie.

— J'adorais Bella. Et je l'aime encore, mais vous avez raison : il faut que je la laisse partir et que je n'y pense plus.

— Oui, Michael, et, si ce que vous m'avez dit

est exact, alors je trouve que vous vous êtes admirablement conduit.

— Vous trouvez ?

— Absolument.

— Votre opinion compte beaucoup pour moi, Kennedy, dit-il en se levant pour aller se servir une autre tasse de café. Ça vous dérange si je fume ?

— Allez-y.

Il revint, alluma une cigarette et poursuivit :

— Mon frère me faisait toujours des crasses, mais je n'aurais jamais cru qu'il irait aussi loin. Quant à ma mère... Vous savez, pas une fois elle ne m'a soutenu. Elle a toujours laissé mon beau-père me flanquer des raclées quand l'envie l'en prenait. Et ça le prenait souvent.

— Ça n'a pas dû être facile.

— Dès que j'ai été assez grand, je me suis évadé en buvant. Et, croyez-moi, pendant quelque temps, ça a bien marché. (Il eut un rire mélancolique.) Vous voyez, mon enfance a été un vrai gâchis. C'est sans doute pour ça que j'ai du mal à m'engager d'une façon ou d'une autre.

— Vous avez été malmené affectivement, Michael. Il faut du temps pour s'en remettre.

— Comment est-ce que je peux y arriver ?

Il posa les coudes sur la table et la dévisagea. Il se dit qu'elle était plus que belle : elle avait du cœur, une âme et les lèvres les plus attirantes qu'il eût jamais vues.

— En nouant des relations valables. En sachant que vous êtes quelqu'un de bien et que vous êtes capable de partager des choses : de l'affection, de l'amour, je ne sais pas. Un jour, vous rencontrerez quelqu'un et vous vous rendrez compte qu'on peut avoir de bons rapports avec les autres.

— C'est peut-être déjà fait, dit-il en la regardant droit dans les yeux.

— Bon, fit-elle en choisissant d'ignorer ce regard appuyé. Quel petit déjeuner ! Rien que des choses sucrées !

— C'est le flic en moi qui réapparaît, fit-il en riant. Quand on était en planque, on se bourrait de sucreries.

— C'est très malsain.

— Vous devriez voir mon associé, Quincy. Sa femme passe son temps à le mettre au régime. L'ennui, c'est qu'il ne le suit jamais.

Kennedy se dit que Michael était incroyablement beau garçon et que les femmes devaient lui tomber dans les bras. Pas question qu'elle vienne s'ajouter à la liste.

— Tiens, reprit-il, j'aimerais vous faire rencontrer Ambre et Quincy, un de ces jours. Ce sont des gens vrais ; ils vous plairaient.

— Je connais moi aussi des gens vrais, dit-elle, sur la défensive.

Ils se regardèrent longuement. Kennedy finit par se lever.

— Euh, cet article sur lequel je travaille, Michael... J'ai découvert quelque chose d'intéressant.

— Racontez-moi, dit-il en la suivant dans le salon.

— J'ai découvert que l'oncle de Zane Marion Ricca est Luca Carlotti. Vous savez qui c'est ?

— Dites donc..., ma vie personnelle est peut-être sens dessus dessous, mais je suis quand même au courant de ce qui se passe ! dit-il, se demandant pourquoi Mac Brooks avait omis de révéler cet intéressant renseignement.

— Ravie de l'entendre.

— La police est au courant ?

Elle se dirigea vers son ordinateur.

— Je n'en ai aucune idée. Je devrais la contacter ?

Il était juste derrière elle.

— Oh ! si les flics le recherchent, ce serait peut-être plus facile de le repérer par Luca.

Elle se retourna. Il avait des yeux immenses — elle essaya de les éviter.

— Le *Los Angeles Times* veut publier mon article dès demain. Ce qui signifie que, même si j'informe la police aujourd'hui, je serai encore la première à publier cette information.

Il recommençait à la dévorer des yeux.

— C'est ce que vous aimez ? Le frisson d'être la première à donner une information ?

— On pourrait dire ça.

Il s'approcha encore un peu.

— C'est excitant, hein ?

Les grands yeux verts de Kennedy finirent par croiser le regard de Michael. Elle ne détourna pas la tête.

— Oui, Michael, c'est très excitant.

Il était de plus en plus près.

— Vous aussi, Kennedy, vous aussi.

Quand ils s'embrassèrent, cela leur parut la chose la plus naturelle du monde.

Grant s'introduisit dans la maison de Cheryl et comprit bientôt qu'elle n'y avait pas passé la nuit. La chambre était en ordre et le lit n'était pas défait. Il marcha de long en large, ne sachant que faire. Sa première idée était-elle la bonne ? Avait-elle perdu la tête et passé la nuit avec son client ? Non, même Cheryl ne ferait pas quelque chose d'aussi dingue. Et pourtant, ces temps-ci, elle était d'une humeur bizarre.

Il était temps que quelqu'un la raisonne un peu. À contrecœur, il se dit qu'il faudrait que ce soit lui. Bien sûr, elle ne l'écoutait jamais, mais cette fois il l'y obligerait. Il se versa un verre de vodka, s'installa sur le canapé, alluma la télé et attendit qu'elle rentre.

— Je crois que je l'entends venir, chuchota Jordanna. Reste en alerte. Essaie de te rappeler tout ce que je t'ai dit.

— On ne peut rien faire, dit Cheryl. Il nous tient, Jordy. On ne sortira jamais d'ici.

— Ne dis pas des choses comme ça ! On va s'en tirer. Je refuse d'être une victime.

La porte en haut de l'escalier s'ouvrit. Elles entendirent des pas qui descendaient.

Jordanna commença à se préparer.

Sois forte.

Regarde-le dans les yeux.

Fais-le parler.

Traite-le comme un être humain.

C'était plus qu'il n'avait fait pour elles. Elles avaient toujours les menottes et les chevilles ligotées. Elles étaient enfermées dans une cave obscure.

Jordanna avait besoin d'aller aux toilettes et mourait de soif. Ce devait être la même chose pour Cheryl, mais Jordanna savait qu'elles ne devaient surtout pas supplier.

Zane Ricca. Elle se souvenait bien de lui. Elle l'avait vu étrangler Ingrid Floris. Elle avait compris qu'il le faisait sans une once de regret. Cheryl et elle avaient lutté contre leurs pères afin qu'ils les laissent témoigner pour l'accusation. Le jour où Zane avait été condamné, elles avaient fêté ça. Et voilà que, des années plus tard, il était de retour à Beverly Hills.

Que voulait-il ?

Tout d'abord, elle ne le reconnut pas. Cheryl

avait dû se tromper. Zane Ricca était petit et maigrelet. Cet homme qui descendait dans la cave, tout de noir vêtu, était plus fort, il avait l'air plus dur, avec ses cheveux ramenés en queue de cheval, son visage sévère et ses muscles gonflés.

Elle comprit tout d'un coup que c'était bien lui. Les yeux n'avaient pas changé. Des yeux morts, vides de toute émotion. Jamais elle n'oublierait ces yeux terrifiants.

S'arrêtant sur la dernière marche, il les toisa froidement. Jordanna réprima une envie de lui hurler des injures. Malgré sa peur, elle parvint à rester calme. Tout de suite, elle essaya d'établir un contact avec lui.

— Je... Je ne sais pas pourquoi nous sommes ici, dit-elle d'une voix qui lui parut étonnamment calme. Mais, quelle qu'en soit la raison, je suis sûre que nous pouvons trouver un terrain d'entente.

Silence.

— Écoutez, continua-t-elle d'un ton persuasif. Enlevez-nous les menottes et discutons.

Toujours le silence.

— D'accord, alors on ne discute pas, mais nous avons besoin d'aller aux toilettes.

Le regard de zombie restait impassible.

— Il faut que je boive quelque chose, implora Cheryl. J'ai la gorge desséchée... Je suis malade. Je vous en prie...

Tournant le dos, il remonta lentement l'escalier et claqua la porte derrière lui.

— C'est vraiment un putain de dingue ! s'exclama Jordanna.

— Je te l'ai dit, fit Cheryl, désespérée. On ne peut rien faire.

— Oh, mais si ! On va sortir d'ici. Je te le promets.

Ce ne fut pas facile d'obtenir de la police qu'on remorque la BMW argent, mais George Randall débita au téléphone un torrent de réclamations jusqu'au moment où on finit par lui promettre de venir enlever la voiture. Il triomphait.

— Je ne sais pas pourquoi tu en fais tout un plat, lui dit sa ravissante épouse. On pourrait toujours utiliser l'autre porte.

Elle était trop naïve pour comprendre le plaisir pervers d'obliger les flics à faire quelque chose dont ils se fichaient éperdument.

Il était en retard pour aller à son bureau, de toute façon. Il avait manqué son rendez-vous avec Taureen Worth, le sex-symbol quinquagénaire qui voulait qu'il lui rende l'éclat de ses vingt ans. Il se dit qu'il pourrait aussi bien prendre un petit déjeuner tranquille avec sa charmante épouse.

— Je t'emmène au Peninsula boire un champagne et un jus d'orange, proposa-t-il.

Une matinée romantique, pensa-t-il, qui pourrait fort bien se prolonger par un après-midi encore plus romantique.

— Désolée, mon chou, répondit-elle.

Elle essayait de trouver une excuse valable : elle avait une aventure avec un commis d'épicerie de dix-neuf ans formidable au lit.

— Je suis en retard pour mon cours de méditation.

— Ton cours de méditation ! s'exclama-t-il.

Là-dessus, il s'aperçut que le fourgon de la fourrière était arrivé. Tout gonflé de son importance, il descendit précipitamment l'allée pour assister à l'enlèvement de l'encombrante BMW.

C'était arrivé si naturellement que cela les surprit tous les deux. Ni Kennedy ni Michael ne comptaient se retrouver au lit ensemble, mais voilà : ils étaient emportés par un tourbillon, savouraient chaque instant de passion et de sensualité.

Quand ils avaient fait l'amour, c'était si intense qu'ils en avaient été étonnés tous les deux. Michael comprit vite que c'était quelque chose de si spécial qu'il n'avait pas envie que ça cesse. Depuis toujours, il savait que c'est ainsi que devait être l'amour.

Kennedy éprouvait les mêmes sentiments. Elle n'avait pas prévu de se retrouver dans les bras de Michael Scorsinni, et, pourtant, elle y était. Pour la première fois depuis la mort de Phil, elle ne faisait pas de silencieuses comparaisons. Elle se laissait aller sans aucune inhibition.

— C'est probablement de la folie, dit-elle avec un soupir langoureux.

— Oui, de la folie, reconnut-il.

— Et très agréable.

— *Agréable*, Kennedy ?

Il hocha la tête en souriant.

— Agréable, dit-elle ! Pourquoi pas sensationnel ? Pourquoi pas stupéfiant ?

— Bon, bon, dit-elle en riant. Je l'avoue..., c'était mieux qu'agréable.

Un grand sourire s'épanouit sur le visage de Michael. Avec Kennedy, il se sentait chez lui.

Avoir les deux filles prisonnières dans la cave, c'était ce que l'Homme avait connu de plus stimulant. Il était le maître absolu de leur existence. Il pouvait leur faire tout ce qu'il voulait — absolument tout.

Il regrettait qu'il ne s'agisse pas de sa mère. Oui, sa mère qui avait toujours aimé s'entourer de choses agréables. Cette garce qui l'avait traité une fois de mauviette et qui lui avait gâché chaque jour de son horrible vie. Il aimerait la voir, elle, enchaînée dans un sous-sol avec des rats qui rongeraient ses chevilles décharnées, qui remonteraient le long de ses jambes maigres, qui lui arracheraient des lambeaux de chair.

L'idée l'excitait. Y avait-il des rats dans la cave ? Il n'avait pas besoin d'aller voir; il pouvait s'en occuper lui-même...

Les femmes avaient une peur bleue de ces rongeurs velus. S'il branchait un magnétophone en haut de l'escalier, il pourrait enregistrer leurs hurlements de terreur.

Rien que d'y penser, il était heureux.

Il avait tué quatre des femmes qui l'avaient trahi. Il tenait les deux autres prisonnières.

Bientôt, sa mission en Californie serait terminée. Il pourrait rentrer à New York pour s'occuper de la femme qui, plus qu'aucune autre, méritait de mourir.

49

L'inspecteur Carlyle sonna à la porte de Cheryl. Grant entendit la sonnerie malgré la télévision allumée, mais il ne bougea pas.

Carlyle garda le doigt pressé sur le bouton. Grant finit par se traîner jusqu'à la porte.

— Ouais ? fit-il, son verre de vodka à la main.

— J'aimerais voir Cheryl Landers.

— Elle n'est pas à la maison pour l'instant.

— J'ai téléphoné hier. Elle ne m'a jamais rappelé.

— Qui êtes-vous ?

— Inspecteur Carlyle. C'est à vous que j'ai parlé ?

— Non, s'empressa de dire Grant.

— Vous ne savez absolument pas où elle est ni quand elle va revenir ?

Grant passa une main dans ses cheveux dépeignés.

— Écoutez, si vous me disiez de quoi il s'agit ?

— Qui êtes-vous ?

— Son frère, répondit-il sans vergogne.

— Vous feriez mieux de lui demander de me contacter vite fait.

— Pourquoi ?

— Il y a quelques années, elle a témoigné à un

procès pour meurtre. Il semble que l'homme qu'elle a aidé à faire condamner est sorti de prison. Je cherche à prévenir miss Landers d'être sur ses gardes.

— C'est sérieux ?

— Seulement s'il la recherche.

— Qu'est-ce qui vous fait croire qu'il pourrait le faire ?

— Il s'est mis en quête de quatre des autres femmes... et les a trouvées. Elles sont mortes.

— Bon Dieu ! s'exclama Grant. Pourquoi n'a-t-on pas prévenu Cheryl plus tôt ?

— On vient seulement de le découvrir.

— Je ne comprends pas. Je...

— Si elle estime avoir besoin de protection, elle peut venir nous parler, dit Carlyle, l'interrompant.

— Je lui dirai de vous appeler dès que je l'aurai trouvée.

— Trouvée ?

— Oh... elle est avec des amis, je ne sais pas où.

Carlyle tendit sa carte à Grant.

— Qu'elle m'appelle, surtout.

Grant avait hâte de se débarrasser de l'inspecteur. Quoi qu'il en soit, il ne s'agissait pas d'une histoire de proxénétisme. Une fois Carlyle parti, il chercha dans ses notes, essayant de retrouver le nom du client que Cheryl était allée voir au Saint James. En feuilletant un tas de papiers sur le bureau, il finit par le retrouver, griffonné sur un bloc. Bosco Nanni. Oui, c'était bien le nom.

Il appela aussitôt l'hôtel pour s'entendre dire qu'on ne répondait pas dans la chambre de Mr. Nanni. Il était vraiment inquiet, maintenant. Ça ne ressemblait pas à Cheryl de découcher. Et ce flic qui lui racontait qu'un maniaque en liberté traquait celles qui avaient témoigné contre lui !

Et s'il avait trouvé Cheryl ?

Évidemment, c'était impensable, mais admettons...

Grant décida que le mieux à faire était d'aller jusqu'à l'hôtel pour voir si Cheryl y était encore.

Et si elle n'y était pas ? Il s'en préoccuperait à ce moment-là.

Eldessa termina son travail puis s'assit d'un air las devant la table de la cuisine pour se reposer les pieds. Il n'y avait plus grand-chose à faire dans la grande baraque, surtout maintenant que tout le monde était parti. Mais elle continuait à l'entretenir parce que Luca Carlotti pouvait survenir n'importe quand — comme il l'avait récemment prouvé.

Mr. Carlotti était un homme bien et, même s'il était rarement venu, il continuait à impressionner Eldessa. Il avait sans doute oublié, mais, quand elle avait commencé à travailler pour lui, elle était au service de l'actrice qui, à l'époque, était sa maîtresse. Eldessa se remémorait souvent le soir où Mr. Carlotti était arrivé à l'improviste et avait surpris sa petite amie au lit avec son amant cascadeur. Elle se rappelait les cris, les hurlements et la façon dont ils s'étaient fait tous les deux rosser et jeter dehors. Après cet incident excitant, la maison était restée vide quelque temps.

Elle travaillait pour lui depuis cette époque. Elle voyait les gens arriver et repartir, observait toutes sortes de choses, mais elle resterait à jamais loyale envers Mr. Carlotti parce que c'était son patron.

Quand Zane était arrivé, elle savait qu'il était le neveu de Mr. Carlotti. Eldessa avait sa façon à elle de découvrir les choses.

Elle ne savait malheureusement pas où il était allé, même si l'idée lui traversa l'esprit que Shelley le savait peut-être : elle avait bien vu la façon dont cette fille lui tournait autour.

Elle aurait dû prévenir Shelley que Zane était dangereux. Une présence maléfique. Eldessa avait le nez pour reconnaître les gens mauvais. Puis elle se dit que c'était probablement aussi bien de n'avoir rien dit : ce n'était pas son rôle. D'ailleurs, les filles d'aujourd'hui s'imaginaient tout savoir.

Quand Shelley avait quitté la maison, elle avait laissé son adresse et fait promettre à Eldessa de venir la voir. Maintenant que Mr. Carlotti avait parlé d'une grosse récompense, Eldessa décida de prendre le bus sur Sunset et d'aller rendre visite à Shelley. Peut-être Shelley saurait-elle où Zane était allé. Après tout, elle n'avait rien à perdre et tout à gagner.

Plus tard, ce matin-là, Luca Carlotti apprit de l'homme qui s'occupait de ses affaires à New York que Zane avait maquillé un chèque de six mille dollars en soixante mille. Luca était furieux. Il convoqua aussitôt Bosco et Reno dans sa suite.

— Ça fait assez longtemps que vous déconnez ! Foutez-moi le camp d'ici et retrouvez ce fils de pute... Vous m'entendez ? Et ne revenez pas avant de l'avoir déniché.

— Où est-ce qu'on est censé chercher ? demanda Bosco.

— C'est ton problème, pas le mien.

Bosco insista.

— Qu'est-ce que tu veux que je fasse en priorité ? Filer Bambi ou trouver Zane ?

Luca répondit d'un ton glacial :

— Trouve-moi Zane avant les flics parce que je veux m'offrir personnellement le plaisir de lui fendre le crâne en deux pour en distribuer les morceaux aux coyotes.

Hubert Potter avait une discussion avec le maître d'hôtel des Sanderson. Celui-ci affirmait que Jordanna dormait dans sa chambre et qu'on ne pouvait pas la déranger. Hubert insistait pour qu'on la réveille : il avait besoin de savoir pourquoi sa voiture endommagée était abandonnée au beau milieu de la rue.

Le maître d'hôtel avait eu une matinée paisible, mais, manifestement, ça n'allait pas durer. Hubert lui tapait sur les nerfs. De toute façon, il n'aimait pas les gardes : il était indigne de lui de travailler dans une maison où on était obligé de côtoyer ces gens grossiers. Autrefois, quand il était très jeune, il avait servi au palais de Buckingham. Travailler pour un milliardaire américain ne soutenait pas la comparaison avec le service de Sa Majesté la reine.

À contrecœur, il sonna dans la chambre de Jordanna. Tout comme il l'avait pensé, on ne répondit pas.

— Miss Levitt dort encore, dit-il sans pouvoir maîtriser un petit accent de triomphe.

— Je ne l'ai pas vue rentrer, insista Hubert. Elle aurait dû me dire, pour la voiture. Il y a quelque chose qui cloche.

— Je peux vous assurer que non, dit le maître d'hôtel en le toisant de toute sa hauteur.

— Alors je vais parler à miss Sanderson, dit Hubert, refusant de se laisser convaincre.

Le maître d'hôtel était ferme.

— On ne peut pas non plus déranger miss Sanderson.

Hubert se gratta la tête, ne sachant trop que faire. La sonnerie de la porte lui évita d'avoir à prendre une décision. Le maître d'hôtel alla ouvrir, et l'inspecteur Carlyle se lança dans la mêlée.

— Je peux vous aider? demanda le maître d'hôtel d'un ton impérieux.

— Il paraît que Jordanna Levitt habite ici.

— On ne peut pas déranger miss Levitt, dit le maître d'hôtel. Puis-je savoir qui la demande ?

— Inspecteur Carlyle. Et, parfaitement, on peut déranger miss Levitt.

Il avait eu sa dose pour la matinée. Ce n'était pas son travail de traîner à essayer de trouver des petites morveuses de Beverly Hills pour leur dire de faire attention.

— Dites-lui que je suis ici.

Hubert observa la scène. L'inspecteur n'aurait pas pu arriver plus opportunément. Le maître d'hôtel hésita puis partit à grands pas chercher Jordanna.

— Elle a bousillé sa voiture, fit remarquer Hubert en croisant les bras.

— Je vous demande pardon ? dit Carlyle.

— Elle est au beau milieu de la rue. Vous ne l'avez pas vue en montant ici ?

— Une Porsche blanche ?

— C'est ça.

— Comment a-t-elle fait ?

— Oh, elle n'est pas facile, dit Hubert d'un air entendu.

— Vraiment ?

— Trop de fric. Vous venez la voir à quel sujet ?

— Ça ne vous regarde pas.

Hubert se redressa.

— Je pense que si : je suis chargé de la sécurité ici. Ça fait huit ans que je travaille pour Mr. Sanderson.

— C'est lui, le grand ponte de la télé ?

— Exact.

— C'est facile de travailler pour lui ?

— Très.

— Bien payé ?

— Très bien.

Carlyle soupira.

— J'ai parfois l'impression que je me casse le cul pour rien. Je devrais me trouver un bon petit travail de sécurité, comme vous.

Le maître d'hôtel revint, impassible.

— Miss Levitt n'est pas ici.

— Je vous le disais, lança Hubert.

Carlyle remonta son pantalon.

— Où est-elle ? demanda-t-il.

— Elle doit être aux studios.

— Vous n'avez pas vu que sa voiture était là, dans la rue ?

Hubert intervint aussitôt.

— C'est sa voiture, absolument : il y avait son sac à main dedans. Je ne connais aucune femme qui abandonnerait son sac. D'ailleurs, je ne l'ai pas vue passer.

— Est-ce qu'elle a dormi dans son lit ? demanda Carlyle d'un ton patient.

— Non, fit le maître d'hôtel.

L'inspecteur Carlyle avait la déplaisante impression qu'il allait découvrir quelque chose qu'il n'avait pas envie de savoir.

— Quelle heure est-il ? murmura Cheryl.

Jordanna regarda sa montre.

— Près de onze heures. Comment te sens-tu ?

— Vraiment mal. J'ai l'estomac en feu.

— Tâche de tenir le coup.

— Ça fait combien de temps qu'il est descendu ici ?

— Près de trois heures.

— Tu crois qu'on a déjà remarqué notre disparition ?

— On va retrouver ma voiture emboutie. Où as-tu laissé la tienne ?

— Sur Lexington. Elle bloque l'entrée de je ne sais qui.

— En découvrant nos voitures, ils vont se rendre compte que quelque chose ne va pas. On doit déjà nous rechercher. C'est un enlèvement, Cheryl. Le FBI va intervenir. On ne va pas tarder à sortir d'ici.

— J'aimerais bien me sentir mieux, déplora Cheryl. Je n'ai envie que d'une chose : fermer les yeux et faire comme si c'était un mauvais rêve.

— *C'est* un mauvais rêve, mais on va s'en tirer.

— Il ne veut même pas nous laisser aller aux toilettes ni nous donner à boire. J'ai la bouche si sèche ! Je tuerais pour une gorgée d'eau. Qu'est-ce qu'on va faire ?

— Je ne sais pas, répondit Jordanna franchement. Il va bien se passer quelque chose. Une occasion va se présenter. Avant tout, il faut essayer de nous débarrasser de ces menottes.

— Rien à faire, dit Cheryl, découragée. Il faut une clé.

— Attends... J'entends quelque chose. Il redescend.

Jordanna tendit l'oreille, retenant son souffle. La porte s'ouvrit... Un silence de quelques secondes... puis des pas descendirent l'escalier.

— Hé, Zane ! cria-t-elle. Il faut que je vous parle. C'est important.

Pas de réaction.

Continue.

Attire son attention.

Oblige ce salaud à communiquer.

— Vous saviez qu'Ingrid parlait tout le temps de vous ? Ingrid m'a raconté des tas de choses. Je voudrais vous en raconter certaines.

La porte claqua. Elles entendirent toutes deux les piaillements en même temps.

— Qu'est-ce que c'est ? demanda Cheryl, inquiète.

Jordanna n'eut pas le temps de répondre : deux rats descendirent vers elles, et, affolés, se mirent à courir frénétiquement dans la petite cave. L'un d'eux mordilla la cheville de Cheryl. Elle poussa un hurlement.

— Ô Seigneur ! ô mon Dieu ! Jordy, fais quelque chose !

— Donne-leur des coups de pied, Cheryl, cria Jordanna tandis que les rongeurs cherchaient désespérément une issue. Il faut taper fort. Nous pouvons les tuer. Nous pouvons.

Ramenant les jambes vers elle, elle donna de toutes ses forces un coup de pied à l'un des rats, qui poussa un cri en heurtant le mur.

Cheryl s'affaiblissait rapidement.

— Je ne peux pas, gémit-elle. Je ne peux pas, Jordy, je ne peux pas. Je t'assure, il m'a empoisonnée.

— Mais si, tu peux, dit Jordanna brutalement. Il le faut. Donne des coups de pied à ces petits salauds.

Cheryl se recroquevilla dans son coin, pliée en deux par les crampes d'estomac.

— Je crois que je vais mourir, gémit-elle.

L'Homme était accroupi au pied de la porte en haut de l'escalier. Il écoutait les gémissements qui venaient d'en bas. Une fois, en prison, deux détenus avaient fourré un rat vivant dans son pantalon. Il l'avait mordu à l'entrejambe et aux cuisses et ça lui avait fait atrocement mal. Les gardes l'avaient emmené à l'infirmerie où on lui avait fait une injection contre la rage. La piqûre lui avait fait plus mal que les morsures du rat.

Les détenus avaient trouvé ça très drôle. Mais il s'était bien vengé. Il avait mis de la mort-aux-rats dans le ragoût quand il était de corvée de cuisine, et la moitié du bloc avait été malade pendant des jours. Juste châtiment.

Il n'avait pas prévu de parler aux deux filles : elles ne méritaient pas l'honneur de sa conversation. Mais il avait été intrigué par cette allusion à Ingrid. Ingrid avait-elle vraiment parlé de lui ? Et, si c'était le cas, qu'avait-elle dit exactement ? Il brûlait d'envie d'en connaître chaque mot ; la seule façon de le savoir, c'était de demander.

Il en avait assez des cris de ces garces. D'ailleurs, il pourrait se repasser la bande autant de fois qu'il le voudrait. Il ouvrit de nouveau la porte de la cave. Un des rats grimpa l'escalier en courant et se précipita dans la maison.

Il braqua le faisceau de sa torche vers la cave.

Cheryl était pelotonnée dans un coin. Mais pas Jordanna.

Dès qu'elle le vit, elle se mit à parler.

— Vous voulez entendre ce qu'Ingrid disait de vous ? On devrait en discuter, c'est intéressant.

Jordanna était une coriace. Il constata qu'elle avait assommé l'un des rats avec ses pieds ligotés ; malgré cela, elle était toujours disposée à parler.

Il hésita un moment, mais il ne pouvait pas résister à l'envie de savoir ce qu'Ingrid avait dit de lui.

Lentement, il descendit les marches.

Bobby venait de terminer le tournage d'une scène clé avec Jerry quand Mac le prit à part.

— Voici l'inspecteur Carlyle, dit-il en le présentant au policier.

— Si c'est parce que Barbara Barr a tout saccagé chez moi, je ne porte pas plainte, dit Bobby.

Il se demandait pourquoi Mac s'en mêlait.

— Je crois malheureusement que c'est plus

grave que ça, répondit Mac, l'air soucieux. As-tu vu Jordanna aujourd'hui ?

— Elle ne va pas tarder.

— Étiez-vous avec elle hier soir ? demanda Carlyle.

Il se disait que sa petite amie serait folle si elle savait qu'il parlait à Bobby Rush en chair et en os. À son idole.

— Oui, pourquoi ?

— Je ne sais pas comment vous dire ça, mais nous croyons qu'elle..., qu'elle a disparu.

Michael était allongé sur le lit, les mains croisées derrière la nuque, les yeux grands ouverts. Il était parfaitement satisfait, totalement en paix.

Kennedy était à moitié allongée sur le ventre, endormie. Il sentait le parfum de son corps. Doucement, il se mit à lui caresser les cheveux.

Était-ce possible de tomber amoureux de quelqu'un en si peu de temps ? Oui, c'était possible. Il en était la preuve vivante.

Il y avait eu pas mal de femmes dans sa vie : des aventures d'un soir, de brèves liaisons. Mais jamais il n'avait rencontré quelqu'un comme Kennedy. Il lui caressa les cheveux jusqu'à ce qu'elle se réveille.

— Tu n'as pas dormi la nuit dernière, hein ? demanda-t-il.

— Pas beaucoup, dit-elle en s'étirant. Je travaillais à mon article.

— Tu travailles trop.

— Hum, fit-elle sans entrain. J'imagine que je devrais m'y remettre.

— Oui, reconnut-il. Et il serait temps que je donne des nouvelles à Quincy.

— Eh bien, murmura-t-elle. Je crois qu'il faut qu'on aille tous les deux travailler.

— Quincy va se demander ce qu'il m'est arrivé.

Elle lui caressa la nuque, glissant les doigts entre ses mèches drues.

— Tu m'excites, dit-il, ravi.

— C'est bien mon intention, murmura-t-elle.

— Vraiment ?

— Oui, vraiment.

Il lui effleura la pointe des seins.

— C'est quelque chose, hein ? fit-il.

— Oui.

— Je ne pensais pas à ça quand je suis venu.

— Allons donc !

Il eut un grand sourire.

— Enfin, si.

Le téléphone se mit à sonner. Elle tendit la main et arrêta la sonnerie.

— Pas d'appel, murmura-t-elle. Pas d'interruption.

Elle était sûre maintenant que plus jamais elle ne serait seule.

50

— Il faut qu'on retrouve ce petit salopard avant que Luca explose, dit Reno.

— Je sais bien, reconnut Bosco. Par où commence-t-on ?

— On retourne à la maison, dit Reno. Et on fiche tout en l'air dans sa chambre, centimètre par centimètre.

— On l'a déjà fait.

— Cette fois-ci, on va fouiller à ma façon.

Ils se firent conduire à la maison, dirent au chauffeur d'attendre et se dirigèrent vers la chambre de Zane.

— Maintenant on va s'y mettre pour de bon, dit Reno. (Il était tout excité à l'idée de saccager une pièce.) On éventre le matelas, on arrache le papier peint, on fait sauter les lames du parquet. Je ne suis pas venu à Los Angeles pour passer mon temps à poursuivre ce fils de pute. Je suis venu ici pour me détendre. Cette fois, il faut qu'on le coince.

Ils se mirent au travail.

Bobby et Mac étaient en conférence avec l'inspecteur Carlyle au bord du plateau.

— N'aurait-on pas dû prévenir Jordanna et Cheryl dès que cet homme est sorti de prison? demanda Bobby, ses yeux bleus flamboyant.

— On ne savait pas que c'était lui, expliqua Carlyle. Il n'y a que vingt-quatre heures qu'on l'a découvert.

— Vous êtes en train de me dire que quatre femmes ont été assassinées et que vous ne saviez pas que c'était lui? Personne n'a fait le rapprochement plus tôt? (Il se tourna vers Mac, furieux.) Tu crois ça?

Mac inspectait ses chaussures. Son pire cauchemar devenait réalité. Et ce qu'il y avait d'horrible, c'est qu'il se le reprochait. Il aurait dû aller immédiatement trouver la police au lieu d'espérer que Luca réglerait le problème.

— Il faut qu'on retrouve Jordanna, dit Bobby, résolu. Que fait-on?

— Tout ce qui est humainement possible, répondit Carlyle.

Il se demandait pourquoi tous ces gens se croyaient autorisés à le rendre responsable, lui.

— Où est Cheryl? demanda Mac.

— Je suis passée chez elle, dit Carlyle. Il n'y avait que son frère.

— Elle n'a pas de frère, dit Mac. C'était peut-être Zane.

— Non, j'ai une photo de Zane : ce n'était pas lui.

— Que va-t-il se passer? demanda Bobby. Va-t-il demander une rançon?

— Dans ce cas, il s'adressera plutôt à son père.

— Jordan sait ce qu'il se passe?

— Je vais le voir maintenant.

— Je vous accompagne, décida Bobby.

— Tu ne peux pas quitter le plateau! protesta Mac.

— On arrête pour aujourd'hui. Jordanna est en

danger et je vais faire tout ce que je peux pour aider à la retrouver.

Grant arpentait le hall du Saint James. Il avait déjà demandé Mr. Nanni à la réceptionniste : on lui avait répondu qu'il était sorti. Il s'était adressé ensuite aux portiers, pour découvrir que la voiture de Cheryl n'était pas là. L'un d'eux, d'ailleurs, se rappelait qu'elle avait repris sa voiture et quitté l'hôtel le soir précédent vers dix heures.

Pour la première fois de sa vie, Grant décida de s'intéresser davantage à quelqu'un d'autre qu'à lui-même. Cheryl et lui avaient toujours été proches, l'idée qu'elle pouvait être en danger l'affolait.

Il prit dans sa poche la carte de l'inspecteur Carlyle et l'examina. S'il l'appelait pour lui dire que Cheryl avait peut-être disparu, il devrait alors révéler que la veille au soir elle était allée voir un client.

Il affronterait ce problème-là le moment venu. Si la sécurité de Cheryl était en jeu, ça en valait la peine.

— Avant que nous discutions, laissez-nous aller aux toilettes, insista Jordanna. Et puis vous ne voyez pas que Cheryl est malade ? Vous l'avez empoisonnée avec cette saloperie que vous l'avez forcée à boire. Elle a peut-être une réaction allergique. Pourquoi ne pas la laisser partir ? Il suffirait de la conduire jusqu'à un hôpital et de la laisser devant la porte. Elle ne peut dire à personne où vous êtes car elle n'en sait rien. Et vous m'aurez encore en otage.

Il n'écouta pas ses supplications.

— Qu'est-ce qu'Ingrid disait de moi ? interrogea-t-il.

— Je tiens vraiment à vous le dire, Zane, vraiment. Mais je suis dans une situation difficile. Donnez au moins à boire à Cheryl, et je vous dirai tout. C'est promis.

Malgré lui, il était attiré par elle.

— Qu'est-ce que vous avez donc à dire ?

— Ingrid parlait beaucoup de vous. Elle vous aimait vraiment bien. C'est terrible, ce qui s'est passé, mais, moi, je sais que c'était un accident.

— Ne me racontez pas d'histoires. C'est vous qui m'avez fait jeter en prison.

— Je n'avais pas le choix. Mon père m'a obligée à témoigner.

— Votre père ne vous a obligée à rien du tout. Vous avez fait ça parce que vous êtes une sale petite gosse de riche.

— Non, Zane, vous vous trompez. Ingrid m'a fait des confidences.

— Lesquelles ? demanda-t-il d'un ton méfiant. Si vous ne me le dites pas bientôt, je vous laisserai ici dans l'obscurité. Vous trouvez que les rats c'était désagréable ? Attendez un peu de voir ce que j'ai encore en réserve pour vous.

Cheryl poussa un gémissement. Jordanna avait beau s'inquiéter pour elle, elle aurait voulu qu'elle se taise : elle savait d'instinct que Zane tablerait sur sa faiblesse. Seule la force l'intimiderait.

— Ingrid vous trouvait beau, reprit-elle sans vergogne. Elle me le disait tout le temps.

En vérité, Ingrid ne lui avait jamais parlé de Zane, sauf pour dire que de sa vie elle n'avait rencontré un type aussi bizarre et aussi collant.

Il eut une lueur d'intérêt.

— Ah oui ?

Ça y est, il la croyait.

— Parfaitement, dit-elle en hochant la tête.

Zane s'assit sur les marches et la regarda en plissant les yeux.

— Quand vous a-t-elle raconté ça ?

Elle garda le silence. Il était furieux. Son ton se durcit.

— J'ai dit : quand vous a-t-elle raconté ça ?

Toujours le silence. Jordanna se comportait exactement comme il l'avait fait un peu plus tôt, et il n'aimait pas ça.

— Pas de petit jeu avec moi, garce, dit-il d'un ton glacé. Parce que vous le regretterez.

— Pourquoi me parlez-vous comme ça ? demanda-t-elle, essayant une nouvelle tactique. Ingrid disait que vous étiez quelqu'un de charmant. Elle vous aimait vraiment bien ; en fait, elle vous respectait. Si elle savait ce que vous êtes en train de nous faire, elle serait bouleversée.

Il répondit, d'une voix dénuée de toute émotion :

— Ingrid m'a pris pour un crétin.

— Vous ne la compreniez pas, mais elle vous comprenait. Elle a dit sur vous des choses si intéressantes...

— Lesquelles ?

— Allons, fit-elle, essayant de le convaincre. Soyez chic et relâchez Cheryl. Ensuite, je vous raconterai.

— Cheryl reste ici.

— Donnez-lui au moins un peu d'eau.

— Rien ne m'y oblige.

— Je sais.

— Je pourrais vous tuer toutes les deux.

Il y eut un long silence, tendu : il était en train de décider ce qu'il allait faire.

— Michael ?

— Oui...

— Tout s'est passé si vite. Je n'ai pas l'habitude de me retrouver au lit avec un homme le matin de bonne heure, quand je suis censée travailler.

Il la regarda d'un air interrogateur.

— Un homme, Kennedy ?

— Toi, dit-elle en souriant.

— Tu regrettes ?

— Eh bien, je ne veux pas que ce soit juste une aventure en passant.

— Tu trouves que ça en a l'air ?

— Non, mais ça a quand même été assez précipité. Est-ce qu'on n'aurait pas dû...

— Quoi ? fit-il avec un petit sourire. Tu veux que je t'emmène dîner ?

— Pourquoi pas ?

— Très bien, si c'est ce que tu veux. On va sortir avec Ambre et Quincy. Qu'est-ce que tu en dis ?

— Tu veux dire qu'il faut que je rencontre des gens vrais ? dit-elle en ouvrant de grands yeux.

— Très drôle.

Il tira une bouffée, éteignit sa cigarette et se pencha vers elle pour l'embrasser. Elle le repoussa doucement.

— Je suis navrée de te le demander, mais quelle heure est-il ?

Il jeta un coup d'œil à sa montre.

— Onze heures et demie ! Quincy va être furieux.

— Allons, il faut se lever.

— Oui, il le faut.

Ils ne bougeaient ni l'un ni l'autre.

— On doit continuer à surveiller Marjory Sanderson, dit-il. Elle prétend qu'il y a un type qui menace de la tuer.

— C'est vrai ?

— Je ne sais pas si je dois la croire.

Un petit silence.

— Je dois t'avouer quelque chose, à propos de Marjory.

— Vas-y.

— J'ai dû lui emprunter de l'argent.
— Combien ?
— Dix mille.
— Pourquoi ?
— Des renseignements contre de l'argent. C'est ce qu'on m'a proposé pour retrouver Bella.
— Dix mille dollars, ça fait beaucoup d'argent.
— Exact..., et il faut que je les rembourse.
— Comment comptes-tu y arriver ?
— Je ne sais pas... Je pourrais travailler la nuit comme garde, me tuer à la tâche, vendre mon corps...
— Michael ! protesta-t-elle.
Elle se sentait tellement bien avec lui.
— Tu sais, murmura-t-elle, après la mort de Phil, je n'aurais jamais cru que quelqu'un pourrait prendre sa place. Et pourtant... tu es là.
— Parfaitement. Je suis là.
— Tu es entré dans ma vie comme une explosion. J'espère que tu ne vas pas en sortir.
— En sortir ? dit-il, l'air surpris. Ma jolie, je m'installe.
Elle avait une voix basse et un peu rauque, avec des accents de chatte satisfaite.
— Qui t'y a autorisé ?
— Kennedy, autant regarder les choses en face : nous sommes ensemble et c'est comme ça. À moins que tu ne veuilles pas.
— Mais si, fit-elle en se blottissant contre lui.
Était-ce possible qu'il ait eu une chance pareille en si peu de temps ? Elle était si... parfaite.
— Tu sais, tu as ouvert mon cœur et tu y es entrée.
Et ils recommencèrent à s'embrasser.

Eldessa descendit du bus au bas de Laurel Canyon. Serrant contre elle son sac noir, elle se mit à grimper la côte. Elle avait l'habitude de marcher.

Sa voiture était tombée en panne voilà un an et elle ne s'était pas encore décidée à la remplacer. De toute façon, c'était une vieille guimbarde qui lui avait procuré plus d'ennuis que de satisfactions.

Tout en marchant, elle pensait à sa famille. Cinq enfants, tous dispersés. Elle ne les voyait pas beaucoup, mais de temps en temps ils venaient lui demander de l'aide et elle faisait de son mieux pour leur donner un peu d'argent.

Cinq mille dollars, c'était une fortune. Si elle avait une somme pareille, elle pourrait cesser de travailler et aller vivre à Santa Monica, au bord de l'océan, avec sa cousine. Après toute une vie où elle avait fait le ménage pour les autres, elle pourrait enfin passer ses journées à ne rien faire.

Eldessa se dit qu'elle avait une chance. Elle était à peu près sûre que Shelley pourrait lui dire où était Zane.

Ça valait cette longue marche.

— Regarde-moi ça, dit Reno en faisant craquer ses jointures.

— Quoi donc ? demanda Bosco.

— Des papiers de location de voiture. Il les a cachés sous le matelas. Je te l'avais dit : quand on fouille une pièce, il faut le faire à fond.

— On a le numéro de sa voiture; ça nous fait une belle jambe.

— Tu ne comprends pas : si on a ça, on le tient. Allons-y.

51

Bobby Rush marchait de long en large dans le somptueux bureau de Jordan Levitt. Il écoutait l'inspecteur Carlyle expliquer la situation.

Jordan Levitt était un grand et bel homme qui avait sans doute terriblement intimidé Jordanna quand elle était enfant. C'était un sentiment que Bobby connaissait. Au fond, Jordan lui rappelait Jerry.

Quand Jordan finit par parler, on sentait vibrer dans sa voix de basse une colère à peine maîtrisée.

— Pourquoi n'a-t-on pas prévenu ma fille ? tonna-t-il. Pourquoi ne l'a-t-on pas mise sous la protection de la police ?

— J'ai posé les mêmes questions, dit Bobby.

L'inspecteur Carlyle se dandina d'un pied sur l'autre. Voilà qu'il rencontrait enfin les grosses légumes de Hollywood, et qu'est-ce que ça lui rapportait ? Une engueulade soignée, comme s'il était responsable de Jordanna Levitt. Si elle l'avait rappelé la première fois où il avait laissé un message, ça ne serait jamais arrivé.

— Nous avons tenté de la prévenir..., commença-t-il.

— Foutaises ! rugit Jordan en tapant du poing sur son bureau. C'est de la foutaise pure et simple, et vous le savez. Décrochez le téléphone et trouvez-moi qui s'occupe de cette affaire. Je veux qu'on se remue, et vite !

— Je crois que j'entends sonner, dit Michael.

— Dis-leur de s'en aller, répondit Kennedy.

— Il faudrait quand même sortir de ce lit. Il est midi passé. Tu veux que j'aille ouvrir ?

— Non, va prendre une douche. Je vais voir qui c'est.

Elle trottina jusqu'à la porte et demanda :

— Qui est là ?

— Kennedy ?

Elle reconnut la voix de Rosa et entrebâilla la porte.

— Oh, salut, fit-elle. Qu'est-ce que tu fais là ?

— Qu'est-ce que je fais là ? répéta Rosa, énervée. Ça fait deux heures que j'essaie de t'appeler. Où étais-tu ?

— Je travaillais.

— Tu me laisses entrer ?

— Oui, oui...

— Enfin, qu'est-ce que tu as ? Et pourquoi n'es-tu pas habillée ?

Sans enthousiasme, Kennedy ouvrit toute grande la porte, laissant Rosa s'engouffrer dans l'appartement.

— Je répète, dit Rosa. Comment se fait-il que tu traînes encore en robe de chambre ?

— Je travaillais sur mon ordinateur. J'y ai passé toute la nuit.

— Mais oui, mon chou. C'est à moi que tu veux faire croire ça ? Qui est ici ?

— Personne.

— J'entends couler la douche.

— J'allais justement en prendre une.

— Oh ! excuse-moi. (Elle se pencha pour ramasser quelque chose sur le plancher.) C'est à qui, ce pantalon ?

Kennedy se retourna.

— Qu'est-ce que tu es ? Une espionne ?

— Mais, mon chou, je suis ravie pour toi. Qui est-ce ?

— Michael, avoua-t-elle.

— Eh bien, tu es encore plus rapide que moi ! Un dîner ? Ça a suffi ?

— Rosa, dit Kennedy avec un sourire rêveur. C'est un homme incroyable.

— Kennedy ! Ça ne te ressemble pas. Je suis enchantée de voir que, après tout, tu es un être humain de sexe féminin.

— Maintenant que je te l'ai dit, est-ce que tu peux, s'il te plaît, t'en aller.

— Non, je ne peux pas. Il y a eu du nouveau.

Kennedy retomba sur terre : la vie continuait et le moment était venu de retrouver le monde réel.

— Bon, explique-moi, dit-elle en essayant de rassembler ses idées.

— On ne l'a pas encore annoncé, mais il paraît que Jordanna Levitt a disparu.

— Ô mon Dieu ! Comment le sais-tu ?

— On a retrouvé sa voiture endommagée avec son sac encore dedans. Et personne ne l'a vue depuis hier soir.

— Et Cheryl Landers ?

— Aucune nouvelle.

— C'est incroyable.

— Je sais.

— J'ai découvert des tas de choses, moi aussi. Savais-tu que le « célèbre chef de bande », Luca Carlotti, est l'oncle de Zane Ricca ?

— Cette affaire pourrait avoir un rapport avec la pègre ?

— Qui sait ? Voici comment je vois les choses : son oncle lui a sans doute obtenu le rôle dans *Le Contrat*. Zane est arrivé ici, il a tué Ingrid, il est allé en prison. Et maintenant il veut se venger de toutes les femmes qui ont témoigné contre lui.

— As-tu essayé de contacter Luca Carlotti ?

— Qui ça, moi ? Pas question !

— Quelqu'un devrait. Il faut passer ce renseignement aux flics.

— J'allais le faire, mais j'ai reçu un grand coup sur la tête... Je ne sais pas, Rosa. Ne fais pas attention à moi : je suis un peu sonnée.

— Je l'avais remarqué.

— Il faut que je dise à Michael ce qu'il se passe. Prépare-toi du café, je reviens tout de suite.

— Tu ne veux pas que je vienne avec toi ?

— Rosa, tu n'es pas assez forte pour voir Michael sous la douche. Je t'assure, c'est un spectacle.

— Mon Dieu, j'ai l'impression de m'entendre !

Zane détacha Cheryl. Il l'emmena au rez-de-chaussée. Il la laissa utiliser les toilettes et lui donna un verre d'eau.

Quand il la fit redescendre dans la cave, c'est à peine si elle pouvait marcher.

Le cœur de Jordanna battait à se rompre. Son amie était dans le pétrin, mais elle ne pouvait rien faire pour l'aider : elle ne pouvait que regarder, désemparée, Zane ligoter de nouveau les chevilles de Cheryl. Il allait lui remettre les menottes quand Jordanna lança :

— Pas la peine de lui mettre ça. Regardez-la : elle n'est même plus dans le coup. Elle a besoin d'un médecin.

— Vous parlez trop, dit-il froidement.

— Je croyais que vous vouliez que je vous raconte tout ce qu'Ingrid disait de vous.

Bingo ! Elle avait de nouveau toute son attention.

— Qu'est-ce qu'elle disait ? demanda-t-il.

— Oh, des choses très spéciales. Très révélatrices.

Zane laissa Cheryl là où elle était sur le sol et alla s'asseoir sur la dernière marche. Il n'avait pas remis les menottes à Cheryl. C'était toujours ça.

— Ingrid ne m'a pas bien traité, dit-il avec rancœur. Elle n'avait aucun respect pour moi. Il suffisait de nous voir ensemble pour s'en apercevoir.

— Je sais, reconnut Jordanna.

— Elle m'a fait croire que nous allions nous mettre ensemble. Ingrid m'a menti.

— Elle était soumise à des pressions dont vous n'aviez pas idée, dit-elle en inventant au fur et à mesure qu'elle parlait.

— Comment ça ? demanda-t-il en frottant la vilaine cicatrice qui lui barrait la joue.

— Mac Brooks, le metteur en scène, balbutia-t-elle. Il..., il était amoureux d'Ingrid. Mais je ne sais comment il a découvert qu'elle vous aimait bien et il lui a interdit d'être gentille avec vous. Alors, vous voyez, ce n'était pas la faute d'Ingrid.

L'Homme bouillait de rage. Était-ce vrai ? Était-ce la faute de Mac Brooks si Ingrid l'avait repoussé ?

Il regarda Jordanna : il la détestait, il détestait l'autre, qui était tombée malade bien trop vite. Ça n'allait pas être drôle de la regarder mourir, elle.

Jordanna, c'était tout le contraire : beaucoup trop forte. Elle avait besoin d'une leçon d'humilité.

La garce n'avait pas peur de lui. Il devrait peut-être l'étrangler maintenant. Passer les mains autour de son cou et regarder au fond de ses yeux la vie s'échapper.

Non. Le moment n'était pas venu. Il avait besoin d'en entendre davantage. Il avait besoin de tout entendre.

Le front baigné de sueur, Eldessa continuait à remonter Laurel Canyon. Quand Shelley lui avait marqué les indications, elle n'avait pas précisé que la maison était si haut sur la colline. Elle s'arrêta un moment pour s'éponger le front. Elle n'avait plus l'âge de traverser Los Angeles. Si Shelley ne savait rien, elle serait bien avancée... Tout en grommelant, Eldessa poursuivit son ascension. Elle avait une chance de mettre la main sur cinq mille dollars. Chaque pas en valait la peine.

— À tout à l'heure, dit Michael. (Il prit entre ses mains le visage de Kennedy et l'embrassa sur les lèvres.) Je vais voir Quincy et lui raconter tout ça. N'oublie pas d'appeler les flics pour leur dire ce que tu as découvert.

— Ils connaissent leur métier, ils sont déjà au courant, observa Rosa.

— Principe numéro un, déclara Michael. Toujours supposer que personne ne sait rien.

À peine était-il parti que Rosa émit un long sifflement.

— Ça, c'est un super beau gosse. Et il n'est même pas acteur. Quelle chance tu as.

— Tu as eu la tienne, Rosa.

— Pas vraiment, dit-elle franchement. Je ne l'ai jamais attiré. Je sens ces choses-là. Mais, reprit-elle, tout heureuse pour son amie, j'ai droit à une commission, non ?

— Tu seras demoiselle d'honneur à notre mariage.

Rosa haussa les sourcils.

— Mariage ? Il a déjà demandé ta main ?

— Je plaisantais, dit Kennedy, hochant la tête en souriant.

— Tu es devenue très sentimentale ! s'exclama Rosa. Je n'aime pas ça.

— Attends un peu... Je m'habille et on va au quartier général du groupe d'enquête. Je ne veux pas manquer ça.

— Où diable étais-tu passé ? demanda Quincy, furieux.

— J'étais dans un endroit très spécial, répondit Michael, souriant toujours aux anges.

Quincy était déconcerté.

— Qu'est-ce que c'est que cette histoire ? demanda-t-il en se grattant le crâne.

— Je te présenterai.

— Tu me présenteras ! C'est la meilleure ! dit Quincy en le foudroyant du regard. Tu veux dire que pendant que je portais cette agence à bout de bras, tu t'envoyais en l'air ?

— Pas du tout. Ça n'est pas de ça qu'il s'agit.

— Alors il s'agit de quoi ?

— Est-ce qu'on peut en discuter plus tard ? Il y a un détail que Mac Brooks a oublié de nous dire. Zane Ricca a un oncle. Son oncle s'appelle Luca Carlotti.

— Allons voir Mac Brooks, dit Quincy.

— Je te suis.

Reno avait des amis à Los Angeles. Il lança un avis de recherche personnel de la voiture de Zane et s'installa dans le patio auprès de la piscine du Saint James.

— Nous l'aurons avant la nuit, promit-il à Luca. C'est comme si c'était fait.

— Qu'est-ce que tu en sais ? grommela Luca.

Il portait un short de chez Versace avec une chemise assortie, des mocassins Gucci à liseré doré. Il s'était soigneusement recoiffé.

— Tu veux parier ?

Luca avait confiance en Reno. S'il disait que ce serait fait, Luca le croyait.

Bosco arriva, en nage.

— Te voilà ! fit Luca.

— Oui.

— Voici ce que je veux que tu fasses, dit Luca. Prends la limousine, arrête-toi chez Cartier et achète un bracelet de diamants. Fais faire un paquet-cadeau et puis écris une carte avec mon nom ; mon prénom, seulement, je ne veux pas lui faire peur. Apporte-le personnellement à Bambi dans cette maison où tu l'as suivie hier soir et dis-lui que je l'attends à huit heures. (Il lui passa une enveloppe.) Paie en espèces.

Bosco empocha l'enveloppe.

— Reno vient ?

— Pas la peine. Il reste ici, près du téléphone.

— Est-ce qu'on ne pourrait pas déjeuner, d'abord ? demanda Bosco, dont l'estomac criait famine.

— Pas question. Tu te ramollis en vieillissant, Bosco.

— C'est toi qui me dis que je vieillis ?

Ils pouvaient plaisanter ensemble : chacun savait qui était le patron.

Grant n'avait pas d'autre solution que d'aller trouver l'inspecteur Carlyle pour lui annoncer que Cheryl semblait avoir disparu.

Il traîna autour du commissariat jusqu'au moment où il vit le policier entrer. Il l'aborda et lui raconta que Cheryl était allée voir un ami au Saint James. D'après les renseignements qu'il avait eus, elle était repartie vers dix heures, et personne ne l'avait vue depuis.

— Pourquoi ne me l'avez-vous pas dit plus tôt ? demanda Carlyle.

— Je croyais qu'elle était restée à l'hôtel avec son..., euh, son ami.

L'inspecteur Carlyle le dévisagea d'un air méfiant.

— Vous ne m'avez pas dit que vous étiez son frère ?

— Parfaitement.

— Il paraît que Cheryl Landers n'a pas de frère.

Grant n'hésita pas un instant.

— Génétiquement, non, dit-il. Ce que je voulais dire, c'est que nous sommes comme frère et sœur. Nous avons grandi ensemble.

Carlyle continuait à le regarder avec méfiance.

— Qui êtes-vous ?

C'était quelquefois utile d'avoir un nom connu.

— Grant Lennon junior, dit-il doucement.

L'inspecteur se mit pratiquement au garde-à-vous.

— Grant Lennon est votre père ?

— Tout juste.

Crétin.

S'efforçant de ne pas avoir l'air trop impressionné, Carlyle dit :

— Donnez-moi la marque et le numéro de sa voiture, je vais la faire rechercher. Et il me faut le nom de l'ami qu'elle est allée voir.

Grant lui donna le renseignement. Il demanda à l'inspecteur de garder le contact, lui laissa son numéro et retourna chez Cheryl.

52

Jordanna ne trouvait plus rien à dire mais au moins elle avait retenu toute l'attention de Zane. Celui-ci était fasciné : il avalait les moindres détails concernant Ingrid et ce qu'elle était censée avoir dit de lui.

Jordanna en rajoutait, elle inventait une vie à Ingrid Floris, qu'elle avait à peine connue. Dans son récit, Mac était le méchant, Ingrid, la princesse, et Zane, le prétendant malheureux qui n'avait jamais pu montrer à son véritable amour combien elle comptait pour lui.

— C'est vrai que je l'aimais, dit-il avec conviction, complètement entraîné dans ce conte de fées.

— Je sais, répondit Jordanna avec compassion.

— Il faut que je sache tout, dit-il.

Un instant, ses yeux morts retrouvèrent quelque vie.

— Vous le méritez. Mais d'abord accompagnez-moi là-haut. C'est mon tour d'aller aux toilettes et d'avoir un verre d'eau.

Elle perçut son hésitation.

— Je vous en prie, dit-elle d'un ton calme en le regardant droit dans les yeux. Je n'essaierai pas de m'échapper. J'aime bien bavarder avec vous.

Cette petite garce de Levitt n'était pas une telle garce, après tout. À vrai dire, c'était la première femme qui s'était montrée sincère avec lui. Tout ce qu'elle disait tenait debout. Ingrid l'avait toujours aimé. Elle n'avait pas fait semblant. Elle l'avait aimé sincèrement.

Tant de femmes au long des années lui avaient menti. Elles lui avaient brisé le cœur jusqu'au moment où il avait compris que, pour guérir de sa blessure, il devait les punir.

Avant Ingrid, il y en avait eu d'autres : la première, quand il avait dix-sept ans. Une jolie fille du nom de Sally qui lui avait fait des promesses qu'elle n'avait jamais tenues. Personne n'avait jamais su que c'était lui qui avait trafiqué sa voiture, si bien que les freins avaient lâché.

Après Sally, il y avait eu une petite Danoise qui s'était malencontreusement noyée au cours d'un pique-nique. Cette jeune personne l'avait gravement déçu. C'était sa faute à elle si elle avait été punie.

Jamais il n'avait regretté leur mort. Elles la méritaient. Ç'avait été très facile de se venger sans jamais se faire prendre... jusqu'à Ingrid.

Il pensait à Ingrid et au fait que c'était Mac Brooks qui les avait séparés.

Mac Brooks aussi devrait mourir.

Zane détacha les chevilles de Jordanna et la tira brutalement pour la remettre sur ses pieds. Elle avait les jambes engourdies et, pendant un moment, elle put à peine tenir debout. Elle trébucha contre lui mais se redressa aussitôt.

Un bref coup d'œil à Cheryl lui montra que celle-ci était toujours pelotonnée dans son coin.

Zane ouvrit la menotte fixée à une canalisation,

la passa à son propre poignet et la referma. Maintenant, ils étaient enchaînés l'un à l'autre. Impossible de s'enfuir. Du moins allait-elle sortir de la cave. Là-haut, peut-être pourrait-elle faire quelque chose, pousser un cri, attirer l'attention d'un voisin. Tout plutôt que d'être enfermée dans ce trou noir.

Il grimpa les marches en la traînant derrière lui. Elle ne s'était pas rendu compte à quel point elle avait faim et soif. Elle passa la langue sur ses lèvres sèches en essayant de trouver un moyen de mettre Zane de son côté. Oui. Voici ce qu'elle devait faire : continuer à gagner sa confiance. C'était probablement sa seule chance de survie.

Arrivé en haut, il claqua derrière eux la porte de la cave et l'entraîna dans un étroit couloir jusqu'à une petite salle de bains.

— Allez-y, dit-il en désignant les toilettes.

— Pas avec vous ici, fit-elle, horrifiée. Enlevez-moi les menottes et attendez dehors.

L'homme n'avait aucune intention de lui céder. Elle dépendait de lui, et c'était comme ça. Elle dépendait de lui comme un chien dépend de son maître.

Oui, elle se montrait sincère — pour l'instant —, mais on ne pouvait jamais faire confiance aux femmes, le premier imbécile venu le savait.

Elle le regarda d'un air mauvais avant de faire glisser d'une main la fermeture de son jean, de tirer sur ses dessous et de s'accroupir sur le siège des toilettes.

Il savait qu'il l'humiliait. Il en éprouvait une grande satisfaction.

Celle-ci n'aurait pas une fin rapide. Il aimait bien la voir dans les parages — surtout quand elle lui parlait d'Ingrid et de la façon dont elle l'aimait.

Oui, Jordanna Levitt allait mourir lentement.

Si elle avait eu une arme, elle lui aurait fait sauter la cervelle.

Va te faire voir! avait-elle envie de crier. *Espèce de salaud d'assassin pervers!*

Il lui avait pris sa liberté, et il n'avait pas le droit de faire ça. C'était un tueur : il ne méritait pas qu'on lui donne une chance.

Elle se rhabilla le plus rapidement possible.

Bobby avait-il déjà remarqué sa disparition? S'était-il lancé à sa recherche? Et Jordan? Était-il au courant? S'inquiétait-il? On avait dû retrouver sa voiture, maintenant, et comprendre qu'il s'était passé quelque chose de grave.

— Est-ce que je peux avoir un verre d'eau? demanda-t-elle.

Elle prenait délibérément un ton soumis, dans l'espoir de lui donner un sentiment de sécurité. En grommelant, il l'emmena dans la cuisine.

Où était-elle? En jetant un coup d'œil par la fenêtre, elle vit des arbres et de la verdure. Elle était bien avancée : ils pouvaient être n'importe où entre Malibu et la Vallée.

Il la tira brutalement par le bras, remplit d'eau un gobelet et le lui mit dans la main. Elle l'avala d'un trait.

— Encore, dit-elle, assoiffée.

— Non.

— Pourquoi?

— Parce que je ne vous emmènerai plus dans la salle de bains.

— Pourquoi?

— Vous parlez trop.

Il n'était pas au bout de ses peines.

— Si vous me donniez quelque chose à manger?

— Non.

— Et Cheryl ? Ça calmera ses maux d'estomac.

— Non, répéta-t-il brutalement.

Et il la traîna vers la porte. Elle jeta encore un coup d'œil par la fenêtre. La liberté ne lui avait jamais manqué jusqu'au jour où elle s'en était trouvée privée. Ô mon Dieu ! que pouvait-elle faire pour se tirer de là ?

Puis elle vit quelque chose qui lui remonta le moral et l'emplit d'espoir. Cheryl, dehors, trébuchant : elle s'était évadée et courait à perdre haleine.

Après tout, elles avaient une chance de s'en tirer.

53

Mac quittait le studio en voiture quand Quincy l'aperçut. Il fit rapidement demi-tour. Michael sauta de la voiture, fit signe à Mac de s'arrêter, traversa et vint frapper la vitre de la Rolls.

— Comment se fait-il que vous n'ayez jamais dit que Luca Carlotti était l'oncle de Zane Ricca ? demanda-t-il sèchement. Vous ne le saviez pas ?

Mac hésita. Fallait-il bluffer ou bien valait-il mieux dire la vérité ?

Jordanna avait disparu. Il fallait dire la vérité.

— Je le savais, avoua-t-il.

— Alors, pourquoi ne pas...

— Oh, l'interrompit Mac. C'est du passé, tout ça. L'important, c'est de retrouver Jordanna. Luca est à Los Angeles. Je vais justement le voir.

— Il sait où est Zane ?

— Il ne le savait pas la dernière fois que nous avons parlé. Mais il le retrouvera probablement plus vite que les flics.

— On vient avec vous.

— Je ne crois pas que Luca apprécierait.

— Qu'est-ce que ça peut vous foutre ?

— Eh bien...

— Mac, nous travaillons pour *vous*. Notre boulot, ce n'est plus d'arrêter des criminels. Il y a des chances pour que nous puissions vous aider.

— Bon. Suivez-moi.

— Où va-t-on?

— À l'hôtel Saint James, sur Sunset.

Lorsque Kennedy et Rosa arrivèrent au commissariat central, on savait que Cheryl Landers avait disparu, tout comme Jordanna Levitt. Sa BMW argent — apparemment abandonnée sur Lexington — avait été retrouvée à la fourrière.

L'inspecteur Carlyle était vraiment dans les ennuis jusqu'au cou. Grâce à Jordan Levitt, il encaissait de tous les côtés : Boyd Keller était soumis à la pression de ses supérieurs, et l'enquêteur vedette devait bien s'en prendre à quelqu'un. L'inspecteur Carlyle était ce quelqu'un.

Par-dessus le marché, il y avait aussi ces deux emmerdeuses, Rosa Alvarez et Kennedy Chase, qui leur étaient tombées dessus avec de nouveaux renseignements. Rosa, semblait-il, était devenue très copine avec Boyd. Quant à Kennedy, elle se contentait de lui lancer des regards mauvais : comme s'il était responsable de la disparition des filles !

En réfléchissant bien, Carlyle se disait que c'était peut-être le cas. Si seulement il avait fait plus tôt le rapprochement entre ces affaires, fait un peu mieux son métier de policier... Non, ce n'était pas sa faute. Il était écrasé de travail. Des meurtres, des agressions, des coups de poignard, des fusillades, des maquereaux, des putains, des drogués, de la pornographie, des enfants maltraités, des évadés en cavale, des cambriolages, des viols... Ses journées étaient bien remplies.

Boyd Keller sortit en trombe du bureau qu'il s'était attribué et lui fit signe.

— Venez un peu par ici, Carlyle, dit-il d'un ton déplaisant.

L'inspecteur Carlyle soupira. Il avait vraiment envie de lâcher ce boulot pour s'engager dans une agence de sécurité privée. Lui aussi, après tout, il avait le droit de vivre.

Bosco entra chez Cartier comme si le magasin lui appartenait. Il faisait tous ses efforts pour imiter Luca, qui avait l'art de se faire servir. Seulement ça ne marchait jamais pour Bosco ; pourtant, il avait garé la limousine juste devant la porte de la boutique, il prenait de grands airs. Malheureusement, il ne possédait pas la prestance imposante de Luca.

Une vendeuse s'approcha de lui. Se dirigeant vers une vitrine, il désigna un bracelet de diamants.

— Montrez-moi celui-là. Il est beau, hein ?

— Tous nos bracelets de diamants sont beaux, lui assura la vendeuse d'un air un peu protecteur.

— Montrez-m'en deux ou trois.

Luca ne lui avait pas dit combien il avait l'intention de dépenser. Mais Bosco savait que, quand Luca voulait une femme, l'argent ne comptait pas.

La vendeuse s'assura discrètement que les gardes surveillaient tandis qu'elle ouvrait la vitrine pour en retirer deux magnifiques bracelets de diamants. Elle les apporta sur un comptoir et les déposa soigneusement sur un coussin de velours noir. Bosco les examina comme s'il s'y connaissait. Il finit par désigner celui qui avait les plus gros diamants.

— Je vais prendre ce petit machin, déclara-t-il d'un air désinvolte.

— Vous payez en espèces ou par carte de crédit ? demanda la vendeuse, nullement impressionnée.

— En espèces. (Il eut un gros rire.) C'est la meilleure façon, non ?

La vendeuse ne broncha pas.

Elle est coincée, cette pétasse, se dit Bosco. *Dieu sait pourtant qu'elle sourirait si elle savait ce que je pourrais lui offrir dans un lit.*

— Il me faudrait un paquet-cadeau.

— Certainement, monsieur. Voulez-vous attendre ou préférez-vous m'envoyer votre chauffeur ?

Elle a quand même remarqué le chauffeur !

— Je vais attendre, dit-il. Mais pas trop.

Tout en suivant la Rolls de Mac sur Sunset, Michael raconta à Quincy son voyage à New York.

— Tu as pris la bonne décision, dit Quincy.

Michael acquiesça.

— Je sais. Mais ça fait quand même mal.

— Je m'en doute, dit Quincy. Ton salopard de frère..., il ne renonce jamais.

Michael prit une cigarette.

— C'est embêtant pour ces deux filles. Si ce putain de malade les a entre les mains... Merde ! Je savais qu'on aurait dû intervenir plus tôt.

— On l'a fait, dit Quincy. Les flics étaient censés prendre l'affaire en main.

— C'est plutôt loupé.

— Je sais. Le Saint James, dit-il d'un ton songeur, c'est l'hôtel devant lequel j'ai attendu Cheryl Landers.

— Ça m'étonnerait qu'elle soit allée voir Luca Carlotti, fit Michael en étouffant un bâillement.

Quincy lui jeta un coup d'œil.

— Une rude nuit ?

— Non, une rude matinée. J'ai passé toute la nuit dans l'avion.

— Une rude matinée, hein ? Qu'as-tu fait d'important au point de t'empêcher de me contacter plus tôt ? On est associés, mon vieux.

— Tu veux que je te dise la vérité ou un bobard ?

— Si tu essayais la vérité ?
— J'ai rencontré quelqu'un. Je me disais qu'elle pourrait dîner avec nous un de ces soirs.
— Qui ça, elle ?
— Elle s'appelle Kennedy.
— Kennedy, c'est un président qui a été assassiné.
— Non, Kennedy, c'est le nom de cette femme que j'ai rencontrée. Elle est journaliste.
— Oh, c'est dangereux, ça.
— Elle te plaira. Elle est astucieuse, intelligente et belle.
— Et toi, tu es amoureux. Exact ?
— Tu m'as déjà vu avec pas mal de femmes. Est-ce que tu m'as jamais entendu parler comme ça ?
— Oui, le jour où tu as épousé Rita.
— Le jour où j'ai épousé Rita, j'étais ivre. On aurait dû m'arrêter. Toi, tu aurais pu essayer.
— Dis donc !
— Bon, bon. J'aimerais qu'Ambre et toi vous rencontriez Kennedy. On ira dîner. Je vous invite.
— Ô Seigneur, ça doit être l'amour !

Eldessa avait quitté Laurel Canyon voilà un moment pour s'engager dans une petite rue. Elle avait chaud, elle était épuisée et maintenant elle avait mal aux pieds. Elle s'arrêta pour regarder le bout de papier froissé que Shelley lui avait donné. Elle y avait tracé un petit plan, et Eldessa avait l'impression d'aller dans la bonne direction. Seulement elle n'y était pas encore et commençait à s'énerver.

Un moment, elle songea à renoncer et à faire demi-tour. Mais ça lui parut ridicule : elle ne devait pas être loin, maintenant.

Et puis il y avait la perspective de ces cinq mille dollars.

Tout en courant, Cheryl sentait les pensées se bousculer dans sa tête : *Je peux y arriver, il faut que j'y arrive. C'est notre seule chance. Il faut que je m'enfuie.*

Dès que Zane eut emmené Jordanna au rez-de-chaussée, elle s'était mise à l'ouvrage. Débarrassée de ses menottes, elle avait pu se libérer les chevilles, grimper tant bien que mal l'escalier, atteindre la porte de la rue et filer. Elle avait beau être pliée en deux par des crampes d'estomac, elle savait qu'elle devait faire l'effort suprême. Même si elle avait l'horrible certitude que, à peine Zane aurait-il découvert sa disparition, il se lancerait à ses trousses.

Elle se sentait malade, mais peu importait. Rien ne comptait, sinon trouver de l'aide.

Elle arriva au bout de la petite allée et se trouva dans un chemin de terre taillé au flanc de la colline : un terrain accidenté avec des buissons, des arbustes et de l'herbe haute. Désespérément, elle regarda alentour dans l'espoir de voir d'autres maisons, mais il n'y en avait pas une dans ce coin-là.

Au prix d'un terrible effort, elle se mit à dévaler le sentier; de temps en temps elle jetait un coup d'œil par-dessus son épaule, affolée à l'idée qu'il allait la rattraper. La peur l'envahissait. Serrant son manteau autour d'elle, elle plongea au milieu des buissons.

Il faut que je me cache, se dit-elle. *Il va être ici dans une minute. S'il m'attrape, qui sait ce qu'il me fera ?*

Elle ne savait absolument pas où elle était ni où elle allait. Tout ce qu'elle savait, c'était qu'elle devait courir le plus vite possible.

Bobby arpentait le bureau de Jordan Levitt de long en large.

— Ça ne vous dérange pas si je reste ici ? demanda-t-il. S'il y a une demande de rançon, vous serez le premier prévenu.

— Bien sûr, dit Jordan, le front barré d'un pli soucieux. Servez-vous donc un verre.

Bobby s'approcha du petit bar et se versa une vodka pure. Il en avait besoin pour chasser ce sentiment de désespoir qu'il avait au creux de l'estomac.

— Vous voulez quelque chose ? proposa-t-il.

— Un scotch.

Un silence. Bobby prépara le whisky de Jordan puis traversa la pièce pour lui tendre son verre. Jordan s'éclaircit la voix.

— Vous vous voyez, Jordanna et vous ?

— Nous sommes très bons amis, répondit prudemment Bobby. Elle va être la vedette de mon film.

Jordan haussa les sourcils.

— Jordanna n'est pas une comédienne.

— Elle a tourné un bout d'essai. Je dois vous le dire : c'est une merveilleuse actrice.

Jordan fronça les sourcils.

— Je suis surpris.

— Surpris qu'elle soit merveilleuse ?

— Surpris et ravi, dit-il en buvant une gorgée de scotch. Je ne sais vraiment pas quoi dire. Je..., je n'ai pas toujours été le meilleur père du monde. Quand je vais la retrouver, je compte bien changer.

— Elle vous aime, dit Bobby. Elle n'arrête pas de parler de vous.

Le visage rugueux de Jordan s'éclaira.

— Vraiment ?

— Je sais que tous les deux vous avez eu vos problèmes. Mais vous connaissez votre fille : elle est intelligente et, avec les années, elle a appris à vous comprendre. Je peux vous le dire : elle est très heureuse à l'idée que votre femme attende un bébé.

— Ça me fait plaisir de l'entendre, Bobby.

— Tant mieux.

— Quand la mère de Jordanna est morte, ç'a été une période difficile pour moi. Et puis quand mon fils...

Il s'arrêta, incapable de terminer sa phrase.

— Tout va s'arranger, dit Bobby.

Il but une gorgée de vodka comme si c'était de l'eau. Il aurait bien voulu être aussi convaincu qu'il en donnait l'impression. L'idée de savoir Jordanna prisonnière d'un maniaque...

— On doit pouvoir faire quelque chose, poursuivit-il d'un ton nerveux. On devrait peut-être aller au commissariat central. Qu'en pensez-vous ?

Jordan acquiesça.

— Oui. Je vais faire suivre tous mes appels là-bas. Au moins, nous serons sur place s'il se passe quelque chose.

— Allons-y.

Reno lorgnait une voluptueuse créature couverte de taches de rousseur, assise sous un parasol à rayures et qui picorait délicatement une assiette de fines tranches de melon.

— Ça, c'est ce que j'appelle une nana, dit-il d'un ton admirateur.

— Non, le reprit Luca. C'est ce qu'on appelle une dame.

— Pas du tout, répliqua Reno. C'est ce que j'appelle une nana.

— Tu as envie d'elle, prends-la, fit Luca, magnanime.

On eût dit que c'était un cadeau qu'il offrait à Reno.

— Peut-être bien, répondit Reno. Je veux voir si elle mange tout le melon. Si c'est ça, elle s'empiffre. Si elle en laisse un peu, alors, on verra.

Luca se mit à rire.

— C'est comme ça que tu les juges ?

— J'ai mes principes, dit Reno en relevant ses lunettes de soleil. Tiens, regarde qui arrive.

— Qui donc ?

— Mac Brooks. Et pas tout seul.

Luca se tourna vers Mac, lissant machinalement ses cheveux gominés.

— Tu vois ces types qui sont avec lui ? Ce sont des flics, dit-il, l'air soucieux.

— Comment le sais-tu ?

— Les flics, je les sens. Pas d'erreur, ce sont des flics, murmura-t-il. (Il se redressa sur sa chaise longue.) Pourquoi ce cinglé les amène-t-il ici ?

— C'est ton cinglé, pas le mien, fit Reno.

Là-dessus, il se remit à étudier la femme à l'assiette de melon.

Assis au fond de la limousine, Bosco s'imaginait ce qu'il allait commander pour déjeuner quand il serait rentré à l'hôtel. Un hamburger, peut-être. Ou un steak. Certainement pas un de ces mélanges de salades qui semblaient être le menu habituel à Los Angeles. Quel plaisir pouvait-on trouver à avaler un tas de verdure à l'assaisonnement compliqué ? Oui, un bon steak saignant, un verre de vin rouge et une grande part de gâteau au chocolat avec de la crème dessus.

Ensuite, s'il restait encore un soir à Los Angeles,

il commanderait une pute de classe. La blonde qu'on lui avait envoyée l'avait déçu : une vraie Californienne, toute en dents et en nichons. La prochaine fois, il essaierait quelque chose de plus exotique : une Chinoise, ou une Malaise, une petite femme qui ferait tout ce qu'il lui demanderait.

Il soupesa le paquet de chez Cartier. Cette petite Bambi, elle avait vraiment de la chance : ça faisait longtemps qu'il n'avait pas vu Luca prêt à danser le tango.

La limousine quitta Laurel Canyon pour s'engager dans une petite rue déserte à flanc de coteau.

— Vous êtes sûr que c'est par là ? demanda-t-il en se penchant vers le chauffeur.

— C'est par là qu'on a suivi la voiture hier soir, répondit l'homme.

— Bon, bon.

Il imaginait la surprise de Bambi quand il allait lui offrir le cadeau de Luca.

54

Zane l'entraînait vers la porte de la cave.

Elle savait qu'elle devait gagner du temps, faire quelque chose pour l'empêcher de s'apercevoir que Cheryl s'était échappée. Plus elle retarderait le retour à la cave, mieux ce serait. Plongeant soudain, elle fit semblant de trébucher et tomba lourdement sur le sol.

— Oh, ma cheville! cria-t-elle en simulant la douleur. Je crois que je me suis tordu la cheville.

Il s'arrêta brusquement.

— Debout, fit-il d'une voix rauque.

— Je ne peux pas.

— Debout.

— Je le ferais si je le pouvais, mais je ne peux pas me tenir sur mon pied.

— Vous avez plus d'un tour dans votre sac, hein?

— Non..., non, pas du tout, dit-elle d'un ton précipité. Je veux être votre amie... C'est ce qu'Ingrid aurait aimé être.

— Ingrid n'est pas ici, dit-il d'une voix tendue. Ingrid a eu ce qu'elle méritait, et c'est exactement ce qui vous attend.

— Vous auriez pu faire un couple si formidable, tous les deux. Elle ne voulait pas avoir simplement une aventure avec vous... Elle parlait de vous épouser, d'avoir des enfants avec vous.

— Vous mentez.

— Pourquoi est-ce que je mentirais ? demanda-t-elle d'un ton innocent.

— Parce que toutes les femmes mentent, répliqua-t-il en tirant brutalement sur les menottes.

— Comment se fait-il que vous ayez tant de mal à croire qu'Ingrid tenait vraiment à vous ? Vous êtes un homme séduisant. Vous me rappelez...

— Qui ça ?

Il s'arrêta pour la dévisager. Elle avait touché un point sensible. Oh oui ! Maintenant, il fallait poursuivre. Le flatter. D'instinct, elle reprit :

— Oh ! une..., une... vedette de cinéma.

— Laquelle ?

— Quelqu'un de fort.

— Une vedette de films d'action ?

— Voilà. Vous me rappelez...

« Steven Seagal. Dis Steven Seagal, espèce de garce ! » L'Homme la regardait d'un air mauvais. Il voulait l'entendre prononcer ces deux mots.

Bien sûr, il était plus beau que Steven Seagal. Mais elle devait sûrement voir la ressemblance.

— Jean-Claude Van Damme, dit-elle enfin.

Elle n'était pas aussi maligne qu'il l'avait cru. Il est vrai que personne n'était aussi malin que lui.

— Steven Seagal, lui annonça-t-il froidement. Steven Seagal, garce.

— C'est ce que je voulais dire, assura-t-elle en claquant des doigts. C'est exactement de lui que je voulais parler.

— J'aurais pu être une grande vedette comme lui si les circonstances avaient été différentes.

— C'est pour ça que vous êtes venu à Hollywood, pour être une vedette ?

— Je suis venu parce qu'on m'a convoqué.

— Qui ça ?

— Mac Brooks. Il voulait que je tourne dans son film.

— Il ne devait pas se rendre compte qu'Ingrid serait à ce point attirée par vous.

— Les femmes sont toujours attirées par moi, dit-il en surveillant attentivement sa réaction. Même quand je les tue... Je vois ça dans leurs yeux. Shelley avait envie de moi. Elle m'a harcelé pendant des semaines.

La garce ne réagit pas comme il l'avait espéré. Jordanna Levitt ne se laissait pas facilement intimider.

— Qui est Shelley ? demanda-t-elle.

— Ça ne vous regarde pas.

— Mon père est producteur balbutia-t-elle. Je suis certaine qu'il aimerait avoir un acteur comme vous dans un de ses films. On recherche un nouveau héros pour les films d'aventures et d'action. Arnold et Sly commencent à vieillir. Est-ce que vous envisageriez de retravailler ?

Il ignorait si elle parlait sérieusement. Peut-être que oui. Peut-être que non. Il savait qui était son père : le grand producteur Jordan Levitt. Bien sûr qu'il serait formidable en nouveau héros de films d'aventures. Mais avoir fait un séjour en prison pourrait gêner sa carrière.

— Il faut que je reste dans l'ombre, dit-il, mystérieux.

— Vous n'avez aucune raison de le faire. Vous pouvez être une grande vedette, si vous le voulez.

Décidément, elle parlait trop, cette Jordanna Levitt. Pourtant, il y avait des moments où ce qu'elle disait était raisonnable. Ce qui l'étonnait, c'était qu'elle ne tremble pas de peur comme l'autre. Il l'obligea à se remettre debout.

— On va redescendre.

— Ma cheville, protesta-t-elle en boitant.

— Vous marchez ou je vous traîne.

L'Homme ouvrit la porte de la cave. Ils descendirent dans l'obscurité.

Elle retint son souffle. Elle attendait qu'il s'aperçoive de la disparition de Cheryl. Il ne parut pas le remarquer tout de suite. Il regarda autour de lui puis balaya la cave obscure du faisceau de sa torche : il n'arrivait pas à croire que Cheryl n'était pas là.

— Où est-elle ? dit-il enfin, d'une voix à vous glacer les sangs.

— Je... Je ne sais pas.

— Vous m'avez roulé ! hurla-t-il, perdant tout contrôle.

Elle n'eut même pas le temps de protester : il la traîna sur le sol et la gifla. Elle essaya de lever les mains pour éviter un second coup, mais, comme elle était encore attachée à lui par les menottes, c'était impossible.

Il l'écarta et la frappa encore.

Elle donnait des coups de pied en essayant de l'atteindre à l'entrejambe. Mais il était rapide, et les coups pleuvaient sur son visage. Un moment, elle resta abasourdie. Il en profita pour ouvrir les menottes qui les liaient l'un à l'autre. Elle retrouva un peu de ses forces et se remit à le frapper, ce qui le rendit furieux.

— Vous voulez jouer au petit soldat ! hurla-t-il.

Il tira de sa ceinture un pistolet qu'il braqua droit sur elle. Elle pria en silence, persuadée que le moment était venu. Il allait lui faire sauter la cervelle, et elle était absolument incapable de l'en empêcher.

Mais il n'en fit rien. Il la considéra un moment, l'arme toujours pointée sur elle, le regard mort. Il ôta le cran de sûreté sans cesser de la regarder.

Elle soutint son regard : elle refusait de tourner la tête. Si ça devait se passer comme ça, elle était prête.

Au bout de quelques secondes, il abaissa son pistolet.

— Il faut que je la retrouve, marmonna-t-il comme s'il se parlait à lui-même.

Il remit son arme dans sa ceinture.

C'est l'occasion.

Elle la saisit. Relevant les poignets, elle le frappa sous le menton. Il trébucha, surpris, et elle enchaîna avec un violent coup de pied à la tête puis se précipita vers l'escalier.

Mais il était plus rapide qu'elle. Comme elle passait devant lui, il lui saisit la cheville, la tordit violemment, et elle s'écroula sur le sol avec un bruit sourd.

— Connasse ! hurla-t-il.

Elle essaya de se relever mais, sans lui en laisser le temps, il sauta sur elle. Il s'installa à califourchon sur son corps, les mains posées autour de son cou, et il se mit à serrer.

Il était très fort. Elle était absolument impuissante, coincée sous lui, incapable de faire un geste. Il était si près qu'elle sentait son haleine écœurante sur son visage.

Non, ça n'est pas possible, se dit-elle dans un vertige. *Ce... n'est... pas... possible...*

Il continua à serrer. Elle n'entendait plus un son, elle ne sentait plus rien. Tout finit par devenir noir, et elle sombra dans l'inconscience.

55

— Je croyais qu'on se retrouvait à sept heures, dit Luca d'un ton irrité tandis que Mac approchait. Il n'est pas sept heures.

— J'ai pris le risque de te retrouver ici plus tôt. Il a fallu interrompre le tournage aujourd'hui.

— Comment ça se fait ?

— Jordanna Levitt et Cheryl Landers ont disparu.

— Qui est-ce ?

— Elles ont toutes les deux témoigné contre Zane à son procès.

— Qu'est-ce que tu dis ?

— Il les a sans doute enlevées.

— Bon Dieu ! murmura Luca en se frappant la paume de son poing. (Il se tourna vers Quincy et Michael.) Tu veux me présenter à tes amis ?

— Ce sont des détectives privés qui travaillent pour moi.

— Pourquoi les as-tu amenés ici ?

— Parce qu'il faut qu'on parle. Et qu'ils peuvent nous aider.

Michael s'avança. Il était face au célèbre Luca Carlotti. Ce type avait l'air de n'importe quelle canaille vieillissante qui se soignait.

— Les flics savent, ou sont sur le point de découvrir, que vous êtes l'oncle de Zane Ricca.

— Ah oui ? Comment avez-vous trouvé ça ? interrogea Luca d'un ton agressif.

— J'ai une amie journaliste qui a fait son enquête. Elle a découvert la vérité et elle est en train de tout raconter à la police.

— Seigneur ! s'écria Luca. Ça va être dans toute la presse ?

— Êtes-vous sur le point de retrouver Zane ? demanda Michael d'un ton pressant.

— Je ne veux pas parler à la police.

— Vous n'y êtes pas obligé, dit Michael. C'est entre nous. Pour l'instant. Mais les flics ne vont pas tarder à rappliquer.

— Comment sauraient-ils que je suis ici ?

— Ils l'apprendront : ce n'est pas un secret.

Pris d'une soudaine intuition, Quincy intervint.

— Qui est Bosco Nanni ?

— Pourquoi ? répondit Luca, méfiant.

— Cheryl Landers est venu le voir à son hôtel avant-hier soir.

— Elle est venue voir Bosco ? intervint Reno.

Quincy acquiesça.

— Exactement.

Luca ricana.

— La seule visite qu'ait reçue Bosco, ç'a été celle d'une pute.

— Donc vous le connaissez ?

— Il n'y a pas de quoi en faire un plat, dit Luca, agacé d'avoir à répondre à des questions.

— Est-ce qu'on peut lui parler ? dit Michael.

— Quand il rentrera.

— Où est-il ?

— Il avait quelque chose à faire pour moi.

— Nous allons l'attendre, déclara Mac.

Bobby et Jordan arrivèrent au commissariat en même temps qu'Ethan et Estelle Landers, les parents de Cheryl. Estelle se précipita sur Jordan, les lèvres tremblantes.

— Ma petite fille ! s'écria-t-elle d'un ton théâtral. Ils m'ont pris ma petite fille ! J'ai toujours su que ça arriverait. Je disais à Ethan qu'il fallait faire attention aux kidnappings.

— Espérons qu'il ne s'agisse que de cela, dit Jordan, l'air sombre.

Il recula d'un pas, car Estelle empestait le vin. Ethan Landers s'avança vers Jordan. Les deux hommes s'étreignirent : un geste dramatique qui parut leur apporter à chacun quelque réconfort. Ethan était un robuste gaillard aux cheveux roux et drus avec des sourcils en broussaille. Jordan et lui étaient de vieux adversaires.

— Que sais-tu de tout ça ? demanda Ethan.

Jordan secoua la tête.

— Pas grand-chose. Ils ont l'air de penser que ce pourrait être l'acteur contre qui les filles ont témoigné. Il est sorti de prison et, à ce que j'ai cru comprendre, il a tué les quatre autres femmes qui avaient déposé contre lui. Dieu sait ce qu'il va faire de nos filles s'il les retient prisonnières. Dieu seul le sait.

Bobby salua Mrs. Landers. Il la connaissait depuis qu'il était enfant : les Landers étaient de bons amis de Jerry.

— Bobby Rush, lui rappela-t-il.

Elle le regarda à travers une brume légèrement alcoolisée.

— Oh, Bobby, mon chou, qu'est-ce que tu fais ici ?

— Jordanna et moi sommes de bons copains.

— C'est tellement choquant, dit Estelle en tordant ses mains parfaitement soignées.

Si seulement elle disait : « Je n'arrive pas à y croire », songea Bobby. *Ou alors : « Comment cela a-t-il pu arriver ? »*

Une fois de plus, un sentiment de désespoir accablant s'abattit sur lui : il ne pouvait absolument rien faire.

La police avait installé un bureau pour que les parents et amis puissent s'asseoir. La consigne était d'être aux petits soins pour ces membres importants de la communauté de Hollywood, qu'on devait traiter comme des personnes de sang royal.

Ethan Landers jeta un coup d'œil aux modestes rafraîchissements disposés sur une table.

— Nous ne sommes quand même pas obligés de rester ici ? demanda Estelle d'un ton plaintif. Il n'y a même pas une bouteille de gin pour préparer un cocktail convenable.

— Si, répondit Ethan, pour quelque temps.

Il aurait voulu pouvoir pousser sa femme dans la voiture et la renvoyer à la maison. Estelle n'était bonne à rien dans les situations de crise. Lui non plus, d'ailleurs.

Le maître d'hôtel découvrit Marjory Sanderson à midi : elle était allongée sur le carrelage de la salle de bains, à peine consciente. Elle avait tenté de s'ouvrir les veines avec une lame de rasoir heureusement émoussée. Il eut la présence d'esprit d'appeler aussitôt le très discret médecin personnel de Mr. Sanderson. Il la fit immédiatement transporter en ambulance dans une clinique où l'on pourrait s'occuper d'elle sans la déplaisante intrusion de la presse.

Le personnel avait l'habitude.

— Regarde par là, dit Rosa en sortant.

— Que je regarde quoi ?

— Bobby Rush, Jordan Levitt et les Landers.

— Bobby Rush me hante, gémit Kennedy. Je le retrouve sans cesse sur mon chemin.

— Pourquoi est-il ici ? Je flaire la matière d'un article.

— Allons-nous-en, Rosa. Il faut que je termine le mien.

— Tu n'aimerais pas interviewer les parents affligés ?

Kennedy bondit.

— Tu sais, tu es vraiment malade ! Ils n'ont encore aucune raison de pleurer. Et j'espère qu'ils n'en auront jamais.

— En tout cas, j'aimerais bien les filmer pour voir ce qu'ils éprouvent.

— Exactement ce que n'importe quel parent éprouverait dans cette situation. Fiche-leur la paix.

Rosa hocha la tête.

— Je vais revenir avec une équipe. Je sens là un gros coup.

— Il y a des choses qui se font, dit Kennedy en secouant la tête. Et d'autres qui ne se font pas. Je suis absolument contre le fait d'interviewer les parents de deux filles qui ont peut-être été assassinées.

Rosa soupira.

— Tu es vraiment odieuse quand tu es amoureuse.

Il se passa trois événements en même temps.

Le chauffeur de la limousine décida qu'il s'était

perdu et s'arrêta au milieu du chemin creusé d'ornières tout en essayant de voir quelle direction il devait prendre.

Eldessa arriva par-derrière, faisant un crochet pour éviter la grosse voiture.

Et Cheryl, cachée dans les buissons, regardait en serrant son manteau autour d'elle. Elle vit la limousine : mais elle n'arrivait pas à décider si elle devait demander de l'aide ou non. La voiture pouvait être celle de Zane : mieux valait rester cachée.

Eldessa marchait toujours, le regard droit devant elle. Elle passa auprès de la voiture, mais Bosco l'avait repérée. Il ouvrit la portière et sortit.

— Hé ! cria-t-il. Vous n'êtes pas la domestique de Mr. Carlotti ?

Eldessa s'arrêta et songea à ce qu'elle allait répondre. Avaient-ils déjà retrouvé Zane ? Était-il avec Shelley ? Si c'était le cas, elle ne toucherait pas de récompense et elle aurait fait cette longue marche en vain. Elle regarda le gros homme d'un œil mauvais.

— J'allais appeler Mr. Carlotti, répliqua-t-elle. Quand je serai sûre.

— Sûre de quoi ? demanda Bosco, interloqué.

Que fichait donc la domestique de Luca dans cet endroit paumé ?

— Qu'il est bien avec Shelley.

Bosco ne savait absolument pas de quoi elle parlait. Il allait le lui demander quand Zane Ricca apparut. Il avançait sur la route comme un terroriste, tout de noir vêtu, tenant sous son bras une mitraillette Uzi qu'il braquait droit sur eux. Bosco sentit son estomac se crisper.

— Merde ! marmonna-t-il. Bon Dieu de merde !

Mais il était trop tard.

56

Jordanna faisait des efforts désespérés pour reprendre conscience. Elle roula sur le sol dur et froid, ouvrit les yeux et vomit.

L'important, c'est qu'elle était en vie. Elle avait encore une chance et elle n'allait pas la manquer. Mon Dieu, elle était une survivante. Il fallait sauter sur l'occasion, sinon, jamais elle ne reverrait Bobby. Ni son père. Et elle tenait à être là pour la naissance du bébé.

Elle se remit sur ses pieds. Pas de menottes. Pas de liens pour la ligoter. Elle comprit qu'il l'avait laissée pour morte. Cet enfant de salaud croyait l'avoir liquidée.

Elle sentait encore les mains de l'homme autour de son cou, qui serraient..., serraient..., qui l'étranglaient.

Zane Ricca, tu as fait une grave erreur. Je ne suis pas morte. Je suis là, et tu vas payer tout ce que tu m'as fait et ce que tu as fait à toutes ces autres femmes!

Un moment de désespoir. Juste un moment. Elle allait trouver une solution.

« *Merde pour Steven Seagal! Je suis le roi. Je*

suis le meilleur. Je suis la plus grande star de cinéma du monde. »

Voilà ce que pensait l'Homme en braquant son Uzi sur ces trois-là.

Trois rats pris au piège. Seulement, le piège, c'était lui, et il était redoutable.

Ils feraient mieux de ne pas faire les mariolles, sinon, il leur ferait sauter la cervelle.

Il n'avait encore jamais tiré sur personne. Il n'avait assurément jamais tué un homme, même si, parfois, en prison, il en avait eu envie.

Étrangler des femmes, ça semblait une façon très douce de supprimer la racaille de la terre.

Il regarda Bosco chercher ce qui avait l'air d'être une arme. Il pressa la détente et l'arrosa d'une rafale de balles. Bosco ne tomba pas tout de suite. Il resta un moment figé tandis que le sang jaillissait de ses blessures. Il ouvrit de grands yeux surpris puis s'écroula.

Le chauffeur décida de filer. L'Homme aimait bien ça. Les rats quittaient le navire. Cours, sale rat. Cours, cours donc, putain. L'Homme visa, tira : il le toucha dans le dos d'une grêle de balles.

Eldessa ne bougeait pas. Ses mains noueuses étreignaient le petit crucifix en bois accroché à son cou décharné. L'Homme savait qui elle était et il la détestait. Sale vieille pipelette. Toujours à l'observer, mourant d'envie de se glisser dans sa chambre après qu'il avait fait installer des grosses serrures. Il reposa l'Uzi, prit le pistolet à sa ceinture, fit quelques pas en avant et lui tira à bout portant une balle en plein visage. Elle s'effondra comme un gros sac de farine.

Et maintenant ? L'Homme ne savait plus où il en était. Il n'était pas venu pour retrouver ces trois-là. Il était venu pour retrouver Cheryl, pour la ramener.

La garce! Regardez un peu ce qu'elle lui avait fait faire.

Jordanna crut entendre une fusillade au loin.

Il faut que je comprenne ce qu'il se passe. Que je réfléchisse. Que je me glisse dans son cerveau. Que je sache ce qu'il va faire mieux qu'il ne le sait lui-même.

Il croyait probablement l'avoir tuée : peut-être qu'il n'allait pas revenir. D'un autre côté, il reviendrait peut-être pour enterrer son corps. Elle frémit. Qu'allait-il faire ?

Elle espérait qu'il allait revenir dans la maison, car, sans cela, elle était prisonnière dans la cave sans aucune chance de s'enfuir. À moins que quelqu'un ne la découvre rapidement, sinon... L'idée d'être *à jamais* enfermée dans cette cave lui donna le frisson.

Mais ça ne peut pas être à jamais, se dit-elle. Quelqu'un finira bien par venir voir ce qu'il se passe.

Combien de jours pourrait-elle tenir sans boire ni manger ? Cinq, six ?

Cheryl ramènera de l'aide avant.

À moins que... Cheryl... ne soit... morte.

Ô mon Dieu. Ce n'était pas possible. Elle avait entendu des coups de feu. Peut-être avait-il rattrapé Cheryl et l'avait-il abattue comme un chien.

Il ne faut pas penser comme ça. Il faut être optimiste. Forte.

L'important, c'était de décider ce qu'elle allait faire s'il revenait. Comment pourrait-elle se défendre ? Désespérément, elle se mit à chercher dans la petite cave obscure quelque chose qu'elle pourrait utiliser comme arme. Elle finit par découvrir un long morceau de bois coincé sous une canalisation. Elle s'efforça de le retirer de là.

Ce n'était pas grand-chose, mais c'était mieux que rien.

L'Homme traîna les corps sur le bas-côté de la route en les entassant les uns sur les autres. C'était un sale boulot qui le mit en nage. Ses vêtements furent bientôt trempés de sang. Mais ça n'avait pas d'importance.

Un jour, quand il avait douze ans, il avait dépecé un chat vivant et pendant des jours il avait caché ses vêtements ensanglantés, rien que pour le plaisir de pouvoir les sortir du placard et de les sentir. C'était mieux que les magazines porno que collectionnait son père.

Le travail épuisant, l'impitoyable chaleur de l'après-midi, l'odeur du sang lui montaient à la tête. Il se sentait grisé, excité.

Il s'arrêta un instant et pensa à Jordanna, à peine morte..., son corps sans doute pas encore froid.

Cheryl avait disparu. Selon toute probabilité, elle allait chercher de l'aide et ramènerait des gens ici. Il devait fuir, mais, d'abord, Jordanna...

Elle installa un piège : si jamais il revenait, elle était prête. Maîtrisant son dégoût, elle ramassa le rat mort et le plaça au milieu de l'escalier. Avec un peu de chance, il trébucherait dessus et se casserait la figure. Puis elle ramassa de la poussière sur le sol et la versa dans une boîte de conserve rouillée qu'elle posa auprès d'elle. Enfin, elle mit en place le morceau de bois et se coucha dessus. S'il revenait, elle était prête.

57

Cheryl continuait à descendre la colline, se guidant sur la rumeur de la circulation. Elle restait au milieu des buissons : elle avait trop peur pour en sortir. Elle avait le visage et le cou éraflés, ses bas étaient en lambeaux, cela faisait longtemps qu'elle avait perdu ses chaussures. Ses brûlures d'estomac s'aggravaient mais elle marchait toujours : hantée par la vue de Zane, tout en noir comme un assassin, de grosses lunettes lui masquant les yeux et abattant ces malheureux comme s'il tirait sur une cible.

De toute évidence, il était fou, et elle était terrifiée pour Jordanna.

Il fallait trouver du secours. Cette idée l'éperonnait tandis qu'elle fonçait dans les broussailles aussi vite qu'elle en était capable.

Pour une fois dans sa vie, Grant était parfaitement à jeun. Installé dans la maison de Cheryl, il essayait de prendre des rendez-vous, mais il n'arrivait pas à se concentrer. Organiser les déplacements de leur armée de call-girls ne l'intéressait pas. Il fit patienter les clients éventuels — y compris les habitués — et dit à toutes les filles de prendre une journée de congé. Certaines d'entre elles étaient extrêmement mécontentes : elles étaient habituées à ce petit supplément qui arrondissait leurs revenus de comédiennes et de mannequins. Deux d'entre elles menacèrent de quitter l'agence pour aller travailler ailleurs.

— Allez-y, leur dit-il.

Il finit par brancher le répondeur et partit pour le commissariat.

Au diable le travail ! Ce qui comptait vraiment, c'était de retrouver Cheryl saine et sauve.

Luca regagna sa suite, suivi de Mac, des deux détectives privés et de Reno. Il s'enferma dans la chambre et appela Cartier. Une vendeuse lui assura que Bosco avait acheté un bracelet en diamants et avait quitté le magasin il y avait plus d'une heure.

Luca était profondément déconcerté. Pourquoi Cheryl Landers — une riche héritière de Hollywood — était-elle venue rendre visite à quelqu'un comme Bosco ? Bosco avait-il des secrets que Luca ignorait ?

Luca fit la grimace : il n'aimait pas qu'on ait des secrets pour lui, surtout pas Bosco. Il se passait quelque chose de bizarre ; ça l'agaçait de ne pas comprendre. Pourtant il était malin..., plus malin qu'eux tous.

Tout ça devait avoir un rapport avec son merdeux de neveu. Quand il aurait retrouvé Zane, il prendrait un grand plaisir à le liquider personnellement.

En attendant, où était passé Bosco ?

Il revint dans le salon juste à temps pour assister à l'arrivée de l'inspecteur Carlyle.

Doux Jésus ! Ah, tout était une question d'horaire ! S'il était parti pour la côte Ouest un jour plus tôt, il aurait épinglé son ordure de neveu et il ne serait pas assis dans une chambre d'hôtel en compagnie de détectives privés, d'un abruti d'inspecteur et de son fils metteur en scène, affolé à l'idée que quelqu'un puisse découvrir leur lien de parenté. Quand on foirait dans les horaires, plus rien n'allait.

Michael appela Kennedy de l'hôtel.

— Où es-tu ? demanda-t-elle.

Il le lui dit. Un long silence, puis elle reprit :

— Euh, Michael, est-ce que quelque chose m'a échappé ? Je ne me doutais pas que tu t'intéressais de si près à l'affaire.

— On travaillait pour Mac Brooks, expliqua-t-il, se sentant coupable de ne pas lui en avoir parlé plus tôt. Il nous a emmenés chez Carlotti.

Une sonnerie d'alarme se déclencha dans la tête de Kennedy. Comme Rosa, elle était capable de flairer une histoire.

— Quel travail ? demanda-t-elle avec curiosité.

— Euh, c'est assez confidentiel.

Hum... cela venant d'un homme avec qui elle avait passé la matinée au lit...

— Mac Brooks était le réalisateur du film dans lequel tournait Zane, dit-elle. Savait-il que Zane était sorti de prison et qu'il commettait d'autres meurtres ? Et quel lien a-t-il avec Carlotti ?

— Est-ce qu'on peut en discuter plus tard ?

Elle ne supportait pas quand quelqu'un répondait à une question par une autre question.

— Non, parlons-en maintenant. Carlotti sait-il où se trouve son neveu ?

— Il n'en a pas l'air.

Elle haussa le ton.

— Il n'en a pas l'air ? Michael, il y va de la vie de deux femmes.

— Crois-moi, j'en suis très conscient.

— On ne dirait pas.

— Kennedy, je connais Jordanna, je tiens beaucoup à la retrouver ! Alors ne t'occupe pas de mon enquête.

— De *ton* enquête ? Je ne savais pas que c'était ton enquête.

Il l'avait appelée pour lui dire qu'elle lui manquait et voilà qu'elle lui faisait une scène ! Il n'avait vraiment pas besoin de ça.

— Il faut que j'y aille...

— Tiens-moi au courant, dit-elle d'un ton très calme. Je retourne au commissariat central.

— Kennedy...

— Oui ?

— Euh... Rien.

Elle raccrocha, déçue et furieuse. Michael en savait plus qu'il ne lui en disait et ça l'agaçait. Avait-il gardé pour lui des informations et, à cause de cela, deux femmes étaient-elles mortes ?

Non, Michael ne ferait pas ça.

En était-elle sûre ?

Elle se rendit compte soudain que c'était à peine si elle connaissait Michael.

— Je veux voir des photos de ces deux filles sur toutes les stations de télé, dans tous les journaux — partout où on peut les montrer. (Boyd s'adressait à une salle de policiers attentifs.) Nous n'avons pas encore découvert de corps. Si ces deux filles sont encore en vie, le public va nous aider à les retrouver. Et, croyez-moi, nous avons besoin de toute l'aide que nous pouvons obtenir. Perry, ajouta-t-il en claquant des doigts en direction d'un jeune inspecteur plein d'ardeur, portez les photos à Carlyle, à l'hôtel Saint James. Il les attend.

Boyd sortit de son bureau et examina ses hôtes à travers un miroir sans tain. Ils étaient dans la salle de conférences. Des producteurs, des vedettes de cinéma, des gens célèbres... Il ne fallait pas que cette affaire lui claque dans les doigts. Il fallait employer les grands moyens et découvrir les deux filles. Mais, franchement, il ne pensait pas qu'il y eût beaucoup d'espoir de les retrouver vivantes.

L'inspecteur Carlyle était assis, tout gêné, dans la suite de Luca Carlotti. Il ne cessait de s'agiter sur son canapé. Ce n'était pas commode d'obtenir des renseignements du gangster new-yorkais. Luca n'avait pas l'air disposé à lui fournir aucune des réponses qu'il réclamait.

— Je n'ai pas vu le petit depuis sa sortie de prison, dit Luca.

— Où était-il descendu, à Los Angeles? demanda Carlyle, pas très aimable.

— Qu'est-ce que c'est que toutes ces questions? Je n'ai pas à y répondre hors de la présence de mon avocat.

— Pourquoi vous faudrait-il un avocat?

— Parce que vous tous, autant que vous êtes, ça n'est pas la vérité qui vous intéresse. Je connais mes droits et je ne suis obligé de parler à personne.

Michael intervint; cela agaçait Carlyle, qui se plaisait à croire qu'il dirigeait les opérations.

— Mr. Carlotti, nous essayons de retrouver ces deux filles avant que votre neveu leur fasse du mal. Alors, si vous savez vraiment quelque chose, vous seriez avisé de donner ces renseignements à la police. Nous vous demandons simplement votre aide.

— Si je savais quelque chose, vous croyez que je laisserais ce connard traîner dans la nature? Je ne suis pas fier qu'il soit mon neveu.

On frappa à la porte. Reno alla ouvrir. Perry entra et tendit à Carlyle l'enveloppe de photos.

— Qu'est-ce que c'est que ça... Une citation à comparaître ? lança Luca. Parce que, si ça n'est pas le cas, vous allez me foutre le camp d'ici. Je ne répondrai plus à aucune question.

Carlyle regrettait de ne pas avoir le pouvoir de tomber sur Luca Carlotti et de lui casser la gueule. S'il y avait une chose qu'il détestait, c'étaient les gens qui ne se laissaient pas intimider par le fait qu'il était inspecteur de police. Il ouvrit l'enveloppe et tendit à Luca les photos des deux filles.

— Jordanna Levitt et Cheryl Landers, dit-il en s'efforçant de garder un ton impersonnel.

À contrecœur, Luca jeta un coup d'œil aux deux photos.

— Ça n'est pas Cheryl Landers, dit-il en fronçant les sourcils. Celle-ci, c'est Bambi.

— Qui est Bambi ? demanda Mac.

— Une de mes amies, fit Luca sans se compromettre.

— J'aimerais en savoir plus sur votre amie, car cette fille est Cheryl Landers, dit Carlyle.

— Hé, Reno, fit Luca en lui faisant signe d'approcher. Viens regarder cette photo et dis-leur qui c'est !

Reno examina le cliché.

— Bambi, fit-il. Pas de doute là-dessus.

C'était agaçant. Maintenant qu'il était vedette de cinéma, Bobby avait l'habitude que tout se passe comme il l'entendait. Il ne supportait pas d'être assis dans un commissariat sans pouvoir rien faire.

Grant Lennon junior arriva. Il s'installa dans un coin, l'air déprimé.

— Nous ne pouvons rien faire, ici, dit Ethan Landers en se dirigeant vers Bobby. Je reste en contact avec le chef de la police. Il me préviendra s'il se passe quoi que ce soit. Nous allons rentrer. Vous devriez en faire autant.

— Non, fit Bobby. Je reste ici.

Jordan ne partit pas non plus. Malgré tout ce que Jordanna pouvait dire sur lui, de toute évidence, il aimait vraiment sa fille. Bobby vint s'asseoir auprès de lui.

— Vous devriez rentrer. Je vous tiendrai au courant.

Jordan secoua la tête.

— Je préfère être ici.

— Et votre femme ? Est-ce que vous ne devriez pas être avec elle ?

— Non, ma place est ici.

Ils furent tous deux surpris de voir arriver Charlie Dollar, suivi de deux assistants portant des plateaux de sandwiches et de rafraîchissements.

— Je suis passé voir si je pouvais faire quelque chose. J'ai un pressentiment : je vous assure, elles vont s'en tirer.

Bobby hocha la tête. Il aurait voulu le croire, mais ça n'était pas facile. Les deux filles avaient été enlevées la nuit précédente : il était maintenant presque deux heures de l'après-midi.

Leurs chances de survie étaient de plus en plus minces.

Cheryl, accablée de vertiges et de nausées, s'assit par terre pour se reposer un moment.

Jordanna. Il faut que je trouve de l'aide pour Jordanna. C'était cette idée qui la soutenait.

Plus elle descendait la colline, plus la rumeur de la circulation était forte. Dieu merci ! elle approchait enfin de la civilisation.

Elle essaya de se calmer. Il fallait absolument qu'elle garde son sang-froid assez longtemps pour donner à la police tous les détails.

Kennedy retourna au commissariat, incapable de s'en éloigner. Elle ne cessait de penser à Michael et au fait qu'il avait peut-être appris quelque chose sans l'en avoir informée. La première fois qu'ils s'étaient rencontrés, il savait qu'elle travaillait sur cette histoire : il aurait vraiment dû lui en parler.

La presse avait envahi tout l'espace, mais Rosa parvint à se faufiler à l'intérieur.

— Boyd Keller et moi avons des liens d'amitié très particuliers, dit-elle à Kennedy, avec un clin d'œil de conspiratrice.

— Et Ferdy ?

— Tous les bons joueurs de basket finissent par manquer un panier.

— Ça veut dire que c'est terminé ?

— Pour l'instant, il est hors jeu.

Il ne fallut pas longtemps à l'inspecteur Carlyle pour tout comprendre. Quand il le fallait, il était capable de deviner assez juste. Luca Carlotti croyait que Cheryl Landers était Bambi. Bambi était une call-girl. Est-ce que par hasard Cheryl Landers et son petit ami, Grant Lennon junior, dirigeraient un réseau ? Et que Cheryl elle-même ne répugnerait pas à mettre de temps en temps la main à la pâte ? Il appela Boyd Keller pour le mettre au courant de ces derniers développements. Boyd convoqua Grant dans son bureau et se mit à l'interroger. Grant lui raconta tout.

Luca, comprenant que Bambi — Cheryl — était dans le pétrin, raconta comment Bosco et Reno l'avaient suivie la nuit précédente. Alors, si Cheryl était vraiment Bambi — et c'était Bambi que Bosco et Reno avaient suivie jusque chez elle —, cela signifiait que l'homme qu'ils avaient pris pour son petit ami pourrait bien être Zane.

Luca s'affala dans un fauteuil, bouleversé. Pas étonnant qu'il se soit entiché de cette petite : c'était une gosse de riche de Hollywood. Et lui qui l'avait prise pour une simple gagneuse. Quelle histoire ! Une fille capable de monter un coup pareil — surtout à lui, que personne n'avait jamais taxé de naïveté — méritait le respect.

— Pourriez-vous retrouver la maison ? demanda Carlyle à Reno.

— Il faisait sombre, dit Reno. Mais je sais où c'est.

— Allons-y, dit Carlyle. Je vais demander des renforts.

Rosa apprit la nouvelle la première. Elle s'était attachée à la personne de Boyd Keller, que ça ne semblait pas gêner le moins du monde. Grâce à cela, elle sut avant les autres journalistes que quelque chose se préparait.

Quand Keller sortit du commissariat pour sauter dans une voiture de police banalisée, Rosa était dans le camion de prise de vues avec son équipe et Kennedy.

— Suivez cette voiture, lança-t-elle d'un ton théâtral. On tient une histoire. Espérons qu'elle finira bien.

58

L'Homme se sentait puissant et triomphant. Il planait... comme un aigle.

Il était un vengeur. Un authentique héros.

Il revint jusqu'à la maison en marchant en plein milieu de la route parce qu'il n'avait à se cacher de personne. Ses jours de clandestinité étaient terminés. Il était le maître de la ville.

Steven Seagal... Arnold... Sly, tous autant qu'ils étaient..., de la gnognote auprès de lui. Bientôt, le monde s'en apercevrait.

Il arriva à la maison, ferma à double tour la porte derrière lui et ouvrit d'un coup de pied celle de la cave. La garce était en bas, à l'attendre. À attendre qu'il vienne l'enterrer.

Il descendit les marches, balançant son Uzi d'une main, son pistolet passé à la ceinture de son pantalon trempé de sang.

Que dirait sa mère si elle pouvait le voir ? Serait-elle heureuse ? Fière ? Elle ne le traiterait plus de mauviette, maintenant. Elle n'oserait pas.

« Je suis l'homme le plus puissant du monde.

Je suis invincible, et plus personne ne me touchera. Jamais. »

Jordanna entendit Zane ouvrir d'un coup de pied la porte de la cave. Son cœur battait si fort qu'elle en sentait les palpitations dans tout son corps. Elle avait beau être terrifiée, elle n'était pas paralysée. Elle gisait sur le sol là où il l'avait laissée, dissimulant le morceau de bois sous son corps. Maintenant qu'elle avait une arme, elle pouvait se battre.

D'une seconde à l'autre, il allait trébucher sur le rat mort qu'elle avait posé sur l'escalier. À ce moment-là, elle serait prête.

Ses mains serraient le bout de bois. Elle avait un plan : le frapper aux yeux d'abord, puis lui écraser la planche sur le visage et continuer à frapper jusqu'à ce qu'il perde connaissance.

Elle était terrifiée. Sa gorge était sèche. Elle était sûre que son cou porterait à jamais l'empreinte des mains de Zane. Pourtant, elle sentait l'excitation monter. Elle savait qu'elle devait sortir victorieuse de cette redoutable partie.

Elle entendit Zane trébucher et tomber, tout comme elle l'avait espéré. L'Uzi lui échappa des mains et vint rebondir sur le sol de la cave.

Avait-elle le temps de s'en emparer? Elle n'en était pas sûre. Prudence : elle ne pouvait prendre aucun risque. Elle s'en tirerait parce que Bobby l'attendait et qu'elle ne voulait pas le décevoir. Bobby Rush, c'était son avenir, et ce n'était pas un malade criminel qui allait l'en priver.

Elle se força à rester parfaitement immobile. Elle devait absolument bien calculer tous ses gestes.

Il se releva, jurant et marmonnant. Elle l'entendit qui s'approchait. Bientôt, elle sentit sa présence auprès d'elle.

C'était le moment d'agir. *Maintenant! Maintenant! Maintenant!*

Empoignant solidement le morceau de bois, elle pivota et frappa de toutes ses forces. La planche s'abattit sur le crâne de Zane avec un bruit sourd et écœurant. Il trébucha. Jordanna se leva d'un bond, saisit la boîte pleine de poussière et se précipita vers l'escalier.

Il se lança à sa poursuite avec un rugissement furieux, le sang ruisselant sur son front, dans ses yeux. Il tendit la main ; une fois de plus, son bras musclé lui entoura la jambe.

Elle pivota sur elle-même et lui lança au visage le contenu de la boîte. Il retomba en arrière en poussant un cri. Le cœur battant, elle grimpa les marches quatre à quatre, se précipita dans le vestibule et courut jusqu'à la porte de la rue.

Il l'a fermée à clé. Le salaud l'a fermée !

Du calme.

Pas d'affolement.

Tu t'en tireras.

Fonçant dans la cuisine, elle prit une chaise et tenta de casser le carreau de la fenêtre. Il résista. Désespérée, elle fit une seconde tentative. Le verre se brisa. Mais il y avait trop d'éclats pour qu'elle puisse passer.

Elle se retourna. Il était sur le seuil de la cuisine, le visage ruisselant de sang, les traits crispés par la rage.

— Salope ! hurla-t-il. Foutue salope ! Tu vas crever !

Elle ouvrit la bouche et poussa un cri de bête sauvage. Puis elle lança la chaise sur lui. Elle courut vers la porte de la cuisine, essayant de lui échapper.

Il la saisit au passage et la traîna sur le sol.

Ils luttèrent. Elle lui griffait les yeux et lui donnait des coups de genou dans l'entrejambe.

Il la plaqua au sol, la retourna et voulut coller ses lèvres sur les siennes.

C'était vraiment grotesque. Elle sentait sur elle

le sang qui ruisselait sur son visage et, horrifiée, dégoûtée, elle sentit qu'il la désirait.

— Espèce d'enfant de salaud ! cria-t-elle en s'efforçant de le repousser. Espèce de petit merdeux !

— Tu ne peux pas t'enfuir, cria-t-il avec un accent de triomphe. Quand j'étais en prison, je ne pouvais pas m'enfuir, eh bien, maintenant, c'est ton tour.

— Va te faire foutre ! hurla-t-elle. Va te faire foutre !

Il se mit à tirer sur le jean de Jordanna pour le lui arracher. Elle lui cracha au visage et tenta de le frapper à coups de genou. Il la gifla si fort qu'elle en resta un instant assommée.

Un moment, elle demeura parfaitement immobile, cherchant désespérément à se rappeler tout ce qu'elle avait appris au cours d'autodéfense.

Saisir l'occasion !

Saisir l'occasion !

Les mots retentissaient dans sa tête. Elle le vit qui cherchait à se débarrasser de son pantalon. Mais il devait d'abord ôter le pistolet coincé dans sa ceinture.

Il s'apprêtait à le poser sur le sol.

Saisir l'occasion.

Rassemblant toutes ses forces, elle se redressa. Elle surprit Zane en lui donnant sous le menton un violent coup de tête qui le fit pousser un gémissement de douleur. Elle réussit à arracher le pistolet qu'il tenait à la main et le braqua sur lui.

— Vous n'oseriez pas vous en servir, dit-il d'un ton de défi.

— Oh, mais si, dit-elle en ôtant le cran de sûreté, comme elle l'avait vu faire.

Cette fois, c'était elle qui dominait la situation, qui était prête à lui faire sauter la cervelle.

Mais elle hésita un instant de trop. Il profita de cette pause et, levant brusquement les bras, il lui fit sauter le pistolet des mains.

Ils roulèrent sur le sol, chacun s'efforçant de rattraper l'arme.

Le pistolet finit par se coincer entre eux, entre leurs deux corps tandis que se poursuivait leur lutte à mort.

Et le coup partit.

Une détonation assourdissante. Puis, après l'explosion, plus rien qu'un terrible et profond silence.

59

Bobby buvait une gorgée de Coca quand il vit Boyd Keller se précipiter vers la porte. Il comprit immédiatement qu'il se passait quelque chose. Empoignant le policier, il dit :

— Je ne sais pas où vous allez, mais je viens avec vous.

— Pas question. C'est contraire au règlement.

— Je me fous du règlement.

— On vous tiendra au courant. S'il arrive quelque chose, vous serez tout de suite prévenu.

— Allez vous faire voir. Si vous ne voulez pas que je vienne, il va falloir m'arrêter.

Boyd haussa les épaules. Parfois, il était inutile d'appliquer le règlement à la lettre. Et puis le chef de la police lui avait dit de prendre des gants avec ces gros bonnets.

— Bon, fit-il à contrecœur. Mais je ne veux pas vous avoir dans les jambes, et vous gardez un profil bas.

— D'accord.

Cheryl déboucha dans la rue, s'efforçant désespérément d'arrêter une voiture. Il y avait un flot constant de circulation sur Laurel Canyon dans les deux sens, mais personne ne s'arrêta. Elle agita frénétiquement les bras. Les conducteurs détournaient les yeux et continuaient leur chemin.

Ô mon Dieu, ils me prennent pour une pocharde, se dit-elle en courant d'un pas mal assuré.

Elle n'arrivait pas à croire que personne ne s'arrêterait. Un instant, elle songea à se jeter au-devant d'une voiture, mais les gens la renverseraient sans doute et continueraient leur route.

Trébuchant, manquant tomber à chaque pas, elle arriva sur un petit marché. Balbutiante, arrivant à peine à aligner deux mots, elle se précipita vers un éventaire.

— Appelez..., appelez la police, dit-elle à la femme qui était là. Je vous en prie... Vite.

— Qu'est-ce que vous avez, mon petit ? dit la femme, affolée. On vous a violée ? Qu'est-ce qui s'est passé ?

Cheryl s'effondra.

Au bas de Laurel Canyon, les voitures dans lesquelles se trouvaient l'inspecteur Carlyle, Luca et Reno, Mac, Michael et Quincy retrouvèrent trois voitures de police banalisées.

Boyd Keller et Bobby montèrent avec Carlyle, Reno et Luca dans la première, et le convoi se lança à l'assaut de la colline.

Le camion de télé emmenant Rosa, son équipe et Kennedy suivait de près.

Reno donnait des indications. Au bout d'un moment, il repéra le virage.

— C'est ici, dit-il. Continuez. C'est juste en haut.

— Vous avez le numéro de la maison ? demanda Keller.

— Non, mais il n'y en a qu'une.

Le terrain était de plus en plus accidenté.

— Vous êtes sûr qu'il y a une maison plus loin ? interrogea Boyd.

— Oui, j'en suis sûr.

— Michael est dans l'une des voitures devant, dit Rosa.

— Comment le sais-tu ? demanda Kennedy.

— Parce que j'étais dans le bureau de Boyd quand tout est arrivé, dit Rosa. Il y a Mac Brooks, Luca Carlotti, et, si je ne me trompe pas, Bobby Rush est aussi du voyage. C'est une sacrée histoire, et nous allons être sur les lieux avant tout le monde.

Kennedy hocha la tête. Elle ne pouvait s'empêcher de penser à ce qui pourrait arriver aux deux filles. Si cette histoire se terminait mal, elle n'aurait pas envie de parler. Que la presse à sensation s'en donne à cœur joie.

Des vies humaines étaient en jeu. C'était une situation désespérée ; pas une distraction.

Le premier véhicule du convoi ralentit.

— Une voiture bloque la route un peu plus haut, annonça Carlyle.

— Ça pourrait bien être notre limousine, dit Reno en regardant par la portière.

Ils s'arrêtèrent. Carlyle prit son pistolet.

— La maison est loin d'ici ? demanda-t-il.

Reno haussa les épaules.

— C'est tout près.

Luca sentait venir les ennuis.

— Restez ici, dit Carlyle, la main sur la portière.

Tu parles ! Luca était descendu avant que personne n'ait eu le temps de l'en empêcher.

— Qu'est-ce qu'il y a? dit Michael tandis que leur voiture s'arrêtait.

— Il se passe quelque chose, dit Quincy.

— Je vais voir.

Michael sauta à terre et s'approcha de Reno.

— Où est la maison? demanda-t-il.

— En haut de la colline.

— Merci, dit-il en partant en courant.

Ils pouvaient bien tous s'occuper de la limousine. Il avait le pressentiment que ce qui se passait dans la maison était plus important.

— Ô Seigneur! fit Luca avec un grand soupir, en s'approchant des corps entassés sur le bas-côté. Ça n'aurait pas dû arriver. Ça n'est pas juste.

L'inspecteur Carlyle essaya de l'écarter, mais Luca ne voulait rien entendre. Il se pencha pour toucher Bosco, pour s'assurer qu'il était bien mort.

— Ne faites pas ça, cria Boyd Keller. (Puis, s'adressant à Carlyle :) Isolez-moi cette zone. On a commis un crime, ici, ce n'est pas un pique-nique.

Rosa, son équipe de télé et Kennedy sautèrent à bas du camion. Rosa fit signe à son opérateur de se mettre à filmer avant que personne n'ait pu les en empêcher.

— Ôtez-moi cette caméra d'ici! hurla Boyd Keller, furieux.

Michael atteignit la maison, prit son pistolet et s'approcha prudemment. Il essaya d'abord la porte de devant : fermée à clé. Il fit le tour par-derrière. La fenêtre de la cuisine était brisée, il y avait des éclats de verre partout.

Tout semblait très calme. La chaleur, le silence, rien d'autrc. Une mouche près de son visage le fit sursauter.

Il était nerveux depuis qu'il s'était fait tirer dessus : il n'était plus Superman qui se précipitait tête baissée. Un an plus tôt, il aurait bondi par la fenêtre de la cuisine. Aujourd'hui, il était plus prudent.

Il découvrit une porte latérale. Un solide coup de pied, et il était dans la place.

Toujours le silence.

Il transpirait si fort que c'était à peine s'il pouvait serrer la crosse de son pistolet.

À pas lents, il entra dans la cuisine. Partout du sang, le chaos.

Affalé au milieu du carrelage, un corps.

Il entendit un bruit et braqua son arme, la sueur lui ruisselant sur la nuque.

Jordanna était plantée sur le pas de la porte donnant dans le vestibule. Elle était meurtrie, couverte de bleus et de sang, mais elle était en vie.

— Je l'ai tué, dit-elle calmement. Il est mort.

Épilogue

La presse et les ondes s'emparèrent de l'histoire. Deux princesses de Hollywood enlevées et battues ! L'une d'elles jouant les maquerelles ! Plus le neveu assassin d'un gangster célèbre !

Le cinéma, le crime, le sexe, Hollywood : un mélange irrésistible.

Kennedy écrivit pour *La Guerre des styles* un article énergique sur la violence et l'obsession. Il déclencha une controverse.

Rosa sauta sur l'occasion de diffuser la séquence montrant les corps entassés sur le bas-côté de la route. Le patron de sa station de télé la réprimanda sévèrement, mais son audimat monta en flèche.

Peu après, elle rompit avec Ferdy pour se lancer dans une liaison passionnée avec Boyd Keller.

À l'en croire, il était un merveilleux amant.

Après sa tentative de suicide, son père envoya Marjory Sanderson en Suisse, dans une clinique psychiatrique privée. Là, elle finit par avouer que c'était elle qui s'était envoyé des lettres de menaces pour attirer l'attention.

Son psychanalyste était un médecin allemand de quarante-huit ans avec des cheveux blonds et de grandes dents. À la fureur de son père, Marjory l'épousa et le ramena à Hollywood.

Enfin, elle était heureuse. Elle avait un homme pour elle toute seule, et il l'aimait sincèrement.

Shep finit par révéler son homosexualité en s'installant avec un comte européen décavé qui dessinait des vêtements pour femmes. Taureen Worth faillit en avoir une crise cardiaque. C'était déjà assez dur d'avoir un fils de vingt-quatre ans. Mais homo avec ça ! Ce n'était vraiment pas l'idéal pour un symbole sexuel un peu mûrissant. Elle leur paya des vacances à Portofino dans l'espoir qu'ils se plairaient tellement là-bas qu'ils n'en reviendraient jamais.

Luca rentra à New York avec Reno, non sans être d'abord allé voir Bambi — Cheryl — à l'hôpital où elle se remettait de ses épreuves.

— Ma proposition tient toujours, lui dit-il en arpentant la chambre d'hôpital. Tu es une sacrée petite bonne femme !

— Vous croyez ? demanda-t-elle d'une voix éteinte.

Il lui fit un clin d'œil.

— Je sais...

Elle le remercia mais refusa son offre.

— Si jamais tu changes d'avis, dit-il, j'attendrai. (Il lui tendit sa carte.) Voilà où tu peux me trouver. N'importe quand, bébé.

Grant était à son chevet. Un Grant quelque peu

assagi, qui lui annonça sa décision : ils constituaient une équipe de talent et devraient consacrer leur énergie à une activité plus avouable que la direction d'un réseau de call-girls.

Était-ce le Grant qu'elle connaissait et qu'elle aimait ? Non, c'était un Grant différent — plus respectable —, un homme au regard tourné vers l'avenir.

Elle réfléchit et décida que le moment était venu d'évoluer. Grant avait rompu le charme entre eux ; elle était prête à des rapports plus satisfaisants avec quelqu'un qui tiendrait vraiment à elle.

Ce serait peut-être Grant. Peut-être pas...

Il faudrait attendre et voir.

Ses célèbres parents faillirent s'évanouir en apprenant qu'elle était une maquerelle. Estelle refusa de le croire. Ethan lui fit son discours habituel : « Si tu avais besoin de plus d'argent, pourquoi ne t'es-tu pas adressée à moi ? »

Heureusement, Donna Lacey, la fille du metteur en scène britannique, rentra de Londres, et Cheryl lui rendit son petit carnet noir.

Fini pour elle, le proxénétisme.

Mac Brooks parvint à garder son secret. Pas un mot sur ses liens avec Luca. Pas de publicité.

Sharleen lui suggéra que ce pourrait être un début intéressant pour un film.

— Au lieu d'un protagoniste masculin, fais-en une femme, dit-elle très sérieusement. Je pourrais jouer le rôle. Pense un peu à ce qu'on pourrait s'amuser dans notre caravane, à la pause du déjeuner !

À la réflexion, Mac se dit qu'elle avait peut-être raison. Après tout, quel meilleur endroit que Hollywood pour transformer la réalité en fiction ?

L'inspecteur Carlyle finit par quitter sa femme. Ou, plutôt, ce fut elle qui le jeta dehors.

Il alla s'installer avec sa petite amie. Au bout de deux semaines, il se rendit compte qu'il était mieux avec sa femme et supplia celle-ci de le reprendre.

Elle refusa.

Il finit par se mettre en ménage avec la serveuse du bistrot où il prenait son petit déjeuner.

Elle faisait les œufs sur le plat à la perfection.

La cinquième femme de Jordan Levitt mit au monde un garçon. Jordan voulu baptiser l'enfant Jordan Levitt junior. Jordanna et Kim lui déclarèrent que c'était une idée épouvantable, et il finit par acquiescer. On appela l'enfant Sam.

Jordanna était ravie d'avoir de nouveau un frère.

Charlie Dollar rencontra Barbara Barr lors d'une nuit fatale à La Balle Blanche.

Une nuit d'amour, et elle se retrouva enceinte.

Six semaines plus tard, elle emménageait chez lui.

Il était trop abasourdi pour l'en empêcher.

Ils avaient des scènes qui faisaient les délices des magazines à sensation.

Trois mois après les événements de Laurel Canyon, Quincy et Ambre donnèrent une fête.

— Aide-moi, Michael, dit Ambre en essayant, avec difficulté, de ne pas renverser le plateau de hamburgers crus et le grand saladier qu'elle emportait dans la cour.

— J'arrive, ma jolie.

Il serait à jamais reconnaissant à Quincy et à

Ambre. Ils avaient puisé dans leurs économies pour lui permettre de rembourser les dix mille dollars qu'il avait empruntés à Marjory.

— Considère ça comme une avance, avait dit Quincy. Je le retirerai de ta part sur les bénéfices.

Par chance, les affaires semblaient prospères. D'ici à un ou deux ans, il aurait remboursé sa dette !

— Quincy et ses barbecues ! soupira Ambre. C'est moi qui fais tout le travail et c'est lui qui reçoit tous les compliments.

— C'est son anniversaire, lui rappela Michael. Tu ne vas pas lui faire de reproches aujourd'hui.

— Il a cinquante ans et de la brioche, dit-elle avec un petit sourire. À partir de demain, cet homme suit un régime sévère, ou bien c'est moi qui m'en vais !

— Allons, Ambre, tu ne le quitteras jamais, tu le sais bien.

Elle eut un sourire radieux.

— Même pas s'il pesait deux cents kilos, mais on ne lui dira pas, n'est-ce pas, Michael ?

Ils allèrent dans la cour où étaient rassemblés une vingtaine d'invités. Quincy confiait les secrets de sa fameuse sauce à grillades à Kennedy.

Michael déposa son plateau et passa un bras autour de la taille de Kennedy.

— Tu es sensationnelle, ce soir, lui chuchota-t-il à l'oreille. Comme tous les jours, d'ailleurs.

— J'ai fait un effort, murmura-t-elle. Après tout, ça n'est pas tous les jours que je rencontre des gens vrais.

— Oh, fit-il avec un sourire penaud. Tu ne me la pardonneras jamais, celle-là, hein ?

Elle sourit à son tour.

— Jamais.

Il l'attira pour lui donner un baiser passionné.

Elle se sentit fondre dans ses bras. Cela faisait douze semaines et un jour qu'ils étaient ensemble et à chaque heure qui passait elle l'aimait davantage.

Après la tragédie, ils avaient eu une brève explication : elle estimait que, dès qu'il avait appris qu'elle écrivait un article sur les meurtres, il aurait dû tout lui dire.

— Je ne te connaissais même pas, Kennedy, expliqua-t-il. Ma loyauté devait aller à mon client.

À contrecœur, elle reconnut qu'il avait raison.

— Je veux que tu me promettes de ne plus jamais me mentir, dit-elle.

— En lettres de sang, répondit-il.

Jordanna et Bobby arrivèrent tard. Jordanna était rayonnante dans une courte robe blanche, des fleurs blanches dans ses longs cheveux noirs. Bobby portait un jean, un T-shirt et une veste de sport de chez Armani, ses cheveux châtain clair bouclant sur son col. Ils se tenaient la main et se murmuraient des mots tendres comme s'ils étaient seuls au monde.

Jordanna ne gardait aucune trace des épreuves qu'elle avait connues ; ses seules cicatrices étaient intérieures. Jamais elle n'oublierait Zane Ricca. Son regard mort, son attitude glaciale, sa cruauté.

Jamais elle n'oublierait l'instant où la balle lui était entrée dans le corps et où le sang s'était mis à couler de sa poitrine, inondant sa robe.

Souvenirs.

Mauvais souvenirs.

Oublie-les et continue à vivre.

On ne l'accusa pas de meurtre ; c'était un cas manifeste de légitime défense.

La presse à sensation se déchaîna quelque temps, les paparazzi la filaient partout où elle allait. Mais un nouveau scandale survint bientôt : Barbara Barr fut surprise en train de tromper Charlie Dollar avec un sénateur tout ce qu'il y a de plus marié. Jordanna disparut de la première page. Elle se mit à travailler sur le film de Bobby et se rendit compte rapidement que, pour la première fois, elle faisait quelque chose qu'elle aimait vraiment. Elle avait la comédie dans le sang.

Elle loua un appartement et s'y installa. Bobby ne déménagea pas — même s'il était toujours là pour elle. On aurait dit qu'il sentait qu'elle avait besoin d'un peu de temps pour se remettre, et il était prêt à le lui accorder.

Quand Michael avait téléphoné à Jordanna pour l'inviter à la soirée d'anniversaire de Quincy, elle avait accepté sur-le-champ. Michael était dans sa vie une présence réconfortante, un peu comme un frère aîné. Elle avait dîné deux ou trois fois avec Kennedy et lui et les aimait beaucoup tous les deux.

— Tu veux y aller? avait-elle demandé à Bobby. Il faut que je te prévienne : Kennedy Chase sera là. C'est vraiment quelqu'un de très bien. Elle m'a assuré que ce n'est pas son article qu'a publié *La Guerre des styles*.

— Bien sûr, avait-il dit. J'aimerais me retrouver face à cette...

— Bobby !

Ce soir-là, Jordanna l'entraîna vers Kennedy. Avant qu'il ait pu dire un mot, Kennedy déclara, d'une voix vibrante de sincérité :

— Bobby, je vous dois des excuses. Ce qu'ils ont fait au magazine était stupide et vraiment pas professionnel. Ce n'était pas mon article. Ils ont tout récrit. Alors, je vous en prie, pardonnez-moi.

Rien de tel que des excuses sincères pour démonter un homme.

— Bah, fit-il en secouant la tête, oubliez ça. Si vous n'étiez vraiment pas au courant...

— Mais non, lui assura-t-elle. Et la prochaine fois...

— Pas de prochaine fois ! fit-il en riant. Vous et votre stylo, restez loin de moi !

Elle sourit.

— Promis.

Le barbecue fut une grande réussite. La sauce de Quincy un triomphe.

On dansa jusqu'à une heure avancée dans le petit jardin.

Michael serrait Kennedy dans ses bras en lui demandant ce qu'à son avis leur réservait l'avenir.

— Nous verrons, Michael, nous verrons..., murmura-t-elle.

Mais ils savaient tous deux ce que l'avenir leur réservait : le bonheur.

Bobby et Jordanna partirent peu après. Ils restèrent sur le trottoir, appuyés à la voiture, à échanger quelques baisers mémorables.

— Tu embrasses comme personne, fit-elle, un peu haletante.

— Oh ! tu n'as pas vu le reste, lança-t-il.

— Il serait peut-être temps, murmura-t-elle.

Il l'attira contre lui.

— Comment se fait-il que je me sente si bien auprès de toi ? Et comment se fait-il que, quand je ne suis pas avec toi, je pense tout le temps à toi ?

— C'est vrai ?

— Je ne peux pas m'arrêter.

— Moi non plus.

Il l'embrassa doucement.

Elle lui rendit son baiser.

— Et comment se fait-il que je me promène en arborant un sourire stupide que je n'arrive pas à effacer ?

— Bobby... Je fais la même chose, dit-elle en lui touchant le visage du bout des doigts.

— Toi aussi, tu souris ?

— Ça me va mieux qu'à toi.

— Tu parles comme une vraie comédienne.

— Oh ! c'est toi qui m'as lancée dans le métier, fit-elle, taquine.

— Allons-nous-en.

— Maintenant ?

— Tout de suite.

— À vos ordres, Mr. Rush.

Ils montèrent dans la voiture et s'enfoncèrent dans la nuit.

Jordanna savait qu'elle avait trouvé son âme sœur, que plus jamais elle ne serait seule. C'était un sentiment merveilleux.

Achevé d'imprimer en janvier 1998
sur les presses de l'imprimerie Maury Eurolivres
45300 Manchecourt

Dépôt légal : janvier 1998
Imprimé en France